国图名家讲座集

风雅 风骨 风趣

中国古代文学名家名篇

国家图书馆（国家古籍保护中心）
北京大学中文系 编

编 委 会

主　编　饶　权　杜晓勤

副主编　张志清　常　森　马辛民

编　委　郑小悠　王　应　洪　琰
　　　　　冯　坤　安　平　宫瑞龙
　　　　　武姝言

出版缘起

古代文学是中华优秀传统文化的重要组成部分,其历史遗产极为丰富,既有言简意赅、表现力强的突出特点,又有诗以言志、文以载道的现实功用。习近平总书记在文章、讲话与著作中频繁引用古代文学中的名言名句,四书五经、诸子百家、诗赋小说尽入文彀。古为今用、推陈出新,将"故纸堆"里的典故赋予"新生命",是习总书记对中国古代文学经典高度重视的体现。由此可见,古代文学研究的普及工作,其意义不仅是传播文化知识,更是传递一种理念,一种理想,甚至还可以说,是在从事一项民族文化集体认同的凝聚工作。关于古代文学的研究,绝不应该束之高阁,而是要发挥其启迪思想、陶冶情操、温润心灵的重要功能,承担起以文化人、以文育人、以文培元的重要使命。

北京大学中文系传统悠久、名家云集,在中国古代文学研究领域实力雄厚、蜚声内外,是众多青年学子和文学爱好者向往的崇高殿堂。国家图书馆藏有全世界数量最多的中文古籍,其中大量集部善本流传有序、既罕且珍,是为百代先贤灵秀之所独钟。2019年春,国家图书馆与北京大学中文系合作举办"风雅·风骨·风趣——中国古代文学名家名篇系列讲座",邀请北京大学中文系古代文学专业十二位具有丰富授课经验的著名学者登上国图讲坛,将文学史研究与名家名作精讲相结合,纵横千载,臧否百家,从惊鸿一瞥间,领略古来才人风貌,管窥古代文学研究的基本理路。

讲座首场以对谈沙龙的形式，邀请葛晓音、张鸣、刘勇强三位教授，同台共论中国古代诗、词、小说三种文体的赏析之法。随后，于迎春、傅刚、常森、钱志熙、杜晓勤、张剑、李简、李鹏飞、潘建国等学者先后主讲，葛晓音、张鸣、刘勇强三位先生复次登台。系列讲座大体以先秦、秦汉、魏晋、隋唐、宋、元、明、清时段为序。或从名著着眼，讲解先秦古诗如《诗经》，史传文学如《左传》，诸子散文如《论语》《庄子》《韩非子》，明清小说中的杰出代表如《红楼梦》《西游记》；或从名家切入，介绍陶渊明、李杜（李白、杜甫）、元白（元稹、白居易）、苏轼等人的人生经历与作品精神；或立足文学史研究，考察唐宋古文运动的深层内涵；或以同题材佳作类比对读，畅谈元杂剧的奇思巧构、文言小说的奇幻世界。

先是，2018年秋冬，北京大学考古文博学院、历史学系十一位知名学者以国家图书馆为平台，通过十五场中国古代断代史讲座，带领广大历史爱好者们走近历史现场，探寻史学研究之门径，让普通民众像北大学生一样亲炙众多名师。这样的安排，使得讲座的轰动程度远远超出主办方预期——偌大讲堂，几乎每场讲座都有一半听众席地而坐，不知疲倦地尽享第一流学术资源。此后，应广大听众强烈要求，这一形式由与北京大学历史学系中国古代史班底并称伯仲、抗手学林的北京大学中文系古代文学团队复制，亦得到社会各界的热烈响应。特别是首场对谈活动，男女老少观者如堵，讲堂内外几无立锥之地，颇有向学之人躬逢其盛，虽锦堂高驷不与易的景况。

当前，随着国家政策的大力支持，传播途径的不断创新，中华优秀传统文化传承发展的社会认知度、参与度空前高涨，民众对于优质学习资源的需求极为迫切。系列讲座的火热开展，即其明证。由以国家图书馆为代表的公共文化服务机构提供平台，邀请专门之家向大众系统、完整地讲授专门之学，并与互联网传播相结合，实现专业知识的普惠效应，这一做法必将成为传统文化创造性转化与创新性发展，特别是古籍活化的重要范式。

为回馈观众的厚爱，并使名家灼见得到更大范围的推广，讲座结束后，主办方委托北京大学出版社将讲稿出版，是为本书。因为是讲座稿的整理汇编，故保留了一些口语化叙述。此外，本系列讲座讲稿的整理校订等工作，主要由北京大学中文系学生宫瑞龙、武姝言，国家古籍保护中心办公室郑小悠、冯坤具体承担。在此谨缀数语，聊致谢忱。

本书编委会

2019 年 7 月 15 日

目　录

开幕式暨总论　中国古代文学作品的欣赏 / 1
　　　　　　葛晓音　张　鸣　刘勇强

《诗经》中的"变雅" / 45
　　　　　　于迎春

《左传》如何读 / 73
　　　　　　傅　刚

诸子三著：《论语》《庄子》《韩非子》/ 97
　　　　　　常　森

陶渊明的诗歌艺术 / 139
　　　　　　钱志熙

安史之乱中的李白和杜甫 / 171
　　　　　　葛晓音

元白"盛唐记忆"之异同 / 203
　　　　　　杜晓勤

"指出向上一路"的东坡词 / 249
　　　　　　张　鸣

唐宋古文运动的三重维度 / 283
　　　　　　张　剑

元杂剧公案剧中的奇思巧构 / 325
　　　　　　李　简

绵延千年的想象力：文言志怪传奇小说的奇幻世界 / 353
　　　　　　李鹏飞

《西游记》的结构与寓意 / 393
　　　　　　潘建国

作为小说标准的《红楼梦》/ 423
　　　　　　刘勇强

开幕式暨总论 中国古代文学作品的欣赏

葛晓音　张　鸣　刘勇强

一、古典诗歌的阅读和欣赏

葛晓音

先简单说一下,我们今天是一个三人谈的形式,但实际上可能主要还是各人谈各人的。中国古代文学的文体种类很多,我们三个每人都有自己的主攻方向。我主要是做先秦到魏晋南北朝隋唐五代这一段的诗歌研究;刘勇强老师主要是做元明清小说研究;张鸣老师研究范围很广,他主要做宋元部分,词和诗都是他的专长,也包括小说、散文等,今天他主要讲唐宋词的鉴赏。今天的三人谈有分工,我主要先讲一下诗,如果我讲的有哪些地方不对,也请两位老师能够指正或者补充。然后我们之间也会有一定的交流,但还是以各自讲为主。

我要讲的内容是"古典诗歌的阅读和欣赏"。中国古典诗歌的成就非常辉煌,因为历史悠久,题材内容很丰富,形式风格变化多样,表现艺术也是千差万别。要学好古典诗词,最基本的问题就是理解,下面就从三方面来谈一谈如何增进对于古典诗词的理解,也就是说怎么能够读懂作品。

（一）基本方法：联系作家生平思想来读懂作品意思，努力贯通地理解整首作品的意脉

时间有限，我只举一个例子，陶渊明的《杂诗》第一首。小学语文的教辅材料里就有这首诗，选这首诗可能是因为最后四句很励志，但实际上诗歌前半部分的意思很深，但大多数注解没有把这个意思讲得很透。这里我想结合这首诗来说一说我们如何读懂诗歌。先看一下这首诗：

> 人生无根蒂，飘如陌上尘。分散逐风转，此已非常身。落地为兄弟，何必骨肉亲。得欢当作乐，斗酒聚比邻。盛年不重来，一日难再晨。及时当勉励，岁月不待人。

要透彻理解这首诗，首先要知道这首诗属于陶渊明的组诗《杂诗》，这组诗一共12首。其次要了解这组诗的主题——主要抒发陶渊明光阴蹉跎、有志难成的悲哀。最后，还应该对陶渊明的思想有一点基本的了解。陶渊明归隐田园是因为看透了世道的黑暗和虚伪，他不愿意同流合污。但是陶渊明和同时代的人一样，对生命的短暂怀着一种焦虑，希望有生之年能够有所作为，体现出人生的价值，但是在归隐生活中他只能任光阴流逝，一事无成。整组诗都是写他那种时不待人的人生紧迫感，这首诗是第一首，主要抒发的也是这种心情。

头两句，"人生无根蒂"是感叹人生没有深固的根蒂，不能够长生，这里化用了《老子》第五十九章的话："是谓深根固柢，长生久视之道。"意思是要有深根固蒂才能够长生。"飘如陌上尘"用了一个比喻，也是汉魏诗中常见的。《古诗十九首》里有"人生寄一世，奄忽若飙尘"，用田间路上随风飘逝的尘土来比喻生命流逝的快速；另外，曹植在《薤露行》里也写过"人居一世间，忽若风吹尘"，说人的一生就好像风吹尘土一样,非常飘忽、短暂。尘土随风飘转,还有一层意思,即人的命运不能够由自己掌控。"此已非常身"这一句用的是《庄子》的意思,《庄子·大宗师》郭象注:"故向者之我,非复今我也。我与今俱往,岂常守故哉?"人生随着时光推移而变化,今天的我已经不是昨天的我了。

前面四句,以田间路上的尘土来比喻人生的聚散无常和变化的快速,也说出了人来到世间的偶然性,由此引出了中间的四句。"落地为兄弟,何必骨肉亲",是说人像尘土一样到处飘,落在地上也非常偶然,如果有幸同在人世间,四海之内都可以视为兄弟。这是用《论语》里的话,陶渊明认为应该珍惜和自己同在一世的人,比如说"比邻"。"得欢当作乐"这句话,从字面上看很容易理解成纵酒放任,但是他说的及时行乐,实际上是对苦多乐少的有限人生的珍惜。前面八句是一句接一句的,到最后四句他自然推出了整首诗的立意——一个人的盛年很难再回来,时不我待,应该及时勉励。

这首诗第一个好处,是非常朴素自然,表现了作家自己对人生的深刻思考。汉乐府《长歌行》里有这样四句:"百川东到海,何时复西归。少壮不努力,老大徒伤悲。"陶渊明这首诗的主旨也是一样,写法跟汉乐府很接近,以常见的比兴总结出人生应当及时努力进取的至理名言,简练而警策。他所用的比喻又融合了汉魏诗中常见的意象,既包含了老庄对人生偶然性的认识,也有儒家对人际关系的看法。从内容看,它有很高的概括力。

第二个好处就是文气非常自然,后一句是由前一句引出来的。句意连贯,这是汉代古诗重要的特点。读完以后,我们可以看到,他其实是在曲折地说明自己并不是真正满足于"得欢当作乐,斗酒聚比邻",他要引出的是最后四句话,他希望的还是及时勉励,能够做出一些事业来。这首诗作为整组诗的第一篇,概括了12首诗的基本主题。

这首诗里没有什么写景,要欣赏这类全篇直接抒情的诗歌,最关键的就是要读通整个诗的意脉,了解其中思想感情的逻辑——这样才能真正明白陶渊明到底想要说什么。

(二)要了解一些诗歌史的常识

1. 先要了解一些诗歌题材的类型。

中国古典诗歌的题材,是从少到多逐渐增加的。在题材形成和扩大的过程中,会形成某一类题材作品的内容主题和艺术风格的传承性。中国古诗的题材可归纳为以下几类——感遇言志、咏史怀古、边塞游侠、山水田园、赠人送别、乡思羁愁、闺情宫怨等,这些主要是唐以前的常见题材,几乎是永恒的题材。后人在写作的时候,往往会融化前人同类题材的意思。假如不了解前人作品,要读一首诗,即使是很容易的一首诗,可能也不能完全读通。

下面以一首送别诗为例,送别诗从汉魏到唐宋数量特别多。这里举的是李白的《送友人》,是非常容易懂的一首诗:

> 青山横北郭,白水绕东城。此地一为别,孤蓬万里征。浮云游子意,落日故人情。挥手自兹去,萧萧班马鸣。

这首诗写送别朋友的情景,是古代送别诗中最常见的类型。地点在城外,城北青山横卧,城东白水围绕,一山一水,既是写山清水秀的景色,也与下一句"此地一为别"形成对比。山水好像都在依恋着这座城,而人就像孤蓬一样,开始了飘游万里的征途。"浮云"是眼前看到的景色,也是比兴,因为游子正像浮云,没有办法掌握自己飘游的去向。"落日"则点出送别的时间,也隐含着光阴流逝、人生聚短离长的悲哀。这就是故人依依不舍的原因。

为什么这样来理解呢?因为中间这两联化进了汉魏诗中很多类似的意思。比如以孤蓬比游子,在汉魏诗里多见。曹植《杂诗》其二:"转蓬离本根,飘飖随长风。何意回飙举,吹我入云中。……类此游客子,捐躯远从戎。"就是用飘蓬作比。飘蓬是北方荒野上的一种蓬草,风吹干了以后,它的根就离开土,被风吹得到处乱跑,汉魏诗里经常用它来比喻远戍的征人或者游子。浮云也是常用的比喻游子的意象。如李陵的诗:"仰视浮云驰,奄忽互相逾。"曹丕的《杂诗》:"西北有浮云,亭亭如车盖。惜哉时不遇,适与飘风会"。曹丕这首《杂诗》是说,西北方有一片像车盖那么大的浮云,可惜它没遇到好时候,正碰上一阵大风,就不知道被吹到哪儿去了。只有了解以前的这类送别诗和游子诗,才能够知道用飘蓬、浮云来比游子的意思。"浮云游子意"的"意"是什么意呢?它不仅是指浮云飘游万里,里边还包含着感时不遇、不能够掌握自己命运的人生感慨。"落日故人情"的"情"又是什么情呢?在太阳落山的时候告别,曹植《箜篌引》也写过这样的感慨:"惊风飘白日,光景驰西流。盛时不可再,百年忽我遒。"落日让人想到了光阴的迅速,人生百年的短暂,游子的盛年不再,但游子还是漂流在前景黯淡的旅途中,分手时候心情如何就可以想见了。所以这里他不需要再直接抒情,读者可以从这一联中看到很多的意思。

最后他说:"挥手自兹去,萧萧班马鸣。"班马就是两匹要分离的马。"萧萧班马鸣"化用自《诗经·小雅·车攻》"萧萧马鸣,悠悠旆旌","之子于征,有闻无声"。从这些典故也可以看到,这首诗的意思非常丰富。当我们了解了前人作品和意象中所包含的那些积累的意思,就能对这首诗的意思有更深的理解。

这首诗是五言律诗,是近体诗,可是后人一直称赞它好在"有古意",

那么古意在哪里呢？古意就在于这首诗化用了很多刚才讲的汉魏古诗中比兴的意象，这些意象是前人经常用的。所以李白这首诗不仅仅抒情很真挚，还包含了很深厚的历史内涵，可以说他是以高概括力写出了古往今来人们送别友人时常有的感慨。

2.要了解诗人思想艺术的前后传承关系。

在中国诗歌史上，前代大诗人对后代的影响很大，像屈原对李白的影响，陶渊明对李白、杜甫的影响，都是很大的，后人的诗歌里常常会继承或化用前人的思想和艺术表现方式。如果能够了解、关注这一点，也可以加深对作品的理解。

这里举一首大家非常熟悉的李白《月下独酌四首》的第一首：

> 花间一壶酒，独酌无相亲。举杯邀明月，对影成三人。月既不解饮，影徒随我身。暂伴月将影，行乐须及春。我歌月徘徊，我舞影零乱。醒时同交欢，醉后各分散。永结无情游，相期邈云汉。

李白是大家都非常熟悉的"诗仙"，这首诗大家也耳熟能详了，写的就是他花下独酌、举杯邀月的轻狂的形象，主要是抒发他内心深刻的孤独。一般讲这首诗都是这样讲，这也没错，但如果能了解这首诗里还有跟前人作品的关系，也许可以对它的意思理解得更深一点。

前面四句是点题的话，花间独酌，因为寂寞，李白就产生了举杯邀月的奇想。后人都称赞这首诗想象奇特，要邀请月亮一起来喝酒。接着写月亮和"我"和影三者的关系，层层铺开。

月亮不懂得喝酒，影子也只会随着自己的身体移动，月和影子虽然无情无语，但因为自己很寂寞，所以不妨姑且做个伴。何况诗人在歌舞的时候，月亮也在天上移动，影子也会随着翩翩起舞，好像月亮和影子也变得有知有情了。这里他写月亮和影子一开始是不懂得酒趣的,后来变得也能和诗人凑趣了,实际上就写出了诗人从起初未醉,到喝醉了的过程。本来很寂寞的独酌,就在醉意朦胧中变得热闹起来了,这样就更反衬出内心的孤独。这份孤独又使得诗人在自己与月和影的关系中反复地推敲。"醒时同交欢,醉后各分散",好像是在解释"暂伴月将影",我们暂时做个伴,醒的时候我们在一起开心,醉了以后我也看不见你们,大家就分散了。但是这里面强调,诗人在醒的时候是三者交欢,各自分散是在诗人醉之后,之所以影子和月亮能够和诗人做伴,主要是因为诗人暂时清醒。

这和最后的两句"永结无情游,相期邈云汉"之间又有什么关系呢?为什么诗人从分散以后就希望"永结无情游",要与月亮相期在云汉当中呢?这里我们可以再进一步联想到陶渊明。邀请影子喝酒并不是李白的创意,最早陶渊明就已经在《杂诗》组诗的第二首中说过"挥杯劝孤影"。他写的也是在月下觉得孤独,于是劝自己的影子一起喝酒,李白的"对影成三人"应该就是脱化于此。李白意识到自己和影"醉后各分散",这也与陶渊明的诗有关,即陶渊明《形影神》三首的第二首《影答形》。"形"指的是人的身体,有生命的形体;"影"从字面上看,好像是指光投射到地上的影子,但是陶渊明这首诗里的"影",指的是名,是人的声名;"神"就是这个人的神志、精神。陶渊明这首诗中有一句影回答形的话:"此同既难常,黯尔俱时灭。身没名亦尽,念之五情热。"影子说,我们形和影也并不是经常能够在一起的,当光线暗了以后,影子就看不到了,就像人死了以后,名也就没有了,想到这一点,内心非常激动。

李白说的也是这个意思。影子和形体的相伴并不长久:或者因为光暗,这一点陶渊明已经说了;或者因为身殁,陶渊明也已经说了;李白又加了一点,或因醉后,也是不能相伴的。由此我们就可以理解,前面说的"暂伴月将影",不仅是说诗人暂时陪伴着月亮和影子解闷,更是感叹人生短暂,诗人与月和影的相伴只是暂时而已,所以后面才紧接着说"行乐须及春"。可见李白不仅仅是写自己的寂寞,在寂寞当中,还包含着人生苦短的烦恼。相对月亮来说,花和春天正像人生,都是短暂的,只有及时行乐才不辜负有限的人生;影子随着我的身,也是短暂的,只有月亮是永恒的存在。所以李白希望和明月能够"永结无情游"——"无情"就是忘却人间的是非得失——和月亮相约在遥远的云汉,这样自己不也就获得永恒的逍遥游了吗?虽然这是在以庄子哲学消解浮生烦恼的幻想,但是也点出了这首诗的本意,他不仅仅是写自己独酌的醉态,更是借此来表达对人生和永恒的感悟。所以说如果能够了解李白这首诗中的一些思想从哪里来,对这首诗的理解可能会更深一些。

3.从文学史的角度,联系体裁的因素来理解古典诗词的创作特色。

中国古诗有古体、近体两大类,古体包括五古、七古、五七言古绝、三言、四言、六言和乐府,近体包括五律、七律、五言排律、五七言律绝等。不同的体式有不同的鉴赏标准。比如歌行,篇幅很长,适合铺叙,所以前人要求它层次复叠。波澜起伏;又比如绝句,篇幅很短,前人就要求它含蓄,主题、意象要比较单纯,但又要留有不尽之意,不能干巴巴地结束。进一步说,每一种诗体在它的不同发展阶段也是不一样的。这里举以七言律诗崔颢《黄鹤楼》为例:

> 昔人已乘黄鹤去,(一本作"昔人已乘白云去")此地空余黄鹤楼。黄鹤一去不复返,白云千载空悠悠。晴川历历汉阳树,芳草萋萋鹦鹉洲。日暮乡关何处是,烟波江上使人愁。

这首七律是享誉天下的名作。背后还有一个故事,传说黄鹤楼上有辛氏卖酒，有个道士便在墙上画了一只能跳舞的鹤作为自己喝酒的酬金，结果引来好多人喝酒。十年以后道士又来到黄鹤楼，就乘着这只鹤飞走了。这个传说崔颢大概也听到过，所以他把对这个传说的向往写进了诗里，转化为对时空悠久的遐想。他在楼前远眺着历历可见的晴川树和芳草萋萋的鹦鹉洲，这就形成了过去和现在的虚实对照。前四句是他想象的，而"晴川历历""芳草萋萋"则是眼前看到的。这种虚和实的对照，更能够触发人们关于宇宙间人事代谢的感慨和怅惘。这首诗既切合典故又切合景观，而且把古今登楼的人所有的感慨都概括无余了，传说连李白到了此处都觉得没法再写了，说："眼前有景道不得，崔颢题诗在上头。"

这首诗主要好在哪里呢？首先就是它不可复制的声调美和意境美。这首七律很特殊，它与后来杜甫以至中唐以后的七律都不太一样，只有在七律刚刚成熟的盛唐这一特殊阶段才能够出现。这首诗的声调美跟句法有关系，它的句法接近于乐府歌行，前四句是分两层递进的，三次重复"黄鹤"——如果是"昔人已乘白云去"的版本，就是两次重复"黄鹤"，两次重复"白云"——这种回环复沓，增强了像民歌一样悠扬流畅的声调。

如果仅仅是声调美，这首诗还不足以成为名作，因为类似的句法在崔颢之前也有人写过。初唐沈佺期（武则天、唐中宗时期的宫廷诗人），他曾用过类似的句法："龙池跃龙龙已飞，龙德先天天不违。池开天汉分黄道，龙向天门入紫微。"这首诗中也重复了好几个"龙"和"天"，也用了递进的句法。后来李白写了一首《鹦鹉洲》，也用了"昔人已乘黄鹤去"的句法。可是大家对沈佺期和李白的这两首诗就不太了解，而崔颢《黄鹤楼》的名气很大，就因为崔颢这种悠扬的声调和诗里那种黄鹤杳然、白云悠悠的意境特别协调。悠远的意境和悠扬的声调相得益彰，这是很难做到的。这种声调美是天然的，不是人工的。七律发源于六朝末年的乐府，它的声调和写法也一直和乐府歌行分不开，初唐和盛唐的时候就有很多八句七言的歌行体，和七律很难区分，甚至一直到了盛唐，还有人把当时用来配乐的七律也称为"乐府"，这种声调美就来自七律发展的特殊阶段。

此外，这首诗的意境美也来自初唐乐府歌行。初唐的长篇歌行有很多，像卢照邻的《长安古意》、刘希夷的《白头吟》、张若虚的《春江花月夜》，极具声调之美，论意境，也都是感叹宇宙的永恒、人间的短暂，感叹人世间盛衰变化的无常。读了这些诗以后，读者往往能产生无穷的遐想和淡淡的惆怅。崔颢这首《黄鹤楼》只是把这种感慨通过黄鹤的故事表现出来而已，声调美和意境美这两者的结合，正体现了七律从初唐过渡到盛唐的这种特殊风貌。随着七律的发展，尤其从杜甫开始，诗人要求进一步挖掘七律自身的表现潜力，七律和乐府歌行慢慢地区分开来，这种声调也就渐渐地消失了。我特别讲这首诗，就是想借此提示，要了解不同体裁的要求，还要了解每一种体裁不同的发展阶段的特殊性。

（三）要初步了解一些中国古典诗歌的鉴赏理论

中国古典诗学，从秦汉时代开始，到清代末年，逐渐积累起一套自成体系的欣赏理论，至今还在运用。因为古代的欣赏家本人都是作家，积累了丰富的创作经验，所以他们对作品的评论偏重于感性和印象，贴近作品本身，审美感受细腻准确。古人不但提出了很多总结创作规律的概念，如比兴、气骨、兴象、意象、意境、格调、神韵、法度等——这些词我们在读古人鉴赏著作时会经常看到，而且古人还很擅长运用大量的比喻来说明他们对作品的感受。这里说说比兴。

比兴是中国古典诗歌中最早出现也最常使用的一种表现方式。《诗经》中的比和兴都比较单纯。比很容易理解，兴的情况就比较复杂。有的时候兴和所歌咏的情之间有明显的意义联系，这种情况接近于比；有的时候兴和所咏的情之间的联系在似有似无之间；有的时候兴和所咏的情之间没有意义上的联系。所以兴和比的差别就在于兴引起的是一种心理感觉的微妙联想，而不是以一个具体的事物来说明一个抽象的概念，所以特别含蓄有味。

以《诗经·秦风·蒹葭》的兴为例，简单讲一下。这首诗三章是重叠的，重点看第一章：

> 蒹葭苍苍，白露为霜。所谓伊人，在水一方。溯洄从之，道阻且长。溯游从之，宛在水中央。

蒹葭是芦苇一类的植物，生长在水里。"苍苍"是鲜明茂盛的样子。开头两句写白露凝聚为霜，正是深秋季节，河里芦苇一片苍绿，茂密的芦苇似乎遮住了诗人的视线。他所思念的人就在水的另一方，于是诗人逆流而上去寻找她，可道路既有险阻，又很漫长，于是诗人又顺流而下去寻找她，那人好像在水的中央。

这首诗好在以重叠反复的歌唱写出了诗人对可望而不可即的爱情的期待和忧愁，写得虚虚实实，实的是诗人对于伊人的执着、反复的追求，虚的就是隐约飘渺、似有若无的伊人。为什么有这种艺术效果呢？这片阻隔在诗人和伊人之间的蒹葭，就起了非常重要的作用。这片茂盛的蒹葭引起了诗人的秋兴，也引起了诗人的愁思，又成为他把握不住伊人到底在哪里的障碍，所以不但写景非常优美，还能够引起人丰富的联想。这种兴的原始性和多义性，给《诗经》增添了后世难以企及的艺术魅力，《蒹葭》就是一个显例。

这是最早的、原始的兴，后来比兴的变化就越来越多了。比虽然是一种比较直白的表现方式，但写得好也可以引起丰富的联想。比如晚唐李商隐的《蝉》：

> 本以高难饱，徒劳恨费声。五更疏欲断，一树碧无情。薄宦梗犹泛，故园芜已平。烦君最相警，我亦举家清。

古人认为蝉生活在树叶间，只喝露水，所以非常洁净。蝉又在夏秋之交叫得最响，好像是用足了全身的气力来酸嘶悲鸣，所以从北朝以来，很多诗人都用蝉鸣来比喻人处于穷困中的痛苦呼叫，或者用蝉来比喻人品质的高洁。李商隐这首诗里比喻的意思也非常明确。可是在李商隐之前写《蝉》的名篇也有不少，这首诗的好处又在哪里呢？

诗的上半首从自己听蝉叫了一夜直到天亮这一点着眼，诗人设想这只蝉的处境，说它本来就因为生活在高树上而吃不饱，又没有人理睬，这么费力地叫唤也只是徒劳。可是它一直叫到五更天，都没有力气了，声音也逐渐变得稀疏，快要断绝了，而对着他的却只有一树无情的碧色。下半首就写到自己的处境，说自己为了一份微薄的俸禄到处漂泊，就好像《战国策》里被土偶嘲笑的漂流无定的桃梗一样，而故乡遥远又已经荒芜，没有办法回去了。这两句看起来好像跟前面的咏蝉没什么关系，但是"烦君最相警"这一句，又把人和蝉联系到一起了，说蝉鸣似乎是对自己的警醒，让自己意识到全家也像蝉一样的清贫。联系蝉的比喻义来看，这个"清"字主要就是清白高洁的意思，这里以蝉自比，还包含着因为高洁而清贫的自傲。

可见这首诗虽然前面写蝉，后面写自己，好像是分开的，实际上还是合二为一的，前半首照应后半首，是对自己的生动写照。和以前的咏蝉诗相比，李商隐这首诗不但借蝉比喻了自己的遭遇和品格，还借蝉传神地写出了自己面对冷酷现实的无力和窘迫。"五更疏欲断，一树碧无情"这两句，非常有新意。同样是比兴，但在不同时代不同诗人的作品当中，表现是千差万别的，如果能把握好其间的基本原理和具体差别，就能够抓住每首作品的特点了。

艺术的问题要展开讲，可以讲很多。但是时间差不多了，我先讲到这里，下面请张鸣老师讲一讲唐宋词方面的问题。

二、唐宋词欣赏漫谈

张鸣

刚才葛晓音老师讲了阅读欣赏古代诗歌的一些基本原则和方法，讲得非常精彩。

讲到古代诗词的阅读欣赏，需要强调一点：文学欣赏是一种审美活动，并没有固定的唯此一家的模式或套路，在基本的层面，可能有一些具有共性的方法原则，但更深入的层面，则根据不同的文体、不同的作家作品而有各自的读法要求，即使面对同一个作品，不同的读者也会有不同的读法和领悟，这是文学审美活动的性质决定的。因此，我今天讲的唐宋词的阅读欣赏，也只是我个人的想法和体会，仅供大家参考。

我赞同刚才葛老师讲的意见，我们都知道"诗词"并称，习惯上"词"也被看作"诗"之一体，都是以抒情为主的文体，因此葛老师讲的阅读欣赏诗歌的几条基本原则，同样也适合于读词。不过，词在很多方面还是和诗歌有区别，在阅读欣赏的时候，需要注意不同的特点。下面我补充说一说阅读和欣赏唐宋词要注意的几个问题。

（一）认识词的体裁形式特点，了解这种新形式的审美意义

在中国文学史上，词是唐代新生并且在宋代繁荣发展的一种新的文学体裁，和唐宋诗歌相比，词在形式上包含了很多新的因素。阅读欣赏唐宋词作品，对这种体裁形式的新特点要有所认识，这样我们在赏析其艺术时，才能有基本的落脚点。

首先，需要了解词的基本属性是音乐文学，音乐塑造了词的基本形貌，包括形式和审美两个方面的特点。词最初称为"曲子"或"曲子词"，就是歌曲的意思。词在文学史上还有一些别名，也和音乐有关：比如"乐章"，柳永的词集叫《乐章集》，"乐章"就是歌曲；另外还有"乐府""歌曲""小歌词""倚声"等。唐宋时期，词的文体属性主要就是歌词。词的写作是"倚声填词"，是按照乐曲的声律填写歌词，这也和诗歌不同。因为配合音乐的关系，词的艺术表现、传播接受，都得到音乐的辅助，在文字本身的优美之外，还附加了音乐的优美，于是词抒情的力量也就更加突出。

其次，唐宋词依附于音乐，音乐曲调的丰富多样决定了词体形式多种多样的变化。这一点和诗歌的差别比较明显。刚才葛老师讲到了诗歌的几种体裁形式，不管是古体也好，近体也好，形式的变化总是有限的，而词的体裁形式的种类、数量就比诗歌要多得多。每首词都有一个词调，每个词调都有独特的形式，词调的名称叫词牌，词牌用于标明一首词的乐谱曲调，本身并不是题目。词牌的名称可以分为两大类：第一类是《如梦令》《南歌子》《采桑子》《天仙子》《八声甘州》《水调歌头》《声声慢》等；第二类是《浣溪沙》《菩萨蛮》《满庭芳》《沁园春》《满江红》《念奴娇》等。可以看出，这两类词牌其实是不同的命名方式，前一类词牌名中都带有乐曲曲调的术语，或者是"歌头"，或者是《八声甘州》，或者《如梦令》的"令"，

还有《南歌子》的"子",就是"曲子"的"子",都是由音乐曲调形式转换为词牌名的;后一类如《浣溪沙》等,调名则是主题描述性的,描述乐曲曲调的主题,这一类词牌就可能是从曲调本来的音乐主题转化而来,当然后人填词的时候,可以不管音乐曲调本身的主题,而只需要按照自己要写的作品的主题来填。不同的词牌依据乐曲不同,在句数、句式、字数、平仄、韵脚、押韵方式等格式上都有基本的规定。词调不同,意味着乐曲的旋律节拍不同,文词的格式也不同。《康熙钦定词谱》共收录826调、2306体,可见声律体式变化之丰富多样。在阅读唐宋词作品的时候,需要了解这个特点。

第三,在体裁形式上,词的诗行组织方式比诗更丰富。所谓"词的诗行组织方式",是我个人的总结,就是指词中的句子组成一篇完整作品的方法和规则。中国古代诗歌,无论古体还是近体,无论五言还是七言,诗行组织方式,一般都是两句诗组成一个句组,构成一个相对独立完整的意义单位,再由若干个句组叠加,组成一首完整的作品。比如律诗,如前面葛老师讲到的《黄鹤楼》,是完整的四联,每一联是两句,有一个上句就一定要有个下句。我们在读律诗或读绝句的时候,会有这样一种感觉,读出了上句"黄鹤一去不复返",感觉没有完,还会期待有一个下句"白云千载空悠悠",下句一出来这个意义单位就完整了。在诗歌领域,这种两句一组的诗行组织方式是占主导地位的,但是在词里,情况就不一样了,词的句组的构成,形式比较多样,有的是两句一组,这和诗歌一样,但有的则是三句一组,比如柳永的《八声甘州》:

　　渐霜风凄紧,关河冷落,残照当楼。

三句才组成一个完整的相对独立的单位。还有的是四句一组,比如苏轼的《沁园春》：

> 渐月华收练，晨霜耿耿；云山摛锦，朝露漙漙。

这是四个句子组成一个完整的相对独立的句组。另外，词里还有一种独立句，比如辛弃疾的《摸鱼儿》结尾四句：

> 闲愁最苦。休去倚危栏，斜阳正在，烟柳断肠处。

这个结尾实际上是一个独立句再加上一个三句的句组构成，"闲愁最苦"是一个独立的意义单位，这种独立句在词里就起到鲜明的强调意义的作用。我们在读词的时候一定要特别注意这一点。还有一个比较明显的例子，就是《浣溪沙》这个词调，它分为两片，但上片和下片都各是三句，一定是一个两句的句组再加一个独立句构成。比如"无可奈何花落去，似曾相识燕归来"是一个完整的对仗句，而一联完了，最后又加一句"小园香径独徘徊"，这就成为词了。词在句组组合方式上的特点，打破了汉语诗歌从《诗经》开始就占主导地位的两句一组循环叠加的格式。这个特点使得词整体的韵律变化更加丰富，也带来了艺术表现力的解放，从而可以表现更复杂的感情和内容。我们阅读、欣赏作品的时候，也要注意到这些特点。

第四，和诗歌相比，词在句子形式上的特点也非常鲜明。词的句子的特点是长短句。不过词的长短句是由词牌规定的，要按照词牌的规定去写，不能随便处理，这和诗的长短句不同。词的长短句，从一言句一直到九言句，这是词的形式特征之一。更为重要的是，观察词的句子形式，可以发现另一个特点：所有词调的句子不管长短都可以归结为两大类：一类是所谓一、三、五、七、九言这样的"单数言句"，另一类是二、四、六、八言这样的"双数言句"。这两种句子字数不同，音律特点和艺术表现力也一定是不同的，比如《念奴娇》这个词牌，以苏轼的《念奴娇》为例：

> 凭高眺远，见长空万里，云无留迹。桂魄飞来光射处，冷浸一天秋碧。玉宇琼楼，乘鸾来去，人在清凉国。江山如画，望中烟树历历。　　我醉拍手狂歌，举杯邀月，对影成三客。起舞徘徊风露下，今夕不知何夕。便欲乘风，翻然归去，何用骑鹏翼。水晶宫里，一声吹断横笛。

这首词是由单数言句和双数言句的交叉组合构成的。第一个句组，"凭高眺远，见长空万里，云无留迹"，这是四言、五言、四言三句组合，节奏是双、单、双组合；"桂魄飞来光射处，冷浸一天秋碧"两句，则是七言、六言组合，一听就能感受到它韵律的变化。假如是诗的话，"桂魄飞来光射处"，那么下一句也应该是七言，但这里却是接一句"冷浸一天秋碧"，节奏一下就变了，六个字就停住，显得比较果断，这和诗就不一样了。再比如"玉宇琼楼，乘鸾来去，人在清凉国"，两个四言句，再加一个五言句；"江山如画，望中烟树历历"，四言和六言组合。这些多样变化的句子节奏组合，构成了《念奴娇》词调的总体音律节奏模式。实际上，唐宋词中，有的词调是以"单数言句"为句子的主体，有的是以"双数言句"为主体，但大部分词调则都是由"单数言句"和"双数言句"按照不同的组合方式来构成错综变化的词篇结构，慢词词调更是如此。

如果进一步看，词中大量出现四言、六言这样的"双数言句"，意义更加重要，不仅在词体构成中显得重要，而且从古代文学发展的历史上看，这件事本身很重要。如果追溯古代诗歌句式发展的历史，我们知道，四言句早在《诗经》就有了，而且是《诗经》作品占主要地位的诗句形式，但是到汉代以后，尤其是五、七言诗兴起之后，四言诗就基本上退出了诗坛主流。而六言诗句形式，唐代有六言诗，宋代也有人写，但作品很少，名作更少，总之六言诗句也没有成为诗歌的主流句式。但到了词中，四、六言句子形式却占了非常重要的地位，也就是说，早就退出诗坛主流的四言和六言这种"双数言句"被引入了词中，重新获得了诗意的表现力和生命力，这在汉语诗歌发展的历史上可能是一件应该特别关注的事。在词体文学出现之前，四言和六言比较多的是用在骈文当中，是文章的语言形式，但是到了词里，四、六言这种形式就获得了一种诗意的新的生命，这样看，意义是不是很重要？我们在读词的时候，如果了解这些特点和意义，会帮助我们更深入地欣赏词的艺术。

另外还可以补充一点，四、六言句的使用，也使得汉语诗歌所有可能的言句组合形式基本上都能被词采用，当然，不是所有的词调都用了所有的句式，而是指在不同的词调里，或者四言、六言为主，或者五言、七言为主，或者四言、六言和五言、七言以不同方式组成一体。总之，多样化的句式使得词的体裁变化更多，节奏韵律变化也更加丰富。由于这样丰富的变化，词也最能够发挥汉语句式组合多变带来的丰富的节奏美感。读一首词，要领会其深入、细腻、优美的审美表现，首先要体会其音律节奏上丰富变化的美感。曾有学者说过，词是能够充分体现文言之美的文学形式，虽然他说的是文言，而不是汉语，但我觉得很有道理。当然，诗歌也能体现这种美感，但是诗歌的句式和节奏的变化还是不能和词相比，词的形式之所以新，就新在这些地方。

（二）准确理解唐宋词作品中文辞的含义

阅读和欣赏唐宋词的作品，确实像刚才葛老师说到的，要准确理解文本。实际上读诗词的道理、基本原则都一样。欣赏一篇唐宋词作品，了解了基本的形式体裁特点之后，要先从读懂文辞入手。已故的吴小如先生曾经写过一篇如何欣赏古代诗词的文章，提出四条原则："通训诂""明典故""考身世""查背景"。他列在首位的是"通训诂"。通训诂就是要认字，要读懂诗词当中的文辞，要准确理解。这里给大家举几个例子来看一下读词的时候怎样准确理解，着重说一说两种情况：第一种情况是准确理解一些常用字词在作品中的准确含义，第二种情况是准确理解语词在作品中起到描写、叙述、修辞作用时的具体含义。下面具体讲：

第一，准确理解一些常用字词在诗词作品中的准确含义。

先举一个诗歌的例子，唐代王维的《鹿柴》：

空山不见人，但闻人语响。

这首诗很有名，也不难懂，但也未必没有问题。"但闻人语响"这一句，有的文章解释为只能听到人说话的声音。这个解释对不对呢？不能说它错，但是不准确。"响"字最原初的含义是回声，比如《易传·系辞》："其受命也如响。"孔颖达疏："如响之应声也。""响"是回应那个声音的，就像我们讲一个声音的余响、回响，就是回音。所以准确理解这两句诗的意思，应该是说在空山当中看不见人影，只听到远处传来人说话的回声。因为"回声"在"空山"当中能传播得很远，因而在见不到人的情况下，远远地就能听见有人说话声的回音在响，这是"空山"所特有的景象，如果在空山里面待过就能体会。可见诗人的描写非常准确、非常精细，我们如果大而化之理解为人说话的声音，那就辜负了王维的一片苦心。

第二个例子是宋词，这个比较简单，李清照有一首词《如梦令》：

常记溪亭日暮，沉醉不知归路。兴尽晚回舟，误入藕花深处。争渡，争渡，惊起一滩鸥鹭。

这首词写得很生动，也容易懂，但有的文章解释"争渡"，把"争"解释为争先恐后的意思，因为迷路了，心急之下就争先恐后地划船找路。可是李清照是自己出去游玩，她和谁争呢？有什么好争的呢？所以这里的"争"不能解释为"争取""争斗"的"争"。在唐宋词里，很多地方的"争"字就是"怎"的意思，唐宋词里很常见，譬如冯延巳《忆秦娥》"一句枕前争忘得"，柳永《八声甘州》"争知我、倚阑干处，正恁凝愁"、《鹤冲天》"未遂风云便，争不恣狂荡"、《迎新春》"堪对此景，争忍独醒归去"、《玉山枕》"便争奈、雅歌都废"，姜夔《念奴娇》"日暮，青盖亭亭，情人不见，争忍凌波去"等，这些例子当中的"争"都是"怎"的意思。所以读唐宋词的时候，要注意一些字词在唐宋词作品中的一些特殊用法，这个"争"就是一例，理解为"怎"，才能够准确理解词的内容。

第二，要准确理解语词在作品当中起到描写、叙述、修辞作用时的具体含义。

诗词的语言不是文章的语言，也不只是词典上的意思，而是一种经过诗人艺术化加工之后的语言，诗人在语言运用上往往是要追求特殊的艺术效果，因此只懂得语词的字面意思还远远不够，很多情况下，即使读懂了语词的一般含义即词典义，也不一定能准确理解这个语词在作品中用于描写、叙述时的具体含义。

举一个大家比较常见的例子，李清照的《声声慢》：

满地黄花堆积，憔悴损，如今有谁堪摘。

"堆积"这两个字，一般的意义很容易理解，就是一堆东西堆积在地上的意思,但是这里描写菊花的状态,它有特殊含义和表现效果,这是一定要追究的。一般的解释都说"满地黄花堆积"是菊花枯萎、凋落在地上,满地堆积,菊花都凋落了,所以"有谁堪摘",没法摘了。20世纪80年代初,吴小如先生给我们讲唐宋词,他特别解释了这个例子,说这个"堆积"是描写菊花盛开,而不是菊花凋落。吴先生后来把这个意思写到了文章里,说:"满地黄花堆积,是指菊花盛开,而非残英满地。憔悴损,是指自己因忧伤而憔悴瘦损,也不是指菊花枯萎凋谢。"(《古典诗词札丛》,天津古籍出版社,2002年)这个解释很精彩。堆积的"积"在古代诗词中常会用来形容繁花盛开或芳草茂盛,如谢朓《和别沈右率诸君》:"重树日芬葿,芳洲转如积。"周邦彦《渔家傲》:"东风急处花成积,醉踏阳春怀故国。""满地黄花堆积"解释为形容菊花盛开,有根据。其次,仔细推敲这几句的内容,可以发现在这么一首悲伤的词里,菊花盛开得这么灿烂,李清照实际上是用菊花盛开的灿烂来反衬自己的孤苦、凄凉、寂寞和憔悴,是一种反衬,艺术效果非常地强烈、鲜明。

读诗词要从正确理解文辞入手,也要避免另外一种倾向,就是死抠文字、咬文嚼字,仅仅停留在文字上。读懂文字并不是要求死抠文字,而是要去理解文字背后所表现的思想感情。文字是表现思想感情的工具,读懂它只是欣赏诗词作品的初步,如果只停留在这一步,古人有一句很好的批评,叫作"死于句下",读诗词最忌讳的就是"死于句下"。苏轼曾经就读《诗经》的方法发表过意见:"夫诗者,不可以言语求而得,必将深观其意焉。(《即醉备五福论》)"就是说读诗不能够只停留在语言文字上,还必须深观其意,通过文辞进入文本内部去体会它的意义，这就涉及我要讲的第三个问题了。

（三）在读懂文辞的基础上，披文入情，即辞求意，揆情度理，融会贯通。

"披文入情"出自《文心雕龙·知音》："夫缀文者情动而辞发，观文者披文以入情。"读文学作品的人要"披文以入情"，按照文辞提供的路径进入作品的感情内部，唐宋词的欣赏也是这样的原则。大多数唐宋词作品在艺术上都有文辞婉转、意思曲折、结构跳跃、意境深远的特点，又特别擅长以优美的画面或场景传达某种特殊的心境和情绪。王国维《人间词话》说："词之为体，要眇宜修，能言诗之所不能言，而不能尽言诗之所以能言。诗之境阔，词之言长。"他是讲诗和词的区别，"词之言长"，而"言长"说的就是语言表现的效果曲折委婉、意味深长。这也是词在艺术审美上的重要特点。

这里也举个简单的例子，温庭筠的《菩萨蛮》：

> 小山重叠金明灭，鬓云欲度香腮雪。懒起画蛾眉，弄妆梳洗迟。照花前后镜，花面交相映。新帖绣罗襦，双双金鹧鸪。

这首词到底在说什么？如果只看文辞，就是在写一位闺中妇女梳妆打扮，从懒得起床、懒得梳妆，到精心打扮，全都是画面的描写，而且画面之间是一种跳跃性的组合，完整的逻辑意脉在背后。文辞精美，画面生动，但究竟写什么，必须从语词和画面的暗示中去分析。

"小山重叠金明灭"这句到底写的是什么，争论很多，时间关系，我直接讲结论就好。

晚唐五代妇女发髻形式当中有一种，是很多头发在头上盘成一个一个的小山形状，有的歪在一边垂下来。固定这些发髻，就要用一些小梳子插在头发上，小梳子上有镀金的图案。所以"小山重叠"指的就是头上的发髻像重叠的小山，"金明灭"指的就是那些插在发髻上起到装饰固定作用的小梳子上描金的花纹，在阳光照射之下闪闪地发光。这就是"小山重叠金明灭"的画面。唐代元稹《恨妆成》诗里有"满头行小梳"的描写，可见唐代妇女化妆之后头上要插上很多小梳子。这是我参考沈从文先生的意见得出的结论。沈从文先生研究古代服饰制度，注意到了这个问题，他说"小山重叠金明灭"描写的就是这样的画面，我觉得他的解释非常对。这也提醒我们注意一个问题，在阅读古代诗词的时候，也要多了解一点文化史知识，古人怎么生活、怎么穿衣服、怎么打扮、怎么喝酒、怎么喝茶、怎么吃饭，等等，多了解一点文化史知识对我们欣赏诗歌是很有用的。

下一句"鬓云欲度香腮雪"，是说头发好像要从脸旁边垂下来一样，"小山重叠金明灭，鬓云欲度香腮雪"，实际上是讲她已经精心打扮好了，而不是刚起床还没打扮的时候。下面的"懒起画蛾眉，弄妆梳洗迟"是倒叙，补充说明一下为什么现在才化妆。本来已经画得很好、很精美了，这是上片的意思。虽然妆化好了，但自己还不满意，因此才有下片的意思。

"照花前后镜，花面交相映"，这是什么意思呢？"照花前后镜"，就是在化妆的时候前面一个大镜子，后面一个小镜子，这是为了看自己背后的发髻有没有弄好，是不是好看。前面的镜子里能够反映出后面镜子所照出的头上装饰的那些花和首饰，衬托上镜子中自己的面容，这就叫"花面交相映"。这几句是说不仅是妆化好了，还要精心检查是不是好看，是不是满意。读到这里就会发现一个问题了，前面说"懒起画蛾眉"，懒得起来，但是到了下片，不但妆化好了，还要精心检查，为什么有这种心情的变化？词人没有正面交代，他是怎么表现的呢？

接下去说:"新帖绣罗襦,双双金鹧鸪。""绣罗襦"就是外面穿的外披,"帖"是一种绣花的工艺,就是把鹧鸪鸟的图案绣在了自己的新衣服上。把这衣服披在身上,这就是这两句词的意思,有了这两句,这首词要表现的内容就有了落脚点。落脚点就在"金鹧鸪"上。

这首词就是写闺中的一个妇女梳妆打扮,看自己打扮得漂不漂亮、精不精美、衣服好不好看,而要理解这首词的含义和他写的闺情的特点,就像刚才葛老师说的,要从古代诗歌作品的历史当中去寻找它在内容上的传承。这首词的主要内容是梳妆的过程,在古代文学作品中,梳妆和闺怨有着非常密切的关系。表现闺怨主题的作品,经常会提到梳妆这个行为,最早可以追溯到《诗经·卫风·伯兮》:

> 伯兮朅兮,邦之桀兮。伯也执殳,为王前驱。自伯之东,首如飞蓬。岂无膏沐?谁适为容?

妻子自从丈夫从军之后就再也不打扮了,甚至"首如飞蓬"也不管,头发也不梳也不洗了,并不是因为没有用来洗头的东西,是因为丈夫不在身边,梳洗打扮谁来欣赏呢?用梳妆或者不梳妆来表现闺中妇女的相思和闺怨,这首诗就是这一母题的最早来源。后来文学史上出现了很多作品,比如温庭筠的《忆江南》词,"梳洗罢,独倚望江楼",要梳洗了,去"独倚望江楼",干什么呢?盼丈夫。这个闺中的妇女自己梳洗打扮好了,就要出去等待她的丈夫,盼望他回来,但是"过尽千帆皆不是",丈夫没回来,所以"肠断白蘋洲",非常悲伤,也是用梳妆来表现她对丈夫归来的盼望及失望。

杜甫《新婚别》里有个细节也很精彩,新婚夫妇要离别了,妻子对丈夫说,你走了,我"罗襦不复施",外面的外披我也不穿,"对君洗红妆",今天就把红妆洗了,不打扮了。这也是用梳妆来表现夫妇离别主题的例子。到了宋代，这种作品就更多了，比如李清照《凤凰台上忆吹箫》写她在闺中的思念与哀伤：

> 香冷金猊，被翻红浪，起来慵自梳头。任宝奁尘满，日上帘钩。生怕离怀别苦，多少事、欲说还休。新来瘦，非干病酒，不是悲秋。

"慵自梳头"，也是懒得打扮，也是因为闺怨、相思，还是和梳妆有关系。再看苏轼的《江城子》：

> 十年生死两茫茫，不思量，自难忘。……夜来幽梦忽还乡，小轩窗，正梳妆。

已经去世十多年的妻子，词人在梦中看见她的时候，还是她在窗边梳妆打扮的日常生活的场景，可见这个场景给他留下了非常深刻的印象，苏轼在梦见去世的妻子的时候看到的是这种场景。可见梳妆和闺中妇女的生活，以及作品当中表现闺怨的主题，彼此之间关系非常密切，意义也很直接。

　　回来再看温庭筠的这首《菩萨蛮》，它的主题就是用梳妆打扮这种闺中妇女的日常活动来写她的闺怨、相思。从"懒起画蛾眉"写她孤独一人慵懒的心情，懒得梳妆打扮，再到下片转而写她精心打扮，认真检查，从慵懒到认真打扮的转变，是以人物外部活动和场面，暗示她期盼丈夫早日回来团聚的心理。而最后一句"双双金鹧鸪"，虽然只是衣服上的图案，但也是个暗示性的符号，鹧鸪成双成对，暗示她盼望丈夫回来团聚。鹧鸪在古代诗词中还有特殊的含义，古人认为鹧鸪鸟的叫声就好像是在说"行不得也哥哥"，很多作品里都用鹧鸪的意象，或者表达游子思乡，或者是在故乡的人表示对外面游子的思念。所以"双双金鹧鸪"是带有抒情意味的符号，在这首词中还是点题性的。

如果读这首词只看表面的文辞、表面的描写和画面，那么可能就会错过深层的抒情的内容了。

最后一点要讲的是揆情度理，融会贯通，就是按照生活常识、生活经验以及历史文化知识去分析作品中的文辞描写，以达到融会贯通的理解。举一个例子，苏轼的《念奴娇·赤壁怀古》词中"故国神游，多情应笑我，早生华发"这几句，到底是谁神游故国？主语到底是谁？一般的注释基本上都说是苏轼神游故国，这么说到底对不对呢？这里说一说我的看法。《汉语大词典》当中"故国"这个词有一个义项是指"已经灭亡的国家或者前代王朝"，这是词典中的注释，但要注意这里所说的已经灭亡的国家和前代王朝的"故国"并不是所有人都通用的，而是指亡国之人将自己的前朝称为"故国"。比如民国时期的清朝遗老称清朝为"故国"，而不可能称明朝为"故国"，民国人士也不可能称清朝为"故国"。李后主《虞美人》词"小楼昨夜又东风，故国不堪回首月明中"，这个"故国"指的是他自己的南唐，是已经灭亡的那个故国，而不是一般的故国，一般宋人不会把南唐叫故国。南宋灭亡之后的那些宋朝遗老，他们的诗词作品中经常提到的"故国"也是指已经亡国的宋朝。这是"故国"的第一个意思。"故国"还有一个义项是指"故乡"，就是家乡。

要理解苏轼的"故国神游，多情应笑我，早生华发"这三句词，就要知道它其实和这两个义项都有点关系。如果"故国"解释为已经灭亡的祖国，那么赤壁所在的三国东吴是谁的故国呢？当然是周瑜。而如果"故国"解释为故乡，那么赤壁所在的这个地方是谁的故乡呢？当然还是周瑜。也就是说这两个含义，不管苏轼用的哪个，"神游故国"的主语都是周瑜。而且苏轼这首词写的是"身游赤壁"，就是他自己亲身去游赤壁，而不是"神游赤壁"，苏轼是在现场的，没在现场的是谁呢？是苏轼怀古时所怀想的那个在赤壁立下丰功伟业的周瑜。周瑜不在现场，但是苏轼希望和他达成一种交流，希望他的魂魄能够回到他的故国来，这样苏轼就能够和周瑜见面。苏轼这里用了一种假设的语气，"故国神游，多情应笑我，早生华发"，也就是说如果周瑜的魂魄返回"故国"的话，那么他大概就会笑我"早生华发"而功业无成了。从情理上分析，这三句只能这么理解最为贴切合理，如果解释为苏轼"神游故国"，就不合情理了。

可见，要融会贯通地解释一首词，除了披文入情、即辞求意之外，还需要揆情度理，就是解释诗句要符合一般的道理，才能融会贯通地理解作品。

我今天要讲的就这三个问题，谢谢大家。

三、古代小说的"读法"

刘勇强

前面葛老师和张老师讲的是诗词，是关于中国古代抒情文学欣赏的一些基本方法，下面我要和大家交流的是有关叙事文学，也就是小说的读法。叙事文学和抒情文学、小说和诗词的欣赏有相同的地方，也有不同的地方。相同的地方两位老师都讲到了，比如在诗词的欣赏当中，知人论世和对文本的准确把握都非常重要，对小说来讲这些也同样重要。而且中国古代小说文备众体，从一开始就有韵散结合的叙事传统，小说作品中有散文化的叙事，也有大量韵文，即使是不插入诗歌的作品，它的散文叙述跟诗词的关系也非常密切，比如《红楼梦》，脂砚斋的批语就说"此书之妙皆从诗词句中泛出"。所以，葛老师、张老师的介绍，对我们阅读小说来讲，同样有重要的意义。而我今天主要想讲一下阅读小说的一些特殊、或者说最基本的角度与方法。

《红楼梦》第五十四回《史太君破陈腐旧套　王熙凤效戏彩斑衣》里有一条脂砚斋批语在讲到阅读小说的时候，对小说读者做过一个区分。这一回写贾府从除夕一直到元宵的家宴，写得非常详尽。其中有一条批语，说"读此回者凡三变"，也就是说阅读这一段描写，大概会有三种读者阅读的体会。第一种是"不善读者徒赞其如何演戏、如何行令、如何挂花灯、如何放爆竹，目眩耳聋，应接不暇"，说的是不太会阅读小说的人可能只能看到许多琐碎的描写，而看不到作者描写的内在逻辑，这就是"不善读者"。对小说作者来讲，他的描写是有讲究的。比较高明一点的读者则"赞其座次有伦、巡酒有度，从演戏渡至女先，从女先渡至凤姐，从凤姐渡至行令，从行令渡至放花爆：脱卸下来，井然秩然，一丝不乱"。也就是说，如果看得出来作者描写中的逻辑或讲究，能够读到这一层次的就是"少解读者"，这一层次的读者可以更多地了解小说家描写的根据，比如与当时的礼法制度、风俗习惯等相关的内容以及作者的叙述章法，但这还不是最高明的读者。最高明的读者是所谓"会读者"，"会读者须另具卓识，单着眼史太君一席话，将普天下不近理之'奇文'、不近情之'妙作'一起抹倒。是作者借他人酒杯，消自己傀儡，画一幅行乐图，铸一面菱花镜，为全部总评"。这样的读者够看到描写背后的意义，看到作者的动机。比如《红楼梦》里有关家宴的情节很多，而在这一段描写当中，有一个反复出现的关键词就是"散"，前面写到"吃了一夜酒就散了"；接着又写到"众人哄然一笑都散了"；最后王熙凤又说了个笑话，补了一个歇后语说"聋子放炮仗——散了"。说的是聋子放爆竹，只能看到爆竹散开的样子，却听不到声音，爆竹燃放在他眼中就是"散了"，而且"没等放就散了"。从家宴开始到结束，作者一直在说"散了"。

这个"散了"从字面上看没有什么深奥的地方，但是我们知道《红楼梦》反复提到"盛宴必散""树倒猢狲散"，"散"和《红楼梦》写贾府衰败、没落的趋势联系在一起，是具有象征意义的。前人也有考证，曹雪芹的祖父曹寅就经常说"树倒猢狲散"这个词（见清代施瑮《隋村先生遗集》卷六《病中杂赋》之八"廿年树倒西堂闭，不待西州泪万行"句下自注），而在《红楼梦》及脂批中，"树倒猢狲散"也几次出现。所以，"散了"既是现实生活中宴席进行过程的一个自然结果，又是作者突出表现的大家族没落、瓦解的一个隐喻。脂砚斋批语说《红楼梦》的读者有"不善读者""少解读者"和"会读者"，"会读者"就能从这些描写当中体会出小说中的这种深刻的内涵和寓意。

中国古代小说在传播过程中很重视读者的接受，古代小说理论也形成了一个以阅读为中心的评点理论体系。明清小说有不少带有评点，评点家在评点小说时，有时候会在前面写一篇长篇大论，专门谈这本小说的读法，表明小说评点对读者及读法的重视。比如金圣叹评《水浒》有《读第五才子书法》，毛宗岗评《三国演义》也有《读三国志法》，这些读法大多从小说的特点出发，提醒读者怎么去阅读作品。比如金圣叹的《读第五才子书法》，就提出阅读《水浒传》这样的小说，首先"要晓得作书之人是何心胸"，也就是要了解作者为什么要写这部书，这部书想要表达什么，小说家的思想究竟是什么。他还称赞《水浒传》的语言，因为《水浒传》是一部白话小说，它的语言，特别是人物的语言，活灵活现，具有性格化的特点，金圣叹在讲到《水浒传》艺术特点的时候，就肯定《水浒传》没有"之乎者也"这种文绉绉的文言，而是"一样人便还他一样说话"，每个人的语言与他们的身份、性格、经历都非常吻合，这样的语言他觉得是很值得去欣赏的。类似的读法还有很多，比如金圣叹提示《水浒》描写的很多人物都是绿林好汉、豪杰之士，看上去好像都一样的粗鲁，但是他又特别强调《水浒传》对于人物性格的描写极为精细，即使是写人的粗鲁，也有许多的写法，"鲁达粗卤是性急，史进粗卤是少年任气，李逵粗卤是蛮，武松粗卤是豪杰不受羁靮，阮小七粗卤是悲愤无说处，焦挺粗卤是气质不好"，每个人的"粗卤"看上去相似，有性格方面的雷同之处，仔细体察，他们又各有细微的不同，这种不同是与他们的身份、经历、命运联系在一起的。如果按照金圣叹的提示去阅读《水浒传》，我们对小说描写的人物可能会体会得更深一点。

今天讲古代小说的读法，我想特别强调四点。第一点，要关注动机，把握内涵，体会深意。也就是金圣叹所说的要了解作者"是何心胸"，他写作的动机、目的以及小说的主题。第二点，要关注人物，把握性格，体会心理。小说重点是描写人物，每个人物有他不同的性格特点，如果从最深层次来讲，对人物性格的表现在于作者对人物心理的把握和揭示。第三点，要关注叙事，把握结构，体会细节。小说是叙事文学、叙事艺术，要把故事，特别是像后来的《金瓶梅》《红楼梦》这种日常家庭生活琐事的故事，描写成一个艺术的有机体，作者在结构方面的用心值得特别注意，小说里有很多细节往往也能够传达出小说真正的艺术旨趣。第四点，要关注语言，把握表达，体会风格。小说既然是语言的艺术，自然要关注语言表达，把握作者表达方面的技巧，体会他语言的风格。阅读小说可能还有其他的角度和方法，但这四点我觉得是比较重要的。

（一）关注动机，把握内涵，体会深意

托马斯·福斯特《如何阅读一本小说》："小说从卷首语开始，就在乞求被阅读；就在告诉我们它愿意怎样被阅读，在暗示我们可能

会寻觅到什么。"熟悉《红楼梦》的人知道,《红楼梦》第一回有一首诗:"满纸荒唐言,一把辛酸泪。都云作者痴,谁解其中味?"这首诗就表现了作者渴望被读者理解的意图。其他小说家也往往会在小说创作的开篇或者序言(如果有的话)里说明自己的创作意图。以蒲松龄《聊斋志异》的序言《聊斋自志》为例,这篇序言就交代了《聊斋志异》的创作目的和艺术传统,其中他特别提到自己的小说是"孤愤之书,寄托如此,亦足悲矣"。小说在中国古代的文化地位非常卑下,和主流的文学、传统诗文的地位不能相提并论,而"孤愤"则表达作者对社会的那种强烈、愤懑的感情,所谓"发愤著书"本来主要是用来说明屈原、司马迁等人的写作的,明清小说家为了抬高自己的地位,有时候也会强调自己的小说和史书有相似的创作目的,会强调自己也有这种社会责任感、担当意识和对社会的批判态度。尤其像《聊斋志异》这样的小说,写的都是花妖狐魅等志怪类的艺术形象,这种创作在古代往往被看成荒诞不经,可是蒲松龄却特别强调他写的小说是"孤愤之书"。这是不同一般的。事实上,我们在《聊斋志异》里也确实可以看到很多充满了愤世嫉俗激情的作品,无论是对黑暗政治、社会不公、道德沦丧的批判,还是对科举制度弊端的揭露,对科举制度给社会带来的不良影响的讽刺,里面往往都包含了蒲松龄自己挣扎在科举道路上的痛苦经历以及他对科举制度的认识与不满。这里举《席方平》的例子,它在《聊斋志异》当中也是比较突出的一篇。作者站在底层民众的利益上,描写了席方平的老父亲被富豪凌辱,屈死以后,席方平要为父报仇,替父申冤,选择了死亡,在阴间向城隍、郡司、阎王一层一层地告状,却都没能得以申冤。从城隍这种最基层的权力机构,一直到阎王,蒲松龄通过幻想的形式影射了古代社会的权力机构,也表现了他对当时黑暗政治的鲜明的否定态度。这本来只是个冤鬼的故事,从描写上来讲确实是志怪一类的荒诞东西,但蒲松龄赋予了它非常强烈的社会批判意识,这就是他说的"孤愤"。

当然,古代小说的创作动机是丰富多彩的,也包括对人生情感历程、经验智慧的发现与描写,一些作品不仅表现了过去时代的思想,而且站在今天,参照我们的现实体验,我们也在古代小说家的一些描写当中找到共鸣。比如南宋施德操的《北窗炙輠录》里有一篇作品,非常简短,但是趣味无穷,思想、哲理非常丰富。这篇作品是这样的:

> 旧间巷有人以卖饼为生,以吹笛为乐,仅得一饱资,即归卧其家,取笛而吹,其嘐然之声动邻保,如此有年矣。其邻有富人,察其人甚熟,可委以财也。一日,谓其人曰:"汝卖饼苦,何不易他业?"其人曰:"我卖饼甚乐,易他业何为?"富人曰:"卖饼善矣,然囊不余一钱,不幸有疾患难,汝将何赖?"其人曰:"何以教之?"曰:吾欲以钱一千缗,使汝治之,可乎?平居则有温饱之乐,一旦有患难,又有余赀,与汝卖饼所得多矣。"其人不可。富人坚谕之,乃许诺。及钱既入手,遂不闻笛声矣。无何,但闻筹算之声尔。其人亦大悔,急取其钱,送富人还之,于是再卖饼。明日笛声如旧。

小说最后一句非常精彩,"明日笛声如旧",又像当初一样笛声悠扬了。我们今天同样会有这种感受,在金钱的诱惑面前,怎样处理好金钱、欲望和精神追求的关系?赚更多的钱并没有错,但如果让人失去精神上的快乐的话,那可能是一个非常大的遗憾,宋代的这篇小说给我们的启示到今天都不过时。大家可能看过拉封丹的一个寓言《鞋匠与财主》,拉封丹是17世纪的法国作家,他这个寓言跟前面宋代的故事有异曲同工之妙。也就是说,我们古代小说里所包含的对生活的体验、认识,不仅在世界文学当中毫不逊色，到今天也依然可以给我们启发，但这需要我们去关注作者创作的动机，去体会他的深意。

（二）关注人物、把握性格、体会心理

小说的重点是描写人物，我的老师吴组缃先生说：

> 什么是写小说的中心？我个人以为就是描写人物（他的人和他的生活）。因为时代与社会的中心就是人。没有人，就无所谓时代与社会；没有写出人物，严格的说，也就不成其为小说。把人物真实地、具体地、活生生地描写了出来，时代与社会自然也就真实地、具体地、活生生地表现了出来。（吴组缃《如何创作小说中的人物》）

吴先生认为一个好的小说中心就在于写人物，如果一个小说人物没写好的话，他认为这就不算是好的小说。这当然有吴先生作为一个小说家个人的艺术追求在里面，但对于一般小说来讲，人物同样也是一个非常重要的关节点，是阅读小说的核心所在。

清代毛宗岗评点《三国演义》，就在《读三国志法》里提到了一个很有意思的现象。明清时期，几乎之前的每个朝代都有相应的历史演义出现，为什么《三国演义》最受欢迎、成为历史演义中最杰出的代表呢？毛宗岗认为这是由于三国这一时期题材特殊，他指出：

> 古史甚多，而人独贪看《三国志》者，以古今人才之众未有盛于三国者也。观才与不才敌，不奇；观才与才敌，则奇。观才与才敌，而一才又遇众才之匹，不奇，观才与才敌，而众才尤让一才之胜，则更奇。吾以为三国有三奇，可称三绝：诸葛孔明一绝也，关云长一绝也，曹操亦一绝也。

也就是说，大家喜欢看《三国演义》，是因为三国时期英雄辈出，如果是一个英雄豪杰和一个普通的人对垒，那一点也不足为奇，而只有看英雄与英雄的斗争，比如诸葛亮和司马懿的较量，那才是最好看的。而且还不只是一个英雄，还要有众多的英雄做陪衬，他们互相的帮衬、对比才构成了群雄逐鹿的盛大场面，而其中更有最为杰出的人才独领风骚。在毛宗岗看来，这是《三国演义》吸引读者的成功秘诀。

关于《三国演义》的人物塑造，可以谈的很多，这里举一个小小的例子来说明一下这部小说人物描写的精彩之处。刘、关、张三人结义之后，在朝廷平叛黄巾军的过程中立下战功，获得了相应的官职。战后，朝廷派人去各地对因军功得官的人重新检查一遍，表面上是要清理冒领军功的人，实际上朝廷派出去的人却作威作福，到处索贿，如果谁给他钱，就能保住自己的官职；如果不理不睬，他就声称朝廷降诏，正要沙汰滥官污吏。《三国志·蜀书·刘备传》里写："督邮以公事到县，先主求谒，不通，直入缚督邮，杖二百，解绶系其颈着马柳。弃官亡命。"打督邮的是刘备。而《三国演义》不是这样写的，小说中打督邮的是张飞：

> 却说张飞饮了数杯闷酒，乘马从馆驿前过，见五六十个老人，皆在门前痛哭。飞问其故，众老人答曰："督邮逼勒县吏，欲害刘公；我等皆来苦告，不得放入，反遭把门人赶打！"张飞大怒，睁圆环眼，咬碎钢牙，滚鞍下马，径入馆驿，把门人那里阻挡得住，直奔后堂，见督邮正坐厅上，将县吏绑倒在地。飞大喝："害民贼！认得我么？"督邮未及开言，早被张飞揪住头发，扯出馆驿，直到县前马桩上缚住；攀下柳条，去督邮两腿上着力鞭打，一连打折柳条十数枝。玄德正纳闷间，听得县前喧闹，问左右，答曰："张将军绑一人在县前痛打。"玄德忙去观之，见绑缚者乃督邮也。玄德惊问其故。

飞曰："此等害民贼,不打死等甚!"督邮告曰："玄德公救我性命!"玄德终是仁慈的人,急喝张飞住手……玄德乃取印绶,挂于督邮之颈,责之曰:"据汝害民,本当杀却;今姑饶汝命。吾缴还印绶,从此去矣。"

从历史小说的角度来看,它的描写不算违背历史事实,督邮挨了打,这是基本的事实,打他的人是刘备集团的人,也大体是不错的,但究竟下手的是谁,作者却做了调整。刘备在《三国演义》里被塑造成一个仁君的形象,让他去做这种粗暴的行为,小说家大概认为不太恰当,张飞却是性情鲁莽的,让他来打督邮,不但无损于他,反而能够增强他疾恶如仇性格的表现,同时又保全了刘备完美的形象。从这样一个小细节的处理,我们可以看到小说家在塑造人物时的用心。因此,在阅读小说的时候,我们应该像金圣叹提示的那样,要仔细体会人物的性格,甚至人物性格当中那种细微的差别,对小说的理解才会更加到位。

(三)关注叙述,把握结构,体会细节

小说题材不同,类型不同,小说的结构也千差万别。这里只提一点,中国古代小说、尤其通俗小说,经常采用一种一而再、再而三的结构形式,有的学者概括为"三复情节"(杜贵晨《古代数字"三"的观念与小说的"三复"情节》,《文学遗产》1997年第1期),像刘备三顾茅庐、宋江三打祝家庄、孙悟空三打白骨精等。这种情节的特点是:同一施动人向同一对象实施三次重复的行动,取得预期效果;每一重复都是情节的层递式推进,整个过程则表现为起——中——结的形态。

这里看一下《西游记》中的"三打白骨精"。白骨夫人三次变化,先是变化成一个年轻美貌的村姑,然后变化成一个老太婆,最后变成老太婆的丈夫老公公,而孙悟空一而再、再而三地把她打杀。在《西

游记》里，这样三段式降妖伏魔情节并不少见，用孙悟空自己的话来讲，就是"老孙的买卖原是这等做，一定先输后赢"，所以《西游记》经常先描写他遭遇的挫折，再写他排除艰难，获得胜利，而这个过程就可以把孙悟空不屈不挠的英雄品格表现得淋漓尽致。我们看到，在三打白骨精的过程中，唐僧人妖不辨，几次三番误以为孙悟空打死的是普通人，于是不停地念紧箍咒，使孙悟空痛苦不堪。有时甚至把孙悟空的头念得被紧箍勒得像葫芦一样，而恰恰是在这样的描写中，我们又能够更深地体会孙悟空对师父的无限忠诚和牺牲。因为除了第一次以外，第二次、第三次动手打妖怪之前，他都有过犹豫。他知道，如果打了，师父肯定还会念紧箍咒，他还要忍受那种痛苦，而且还会被师父赶走；但是不打的话，师父就要被妖怪抢走吃了，取经事业也就完了。为了取经事业、为了保护师父，他选择牺牲自己，每一次都毅然决然地挥棒打妖。这种"三复"的结构就起到了不断渲染的作用，既表现了取经的艰难过程和孙悟空不屈不挠的斗志，同时也反复突出了他的忠诚品格和牺牲精神。

我还想补充说明的是，《西游记》虽是一部降妖伏魔的小说，看上去写得风风火火，令人眼花缭乱，但如果把握结构、体会细节，即使是像这样的作品，其中也有很多细节值得品味。孙悟空第三次打死白骨精的时候，唐僧已经完全不能容忍，孙悟空只得离开。但在走之前，他坚持要向师父行拜别之礼。唐僧在两界山把孙悟空救出来，于他是有救命之恩的，加上"一日为师，终身为父"的观念，他对师父非常感恩，不过，唐僧当时很绝情，不肯接受这个他心中的妖徒、恶徒的跪拜之礼，孙悟空没有办法，拔了毫毛变出三个孙悟空，四面围着，师父不管把脸扭到哪一边，都会受到一个猴子给他的跪拜。孙悟空对师父的一片忠诚在这个细节里表现得特别感人。师父可以无情无义，但是孙悟空尽其在我，一定要把自己对师父的忠诚表达出来。

接下来还有两个细节也特别感人。孙悟空被师父赶走以后，自然是一个筋斗云一下就能飞回到花果山，而小说却描写孙悟空在回去的路上，"独自个凄凄惨惨，忽闻得水声聒耳，大圣在那半空里看时，原来是东洋大海潮发的声响。一见了，又想起唐僧，止不住腮边泪坠，停云住步，良久方去"。孙悟空飞在空中居然听得到大海的声响。这个描写是中国古代小说中心理描写的精彩一笔，大海潮起潮落的声响就是孙悟空心潮澎湃的象征，这个细节就把孙悟空的委屈、凄惨、不忍的复杂感情都写出来了。

接下来还有一个类似的细节。孙悟空离开后，师父就被妖怪抓走了，最后的一线希望就是把孙悟空请回来，于是猪八戒到花果山去请孙悟空。开始八戒觉得孙悟空肯定不会回来，到了花果山更加确信孙悟空不会回来的，花果山是多么好的地方啊，猪八戒不停地感叹："且是好受用！且是好受用！"说什么"若是老猪有这一座山场，也不做甚么和尚了"。可是，当孙悟空知道师父落难以后，毫不犹豫就跟着猪八戒回去救师父了。当他再次经过东洋大海的时候，小说中又有一个精彩之笔：

> 那大圣才和八戒携手驾云，离了洞，过了东洋大海。至西岸，住云光，叫道："兄弟，你且在此慢行，等我下海去净净身子。"八戒道："忙忙的走路，且净什么身子？"行者道："你那里知道，我自从回来，这几日弄得身上有些妖精气了。师父是个爱干净的，恐怕嫌我。"八戒于此始识得行者是片真心，更无他意。

在小说中，孙悟空对师父的真心不是言辞的表达，前后一系列令人动容的细节，把他对师父的态度写得非常深刻。如同我刚才说的，阅读小说，就要体会细节，即使是像《西游记》这种神魔小说，看起来只是神魔斗法，其实里面也有很多上面那样的值得玩味的细节。当然，更不用说像《红楼梦》那种以细节见长的小说。

关于《红楼梦》的细节，我们也可以看几个例子。《红楼梦》第四十二回，林黛玉开了个玩笑，大家笑得非常厉害。因此头发可能就有点散乱了，需要梳理一下。小说描写宝玉给林黛玉使了个眼色，林黛玉立刻会意，就到李纨的房间里打开妆奁，把头发梳理好了再出来。这一梳妆细节与整个情节流程没有太大的关系，甚至删掉也不会影响对主体情节的把握。但是如果像这样的地方被删掉的话，就没有《红楼梦》了。《红楼梦》就像一棵参天大树，这些细节就像枝枝叶叶，没有了这些枝枝叶叶，《红楼梦》也就没有了它的神韵。

林黛玉当时逗得大家笑得很厉害，但究竟笑得怎么样，小说没有具体写。《红楼梦》第四十回有一段写大家欢笑的场面：

> 史湘云撑不住，一口饭都喷了出来；林黛玉笑岔了气，伏着桌子嗳哟；宝玉早滚到贾母怀里，贾母笑的搂着宝玉叫"心肝"；王夫人笑的用手指着凤姐儿，只说不出话来；薛姨妈也撑不住，口里茶喷了探春一裙子；探春手里的饭碗都合在迎春身上；惜春离了坐位，拉着他奶母叫揉一揉肠子。地下的无一个不弯腰屈背，也有躲出去蹲着笑去的，也有忍着笑上来替他姊妹换衣裳的，独有凤姐鸳鸯二人撑着，还只管让刘姥姥。

这是一个动态的速写，十分生动形象，林黛玉这回开玩笑的情形应该跟这个也差不多，在场的也有探春、史湘云这些性格豪爽的人，头发大概会乱得比林黛玉更厉害吧。但为什么贾宝玉只给林黛玉使了一个眼色？可见他的眼光始终在林妹妹身上，这是他最关切的人。而林黛玉一看他的眼色,就知道自己头发乱了,也表明两人之间的细腻感情已经达到了一种心心相印的程度,是超过其他人。

不仅如此,这一回中林黛玉心情特别好,又开了一个玩笑,因为取笑了宝钗,宝钗走上来,把黛玉按在炕上,便要拧她的脸。黛玉笑着忙央告:"好姐姐,饶了我罢!颦儿年纪小,只知说,不知道轻重,作姐姐的教导我。姐姐不饶我,还求谁去?"小说接着写道:"众人不知话内有因"。在此前的描写,黛玉对宝钗经常戒备,时有摩擦,而这一回的融洽情形很少见,大家都没察觉她们两人的关系发生了奇妙的变化。而听了黛玉的话以后,宝钗就收手了,只是帮她把头发理了理。她是怕黛玉把她们和好的原因说出来。就在不久前的一次宴席上,黛玉脱口而出说了《西厢记》《牡丹亭》的曲词。过去女孩子是不应该看这种闲杂书的,用宝钗的话说,看这种书"移了性情就不可救药了",所以那天回去薛宝钗就到黛玉那里告诫她不应该怎么怎么,然后说自己当初也是喜欢看这种书,大了就知道女子无才便是德,所以把这些书都烧了,不再看了。其实,宝钗能够抓住黛玉的把柄,说明她对这些书也是很熟悉、了然于胸的。林黛玉从小父母双亡,一个孤女,从来没有人给过她这种教导与体贴,林黛玉特别感动,她觉得自己以前都错怪了薛宝钗。所以那以后,她跟宝钗的关系就发生了明显的改变。

关键是,宝钗替黛玉拢头发时,"宝玉在旁看着,只觉更好,不觉后悔不该令他抿上鬓去,也该留着,此时叫他替他抿去"。他觉得前面自己使的那个眼神是不必要的,应该让宝钗给她梳理比较好。我们知道,宝玉一直困扰于与宝钗、黛玉这两个人的关系,经常为此痛苦不堪,一会儿参禅,一会儿续《庄子》,眼前的这种和谐的场面是他衷心期待的,他多么希望这种情景能够保持下去。一个女孩子头发有点散乱的细节,真的是细如发丝的描写,可就是这一段描写,却把《红楼梦》里三个主要人物的微妙关系表现出来了。如果不去仔细品味这样的细节的话，就会错过《红楼梦》中的精彩之处。

（四）关注语言，把握表达，体会风格

小说是语言的艺术，在语言方面，经典小说有很多值得称道的地方。

古代小说在语体上可分为文言和白话两种。文言方面，不用说《世说新语》的语言字字珠玑，《聊斋志异》的语言也精彩纷呈。通俗小说中有些采用浅近的文言，也往往体现出文言作为一种文学语言的魅力。如庸愚子《三国志通俗演义序》中说《三国志演义》"文不甚深，言不甚俗"，在雅俗之间寻找到一种极好的平衡。而白话方面，如《金瓶梅》《西游记》《红楼梦》《儒林外史》《儿女英雄传》等，在语言上都各极其妙。

这里还是举一个《西游记》的例子。《西游记》作为一部白话小说，充分体现了白话文学语言的成熟，这种成熟表现在各个方面，比如它能够把各种语体交融在一起。

《西游记》第五十一回里有一段描写，是说孙悟空降妖的时候被妖怪夺去了金箍棒，他后来查明这个妖怪跟天界的神灵有关系，就上天到玉皇大帝那儿去告状。见到玉皇大帝的时候，他唱了个大喏，说："老官儿，累你累你！我老孙保护唐僧往西天取经，一路凶多吉少，也不消说。"这个口吻跟他大闹天宫时一样，也是打个招呼唱个大喏自称"老孙"，完全不符合君臣礼法，当时就有神仙指责孙悟空不应该这样，但现在孙悟空还是依然故我。可是他在接下来叙述事情的时候，说那个妖怪"神通广大，把老孙的金箍棒抢去，因此难缚妖魔。疑是上天凶星思凡下界，为此老孙特来启奏，伏乞天尊垂慈洞鉴，降旨查勘凶星，发兵收剿妖魔，老孙不胜战栗屏营之至"。我们可以看到，这里画风变了，他的语言从非常粗鲁无礼的大白话，突然变成了公文奏章一样规规矩矩的文言。旁边的葛仙翁问："猴子是何前倨后恭？"孙悟空说："不敢不敢，不是甚前倨后恭，老孙于今是没棒弄了。"他一开口还是英雄豪杰的本色，傲慢无礼，但是说着说着，说到妖怪把他金箍棒抢去了，才想到手上没有了棒，如果玉帝怪罪下来，他对天兵天将完全没有招架之功了，所以语言就发生了变化。这短短一段的人物语言，却把文白两种语言用得非常得体。

另外《西游记》中语言的性格化也是如此。猪八戒和孙悟空都保护唐僧取经，说的都是同样的事情，孙悟空说的是"已知铁棒世无双，央我途中为侣伴"（第七十五回），是唐僧求我来保护的；而猪八戒却说"背马挑包做夯工，前生少了唐僧债"（第八十五回），是抱怨的语气。事是一样的事，两个人的语言却完全不同。

第七十四回里，师徒四人碰到了妖怪，猪八戒说："唬出屎来了！如今也不消说，赶早儿各自顾命去罢！"孙悟空当时却说："师父放心，没大事。想是这里有便有几个妖精，只是这里人胆小，把他就说出许多人、许多大，所以自惊自怪。有我哩！"英雄根本就不在乎。猪八戒说："哥哥说的是那里话！我比你不同，我问的是实，决无虚谬之言。满山满谷都是妖魔，怎生前进？"而孙悟空说："呆子嘴脸，不要虚惊！若论满山满谷之魔，只消老孙一路棒，半夜打个罄尽！"一个是怯懦的、抱怨的，一个却是豪气冲天的，同样通过两种语言风格，人物的性格表现得非常突出。

再举一个非常有趣的例子。按照《西游记》的描写，唐僧的这几个妖徒都是很难看的，围绕他们的这个"难看"，比如猪八戒，《西游记》里就有至少上百处各种各样不同的说法。猪八戒有的时候说："老猪自从跟了你，这些时俊了许多哩。"（第二十回）因为跟着师父比较斯文一些，所以他看上去也可能确实俊了一些。有时候他不承认自己丑，他说："我们丑是丑，却都有用。"（第二十回）这里，他偷换了一个概念，不说丑的问题，却说有用；又说"我丑自丑"，而"唐僧人才虽俊，其实不中用"（第二十三回）。有时候他还有对比的说法，路上碰到的喇嘛对唐僧说："爷爷呀，这们好俊师父，怎么寻这般丑徒弟？"（第四十七回）猪八戒对这种话就很不满，他说："粗柳簸箕细柳斗，世上谁见男儿丑。"（第五十四回）在他心目中，男人是不靠颜值吃饭的，不能用美丑来衡量，而要看有没有用、厉害不厉害。有时候他还会说："乍看果有些丑，只是看下些时来，却也耐看。"（第二十九回），又说："我俊秀，我斯文。"孙悟空就笑着说："不是嘴长、耳大、脸丑，便也是一个好男子。"（第五十六回）故意夸张，把他的缺陷都凸显出来，说你要是没有这些缺陷的话就是一个美男子，问题是这些缺陷都是天生的。又比如猪八戒不说自己丑了，他说我"嘴脸欠俊"（第六十八回），"欠俊"和"丑"之间的程度差别是非常大的。还有一次也比较有意思，他们去化斋的时候，唐僧听了沙僧的话让孙悟空去，说："悟净说得好，呆子粗夯，悟空还有些细腻。"这两个动物的形象我们大概也能想象得出，唐僧说的基本符合实情。猪八戒却不服气，他说："除了师父，我们三个的嘴脸都差不多儿。"（第九十三回）就是为了找一个平衡。类似这样的例子举不胜举，从中可以看出作者驾驭语言的功力，可以说是翻手为云、覆手为雨，将一个区区容貌美丑，变化出各种不同的说法。刚才讲到要体会表达、把握风格，《西游记》整体就有一种谐谑诙谐的风格，这样的语言也使得全书具有了这种诙谐的风格。

最后，第九十九回还有一处点睛之笔，也是我特别欣赏的一段描写。在降妖伏魔的路上，孙悟空他们曾经帮助过很多人除妖降魔，当地人都会感谢他们，但他们从来不收谢礼，有一个地方的庄民说我们要给你们修庙塑神像，结果他们取经回来的时候又路过了那个地方，果然

建了庙，塑了他们的神像，于是唐僧师徒上楼去看他们的神像

> 三藏看毕，才上高楼，楼上果装塑着他四众之像。八戒看见，扯着行者道："兄长的相儿甚像。"沙僧道："二哥，你的又像得紧。只是师父的又忒俊了些儿。"三藏道："却好，却好！"

要知道，无论猪八戒也好，孙悟空也好，或者是沙僧，"像""甚像"，意味着将他们不甚可观的容貌原原本本地再现出来，未必符合他们的心意，艺术要加工、要高于生活，塑像不一定要那么像，或者说应该美化一点才好。因为三个妖徒的像那么难看，当然衬托得师父更加好看，而且毕竟是师父的塑像，可能确实会塑造得更好一点。所以沙僧说"只是师父的又忒俊了些儿"，听了这话，唐僧说的是："却好，却好。"在这里，唐僧没有故作姿态，没有谦虚地说客气话，反而令人感到真实可亲，毕竟每一个人都希望留给世人美好的印象。有趣的是，尽管《西游记》里的这三个妖徒很丑陋，但是我们读完了《西游记》，最后留下来的仍然都是非常美好的印象，这实际也是一种语言的艺术。

因为时间关系，今天我就简单地和大家分享这四点阅读小说的方法，也许大家还有别的关于阅读的高见，希望有机会再交流，谢谢大家！

 《诗经》中的"变雅"

于迎春

《诗经》作为一部古代经典，我们可以从很多角度来讲述，经典的价值就在于有无限的阐释空间。一部《诗经》，古人的理解可能跟我们有很多不一样的地方，比如我们认为《诗经》里有许多民间歌者的歌唱，可是在汉代，学者们对《诗经》作者的认定普遍是不同的，像司马迁就说，"三百篇大抵圣贤发愤之所为作也"。这在当时并不是他一个人的看法。又比如，我们现在可能会对一些抒情性强、结构比较精巧灵活的小诗更感兴趣，可是在古代，特别是早期，人们更重视《诗经》里那些现在读来觉得风格典重，甚至板滞的作品，例如《大雅》，或者《颂》。每一个时代都有基于当时社会的现实需求、审美习尚的选择和理解，所以今天我试图给大家介绍一些作品，在这一过程中，也顺带了解一下古人，特别是汉代的人，为什么会有这样的观念和思想。

《诗经》是中国最早的一部诗歌总集，其中的诗篇当初都是乐歌，可以入乐、歌唱，现在我们看到的其实是一部歌词集。对《诗经》作品的分类很早就存在了，分为风、雅、颂三大类，但按什么标准来分类，由于《诗经》本身并没有做出解释，长期以来就一直存在争议。现在学术界普遍认为《诗经》中的风、雅、颂是按照音乐来划分的："风"指音乐曲调、乐调，"国风"即地方乐曲，指诸侯国所辖区域的乐曲；"雅"

跟"风"相对，指西周王畿一带，即周天子直接管辖的京都及其周围区域的乐曲、乐调；"颂"，则是周天子及个别诸侯国宗庙祭祀祖先、祈祷神明的乐曲。

但对于这种分类方式，传统《诗经》学者的解释是相当不同的，他们有与现在不一样的分类依据和标准。汉代学者往往从作品所反映的内容及其社会政治功用的角度来讨论《诗经》的分类，比如"毛诗"。"毛诗"是汉代《诗经》传习、解释和研究的重要学派之一，也是我们现在能够看到的唯一完整的《诗经》早期版本和阐释系统。除了对每一篇作品进行简要的注解、解题，"毛诗"还有一篇总序式的文献，叫《毛诗序》，也称为《诗大序》，这篇序文非常有名，它全面阐发了战国以来，尤其是汉代儒家学者的诗学观点，是中国文学批评史上一篇相当重要的诗论，在历史上产生了很大的影响。

《毛诗序》里说："是以一国之事系一人之本，谓之风；言天下之事，形四方之风，谓之雅。雅者，正也，言王政之所由废兴也。"意思是说，风诗只是作诗者个人对诸侯所统辖的各地社会生活所表达的观感，它是地方性的、区域性的，它们所说的也只是诸侯国有限空间里的事情；而"雅"不同，它要广大得多，"雅"是诗人立足于广大的天下国家所作，表达的是通行于整个天下的周天子的政治。诗人总览天下四方之事，化作自己的心意，通过个人的歌唱来述说王政的废兴。概言之，风诗、雅诗都被看作是对社会政治现实直接或间接的表达，但因为所咏歌对象的广狭、尊卑不同，自然也就有了高下之分。汉代《诗经》学者的这一观点，在很长时间里规定和引导了对《诗经》作品的定位、阐释。

就在这一段话之前，《毛诗序》直接提出了今天我们要讨论的"变风""变雅"概念："至于王道衰，礼义废，政教失，国异政，家殊俗，而变风变雅作矣。"也就是说，《诗经》的风诗、雅诗中，有一部分被称作"变风""变雅"，而显然的，它们被认为是政治衰败的混乱社会现实中的产物。那么，什么是"变风""变雅"？作为汉代以来《诗经》学里重要的概念，"变"是相对于"正"而言的，"正"就是正统，"变"即不正，不合《诗》的正统。"变风""变雅"是相对于"正风""正雅"来说的。

对于"变风""变雅"的认识，东汉末一位集大成的学者郑玄在《诗谱序》中表达得要更清楚。他追溯西周的历史，在圣德之主周文王、武王治下，以及成王、周公之世，天下太平，政通人和，朝廷制礼作乐。"本之由此风、雅而来，故皆录之，谓之《诗》之正经。"在这种社会形势下所产生的一些作品，郑玄举例，如"风"之《周南》《召南》，"雅"里的《鹿鸣》《文王》之类，他称为"《诗》之正经"，也就是所谓的"正风""正雅"。但到了西周后期，周懿王、周夷王以后，"自是而下，厉也、幽也，政教尤衰，周室大坏，《十月之交》《民劳》《板》《荡》，勃尔俱作，众国纷然，刺怨相寻"。周懿王、周夷王时，天子失道，王权开始衰弱，再往后的周厉王、周幽王，更是历史上有名的昏君。郑玄最后说，这些产生于政衰人怨的社会现实中，以"刺怨"为特征的风雅之作，如《十月之交》等，"谓之变风变雅"。

所谓"风雅正变"，就是风诗和雅诗的正和变，前代学者有的从时间上划分，有的则主要就内容而论。前者强调，"正风""正雅"产生于政通人和的时代，而"变风""变雅"是政治衰败、混乱时代的产物。后者说的是，歌功颂德、赞美善政美治，这类内容或态度的作品，是"正"；讥刺衰世乱政的作品，则为"变"。但实际上，无论是"正"还是"变"，总括说来，作品的内容、情调都往往与其所产生的社会、时代背景相关联，相对应，述其政之美者为"正"，刺其政之恶者为"变"，它们产生的时代现实既然不一样，它们所反映的时代现实自然也就不一样。具体而言，像那些歌颂、宣传周文王、周武王、周公的政教德化、文治武功，以及周宣王中兴的作品，通常被看作是"风雅之正者"。这些诗产生在社会安定、和洽的时代，诗篇中自然也带着那个时代的气息，比如《周南·关雎》里就有一种乐观开朗的情调。为了跟后边的"变雅"作对比，我们来看一下"《小雅》之始"，也是整个雅诗里的第一篇——《鹿鸣》，诗中洋溢着和乐、融洽的气氛。按照《毛诗序》的说法，这首诗描写的是周天子宴请"群臣嘉宾"的情景。诗分三章：

> 呦呦鹿鸣，食野之苹。我有嘉宾，鼓瑟吹笙。吹笙鼓簧，承筐是将。人之好我，示我周行。
> 呦呦鹿鸣，食野之蒿。我有嘉宾，德音孔昭。视民不恌，君子是则是效。我有旨酒，嘉宾式燕以敖。
> 呦呦鹿鸣，食野之芩。我有嘉宾，鼓瑟鼓琴。鼓瑟鼓琴，和乐且湛。我有旨酒，以燕乐嘉宾之心。

这首诗以鹿的鸣叫声来起兴。据说鹿找到食物之后就会发出叫声呼唤同伴，大家一起来享用，所以诗中用"呦呦鹿鸣"这样一句来起兴、开头，其中暗含了周天子要诚恳地款待他的嘉宾的心意。接下来，"我有嘉宾，鼓瑟吹笙"，描写周天子在宴飨中愉快地以音乐招待这些美好的客人。"吹笙鼓簧，承筐是将"，则是主人向参加宴飨的宾客赠送礼物，这是当时的礼俗，主人要给客人们准备礼物，一般是币帛之类的丝织品，装在"筐"这类的竹器里。"人之好我，示我周行"，同样的，这些嘉宾美客也回报了好意，晓之以治国、处事、为人的道理。

第二章中"我有嘉宾，德音孔昭。视民不恌，君子是则是效"，周天子赞美他的客人，有非常卓著的道德声誉，堪为臣民的榜样。全诗的三章在结构上很像，有一些句式也都相差无几。这种重章复沓的结构和语言形式，是《诗经》非常有特色之处，《国风》中尤其多见。《鹿鸣》也采用这种变换少数字词而一再重叠的表达，主人屡屡表示他待客的殷勤厚意，"我有嘉宾，鼓瑟吹笙"，"我有嘉宾，鼓瑟鼓琴"；"我有旨酒，嘉宾式燕以敖"，"我有旨酒，以燕乐嘉宾之心"，就像一个主旨的不断重复、强化。满怀招待客人的诚意，"我"要让这些嘉宾在宴会上安适、畅快，总之，"鼓瑟鼓琴，和乐且湛"，要极尽和乐。

整首诗歌唱了周王设酒作乐、诚恳款待群臣宴饮的场景。诗中以招朋引类的鹿鸣起兴，以鼓瑟吹笙的乐声相伴，君主展示其对群臣的礼遇和厚意，渲染出了宾主、君臣之间和睦、欢愉的关系和气氛。这是非常有代表性的一首"正雅"。

与之相反，"变雅"则是不满于时政、讥时刺上，也就是对时局、对社会现实有所批评、讥刺的诗歌。这些作品通常反映了周朝动荡、乱离的社会现实，是政治衰败时代的产物，具体说来，"变雅"这一类的作品基本上都产生在西周后期，主要集中于周厉王、周幽王的时期，个别的会延续至东周初年。由于政衰时乱，民生艰难，人们在诗歌中往往情不自禁地流露了哀怨、忧伤的情绪，表达了他们对执政者、对君主的不满。

关于"变风""变雅"的具体篇目，古代学者曾做过详细的考证，彼此虽有一些出入，但认识基本上是一致的。"变风"这里暂不讨论，单就"变雅"而言，大致说来，以现在《诗经》通行本为计，《小雅》74篇中的后58篇，被称为"变《小雅》"，《大雅》31篇中的后13

篇被称为"变《大雅》",加起来一共是71篇,而雅诗一共有105篇。因此,按照传统《诗经》学者的看法,"变雅"差不多占去了"雅诗"近70%的篇目,比例不可谓不大。

由于对作品主旨、内容的理解人人有差异,文学作品的评价体系古今也不同,所以我们现在对一些篇章内容的解释,会与古代,特别是汉、唐学者,有所出入。比如汉代的学者认为,《诗经》中有一些作品采取了"伤今思古"的形式,写的虽不是当时衰乱的现实,或者说反映的应当是比西周末年更早的社会生活,但它们乃是以一种"思古明王"的方式来"刺"当今之王,诗人在对过去的缅怀中,表达对现在君主的讥刺、批评。这也是对它们之所以会归为"变雅"的解释。而近代以来的学者则可能会普遍摒弃这种观点,否认这些作品是真正的"伤今思古"之作,从而也就不可能认为其中暗含了针砭时政的寓意,因而它们能不能纳入"变雅",就成为了问题。作为一个诗学概念,"变雅"其实是有待厘清和清算的。但尽管如此,"变雅"这样一个简洁的概念,在指代《诗经》当中某些作品的时候,仍然是有一定涵盖性的,而且这个概念所揭示、所显现的文学和社会文化含义,也有值得我们深思的历史意味,所以我仍然把"变雅"看作一个具有整体说明性的集合概念。虽然就对诗歌的研究来说,"变雅"只能算是一个外部分类的概念,但这一类的作品之所以能够集合在一起,作为一个类别,乃是由于这些诗作有彼此接近的一些明显的特性,这也为这一概念的合理性提供了一定的支持。下面就举《小雅》里的几个片段略作说明。

先看《小雅·小宛》。按照《毛诗序》的说法,这首诗是"大夫刺幽王",而《郑笺》认为是"刺厉王",不管"刺厉王"还是"刺幽王",基本上都可以看作是西周末年的作品。除了刚才提到的汉代的《毛诗》和郑玄的《郑笺》,宋代朱熹的《诗集传》也是《诗经》研究的经典著作之一。朱熹《诗集传》则认为，《小宛》写的是政治衰乱之时，周大夫兄弟相互劝告，尽量自我保全，免于祸患。《小雅·小宛》末章："温温恭人，如集于木。惴惴小心，如临于谷。战战兢兢，如履薄冰。"一章六句，连用三个比喻：像鸟一样栖于树上，可能一不小心就会掉到地上，或者一不留神跌落到深谷里摔死了，又或者从薄冰中掉落入水。三个比喻都生动地表现了人充满恐惧、十分谨慎警戒地活着，唯恐会遭遇灭顶之灾的人生困境。如果连一向温柔平和、恭谨守礼的人，都不得不怀有这种随时可能面临巨大灾难的恐惧感，这样的人生当真还值得向往吗？

另一首是《小雅·小弁》，主题是被父亲放逐的儿子，在孤苦无依中忧愤哀怨的抒情。他到底有什么罪呢？按照《毛诗序》的说法，这首诗写的是周幽王为了要把褒姒的儿子立为太子，废掉了原来的太子宜臼，放逐了他，于是太子的师傅就作了这首诗。关于这首诗的背景还有别的解释，有的说是周宣王时大臣尹吉甫的儿子，因为后母的诬陷，遭父放逐而作。由于难以确知其本事究竟为何，所以我们完全可以把这首诗单纯理解为一个被父亲放逐了的儿子的心声。它的开头两章：

> 弁彼鸒斯，归飞提提。民莫不穀，我独于罹。何辜于天，我罪伊何？心之忧矣，云如之何。
>
> 踧踧周道，鞫为茂草。我心忧伤，惄焉如捣。假寐永叹，维忧用老。心之忧矣，疢如疾首。

"鸒"是一种形似乌鸦但更小些的鸟，喜欢成群地飞。开头两句形容鸒鸟非常快乐地成群地往回飞，反衬一个放逐在外、回不了家的儿子的孤苦、不幸。"民莫不穀，我独于罹"，所有的人看起来都过得不错，却只有"我"独自一个人在遭受着这样的苦难。"何辜于天",紧接着再加上一句反问,"我罪伊何"?对于上天,对于君父来说,我究竟有什么罪过呢?用反问句强调自己实际上毫无过错。"心之忧矣,云如之何"?诗人内心充满了忧愁,但又不知该何所去就,刻画出了一个走投无路的弃子的形象。

第二章上承前一章的"心之忧矣",进一步抒写弃子无可排解的忧与怨。"我心忧伤,惄焉如捣","假寐永叹,维忧用老","心之忧矣,疢如疾首",连用赋比,多角度地反复表现诗人忧闷的情绪:心痛的感觉,就像是有东西在心里面捣着;连打个瞌睡都会发出长长的叹息,忧愁以衰老;或者因忧烦而头痛。

最后是选自《小雅·四月》的一个片段。《四月》这首诗,《毛序》说是"大夫刺幽王",现在一般把它解为周大夫行役在外,为了国家的事务奔波、劳碌,很长时间都不能回家,诗中抒发了他忧时念乱的感受。这里选的是第二和第三章:

　　秋日凄凄,百卉具腓。乱离瘼矣,爰其适归?
　　冬日烈烈,飘风发发。民莫不谷,我独何害?

诗的这两章都以比兴发端,以百草枯萎、寒风刺骨的秋冬景象,渲染出与全诗情绪一致的愁困、酷虐气氛。而丧乱流离、无所依归的生活,使人更加痛苦。

"变雅"中作品的内容不尽相同,但总的说来,这些主要产生于西周末年衰乱之世的诗歌,都具有明显的忧伤、哀怨的情绪和基调,这可以看作是"变雅"这类作品的一个特性。从上面节选的这几首,大家可以略作体会。

尽管现在我们把《诗经》里的诗歌当成纯粹的书面作品来阅读,

但是事实上，就像我们在一开始说过的，这些作品原本都是乐歌，是可歌唱的，带有很强的音乐性。要想贴切地理解《诗经》，就不能不考虑"音乐"这一因素。先秦时代人们对音乐有深刻的认识，《礼记·乐记》里有这样两段话：

> 凡音之起，由人心生也。人心之动，物使之然也。感于物而动，故形于声。声相应，故生变，变成方，谓之音。比音而乐之，及干戚羽旄，谓之乐。

这一段意为，人的内心受到外物的感动、触发而发出声音；声音按照一定的旋律、节奏编排起来，再配合上乐器、道具等加以表演，最后就形成了表达一定思想内容并且具有一定形式美因素的"乐"。这表明人们已经认识到，音乐的本源在于人心：声音是从人内心中产生的，虽说人内心的活动来自外物的触动，可是说到底，外部事物终归要通过人心的作用才能变为音乐。既然人心的活动受外物的触动，那么人生活于其中的现实社会，就必然会成为音乐和诗歌的一个直接的素材来源和情感的触发场所。换句话说，人在社会中的见闻、经历、生活，会自然而然地投射、反映到音乐和诗歌中。这也就是《礼记·乐记》里说的：

> 凡音者，生人心者也。情动于中，故形于声，声成文，谓之音。是故治世之音安以乐，其政和；乱世之音怨以怒，其政乖；亡国之音哀以思，其民困。声音之道与政通矣。

前半部分仍然是说，声音是人内心的感情被触动之后所生发出来的，按照一定的形式编排、排列，就变成了音乐。后半部分的说法非常值得注意：一方面，音乐是由人心感受外物、受到触动才产生的；另一方面，人们对外部世界的感触、感受，又聚焦于对社会政治现实的反映上。换言之，对于周人来说，社会政治乃是外部世界最核心、最重要的现实。这是中国古代社会文化中极其值得关注的一点，即在整个社会结构、文化、文学当中，政治都是核心性的因素。

后面这几句话的意思是说，产生在一个好的时代里的音乐，其乐音听起来安适、快乐，因为其政治治理使民心和顺，当人们把喜乐之心歌唱出来，自然就反映着、折射着这个时代政治的清平祥和。如果音乐产生于乱世，它的风格就会充满怨恨、愤懑，因为乱世当中违背常理、倒行逆施的种种现象，都会使人心生不满。至于国破家亡的形势下，民众生活困顿、穷苦，这时产生的音乐通常是悲哀的，充满了忧虑。按照这个思路，举凡音乐、诗歌、文学，都可认为与国家的社会政治状况直接相关，所以说"声音之道与政通矣"。《乐记》这句结论式的说法，强调音乐不是抽象的、孤立的、封闭的自我表达，人的内心与外部事物息息相关，个人的情感最终会与社会现实密切相关，政治形势的好坏直接影响，甚至对应着音乐的面貌和风格；反过来，由音乐、诗歌的风格和情调，也可以察知它背后那个时代和社会的基本状况。

这是中国传统音乐思想中一个非常重要的观点，它在很长一段时间里影响着以儒家学说为宗旨的古典诗学。后来的《毛诗序》直接重复了《礼记·乐记》的这个说法。

从《礼记·乐记》这段话，可以看到战国以来的学者们显然清晰地认识到了诗歌是对时事、对时代生活的反映，社会政治现实必然会通过诗人的感同身受，表现在诗歌作品当中。但必须指出，他们并不是从艺术表现本身来认识和评价诗歌。对于他们来说，我们现在习以为常的诗歌的美感、表现力、抒情性、意象、语言和句式，等等，这些所谓的"艺术性"都不是第一位的，诗的表现力、感染力的高下并不最终决定诗的价值。他们最终是要通过诗歌来认知背后的时代，进而判断这些作品所关联着的那个社会、时代的好坏，尤其是政治治理的好坏。而且，既然诗歌有感动人心的力量、感化人心的效果——这一点他们实际上已经非常深刻地认识到了，那么，为什么不用这种力量和效果来改善政治？他们希望，不妨把诗歌用作政治教化的工具，帮助建设一个美好的社会政治秩序。对他们来讲，美并不是独立的，也不具有绝对性价值，好的政治才胜过一切，因为它能带给万民以福祉。他们要利用诗歌的审美艺术特征，来达成在他们看来更高的目标或者更远大的理想。

现在让我们再回到今天讨论的主题上——"变雅"。总而言之，以诗所表达的内容、情绪及与之相对应的社会政治形势为依据，凡产生于政衰时乱的社会中，讥刺时政的作品，就是"变雅"，区别于那些歌颂性的、赞美性的"正雅"。而且在价值评价上，"变雅"也明显低于"正雅"。显然，这一种评价是以对社会、时代政治好坏的判断为标准，且这种标准被用来对诗歌进行评判，而不是从诗歌本身的艺术特征入手。在这里，诗歌显然不是独立的，而是从属于社会政治的，可以说它只是社会政治的一个说明或注脚。这是"变雅"作为一种诗歌的外部分类方式所体现出的社会文化意义。

"变雅"对后世影响最大的，是其中称为"怨刺诗"的作品，这也是一些具有更明显的政治批判指向性的作品。"怨刺"是一个传统的概念，但它恰当地描述了这些作品的诗歌风格。"怨"是"发愤怨悱"，"刺"是"讽喻刺上"。"发愤怨悱"就是抒发那些积郁在心里的不平、愤恨、郁闷等情绪；而"讽喻刺上"是采用委婉、含蓄的语言方式，对君主、执政者进行指责和批评。这些"怨刺诗"以《小雅》中为多，名篇如《节南山》《正月》《十月之交》《雨无正》《小旻》《巧言》《何人斯》《巷伯》《大东》《北山》等；《大雅》里也有一些，如《民劳》《板》《荡》《抑》《桑柔》《瞻卬》《召旻》等。

《雅》诗大都是贵族的作品，其中，《大雅》作者的社会阶层要更高一些，《小雅》作者的社会来源更广，包括贵族阶级里中下层的成员。周代贵族官员以诗歌作为劝谏君王、批评政治的手段和方式，这类记载在文献里常见。比如《国语·周语上》里有一段著名的"召公谏厉王弭谤"，召公说道：

> 故天子听政，使公卿至于列士献诗，瞽献曲，史献书，师箴，瞍赋，矇诵，百工谏……

显示当时贵族从不同的角度，以不同的方式，在不同的场合，尽可能全方位地对君主进行规谏，以察其得失，补救他在政治上可能造成的任何过错。类似的说法还有很多，比如《国语·晋语六》："吾闻古之王者，政德既成，又听于民，于是乎使工诵谏于朝，在列者献诗。""在列者"指的也是居官任职的贵族。这样一种政治机制，在多大程度上是现实的设置，又在多大程度上是理想的建构，还难以准确断定。而不同等级的贵族官员们有针对性地"献诗"，作为规谏君主、改善政治的手段和方式，正是这种"补察"机制中重要的一环。《左传·昭公十二年》有一个实际的例子，周穆王特别喜欢周游天下，"祭（zhài）公谋父作《祈招》之诗，以止王心"，大臣祭公谋父作了一首诗来劝阻周王这种任性肆意的行为。

"献诗"以"补察其政"，用诗歌对君主进行政治劝谏，这种说法、做法与雅诗里部分诗人的表白颇相一致。贵族诗人们毫不掩饰他们以诗歌来批评时政的态度和目的。《小雅·节南山》是周幽王时代大夫"家父"所作,"家父作诵,以究王讻",他表示,他作诗是要来讽谏周王的,不仅要追查朝廷里祸乱王政之人,还希望能够用这首诗改变周王的心意,以安顺天下。《小雅·何人斯》"作此好歌,以极反侧",按照《毛诗序》的解释,诗人作这首诗歌,是要来追究周王面前不正直的显宦。还有《小雅·巷伯》,作者"寺人孟子"可能是王宫中的一位宦官,"凡百君子,敬而听之",为谗言所害的诗人以此诗来告诫执政官员。又如《大雅·板》,其作者据说是周公的后代,周厉王时一位非常著名的大臣,他在诗里说:"犹之未远,是用大谏。"直接指责周王没有远见,要用他的作品来提出深切的劝谏。类似的还有《大雅·民劳》:"王欲玉女,是用大谏。"《民劳》的作者是召穆公,就是"召公谏弭谤"故事中的召公,说"防民之口,甚于防川"那段话的人。

臣下对君主进行劝谏,这是中国古代政治生活中一件非常重要的事情,自商朝、周朝以后就不断宣扬和表彰,认为是为臣者的责任,体现着臣子的政治勇气和智慧;而如果君主能够接受劝谏,从谏如流,则视为国家政治开明的保障和表现。

为什么会用诗歌作为政治劝谏、政治批评的重要工具?其中一个因素,与诗歌本身的特质有关,就是《毛诗序》里说过的:

> 上以风化下,下以风刺上。主文而谲谏,言之者无罪,闻之者足以戒,故曰风。

"主文而谲谏"是古人有关诗歌特性的一个值得注意的说法。"主文",如果具体到音乐上,是指将声音按照节奏、旋律等整理、编排,使之达到一定程度的和谐。不过对于这些文本性的作品,不妨宽泛一些理解,即把"主文"理解为有文采的、优美的语言表达,精巧的结构,生动的比兴等。"谲谏"就是讽谏、讽喻,具体而言,即是用隐约的言辞来委婉地规劝，不直言，不同于"直谏"。这意味着当时的人已经清晰地认识到了诗歌的特质，并非常准确地予以概括，同时进一步希望能够充分利用诗歌这种表达上的特点，来达到社会功能上的预期。

诗歌有自己的特性。相比于其他语言形式，诗歌善于以优美的言辞，含蓄、委婉地表情达意，还时常会具有一种内容上的不确定性，从而造成较大的理解空间，古人早就说过："诗无达诂。"尽管我们很容易感受到诗的基本情绪，比如是悲哀的还是快乐的，但究竟指的是什么，因何而起，有时候就显得含糊、朦胧，难以确定。对《诗经》中一些作品内容的诠释，自古及今，常常会有各不相同的说法，这也是原因之一。既然诗歌具有含蓄的、不确定的表达效果，言辞又优美生动，很自然的，它就容易产生一种引人入胜的暗示。正是因为诗歌意涵的暗示性、不确定性，就使得被劝谏者既能够有所领悟——如果他愿意或者智商够的话，又因为诗歌往往是非指实的、不直接的，容易顾全被劝谏者的脸面，使他便于接受，同时还易于保护进谏者的性命安全，也就是所谓"言之者无罪，闻之者足以戒"。总之，用诗歌这样一种言辞优美、结构精巧，又含蓄委婉、具有暗示性的语言方式来对君主进行劝告、批评，就成为礼乐文明主导下的周代政治生活中一种特定的选择。可以说，政治讽喻、政治批评之所以会采取诗歌这种形式，就是因为人们充分认识并利用了诗歌的特性。

首先以《小雅·节南山》为例，了解一下《诗经》怨刺讽喻诗的大致面貌，为此我简要解释一下这首诗的内容。《诗经》时代久远，文字又精简，很多字词歧解纷出，所以为简便计，在这里我只选择个人认为比较妥当的一种解释，介绍给大家。如前所述，按照《毛诗序》的说法，《节南山》是周大夫"家父"对幽王的讥刺，不过对家父本人，我们实在没有更多的了解。这首诗共十章。第一章：

> 节彼南山，维石岩岩。赫赫师尹，民具尔瞻。忧心如惔，不敢戏谈。国既卒斩，何用不监！

"南山"，即现在的终南山。开头两句是起兴的句子，以终南山山石堆积、山势高峻的样貌，兴起下面西周王朝的执政官高贵、显赫的气势。"赫赫师尹，民具尔瞻"，"师尹"，是说一个尹姓人士，他担任西周的太师，这一官职极为尊贵，原为掌握军事大权的长官，后来成为国君的辅佐，掌管着国家当时实际的政事，因而为万民所瞩目。开头这几句用高峻的终南山兴起太师尹氏显赫的地位和他贵盛的气焰。"忧心如惔，不敢戏谈"，可是诗人却忧心如焚，忧伤、忧痛得内心像是被火烧着了一样，人们甚至不敢随随便便地开个玩笑、戏谑谈论一下。为什么？承上之语意，显然就是因为畏惧太师尹氏的赫赫威严，可见他所施行的专断统治到了何等暴虐的程度！"国既卒斩，何用不监"，国祚眼看已经到了要终绝的地步，以你师尹这样的地位，为什么竟看不到、不理会呢？

> 节彼南山，有实其猗。赫赫师尹，不平谓何。天方荐瘥，丧乱弘多。民言无嘉，憯莫惩嗟。

"有实其猗"，以终南山上山丘广大不平的样子，兴起下面的"赫赫师尹，不平谓何"，师尹为政为什么这么不公平？"天方荐瘥，丧乱弘多"，是说上天一再地降下疾病灾难，到处都是死亡乱离。"民言无嘉，憯莫惩嗟"，没有人说你师尹的好话，天意如此，民心如此，为什么还不引以为戒啊！

> 尹氏大师，维周之氐；秉国之均，四方是维。天子是毗，俾民不迷。不吊昊天，不宜空我师。

前四句强调尹氏位高理应责大：尹氏作为太师，可谓是周王室的根基；

掌握着国家的政权，就应该维护天下四方。"天子是毗，俾民不迷"，尹氏既然是天子的辅佐，就应该要使得民众不迷惑。"不吊昊天，不宜空我师"，上天不仁善，不应该让尹氏还占据着这个尊位，使得民众如此困穷！诗人忧愤至极而又无以为计，苦闷中只好呼告、怨责上天。

> 弗躬弗亲，庶民弗信。弗问弗仕，勿罔君子。式夷式已，无小人殆。琐琐姻亚，则无膴仕。

这一章对执政者进行了具体的指斥。不亲自管理政事，庶民百姓们都不信从你；对于那些在位的贤能者，你不去咨询他们，也不任之以事，这是欺罔贤能君子。此章解释有分歧，分歧点主要在于对主语理解不同，这些恶政之行的主语，也就是诗人斥责的对象是谁，有不一样的解释。一说为尹氏，意即尹氏你不管理政事，不任用贤能。还有一种解释是，诗人虽矛头直接指向尹氏，但尹氏之所以能够如此气焰嚣张，究其根源，在于得到了周王的信任和重用，所以此处乃是进而批评周王所用非人，指责周幽王自己不理政事，委政于小人，不任用、咨询贤臣。下面有几章也都可以这样两解，直接指斥尹氏，或批评周王。接着诗人提出，"式夷式已，无小人殆。琐琐姻亚，则无膴仕"，要消除、制止之前不合理的事情，不要去亲近小人；你那些卑琐的裙带关系，儿女亲家、妻党连襟之类的，不要任用他们，不要让这些小人得到高官大位。

> 昊天不佣，降此鞠讻。昊天不惠，降此大戾。君子如届，俾民心阕。君子如夷，恶怒是违。

当愁多怨极而又无可排解的时候，人们往往会责怪上天。开头四句，诗人面对人间乱象，就一再感慨上天不公平，上天不仁爱，降下如此的穷凶极恶。至于这极凶、这大恶，是不是暗指尹氏本人，则不妨见仁见智地理解。拨乱必须反正，"君子如届，俾民心阕。君子如夷，恶怒是违"，在上者如果能让贤者来执政，人们的愤怒之心就会平息下来；如果贤能的君子为政公平的话，人们憎恶、愤恨的情绪就会消除。

不吊昊天，乱靡有定。式月斯生，俾民不宁。忧心如酲，谁秉国成？不自为政，卒劳百姓。

不仁善的上天给我们降下的祸乱没有止息的时候，每个月都会有祸乱发生，使得民众不得安宁。"忧心如酲"，用酒醉不醒来比喻人内心忧虑深重。诗人心怀殷忧，谁能够掌握国家政治的治理呢？"不自为政，卒劳百姓"，执政者不亲自来治理国家，使得百姓劳苦、困病。

驾彼四牡，四牡项领。我瞻四方，蹙蹙靡所骋。

"四牡"是驾车的四匹公马，这四匹马的脖颈都变肥了，如果长时期不驾车驰走，马的脖子就会变得比较肥大，这里诗人用以比喻自己在政治上长期不得重用。"蹙蹙靡所骋"，局促不得舒展，无处驰骋，最后两句以马不得驰骋来比喻自己怀才无所可用的苦闷。

方茂尔恶，相尔矛矣。既夷既怿，如相酬矣。

那些邪恶的小人们，当你们互相憎恶正强的时候，就恨不能把对方看成是一支刺杀人的长矛；可是等到怒火平息、心平气和了，你们又变得像宾主相互敬酒酬酢那样融洽。这一章仍然是用比喻的手法，写小人的交往没有长性，喜怒无常。

昊天不平，我王不宁。不惩其心，覆怨其正。

上天如此不平，使得周王也不得安宁。可是周王（也有人认为是尹氏）

却不惩戒、不改变他原有的心意，反而怨恨那些向他提出批评意见、规谏纠正他的人。

> 家父作诵，以究王讻。式讹尔心，以畜万邦。

所以"家父"我作了这首诗来讽谏，以追究王朝中凶恶的执政大臣尹氏，希望周王能够改变任用尹氏的心意，从而安抚天下四方的诸侯。

"变雅"里出自贵族诗人的这些怨刺诗，由于作者通常具有较高的文化素养，有充分的历史认知，又有切实的见解和感受，所以这些诗的内容充实、丰富，一般规模比较大，章节上不采取《诗经·国风》里那种短小的重章复沓的结构方式，从而得以容纳更多的内容。它的叙事抒情条理井然，语言也更为文雅、书面化。

如果更进一步细分，雅诗中的"怨刺诗"大致可以分为两种类型。一种是《节南山》这类的作品，对时政进行直接的规劝、讽谏，想通过诗歌对当时的政治现实或者执政者发生实际的影响。这类内容、倾向的作品，其作者往往是一些等级较高的贵族，大都是在周王朝里担任比较高职位的卿士重臣，或者是朝廷里一些容易接近周王的侍御亲近之臣。他们处于政权的核心，因其政治地位、社会身份，对朝政时局十分了解。生当衰世，他们对现实矛盾及种种时弊，有清醒的认识或切身的体会，对于本阶级掌权者的种种恶行深深不满，所以想针砭时事，劝谕当政者，使他们能从昏昧中清醒过来。

这些诗表现出了他们这种要改善政治的强烈愿望。他们在诗中批评时政、关心江山社稷的态度非常明确，如前所述，他们毫不掩饰自己作诗的目的就是为了讽谏。虽然这些诗也表达着诗人的情绪，但是更重在对当前政治的失误进行揭露和批评，对君主的过失给予指责，他们还会在诗里揭示历史的经验、现实的要害，甚至天道的警示，希望能使君主醒悟。其中一些诗的表达比较直接，有的相当激烈、尖锐，言辞激切，不仅直接斥责权贵，甚至直接指斥周王与群臣误国。譬如《大雅·桑柔》，据说是周王卿士芮良夫因周厉王为政暴虐昏庸所作，诗的最后说："凉曰不可，覆背善詈。虽曰匪予，既作尔歌。"诗人正告周王，你所做的那些事情是不合理的，可是你居然在背后大骂我；虽然你这样说我的坏话，但我最终还是要作这首歌来劝谏你周王。显然，这类诗篇的作者绝非随意地、浮泛地表达，而是具有强烈的现实目标和针对性，有明确的政治诉求。对于"芮良夫"来说，这可能是在其他有效的政治途径受阻之后，退而求其次的一种表达意见和态度的方式，甚至可以说，可能是他最后的一种表达方式。

与这类表现出强烈的政治参与姿态和救世目的的作品不同，还有不少怨刺诗，主要是表达个人因其在政事活动中的现实遭遇所生发出的哀怨和愤懑。这类作品侧重个体抒情，抒情性强。诗人们在诗中感叹自身的遭遇，忧时伤乱，抒发内心的哀痛、失意，虽然也怨刺时政，但是与前一类作品有所不同，基本上不直接指斥社会政治当中具体的人、事，也基本上不说理，不对社会政治的弊端发表政见。这些作品抒发的主要是由个体切身的政治遭遇而来的人生感受，诗人们作为社会政治的参与者，他们由自己人生经历中所遭遇的困境、危难、不公，从而对当时的社会现实产生了强烈的不满。因此，这些作品虽然是从个人角度出发，抒发的是个人的哀痛忧伤，但是由于诗人对政治感同身受，所以他们浓郁的个体感情、深刻的自我体验、真切的生活感受，就具有了强烈的社会政治色彩。诗人的心志、遭遇、情绪与社会现实中的种种乱象交织在一起，使得他们对社会的反映和批判具有了一定的深度和广度。

《小雅·正月》是其中非常有代表性的一篇优秀作品。按照《毛序》

的说法，"《正月》，大夫刺幽王也"。这是一首周大夫怨刺周幽王，感时伤遇、忧国忧民、自叹孤独的诗，表现了诗人令人绝望的境遇和内心深刻的忧伤、苦闷情绪，并塑造了一位感时伤怀、忧痛孤独的贵族大夫形象。全诗共十三章。

> 正月繁霜，我心忧伤。民之讹言，亦孔之将。念我独兮，忧心京京。哀我小心，癙忧以痒。

首句"正月繁霜"比较费解。按照现在的阴历历法，正月正是天寒地冻的时候，这时候多霜照理并不为奇；况且从顺乎天时的角度来说，"正月繁霜"似乎也不足以与"我心忧伤"发生关联。关键在"正月"应如何理解，这个问题已经争论很多年了。按照《毛传》的传统解释，"正月"系指"夏之四月"。四月已经进入夏季，此时正是阳气最盛的时候，乃"正阳之月"，省称为"正月"。因此，所谓"正月繁霜"，是指阴历四月份也就是入夏之后，却出现了很多霜，这当然是天时失常的现象。周幽王的时候天变多见，另一首有名的怨刺诗《小雅·十月之交》，曾一口气写到地震、日食、月食等天变灾象接二连三地出现。这些自然灾异在古代往往会被赋予重要的政治意义，古人认为这是上天示警，当国无善政的时候，上天就以这种不寻常的灾异变化向人间的统治者发出警告。所以诗人以炎夏繁霜这种预示着不祥的不正常的自然现象发端，兴起内心的忧伤。"民之讹言，亦孔之将"，是说那些没有根据的谣言盛行于世。周幽王时期民生凋敝，社会危机重重，是一个动荡混乱的末世；再加上天时失常的现象频频出现，于是流言四起。诗人开宗明义，长诗的一开头就表示了一种基本的情绪，就是"我心忧伤"，这也成为这首诗的主旋律。最后四句，诗人想到在这样的乱世中，自己一个人孤独地为国家担心，他内心的忧愁更加不能止息；

他哀叹自己不得不小心谨慎、忧惧不安地生活，内心充满了忧闷，忧闷到伤痛的地步。

> 父母生我，胡俾我瘉！不自我先，不自我后。好言自口，莠言自口。忧心愈愈，是以有侮。

人遇到困境的时候，很容易就会呼天或者呼父母。诗人感慨，父母当初把我生下来，为什么要让我这么痛苦呢？忧患的时局既不在我之前，也不在我之后，言外之意就是为什么正好让我赶上呢！表示自己生不逢时。"好言""莠言"，即好话、坏话，好话是从口里说出来的，坏话也是从口里说出来的，这里是诗人对谗言可畏的暗示。最后两句又直写诗人的忧伤，他忧心忡忡，因为为天下国家担忧，居然还受到了小人们的欺侮和耻笑。

> 忧心茕茕，念我无禄。民之无辜，并其臣仆。哀我人斯，于何从禄？瞻乌爰止，于谁之屋？

"茕茕"形容忧愁的样子，诗人想到自己的不幸，内心更是充满了忧愁。"民之无辜，并其臣仆"，人民是没有罪过的，但如果有一天亡国了，所有这些无罪的人也要变成奴隶。"臣仆"即指奴隶，周代通常以罪人或者战俘为奴，亡国之人常常也被用作奴隶。诗人担心国家行将灭亡，无辜的民众到时都会成为别的统治者的奴隶。"哀我人斯，于何从禄"，哀叹我们这些人，要从哪里获得生活之资呢？我们要怎样才能够活下去？"瞻乌爰止，于谁之屋"，看那只乌鸦要停在谁的屋子上？这是用乌鸦何栖来比喻不知道命运如何，不知道明天这个国家将会怎样。至于乌鸦这个比喻究竟指什么，指的是"我"，还是所有的国人、民众，还是西周的国运，可以有不同的理解。

> 瞻彼中林，侯薪侯蒸。民今方殆，视天梦梦。既克有定，靡人弗胜。有皇上帝，伊谁云憎？

"薪""蒸"，分别指粗的、细的木柴。前两句是带有比喻意义的起兴，看那片树林里，只有一些粗的细的木柴，意谓没有参天大树，以此比喻朝廷里聚集了一些无德无能的小人，没有栋梁之材。"民今方殆，视天梦梦"，现在人民正处在危殆的时候，可是看着上天却是这么昏暗不明的样子。"既克有定，靡人弗胜"，上天如果想要停止混乱，它终归是能够做得到的；上天如果想要战胜谁，就没有人能够不被它所战胜。可是天意难知，最后两句发问：伟大的上天，究竟是因为憎恨谁，才不肯来停止世间的乱政呢？

> 谓山盖卑，为冈为陵。民之讹言，宁莫之惩。召彼故老，讯之占梦。具曰予圣，谁知乌之雌雄。

"民之讹言，宁莫之惩"，呼应第一章的"民之讹言，亦孔之将"。那些流言、谣言说，山怎么那么低啊？其实那座山仍然是高高的山冈。明明黑白颠倒，却没有人，也没有办法可以制止谣言。把那些老臣们召集来，又去询问占梦官，他们"具曰予圣"，都说自己什么都懂，可是又有谁能够分辨出雌乌鸦和雄乌鸦呢？比喻谣言的是非、对错难以辨别。

第六章非常有名：

> 谓天盖高，不敢不局。谓地盖厚，不敢不蹐。维号斯言，有伦有脊。哀今之人，胡为虺蜴。

"谓天盖高""谓地盖厚"，其中"盖"均同"盍"。天多么高啊！可是我却不敢不弯着腰，屈曲着身体。地多么厚啊！可是我却不敢不轻轻下脚，小碎步行走。在这样的高天厚地之间，人竟然不能、不敢直身而立、大步行走，诗人以如此生动的比喻，入木三分地刻画出了险恶的社会环境给人带来的巨大精神压力，逼迫得人只能这样自我压抑、委屈痛苦地做人。"维号斯言，有伦有脊"，呼号着这些话，这些话说得多么有道理！"哀今之人，胡为虺蜴"，哀叹现在这些人，为什么要做蛇蝎一类来毒害人呢？

> 瞻彼阪田，有菀其特。天之扤我，如不我克。彼求我则，如不我得。执我仇仇，亦不我力。

"瞻彼阪田，有菀其特"，看那山坡上的田地，一棵独特的苗长得非常茂盛。这是采用比喻的方式，以表示自己人才出众。可是我并未得到上天的眷顾，"天之扤我，如不我克"，上天极力地撼动、摧折我，好像唯恐不能制服我一样。后面四句，诗人抒发了怀才不遇之情。当初周天子来征求我时，好像唯恐得不到我；可是当他得到我之后，却不重用我。"执我仇仇"，"仇仇"是缓持、不用力握住的意思，把我拿在手里，却又不用力握住，比喻周天子不能人尽其才地任用诗人。

> 心之忧矣，如或结之。今兹之正，胡然厉矣。燎之方扬，宁或灭之。赫赫宗周，褒姒灭之。

"心之忧矣，如或结之"，诗人心里的忧痛，就好像有人把绳子打成了结，比喻这忧愁缠结在心头、难以解除。"今兹之正，胡然厉矣"，现在的政治为什么这么暴虐啊！"燎之方扬，宁或灭之"，放火烧野草肥田叫作"燎"，当田野上大火正盛的时候，难道会有人能熄灭它？可是显赫盛大的宗周，竟然毁灭于褒姒之手。关于《小雅·正月》这篇作品产生的时代，一种说法是在周幽王后期、西周将亡未亡的时候；

还有一种说法认为是在西周已经沦亡之后,也就是东周初年。之所以对它产生时代的判断会有这样的分歧,主要是因为人们对"赫赫宗周,褒姒灭之"这两句的理解不一样,这里究竟是说褒姒已经毁掉了西周——当然以现在的历史观或者女性主义的角度来看,这么说是非常有问题的——还是说西周将要毁灭在褒姒手上。换言之,"褒姒灭之"在这里究竟是一个已经发生了的事实,还是只是一个预言?这一理解差异使得人们对这首诗的时代判断有所不同。

> 终其永怀,又窘阴雨。其车既载,乃弃尔辅。载输尔载,将伯助予。

"我"的内心充满了深长的忧伤,又为阴雨所困窘,比喻自己所遭多难的处境。"其车既载,乃弃尔辅","辅"是夹在车轮外旁的直木,用以增强车轮的载重力,车子已经装载起来,就把两旁的夹辅拆卸了,那么装在车上的货物自然就掉落下来,这个时候周王又"将伯助予",请求兄长的帮助。这几句连同下一章,都是用车子运载货物来比喻国家政权的运行,以及贤臣对于君主治国的必不可少。

> 无弃尔辅,员于尔辐。屡顾尔仆,不输尔载。终逾绝险,曾是不意。

不要扔掉你车子上的夹辅,要把你车子的辐条加粗,要一再地注意给你赶车的人,这样你车子上的货物就不会掉下来了。如果一直这样做,最终就能越过极其险难的境地,可是周王竟然对这些事情根本不以为意。

> 鱼在于沼,亦匪克乐。潜虽伏矣,亦孔之炤。忧心惨惨,念国之为虐。

鱼在水池里，本来是得其所的，但是诗人说，鱼即使在池沼中也不能快乐，因为鱼虽然潜伏在水中，也还是能被人看得非常清楚。比喻自己在天地间无所可逃。"忧心惨惨，念国之为虐"，想到国家政治变得如此暴虐，自己难逃祸患，诗人内心充满了忧虑。

> 彼有旨酒，又有嘉殽。洽比其邻，昏姻孔云。念我独兮，忧心殷殷。

他们那些人，有美酒又有佳肴；他们跟周围的人打得火热，相互亲近，还在姻亲之间大事周旋。诗人看到周围的同僚，莫不在酒肉享乐、朋比结党。"念我独兮，忧心殷殷"，想到我是如此的孤独，不禁内心充满了忧伤。

> 佌佌彼有屋，蔌蔌方有谷。民今之无禄，天夭是椓。哿矣富人，哀此惸独。

这一章采用了对比的写法。"佌佌""蔌蔌"都是形容人卑小、鄙陋的样子。那些卑小猥琐的人有屋子住，鄙陋的人有饭吃，然而"民今之无禄，天夭是椓"，民众现在却是不幸的，还要承受天灾的打击。"哿矣富人，哀此惸独"，诗人最后感叹：欢乐吧，那些富人们；悲哀啊，我这孤独者！

《小雅·正月》有强烈的抒情性，整首诗从始至终都贯穿着"我心忧伤"这个主旋律，诗人从不同的方面，以不同的物象、不同的词汇来极力表达内心的忧伤，不断回旋，反复咏叹，从各个角度抒写自己的忧痛，重重叠叠的多种描述、比喻造成了非常鲜明、深刻的情感印象。值得一提的是，诗人广泛运用了比兴手法，采用了很多生动的比喻来表达内心那种排解不去的忧伤、苦闷。如以林中木柴比喻朝廷小人聚集，以高天厚地上的跼、蹐比喻自己的小心委屈做人，以虺蜴比喻害人的小人，以坂田中的菀特比喻自己的杰出，以御货车比喻执政，以鱼潜伏于沼池比喻自己难以摆脱的危险处境，等等。诗人将自己复杂纠结的思想感情附着于物，借助于生活中的具体物象，把抽象、难言的思想感情，表达得生动可感。诗人这种忧伤到绝望的情绪渗透了全诗，宛转、深沉而浓烈，主人公的情绪表达得非常饱满。

这首诗还空前突出地表现了一种孤独感。诗里写到那些散布、传播谣言的众多世人，不理国事也不肯重用贤能的周王，生活享乐、朋比结党的卑鄙小人，所有社会中这一切都跟关怀国家、忧念苍生而又为难以排解的忧伤苦闷所折磨着的诗人区分开来，两者之间难以相容，无法调和。孤立无援的处境使诗人明白，他的坚持终归是毫无出路的，但是他又无法放弃、改变自己。这种孤独和因为孤独而来的忧伤郁结于内心，让人绝望；诗人见微知著，预感到国家行将灭亡，他的忧虑、焦灼，再加上既无能为力的悲哀，又难以逃脱的不安，这一切错综复杂的处境和心态，无疑就更加剧了他忧伤痛苦的情绪和与世难安的孤独感。

在社会政治中感觉冤屈、压抑、不得志，是仕宦为官者普遍的情绪体验。其中，个人品格高洁、才干卓绝、明辨得失却被谗害，得不到君主的信任和重用，陷于孤立无援的境地，成为这类诗歌中最常见的情感主题。到了《离骚》，屈原又以他人格和个性的坚定执着，把在政治现实当中的孤独感和忧伤、忧痛的情绪，进一步发展为充分道德化的全面的二元对立，并将其逐步凝固为一种相对固定的情感和人格表达模式。由于古代诗人与社会政治的现实关联，一己的悲喜、得失、荣辱，往往成为社会政治现实具体而微的反映。换言之，他们个人的境遇、感受，常常与社会秩序的治乱、天下政治的好坏密切联系在一起。

总之,"变雅"中出于贵族诗人的这些言切意深、忧愤哀痛的怨刺诗,具有强烈的现实批判精神,表达了他们的社会政治怨愤和人生忧患。这些作品或者是有意识地进行讽谏,或者只是自我的表达,显然可以看作是一些具有较高文化素养的知识者自觉创作的诗歌。可以说,它们开创了一个文学传统:诗人们在诗歌中常常将个人的感时伤怀、自悲身世,与对国家命运的忧虑、对现实的批判、对民众生存的关怀结合在一起,表现出对社会政治的强烈的忧患意识。

《左传》如何读

傅　刚

楔子

《左传》如何读？兹举例以说明：

隐公元年经："夏，五月，郑伯克段于鄢。"这是非常著名的经文，什么意思呢？据《左传》我们知道，郑国的诸侯庄公，他的母亲生他的时候难产，因此便讨厌他，而喜欢他的弟弟段，多次让庄公的父亲武公废掉庄公的继承权，让给其弟段。庄公即位后，段非常不守本分，多次逾制，最后竟然发动政变，欲引兵袭击庄公，但庄公识破了段的阴谋，一举击败了段。在这个事件中，前人解释孔子对这个事件的看法，认为段肯定是不对的，身为弟弟，又是臣，其逾制以至出兵作乱都是要谴责的；庄公身为长兄，没有尽到为兄的职责，一味纵容其弟为非，其实是早已怀有诛戮之心，所以也应该受到谴责。那么这么多意思，如何在简短的经文中得到表现呢？前人认为经文"郑伯克段于鄢"充分表达了这些意见。这几个字怎么能表达这么多的意思呢？《左传》在叙述完这个事件之后有一段话说："段不弟，故不言弟，如二君，故曰克。称郑伯，讥失教也，谓之郑志。不言出奔，难之也。"意思是说，因为公叔段不守作为弟弟的本分，所以经不书其为弟；又公叔段出兵与郑庄公作战，如二国之国君一样，故用"克"字。"克"是战胜获贼的意思。经书"郑伯"，是讥郑庄公失去作为哥哥应该教育弟弟的责任，且最终兄弟二人兵戎相见，即是庄公有除段之心，故书"郑伯"讥之。公叔段实出奔于共，而经不书其出奔，是因为郑庄公志在于杀，故难言出奔。按照《左传》的意思，这件事如果直书的话，应该写成"郑伯之弟段出奔共"或者"郑伐公弟段于鄢"，但段不弟，故经去"弟"。郑庄公志在于除段，所以不能用国讨例书"郑伐"，而用"郑伯"。这个例子典型地说明了《春秋》经文是有义例的，也只有明了义例，才能读懂《春秋》。《左传》是以事解《春秋》，其所叙之事，不能只看成事件，必须与《春秋》的褒贬之义结合起来。所以我们读《左传》，要明了这些基本的问题：一、《左传》是一部什么书？二、《左传》与《春秋》的关系。三、《左传》是如何传《春秋》的？

一、《左传》是一部什么书？

《左传》是先秦时期典籍，"左"是作者的身份。一般说法，《左传》是鲁史左丘明所撰，所以这部书便以"左"题名。关于左丘明，历史上有许多不同的说法，我们就不管了。"传"是对"经"而言，是解"经"的一种方式。就这个意义上说，《左传》就是左丘明以传体来解经的书。解什么经呢？即是《春秋》。《春秋》是上古时期的史书，各国史书都可以称作《春秋》。《国语·楚语》记申叔时对楚庄王问，说："教之《春秋》而为之耸善而抑恶焉，以戒劝其心。"这里的《春秋》就是指当时的史书。《孟子·离娄下》又说："晋之《乘》、楚之《梼杌》、鲁之《春秋》，一也。"是说晋国的史书叫《乘》，楚国的史书叫《梼杌》，鲁国的史书叫《春秋》，其实都是一样的。大约除了晋、楚的史书名称特别外，其余各国的史书都叫作《春秋》。所以《墨子·明鬼下》提到过"著在周之《春秋》""著在燕之《春秋》""著在齐之《春秋》"的话。墨子更说自己曾经见到过百国《春秋》（《隋书·李德林传》[①]），可见当时各国的史书均以《春秋》为名。但是流传到后代的文献提到的多指鲁国的史书《春秋》，因此有人认为左丘明所传的《春秋》其实就是根据的鲁国史书《春秋》。这里牵涉到经学史的争论，我们就不展开了。我们认为左丘明所传的《春秋》，并不是鲁国的史书《春秋》原本，而是经过了孔子删削后，成为儒家文献的《春秋》。关于这一点，庄公七年经书"星陨如雨"，《公羊传》说："不修《春秋》曰：'雨星不及地尺而复。'"明谓鲁史旧文如此记，但孔子修为"星陨如雨"，可见儒家所传《春秋》，是经孔子删削的。孔子删削的《春秋》在先秦时已经目为经了，为此《春秋经》所作的解释是传。因此，左丘明的《左传》就是传孔子所删削的《春秋经》的。

孔子删削的《春秋》寄寓了孔子的褒贬，但《春秋》本来是鲁国的史书，记的都是鲁国的史事，且多是简短的大事纲目，如隐公五年经记："春，公矢鱼于棠。"孔子若有褒贬，并不能专门发表一段议论，因为根据鲁史成文，不能随意改写，这也就是司马迁所说的"乃因史记作《春秋》"，只能据鲁史寓其褒贬，即所谓的"微言大义"。比如所举这一条，文字面上是记鲁隐公去棠这个地方观鱼，这里的矢，是陈设的意思，鱼是捕鱼的工具，表面上看不出有什么褒贬，但《左传》说是"非礼也，且言远地"，这就是对隐公的观鱼表示了批评。那么这个记事从哪里表现出批评的意思呢？孔颖达《正义》说：

---

① 《墨子》今本无此文，孙诒让《墨子间诂》辑入佚文中。

> 观鱼而书陈鱼者，国君爵位尊重，非蒐狩大事则不当亲行，公故遣陈鱼而观其捕获，主讥其陈，故书陈鱼，以示非礼也。

意思是说隐公身为国君，非国家蒐狩大事，不可为了观鱼这种纯粹游戏之事而远赴棠地，这是不符合礼制的。所以孔子修《春秋》，特用"矢鱼"批评隐公此行纯粹是为了观赏捕鱼。此外，棠地远在鲁、宋边界处，远离鲁都，为了个人的游戏之乐而远离国都，亦不合礼，故经书"于棠"以讥之。按，"矢鱼"，《公羊》《穀梁》作"观鱼"。《穀梁传》说：

> 常事曰视，非常曰观。礼，尊不亲小事，卑不尸大功。鱼，卑者之事也。公观之，非正也。

这就是孔子修《春秋》的微言大义。然而这种微言大义无传则难以明了，是故《春秋》三传皆是传《春秋》之书。

如上所言，三传都是传《春秋》的，但《公羊》《穀梁》的性质没有什么疑问，独《左传》遭到很多质疑。主要的疑问是：《左传》传不传《春秋》，《左传》的作者是不是左丘明，《左传》产生的时代到底是什么时候，《左传》的真伪等。这些问题都是经学史上的重大问题，这里不能展开了。我们认为《左传》当然是传《春秋》的书，左传的作者是不是左丘明可以讨论，《左传》产生的时代应该是春秋末、战国初，因此，《左传》当然没有伪的问题。

这里不妨讨论一下《左传》传不传《春秋》的问题。质疑的人认为《左传》的文体与"传"的性质不合。什么是"传"呢？他们认为"传"应该像《公羊》《穀梁》那样，纯粹就《春秋经》作解，比如上举隐公五年"公矢鱼于棠"经文，《公》《穀》作"公观鱼于棠"，《公羊传》是这样解的：

> 何以书？讥。何讥尔？远也。公曷为远而观鱼？登来之也。百金之鱼，公张之。登来之者何？美大之之辞也。棠者何？济上之邑也。

这个解释是逐经之字句作解，解不离经文。《左传》与此不同，而是叙述隐公将如棠观鱼，鲁大夫臧僖伯进谏，告诉隐公身为人君的道理，说："凡物不足以讲大事，其材不足以备器用，则君不举焉。"意思是说人君以军国祀戎为重，以游观宴乐为轻。故凡事不足以备祭祀与军戎，其材物不足以供军国之用，则君不举用也。若这种山林川泽之实，器用之资，属臣隶小臣所司，非诸侯所亲也。但隐公不听，托辞说："吾将略地焉。"略地，总摄巡行之名，是说自己要巡行边境。在这个叙事之后，《左传》才说："书曰：'公矢鱼于棠'，非礼也，且言远地也。"这种解经的方法的确与《公》《穀》不同，但若由此说《左传》不合传体，其实是对先秦时期的传体并没有深了入解。

其实，后人视为传统的解经之传，其义是汉以后的人据经学昌盛后经学博士的解经之体，对传义的确定。但即使是汉人，其所用之"传"也多与解经之传不同。如《论语》《孝经》都称作传，而王褒《四子讲德论》也被称作传，传并不局限于诂训传之传。因此，在先秦时期《左传》作者解《春秋》而作传，并非不合传体。《左传》这种以事解经的体式，同样是解经之一体。司马迁《太史公自序》引孔子说："我欲载之空言，不如见之于行事之深切著明也。"说得很清楚，空言解经，不如叙以事实之深切著明。这也正是左丘明要以事解经的原因。

司马迁又说："鲁君子左丘明，惧弟子人人异端，各安其意，失其真，①故因孔子史记，具论其语，成《左氏春秋》。"明确说左丘明害怕孔子弟子人人异端，各安其意，失其真——这就是空言难以避免的弊端，而将事实叙述明白，就深切著明了。这怎么能说《左传》不解《春秋》呢？《左传》一书完全配合着《春秋》十二公，虽然结尾至鲁哀公二十七年，比《春秋》多出十三年，但如《四库全书总目》所说，殆后人所续。所以《左传》传《春秋》无疑。

二、《左传》与《春秋》的关系——从《左传》著录见其传经的性质

《左传》最早著录于《汉书·艺文志》"春秋"类，题曰："《左氏传》三十卷，左丘明，鲁太史。"班固《汉书·艺文志》从刘向、刘歆父子《别录》《七略》而来，则此著录也是出于向、歆父子的著录。《汉书·艺文志》记"春秋"类凡二十三家九百四十八篇，其中有《国语》《世本》《楚汉春秋》《太史公书》等后世定为史部者，但此类的前半主要是《春秋》三传。其首列《春秋古经》十二篇，经十一卷，小字注："公羊、穀梁二家。"对此，《四库全书总目》解释说：

> 考《汉志》之文，既曰"古经十二篇矣"，不应复云"经十一卷"。观《公》《穀》二传皆十一卷，与"经十一卷"相配，知十一卷

---

① 《礼记·檀弓》载："有子问于曾子曰：'问丧于夫子乎？'曰：'闻之矣。丧欲速贫，死欲速朽。'有子曰：'是非君子之言也。'曾子曰：'参也闻诸夫子也。'有子又曰：'是非君子之言也。'曾子曰：'参也与子游闻之。'有子曰：'然，然则夫子有为言之也。'曾子以斯言告于子游，子游曰：'甚哉，有子之言似夫子也。昔者夫子居于宋，见桓司马自为石椁，三年而不成，夫子曰：若是其靡也，死不如速朽之愈也，死之欲速朽，为桓司马言之也。南宫敬叔反，必载宝而朝，夫子曰：若是其货也，丧不如速贫之愈也。丧之欲速贫，为敬叔言之也。'曾子以子游之言告于有子，有子曰：'然，吾固曰非夫子之言也。'"是则见曾子已不能尽得孔子之意。

> 为二传之经，故有是注。

意思是说，今本《汉书·艺文志》首条所书"《春秋古经》十二篇，《经》十一卷"是两种《春秋经》，十二篇是一种，十一卷又是一种。十二篇应该是《左氏》古经，十一卷则是公羊、穀梁二家的经，所以小字注特别说这十一卷是《公》《穀》二家。按道理，《汉书·艺文志》应该将这两种经分行书写，大概是早期的抄写者或刻书者误将这两行抄为一行。① 既然如此，则见《左氏》与《公》《穀》二家原本有自己的经，三传所传之《春秋》，底本有文字上的差异，如隐公元年"公与邾仪父盟于蔑"的"蔑"字，《左氏》经底本作"蔑"，但《公羊》《穀梁》经底本却作"眜"②。《汉书·艺文志》首行所记《左氏》《古经》十二篇，其下记《公》《穀》二家经，可见这三家经都是同一性质。

经文本之后是传，《汉书·艺文志》依次著录为《左氏传》三十卷、《公羊传》十一卷、《穀梁传》十一卷、《邹氏传》十一卷、《夹氏传》十一卷，可见这五传皆是传《春秋》的书。在这些传之中，只有《左氏》经为十二篇，说明公羊等四传的经大体相同，与《左氏》经不同。但将此五传排列在一起，且皆有经有传，已经非常清楚明白地说明《左氏传》与其余四传是相同的性质，皆是传《春秋》的书。在著录这些书之后，班固撰文进行解说，他先说古者王者皆有史官，史官各有司职，左史记言，右史记事，事为《春秋》，言为《尚书》，至于周室既微，载籍残缺，孔子思存前圣之业，故与左丘明西观周室史记，欲"据行事，仍人道，因兴以立功，就败以成罚，假日月以定历数，借朝聘以正礼乐"，左丘明恐孔子弟子各安其意，以失其真，故论本事而作传。这是明言

---

① 《四库全书总目》"春秋左传正义"条说："徐彦《公羊传疏》曰：'左氏先著竹帛，故汉儒谓之古学。'则所谓古经十二篇，即所传之经故谓之古，刻《汉书》者误连二条为一耳。"

② 当作"眜"字，音蔑。

左丘明作传以传孔子之《春秋》。及其末世口说流行，这才又产生了《公羊》等四家。很明显，班固意思是以《左传》传《春秋》最早，且得孔子真义，其余四家则是末世口说流行的产物。究其实，这五家皆是传《春秋》的书是没有疑问的。

《春秋》在西汉时已立于学官，当然仅是《公羊》《穀梁》二家。《公羊》先于景帝时立，《穀梁》则至于宣帝时立，《左传》一直未得立于学官，但其学在民间一直有流传。《汉书·儒林传》说："汉兴，北平侯张苍及梁太傅贾谊、京兆尹张敞、大中大夫刘公子，皆修《春秋左氏传》。"《汉书·张苍传》说他"自秦时为柱下御史，明习天下图书计籍"。则其在秦时或已见《左氏春秋》，至少也在汉初。其后贾谊是汉文帝时人、①张敞是汉宣帝时人，都在刘歆之前。②班固之前，司马迁《史记·十二诸侯年表》亦说："鲁君子左丘明，惧弟子人人异端，各安其意，失其真，故因孔子史记，具论其语，成左氏春秋。"可见《左传》从秦汉以来一直都有流传，并非来源不明。《左传》的传授，刘向所言甚明。孔颖达《春秋左传正义·春秋左氏传序》疏引刘向《别录》说："左丘明授曾申，申授吴起，起授其子期，期授楚人铎椒。铎椒作《抄撮》八卷，授虞卿；虞卿作《抄撮》九卷，授荀卿；荀卿授张仓。"所述授受源流甚详。刘向是刘歆父亲，是汉成帝时人，他受命整理中秘图书。《汉书·艺文志》著录的图书，就是根据他的《别录》和其子刘歆的《七略》，后世关于先秦以及西汉时期文献的知识，都是从刘向、刘歆整理图书而来，因此，他所记的这个授受源流，当然是有依据的，也是可以相信

---

① 又，《北史》卷三四《江式传》载式作《古今文字表》称："又北平侯张仓献《春秋左氏传》，书体与孔氏相类，即前代之古文矣。"则见《左传》乃张仓所献，且为古文字。

② 又，《史记·吴世家》曰："余读《春秋》古文，乃知中国之虞与荆蛮句（gōu）吴兄弟也。"按，此见《左传》僖五年宫之奇谏伐虢语，是司马迁所见即《左传》也。

的。之所以要罗列这些材料，是因为清末以来有人提出《左传》是刘歆伪造的说法，从以上材料可以看出，《左传》不伪，其流传有绪。

《左传》是古文经学，刘歆整理中秘图书时发现中秘藏有《左传》二十余通，他认为今文经学之建立至大体完备，也是到了汉武帝时；诸学之师亦多在武帝建元年间担任学官，值此时，一人不能独尽其经，或为《雅》，或为《颂》，相合而成。意思是说，至武帝时今文经师始备，但其学并不完整，一人不能独尽其经，则经师对经的理解并不深入全面。此外，学官所传经，或脱简，或间编，①因此刘歆说："汉兴已七八十年，离于全经固已远矣。"在这样的背景中，鲁共王破孔子壁，发现了古文经，有逸《礼》和《尚书》，加上中秘发现的《左传》二十余通，皆古文旧书，与今文经相校，可以考见今文经脱简间编。（《汉书·艺文志》书类叙称："刘向以中古文校欧阳、大小夏侯三家经文，《酒诰》脱简一、《召诰》脱简二。率简二十五字者，脱亦二十五字；简二十二字者，脱亦二十二字。文字异者七百有余脱字数十。"）因此，古文经之优于今文经，或可补于今文经者实多。但今文经学者"不思废绝之阙，苟因陋就寡，分文析字，烦言碎辞，学者罢老，且不能究其一艺，信口说而背传记，是末师而非往古"。②这是刘歆坚持要立古文于学官的理由，但因涉及今文经学的利益和脸面，所以受到了今文经学的抵制。但今文经学家即使强烈抗议刘歆，也只是说《左氏》不传《春秋》，并不曾说刘歆伪造《左传》，可见清人是逞臆私见，利用往史材料之不足，树无端之议，实在是不值一驳。

---

① 此用《文选》刘歆《移书让太常博士》文，《汉书》文字略有不同。
② 《文选》卷四十三，中华书局1977年影印胡克家刻本。

三、《左传》是如何传《春秋》的？

《左传》与《公》《穀》的经师问答式解经不一样，它主要是通过具体事件的叙述，将《春秋》经所记大事来龙去脉，一一交代明白，解释清楚。如隐公四年经记：

> 夏，公及宋公遇于清。

公即鲁隐公，宋公即宋殇公，鲁、宋二公在清这个地方相会。二公为什么相会，相会为什么要记为"遇"呢？《公羊》说：

> 遇者何？不期也。一君出，一君要之也。

春秋诸侯盟会皆有期，不期而见曰遇，然则鲁、齐二公因何不期而见，所为何事？《公羊》未作解释。《穀梁》说：

> 及者，内为志焉尔。遇者，志相得也。

亦只解"及"字，意谓此次相见是出自鲁侯的主动，"遇"则是说适鲁公之愿，亦让人不解到底发生了什么事。《左传》则详记本末说：

> 四年春，卫州吁弑桓公而立，公与宋公为会，将寻宿之盟，未及期，卫人来告乱。夏，公及宋人遇于清。

原来鲁隐公与宋殇公本有期会，以寻宿之盟，但因卫国发生了州吁弑君之事，故鲁、宋提前相见，所以经书"遇"以记事。杜预注说："遇者，草次之期，二国各简其礼，若道路相逢遇也。"如果没有《左传》的叙事，则此经之义，无论如何也难以明了，这也正是司马迁引孔子所说："我欲载之空言，不如见之于行事之深切著明也。"

前人每称《公羊》《穀梁》义精于《左传》，但空言讲义例，往往会流于臆说，这也是《公》《穀》不知事的弊端。比如僖公二十八年经文：

> 三月，晋侯入曹，执曹伯，畀宋人。

《公羊传》："畀者何？与也，其言畀宋人何？与使听之也。"何休解曰："与使听其狱也。时天王居于郑，晋文欲讨楚师，以宋王者之后，法度所存，故因假使治之。"此不知事之臆说也。晋为周诸侯，于礼应献于天王，未闻因宋为故王者之后而需送于宋者，故《公羊》纯属臆说。据《左传》载，晋欲与楚战，惧齐、秦未肯战，适因宋人如师告急，晋侯因从先轸之言，执曹伯而分曹、卫之田以畀宋人，激楚人怒宋，遂得齐、秦、宋之合力与楚战。这就是以事解经的胜处。

《左传》以事解经，并非切于经之文字，往往有有经无传以及无经之传者。有经无传者，杜预《春秋经传集解序》解释说："其例之所重，旧史遗文，略不尽举，非圣人所修之要故也。"孔颖达《正义》举例说："若桓元年'秋大水'，《传》云：'凡平原出水为大水。'庄七年'秋大水'，此则例之所重，皆是旧史遗余策书之文，丘明略之，不复发传，非圣人所修之要故也。"这是解释有经无传的原因，以为旧史之记，无关孔子修经之义，故不需发传。还有一种情况是经有阙文，无事可解，孔颖达说："无传之经，则不知其事，又有事由于鲁，鲁君亲之而复不书者，先儒或强为之说，或没而不说，疑在阙文，诚难以意理推之，是备论阙之之事也。"[①] 此是有经无传的情况，不独《左传》，三传皆有不传经的情况，所以不必论。主要是无经之传，这是前人认为《左传》不传《春秋》的例证。刘歆《移书让太常博士》简单说了

---

① 孔颖达《春秋左氏传序》"其有疑错则备论而阙之以俟后贤"条引《春秋释例·终篇》。

一句称汉代今文经学家抱残守阙,"谓左氏不传《春秋》",[1]今文经学家是怎样说《左氏》不传《春秋》的,刘歆没有细说,至晋人王接,《晋书》引他的意见说是:"左氏辞义赡富,自是一家书,不主为经发。"[2]这大概是汉儒说《左传》不传《春秋》的主要根据,杜预的解释正是针对这种观点的。

关于无经之传,杜预在《春秋经传集解序》里专门有解释。杜预说:

> (左丘明)身为国史,躬览载籍,必广记而备言之。其文缓,其旨远,将令学者原始要终,寻其枝叶,究其所穷。优而柔之,使自求之;餍而饫之,使自趋之。若江海之浸,膏泽之润,涣然冰释,怡然理顺,然后为得也。

这是说左丘明因为国史的身份,所以会躬览典籍,会通材料,广录详记,目的是使学之者能够原始要终。因为材料广博,背景交代清楚,事件的前后因果关系明晰。孔颖达说:

> 谓丘明富博其文,优柔学者之心,使自求索其高意精华;其大义饱足学者之好,使自奔趋其深致;言其广记备言,欲令使乐翫不倦也。江海以水深之故,所浸者远;膏泽以雨多之故,所润者博,以喻传之广记备言,亦欲浸润经文,使义理通洽。如是而求之,然后涣然解散,如春冰之释,怡然心说,而众理皆顺,然后为得其所也。

《左传》材料丰富详备,如江海之浸,如雨露之润,学者习之,方能深入广博地理解《春秋》,而不会像《公》《穀》那样局限于一字一

---

[1] 《文选》卷四十三,中华书局1977年影胡克家刻本,第612页。
[2] 《晋书》卷五十一《王接传》,中华书局标点本,1435页。

句之解释，不能了解全局全貌，容易误解经义。

其实不仅是杜预所言这些，事实上《左传》的无经之传，往往多是解经必须有的交代。若没有这些无经之传，《春秋》经文大多难以理解贯通。也就是说，这些无经之传恰恰是因为经有阙文，若不补充，则前后难以贯穿勾通。比如宣公十年传记"郑及楚平，诸侯之师伐郑，取成而还"，经无"郑及楚平"文，仅记"晋人、宋人、卫人、曹人伐郑"。如果没有《左传》所补的"郑及楚平"，读者就难以明白为什么诸侯之师要伐郑了？因为郑人自齐桓公卒后，即朝楚，自是以后，常首鼠晋、楚两大国之间，视其强弱以为向背。晋、楚亦为服郑而或伐、或盟。如宣公六年《左传》记楚人伐郑，取成而还（此无经之传），事实上据《左传》九年、十一年交代，郑伯于此厉之役的楚人逼盟上逃归，也就是郑未服楚，所以该年冬，晋、宋、鲁、卫、郑、曹才盟于黑壤。其后至九年，晋、宋、卫、郑、曹又盟于扈。九年冬，楚人伐郑，晋郤缺帅师救郑，郑伯败楚师于柳棼。也就是说至此郑人都是归服于晋的。但接下来的十年经却记："晋人、宋人、卫人、曹人伐郑。"郑既是晋盟国，且于去年败师于柳棼，为什么诸侯之师要伐郑呢？原来郑人败楚师之后，恐楚人深怨，故主动与楚平，这才导致诸侯之师伐郑。如果没有《左传》所补"郑及楚平"，则读者于此难免生疑，而《公羊》《穀梁》因不知事索性就不传了。

对于《左传》的这种解经特质，杜预在宣公十一年传："厉之役，郑伯逃归，自是楚未得志焉。郑既受盟于辰陵，又徼事于晋。"特为加注说：

> 为明年楚围郑传。十年郑及楚平，既无其事，辰陵盟后，郑徼事晋，又无端迹，传皆特发以明经也。自厉之役，郑南北两属，故未得志。九年，楚子伐郑，不以黑壤兴伐，远称厉之役者，志

恨在厉役。此皆传上下相包通之义也。

所谓"为明年楚围郑传",即宣公十二年经"楚子围郑",宣十一年经记:"夏,楚子、陈侯、郑伯盟于辰陵。"其后并无郑叛楚事,为何十二年经会记楚人围郑呢?原来十一年辰陵之会后,郑又徼事晋,这才引起楚人围郑。《左传》专门补此一笔,使前后事能够包通。孔颖达《正义》对杜注进一步申解说:

> 十年,郑及楚平,既无其事,谓经无之也。郑徼事晋,又无端迹,亦谓经所无也。传若不发此语,不知楚以何故明年忽然围郑?为此特发此传,以明后年围郑之经也。自厉役以来,郑南北两属,不专心于楚,故楚未得志,而明年围之。七年,晋为黑壤之会,郑伯在焉,厉役在黑壤之前;九年,传言楚子为厉之役故伐郑,事在黑壤之后。而彼传不以黑壤兴伐,而远称厉之役者,楚子之志所恨,在于厉役逃归,不为黑壤会晋故也。上指厉,下指辰陵,中包黑壤,此皆传上下相包通之义也。

于此可见《左传》的无经之传是解经绝不可少的补充。

除以上所举《左传》无经之传的解经意义外,还有一些无经之传分别具有不同的作用。一种是完全与经无关的叙事,一种是为了交代与经有关的事件,必须要往前溯背景,因而,表面上看似乎没有关系,实则是有关系的。

第一种,如隐公三年传叙周、郑交质事,经不书。郑武公有功于幽王,受爵为卿,又助周平王东迁,故受周王尊重,至庄公,亦为王卿士。但因平王欲畀政于虢,庄公不满,周平王又不敢承认,遂互交质子以为信。诸侯与天子交质,其事甚恶,经虽不书,但传则详细言之。这是春秋时礼崩的标志性事件,故传特为标出。此外,郑庄公自春秋始,怀抱雄图，又狙诈猜忍，东西出击，率先对天子不礼，又因其弟段之事，移恶于其母，春秋前期，东诸侯发生之一切事件，往往与郑庄公有关，故传叙此事，与后之诸事皆有关涉。

第二种，如晋于僖公二年始入经，经记："虞师、晋师灭下阳。"（此时是晋献公）晋是春秋继齐桓之后的霸主国，从晋文公到悼公，多如此。然晋至僖公二年始入《春秋》，事实上自隐公五年曲沃庄伯伐翼便奠定了曲沃伯这一支在晋的正宗地位，故《左传》凡于晋之有事者，皆详记于传。表面上似乎与经无关，但若了解春秋前后形势变化，晋之事不可不知，杜预说"原始以要终"，正是指此而言。

《左传》以事解经，其解经亦有义例，即所谓的五十凡例。凡例始发于隐公七年：

> 春，滕侯卒。不书名，未同盟也。凡诸侯同盟，于是称名，故薨则赴以名，告终，称嗣也，以继好息民，谓之礼经。

这是说春秋时，外诸侯卒，有赴告，或书名，或不书名。不书名，是未同盟的原因。滕侯姬姓，《左传》以为《春秋》不书名，是其未与鲁国盟故。此是《左传》的解释，且说五十凡例是周公旧法礼经。

关于《春秋》有无凡例，古今学者争论甚多。我们认为，编书都具有一定的目的，何况《春秋》一书是孔子寄寓褒贬之书，儒家奉为经典，若无凡例，如何统领各义项？如何能于书写中寄寓褒贬？惟古之人编著撰述，典籍形成之初，虽有体例，然未明标一二而已。以《春秋》所书崩薨卒葬而论，凡外诸侯死，赴告皆书卒，内诸侯则书薨，天子必书崩，此即礼经。

故书须有例，乃常理也。凡书之编，自有目的，史书记事，亦不可事无巨细，不分轻重，不分先后年月。他国、本国、外交、战争、祭祀、朝庙、婚姻，事不同，则记须不同，故史官若无例，则难以下笔。孔颖达《正义》解杜预《序》"韩子所见，盖周之旧典礼经也"说："必知史官所记，有周公旧制者，以圣人所为，动皆有法，以能立官纪事，岂得全无典章？"又举例说：

> 定四年传称备物典策以赐伯禽，典策则史官纪事之法也。若其所记无法，何足以赐诸侯？诸侯得之，何足以为光荣，而子鱼称为美谈也？

此以记事常理论史官必有义例。又者，杜预《春秋经传集解序》说："史有文质，辞有详略。"孔《疏》说："史官迁代，其数甚多，人心不同，属辞必异，自然史官有文有质，致使其辞有详有略。"《春秋》二百四十二年史事，史官非一，所记自然有详有略，有文有质，然其文体却大体统一，若无体例，何以能够如此？章太炎先生《经学略说》曰：

> 作史不得不有凡例……《春秋》本不定出一史官之手，无例则有前后错误之虞，故不得不立凡例。

此亦据杜、孔之说而阐发。由此知史官若无例，则难以记事，否则真如王安石所说是"断烂朝报"了。

鲁史本为一国之史书，与其他诸国史书相同，如晋之《乘》、楚之《梼杌》。晋、楚为大国，何以其史书不能传于后世？是鲁史之传全因孔子所修故也。孔子为何刊削鲁史？其目的何在？除了前儒所说："是以孔子明王道，干七十余君莫能用，故西观周室，论史记旧闻，兴于鲁，而次《春秋》，上记隐，下至哀之获麟，约其辞文，去其烦重，以制义法，王道备，人事浃"，[1] "仲尼因鲁史策书成文，考

---

[1] 《史记·十二诸侯年表》，中华书局排印本。

其真伪,而志其典礼,上以遵周公之遗制,下以明将来之法。其教之所存,文之所害,则刊而正之,以示劝戒",[1]别无可解。孔子既刊削《春秋》以为褒贬,其所褒贬,自不可据己意,否则其为一大夫,何可以服天下?又何可以示劝诫?是孔子修《春秋》必有义例,其义例必合当日礼经,故杜预说:"其发凡以言例,皆经国之常制,周公之垂法,史书之旧章。"

不论后人如何批评《左传》对《春秋》所说的凡例,但我们读《左传》,自然须依据他的这个凡例。

四、《左传》的叙事艺术

《左传》以叙事为特点,其叙事的艺术水平之高,也是后世难以企及的。这是非常令人赞叹惊奇的地方,在先秦还没有文学写作活动的时候,为什么一部《左传》能够达到这样高的水平?这是值得我们研究的。

《左传》善于处理大场面。春秋时发生的事件,或大或小,都与当时争霸、结盟等政治因素有关,因此《左传》总是能从大局着眼,把握事件的发生和变化。如《左传》描写的数次战役:秦晋韩之战(僖公十五年)、晋楚城濮之战(僖公二十八年)、秦晋殽之战(僖公三十三年)、晋楚邲之战(宣公十二年)、齐晋鞌之战(成公二年)、晋楚鄢陵之战(成公十六年),都是非常精彩的战争题材叙事,其写法亦各不相同,大家可以仔细参看。

除了叙事外,《左传》的写人,也是古代作品中十分突出的。《左传》注意刻画人物的性格特征、细节活动,追求传神而动人。如宣公

---

[1] 杜预《春秋经传集解序》,《十三经注疏》本,清同治十二年(1873)江西书局刊本。

十四年记：

> 楚子（楚庄王）使申舟聘于齐，曰："无假道于宋。"亦使公子冯聘于晋，不假道于郑。（高嵣评曰：宋主郑宾，借宾托主。[①]）申舟以孟诸之役恶宋[②]，曰："郑昭宋聋，（高嵣评曰：以昭剔聋，以死挑伐，见犀伏后案。）晋使不害，我则必死。"王曰："杀女，我伐之。"见犀而行[③]。及宋，宋人止之。华元曰："过我而不假道，鄙我也。鄙我，亡也。杀其使者，必伐我。伐我，亦亡也。亡一也。"乃杀之。楚子闻之，投袂而起。屦及于窒皇[④]，剑及于寝门之外，车及于蒲胥之市[⑤]。（高嵣评曰：忿怒之情，迅疾之状，形容如画。）秋，九月，楚子围宋。

刚案，此写楚子有伐宋之心故挑衅之（参见杨注）。其令申舟"无假道于宋"，据高嵣《左传钞》说，无者，禁之也。其令公子冯"不假道于郑"，不者，可以不也，与宋之态度不同。是其料宋必杀而激宋也。

高嵣引俞桐川曰：楚恃其强，强使申舟，命无假道，谓宋必不敢杀也。宋人只是一聋，便乃无所顾忌，末写怒状，奇绝伟瑰，述围宋之因，申舟、华元、楚子，三样纸上皆有声状。

案，俞桐川所说，以楚子仅为轻蔑宋人，本无伐宋之心，与杨注不同。

又如庄公二十八年：

[①] 参高嵣《左传钞》，清乾隆五十三年（1788）双桐书屋刻本，下同。
[②] 文十年，楚子田孟诸，无畏挟宋公仆。
[③] 犀：申舟之子。见犀者，坚楚子伐宋之意也。
[④] 窒皇：寝门阙。
[⑤] 蒲胥：楚市。

楚令尹子元欲蛊文夫人①，为馆于其宫侧，而振万焉②。夫人闻之，泣曰："先君以是舞也习戎备也。今令尹不寻诸仇雠，而于未亡人之侧，不亦异乎！"御人以告子元。子元曰："妇人不忘袭雠，我反忘之！"秋，子元以车六百乘伐郑，入于桔柣之门③。子元、鬬（斗）御强、鬬梧、耿之不比为旆④，鬬（斗）班、王孙游、王孙喜殿。众车入自纯门，及逵市⑤，县门不发，楚言而出⑥。子元曰："郑有人焉。"诸侯救郑。楚师夜遁。郑人将奔桐丘，谍告曰："楚幕有乌。"乃止。

刚案，郑此即是空城计，诸葛亮熟读《左传》也。

高嵣说：楚兵威极盛，却是要遁，郑应敌极暇，却是要奔，两边写来，亦绝有情致。

《左传》多写趣人趣事，如宣公十二年晋楚泌之战：

晋人或以广队不能进⑦，楚人惎之脱扃⑧。少进，马还，又惎之拔旆投衡⑨，乃出。顾曰："吾不如大国之数奔也。"

刚案，楚人之闲暇，晋人之不知耻，于激烈战事中经此一插，顿增生色。

---

① 杜注："文王夫人，息妫也。子元，文王弟。蛊，惑以淫事。"
② 振：动。据《礼记·乐记》注，武舞须振铎以为节。万：万舞，此为武舞。子元盖欲使文王夫人出观。
③ 桔柣：音结迭。杜注："郑远郊之门也。"
④ 杜注："子元自与三子建旆以居前。"
⑤ 杜注："纯门：郑外郭门也。逵：郭内道上市。"
⑥ 杜注："县门，施于内城门。郑示楚以闲暇，故不闭城门，出兵而效楚言，故子元畏之不敢进。"不发，谓不闭门。发谓机发之发，襄十年传《正义》曰："县门者，编版，广长如门，施关机以县门上，有寇则发机而下之。"楚言：杜注谓郑人效楚人言，杨注谓楚人自操楚语退出。
⑦ 广：兵车。
⑧ 惎：教。扃：车前横木。
⑨ 旆：大旗。衡：车前横木勒马颈者。谓拔去车上所插之旗，再投掷勒马之横木。

宣公二年宋、郑战于大棘：

> 二年，春，郑公子归生受命于楚伐宋，宋华元、乐吕御之。二月壬子，战于大棘。宋师败绩。囚华元，获乐吕，及甲车四百六十乘，俘二百五十人，馘百人①。狂狡辂郑人②，郑人入于井。倒戟而出之，获狂狡③。君子曰："失礼违命，宜其为禽也。戎，昭果毅以听之之谓礼。杀敌为果，致果为毅。易之，戮也④。"
>
> 将战，华元杀羊食士，其御羊斟不与。及战，曰："畴昔之羊，子为政；今日之事，我为政。"与入郑师，故败。君子谓羊斟非人也，以其私憾，败国殄民，于是刑孰大焉？《诗》所谓'人之无良'者，其羊斟之谓乎！残民以逞。"

刚案，狂狡愚人之戆，羊斟小人之恶，状在目前。

五、《左传》的版本及注释

最后，要了解一点《左传》的版本和注释的情况。

《左传》在汉代开始流行，单行，至晋杜预始以传附经。唐孔颖达据杜注撰《正义》，成三十六卷，亦单行。至后唐时始据石经刊刻，然亦单行。北宋，雕版刻印群经，亦为单疏本。经、注、疏合刻，始于南宋初年浙东茶盐司，然无《左传》。《左传》经、注、疏合刻，

---

① 割左耳以计数献功。
② 狂狡：宋大夫。辂：杜注："迎也。"迎战之义。
③ 狂狡欲郑人出井，授郑人以戟柄，援其出井，郑人出因以其戟获狂狡。
④ 《正义》："军法以杀敌为上。将军临战，必三令五申之。狂狡失即戎之礼，违元帅之命，曲法以拯郑人，宜其为禽也。昭，明也。兵戎之事，明此果毅以听之之谓礼，能杀敌人是名为果，言能果敢以除贼，致此果敢乃名为毅，言能强毅以立功。'易之戮也'，反易此道，则合刑戮也。昭，谓明晓此礼，致，谓达之于敌，毅，强也，能致用此意，乃谓强人。言在军对敌必须杀也。"

始于南宋庆元间（1195—1200）吴兴沈作（作，或作"中"）宾刊本《春秋正义》三十六卷，阮元《校勘记序》说它是"宋刻《正义》中第一善本。"

五代及北宋监本《春秋左传》今已无存世，所存皆南宋之经注本、单疏本及经、注、疏合刻本，重要的刊本有：

1.《春秋经传集解》三十卷，宋绍兴间刊递修本，日本阳明文库藏有全帙。

阮元《校勘记》说此本为"宋刻经注本之最善者"。然阮元亦仅见三册（十八、二十二、二十三、二十四残卷）

2.《春秋经传集解》三十卷，宋嘉定九年（1216）兴国军学刻本。

北京大学图书馆及日本宫内厅藏日本室町时代覆本。此本八行，行十七字。台北"故宫博物院"藏原杨守敬藏日本覆刻本，更善。

3.《春秋左传》正义三十六卷，南宋庆元吴兴沈作宾刊本。此书为最早之注疏合刻本。阮元称为"宋刻正义中之第一善本"。

4.《春秋经传集解》三十卷，南宋淳熙间抚州公使库本。

国家图书馆藏卷一至二、十九共三卷，台北"故宫博物院"藏卷三至十六、十八、二十至二十四共二十卷。

5.《附释音春秋左传注疏》六十卷，宋建安刘叔刚刻本，日本足利学校遗迹图书馆藏有全本，国家图书馆藏有卷一至二十九，台北"故宫博物院"藏有卷三十至六十。此本十行，附释音注疏。是阮元校刻本之祖本。

以上诸本中第一种，傅增湘称为南宋官本，严绍璗《日藏汉籍善本书录》著录为宋绍兴年间刊宋代递修本[①]。此本阮元称为宋刻经注本之最善者，然阮元仅见三册，所谓善处，难窥全貌。日本阳明文库藏有全帙，当可参考使用。第二种是北京大学所藏日本室町时代覆宋本，

---

① 张丽娟著录为江阴郡刻递修本。

即五山版，杨守敬定为覆兴国军学本，评价甚高，称为"今世所存宋本《左传》无有善于此者"，是此本最足参考利用（参见附录杨守敬跋）。今北京大学出版社据日本斯道文库藏本影印行世，可利用。此外，抚州公使库本，即《九经三传沿革例》所称"抚州旧本"，傅增湘有跋，今两岸共存三十卷（国家图书馆藏首二卷，馀藏台北"故宫博物院"），尚可利用。

《左传》校注整理的情况：

对《左传》的考校，主要起自清人，主要有段玉裁《春秋左氏古经》、赵坦《春秋异文笺》、侯康《春秋古经说》、卢文弨《春秋左传注疏》、阮元《左传校勘记》，此外王念孙《读书杂志》、王引之《经义述闻》、于鬯《香草校书》、李富孙《春秋左传异文释》等，亦是考校《左传》异文的重要著作。又，日本山井鼎《七经孟子考文》，受到中国学者的称赞，原因是山井鼎使用了许多藏在日本而中国学者没有见到的珍稀古籍，而山井鼎的考校也体现了日本学者的认真和精致，故能得到中国学者的肯定，并收入《四库全书》及多种丛书。

进入20世纪以后，《左传》整理和注释的著作主要有王伯祥的《左传读本》、杨伯峻的《春秋左传注》、陈戍国的《春秋左传校注》、赵生群的《春秋左传新注》。王伯祥先生是选本，其着眼在考史与学文，故史事与典故，均为其用心处。其诠训虽参诸家，要以杜注孔疏为圭臬。故其书虽为选本，然解释平正，时有胜义，当可参考。杨伯峻先生《春秋左传注》，在学术界享有盛誉，虽不乏批评，然批评容易，实践实难。杨先生精于经学、小学，于先秦典籍精熟于心，其言"《春秋》经、传，礼制最难"，是最有心得者。故其对礼制注释敷力尤多，又语文学亦是其家学，其于上古语法研读，时有心得。又其长期关注考古成果，引历代及新出土器物释春秋典章制度，时时出新。故学术界有人评其为继杜预之后注《左传》之第二个里程碑,亦不为过。然杨氏精力所聚在于疏通古今经学难点,于经文考校及字词注释上不甚着力,其不便于初学,亦是其体例所囿。陈戍国《春秋左传校注》,未明言体例,然其书以杜注、孔疏为主,参以杨注,再下己按,亦是斟酌于古今之间。陈氏自称好些说法与前贤不同,是陈氏力求出新处,亦有可以参考的地方。赵生群研究《左传》有年,撰写过相关论文多篇,对《左传》学中基本问题都有论述。注释简明扼要,便于初学。

此外,亦有一些译本,如台湾地区李宗侗的《春秋左传今注今译》,上海古籍出版社李梦生的《左传今译》等,亦可参考。惟其书旨在译,注则较为简略。愚见以为,译本仍以沈玉成先生《左传译文》最为精准,可以作为理解此书的重要参考书。

# 诸子三著：《论语》《庄子》《韩非子》

常　森

今天给大家介绍诸子里面的三部书：儒家的一部《论语》，道家的一部《庄子》，法家的一部《韩非子》。之所以想到这三部书，其实是很随意的，可选的题目太多。而实际上，仅仅一部《论语》都讲不完。不过我们既然讲诸子，就要多讲几家，所以就选择了这三部。

这个系列讲座是关于古代文学的讲座。关于古代文学的讲座，为什么要讲诸子呢？我要先说道说道。

先秦诸子百家之学，是我们中国学术思想中最有原创性质的部分，是我们中国学术思想最纯正的代表。不必说太多，我们看看几位大家的评论。首先是著名史学家吕思勉先生，他把我国历代学术分为七期，并加以评论。他是这么说的：

> 吾国学术，大略可分七期：先秦之世，诸子百家之学，一也。两汉之儒学，二也。魏、晋以后之玄学，三也。南北朝、隋、唐之佛学，四也。宋、明之理学，五也。清代之汉学，六也。现今所谓新学，七也。
>
> 七者之中，两汉、魏、晋，不过承袭古人；佛学受诸印度；理学家虽辟佛，实于佛学入之甚深；清代汉学，考证之法甚精，

而于主义无所创辟（梁任公谓清代学术，为方法运动，非主义运动，其说是也。见所撰《清代学术概论》）；最近新说，则又受诸欧美者也。历代学术，纯为我所自创者，实止先秦之学耳。（吕思勉《先秦学术概论》）

吕先生的分期也许很寻常，但他给出的评论特别有意思。他说，"两汉、魏、晋，不过承袭古人"，两汉的儒学主要是从先秦儒家来的，魏晋的玄学主要是从先秦道家来的，当然也接受了儒家的很多东西；之后我国学术，要么是接受了佛学的东西，比如"宋明之理学"，要么是接受了欧美的东西，比如"现今所谓新学"（吕思勉《先秦学术概论》初版于20世纪30年代初，"现今"指的是清以后到那个时候），两者都不纯正；再有的是偏重于"方法"，而思想创造不足，比如"清代之汉学"。所以他说："历代学术，纯为我所自创者，实止先秦之学。"换句话说，吕思勉认为，在我国历代学术中，真正算得上原汁原味的"中国制造"，最具有原创意义的，就是"先秦之学"，具体来说，主要是"先秦之世，诸子百家之学"。

著名文学史家罗根泽先生也有一个差不多的想法。他说：

> 我做《中国学术思想史》的计划，拟先将中国学术思想分为四个时期：
> （一）自上古至东汉之末（约西历二二〇年），可以叫做"纯中国学时期"。
> （二）自魏初（约西历二二一年）至五代末（约西历九六〇年），可以叫做"中国学与印度学之交争时期"。
> （三）自宋初（约西历九六一年）至清之中世（约西历一八〇〇年），……可以叫做"中国学与印度学之混合时期"，也可

叫做"新中国学时期"。

（四）自清中世（约西历一八〇一年）至现在，可叫做"新中国学与西洋学之交争时期"。（罗根泽《古史辨》第四册自序）

第一个时期就是我们很熟悉的先秦两汉，是"纯中国学时期"；第二个时期就是魏晋南北朝隋唐五代，是"中国学与印度学之交争时期"（所谓"印度学"主要是指佛学，它进入中国，跟中国本土文化发生争夺）；第三个时期是"自宋初到清之中世"（"清之中世"的下限界定为公元1800年），此时期中国学术已经非常深地受到了印度佛学的影响，接受了印度佛学很多东西，所以是"中国学与印度学之混合时期"，或者称为"新中国学时期"；第四个时期是自清中世（大约公元1800年）直到"现在"（罗根泽说这番话也是在20世纪30年代初），是"新中国学与西洋学之交争时期"。

两位老先生厘清了中国古代学术思想发展的大致历史脉络。合并两家的论断，可以这样说，我们要想从中国历代思想学术中找最具有中国味道的东西，或者说找"纯中国学"，就必须把目光投向先秦两汉时期；如果更进一步，要想在先秦两汉时期找最具有原创性质的中国学术，就必须把目光投向先秦之世，特别是先秦诸子。

先秦诸子对中国文化的影响可以说是无与伦比的。如果说中国文化是一棵大树，先秦诸子就是这棵大树的根；如果说中国文化是一个生命体，先秦诸子就是这个生命体的魂，可见它的作用和价值十分巨大。我们中国人常讲的立身行事、修齐治平等，根基都在这里。我们学术思想最重要的传统——儒学，作为"中国文化传统中一主要骨干"（钱穆《朱子学提纲》），就是从先秦诸子发源的。而在古代，儒家作为主干，道家和墨家等此起彼伏，一直在挑战这一主干，所以说，我们最重要的"反传统的传统"也是从先秦诸子发源的。我们中国人积极进取，根基在这里；我们中国人退守自持，根基也在这里。

即便仅仅从文学方面观照，我们也必须讲一讲先秦诸子。就汉代以前的"文学"观念而言，诸子本身就在"文学"范围之内，是"文学"极重要的构成部分，这是一个历史原因。另外一个原因则是，即便从我们现在认定的"文学"的立场来看，先秦诸子从某种意义上也可以说是中国文学的根底和楷模。吕思勉在《经子解题》中说：

> 中国文学，根柢皆在经史子中，近人言文学者，多徒知读集，实为舍本而求末；故用力多而成功少。

契合现代"文学"观念的中国文学一般是跟集部关联，然而其根底却是在经、史、子中，比如韩愈、柳宗元诸大家，其文章最深层的根实际上在先秦诸子那里。所以吕思勉先生认为，我们如今在"中国文学"上用功，"多徒知读集"，也许这功夫下错了地方。另外，吕思勉先生指出：

> 读诸子者，固不为研习文辞。然诸子之文，各有其面貌性情，彼此不能相假；亦实为中国文学，立极于前。留心文学者，于此加以钻研，固胜徒读集部之书者甚远。（吕思勉《经子解题》）

的确，先秦诸子著作，《老子》就是《老子》，《庄子》就是《庄子》，《论语》就是《论语》，《孟子》就是《孟子》，《荀子》就是《荀子》，彼此都不能互相替代，这已经为中国文学奠定了一个根本的原则。总之，从文学方面来看，先秦诸子也值得我们高度关注。

一、《论语》

下面我们进入第一个话题——《论语》。《论语》这部书有多重要呢？孔子这个人有多重要，《论语》这本书就有多重要。梁启超就说：

> 《论语》一书，……字字精金美玉，实人类千古不磨之宝典。盖孔子人格之伟大，宜为含识之俦所公认，而《论语》则表现孔子人格唯一之良书也。……要而言之，孔子这个人有若干价值，则《论语》这部书，亦连带的有若干价值也。（梁启超《要籍解题及其读法》）

这是梁启超对《论语》的定位，这就是《论语》重要性所在。

那么，孔子有多重要呢？民国著名学者柳诒徵先生有一段话评论孔子，每句话都十分精到。他是这么说的：

> 孔子者，中国文化之中心也。无孔子则无中国文化。自孔子以前数千年之文化，赖孔子而传；自孔子以后数千年之文化，赖孔子而开。即使自今以后，吾国国民同化于世界各国之新文化，然过去时代之与孔子之关系，要为历史上不可磨灭之事实。故虽老子与孔子同生于春秋之时，同为中国之大哲，而其影响于全国国民，则老犹远逊于孔，其他诸子，更不可以并论。（柳诒徵《中国文化史》）

说孔子是中国文化的中心，说没有孔子就没有中国文化，这是极高的评价。柳诒徵先生这么说有他的根据。一方面，我们中国最古老最重要的典籍，除了孔子传授下来的那一批外，大部分都没有了。另一方面，孔子开创儒学，使之成为中国古代社会文化的主干，所以中国传统文化又"赖孔子而开"。就两个字，一"传"一"开"，把孔子在中国文化史上的地位和意义说得极为透彻、极为到位。柳诒徵先生接下来说，"即使自今以后，吾国国民同化于世界各国之新文化"，但是"过去时代之与孔子之关系，要为历史上不可磨灭之事实"，就是说，过去时代跟孔子的关系总之是没有办法抹杀的。他还做了一个比较："故虽孔子与老子同生于春秋之时，同为春秋之大哲，而其影响于全国国民，则老犹远逊于孔，其他诸子，更不可以并论。"这是柳诒徵先生对孔子的评价。我想在座的朋友也许不完全赞同他的观点，但是我个人认为，他说的基本上符合事实。

不过还必须补充两点：第一，孔子是最深刻地影响了中国古代历史的教育家、思想家和学者，离开孔子，中国古代历史的很多内容没有办法解释。譬如，汉武帝之后，昭帝、宣帝、元帝、成帝、哀帝等五六位天子都要花很多时间和精力去学习《诗经》学，有的学的还不止一家。这一现象，就必须从孔子以《诗经》为教材向弟子传授这一传统说起。如果我们的历史视野中缺少孔子，这件事就没有办法解释了。第二，孔子是最深刻地影响了世界历史的中国教育家、思想家和学者，世界历史中有相当一部分内容，离开孔子便没有办法解释。最简单和直接的证明，是我们周边有些国家，比如日本和韩国，到现在都年年举行祭孔的仪式，离开孔子，这如何解释呢？这种历史现象是世界史的重要构成部分，到现在还是这样。

由孔子这个人的伟大，可以看出《论语》这部书的重要。如果要推荐一部中国古代的书给我们全体同胞来读，——不分行业，不分专业，不分学历和年龄，全体国民都需要读，那我个人认为应该是《论语》。

（一）《论语》中的孔子思想

《论语》中孔子的思想博大精深，这里只能说说最重要的，也就是"仁"这个范畴。

《论语·颜渊》篇记载：

> 仲弓问仁。子曰："出门如见大宾，使民如承大祭。己所不欲，勿施于人。在邦无怨，在家无怨。"
>
> 仲弓曰："雍虽不敏，请事斯语矣。"

孔子的弟子冉雍，字仲弓，是春秋末鲁国人，比孔子小29岁。他向老师请教什么是"仁"，老师回答说，出门办事，好像去迎接最尊贵的客人一样；使唤百姓，好像承担着最隆重、最重要的祭祀那样，恭恭敬敬的。而且要做到"己所不欲，勿施于人"。这是孔子给"仁"的最重要的定义，字面意思是说，自己不想要的，就不要把它加给别人。仁还意味着"在邦无怨，在家无怨"，无论是在"国"这个层面上发展，还是在"家"——即卿大夫的封地（包括封地上的百姓）——这个层面上发展，都不要怨天尤人。仲弓听了，表态说，尽管我冉雍不才，请让我实践这些话。这是儒家传统中教和学的根本所在。所谓"学"，根本在于知道了一种道理和价值就去践行它，把它落实到自己的言行之中，使它成为自己精神和道德生命的一部分。我们的现代教育可能把传统教育的这种优势丢掉了，可能存在一些欠缺，它强调的是知识和技能，而不是价值及其践履，不是做人，不是让人有道德有教养。

在刚才的故事里面，孔子回答冉雍时给"仁"的定义，最重要的是"己所不欲，勿施于人"八个字。《论语·雍也》篇也记载孔子谈论"仁"：

> 子贡曰："如有博施于民而能济众，何如？可谓仁乎？"
>
> 子曰："何事于仁，必也圣乎！尧舜其犹病诸！夫仁者，己欲立而立人，己欲达而达人。能近取譬，可谓仁之方也已。"

孔子的弟子子贡，也就是端木赐（字子贡），是春秋末卫国人，比孔子小31岁。他也向老师请教仁的问题，孔子回答时给"仁"的定义是："夫仁者，己欲立而立人，己欲达而达人。"字面上的意思是说，所谓"仁"，就是你自己想要站住想要站稳，就让别人站住让别人站稳；你自己想要通达顺利，就让别人通达顺利。你自己想要怎么样，就要把它升华为自己对待别人的原则，让别人怎么样。孔子说这叫"近取譬"，即用"譬"的方式，从自己的内心取出这样一种接人待物的原则。还有比自己的内心更"近"的吗？所以叫"近取譬"。而这个"近取譬"，就是践行仁德的办法。这是孔子跟弟子对"仁"的又一番讨论。

由此，我们从《论语》中看到，孔子对"仁"给出了一个肯定式的定义，又给出了一个否定式的定义，肯定式的定义就是"己欲立而立人，己欲达而达人"，而否定式的定义，最根本的内容是"己所不欲，勿施于人"。这两种定义的实质是相同的，仅仅是表达方式不同而已。那么在这个层面上，"仁"最重要最根本的内涵究竟是什么呢？

几年前，我有一次跟朋友一起吃饭，吃着聊着，一位学者突然提了一个问题："你说孔子宣扬'己所不欲，勿施于人'，这个有什么好的呢？自己不想吃苹果，就不把苹果给别人吃，这难道很了不起、很好吗？"他是这样理解孔子的仁道的。孔子张扬的"仁"究竟是不是吃苹果的事情呢？我觉得，如果要准确理解孔子说的"仁"是什么，必须关联他的另外一个重要的范畴，这个范畴用一个字来说就是"恕"，"忠恕之道"的"恕"。

《论语·卫灵公》记载：

> 子贡问曰："有一言而可以终身行之者乎？"
> 子曰："其'恕'乎！己所不欲，勿施于人。"

请大家注意,所谓"有一言而可以终身行之者乎",这里的"一言"是一个字的意思,有的学者在提到这个话题的时候,把"一言"解释为一句话,这是不对的,因为孔子下面回答的也只有一个字,就是"恕"。孔子接下来顺带解释了"恕"意味着什么,他说"恕"就意味着"己所不欲,勿施于人"。这和前面提到的孔子对"仁"的定义是一样的。《礼记·中庸》记载了孔子的一段话,先说"忠恕违道不远",即"忠恕"距离"道"的境界不远,接下来解释"忠恕"是什么,称"忠恕"就意味着:"施诸己而不愿,亦勿施于人。"这不就是"己所不欲,勿施于人"吗?只不过是具体说法不同而已。所以,这里"忠恕"看起来是"忠"加"恕"这两个方面,实际上侧重的是"恕"这一个方面。孔子对"恕"的定义跟他对"忠恕"的定义是同一的,即本质都是"己所不欲,勿施于人"。而孔子对"仁"的否定式的定义,跟他对"恕"或"忠恕"的定义也是一样的;孔子对"仁"的肯定式的定义,跟他对"仁"的否定式定义,实际上也是一样的。这就意味着,只要弄明白了上面说的"恕"或"忠恕"是什么,也就弄明白了孔子所说的"仁"是什么。

在《礼记·中庸》里面,孔子那段话记录得相当完整:

> 子曰:"……忠恕违道不远,施诸己而不愿,亦勿施于人。君子之道四,丘未能一焉:所求乎子以事父,未能也;所求乎臣以事君,未能也;所求乎弟以事兄,未能也;所求乎朋友先施之,未能也……"

孔子先说,"忠恕"距离"道"这种境界不远,"忠恕"意味着如果加给你的你不愿意接受,你就不加给别人。孔子接下来说"君子之道"有四个方面,这是紧承上文而言的,"君子之道"实际上就是"忠恕"之道。这四个方面,第一个方面是要求儿子对自己做到的,自己对父亲做到；第二个方面是要求臣下对自己做到的，自己对君上做到；第三个方面是要求弟弟对自己做到的，自己对兄长做到；第四个方面是要求朋友对自己做到的，自己先对朋友做到。

这种"忠恕"之道或说"君子之道"，让我们想到另一部重要儒家经典《大学》里面的"君子有絜矩之道"：

> 君子有絜矩之道也。所恶于上，毋以使下；所恶于下，毋以事上；所恶于前，毋以先后；所恶于后，毋以从前；所恶于右，毋以交于左；所恶于左，毋以交于右。

所谓"絜"，本意是测量圆柱体的周长，后来引申为具有普遍意义的测量。"矩"本来是古代木工用来画直角和方形的工具（画一个是直角，画四个直角就是方形）。我国很多画像石上有伏羲女娲图，比如山东武氏祠东汉画像石中的伏羲女娲（图一），伏羲手里拿的就是"矩"。敦煌藏经洞出土伏羲女娲的绢画（图二），伏羲手里拿的也是"矩"。"矩"字后来由画直角和方形的法度，引申为具有普遍意义的法度。

因此所谓"絜矩之道"，简单地说就是量度一下，确立一种待人接物的法度。那么量度什么呢？量度内心的欲或不欲，量度内心的好或恶。所以《大学》接下来说，厌恶上面给自己的那些，自己不用来对待下面，厌恶下面对待自己的那些，自己不用来对待上面，前后左右依次类推，其中的道理并无二致。朱熹《大学章句》在解释这段话的时候，说：

> 如不欲上之无礼于我，则必以此度下之心，而亦不敢以此无礼使之。不欲下之不忠于我，则必以此度上之心，而亦不敢以此不忠事之。至于前后左右，无不皆然。

就是说，你不想要上面的人对自己无礼，那你就本着这样的心对待下面的人，不无礼地对待他，你不想要下面的人对自己不忠，那你就本着这样的心对待上面的人，不要对他不忠，前后左右依次类推。这就是"絜矩之道"，其实也就是"近取譬"。它跟孔子所说的"仁"道、"恕"道、"君子之道"，本质上是相通的。我们可以把所有这些关联起来考虑。

图一　山东省济宁市嘉祥县武氏祠东汉画像石拓片

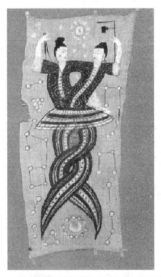

图二　敦煌藏经洞出土伏羲女娲绢画
（法国巴黎吉美博物馆藏）

我认为,"仁"的否定式定义,即"己所不欲,勿施于人",就意味着"所恶于上,毋以使下;所恶于下,毋以事上"云云(所谓君子的"絜矩之道"),而"仁"的肯定式定义,即"己欲立而立人,己欲达而达人",就意味着"所求乎子以事父""所求乎臣以事君""所求乎弟以事兄""所求乎朋友先施之"(所谓"君子之道")。这样我们就明白了,"仁"绝对不是一个简单的"吃苹果"的问题,而是一个非常重要的价值以及践行该价值的一套原则;我们丝毫不必奇怪,"仁"既是价值,又是"方法"。

孔子思想体系中的"仁"是一种非常纯粹和崇高的道德精神。"仁"意味着对他人好,但这并不是回报式的,就是说既不是因为别人对你好了,你这样去回报他,又不是为了得到别人好的回报,你才这样对待他;"仁"只是将心比心,是无条件的,不涉及彼此"交换"的考虑,通常也不构成彼此交换的双方,譬如说你希望弟弟对自己好,你就对兄长好,这里涉及的是三方。

关于《论语》中孔子的思想,我们就介绍这一个"仁"字。

(二)《论语》中孔子的智慧

《论语》中的孔子是一个充满智慧的哲人,他对社会人生有非常敏锐的洞察。这一方面我们也只能介绍一点,就是孔子说"小不忍,则乱大谋"。

我曾经跟北京大学的同学们开玩笑说,如果在座的诸位有谁说一句话,这句话成了很多中国人喜欢用的成语,那你就厉害了。孔子有那么多话被直接用作成语,或者被提炼成了成语;而且历千百年之久,这些成语一直被经常使用。比如"温故知新""知之为知之,不知为不知""不在其位,不谋其政""工欲善其事,必先利其器""见义勇为""既往不咎""尽善尽美""见贤思齐""听其言,观其行""不耻下问""文质彬彬""诲人不倦""举一反三""多闻阙疑""过犹不及""成人之美""名正言顺""欲速则不达""当仁不让""发愤忘食""后生可畏""杀身成仁""割鸡用牛刀""空空如也""升堂入室""一言以蔽之""三十而立""从心所欲""朽木不可雕""愚不可及""患得患失""色厉内荏""道听途说""无所不至""巧言令色""饱食终日,无所用心",等等。如果大家再去《论语》中细心找一找,还能发现很多这样的例子。

　　孔子的很多话变成了千百年来人们热衷使用的成语,当然有它历史的机缘,但更重要的原因,还是这些话包含着很深的人生智慧,包含着对社会人生很深刻的观察。这里仅仅以"小不忍,则乱大谋"为例做一个具体说明。《论语·卫灵公》:

　　　　子曰:"巧言乱德。小不忍,则乱大谋。"

"小不忍,则乱大谋",是说小的方面不克制、不忍耐,就会毁了大计。《朱子语类》卷四十五记载,南宋著名理学家朱熹在解释这句话的时候,举出了两个方面,一个方面是"妇人之仁,不能忍于爱",就是不能割舍爱,另一个方面是"匹夫之勇,不能忍于忿",就是有勇无谋,不能克制怒气,他认为这两种情况"皆能乱大谋"、毁大计。朱熹随后举出项羽这个历史人物作证明。关于"匹夫之勇"乱大谋,不用举具体例子,这里先说说朱熹举出的项羽因为"妇人之仁"而毁了大计一事。

　　我们读《史记》,都会觉得项羽这个人很厉害,用他自己的话来形容就是"力拔山兮气盖世"。项羽用兵打仗很了不起,刘邦方面人多,他自己人少，可他常常打胜仗。但天下最后还是被刘邦夺去。刘邦统一天下之后，有一次大宴群臣时，要臣下谈一谈：我刘邦凭什么得了天下？项羽为什么被我制服？官员们各说各的，刘邦都不满意。因为刘邦自己心中有数，他自己很清楚。他这样说：

> 夫运筹策帷帐之中，决胜于千里之外，吾不如子房。镇国家，抚百姓，给馈饷，不绝粮道，吾不如萧何。连百万之军，战必胜，攻必取，吾不如韩信。此三者，皆人杰也，吾能用之，此吾所以取天下也。项羽有一范增而不能用，此其所以为我擒也。（《史记·高祖本纪》）

刘邦说，运筹帷幄、决胜千里，这个张子房（张良）厉害，我刘邦赶不上他；镇守关中，使大后方安稳，同时源源不断地向前线输送粮草，从来不让粮草断绝，这个萧何厉害，我刘邦赶不上他；带兵方面，韩信战必胜攻必取，我刘邦赶不上他。张良、萧何、韩信都是人杰，我能用他们，所以我赢了。项羽身边也有一号人物，就是范增，但是范增的话项羽往往不听（我们都熟悉鸿门宴，在整个过程里，亚父范增多次暗示项羽应该动手把刘邦干掉，项羽不听）。刘邦说，这就是我制服项羽、得了天下的根本。刘邦是十分清醒的，他知道对于争天下来说，人才太重要了。

这三个"人杰"中的韩信原本是项羽的部下，后来才追随刘邦，为刘邦的统一大业立下了汗马功劳。韩信对项羽的毛病特别清楚，他曾经这样评价项羽：

> 人有疾病，涕泣分食饮，至使人有功当封爵者，印刓敝，忍不能予，此所谓妇人之仁也。（《史记·淮阴侯列传》）

就是说项羽这个人对部下很好,部下生了病,项羽会流着眼泪把自己吃的喝的分给他,但是当部下立了大功,应该加官封爵的时候,官印爵印都做好了,项羽却一直拿在手里,摩挲把玩以至于损坏了,都舍不得把官印爵印给那位立了功的部下。这就是所谓"妇人之仁",该割舍的顾惜爱恋割舍不了,小账算得很清楚,大账一塌糊涂。有这种毛病,又怎么能够跟人争天下呢?这种毛病注定了项羽几乎就是以一己之力与天下群雄争,能不毁了大计?

显然,仅仅从朱熹说的"匹夫之勇,不能忍于忿""妇人之仁,不能忍于爱"两个方面,来理解"小不忍,则乱大谋"的深刻含义,是远远不够的。近代著名学者杨树达先生在《论语疏证》中又补充了一个方面,说是"吝财不忍弃"也会乱大谋。他举的一个例子涉及一位著名历史人物,就是人家都很熟悉的范蠡。范蠡辅佐越王勾践报仇雪耻,灭了吴国。成功之后,范蠡觉得越王这个人"可与共患难,不可共安乐",于是辞官归隐,做生意去了。范蠡隐居在今山东西南部定陶一带,当时叫陶丘,他就在那儿做生意,发家致富,被称为"陶朱公"。

陶朱公范蠡有三个儿子,长子出生时,他还未发达;小儿子出生时,他已经是巨富了。小儿子长大后,范蠡家里出了一件事:次子在楚国杀了人,被逮捕入狱。范蠡合计,杀人偿命是理所当然的道理,但有句俗话叫"千金之子不死于市",如果有点家产,就不让儿子在闹市被处斩、弃尸街头。所以他考虑派小儿子到楚国去运作,营救次子。为此他准备了"一千镒"的金——有学者说是两万两,有学者说是两万四千两,总之很多,装到一个褐色的袋子里,用牛车拉着,准备派小儿子出发了。可是这个时候老大出来了。在一个家庭里,老大的地位很重要,仅次于父亲,因此老大被称为"家督"。现在家里出了这么大的事，父亲派老小去活动，却不派老大去，只能有一种原因，就是父亲觉得老大不行。所以老大表示，只要自己弟弟离家到楚国去，他就死给父亲看。这么一来事情就复杂了。范蠡的夫人出来劝，说派老小去活动，也不一定能救出老二，假如老大又自杀给你看，这个账太不合算了，又得搭上一条命。范蠡没有办法，只好改变主意，派老大去。范蠡千叮咛万嘱咐，写了一封信，交代老大到了楚国，找到一个姓庄的读书人，就是庄生，把信和金交给他，一切都听他处置，不要跟他有任何争执。这位老大对弟弟真是好，他觉得父亲准备的一千镒的金怕是不够用，就把自己积攒的一些金一块带上，到楚国去了。

到了楚国，他在靠近外城的一个小胡同里找到了庄生，当时就很惊讶，原来父亲要他来找的是这样一位贫寒的读书人。但他还是按照父亲的叮嘱把信和金交给他。庄生说，好了，这里没你的事了，你可以走了。如果你弟弟被放出来，你也不要问为什么。陶朱公的老大离开庄生，却并未离开楚国。他心里一直嘀咕，如此贫寒的庄生能够办成事吗？于是他就拿自己另外带的一些金，送给那些显赫当权的官员。

且说庄生这个人，尽管很贫寒，在楚国威望却很高，连国君都信任他。他收了陶朱公的金，跟夫人交代说：这是陶朱公的金，一个子儿都别动，等我办好了事退还给他。于是他找了一个时间去见国君，跟国君说，我最近察看天象，发现天上有一颗星从这里到那里，将对楚国不利。国君一听就慌了，连忙问怎么办。庄生说不用紧张，修德行善可以消灾避祸。国君一听，明白了，就下令把藏金银财宝的府库给封好管好。陶朱公的老大送过钱的贵人一看，马上来通风报信，说我们国君要大赦罪犯了。国君每次大赦罪犯，都先要人把藏金银财宝的府库封好看好，以免风声走漏，有些人先去偷了金银财宝，再等着大赦。陶朱公的长子一听，大赦，那就太好了，弟弟要被放出来了。

转念一想，那一千镒的金送给了庄生。他心里很纠结，于是又来到庄生家里。庄生一看到他就很吃惊，说，你不是已经走了吗，怎么还在这里呢？陶朱公长子就说，自己到楚国来本是要营救弟弟，现在知道国君要大赦罪犯，弟弟要被放出来了，特别高兴，所以来道个别。庄生知道他根本不是来道别的，就说你自己进去拿吧。陶朱公的老大就进去把那一千镒的金拿走了。他心里真是高兴，弟弟要被放出来了，一千镒的金一个子儿都没少，多好的事儿啊。

可庄生越想越郁闷，越想越觉得窝囊，于是就又进宫拜见国君，跟国君说，我之前跟您说天上有星妨主，跟您说修德行善可以消灾弭祸，现在我走在大街上，满大街的人都在议论，说国君这么做并不是对普通百姓好，他只是想借这个机会把陶朱公家的儿子给放出来。国君一听大怒，说我这个人再不成，也不至于为了陶朱公家的儿子折腾这些。于是下令先把陶朱公的儿子斩了，第二天再大赦。于是，陶朱公家的老大只能带着弟弟的尸体回家了。

陶朱公的老大回到家，左邻右舍、陶朱的夫人都哭得非常伤心，只有陶朱公笑，当然他这个笑很复杂。他解释说，老大并不是对弟弟不好，但是他小时候家里经济不好，生活困难，他知道钱来得不容易，破费点钱就很纠结。当初为什么想派老小去呢？就是因为老小生下来的时候家里已经发达了，他从小花钱如流水，从来不问钱是哪来的，所以要派他去。可是老大要争，就只能是这种结果了。从老大离家到楚国去的那一天开始，陶朱公就掐着日子在等他带着弟弟的尸体回来呢。按照陶朱公原来那套设计，老二能被救出来，金也不会损失一分一毫。因为半路上杀出老大，就只能是这样一个结果了。

这个故事见于《史记·越王勾践世家》。里面的人物我们不去评论，只需要强调，站在陶朱公的立场上来看，这绝对是"吝财不忍弃""小不忍则乱大谋"的一个活生生的例子。

你看，孔子这么简单的一句话"小不忍，则乱大谋"，我们可以用多少社会人生的经验，去体会它的意义和价值啊。这就是孔子，他的很多话听上去并不惊人，却往往包含对社会、对人生异常敏锐深刻的观察。

这里我顺便推荐一本书。我相信在座的朋友都很熟悉杨伯峻先生的《论语译注》。这么多年来，《论语译注》不知出了多少种版本，是我们阅读《论语》最基本的入门书。但是还有一本书大家不太熟悉，就是杨树达先生的《论语疏证》。大家读了《论语译注》，可以再读《论语疏证》，一定能长很多学问。

（三）《论语》中孔子的深情

接下来说说《论语》中的孔子形象。这方面的内容也很丰富，我只讲一个方面，就是孔子的深情。

孔子不是整天板着脸教训弟子、不近人情的那种"圣人"，而是对弟子用情很深。举一个例子。《论语·先进》篇记载，孔门四科，德行、言语、政事、文学（这里的"文学"跟现在的文学观念不一样，基本是指文献学问这方面的意思），每一科都有出类拔萃的弟子。其中德行这一方面有一个出色的弟子叫冉耕，字伯牛，比孔子小七岁。我们这里就说说孔子对冉伯牛的深情（孔子对颜渊、子路感情也都很深，由于时间关系，我们只说说这个例子）。

《论语·雍也》篇记载：

> 伯牛有疾，子问之，自牖执其手，曰："亡之，命矣夫！斯人也而有斯疾也！斯人也而有斯疾也！"

冉耕冉伯牛生了病，孔子去探望他，从窗格里伸手进去拉着他的手，说，死是命啊，这样的人得了这样的病，这样的人得了这样的病。理解到这一层，只是理解了字面意思，还是不明就里。冉伯牛得的是什么病呢？《史记·仲尼弟子列传》说是"恶疾"，就是很不好的病。裴骃《史记集解》引包氏说："牛有恶疾，不欲见人。"正因为冉伯牛自己不愿见人，所以孔子去探望他，才从窗格里伸手进去拉着他的手。关于冉伯牛的病，《淮南子·精神》篇说得更清楚："冉伯牛为厉。"这个"厉"字是通假字，读为"癞"，就是癞疮的意思，古籍中通常指麻风病。麻风病想必大家都很清楚，大概在几十年前的中国，麻风病还是一种很可怕的慢性传染病，一旦得了这种病，头发、眉毛、胡须都掉，鼻梁断坏，嘴眼歪斜，人整个身体都会受到很大伤害，并且往往被他人嫌恶，甚至被社会遗弃。

诸位朋友也许会觉得不见得如此。比如我们很熟悉的苏轼有一个故事，是这样说的：

> 刘贡父晚年得恶疾，须眉坠落，鼻梁断坏，苦不可言。一日，与东坡会饮，令各引古人一联相戏，子瞻遽言曰："大风起兮眉飞扬，安得猛士兮守鼻梁！"坐中大噱，贡父默然无言，但感怆而已。（蒋一葵《尧山堂外纪》卷四十九）

从这个故事看，得了麻风病的人不一定讨人嫌恶，他们不还在一起吃饭、喝酒，一起做游戏吗？可如果看看早期的礼制或法制，我们就会发现，普遍的事实并非如此。

先看看《大戴礼记·本命篇》。这篇文章说做人家媳妇，在七种情况下可以被夫家休弃：

> 妇有七去：不顺父母去，无子去，淫去，妒去，有恶疾去，

> 多言去，窃盗去。不顺父母去，为其逆德也；无子，为其绝世也；淫，为其乱族也；妒，为其乱家也；有恶疾，为其不可与共（供）粢盛也；口多言，为其离亲也；窃盗，为其反义也。

毫无疑问，这是现在要批判的一种观念。我们在这里加以引用，主要是帮助在座的各位了解一下古人的一些看法，这些看法很多地方不对，是需要批判的。"七去"都给出了理由。不顺从父母是大逆不道，所以要被休弃。不生儿子会让人家断子绝孙，所以要被休弃。淫乱会把族人之间的关系、辈分弄乱，所以要被休弃。嫉妒会乱家，所以要被休弃。有恶疾要被休弃，是什么原因呢？是因为得了恶疾，"不可与共（供）粢盛也"。所谓"共（供）粢盛"，就是拿祭品去祭神灵祖先。得了恶疾就不能参与这种祭祀活动，意味着在古人的观念中，得恶疾的人其实是人神共弃的。接下来说话多要被休弃，因为这会离间亲人间的关系。盗窃要被休弃，因为违背了义。这很容易理解。显而易见，从礼制层面上看，得了麻风病是遭人嫌弃的。

再看看法制。在湖北云梦睡虎地出土了一批写在竹简上的秦的法律条文，其中有好几条都涉及麻风病患者。比如有一条这么说：

> 疠者有罪，定杀。"定杀"可（何）如？生定杀水中之谓殹（也）。（《睡虎地秦墓竹简·法律答问》）

生麻风病的人犯了罪，依法要被活活弄死在水里面。这一条对麻风病患者的歧视和嫌恶好像不是很明显，那么再看看下面两条：

> 甲有完城旦罪，未断，今甲疠，问甲可（何）以论？当辠（迁）疠所处之；或曰当辠（迁）疠辠（迁）所定杀。（《睡虎地秦墓竹简·法律答问》）

> 城旦、鬼薪疠,可(何)论?当嚣(迁)疠嚣(迁)所。(《睡虎地秦墓竹简·法律答问》)

"完城旦"是一种筑城四年的劳役,"甲有完城旦罪",就是说甲只要去参加筑城四年的劳役就服完了罪。然而还没判案子的时候甲生了麻风病,结果就不一样了,甲必须被迁到"疠迁所",就是麻风病隔离区。还有一种判法,是把甲迁到麻风病隔离区,再在水中活活弄死。本来甲只需要服四年劳役就可以了,因为生了麻风病,处理的结果大不相同。另一条说"城旦、鬼薪、疠","城旦、鬼薪"也是古代刑罚名称,指在官府里面从事杂役、手工业生产以及其他各种重体力劳动。原本需要服这些罪的人如果生了麻风病,就要被迁移到麻风病隔离区,处理结果也大大加重了。从早期中国法制的层面上看,麻风病患者也是遭人嫌弃的。

冉伯牛生了麻风病,他自己都不愿意见人,可孔子却不嫌弃,从窗格里伸手进去拉着他的手,说了下面三句话,其中有一句还是重复的:"亡之,命矣夫!斯人也而有斯疾也!斯人也而有斯疾也!"就是说:死亡,这是命啊!这么好的人生了这么恶的病!这么好的人生了这么恶的病!这几句话,情谊恳切,意味深长,现在读起来,仍感觉孔子对弟子的深情跃然纸上。

二、《庄子》

接下来进入第二个话题——《庄子》。庄子这个人生活在战国中期,跟孟子同时,学术界一般认为他最多比孟子(约前372—前289)年轻十岁。传世《庄子》这部书有33篇,一般认为内篇的七篇文章是庄子本人写的,外篇和杂篇出自庄子后学之手。

时间关系，庄子思想我们只介绍一点，就是他提醒世人要超越局限。

（一）庄子的思想：超越局限

有一个故事，在座的朋友可能都很熟悉。庄子有一个老朋友惠子，就是惠施，也是一位著名学者。庄子跟他对天地人生诸多问题的看法都不一样，所以两人见面就会吵架。《庄子》这部书记载了他们两人一次很有名的争吵：

> 庄子与惠子游于濠梁之上。庄子曰："鲦鱼出游从容，是鱼乐也？"惠子曰："子非鱼，安知鱼之乐？"庄子曰："子非我，安知我不知鱼之乐？"惠子曰："我非子，固不知子矣；子固非鱼也，子之不知鱼之乐，全矣。"庄子曰："请循其本。子曰'女安知鱼乐'云者，既已知吾知之而问我。我知之濠上也。"（《庄子·外篇·秋水》）

但两个人分开之后，庄子有时候还会想念这位老朋友。惠子死后，庄子甚至感慨，"自夫子之死也，吾无以为质矣，吾无与言之矣！（《庄子·杂篇·徐无鬼》）"我的对手没了，我没有谁可以说话了。

惠子在仕途上发展得特别如意，曾经做过魏国的相，——相是行政地位最高的官员，权势仅次于国君。《庄子·内篇·逍遥游》讲过这样一则故事：

> 惠子谓庄子曰："魏王贻我大瓠之种，我树之成而实五石。以盛水浆，其坚不能自举也。剖之以为瓢，则瓠落无所容。非不呺然大也，吾为其无用而掊之。"
>
> 庄子曰："夫子固拙于用大矣。……今子有五石之瓠，何不虑以为大樽而浮乎江湖，而忧其瓠落无所容？则夫子犹有蓬之心也夫！"

惠子跟庄子显摆，国君送给我一颗大葫芦的种子，我把它种下去，长出了一个大葫芦，巨大无比，可以容纳五石的粮食，——换算一下，大概能盛600多斤粮食。但我面对这个大葫芦发愁了。葫芦能派什么用场呢？通常被用来盛液体（酒葫芦不就盛液体吗）。但是这个大葫芦本身硬度不够，用来盛液体的话，它自身就会碎掉。葫芦还有什么用途呢？那就是从中间一分为二，做成两个瓢子。可这么大的瓢子能派上什么用场呢？能用来舀水吗？它比水缸都大。能用来舀米吗？米缸、米瓮更小。于是惠子就说，我研究来研究去，发现这葫芦没有任何作用，就把它打碎了。庄子听了很不以为然，说："夫子固拙于用大矣。"先生您本来就不善于用大的东西啊。您有一个这么大的葫芦，您把它系在腰间，不就可以平安顺利地过江过河吗？这一点，惠子压根儿没想过。庄子说你老兄这心灵还是不透彻、不清亮啊。

面对大葫芦，惠子只是从日常使用葫芦的那几个层面来考虑它的作用，所以他认定大葫芦无所可用。而庄子则从更高的层面上来思考和审视那只大葫芦，超越了日常使用葫芦的这些方面，所以他发现了大葫芦的妙用。海南黎族的朋友们到现在还有这个习惯，渡水的时候带着腰舟，腰舟便是用葫芦做的。也就是说，惠子审视大葫芦，显然受到了基于某种时间和空间的经验的局限，而庄子审视大葫芦，却超越了日常使用大葫芦的这些经验的限制，这就是超越。

对庄子和他的后学来说，人受到的局限通常有三种。《庄子·外篇·秋水》有一段话，在座的朋友一定很熟悉。这段话首先说，"井鱼不可以语于海者，拘于虚也"。一般认为是"井蛙不可以语于海"，清代著名学者王引之认为这里原本作"井鱼"。井中的鱼，你不能跟它谈论大海。什么原因呢？是因为它被居所限制了。局限于空间，便是世人受到的第一种局限。这段话又说："夏虫不可以语于冰者，笃于时也。"

只活在夏天的那些虫子,你没法跟它们讨论冰。为什么呢?它们局限于时间。这是第二种局限。这段话还说,"曲士不可以语于道者,束于教也"。那些乡曲之士或没有见识的人,你没有办法跟他们谈论大道。什么原因呢?是因为他们局限于风习教化这类东西。这是第三种局限。显然,惠子思考大葫芦的作用,就局限于这类习惯和经验。庄子及其后学认为,人必须超越所有这些局限。只有如此,人的思维和心智才会明澈通透,认知才会独到深至,——才能提出独到而深刻的见解。

对世人来说,最大的局限来自生老病死,很多人在这一方面都有一种偏执,《庄子》一书有很多人物、故事都涉及这一方面的思考。《庄子·内篇·大宗师》有一个故事,写子祀、子舆、子犁、子来四个人在一块谈论,说:

> 孰能以无为首,以生为脊,以死为尻,孰知死生存亡之一体者,吾与之友矣。

就是说,谁能把"无"当作头、把生命看作脊背、把死亡看成"尻"即臀部,谁能把生死存亡看成是有机体,我们就跟他做朋友。把无、生、死或死生存亡看成一个完整的生命体,这是一个比方,意味着对"无"和"死"没有排斥性的偏心。难道人能够对机体的任何一个部分有偏心吗?比如说你喜欢自己的大腿,那把你的胳膊砍掉,你愿意吗?当然不愿意,这是不能存在偏心的。子祀、子舆、子犁、子来持守的观念就是,你不能对死有一种偏执,不能对生有一种偏执。结果他们四人"相视而笑,莫逆于心",于是他们就做了朋友。

接下来发生了一件事情:

> 俄而子舆有病,子祀往问之。曰:"伟哉,夫造物者将以予为此拘拘也。"曲偻发背,上有五管,颐隐于齐,肩高于顶,句

赘指天,阴阳之气有沴,其心闲而无事,胼𰓣而鉴于井,曰:"嗟乎!夫造物者又将以予为此拘拘也。"

子祀曰:"女恶之乎?"曰:"亡,予何恶!浸假而化予之左臂以为鸡,予因以求时夜;浸假而化予之右臂以为弹,予因以求鸮炙;浸假而化予之尻以为轮,以神为马,予因以乘之,岂更驾哉!且夫得者,时也;失者,顺也。安时而处顺,哀乐不能入也,此古之所谓县[悬]解也。而不能自解者,物有结之。且夫物不胜天久矣,吾又何恶焉!"(《庄子·内篇·大宗师》)

子舆生了病,老朋友子祀去看望他,听见子舆说道:太伟大了啊造物主,将要把我变成这样一个弯曲不得伸展的状态啊!他是什么状态呢?背弓了,胸往前突了,心肝脾肺肾五脏跑到上面去了,下巴隐藏到肚脐眼里去了,肩膀比头顶都高了(大家不妨试一下,正常情况下肩膀怎么能比头顶都高呢),弯曲的颈椎骨指上天空了,阴阳之气全然混乱了。但子舆心里一如既往淡定和美,好像没发生任何事情似的。他跟跟跄跄地跑到井边,用井水照着自己那副形象,说:太伟大了啊造物主,他把我变成这样一个弯曲不伸展的模样!庄子这些想象的确惊人。朋友子祀问子舆:你厌恶那造化吗?子舆回答:不,我厌恶什么呢?假使造化把我的左臂变成公鸡,我就让这公鸡守夜打鸣——这是又一个想象,一般人如何想得出来。假使造化把我的右胳膊变成弹弓弹丸,我就拿这弹弓弹丸去打猫头鹰来做烧烤。假使造化把我的臀部变成车轮,把我的神变成马,我就乘着这车马,不用再换别的车了。接着子舆说:人之生来得乎时,死去顺乎理,得乎时而生,顺乎理而死,都安然处之,内心保持平和淡定,这就解脱了倒悬之苦。什么叫倒悬之苦呢?我们来看丰子恺的一幅画(图三)。画中人左手拎着一只鸡,右手拎着一只鸭,抓着它们的两腿,这鸡鸭就处于倒悬状态。人偏执于生老病死等不可改变的宿命，就被这些东西捆绑住倒挂在那里了。不过，人靠内在精神力量的培育是能够解脱倒悬之苦的，子舆不就做到了吗。子舆还说：人不能战胜天已经很久了，我又厌恶什么呢！

图三《倒悬》丰子恺（1898—1975）绘、弘一法师（1880—1942）题（《护生画集》）

这是一个相当惊人的故事。庄子是在赞美疾病和死亡吗？显然不是，他是在用自己特有的观念和方式，来为世人解脱生命的负担。生老病死对世人来说是不可改变的宿命，庄子的目的，是不要让对疾病和死亡的恐惧成为人生中不可承受之重。假如真像子舆那样面对这一切，人生还有什么苦恼不可以超越呢？这是庄子给我们的启发。就是说，庄子的根本宗旨在于引导世人通过培养内在的精神力量，来增加生命的韧性和强度。如果世人整天心惊胆战地呵护生命，就像呵护一只鸡蛋那样，总是怕它掉下去，结果常常是"咔嚓"一声摔到地上玩完了。如果世人把生命看作一只球，它掉下去以后还会弹起来，甚至来回弹好多次都没有任何问题，那你反而更经得起磕打。庄子就是从这一方面来考虑的。他试图让世人在陷入绝境时，靠内在精神力量的培育实现突围，而不是被压垮。这些思考，难道不包含着对社会、对人生的极大同情和关怀吗？我们怎么强调这一点都不过分，因为学界对庄子有太严重的偏见，庄子被认为是不对社会负责的极端个人主义者。这一点，等一会儿我们还会提到。

在《庄子·内篇·德充符》中，庄子提醒世人：

> 死生存亡、穷达贫富、贤与不肖毁誉、饥渴寒暑，是事之变、命之行也。日夜相代乎前，而知不能规（窥）乎其始者也。故不足以滑和，不可入于灵府。使之和豫通而不失于兑（悦），使日夜无郤而与物为春……

庄子的意思是，死与生、存与亡、困厄和通达、贫穷和富有、有才德和无才德、毁谤和赞誉、饥和渴、寒和暑，这些都是事的变化、命的运行，它们日日夜夜不间断地在前面变化，人的智慧不能在变化开始时看透或觉察它们。不足以影响内心平和，不能进入内心。使心灵平和、快乐、通畅而不失于愉悦，使心灵昼夜不断地因应外在事物，而充满春天那样的和气与生机。

简单地说，庄子启发世人，既然很多事情无可回避，为何不把偏执放下？放下得越多，你的生命就越轻松自在。庄子是从这个角度来给世人做思想工作的。

上面刚刚提到，我不赞同学界对庄子的一些偏见。有学者认为庄子"最终沦为极端的个人主义者"（黄伟合《庄子伦理思想的理论特征》，收入《复旦学报》社会科学版编辑部编《庄子研究》）。你说一个"极端的个人主义者"会用某种方式去关怀社会人生吗？庄子面对的是世间普遍存在的问题，是人人不可回避的宿命，他试图在世人没有任何解决办法的情况下，授予他们一种突围的办法。有学者说庄子学说凸显了这样一种倾向："人除了应对表现着自然的个人生命负责之外，没有其他任何社会的目标、责任和义务。"（崔大华《庄学研究》）假如庄子没有社会担当，他会这样苦口婆心地劝解世人吗？庄子其实把世人极深刻地挂在心上，庄子其实给世人以极深刻的体恤。他对世间的关怀落实到全体苍生，而且将贯通人类的过去、现在和将来。

（二）庄子的艺术：高古纯粹

关于庄子的艺术，我们同样只介绍一个侧面——高古纯粹，也就是高雅、古朴和纯粹。

在我刚刚说到的寓言故事中，子舆生病后身体畸变，变成了一个那样古怪的形象；类似的形象在《庄子》这部书里一次又一次地出现，而且，他们都是故事的主角。《庄子·内篇·人间世》中的支离疏：

> 支离疏者，颐隐于脐，肩高于顶，会撮指天，五管在上，两髀为胁。挫针治繲，足以糊口；鼓策播精，足以食十人。上征武士，则支离攘臂于其间；上有大役，则支离以有常疾不受功；上与病者粟，则受三钟与十束薪。夫支离其形者，犹足以养其身，终其天年，又况支离其德者乎？

他跟生病畸变的子舆差不多，他的下巴隐藏到肚脐眼里去了，肩膀比头顶都高了，脊椎骨弯弯曲曲指向天空了，心肝脾肺肾比头都高了，两髀跟肋骨长到一起了，整个人扭曲得不成样子了。但就是这样一个支离疏，他帮人家缝缝补补洗洗衣服，"足以糊口"；他帮人家用簸箕簸米扬糠，可以养活十个人。国君征召武士去打仗，支离疏不用担忧，因为国君不会让他上战场，他毫不担忧地捋起袖子，在被征者中间游来逛去；国君有一些大的徭役要人去服役，支离疏却因病不用服役。国君给生病的人发粮食，分柴火，支离疏倒是又分到了很多粮食和柴火。庄子说，像支离疏这样的人，只是在形体上无所可用，还有这么多好处，如果能够"支离其心"，在精神上达到无所可用，好处就更多了，因为那种境界比"支离其形"还高。

《庄子·内篇·德充符》写一个卫国的丑人叫哀骀它，没有地位，没有俸禄，又丑到让天下人为之惊骇，但很多男子见了哀骀它，都愿意跟他结交，很多女子见了哀骀它，连忙跑回家跟父母商量说，我与其做别人的老婆，还不如做哀骀它的小老婆。可见哀骀它对人的吸引力有多大。鲁哀公不明白其中的道理，就向孔子请教。孔子回答，哀骀它这人"才全而德不形"。所谓"才全而德不形"，意味着他已经超越了世俗生活中一般人没法超脱的局限，比如生老病死、贫穷富裕、高贵低贱、有才德或没才德等。对于哀骀它来说，所有这些东西都"不足以滑和，不可入于灵府"，就是说，都不能影响他内心的平和，甚至不能进入他的内心。哀骀它每时每刻都跟万事万物发生因应，内心却总是保持春天般的生机与和美。就是这使得他对人有那么大的吸引力。你看，哀骀它这样一个形象做寓言的主角，不是很有意思吗？

在庄子笔下，子舆、支离疏、哀骀它都是有别样艺术魅力的形象，他们都不漂亮。闻一多在《庄子》一文中做过一个分析，说《庄子》"书中各种各色的人格的研究，尤其值得注意"，他先举出"藐姑射山的神人"，——这是漂亮的人物形象，"肌肤若冰雪，绰约若处子"，但他又说，"支离疏、庖丁、庚桑楚，都是极生动、极有个性的人物"，而且强调："文中之支离疏、画中的达摩，是中国艺术里最特色的两个产品。……都代表中国艺术中极高古、极纯粹的境界……"如果在座的各位朋友也从中国艺术里选一个象征人物，估计大家十有八九会选西施或者其他美女、帅哥。闻一多选的是文中的支离疏、画中的达摩，眼光独到。支离疏我们刚刚介绍过了。画中的达摩难道是很帅的那类形象吗？绝对不是。从古到今画里面的达摩都不是靠外形来吸引人的。这是古代的达摩画像（图四左：南宋画家牧溪画达摩像，图四右：元了庵清欲赞芦叶达摩图），另外现代画家丁衍庸先生和范曾先生也画过达摩，大家可以找来看看。

图四左　南宋画家牧溪画达摩像
（日本大阪市立美术馆藏）

图四右　元了庵清欲赞芦叶达摩图
（美国克里夫兰美术馆藏）

达摩绝对不漂亮。闻一多偏偏用不漂亮（或者说相当丑陋）的支离疏和达摩来代表中国艺术非常纯粹、非常高雅、非常古朴的一种极高的境界。闻一多认为："文学中这种境界的开创者，则推庄子。"他指出，《易经》虽然写到了"载鬼一车"，满车子都是鬼——这是一种很丑很可怕的形象，《诗经》里虽然写到了"羘羊坟首"，母羊的头大得像坟包那样——这也是一种很丑很怪诞的形象，它们"早已开创了一种荒怪丑恶的趣味"，可是"没有《庄子》用得多而且精"。闻一多的评论非常精彩和独到。

《庄子·内篇·德充符》写的可不只是一个丑人或者畸形人、残疾人。文章一开篇，就是鲁国一个被砍去一只脚的人——"兀者王骀"，由他作为主角表演一番；接着来一个"申徒嘉"，也是被砍去一只脚的人，还是做故事的主角；接着又来一个"兀者叔山无趾"，同样是被砍去了一只脚，同样是作为主角来表演；接着就是卫国丑人哀骀它。而接下来是"闉跂支离无脤"——"闉跂"是指他的脚拳曲，用脚尖点地行走，"支离"是说他形体扭曲不得伸展，"无脤"是说他没有嘴唇，这样一个没有嘴唇的人还去游说卫灵公，正是庄子笔下才会有的想象和形象；接下来是"瓮㼜大瘿"——大概是得了甲状腺肿一类的病，脖子粗得就像大缸、大瓮那样，他去游说齐桓公。就像卫灵公喜欢"闉跂支离无脤"一样，齐桓公很喜欢"瓮㼜大瘿"。这两位国君再去看正常人，反倒觉得正常人的长相不正常了。这不是很有意思的现象吗？

清代学者宣颖在评论《德充符》的时候说，"德充符"就是"德充于内，则自有外见之符也"。换句话说，内在德行充满了，在外面就有很多表现和符验，这就叫"德充符"。宣颖接着指出，文章"劈头出一个兀者，又一个兀者，又一个兀者，又一个恶人（即丑人），又一个闉跂支离无脤，又一个瓮㼜大瘿，令读者如登舞场，怪状错落，不知何故"。为什么这么写呢？宣颖解释说：

> 盖深明德符全不是外边的事，先要抹去形骸一边，则德之所以为德，不言自见，却撰出如许傀儡劈面翻来，真是以文为戏也。（宣颖《南华经解》卷二）

庄子为了表现人内在精神和境界的力量，先把外形的力量降到零，甚至降到负值。因为他很清楚,这种情况下表现出来的力量才是纯粹的内在力量。而一个怪人,又一个怪人,又一个怪人……读起来着实快活,就像看傀儡戏一般。对于傀儡戏我们都不陌生,就是有人操纵一些形象,表演形形色色的故事。关于文学创作的起源,有所谓"游戏说"。庄子的文章是多么奇诡而深刻的游戏啊,只看得人一惊一诧。

艺术表现力强大的时候,一群丑八怪都能吸引无数的受众;如果艺术表现力缺乏,那就只能靠美女帅哥来支撑门面了。这是艺术表现力完全不同的两种境界。庄子呈现的显然是那种高超的不可企及的境界,这种境界不可无一,又不可有二,其实也难以有二。

我国诗歌领域有诗仙李白、诗圣杜甫、诗鬼李贺等。我个人认为,我国文章作者方面也有鬼、神、仙,不过这鬼、神、仙全被庄子一个人占了。出自庄子及其后学之手的《庄子》每每想常人不能想,说常人不能说。清代的林云铭说,《庄子》一书乃"文字中鬼神,独步千古","不可不全读"(林云铭《古文析义合编》之初编凡例)。林云铭很有意思,他编《古文析义》,这么重要的《庄子》他却选得不多,他解释说,那是因为《庄子》不能不全读,干脆就不多选了。林云铭还有一本书叫《庄子因》,他在序言里写道:"古今能文之士,有不读《庄》者乎?既读,有不赞其神奇工妙者乎?"《南华经解》的作者宣颖在自序里感慨:"呜呼!庄子之文,真千古一人也!……独与相对……众妙毕出,寻之有故,而泻之无垠,真自恣也!真仙才也!真一派天机也!"说庄子是文中的鬼、神、仙,显然不是我个人奉承他,古人早有定评了。

我们有大文豪苏轼。根据其弟苏辙写的《亡兄子瞻端明墓志铭》,苏轼起初喜欢汉人贾谊、唐人陆贽的文章,"论古今治乱,不为空言",但他后来看了《庄子》,感慨道:"吾昔有见于中,口未能言。今见《庄子》，得吾心矣！"就是说，以前他心里想说却说不出来的那些话，全被庄子说出来了。宋代学者林希逸在《庄子鬳斋口义·发题》里有这样一段评论：

> 若《庄子》者，其书虽为不经，实天下所不可无者。郭子玄（晋郭象）谓其"不经而为百家之冠"，此语甚公。然此书不可不读，亦最难读。东坡一生文字只从此悟入，《大藏经》五百四十函皆自此中紬绎出，左丘明、司马子长诸人笔力未易敌此，是岂可不读！

这个评论大家也许不同意，不同意没有关系，我们可以带着这样的说法，再回去读《庄子》和苏轼的文章比如《赤壁赋》，《赤壁赋》思想观念层面的东西差不多全都是庄子的（当然接受了其他学说的某些影响，可基本都是庄子的）。《大藏经》是佛教的经典，林希逸认为其中也有很多能从《庄子》找到根据。林希逸还拿《庄子》对比了左丘明和司马迁的著作，认为这些著作的笔力很难跟《庄子》相比。

好了不多说了，《庄子》这部书，特别是其中基本上出自庄子本人之手的内七篇，我相信大家读得越多，就会越觉得有趣。

三、《韩非子》

时间很紧张。关于《韩非子》，我们只从两个方面来给大家做介绍，一方面是书中的寓言，一方面是书中的一般故事。寓言当中必然包含故事部分，但是寓言中的故事已经不再是一般故事。

（一）《韩非子》的寓言

韩非这个人我们都知道，他是韩国贵族子弟、"诸公子"，他这个人口吃不善言谈，但是特别会写文章。比如他写道："君臣之利异，故人臣莫忠，故臣利立而主利灭。"君和臣的利益不共戴天，所以大臣没有一个是忠诚的。韩非怎么证明君和臣利益不共戴天呢？他给大家讲了一个故事：

> 卫人有夫妻祷者而祝曰："使我无故，得百束布！"其夫曰："何少也？"对曰："益是，子将以买妾。"（《韩非子·内储说下·六微》）

卫国有一对夫妻求神祷神。妻子求神，说，让我们平安无事，让我们得到五百匹的布。丈夫在旁边听了很不满意，就说：你傻啊，跟神要东西怎么只要这么一点儿呢？妻子回口道，东西多了，你会拿去买小老婆。现在有一句差不多的话，"男人钱多了就会变坏"，看来这意思古人早就说过了。韩非的本意是要证明国君和大臣的利益不可调和，他用夫妻间这样一个让人哭笑不得的故事，诠释如此严肃的社会人生话题，十分幽默诙谐，有特别的表现力。

再比如韩非子写道："权势不可以借人。上失其一，臣以为百。故臣得借，则力多；力多，则内外为用；内外为用，则人主壅。"就是说，权势不能被别人借用，君上失去了一分权势，臣下就会把它变成一百分的权势；大臣能够借用君上的权势，他的势力就大了，他势力大了，朝廷上上下下里里外外各色人等就都会听他的了，这样，君上就会受到可怕的蒙蔽。怎么证明君上会受到可怕的蒙蔽呢？韩非又讲了一个故事，说是有一个燕人无故被洗了狗屎澡：

> 燕人无惑，故浴狗矢。燕人，其妻有私通于士。其夫早自外而来，士适出。夫曰："何客也？"其妻曰："无客。"问左右，左右言"无有"，如出一口。其妻曰："公惑易也。"因浴之以狗矢。（《韩

非子·内储说下·六微》)

按古人的想法,生了迷惑之疾,一定要用狗屎洗澡才能治好。可是这个燕人并没有生惑病,却被洗了一个狗屎澡。究竟是为什么呢?这燕人的妻子跟别人私通,他一天大早从外面回家,正碰上那男的从家里出去。这燕人就问:这是什么客人呢?怎么不认识这个人呢?他妻子说没什么客人啊。这燕人又问家里各色人等,大家都异口同声地说没什么人。这燕人妻子就说:糟糕!没有人,你却看到了人,肯定是你精神失常了!没办法啊,只能拿狗屎来给你洗个澡了。于是这燕人就被洗了个狗屎澡。这个故事原本应该产生于民间。韩非作为一个贵族子弟,竟然关注到这样的故事,而且把它吸收来放到寓言中,来传达自己对社会人生的思考。

更神奇的是,这个故事在韩非笔下还有另一个"版本",燕人变得有名有姓,更具体了。韩非是这么写的:

> 一曰:燕人李季好远出,其妻私有通于士。季突至,士在内中。妻患之。其室妇曰:"令公子裸而解发,直出门,吾属佯不见也。"于是公子从其计,疾走出门。季曰:"是何人也?"家室皆曰:"无有。"季曰:"吾见鬼乎?"妇人曰:"然。""为之奈何?"曰:"取五牲之矢浴之。"季曰:"诺。"乃浴以矢。(《韩非子·内储说下·六微》)

这个"版本"比前面那个更有趣,细节更丰富,情节转接也更细密。其实韩非还写了第三个版本,主要是结果不一样:

> 一曰:浴以兰汤。

兰汤就是熏香的热水;那燕人的妻子给他用熏香的热水洗了个澡。这可能是同情燕人遭遇的"吃瓜群众"把故事的结尾给改了。在古代传统中，只有神和巫才用这种兰汤去洗澡。比如《楚辞·九歌·云中君》就说，"浴兰汤兮沐芳，华采衣兮若英"。

总而言之，一系列非常严肃、非常沉重、非常"硬"的社会人生的思考，都被韩非用轻松、幽默、富有民间特色的人物和故事传达了出来。

（二）《韩非子》的一般故事

接下来再说一说《韩非子》里面的一般故事。

一般故事和寓言有什么区别呢？简单地说，一般故事是一个开放性的结构，接受多种向度的解读，也就是说，受众可以从多个不同面向或维度去理解它；而寓言是一个封闭的开放性结构，它里面的故事原本可以从多个方面理解，却被寓言作者封闭起来，纳入了一个相对宏大的说理体系，因此受众只能接受寓言作者给定的意义，否则就跟作品风马牛不相及了。打一个比方说，我们经常网购，寓言就好比是装上了东西的封闭的箱子，如果装的是一箱牛奶，那就是一箱牛奶，如果装的是一箱洗手液，那就是一箱洗手液；一般故事则好比是尚未封装的空盒子，你装上什么它就是什么，比如你可以装一箱牛奶，也可以装一箱书，还可以装一箱橙子，等等。它具有功能和价值上的开放性和多元性。当一般故事变成寓言的组成部分（即能指）之后，从作者、作品的立场上来说，它就不接受多元化、开放性的解读了，受众必须接受作者、作品给定的那种具体功能和价值（亦即所指）。

非常明显，对作者作品来说，寓言的这种结构是有很高"风险"的。在座的朋友都知道，我们现在熟悉的很多寓言，我们其实只是了解它的"能指"——这个寓言原来说的意思。而其"所指"，我们已经遗忘。

比如我们都知道"朝三暮四"这个从庄子寓言中提炼出来的成语及其所指涉的故事（参见《庄子·内篇·齐物论》），但庄子原来说这个故事的意思是什么，大家就未必知道了。这就是寓言这种构成和组合方式存在的风险。由于时间关系，这里不展开细说。

《韩非子》的一般故事丰富多彩，蕴含着很多对社会人生的洞察，蕴含着卓异不凡的智慧。这里仅举几个例子。

第一个例子跟孔子有关：

> 子圉见孔子于商太宰。孔子出，子圉入，请问客。太宰曰："吾已见孔子，则视子犹蚤虱之细者也。吾今见之于君。"子圉恐孔子贵于君也，因谓太宰曰："君已见孔子，亦将视子犹蚤虱也。"太宰因弗复见也。（《韩非子·说林上》）

这里的"商"指的是春秋时候的宋国。宋是商人的后裔，所以古书里经常称宋为"商"。太宰类似于相，是行政地位最高的官员。子圉把孔子引荐给宋国的太宰，孔子出来后，子圉就去问太宰：我给你介绍的那位客人（孔子）怎么样呢？厉害不厉害？我推荐得好不好？太宰说，我见了孔子之后，再来看你，就觉得你像跳蚤、虱子中那些小的了。在座的年轻朋友可能不大了解跳蚤、虱子这种寄生在人或动物身上的东西，它们本身就很小的，而"蚤虱之细者"，是指这些小东西里边那些更小的。太宰随后说，我现在准备把孔子介绍给国君。子圉听了，脑瓜一转，改了主意。他担心孔子受国君重用会影响自己的利益，就跟太宰说，您要是把孔子介绍给国君，国君见了孔子之后再来看您，也会觉得您像跳蚤、虱子里那些小的一样了。太宰听了，就不把孔子介绍给国君了。

这是一个非常有趣的故事。它说明，人对私利的算计往往优先于对是非的评判。也就是说，很多人在很多时候并不选择做正确的事，而是选择做对自己有利的事。现实生活中，我们身边有些人有时让人生气，但各位先不要生气，他往往只是做了对他自己有利的事，通常他还会用上一些冠冕堂皇的借口。所以你很生气，你指责他说"你这样做不对"，这没有多少意义，因为他本来就没想做对的。想想看，子圉和商太宰不知道是非吗？孔子很厉害，他们都知道，把孔子引荐给国君是正确的，他们也都知道，但是他们最终却不这么做。这个看似简单的故事对社会人生的观察十分透彻。

再举一个例子：

> 杨朱之弟杨布衣素衣而出，天雨，解素衣，衣缁衣而反。其狗不知而吠之。杨布怒，将击之。杨朱曰："子毋击也，子亦犹是。曩者使女狗白而往，黑而来，子岂能毋怪哉！"（《韩非子·说林上》）

杨朱是战国时期的著名学者，孟子曾说他"拔一毛以利天下，不为也"（《孟子·尽心上》），骂他和墨翟是"无君""无父"之流（《孟子·滕文公下》）。韩非这则故事说，杨朱的弟弟杨布穿着一身白衣服出门，天下起大雨，他就把白衣服脱下来，穿着一身黑衣服回家。家里的狗不知道主人有这种变化，以为有生人来了，就对着主人狂吠。杨布特别生气，拿着一根棒子就想打这条狗。杨朱见状，就说：且慢且慢，别打。你跟狗是一样的。假如你的狗出去的时候是白的，回来的时候成了黑的，你能不觉得奇怪吗？我们读韩非的作品，常常能开怀一笑。就说这一则一般故事吧，它比我们现在常说的换位思考要生动得多。它传达的哲理就是，如果你站在对方的立场上设身处地地考虑，很多问题就不会产生。

最后再介绍一个例子。韩非写道：

> 三虱食彘，相与讼。一虱过之，曰："讼者奚说？"三虱曰："争肥饶之地。"一虱曰："若亦不患腊之至而茅之燥耳，若又奚患？"于是乃相与聚嘬其身而食之。彘臞，人乃弗杀。（《韩非子·说林下》）

有三只虱子寄生在一头猪的身上，喝它的血，但它们发生了争吵。另一只虱子路过，就问：你们三位吵吵嚷嚷吵什么呢？这三只虱子说：为了争夺一块肥沃的土地。路过的那只虱子就说：你们真有意思。你们也不担心到了年底，主人会拿这头猪去祭祖祭神——他会火烧火燎地整治这头猪，却只顾担忧自己得不到肥沃的土地。三只虱子茅塞顿开，就不争了，一齐猛吸这头猪的血，导致这头猪变得瘦嘎嘎的了。到年底祭祀的时候，主人觉得拿这样瘦的一头猪来祭祖祭神不大好，决定不杀它。于是那三只虱子可以继续平安无事地喝它的血。

这个故事也很有启发意义。任何一个单位都难免这样的争斗。陷于争斗的人们通常只是从近处看到了相互间的利益冲突，而没有从更远的地方看到大家其实是在一条船上，有着不可分离的共同利益。用韩非的故事来说，大家都别争了，如果那头猪玩完，大家都得玩完。韩非对社会人生的观察和思考相当敏锐和深刻。

就论说文这方面看，韩非可以跟他的老师荀子相提并论。郭沫若认为《孟子》《庄子》《荀子》和《韩非子》可以并称"四大台柱"。他是这么说的：

> （荀子）以思想家而兼长于文艺，在先秦诸子中与孟轲、庄周可以鼎足而三；加上相传是他的弟子的韩非，也可以称之为四大台柱了。孟文的犀利，庄文的恣肆，荀文的浑厚，韩文的峻峭，单拿文章来讲，实在是各有千秋。（郭沫若《十批判书》）

鼎通常有三只脚，所以说"鼎足而三"；传统戏台有四个最重要的支撑部分，就是"四大台柱"。郭沫若说先秦诸子文章有"四大台柱"，将韩非也包括到里面了。

从用寓言来说理这方面看，古今历史上最重要的两部经典是《韩非子》和《庄子》。有一些专门研究寓言的学者认为《韩非子》在寓言方面的成就还超过了《庄子》（比如刘城淮《探骊得珠：先秦寓言通论》）。我不这么认为。我觉得这两者是不太容易比较高下的，它们都无法超越。

说到保留一般故事，吸收和使用一般故事来创作寓言，《韩非子》在先秦诸子中可以说是无与伦比的。这也是让人特别感兴趣的地方。韩非作为一个贵族子弟，对那些流传在民间的人物和故事竟然那么关注，一方面专门做了一些记录，另一方面还将一部分故事吸收到自己的寓言作品中去，真的很有意思。

我们从韩非的寓言和一般故事中，可以读到丰富多彩、生动有趣的社会人生，读到丰富奇妙的世态人情。关于《韩非子》，今天我想介绍的主要就是这么多。

谢谢大家！

陶渊明的诗歌艺术

钱志熙

陶渊明是中国古代最著名的诗人之一，在我个人看来，他的地位和影响仅次于《诗经》和《楚辞》；与唐代的李杜相比，虽然不见得能超过他们的影响，但至少也是可以匹敌的。事实上，唐代的李杜，以及后来的苏黄即宋代的苏轼、黄庭坚，也都深受陶渊明的影响，尤其是苏轼、黄庭坚二人，对陶渊明推崇备至。他们关于陶渊明的一些评论和看法，也奠定了后来我们对陶渊明评价和研究的一些重要基础。

　　陶渊明的诗我很喜欢，我想在座的朋友可能也很熟悉、很喜欢。不过我觉得陶渊明的诗歌艺术不那么好讲，因为它不是那种让我们感觉到有很强的语言文字技巧的诗歌艺术。像我们熟悉的一些诗人，比如说李商隐，我们感觉到他的词采很华美，技巧很高超，当然他的诗歌内容也很丰富，感情也很充沛，但是我们能感觉到那种"艺术"的美——一种修辞的艺术，包括对仗等。而陶诗首先给人的，不是这种艺术的美的感觉。陶渊明所处的时代，其实很讲究华丽的辞藻；稍后一点，在齐梁时期还形成了一种专重修辞的作风，今天称之为"绮靡"之风。后来这种绮靡的风气就受到了唐代一些诗人的批评，但是同时代的陶渊明却是超越在华丽雕琢之风之上的。陶渊明个人对于文学的一个基本认识和体会，是以自然为高，比较推崇自然的言志抒情，所以我说陶渊明的诗歌艺术并不好讲。

而且艺术这个东西，它跟思想、人格和感情紧密地联系在一起，彼此之间是分不开的，所以我们在讲艺术的时候，也不能脱离他的思想境界。一个人艺术境界的高低，和他整个思想境界的高低有关。对于陶渊明的诗歌，可能初看，尤其是比较年轻的时候读，会觉得他的诗好像过于朴素，过于平淡；但是当我们经历了人生较多的体验以后，再阅读陶渊明，就会有一种很丰富的感觉。陶渊明的诗之所以那么吸引人，也和他这个人有关。陶渊明这个人，一般理解说他是个隐士，好像很超逸，很超脱，"悠然见南山"的样子，这是我们大多数人对陶渊明的印象。但从根本来讲，陶渊明其实是一个很认真的人，他很认真地实践着他对人生、人格的某些理念，并因此经历了很丰富的人生矛盾。如果问陶渊明和其他人有什么不同，我觉得，陶渊明的人生很平凡，但是陶渊明和中国古代其他文人最不同的地方，就是他是一个有很强的自觉、自立能力的人，他在思想和艺术方面都走着一条很独立的道路。

独立是很难的。在陶渊明的时代，佛教很流行，陶渊明有一个朋友慧远法师，在东林寺，是佛教净土宗的第一个住持。据史书记载，陶渊明和他有交往。慧远法师讲的是佛教的净土宗，净土宗不是希求在现实里得到某种实现，而是把生命寄托在西方极乐世界这样的净土上。也就是说，现实的世界不是净土，而是浊世，按佛教来讲，是娑婆世界，而极乐世界才是净土，所以我们要通过一种深切的修行、念佛及持戒的方法，使得我们死后能够进入极乐世界。中国人念"南无阿弥陀佛"，就是向往这个净土世界。慧远法师当时在庐山结了一个莲社（因为莲花是佛教的一个象征）。他和陶渊明是很好的朋友，两个人在性格情趣上面也有很多共同的地方，慧远的文学才能也很高，现在还留下他写的一些诗，但是陶渊明却并没有接受慧远净土宗的思想，可见陶渊明思想是很独立的。他不以西方极乐世界为目标，而是创造了一种他自己的思想。陶渊明同时期还有一位很了不起的诗人谢灵运，这个人就是慧远很虔诚的信徒。当然我们不是说谢灵运一定比陶渊明低，陶渊明一定比谢灵运高，但是在人生的问题上面，陶渊明的确是自己努力、不以他力来解决问题的。

陶渊明很真实，很真诚。他求真，向往自然。他之所以离开仕途，据他自己的说法，也是因为他认为自己的性子比较刚，比较拙，也就是比较自然，所以在仕途上、在官场上可能容易招致祸患，还是回归田园，回归到自然界及一种自然的生活方式中比较合适。他说："少无适俗韵，性本爱丘山。"（《归园田居》其一）又说："久在樊笼里，复得返自然。"（《归园田居》其一）基本上，他是一个向往自然的人。这里不是说自然山水就是自然，或者田园就是自然，"自然"的根本意义是一个哲学的意义，就是"真"。而"真""自然"这样的概念，在陶渊明的文学里面有很丰富的体现。我们讲陶渊明的艺术，是离不开他的境界的。

陶渊明吸引了中国古代的文人，甚至中国古代第一流的文人，比如说苏轼、辛弃疾、龚自珍等，他们为什么如此崇拜陶渊明呢？苏轼到了晚年，被贬往岭南的时候，黄庭坚写了两句诗："饱吃惠州饭，细和渊明诗。"（《跋子瞻和陶诗》），是说苏轼晚年在海南岛就做了两件事情：一个是"饱吃惠州饭"，苏轼先流放到广东惠州，后来才到海南；另一个就是"细和渊明诗"，苏轼对陶渊明的每一首诗都细细地做了"唱和"。一般说"唱和"，是指同时人唱和同时人，但古人还有一种情况，就是跟前人唱和。陶渊明写的每一首诗苏轼都依照原韵重新写一遍，可见苏轼对陶渊明推崇之至。辛弃疾在我们的理解中应该和陶渊明完全不同，但是他的词境也受到了陶渊明的影响，他也对陶渊明很推崇；甚至像龚自珍，我们觉得他跟陶渊明差别更大，但是他也很推崇陶渊明。我个人以为，陶渊明之所以能吸引这些不同性格的人，就是因为总体而言中国古代文人有一种比较理性、比较自然、比较崇尚独立的精神，这是中国古代文人一个基本的精神趋向。但是这又很难做到，所以他们才对陶渊明这种独立的行为——比如说陶渊明隐居这件事情——特别地推崇。这件事情我的看法和研究跟以往的有所不同，不过这里不讲这个问题。

不妨回到陶渊明的历史场景里面很认真地思考一下。他42岁在彭泽县做县官，做了八十余日。这个县官某种意义上还是他自己去求来的，是人家帮助他弄到的一个位置。《归去来兮辞》里面有交代，"彭泽去家百里，公田之利，足以为酒，故便求之"。可是为什么待了八十余天就走了，就辞官了呢？他自己有一些表面的解释，他说妹妹在武昌去世了，要奔丧，但是这也不至于就要辞官。关于陶渊明的辞官隐居，每一个想了解陶渊明、研究陶渊明的人，都会去思考。而我思考的是当时辞官这件事情，对于陶渊明来讲难度有多少？是容易还是不容易？陶渊明几乎是从踏上仕途的开始就怀念田园，就对仕途不适应，而这中间又经过了十二三年，在这段时间里面，陶渊明诗歌的主要内容之一，就是要回到田园："静念园林好，人间良可辞。"（《庚子岁五月中从都还阻风于规林二首》其二）他觉得田野真是很好，真的是可以离开仕途回归田园了。单从经济上讲，归田对于陶渊明不算最难的。因为陶渊明毕竟有田产，以前人们说陶渊明是个地主，这个是没什么问题的，他有薄产和小小的田庄，他要回去生活，这些应该说都不是问题。但为什么要经过十二三年的考虑呢？

根本来讲，辞官这件事情在当时是很困难的。陶渊明说他自己是陶侃的一个曾孙，但陶侃本身只是一个军功贵族，在当时政治地位虽然很高，算是东晋的元勋，但是两晋的时候家族要区分士族和庶族，像陶氏家族这种凭借军功得势的家族，只是一个庶族，或者说按当时的理解，陶氏家族是没有文化底蕴的家族，并不是像王氏、谢氏那种第一流的有文化的家族。陶氏家族需要一些有文化影响和政治影响的人物来改变家族的门第性质。因此，在当时这种情况下，陶渊明的辞官就不仅仅是他个人的事情，而是一个家族的事情。他做出这样的决定，对他的家族也会产生很大的影响。陶渊明的儿子、孙子、曾孙，南朝时代陶渊明的后裔，有我们知道或熟悉的人吗？没有，充其量到唐代有一个叫陶沔的，说是陶渊明的后裔。如果陶渊明不辞官，因缘际会，他做了刘宋王朝的开国元勋，那陶氏家族又会是一个什么样的情况呢？当我们理解到这一点以后，就会觉得陶渊明的辞官归隐确实是很困难的事情，绝不像现在人理解的那样，是很任性、很潇洒，甚至很风雅的事。我想他决定辞官这件事情，在他的家族中，甚至在他的亲友里面，都是有人反对的，陶渊明在《祭仲弟敬远文》里面也说，"余尝学仕，缠绵人事，流浪无成，惧负素志。敛策归来，尔知我意，常愿携手，置彼众议。每忆有秋，我将其刈，与汝偕行，舫舟同济"。只有一个人支持他，就是堂弟敬远，愿意跟他一起躬耕。

陶渊明这个人其实是很认真的人，他的人生经历了很多矛盾，最大的矛盾，就是他到底是要"出"还是"处"。"出"就是出来做官，"处"就是隐逸、归隐，也就是不做官，过去把不做官的读书人叫"处士"。这个事情可以说他一生都在纠结，就算他42岁辞官归隐了以后，出和处，出来做官还是继续坚持隐居，仍在考验着他，并不是说他做了决断，从彭泽辞官归隐以后，这个矛盾就不存在了。按当时的情况来讲，一个人辞官以后，某种意义上他的名声会变得更好，由于他是个隐士，是个有德行的人，这种时候朝廷是要注意到他，进而征聘他的，实际也是如此。所以，从他辞官归隐到他去世的二十多年间，陶渊明整个人生最基本、最重要的一个矛盾，还是出与处的问题。当陶渊明解决掉这样一个矛盾以后，他就引起了后人的共鸣，后人会觉得这很难，他却做到了。尽管我们今人不理解，但宋代的苏轼、黄庭坚等人都能知道和理解自己与陶渊明的处境。因此，我感觉，他们为什么那么推崇陶渊明，就是因为这么一点点的自然、自主、自觉的力量。陶渊明只是一个凡人，但是他在凡人里面却又是这样的不凡。

陶渊明的另外一个矛盾，也是我们每个人都要遇到的矛盾，就是生与死，或者说如何对待死亡。如果我们想了解这个问题并得到启发的话，我们就应该读陶渊明。陶渊明的诗文里有大量对于生死问题的思考和他的态度。这些态度就可以启发我们，作为我们的参考。对于生死问题的考虑，在魏晋的时候可以说是一个思想潮流，陶渊明当然也在这个潮流里面，但是他对于生死的问题、生命的问题又有着自己的理解。生命究竟是什么，应该如何理解生命，这几乎是所有宗教和哲学都会涉及的，是人类永恒的问题。佛教有一句话说："佛为一大事因缘出现于世。"这个"大事因缘"就是指生死的问题。从根本来讲，佛教也好，道教也好，都曾以各自的方式来理解和解决生死的问题，而陶渊明的诗歌里也有大量对于生死问题的思考，其中作为他生命哲学结晶的，就是《形影神》这组诗。

我自己最早讲这组诗的时候，都是说体现了陶渊明的"形影神"的生命哲学，后来我发现这样讲还不深入，这组诗体现的是"神辨自然"的生命哲学。我今天就简单讲一下《形影神》中"神辨自然"的生命哲学。另外，我的第二个看法就是，陶渊明的诗歌体现了形、影、神三种境界。

先看一下这组诗，它本身写得很自然，也不难懂，诗前面有个小序：

> 贵贱贤愚，莫不营营以惜生，斯甚惑焉。故极陈形影之苦，言神辨自然以释之。好事君子，共取其心焉。

不管是贵还是贱、聪明还是愚笨，人们对于生死的问题都会有忧虑，都有各种各样惜生、营生的办法。但陶渊明认为这是一种困惑，所以他要"极陈形影之苦"，"言神辨自然以释之"，这个"神辨自然"很关键。他希望"好事君子"不要误解"我"说的话，能"共取其心焉"，要理解"我"讲的准确的意思。

这组诗有三首，第一首叫《形赠影》，第二首叫《影答形》，第三首叫《神释》。这里只是简单讲一下，不进行展开。

关于生命，传统的一种理解是，道家和道教有两个重要的概念，尤其是道教，包括我们的中医、医药，都认为生命是两个元素组成的，一个是"神"，一个是"形"，也就是说精神和形体。而陶渊明生命哲学的一个创造，就是加入了一个概念叫"影"，"影"就是人的影子，本来只是一个物理现象，但是这里"影"的概念却是一个伦理的概念，讲得通俗一点，"影"的内涵就是名声和影响。

《形赠影》说：

> 天地长不没，山川无改时。草木得常理，霜露荣悴之。谓人最灵智，独复不如兹！适见在世中，奄去靡归期。奚觉无一人，亲识岂相思？但馀平生物，举目情凄洏。我无腾化术，必尔不复疑。愿君取吾言，得酒莫苟辞！

"天地长不没，山川无改时。草木得常理，霜露荣悴之。谓人最灵智，独复不如兹！"这些话都很通俗。他接着说："适见在世中，奄去靡归期。"刚刚看到这个人还活着,突然就不见了。可能一开始会觉得某人不在了,但后来也好像"奚觉无一人",这个人走了,好像也觉得没少了什么,而且陶渊明这里还带有一种怨愤地说:"亲识岂相思?"亲人和相识难道就那么思念你吗?"但馀平生物",唯有看到他平生留下来的一些东西,才会"举目情凄洏"。"我无腾化术","我"没有成仙的腾化的术,所以"必尔不复疑",必然也会这样,这是毫无疑问的,指难逃一死。"愿君取吾言",只希望你——这个"你"在对话里是指"影"——听我的话,及时享乐吧!"得酒莫苟辞"。这个"得酒莫苟辞"就代表着一种当时流行的及时享乐的人生观,这是"形"就是生命的形体的观点。

下面的《影答形》则是"影"的观点:

> 存生不可言,卫生每苦拙。诚愿游昆华,邈然兹道绝。与子相遇来,未尝异悲悦。憩荫若暂乖,止日终不别。此同既难常,黯尔俱时灭。身没名亦尽,念之五情热。立善有遗爱,胡可不自竭。酒云能消忧,方此讵不劣!

这里"影"跟"形"都意识到生命是短暂的,死亡是必然的。所以影答形说:"存生不可言"。要像道家和道教讲的那样长生不老,是不可能的。而且"卫生每苦拙",我们今天说的"卫生"这个词是个古老的词。这里是说很笨拙,不会养生。"诚愿游昆华","我"倒是想去昆仑山、华山,去跟那些仙人们在一起成仙,可是"邈然兹道绝",这是不可能的。"与子相遇来",这个"子"是指"形",即人的形体。形和影子"未尝异悲悦",也就是形喜,影也喜,形忧,影也忧。"憩荫若暂乖",人在树荫底下歇息,影子就不见了:"止日终不别",走到太阳底下,影子又出来了。这些描写很生动,又都有寓意在里面,

陶渊明的诗歌艺术

不是一个单纯的描写。他接着说，"此同既难常"，像这样形影相随，是不可能永远如此的，就算我们两个现在这样要好，但是终会"黯尔俱时灭"，到时候"形"没有了，"影"当然也不存在了。而且更可怕的是"身没名亦尽"，这里就点出"影"的根本的寓意就在于名。"念之五情热"，"我"想到这个就"五情热"，内心充满了各种忧虑。那怎么办呢？"影"的思想是很正面的，他认为"立善有遗爱"，要"立善"，要做好事，成就一番事业，创造个人的社会价值，便可垂名后世。既知此道，为何不努力地去做呢？"胡可不自竭！"他又说，"酒云能消忧"，说喝酒能够消忧，但比起这个来要差得多，"方此讵不劣"。"我"建议你还是不要及时行乐，要及时努力。在我们看来，"影"的观念很正确，应该提倡！也是中国主流的"立德、立功、立言"的"三立""三不朽"的思想。可是为什么有了这样的思想，陶渊明却还觉得"影"的思想也不够呢？为什么他又对"影"的思想作出一种解释，进一步提出"神"的思想呢？这就是陶渊明要我们"好事君子，共取心焉"的立意所在了。

"神"究竟是什么呢？"神"这个概念既可以作唯心的解释，也可以作唯物的解释。陶渊明认为我们的生命里面有形、有影、有神，而我们要追求我们的"神"，或者说自觉我们的"神"。"神"又是什么呢？《神释》里"神"这样解释道：

> 大钧无私力，万物自森著。人为三才中，岂不以我故。与君虽异物，生而相依附。结托善恶同，安得不相语。三皇大圣人，今复在何处？彭祖寿永年，欲留不得住。老少同一死，贤愚无复数。日醉或能忘，将非促龄具？立善常所欣，谁当为汝誉？甚念伤吾生，正宜委运去。纵浪大化中，不喜亦不惧。应尽便须尽，无复独多虑。

"大钧无私力，万物自森著。"陶渊明的诗歌气象很宏大，这里说万物森然，有一种宇宙造化的大气象。而"人为三才中"，人之所以能与天和地并列"三才"之中，是因为什么呢？是因为肉体吗？是因为社会名声吗？都不是。"岂不以我故"，"我"是什么呢？"我"是精神，人之所以和动物有区别，就在于精神。这个"我"狭义来讲指"神"，广义来讲也就是"我"、自我。他又说，"与君虽异物"，神和形，精神和身体，中国古代是经常把它分开来讲的，认为精神和物质不同。"生而相依附"，活着的时候形、神两者存在于同一个生命体里面。于是"结托善恶同"，你做善事，神也是在做善事，你做恶事，"神"、精神也会受到搅扰和污染。所以"安得不相语"？所以"我"要告诉你生命的一个真相，免得你沉迷其中。他下面说的这些话其实很普通："三皇大圣人，今复在何处？彭祖寿永年，欲留不得住。老少同一死，贤愚无复数。"也就是承认死亡是人生必然要经历的一件事情。我后来想，这些话农村里的老人也都会说，临死的时候会说："多了不起的人物都走了，唉，走就走吧！"就这个意思。不管贤也好，愚也好，不管你是什么人，就像有一句俗话叫"黄泉路上无老少"。

前面讲了，生命就是这么一回事，生死是自然之理，而陶渊明的这一组诗根本来讲，说的就是什么叫自然，就是生死自然之理，既然是自然之理，就得用理性去认识它。接下来他先是对"形"提出一种批评，"日醉或能忘"，你沉迷在酒和享乐里面，也许可以暂时忘却生死之忧，但是"将非促龄具"，酒喝多了，对你的身体反而不好，享乐过多，也会缩短你的生命。有一句话说要增加生命的密度，来代替生命的长度，这种思想到底对不对呢？这种思想就类似于"形"的思想。当然，每个人都有每个人的理解，陶渊明不是这样。我们都以为，陶渊明是一个爱喝酒的人，所谓"陶潜诗篇篇有酒"。说到中国喝酒的名人，我们都要举陶渊明、阮籍、王绩、李白这些人。但我个人认为陶渊明饮酒跟阮籍、王绩、李白他们不一样，陶渊明的饮酒是有寄托的，而且我们很意外地发现，陶渊明也有对饮酒的理性的思考，这里就是一处："日醉或能忘，将非促龄具"。我们这里不展开讲。总之，这是针对"形"提出的及时享乐的生命观，认为这样是不对的，因为这种生命观对生命、对死亡有着很深的忧惧，而又找不到其他的价值观念作为一种支撑，这个时候就会陷入及时享乐的境地，但是从根本来讲，只是因为他不愿意理性地对待生命，认识不到有生必有死的自然规律。所以，陶渊明强调的是我们要认识到自然的规律，这是对于"形"来说的。

下面这两句我觉得更复杂一点，"立善常所欣，谁当为汝誉"。这两句我个人觉得要解释一下，在座的各位可能都有丰富的人生经历，想必能够理解这两句。"神"对于"立善"并不否定，但是"影"说"立善有遗爱"，因为"立善"而造成了"遗爱"，也就是说你这个人虽然走了，但是你做人做得好，别人还能记住你，还记得很长久，不仅是你的亲人能记住你，全中国的人都能记住你，甚至全世界的人都能记住你，甚至全世界千百年后的人都能记住你，这不就是成功的人生吗？陶渊明为什么要质疑这样的人生、质疑这样的思想呢？陶渊明认为，这里的动机不对，动机还是一种自我的贪恋，这里的"立善"的动机还是为了名声，"立善"是为了有"遗爱"。诚然，"立善"为了有"遗爱"，为了求名，希望自己的生命实现另一种形式的不朽，是人之常情，但是陶渊明觉得不能这样，认为这也是对生命的一种不够理性的认识。我个人也很同意陶渊明的观点，虽然这很难做到。陶渊明说"立善常所欣"，要把"立善"作为自己内心真正喜欢的向往，作为内心良知、良能的自然流露，作为一种快乐，作为生命本身的自然的需求。其实王阳明讲"良知",讲来讲去讲的就是这个,"良知"是生命自然的需求,只是我们被名利、被外在的利益遮蔽了,所以我们认识不到原来这个东西才最有价值,反而认为这是没有价值的。那些没有真正价值的东西满足了我们目前生命各种各样的欲望,比如名的欲望、物质的欲望,所以我们认为这些是重要的。其实真正重要的是生命内在的东西,就是陶渊明所说的神的自由,自在的存在,王阳明所说的"良知"。两人的思想有许多共同的地方,这就是为什么王阳明会对陶渊明有很深的共鸣。

如果说"立善"只是为了"遗爱"的话,陶渊明就问了一个很简单的问题:"谁当为汝誉?"谁会为你说好话呢?这是一个令人深思的问题。虽然我们现在就在说陶渊明的好话,但是陶渊明认为,我们不要等待别人为你说好话,不要把别人的赞扬当作是我们行为的目的。事实上,这种期待在现实里面有大半时候是要落空的,陶渊明在很多其他作品里就说过,一个立善的人在现实里面并没有得到应有的赞扬,可见这不是一个简单的问题。陶渊明的《感士不遇赋》,讲的就是一个知识分子、士人很努力地去做事,但是当时的士林并没有给他应有的赞扬,这几乎是一个普遍现象。广而言之,我想每一个曾经努力过的人可能都会有这种感觉,我们这么努力,但是好像我们的努力有时候得不到回报。我们求得别人的肯定和赞扬,这是正常的生命愿望,但是如果把这个作为生命的唯一寄托,活着就是为了求名,为了千秋万代的人来赞扬我们。如果只是为这个,陶渊明认为这仍然是苦的,仍然不是快乐的,这也是"影"的苦恼,而陶渊明就是要打破"影"的苦恼。他的这些辞官归隐的行为,就是在一定程度上打破"影"的苦恼,当然我们不能说陶渊明就真的全部做到了,这都是一种思想的理解和追求。

比如说"名"的问题，中国古代有一句话叫做"名如画饼充饥"，名声就跟画饼充饥一样，它是吃不饱的，不是真正的食品，我觉得这句话很有道理。固然名声会让我们取得一些东西，比如地位、金钱、社会影响，也正是出于这个原因，人们才会对名趋之若鹜，但是真正来讲，名声其实是空的。我们稍微反思一下，都可以意识到，大部分的名只是虚名。为什么叫"虚名"？简单地说，比如我们在这里讲陶渊明，这对陶渊明有何意义？我们讲李白也好，讲陶渊明也好，他们都是已经过世的人，不知道这些了。而我们今天这个社会上也有好多的名人、明星、网红，多得不得了，但是真正来讲，人们知道他，对他来讲又有什么意义呢？名是虚的、画饼充饥的。我有一次看电影演员陈冲在接受一个访谈的时候，她说以前人家喜欢她那么多，她那么红，可那种爱叫什么？她说了一个词叫"大马路上的爱"，大马路上人都在爱你，可对你来讲又有什么意义呢？这不是真正的爱，真正的爱是两个人之间的，我觉得她讲得很对，至少在这一点上她想到了。对于这些事情，陶渊明说："立善常所欣，谁当为汝誉？"

这首诗最后陶渊明的话说得也很朴素："甚念伤吾生，正宜委运去。"这里陶渊明提出一个概念叫"委运"。"委运""任化"是陶渊明诗中很重要的两个概念，请大家注意。什么叫"委运"？这里面学问很大。接下来他又说"纵浪大化中"，"纵浪大化"又是什么意思呢？当时玄学盛行，虚无放达之风兴盛，存在各种各样放达的行为、纵情任性的行为，我想做什么就做什么。尤其在情欲方面，有些人放纵自己的情欲。魏晋玄学的这一派——当然只是一派——贵族里的一派，当他们这样做的时候，他们打的一个旗号就是"自然"。而陶渊明说的"委运""纵浪大化"却不是这个意思。"委运"就是随着整个生命的自然运行，不被生命外在的一些东西所左右，而主要是寻找自己主宰的东西，也就是"神"，就是最高的自我和最高的理性，来面对生命中的一切遭遇，比如生老病死、荣辱兴衰。这一切遭遇在陶渊明看来都是"运化"，不是个人可以左右的，让你生，让你死，让你病，或者让你在现实里面有好的或不好的际遇。当然我们自己在努力追求某种有益于自己的结果，但是我们自己不能完全主宰它，至少生老病死你不能自己主宰，那么这个时候还有什么东西是可以自己主宰的呢？就是自己的精神、理性和灵魂，你平静地对待这一切生命的变化，尽管这一切是你不能左右的，但是有一个东西是你可以把握的，就是你的自我、你的精神。我觉得这样理解陶渊明的话，陶渊明应该是同意的，他基本上就是这样一种思想，"纵浪""委运"就是这个意思。

最后他说："不喜亦不惧。应尽便须尽，无复独多虑。"我们给生命加上种种的幻想、期待、改变、忧虑、苦闷、恐惧、悲哀、造作，给生命加了太多的外在东西。陶渊明当然也是这样，也经历了种种人生的苦恼，但他努力超越于这些东西之外，也就是超越于形所追求的物质利益和影所追求的名声之外，做到个体的独立与自觉。

这就是陶渊明《形影神》组诗的全部内容，内涵稍微深奥了一点，但是诗歌本身不深奥，大家都能读，可以说是陶渊明最好读的一组诗了。其中比较深奥的是陶渊明在这里讲的"自然"的问题。什么是"自然"？当"形"这么说的时候，"形"认为自己在谈"自然"。当"影"这样说的时候，"影"代表着"名"，这是社会性，但是它也认为自己在谈一种真理，至少是一种正确的思想。魏晋时候有两个概念，一个叫"自然"，一个叫"名教"，一个是人的自然性体现，一个是人的社会性规定。"自然"和"名教"这两派在魏晋玄学里面是对立的、变化的，也曾取得过和谐，这里的"影"其实就是与"自然"对立的"名教"的意思。而陶渊明的"神"，是他提出的一种他所理解的"自然"，叫"委运任化""神辨自然"。虽然这三首诗里面没出现"自然"这个概念，但这三首诗都在讲"自然"这个哲学上的重要概念，在讲何为真正的"自然"。这里需要一种思辨。比如说"心"这个概念，在陶渊明的思想里面也是很重要的，可是什么叫"心"呢？所谓"任心""称心"，是陶渊明经常说的。这时候我们要思考的问题关键在于"心"这个概念在这里的内涵。谁不知道"心"这个词呢？但是何为"心"呢？欲望是"心"吗？欲望也是"心"，这个我们可以理解。理性是"心"吗？可见，单说称心、任心，不同的人理解完全不一样。由此理解导致的行为，更是千差万别。"自然"这个概念也是这样。这就是陶渊明要做的，如果说陶渊明做了一种修行的话，那他就是这样修行的。这就是陶渊明"形影神"的生命哲学，这里面内涵很丰富。

著名历史学家陈寅恪先生对陶渊明《形影神》的生命哲学也很赞成。关于陶渊明有没有受佛教影响，学术界有不同的看法，而我赞成陈寅恪先生的说法。陶渊明了解佛教，在一些概念上面自然也受到了佛教的影响，但是根本来讲，陶渊明没有接受当时佛教的——尤其是慧远净土宗的——信仰。"自然"是魏晋时期一个流行的概念，只要略微知道魏晋文化，就知道"自然"这个概念。陈寅恪就从魏晋思想发展的历史来讲，认为陶渊明的《形影神》是对"自然"的一个新的说法，是一种"新解"，是"新自然说"。他专门写了篇文章论述这个问题："考陶公之新解仍从道教自然说演进而来，与后来道士受佛教禅宗影响所改革之教义不期冥合。"但是就陶渊明的创造来讲，陈寅恪又认为陶渊明的"新自然说"解决了人生的问题，是"旧义革新，'孤明先发'"，"实为吾国中古时代之大思想家"（陈寅恪《陶渊明之思想与清谈之关系》）。而且陈寅恪认为："兹言'神辨自然'，可知神之主张即渊明之创解，亦自然说也。"陈寅恪认为，陶渊明之所以没有接受佛教净土宗思想，就是因为他自己建立了这样一个"神辨自然"的生命哲学。

就形影神思想与诗歌的关系来说，我在二十多年前读这一组诗、研究陶渊明的时候，我曾把陶渊明诗歌分为形、影、神三种境界，现在是我第一次比较系统地阐述这个观点。比如说我们刚才讲的这三首诗，就代表了陶渊明诗的三个境界的表达，"形"诗代表了"形"的境界，"影"诗代表了"影"的境界，而"神"诗代表了"神"的境界。不仅是这三首诗，陶渊明所有的作品，或者不太绝对地说，大部分的作品都是这样。这是认识陶渊明、进入陶渊明的一个新的角度。

陶诗中"形"的一部分作品，属于"形"的境界，而"形"的境界是什么呢？就是生命的一个基本矛盾，即对于生命短暂的一种忧虑、焦灼。陶渊明的诗歌里凡是表现对生命短暂感到焦虑的主题，以及处在这种思想境界上的作品，都属于"形"的境界。表现生命焦虑的作品，其实从东汉后期《古诗十九首》以后就有了，比如大家所熟悉的曹操的"对酒当歌，人生几何"就是比较典型的，还有像"生年不满百，常怀千岁忧"等很多作品，表现的是人们认识到生命短暂，又没能提出一种理性解释时的焦虑。陶渊明的这部分作品也继承了魏晋诗歌的这种生命主题，表现出对生命短暂、衰老、时序推迁等自然现象的激越与忧伤的情绪。在这种"形"诗中，有一种最具标志性的表达，就是当陶渊明或者其他诗人立足于"形"的生命观念上来表达的时候，此时所呈现、表达出的生命，是一种除了它的物质存在之外，没有任何其他价值观念的存在的状态。像这种诗就叫作纯粹的"形"的诗，刚才讲的《形赠影》就是一个典型例子。除了《形赠影》之外，又比如另一首《诸人共游周家墓柏下》。周家墓是当时跟陶家有关系的周访家的墓，这个题目很典型，"墓柏"这种意象就是典型的表现生命的意象，这首诗是这样写的：

> 今日天气佳，清吹与鸣弹。感彼柏下人，安得不为欢。清歌散新声，绿酒开芳颜。未知明日事，余襟良已殚。

"清歌散新声，绿酒开芳颜"就是《形赠影》中"得酒莫苟辞"的境界。最后两句就是说管他明天如何，反正我内心的忧郁这个时候已经宣泄尽了，释放尽了。这首诗写得很清新，但是在陶诗里面，这是一首"形"的境界的诗。注意，我们说陶渊明"形"的境界、"影"的境界、"神"的境界，并不是指艺术上的高低。这首诗、这些意象的背后，蕴藏着因感叹生命短暂而生发的及时行乐的情绪。这是在《古诗十九首》里面就已经出现了的，比如《东城高且长》《驱车上东门》等，可以说是一个母题。对这个母题的表现最让人触目惊心的，就是大诗人阮籍，他的《咏怀》里的一些诗，将这种情绪表现得淋漓尽致。尤其像这样的句子："墓前荧荧者，木槿耀朱华。荣好未终朝，连飙陨其葩。"（《咏怀》其八十二）木槿花朝开夕落，而且作者还把它放在坟墓前面，可想而知是一个什么意象。"荣好未终朝"，生命就是这样脆弱。其实他这里不是写木槿，根本来讲是写生命是纯粹的、单纯的，只表现了生命作为一种物质存在或形体存在的写法，当魏晋诗人这样写的时候，就暂时排斥了生命所赋有的其他的各种各样的价值观，这也是陶诗里"形"诗的一种写法。

还有这一首，陶渊明的《拟古》之七，这肯定是学汉代古诗的：

> 日暮天无云，春风扇微和。佳人美清夜，达曙酣且歌。歌竟长叹息，持此感人多。皎皎云间月，灼灼叶中华。岂无一时好，不久当如何！

这首诗前四句是典型的春天景象，"春风"这个意象是美好的，"佳人"更是美好的，"清夜"而且"酣歌"，也都是欢乐的。但是"歌竟长叹息"，唱完歌以后"长叹息"，"持此感人多"，这是因为想到了人生之短暂，青春之稍纵即逝。最后又说："岂无一时好，不久当如何。"是说眼前一切美好的东西，包括生命本身，都将逝去。这个时候我们觉得陶渊明也好，阮籍也好，都好像表现出一种生命很孤独的体验，就是这么一个孤独的生命，没有任何依托，没有任何寄托，而一切外在的欢乐什么的又都是暂时的。像这种也是典型的"形"的主题，而且是对"形"的主题的一种提纯。这种对"形"的主题提纯的作品也很多了，比如鲍照的《拟行路难》第一首也是这样处理的。

这类诗往往是以更为典型的、概括了更多类群性的特点出现，它常常把所有生命美好的形象集中在一起，最后又说这些美好都是短暂的。这和曹操《短歌行》"对酒当歌，人生几何，譬如朝露，去日苦多"不一样，曹操那首还没有提纯，毕竟曹操还是一个要做事业的人，最后还是讲到了"周公吐哺，天下归心"，那还不是提纯的表现，但是已经有"形"的东西在里面了。而这类提纯的诗，不是表现某一个人的，而是表现全人类的，它是以人群甚至人类的基本遭遇为表现对象，所以这一类的作品有永恒主题的特点。这首诗里的主人公可以说是陶渊明，也可以说是陶渊明对人生的一个理解，也可以说是我们，鲍照那首也是如此。

这类诗歌还有一种表现的方法，就是用草木来比拟，前面也已经用到了。最典型的就是用草木的荣和悴来表现人生的盛和衰，比如陶渊明《杂诗》其三：

> 荣华难久居，盛衰不可量。昔为三春蕖，今作秋莲房。严霜结野草，枯悴未遽央。日月有环周，我去不再阳。眷眷往昔时，

忆此断人肠。

"荣华难久居，盛衰不可量"，这个受阮籍的影响很明显。"日月有环周，我去不再阳"，日月不断地运行，但是人死了，就不会再生了。而进入了老年的"我"，想到少年时的"我"，"眷眷往昔时"，就眷眷于往昔的时光。可以看到，陶渊明曾经这样地痛苦、孤独，他为什么要建立这样一种生命思想，就是因为他也是一个痛苦过、矛盾过的人。这里的"严霜结野草"从字面上就直接用了阮籍的"凝霜被野草"（阮籍《咏怀》其三），只是略有不同而已。而且"昔为三春蕖，今作秋莲房"的用法也是受阮籍的影响，这种春秋意象的转换就来自于阮籍的"嘉树下成蹊，东园桃与李。秋风吹飞藿，零落从此始"（《咏怀》其三）。所以我说陶渊明是极有艺术的，不是我们理解的陶渊明写诗真的就只是随便写写，李白也是一样，并不是随便唱出来或者冲口说出来的，而是很有艺术的。什么叫"有艺术"呢？"有艺术"就是说陶渊明有意识地学习了别人的艺术，再把它表现出来，或者加以变化，这就叫"有艺术"。我们分析诗人的艺术应该这样来分析。

像这种"形"诗，类似《形影神》中《形赠影》的诗，在陶渊明诗歌里还可以找到一些。它的主题表达跟《形赠影》一样，就是"形"这种物质的生命体对于"影"提出质疑，一个及时享乐的人，对正在努力工作的人提出质疑，认为你们干嘛呢，还不如及时行乐，这样的主题在陶诗里面也是有的，比如《饮酒》其三：

> 道丧向千载，人人惜其情。有酒不肯饮，但顾世间名。所以贵我身，岂不在一生。一生复能几，倏如流电惊。鼎鼎百年内，持此欲何成！

陶渊明这里所说的"道"是生命之道，近于道家之道，但也不完全是。"有酒不肯饮"，他这里好像又鼓吹饮酒了。关于陶渊明是鼓吹饮酒，还是对饮酒有节制，我跟一些专家的看法不同。有专家认为陶渊明就喜欢喝酒，他是鼓吹酒的，但我觉得不是，陶渊明不完全是鼓吹酒的，尽管有时候是鼓吹的，但有时候他还有另外一种说法。在这里，陶渊明说"有酒不肯饮，但顾世间名"，这就跟刚才《形赠影》诗中的思想是一样的。"所以贵我身，岂不在一生。一生复能几，倏如流电惊"，这个话正面来讲也是对的，我们要珍惜自己的生命，不要求名之类的东西，你活着，名才是你的，如果你不在的话，这个世界跟你有什么关系呢？是不是这样？我觉得是这样，这是正面的理解。而且一生有多少时间，"倏如流电惊"，跟电光一样快。"鼎鼎百年内，持此欲何成"，陶渊明是对当时一派虚伪的求名者，或者说沉浸在功名利禄里面的人提出批评。又比如他在《饮酒》其十一里说：

> 虽留身后名，一生亦枯槁；死去何所知，称心固为好。

陶渊明经常说"称心"。何为"称心"？我们自己也经常说"高兴就行，舒服就行，其他都无所谓"，那什么叫高兴？怎么叫舒服？做了什么事情可以高兴？我们的心又应该安顿在哪一个层次上面呢？何为"称心"？什么叫"心"？可见陶渊明诗里包含了很多哲理，这些哲理都经过了他自己的融化，不是一种抽象的东西。这些作品大概都属于"形"诗，但是我们要知道，陶渊明之所以有那么激越的"形"的思想的表达，根本的原因，一个是想到了生命的死亡，还有一个原因，就是陶渊明在现实中的遭遇。

陶渊明是一个很努力的人，想努力学习，好好地去进德修业，做一番事业，但是陶渊明遇到了许多的阻碍。首先他在当时不是一个清流士族的名士，他属于军功家族的后裔，在当时看来是出身于比较俗的、没有文化的家族。清流士族比如王、谢家族出身的人，基本上二十多岁就可以做官，做的还是清官——清流之官，但寒门庶族做的却是浊官。这个"浊"跟今天的"清官""浊官"的"浊"不是一回事，它是指不太体面的官，一般是三十来岁的寒族做的，而陶渊明三十岁才出去做官，开始做的郡祭酒就是浊官这类的官职，所以他没做多久就辞官了。

陶渊明为什么会对生命有这么激越的"形"的矛盾的表现呢？他有一篇《感士不遇赋》，就是为古今天下的不遇之人抒发不遇的感慨。他说：

> 自真风告逝，大伪斯兴，闾阎懈廉退之节，市朝驱易进之心。怀正志道之士，或潜玉于当年；洁己清操之人，或没世以徒勤。故夷皓有安归之叹，三闾发已矣之哀。悲夫！寓形百年，而瞬息已尽；立行之难，而一城莫赏。

陶渊明关于不遇，有一个基本的想法，认为士之不遇，是因为三代以下世风的不古。他这个人是好古的，认为在更古老的上古时代，民风是很淳朴的，所以他说现在的社会："真风告逝，大伪斯兴。"看了这些话你能说这个人不激越吗？而"闾阎懈廉退之节"，就是说一点点退让、退隐的风气都没有，每个人都往前奔，往前争。读了这些我们就能理解，为什么陶渊明在"形"诗里会表露这样的思想。他之所以对生命短暂感到这样的悲哀，也是因为他遭遇到的这种矛盾和怀才不遇的经历，这是我们在读他的"形"诗时要理解的。除此之外，陶渊明《岁暮和张常侍》《和胡西曹示顾贼曹》《己酉岁九月九日》等诗中也有很多类似的表达。

接下来讲陶诗中"影"的境界,"影"的境界是向上的,正面的,是今天值得提倡的。陶诗中典型表现"影"的境界的诗歌,当属四言诗《荣木》。

> 荣木,念将老也。日月推迁,已复九夏,总角闻道,白首无成。
>
> 采采荣木,结根于兹。晨耀其华,夕已丧之。人生若寄,憔悴有时。静言孔念,中心怅而。
>
> 采采荣木,于兹托根。繁华朝起,慨暮不存。贞脆由人,祸福无门。匪道曷依?匪善奚敦?
>
> 嗟予小子,禀兹固陋。徂年既流,业不增旧。志彼不舍,安此日富。我之怀矣,怛焉内疚!
>
> 先师遗训,余岂之坠?四十无闻,斯不足畏!脂我名车,策我名骥。千里虽遥,孰敢不至!

"荣木"就是木槿花,就是阮诗"墓前荧荧者,木槿耀朱华"的"木槿",它是一个短暂的朝开夕落的花。这首诗由"荣木"起兴,开头的两章反复感叹生命短暂的事实:"繁华朝起,慨暮不存"。这是阮籍式的荣悴主题,但是随即又转入一种很正面的思想:"贞脆由人,祸福无门"。这个思想很正确,陶渊明基本上破除了"福善祸淫"的观念,就是那种认为天道是让做善事的人享福,让做恶事的人没有好结果的观念。"福善祸淫"这种思想从古以来就有,后来佛教又加入了"因果报应"的观点。历史上有一些思想家就曾提出过质疑,屈原就对这种天道报应的说法提出过质疑,司马迁也在《史记·伯夷列传》里面说,伯夷、叔齐这么好的人,却有着这么差的遭遇,而那个天天吃人肝的盗跖反而得"以寿终",司马迁就感慨,"倘所谓天道,是邪非邪?"陶渊明也接受了司马迁的这种思想,《感士不遇赋》里就有明确的表达，所以陶渊明就形成了"祸福无门"的思想。但他最可贵的是提出"贞脆由人"的观点。所谓"贞脆由人"，就是说你这个人要做一个贞刚的人呢，还是做一个软弱的随波逐流的人呢，这是由你自己决定的，跟祸福无关，做好人不一定就享福，做坏人不一定就遭祸。但是他还是说，要立善，要依道，"匪道曷依，匪善奚敦"，《论语》中说"志于道，据于德，依于仁"，陶渊明的这个思想，又是继承孔子的。如果不循一个道的话，我们人活在世界上，在人生中就太痛苦了，所以我们要找到一个道。如果我们没找到一个道的话，我们有什么好依靠的呢？如果不循善道的话，还有什么可以勉励我们的呢？难道勉励我们作恶吗？恶是没有终止的。这几句话就是对天道佑善的破除，表达的是与《感士不遇赋》相近的思想。

陶渊明也有"名"的思想，在《荣木》诗里面得到了比较集中的表达。这里说的"影"的境界，是以"善"为基本的意蕴，其中又包含正面阐述善的原则，抒发由此原则引发的种种济世弘道、建功立业的理想与激情，以及因为立足于行善而得不到应有的报偿的感叹甚至忧愤的情绪。这些都是"影"的境界的内涵。像《荣木》、《饮酒》其四、《咏贫士》七首这些都是"影"的诗的表达，我们在陶渊明的诗歌中不仅能看到正面发挥价值观的内容，也会看到还有个"求名"的观念同样是陶渊明要破除的。

"影"诗就是这样的，都会转向及时勉励，"感物愿及时"（《和胡西曹示顾贼曹》），基本上是及时勉励的意思。比如"托身已得所，千载莫相违"（《饮酒》其四），"量力守故辙"（《咏贫士》其一），"诗书塞座外，日昃不遑研"（《咏贫士》其二），"弊襟不掩肘，藜羹常乏斟。岂忘袭轻裘？苟得非所钦。赐也徒能辩，乃不见吾心"（《咏贫士》其三），"至德冠邦闾，清节映西关"（《咏贫士》其五）等。"影"的内容在陶渊明诗中比较典型的体现，是陶渊明表达他自己少年时候功业理想和对于儒家道德服膺的作品（如《饮酒》其十六、《杂诗》其五等），这些都是属于"影"的境界的一些诗歌。这是陶渊明诗歌里面的一个层次，这个层次历来学者都是用儒家思想来阐述的，但其实陶渊明跟儒家还是有些不同的。

至于神境，大概是陶渊明诗歌里面我们比较熟悉的一类作品了。陶渊明诗歌中神境的作品，他的激情仍然根源于"形"和"影"两个境界，是矛盾得以解决后的一种和谐境界。我曾经有另外两个概念来概括陶渊明的思想和艺术，就是"矛盾与和谐"，这是我1990年写的一篇论文的题目，当时就讲到这个问题。陶渊明在我们的理解里是一个和谐的人、平淡的人，但是陶渊明的平淡、和谐是来自于矛盾的。《形影神》这组诗就有一个从矛盾到和谐的过程：首先是"形"提出来一个矛盾，很激越；而"影"又用自己求名的思想来解释，想达到一种和谐，但是这里仍然存在一个求名不得的矛盾，而且在求名的过程中还会遭到一些社会问题，所以仍然是一个矛盾；最后是"神释"，"神"所追求的是最高的和谐，就是生命最高的独立、自主、自觉的境界。总体来讲，陶渊明的思想有三个层次，这三个层次不是分开来的，而是连在一起的，而且是在整个人生的阶段里都联系在一起的。陶渊明跟其他的文人比如阮籍、李商隐这些人不同，就在于陶渊明不会停留在极其矛盾的境界。表面上看起来，陶渊明的诗歌不是以写情为主，好像反而是在表现一种理，但其实陶渊明还是从情出发的，他的诗歌的主体是抒情诗。这里的"神"就是精神，就是"神识"，它的基本内涵就是"神辨自然"。

曾国藩在《十八家诗钞》里，用"识度"一词来评陶诗。他评谢灵运的诗多用"工律"二字,评曹植的诗多用"气势""情韵"二词,而评陶渊明则多用"识度"。大家可以理解,像陶渊明的《归园田居》《饮酒二十首》《咏贫士》这些作品大部分都表现出一种理性的和谐,这个理性的和谐就是"神识之用",是倾向于理和理境的,所以曾国藩多用"识度"来评判陶诗,而这些作品大部分都是属于神境的,在审美境界上是"体认自然之旨"的。"神"这个境界,是陶渊明诗歌最吸引人的一个境界,它是以自然为旨的,而陶渊明神境的造诣体现在境界上,最突出的表现就是平淡与和谐,之前讲的《神释》这首诗就是神境的一个代表。

除了《神释》,还有很多表现神境的诗,比如《饮酒》其一就是"神"的境界:

> 衰荣无定在,彼此更共之。邵生瓜田中,宁似东陵时。寒暑有代谢,人道每如兹。达人解其会,逝将不复疑。忽与一觞酒,日夕欢相持。

当邵生在秦朝的时候,他是东陵侯,是一个侯王、一个贵族,而秦朝灭亡了以后,他就流落为平民,自己种瓜,因为他的瓜种得很好,所以人家还叫他原来的侯爵的名字,说是东陵侯的瓜,也就是"东陵瓜"。陶渊明这里说:"邵生瓜田中,宁似东陵时。"就是说邵生在瓜田中的时候,难道跟他在东陵的时候是一样的吗?既一样,也不一样。这一首就是陶渊明的神境诗。"神"的本质就在于"解其会",所以曾国藩以识度评陶的这类诗。

像前面这一种是比较孤立的议论。真正意义上,他的"神境"之所以称为"境",我们用"境"这个概念来指称它,主要是指另一种诗,是在一种日常生活的境界中以随处感发的方式呈现他的哲思,这才是陶渊明神境诗中最具有审美价值的。这种诗以《五月旦作和戴主簿》《连雨独饮》为代表，比如《五月旦作和戴主簿》，就是一种神境：

> 虚舟纵逸棹，回复遂无穷。发岁始俯仰，星纪奄将中。南窗罕悴物，北林荣且丰。神萍写时雨，晨色奏景风。既来孰不去，人理固有终。居常待其尽，曲肱岂伤冲。迁化或夷险，肆志无窊隆。即事如已高，何必升华嵩。

"虚舟纵逸棹"，是说人生就像虚舟一样，这是《庄子》的一个比喻，飘然不系，如虚舟一样。"发岁始俯仰"，是说正月刚刚开始，好像没过多少时间，但已是"星纪奄将中"，又已经差不多要到这一年的五月份了，这种感觉我们也有很多，但陶渊明这几句是一种比较典雅的写法。"南窗罕悴物，北林荣且丰"，花木都凋落了，可树木倒是都茂盛起来了。"神萍写时雨，晨色奏景风"，大自然是美的，但是这种时节的变化也让人深深地感觉到时光的匆匆。想到这里，"既来孰不去"，什么事情来了总会去的，凡是发生的总会过去，拥有的也总会失去，包括生命是我们现在所拥有的，但是最后也要失去，所以"人理固有终"，人生总有那么一个终点。写这首诗的时候，陶渊明大概五十来岁。那怎么办呢？"居常待其尽"，以平常的心态等待它的结束，既不促使它快点结束，也不刻意地想延长它。当然我们说养生、保持健康都是重要的，不过陶渊明讲的不是这个意思。"曲肱岂伤冲"，是说不失去冲和之气，"曲肱"是用《论语·述而》里"曲肱而枕之，乐亦在其中矣"的典故。

下面我想重点解释一下"迁化或夷险，肆志无窊隆"这两句。跟刚才讲的"委运""任化"是一个意思，这两句很妙。"迁化"就是大化，就是运化，运化有平安的，也有险的，人生也是有夷有险的。我们该怎么办呢？这个"夷险"有时候虽然可以回避，但是有时候却是没法回避的，这是一个很明白的道理，但是可以做到"肆志无窊隆"。陶渊明这里用"肆志"，从字面来讲，是放纵"我"的心灵、任从"我"的心灵的意思。或者说舒放，我觉得用"舒放"来翻译最合适，有舒展、放任的意思，但用"放宽"来翻译就又俗了一点。"肆志无窊隆"，就是舒放"我"的心志，让它没有起落。现在有一个比较流行的词，叫"心灵的坍陷"，"窊隆"的"窊"就是坍陷，而陶渊明说的"无窊隆"，就是不让自己的心灵有这样的起落浮沉。这个思想就是陶渊明的"神"的思想，就是神的主宰。如果能做到的话，生命就很好了，不要去求仙访道："即事如已高，何必升华嵩"。这首就是比较典型的神境的诗。

陶渊明的诗，神境的诗大概是大家最熟悉的。《连雨独饮》这首也是神境的诗。《连雨独饮》这一首还是讲生死问题的，可见他经常思考这个问题：

> 运生会归尽，终古谓之然。世间有松乔，于今定何间？故老赠余酒，乃言饮得仙；试酌百情远，重觞忽忘天。天岂去此哉！任真无所先。云鹤有奇翼，八表须臾还。自我抱兹独，僶俛四十年。形骸久已化，心在复何言。

诗中说有老朋友给"我"送酒，并且说这个酒喝了能成仙。于是"试酌百情远"，"我"一喝，果然就觉得好多世俗的烦恼都没有了。再喝一杯，"重觞忽忘天"，就好像什么都没有了，这种话都是我们喜欢喝酒的人爱听的。这也是陶诗风趣的地方！接下来的话就比较认真了："天岂去此哉！"天"是"故老"所说的天，也是陶渊明说的天，即所谓天真、天然、自然的境界。后面说"任真无所先","任真"也是陶渊明的思想。"云鹤有奇翼,八表须臾还",这两句从诗来讲写得很妙,后来有一位词人夏承焘先生也用了这两句:"我有家山东海岸。八表归来、奇翼林间满。"(《蝶恋花·留得樽前相见面》)用陶诗用得很好。这里陶渊明讲的是什么呢?"云鹤有奇翼",云间的鹤"有奇翼",它从"八表"即很远的天宇中一下子就回来了,这是一个比喻,比喻自己的彭泽辞官归来,其实是说自己如此快就挣脱了世网的纠缠。他接着说,"自我抱兹独","我"这个孤独的人生已经有四十年了。"形骸久已化","我"的形体、生命也随着运化而变化,"我"也是顺从了运化,即"委运任化",但是"我"的心灵还是属于"我"自己的,所以"心在复何言"。如此,我又有什么可遗憾的呢?我保有了自己的心,没有贪心,也没有迷惘,我虽然是痛苦的、是矛盾的,但是"我"即神之我却也是宁静的。

而最能代表陶渊明艺术高度的神境诗,就是我们大家所熟悉的田园作品,它们展现了田园生活的情调和自然山水的美。这种圆满的神境的获得,与其说是哲学思考的结果,还不如说是一种和谐的审美境界。这样的作品有《五柳先生传》《和郭主簿》《归园田居》《读山海经》等。我们来看看《和郭主簿》其一:

> 蔼蔼堂前林,中夏贮清阴。凯风因时来,回飙开我襟。息交游闲业,卧起弄书琴。园蔬有馀滋,旧谷犹储今。营己良有极,过足非所钦。春秫作美酒,酒熟吾自斟。弱子戏我侧,学语未成音。此事真复乐,聊用忘华簪。遥遥望白云,怀古一何深。

"凯风"即和风、清风。陶渊明之所以能够坚持他的隐逸生活,坚持他的人生理念,是因为陶渊明有自己的心灵追求,而且陶渊明是在回归自然中得到了心灵的宁静和独立。当陶渊明得到这种宁静和独立之后，他对大自然的美也就获得了一种很鲜活的审美能力，这是陶渊明人生的收获，也是他在精神方面的一个支撑。我们后来回应他的诗心、感到共鸣的多是这一类的诗。我今天讲的，大家不要只从形式来理解，他是通过这样来得到内心的和谐的。"蔼蔼堂前林，中夏贮清阴。凯风因时来，回飙开我襟"，一切都是很美好的、很和谐的。我就想到南宋诗人陈与义有两句诗写得很有意思，写夏天的凉风："如何得与凉风约，不共尘沙一并来"（《中牟道中二首》其二）。他说这个风吹来固然很好，可是这个风吹来的时候会带来尘沙，这一点却不好。可是这就是人生，吹给你一阵凉风，里面有时候就会带着沙子。陈与义的这个境界没到陶渊明的那个境界，像陶渊明的境界才是高的境界，我们经常是在享受清风的同时去埋怨清风里面带来的沙子，可是陶渊明却达到了体任自然的境界。

接下来，陶渊明说"息交"，不跟外面四处有交游，而去"游闲业"，专注于诗书之业："卧起弄书琴"。同时，"园蔬有馀滋，旧谷犹储今"，他的生活也"营己良有极"，这样足够生活就很好了。"过足非所钦"，过多的东西并不是他所追求的。陶渊明这个人是值得提倡的，他不是跟和尚道士之流一起避世的，我们大体可以说，他是一个人间的人，是一个热爱田园、热爱家庭、热爱人伦的人，他是热爱生活、热爱生命本身的，所以"此事真复乐，聊用忘华簪"。可是最后一句他又说"遥遥望白云，怀古一何深"，他毕竟是一个读书人，他也有他的惆怅。

陶渊明最典型的神境诗就是"少无适俗韵"这样的诗，还有大家熟悉的"结庐在人境，而无车马喧。问君何能尔，心远地自偏"（《饮酒》其五）这样的诗，这简直是陶渊明神境的一个极致了。

古今以来好多人就直接认为这样的诗就是陶渊明，他们直接从这里入手，当然可以得到一种享受。可是我今天讲，陶渊明其实有"形""影""神"三个境界，陶渊明是从矛盾而得到和谐的，神境是与形境、影境联系着、转化着的。

陶渊明给我们的启示，并不是说人生可以避免矛盾，可以避免痛苦，可以避免失败，该有的、该发生的总是会发生；陶渊明给我们的启示在于如何解释我们的矛盾从而得到和谐。如何解释我们的矛盾从而得到和谐，这就是由"形""影"进入"神"的境界的过程，不是一次性就能完成的。按我个人理解，这是一个循序渐进的过程。但是陶渊明有一点不同，就是他不让自己停留在矛盾里面，不让矛盾伴随自己，而是总要达到自己的一个理性解释。陶渊明之所以能够吸引历代的文人，从根本来讲，也是因为这一点。因为他在他的诗歌里，在他的人生里实现了这种和谐，这一点随处都能体现出来。当我们上了一定的年纪以后，我们读他的诗歌，就会多多少少地感觉到一种共鸣。

今天我要讲的就是这些。谢谢大家！

安史之乱中的李白和杜甫

葛晓音

我们知道，李白和杜甫都是我国古代最伟大的诗人，也是唐代诗坛上最耀眼的两颗巨星，他们不但都生活在盛唐，都经历过安史之乱的巨变，而且曾经相遇相识，结下了深厚的友谊，留下了一段富有传奇色彩的佳话。闻一多先生曾经说，对于李白和杜甫的相遇，是"我们该当品三通画角，发三通擂鼓，然后提起笔来蘸饱了金墨，大书而特书"（《唐诗杂论·杜甫》）的一件大事。今天的讲座，我就想以这两位大诗人在安史之乱当中的遭遇为主，来谈谈他们的友情和相关的诗篇。

一、洛阳相遇和梁宋、东蒙之游

安史之乱以前，李白和杜甫就已经认识了，而且有过一段很愉快的交往。他们的友谊是从天宝初年开始的，唐玄宗天宝三载（744）的春天，李白和杜甫在洛阳相识，当时他们见面的时候两个人的差距其实是很大的。

先来看一下李白的情况。李白在天宝初年时，通过多种交游的渠道已经获得了轰动京师的名声。我们知道，李白是道教徒，所以他结交的也是像道士吴筠这一类的人；另外，最近的考证认为，他当时进入长安可能也得到了信道的玉真公主的推荐；根据史书，名士贺知章也是对李白大加推荐和奖誉的。所以皇帝知道了他的名声以后，就把他招到宫中，担任翰林待诏，这可以说是李白一生中最辉煌的时期。在宫中，皇帝曾经让他写过和番书，他还上过一篇《宣唐鸿猷》。据他的朋友魏颢《李翰林集序》所说，当时家家都藏有一本他的《大鹏赋》。秘书监贺知章称李白为谪仙人，还吟诵他的《乌栖曲》说："此诗可以泣鬼神矣！" 后来杜甫曾经写过一首诗《寄李十二白二十韵》回忆当初李白的情况，他说：

> 昔年有狂客，号尔谪仙人。笔落惊风雨，诗成泣鬼神。声名从此大，汩没一朝伸。

这个"狂客"指的就是四明狂客贺知章。从这首诗中可以看到，当时贺知章对推荐李白确实起了比较大的作用。时人还将贺知章、李白、汝阳王李琎、崔宗之等八人称为"酒中八仙"（关于这八人的说法不一样，但是前面四人即贺知章、李白、李琎、崔宗之是比较固定的）。杜甫曾经有一首很有名的诗《饮中八仙歌》，也有四句写到李白：

> 李白一斗诗百篇，长安市上酒家眠。天子呼来不上船，自称臣是酒中仙。

关于杜甫写的这件事情，后来范传正为李白写的墓碑和宋代的《新唐书》都有记载，只是说法有点出入。《新唐书》里记载，唐玄宗坐在沉香亭上，想要李白来给他写配音乐的诗篇，这时候李白正好跟那些酒徒在市集上喝得大醉，等把李白招进来以后，左右的人用水泼在他的脸上，待酒稍微醒了一点以后，李白拿起笔来就写成了，写得又漂亮又精当，所以唐明皇很爱他的才华，几次都在宴会的时候召见李白。另外，范传正在墓碑文里讲到，唐玄宗当时在白莲池上行船，召李白来写一篇序，这时李白在翰林院里喝醉了酒，唐玄宗就命令高力士把他扶上了船。这两种说法跟杜甫诗都有一点出入，我们知道杜甫和李白是同时代的人，而且他后来还是认识李白的，所以我想杜甫说的应该是更接近事实的。

从杜甫的诗还有这些后来的记载里，可以看到李白在长安的三年中曾经风光无限。但是到了天宝三载的三月，唐明皇突然下诏，赐金放李白还山，不让他在宫里继续待下去了，就是赐给李白一些金子，让他还是去当他的山人，到底是什么原因呢？这也是现在学界研究的一个问题。根据后来李白的朋友魏颢为他编《李翰林集》时写的序，是因为当时的大臣张垍向皇帝进谗言，李白自己也多次说到，他是被人毁谤才被皇帝放逐的。这个时候李白的心情非常不好，就好像大鹏折翼、天马堕地一样，还山以后他的处境和心情跟在长安宫廷里相比有了极大的落差。因为李白本来抱有很大的政治志向，他早年曾经写过一篇文章《代寿山答孟少府移文书》，说自己："申管晏之谈，谋帝王之术。奋其智能，愿为辅弼，使寰区大定，海县清一。""谋帝王之术"不是说李白自己要当帝王，而是说他希望像春秋时著名的丞相管仲和晏婴那样，为帝王谋划，替君王着想，要让帝王成为古代三皇五帝那样贤明的君主，所以他要"奋其智能，愿为辅弼"，尽自己的智慧和能力，当好君王的辅佐，使得天下安定清平。唐明皇在开元年间曾经是励精图治的，但到了天宝以后，他就逐渐懈怠了，政治越来越腐败。李白当时被放还山，使他从长安三年的迷梦当中惊醒过来，放弃了对朝廷的幻想，也看清了上层统治集团黑暗的内幕。他离开长安的时候，内心正处于一种非常失落也充满激愤的状态，这就是李白遇到杜甫时的精神状态。

杜甫又如何呢？杜甫比李白小十二岁，这个时候他三十三岁，在遇见李白之前，他的经历很简单。杜甫早年曾在吴越、东鲁漫游，开阔胸襟、增长见识。到了开元二十三年（735），他二十四岁，到洛阳去考进士，结果落榜了，但他也不在乎，又到河北、山东这些地方游历了几年之后回到洛阳，住在洛阳东面首阳山下的陆浑庄。遇见李白的时候，杜甫在洛阳已经生活了两年。

根据杜甫的回忆，他当时见到李白的时候，李白正是"乞归优诏许，遇我宿心亲"，"乞归优诏许"字面上是说李白自己要求离开宫廷，而皇帝对他很优待，就同意了，所以他才从宫里出来。这实际上是一种委婉的说法，因为并不是李白自己主动要求归山的。"遇我宿心亲"是说这次李白遇到"我"即杜甫，大家彼此都觉得特别亲切，这里是说李白和杜甫第一次见面就一见如故。接着杜甫又说"剧谈怜野逸"，李白很喜欢自己这个草野的逸人，又说"嗜酒见天真"，李白这个人很天真，又爱喝酒。这是初次见面的印象。

五月份的时候，杜甫的继祖母卢氏去世了，杜甫要回去处理丧事，于是两个人就约好，这次在洛阳见面以后，下次继续到梁宋一带去游览。"梁"指的是现在的开封，当时称汴州，"宋"就是商丘，天宝元年以后改为睢阳郡（今河南省商丘市睢阳区）。当时杜甫家里有私宅在汴州，他的祖母生前也住在此地。而和杜甫在洛阳分手以后，李白自己也到汴州去投靠他的一个族祖，他们就约好了在梁宋再次见面。杜甫处理好继祖母的丧事以后，秋天就和李白一起来到了梁宋一带，他们和另外一位盛唐大诗人高适一起共同度过了一段很快意的日子。高适也是盛唐的著名诗人，他的边塞诗写得非常好，现在文学史上谈起边塞诗派，一般都会举出高适和岑参这两位诗人。高适这个时候也很落魄,他基本上一直住在梁宋一带,这三个人的交游可以说是机缘巧合,也是唐代文学史上值得纪念的佳话。

这三人在一起都有些什么活动呢?杜甫晚年在夔州写的《遣怀》诗中回忆说:"忆与高李辈,论交入酒垆。两公壮藻思,得我色敷腴。气酣登吹台,怀古视平芜。"回忆当初结识了高适和李白,大家都很看重交情,一起进酒店去喝酒。这两位本来就非常有文采,结识"我"以后又更加畅快、喜悦,所以他们意气昂扬地登上了吹台,发怀古之豪情。"吹台"也是唐诗里经常写到的一个地方,是汉文帝的小儿子梁孝王所建的梁园里的一个平台,传说最早是"列仙之吹台",后来梁王又增加了一些建筑。可见,他们三个人一起到酒家去饮酒,谈诗论文,登台怀古,成为了文章知己。

另外,他们还相约去学习道教,去求仙。杜甫原来在洛阳的时候曾经给李白写过一首诗《赠李白》,他说:"李侯金闺彦,脱身事幽讨。亦有梁宋游,方期拾瑶草。""金闺"即"金马门",指的是皇帝宫殿里的一个门。意即李白是金马门的英才,现在你从宫里脱身去隐居,你也和我们约好了要去梁宋一带游览,我们期待到时候一起去采集仙人用的瑶草,就是要去求仙的意思。李白求仙学道是很认真的,何况这次他被皇帝放逐,对政治已经失望了,所以他和杜甫分手以后没多久,就在齐州(今山东省济南市)一个叫紫极宫的道观里接受了道箓,举行了入道的仪式,等于履行了当道士的正式手续,成为了一名真正的道士。杜甫也受到了李白的影响,曾去王屋山寻访当时一位非常著名的道士司马承祯的遗迹。当时他们两个人的确讨论过要去访道求仙。在三个人的这段交游当中,杜甫和李白就结下了很真挚的友谊。

大约在第二年即天宝四载秋天,杜甫又到兖州(今山东省济宁市兖州区)去访问李白,当时李白家在鲁郡的任城县(今山东省济宁市任城区），这次相见显然也是事先约好的。杜甫当时有一首诗《与李十二同寻范十隐居》，写他们两人这次在东蒙碰见后一起相处的愉快时光，这首诗稍微有点长，写得比较有意思：

> 李侯有佳句，往往似阴铿。余亦东蒙客，怜君如弟兄。醉眠秋共被，携手日同行。更想幽期处，还寻北郭生。入门高兴发，侍立小童清。落景闻寒杵，屯云对古城。向来吟《橘颂》，谁与讨莼羹？不愿论簪笏，悠悠沧海情。

这首诗首先称赞李白的诗歌写得非常漂亮，而且"似阴铿"。南朝有一个诗人阴铿，山水诗写得非常好。这里说李白的诗风非常清新，像阴铿一样。如今"我"也到东蒙这里来做客，"我"跟李白好得就像兄弟一样，喝醉了我们就合盖一床被子，每天拉着手一起出去游览。同时，"我"忽然又想起来，北门那个地方还有一个隐士"北郭生"，就是这首题目里的"范十"，所以我们一起去拜访他，等到找到这个人，大家兴致都非常高。而北郭生范十果然是一个很清高的隐士。这里杜甫说"侍立小童清"，他不直接说范十，而是说连他们家伺候他的小童也是很清高的样子，可见范十的人品更不同一般了。所以这三个人谈得非常投机，一直到太阳落山，都听到别人家捣衣的声音了，这个时候古城上也是一片暮云重重了，可见大家很投机，一直谈到了晚上。"寒杵"也是唐诗里经常写到的词汇，那个时候还没有棉布，而是生丝，要做衣服的话就必须在石头上捣软，弄光滑，才可以裁剪制衣。

  他接着说，"向来吟《橘颂》"，《橘颂》是屈原的一首诗，赞美独立的人格，历来为人们称赏。他又说"谁与讨莼羹"，"莼羹"也是有故事的。西晋有一个叫张翰的人，本来在朝做官，后来他看见秋风吹起，忽然想起家乡吴中一带的莼菜鲈鱼，于是就说："人生贵得适意尔，何能羁宦数千里以要名爵！"人怎么能够被官爵所束缚呢？他就辞官回去了。这个故事很有名，也是唐诗宋词里经常用的典故。杜甫这句"谁与讨莼羹"的意思是，能跟谁一起像西晋张翰那样到吴中去讨莼菜羹呢？就是说大家都不愿意做官。杜甫最后说，"不愿论簪笏"，特别是见到了像范十这样根本不愿意谈论官场的隐士，更让人动了"悠悠沧海情"，就是隐居沧海的心思。一般古诗当中都将隐居称为"沧海情"，来自于孔子的一句话："道不行，乘桴浮于海。"如果"我"的大道行不通的话，"我"就坐着木筏子到海上去漂流了。

李白也有一首诗记载这一次他们一起去找范十的经过，写得更好玩，叫《寻鲁城北范居士失道落苍耳中见范置酒摘苍耳作》，写自己去找范十的路上摔到了一个苍耳丛中，苍耳上面有很多小刺，于是他浑身都扎满了苍耳子，等跑到范十家里，大家就哈哈大笑，这首诗写得很幽默。

在这两个人的交流中，杜甫的眼光始终不离开李白，可以看出来，杜甫是非常崇拜李白的，同时期他还写过一首《赠李白》：

> 秋来相顾尚飘蓬，未就丹砂愧葛洪。痛饮狂歌空度日，飞扬跋扈为谁雄？

杜甫虽然比李白年轻，当时也不一定能够理解这个时候李白心中的震荡和痛苦，但是他对李白的心情还是有所察觉的。这次见面，他看到李白仍然还是像飘蓬一样没有归宿，也没有像先前所说的要去学仙炼丹，而是每天都在喝酒狂歌、虚度光阴，所以他说，你整天这样神采飞扬，游戏放浪，究竟是为什么呢？这个"飞扬跋扈"指的就是李白趾高气扬的样子，没有太大的贬义。这首诗其实就是和李白开玩笑，杜甫很喜欢用七绝写一些开玩笑的诗。前人都说这首诗是杜甫为李白画的一幅肖像画,这当然是不错的,但是我们也可以从这首诗里看到,杜甫对李白当时的精神状态是非常关切的。这次东蒙告别以后,李白也曾有两首诗送给杜甫,其中一首就是他离别时写的《鲁郡东石门送杜二甫》,是在鲁郡东边石门这个地方送别杜甫,他说:

> 醉别复几日,登临遍池台。何时石门路,重有金樽开?秋波落泗水,海色明徂徕。飞蓬各自远,且尽手中杯!

诗中说,我们两人在齐州醉倒后,才分别没几天就又来到了兖州,这次我们游遍了当地的风景名胜,所以盼望什么时候我们还能够在石门再次聚会。最后李白就感叹,两个人要分开了,一个去泗水,还有一个留在徂徕山,大家都像飞蓬一样地各自飞远了,所以临别的时候我们且干尽了手中这一杯吧,可见当时李白对杜甫确实还是一往情深的。杜甫走了以后,李白又来到了沙丘,就是现在的山东临清县,他又写了一首《沙丘城下寄杜甫》:

> 我来竟何事?高卧沙丘城。城边有古树,日夕连秋声。鲁酒不可醉,齐歌空复情。思君若汶水,浩荡寄南征。

李白说自己在沙丘城非常地寂寞,看着城边的古树,在日落的时候秋声萧飒,他就不由得想起了离开的杜甫。可是鲁地的酒很薄,是没法让人喝醉的,而听着齐歌——据说齐这个地方歌唱得很好——但是唱得再好也是空自有情,不能够解开"我"自己的愁怀。那么"我"为什么心情这么不好呢?因为"我"对你的思念之情,就好像汶水一样浩荡南下,不可遏制,可见李白对杜甫的感情还是非常真挚的。这次分手以后,因为杜甫和李白两个人的人生道路不同,他们就再也没有机会见面,但是梁宋、东蒙之游给杜甫留下了终生难忘的回忆,后来杜甫在很多首诗里都提到了这次交游。以上就是天宝年间李白和杜甫相逢相识的经过。

二、普安郡诏和李白"从璘"事件

下面开始正式进入"安史之乱",讲第二件比较重要的事情——普安郡诏和李白"从璘"事件,以及他们两个人的遭遇。先简单说一下李白、杜甫分手以后他们各自的经历。李白当时是在梁宋和齐鲁这一带,即河南山东这一带,徘徊了十年,写了很多抨击朝廷政治腐败的优秀篇章,可以说这十年是他创作的高峰期。到天宝十三载(754),他决定南下,到江南这一带去周游。不久之后,"安史之乱"爆发,他就跑去庐山隐居,这是李白大致的经历。

而杜甫跟李白分手以后,还曾满怀希望进入长安,但是他在这个十年里却是连续地遭遇挫折。比较大的两次挫折,一次是在天宝六载,当时皇帝下诏让天下的贤才都来考试,杜甫也去考了,同时还有几个很有名的诗人比如元结也去考了。但是考完以后,当时的宰相李林甫一个都不取,还给皇帝上书,恭喜皇帝说现在"野无遗贤",天下人才都被皇上您搜罗干净了,草野之间已经没有什么人才了。第二次受挫折是天宝十载,皇帝要举行祭祀天地、祖宗和老子的三大祭礼,杜甫认为这是一个机会,就很用心地写了三篇赋——《三大礼赋》,还想办法求人去投递,好不容易送到了宫里,皇帝还真看上了,觉得他的赋写得不错,就把他招进宫,让宰相当场试他的文章,看看他是不是真的有才。据杜甫自己对这件事情的回忆,他说当时很多官员都围在旁边,当场看他落笔写文章,这是杜甫觉得非常自豪的一件事情。但是之后却因为宰相的阻挠,他还是没有得到仕进的机会。过了一段时间，朝廷授予他河西尉这个小官，但是唐人特别是盛唐文人，是最不喜欢当县尉这种官的，因为县尉管刑法、军事，是要打人抓人的，所以杜甫就坚决不干。后来又给他换了一个右卫率府兵曹参军的职务，就是一个给兵器库看大门的很小的官职。不久之后，杜甫就遭遇了"安史之乱"。

这场大乱使得李白和杜甫两个人的命运都发生了重大的变化，这个重大变化的起因跟"普安郡诏"有关，因为这份诏书关系到当时唐明皇和他的儿子即后来的唐肃宗父子两代之间的矛盾。这里先讲一讲这个事情的背景。天宝十五载（756）安禄山攻破潼关，唐明皇仓皇出逃，在西逃的过程中，发生了著名的"马嵬事变"，护驾的军队在马嵬哗变，杀死了杨国忠，逼迫唐明皇处死了杨贵妃，军队才答应继续保护他往西走。等走到甘肃地界的时候，唐明皇的儿子——当时的太子李亨就留下来，不愿意再继续走了，他说要留在这儿组织军队来抵抗叛军，唐明皇当时不得已就同意了，于是李亨就留在甘肃灵武这个地方，即现在的甘肃灵武市，而唐明皇自己继续往西南走，一直逃到了成都。这年八月份，唐明皇经过剑州普安郡（治所在现在的四川省剑阁县普安镇）的时候，李亨已经在灵武即位，成为新的皇帝了，唐明皇得到这个消息以后，就派了两个宰相到灵武去传国宝和玉册，承认这个新皇帝，这两个宰相当中有一个就是房琯。房琯跟杜甫关系很好，两个人是布衣之交，他在普安郡的时候向唐明皇建议"制置天下之诏"，就是下一份诏书，诏书的主要内容就是让唐明皇的几个皇子分别去担任各地的节度使。房琯到了灵武以后，先去传国宝玉册，因为房琯这个人名气很大，刚开始的时候唐肃宗对他还比较礼遇，后来北海太守贺兰进明向唐肃宗进谗言，他说房琯曾为唐明皇制定普安郡诏，目的是让各个皇子来掌握各地的大权，分守重镇，反而让您这个太子待在这么边远偏僻的地方，可见他对上皇很忠心，对陛下您并不忠心，这样一来就等于直接挑明了唐明皇父子之间的矛盾，于是唐肃宗从此就很厌恶房琯。这件事情就好像是"安史之乱"中埋下的一个政治地雷，使得唐朝的大臣分成了两派，一派是随着唐明皇到成都去的旧臣，另一派是随着唐肃宗在灵武登基的新贵，而李白和杜甫的命运转折都和这件事情有关。

接下来说李白的"从璘"事件。在普安郡诏书中，皇子都分兵镇守各地，当时有一个皇子永王李璘被任命为四道节度使（山南、江西、岭南、黔中），皇帝让他带兵顺着长江东下。又因为李白当时名气很大，李璘听说李白在庐山，就给李白下了征辟的书信，而且三次发信邀请他出山。李白当时正密切地关注着动乱的形势，也正为自己报国无门而焦急，所以他收到李璘的聘书以后，出于挽救天下危亡的一片热情，参加了永王的军队。

永王当时驻镇江陵，手里的兵权很大，而且江淮地区的租税、赋税也全都堆积在江陵。李璘的儿子一看这种情况，再加上李璘周围也有一帮人劝说——现在天下大乱，但主要乱在中原、关中一带，南方很平安，又有这么多的财税——他们就建议李璘去占据金陵（今江苏省南京市），等像东晋那样把江南占了，以后的事情就好办了。这明显就是和唐肃宗分庭抗礼，唐肃宗听到这个消息，就下令让李璘回成都，李璘抗命。当时的江陵长史李岘很聪明，他一看情况不好，就借口生病辞了官，自己跑到灵武去见唐肃宗，唐肃宗就去招高适来商量。为什么要招高适呢？这里要对他的情况做一点补充说明。

高适和李白、杜甫原来在梁宋之游中是好朋友，和李白、杜甫分手以后，他就一直在梁宋一带，本来也非常落魄，后来好不容易得了一个封丘县尉的官，但是他说"鞭挞黎庶令人悲"，整天就是打老百姓，他不愿意做这个官,就辞官了。到了天宝后期,他也一直这么落魄,跟杜甫依然有点来往。高适这个人比较正直,他有政治头脑,也有军事才能,安史之乱之前,他去投奔哥舒翰,做了幕府书记,哥舒翰守潼关的时候他也在,哥舒翰打了败仗,安禄山的叛军冲进了潼关,潼关失守以后,高适就只好往西逃,在路上遇到了也在往西边逃跑的唐明皇的仪仗,他就跟着唐明皇到了成都,被任命为侍御史、谏议大夫,但是在制定普安郡诏的时候,高适坚决反对房琯让各个皇子分别镇守各地的主张。所以当唐肃宗听到永王叛变时,他知道高适是反对普安郡诏的,就把他招来议事。

高适分析了江南的重要性,并断定李璘肯定会失败。唐肃宗就派高适担任淮南节度使,统领广陵(今江苏省扬州市)等十二个郡,和另外两个节度使一起去讨伐李璘。很快李璘就失败了,这个时候李白逃到江西的彭泽县,被关在浔阳的监狱里。当时有两位官员——崔涣和宋若思,他们觉得李白很可惜,就想为他洗刷罪名。宋若思当时的官职是御史中丞,他在带兵去河南的路上经过浔阳,就把李白放了,还请李白给他参谋军事,同时他还向皇帝上书说李白是一个可用之材,但是朝廷根本就不回答。到第二年李白还是因为胁从永王璘的罪名,被长久地流放到夜郎了,幸好在流放夜郎的半路就遇到了大赦,回到了江夏(今湖北省武汉市)和岳阳。后来他又去了金陵、宣城还有溧阳,在现在的安徽和县这一带来往,最后他病死在安徽当涂他的族叔李阳冰家,去世时六十二岁。

李白从璘这件事可以说是他一生中非常大的事情了,以前的诗论家、历史学家都对这件事情有所评论,也多有争议。宋代的人就批评李白说:"诗人没头脑至于如此。"(罗大经《鹤林玉露·卷六》)说他怎么这么没脑子,居然会跟永王璘造反。而更多的人还是为李白辩护,说他是被永王胁迫的,李白也在一些回忆这件事的诗篇里说自己是"迫胁上楼船"。当然我们说这只是他失败以后的自我辩解。我觉得从李白当时写的诗篇来看,他更多的是在理直气壮地申诉自己从璘的理由,他说当时就是因为天下大乱,他希望能够施展才能,廓清中原,所以才跟随永王璘。这些诗都很长,我只截取其中一些比较重要的能说明他当时精神状态的句子。比如他在《南奔书怀》里说:

  秦、赵兴天兵,茫茫九州乱。感遇明主恩,颇高祖逖言。过江誓流水,志在清中原。拔剑击前柱,悲歌难重论。

这里他用了"祖逖"的典故,这是一个非常有名的历史故事。在西晋末年北方少数民族入侵中原的时候,祖逖率领他的亲人朋友到江淮一带去避乱,他当时被朝廷授为奋威将军、豫州刺史,后来他在公元317年率部下北伐,渡江时中流击楫,就是拍击船桨,说:"祖逖不能清中原而复济者,有如大江!"就是立志收复中原的意思。所以他的北伐得到了各地人民的响应,几年以后就收复了黄河以南的大部分领土,使得石勒再也不敢南侵了。另外李白这里说"感遇明主恩",就是感遇君王的圣恩,他也希望像祖逖一样"过江誓流水,志在清中原",正是出于这样的目的,所以李白才追随了永王璘的军队。

另外还有一首,就是他流放到夜郎途中写的《经乱离后,天恩流夜郎,忆旧游书怀赠江夏韦太守良宰》,他回忆自己被流放的这件事情,解释当初为什么要跟从永王璘:

  白骨成丘山,苍生竟何罪?函关壮帝居,国命悬哥舒。长戟三十万,开门纳凶渠。公卿如犬羊,忠谠醢与菹。二圣出游豫,两京遂丘墟。……人心失去就,贼势腾风雨。……半夜水军来,寻阳满旌旗。空名适自误,迫胁上楼船。徒赐五百金,弃之若浮烟。

辞官不受赏,翻谪夜郎天。

他的意思就是说,当时叛军攻入中原以后,老百姓的尸骨都堆成了山,整个国家的命运就悬在哥舒翰一个人身上,但是潼关又失守了,虽然哥舒翰带了几十万的军队,却等于是打开了关门,放入了这帮叛逆。这些叛逆攻破两京以后,把朝廷大臣都当奴婢、犬羊一样地使唤,而那些忠心耿耿的人都被他们杀了,剁成了肉酱。这时两个皇帝都出游了,两京也变成了废墟,天下的人心都不知道归到哪里,而贼势又像狂风暴雨一样席卷过来。在这样的形势下,"我"在庐山这个地方发现半夜突然有水军过来,就是永王璘的水军,而浔阳插满了唐朝军队的旗子。因为"我"有点虚名,所以被虚名耽误,人家就胁迫"我"上了永王的楼船。永王还赐给"我"五百金,可"我"根本就不要,"我""辞官不受赏",结果反而还把"我"贬谪到夜郎去了,他是觉得很冤屈的。他的意思就是,他参加永王的军队,既不是为了财富,也不是为了官职,就是因为在当时人心没有归宿的情况下,只有永王远道前来,自己就只好到永王的军队当中去寻求报国的机会了。

但实际上联系李白在跟从永王时期写的那些诗歌来看,可以看出,李白并不是被胁迫的。他写过一组《永王东巡歌十一首》,这十一首七绝写得非常好,诗中李白以唐太宗建立功业的精神去鼓励永王,他说:"我王楼舰轻秦汉,却似文皇欲渡辽。"就把永王水军的楼船沿江东巡比作是唐太宗当初去打高丽。李白还说:"初从云梦开朱邸,更取金陵作小山。"这就更明显了,说永王您先在江陵这个地方去开王子的府邸,下一步就可以去占领金陵了,这在唐肃宗看来不就是一个叛逆的计划么?但是这些诗李白都写得非常意气风发,一点都不勉强,这就说明李白当时对永王实际上是暗含着挽回国运、成就大事的希望的。从唐代历史来看,唐太宗、唐明皇原来都不是法定的太子,都是在平定叛乱当中成为皇帝的，所以李白就算有这种想法，就算是希望永王成就大事，在今天来看也不算是什么叛逆。只不过李白错误地估计了当时的形势和永王这个人，永王并不是他所期望的中兴之主，只是一个平庸无能的野心家，成则王侯败则贼，李白的悲剧就这样产生了。

李白的失败可以说再次证明了他在政治上太过天真的弱点，也正因为这样，他对于自己"从璘"这件事情的严重性也一直估计不足。他刚刚被宋若思释放，就要求宋若思为他向朝廷上书，在他自己写的《为宋中丞自荐表》里就说，希望朝廷"收其希世之英，以为清朝之宝"。李白是这么天真，他最可贵的地方就在于他始终满怀着救国救民的热情，甚至他后来被关在监狱里了，也并不计较个人的恩怨。这里我想举一首诗，我觉得这首诗非常感人，就是李白的《送张秀才谒高中丞》，当时他听说有一个张秀才，要献给高适一个灭胡的计策，李白觉得自己认识高适，所以就给他写推荐信，诗中有这样一段话：

> 高公镇淮海，谈笑却妖氛。采尔幕中画，戡难光殊勋。我无燕霜感，玉石俱烧焚。但洒一行泪，临歧竟何云。

高适当时跟李白是什么关系？高适是带着兵来剿灭永王的人，是抓李白的人，已经不再是当初的朋友了，但是李白毫不在意，他说只要高适能够用"你"的计策去消灭胡寇的话，哪怕"我"这次玉石俱焚，"我"也不会感到冤屈。"我无燕霜感"用的是《淮南子》中的一个典故，就是很有名的邹衍，本来对燕惠王很忠心，但是燕惠王左右的人说邹衍的坏话，燕惠王就把邹衍关起来了，邹衍因为很冤屈就"仰天而哭"，当时五月的夏天还为此降下霜来，李白这里用这个典故来说明自己也很冤屈，但是只要高适采用了张秀才的计策的话，"我"就不会再感到冤屈了。后来李白出来以后，还曾经给当时的布衣丞相张镐写了一首诗，《赠张丞相镐二首》其二，向他表示自己希望能够去从军杀敌的志愿，他说：

> 抚剑夜吟啸，雄心日千里。誓欲斩鲸鲵，澄清洛阳水。

自己天天夜里都抚着宝剑吟诗，希望能够参加平定叛贼、澄清洛阳的大业。一直到临死的前一年，这时候李白年纪已经很大了，但还想参加李光弼的军队去平定史思明之乱。李白这种为国献身的赤诚愿望、不计个人恩怨的高尚品格和百折不挠的进取之心，是李白最伟大的精神。

三、房琯罢相和杜甫被贬

说完了李白受普安郡之诏的影响，我们再看杜甫，也同样受到了这次普安郡诏的影响。普安郡诏，房琯是主要的建议者，而杜甫又跟房琯关系很好，后面就发生了房琯罢相、杜甫被贬等一连串的事情。

在潼关还未陷落的时候，杜甫本来已经回到了老家奉先，带着家人准备要逃难了，他先是到白水县投奔他的舅舅，这个舅舅当时在白水当县尉。到至德元年（756），潼关陷落以后，关中大乱，杜甫就带着他的家眷离开了白水，经过彭衙、华原、三川，把家安在了鄜州，即现在陕西的富县，杜甫自己则打算到灵武去投奔唐肃宗。杜甫一直往北走，打算从延安到灵武去，半路上遇到了安禄山贼军，就被裹挟到长安。不过当时他的地位比较低，也没有太大名气，不太受重视，所以他到了长安以后虽然行动不太自由，但也没有像其他被俘虏的官员一样被关押起来，甚至被逼迫接受安禄山的伪职。杜甫当时还是可以在长安城里来往的。这段时间是杜甫诗歌的一个高峰期，他亲眼见证了长安沦陷之后的惨状和当时叛军的嚣张气焰，写下了大量反映叛乱现实的优秀诗篇。

到第二年的四月，杜甫逃出长安，历经千辛万苦，走小道到了唐肃宗的行在——当时他的行在已经从灵武搬到凤翔县了——于是就被任命为左拾遗，但是两《唐书》记载说是"右拾遗"，学界已经考证过，两《唐书》的记载是不对的。杜甫和房琯在布衣的时候就有交情了，而这时房琯在朝任丞相。房琯在至德元年十月的时候，曾经带兵在陈涛斜这个地方和安禄山的叛军打过一仗，输得非常之惨。房琯是个书呆子，他任用的也是一个书生气十足的刘秩，叛军是骑兵，他居然用战国时候的战车去对付骑兵，唐军当然就惨败了，四万人阵亡。杜甫有一首很著名的新题乐府《悲陈陶》，就是写这件事情的，诗中说"四万义军同日死"，是非常沉痛的，这么大的数字，这么多的士兵，一天之内就全部死光了。杜甫虽然跟房琯的交情很好，但是对他的这次惨败毫不留情地进行了批评。这么大的一场败仗，唐肃宗本来是可以借此罢免房琯的，但当时李泌出面营救，李泌曾待诏翰林，供奉东宫，和唐肃宗关系很好，又在平定安史之乱当中立过大功，所以唐肃宗就原谅了房琯。

同年五月，房琯的门客董庭兰被御史奏本贪赃枉法，牵连到了房琯，房琯就被罢免相位，改任太子少师。因为杜甫是谏官，职责就是向皇帝提意见，所以他就去向皇帝上书，说"罪细不宜免大臣"，认为这点小罪又不是房琯本人的，只不过是他门客所犯，不应当因为这样的事情来罢免大臣。不料肃宗特别生气，就下诏让他到三司去推问。"三司"是当时的刑部、御史台、大理寺，都是可以起大狱的机构。万幸宰相张镐相救，说假如陛下您现在治杜甫的罪，那就断绝了言路，大家都不敢说话了，这样皇帝才免予治罪，而杜甫还是当他的左拾遗。

不过皇帝很不高兴，说杜甫你就回家探亲去吧，这就是杜甫后来著名长诗《北征》的起因了。

房琯罢相这件事情，我们要分析一下它的背景。至德二载时房琯罢相不是一件孤立的事情，主要还是跟至德元载十二月永王李璘起兵有关，正是因为这一年十二月永王璘起兵、第二年兵败，才引起了唐肃宗一连串罢免唐玄宗旧臣的行动。唐肃宗罢免的人全都是唐玄宗的老臣：他三月里先罢免了韦见素，这是跟着唐玄宗入蜀的一个朝臣；还有裴冕，是普安郡诏上第一名的宰相；另外还有崔涣，是唐玄宗派给唐肃宗的一个宰相。等这些唐玄宗的老臣都被罢免以后，唐肃宗首先起用了苗晋卿，此人原来得罪过玄宗，是玄宗很讨厌的人；肃宗还提拔了李岘，也就是辞官来奔的原江陵长史。到五月份，房琯被罢，八月份，另外一个宰相崔涣也被罢，玄宗派来的大臣中就没有一个当宰相的了。可以看出，肃宗拿玄宗的这些旧臣开刀，实际上就是向他父亲做出一种姿态，玄宗派李璘出兵才导致了李璘叛变，唐肃宗现在这么做，就是要否定普安郡诏，要发泄他对玄宗的愤怒。但是杜甫上书的时候却搞不清背后的这些问题，他说"罪细不宜免大臣"，反而一下子触到了唐肃宗的痛处，所以唐肃宗恼羞成怒，以至于房琯被罢宰相好歹还是个太子少师，而救房琯的杜甫反而差点被送去受刑。

这是房琯的第一次被贬，再看他的第二次被贬。至德二载十月，此时洛阳、长安都收复了，朝廷搬回长安，杜甫也跟着朝廷把家眷都搬到了长安。十二月，玄宗也回来了，成为了太上皇。次年就改元乾元（758年）。六月，唐肃宗又开始第二次罢免房琯和他周围的一批人。首先的理由是房琯经常称病不上朝，其次说房琯和刘秩、严武这些人交结朋党——严武也是杜甫的好朋友，后来杜甫到草堂后，主要就靠严武照顾——于是肃宗就把房琯贬为邠州刺史，把刘秩贬为阆州刺史，严武贬为巴州刺史，杜甫也因此受到牵连，被贬为华州司功参军。

房琯前一年已经被贬过一次了，一年以后又被贬，有没有他自己的原因呢？有。他是个文官，名声很大，又喜欢招引宾客，他又看不起一般的庸俗的人，本来就招人忌恨，况且又不懂用兵，还非常自信，重用了刘秩这样的书生，导致了陈涛斜的惨败，战败以后他还经常称病不上朝，每天就和宾客们谈论老庄、佛教，或者听他的门客董庭兰弹琴，甚至被贬了以后还照常不改，这些问题是早就存在的。但是为什么房琯打败仗的时候唐肃宗不贬他，七个月以后才处置他，等回到长安以后又把他贬到外州去呢？至德二年的五六月份唐肃宗回到长安以后两次大规模地罢免跟随玄宗的旧臣，除了刚才讲的房琯、刘秩、严武之外，还有一批人，比如贾至、宰相张镐、李麟、崔圆等，这些全都是玄宗的人，统统被罢免了。除了因为他们和肃宗手下的新贵李辅国等人之间的矛盾之外，更重要的还是因为玄宗回到长安以后，在不同的政治集团当中引起了不同的心理反应。肃宗非常清楚，房琯的情绪代表着朝野心向玄宗的一股巨大的社会力量，玄宗虽然当时已经退居为太上皇了，但毕竟曾是五十年的太平天子，在朝野的影响不可低估，而且他手下的那些旧臣也都不满足赏赐的空名了，他们也要和那些新贵争实权。房琯家里天天宾客盈门，他的党徒又在到处宣扬说房琯应该有大用。同时玄宗自己也不太甘于寂寞，有些政治上的事还要过问，唐肃宗毕竟是儿子，又不能不做些让步。唐肃宗心里就非常不满意，也很清楚这样下去对自己的统治有潜在威胁，所以就有了六月份开始大规模排斥玄宗旧臣的行动。后来肃宗手下的一个太监李辅国，也是当时的一个权臣，还制造了一起事件，他说太上皇和外面的人擅自往来，而太上皇手下的高力士和陈玄礼（即发动马嵬驿事变的将军）都图谋不轨，想要不利于现在的皇上，结果就用武力把太上皇搬到了西内这个冷僻的宫殿里。李辅国之所以敢这么做，就是因为他猜透了肃宗的心事。

杜甫在普安郡诏引起的风波中两次受到牵连，甚至差点被发落到三司去推问，后来就被贬到华州去当司功参军，实际上成为了最高统治者之间钩心斗角的牺牲品。所以他在被贬华州的时候，就不能不思考背后的真相。他曾写过一首七律《望岳》，表面上是写华山的险要，实际上寄托了他的不平和愤慨：

> 西岳崚嶒竦处尊，诸峰罗立似儿孙。安得仙人九节杖，挂到玉女洗头盆。车箱入谷无归路，箭栝通天有一门。稍待秋风凉冷后，高寻白帝问真源。

诗中首联说，华山号称"西岳"，地势非常险要，地位也很尊贵，周围山峰罗立，就好像它的儿孙一样。古代传说华山上有明星玉女，要是能够喝到她手里捧的玉浆，就能够成仙，而在她的祠堂前头，有五个石臼，号称"玉女洗头盆"。颔联的意思就是，"我"什么时候才能够拿到仙人的拐杖，借此一直登到山顶去找仙女呢？颈联的"车箱谷"是华山的一条深谷，"箭栝岭"是岐山山岭的名字，这里主要是借用岐山的箭栝岭来形容华山的险峻。

后半首字面上的意思是说，华山的路非常深远、险峻，进去以后就没有归路，通天也只有一门，所以要等秋风起来，天气稍微凉一点以后，再去寻找白帝寻访道源。白帝是管西方的，华山又称西岳，所以要去找管西岳的白帝问一问真正的根源。但是我们看，这首诗里把西岳和各个山峰的关系比作是至尊和儿孙的关系，很容易让人联想到朝廷的君臣关系，而车箱谷和箭栝岭的深和险，实际上也暗中寄寓了杜甫一去华州就再也没有可能重新回到朝廷的意思。古人拉弓时箭要搭在弓上，扣弦的地方叫"栝"，杜甫就借用"箭栝岭"这个名字来形容这一路非常险恶，"我"想要通天，虽然通天还有一个门，但是一路上箭栝森列，没办法攀登。而这首诗结尾的意思我们就更不难理解为，等目前的政治迫害稍为冷却一点以后，"我"一定要寻找时机去向皇帝问清楚，这次被贬的真正根源是什么。实际上这首《望岳》就暗寓了这样一层意思，而且杜甫的很多诗也是面上一层意思，背后一层意思，往往有双关的含义，《望岳》这首诗我认为也是如此。

由此可见，当时杜甫内心非常不服，这次被贬对于杜甫是一次极大的冲击，促使他的君臣观念发生了很大改变。我们知道，宋人很喜欢讲杜甫的忠君观念，而在杜甫早年的诗中，他对君王确实是抱着"葵藿倾太阳，物性固难夺"的想法的，"我"忠于朝廷的心就好像葵和藿（即始终朝着太阳转的胡葵叶子和豆叶），"我"的天性也和葵藿一样，始终是忠于君王、忠于朝廷的，而且他始终希望自己能"致君尧舜上，再使风俗淳"，希望自己能够让皇帝成为像尧舜那样的明君，让天下的风俗变得淳朴，这是他的政治理想，也是一种儒家的社会理想。但是到了后期，杜甫的诗歌越来越多地批评皇帝的昏庸无能，这是因为唐肃宗当年拨乱反正，本来还是个中兴之主，但是残酷的政治斗争在杜甫的心中已经彻底抹掉了唐肃宗这位中兴之主头上的光环。这件事情对杜甫一生影响非常大，特别是到了晚年漂泊西南的时期，他写了很多的诗，不断回忆他这一次政治经历，他还写过一些诗寄给房琯、贾至等当时被贬的一些人，也是反复提到这次被贬的经历，可见这次事件对他一生的影响和对他思想的震荡是非常之大的。

杜甫被贬到华州以后，他的心情非常压抑愤慨。这一年杜甫来往于华州和洛阳之间，这时发生了一件大事，本来官军已经差点要收复河北了，然而出了一些差错，官军在河南相州大败，九节度使的联合军队全都被打败。于是军队四散，官军只好沿路又抓壮丁，杜甫亲眼看到了这样的现实，就写下了他最有名的"三吏三别"这组感人的名作。经过痛苦的反思，杜甫最后终于在乾元二年弃官而去，连华州司功参军也不做了，从此就走上了漂泊西南的人生道路。

四、杜甫怀念李白的诗歌

前面主要讲普安郡诏对李白和杜甫的影响，可以看到这样一次政治事件对这两位伟大诗人而言，直接关系到他们后半生命运的转折，影响非常之大。在最后一部分，我想讲一讲杜甫怀念李白的那些诗歌。杜甫和李白因为不同的原因被卷进了同样一个政治事件中，普安郡诏引出的朝廷政治风波不但改变了他们的命运，也促使杜甫更加深了对李白的思念。他们在鲁郡分手以后，虽然再也没有见过面，但是杜甫曾经在不少诗里都提到过李白，只要有朋友可能是往李白那儿去的，他就一定会托朋友寄去问候。天宝十三载（754），李白南下吴越，杜甫就一直对他念念不忘，比如他在《冬日有怀李白》里写道：

寂寞书斋里，终朝独尔思。更寻嘉树传，不忘角弓诗。

杜甫写诗比较喜欢用典故，这里用的是《左传》的典故。春秋时候各国使者来往，都要赋《诗经》里的诗句，借所咏的诗来说明自己要表达的意思。《左传》记载，韩宣子出使鲁国时，就赋了《角弓》诗，而且在宴会上赞美"嘉树"，鲁国的季武子就赋《甘棠》诗回报他，因为《甘棠》是写兄弟之情的，季武子是说"我"不会忘记您韩宣子。杜甫借用这个典故，就是表达自己不会忘记和李白同游齐鲁的兄弟之情。

《春日忆李白》则是杜甫回忆李白的一首特别著名的五律,也是杜甫的一首名作,诗中说:

> 白也诗无敌,飘然思不群。清新庾开府,俊逸鲍参军。渭北春天树,江东日暮云。何时一樽酒,重与细论文?

这首诗可以说阅尽上下古今,对李白的诗风和成就做出了极高的评价。他说李白的诗歌是天下无敌的,他的诗思飘逸也不是一般人可比。杜甫概括他的诗风,一个是"清新",一个是"俊逸",还拿了两个人来做比较。第一个是"庾开府",就是北朝著名诗人庾信,他在文学史上的地位很高。庾信原来是梁朝的大诗人,后来出使到北朝的时候就被扣留在西魏,后来又从西魏进入北周。他扣留在北朝时虽然做了大官,但是心里非常痛苦,觉得自己背叛了故国。在唐代尤其是初盛唐的时候,没有人给庾信说好话,令狐德棻早就已经给庾信定了性,说他是"词赋之罪人"(《周书·文学传序》),因为庾信在南朝时写的诗都太过于漂亮华丽,不过我们现在看到的庾信诗大部分是他北朝时留下来的作品,不但诗风清新,而且已经有了北朝苍凉刚健的气息,杜甫可以说是唐朝第一个为庾信翻案的人,他这里就用庾信来比喻李白的诗风。第二个"鲍参军"指的是南朝刘宋时期的诗人鲍照,这个人的诗风非常俊逸。而杜甫说李白是清新、俊逸,兼有两家之长,他认为这是李白的主要代表风格,这一点杜甫讲得非常到位。

下面杜甫又说:"渭北春天树,江东日暮云。"他说自己身在渭北,看到春天的树返青了,就想到了现在身在江东的李白。他想象李白这时身在江东,看到日落时候天边的云彩,他应该也是在想念"我"吧。李白也写过一首诗《送友人》,其中有两句:"浮云游子意,落日故人情。"这一首也是李白的名作了。汉魏诗里经常用"浮云"比游子,说游子像天上的浮云一样游踪不定；而"落日故人情"是写太阳落山的时候，诗人发觉光阴流逝得很快，想到光阴的流逝，而朋友又不能长久相聚，难免会有所感伤。这里杜甫也是用"日暮云"来概括对李白的思念。同时也表达了"何时一樽酒，重与细论文"的希望："什么时候我们还能在一起讨论文学呢？"从这里也可以看出杜甫对李白深深的思念和敬佩之情。

自从李白因从永王璘而被关到监狱、流放夜郎以后，这段时间里杜甫不知道他的境况，以为他可能已经死了。而杜甫弃官以后，先是在秦州（今甘肃省天水市附近）寄居了一段时间，又因为消息不通，只听到一些传闻，所以他对李白的命运非常担心，写下了像《梦李白二首》《天末怀李白》《寄李十二白二十韵》等多首名作，我们来读几首非常感人的作品。首先看一下《梦李白二首》其一：

> 死别已吞声，生别常恻恻。江南瘴疠地，逐客无消息。故人入我梦，明我长相忆。恐非平生魂，路远不可测！魂来枫林青，魂返关塞黑。君今在罗网，何以有羽翼？落月满屋梁，犹疑照颜色。水深波浪阔，无使蛟龙得！

李白被判刑的时候已经五十八岁了，以后能不能生还，是没法预料的。这首诗开头杜甫强调的就是这一点，李白去的是江南瘴疠之地，就是湖南、贵州一带，在唐代，那些地方瘴气很重，古人认为到那个地方就会生疫病。李白一点消息也没有，生死不明，杜甫就难免魂牵梦萦。本来这首诗是写自己梦见李白，可是杜甫反而感谢李白，说："故人入我梦，明我长相忆。"感谢李白深深地了解自己的相忆之情，还远道来看望自己，你的样子又好像和平生的样子一样，好像是故人还活着似的。随后，杜甫忽然想到李白怎么能前来，心里又惊又疑，他说：

"恐非平生魂，路远不可测。"路这么远，你怎么可能跑来看我呢？恐怕来的已经不是活人的魂了吧，这又是怀疑故人可能已经永别了。我们看他写这样一个从欣慰变成猜疑的心理过程，既像是梦中对于故人的问询，又像是醒后自己的反复思量，杜甫的思念之苦就在这种惶惑不安的心理变化当中得到了充分的表现。

下面杜甫写这个梦境的展开，就想象说，既然你是从大老远来的，那么你来的时候一路上见到的又是什么样的情景呢？"魂来枫林青"就是接着"路远不可测"来的，杜甫想象李白来的时候应该经过了江南青青的枫树林，这句用得非常好，他用的是《楚辞·招魂》里几句特别有名的诗：

> 湛湛江水兮上有枫，目极千里兮伤春心。魂兮归来哀江南！

杜甫用了"魂来枫林青"区区五个字，就把这一段的意思都包含在内了，熟悉这个典故的人马上就会想到李白一路上所经过的千里长途，而"伤春心"和"哀江南"的意思也都包含在"魂来枫林青"这一句里边了。后面的"魂返关塞黑"则写的是李白看望自己以后还要回到江南去，一路上还会经过黑沉沉的秦陇关塞，也就是自己所在的秦州。这个"黑"字用得非常好，"黑"是夜色，也是梦魂当中昏黑混沌的境界，"青"字和"黑"字共同构成了阴沉凄惨的梦境。这两句展开梦境以后，杜甫忽然再次产生疑问："君今在罗网，何以有羽翼？"你明明是在罗网当中，你怎么会有翅膀自由来往呢？这又是把现实当中的思维逻辑放到一个非理性的梦中了。最后杜甫写到梦醒以后只看见"落月满屋梁"，满屋的月光，"犹疑照颜色"，仿佛还照见了刚才梦中故人的容貌，梦境非常的逼真。他最后叮嘱李白说，因为江湖太宽了，水里有很多蛟龙，希望你能够平安归去，千万别落在蛟龙的爪子里。最后两句既是对于梦中漂泊的生魂的忧虑，又是对现实当中生死难卜的逐客的祝愿，写得非常感人。

《梦李白二首》其二写得也非常好：

> 浮云终日行，游子久不至。三夜频梦君，情亲见君意。告归常局促，苦道来不易。江湖多风波，舟楫恐失坠。出门搔白首，若负平生志。冠盖满京华，斯人独憔悴。孰云网恢恢？将老身反累。千秋万岁名，寂寞身后事！

诗的开头把天上的浮云比喻成游子，写自己盼望李白再次归来的心情。他说"三夜频梦君"，连续三夜梦见李白，本来是因为他自己过于思念，但是这里杜甫却说"情亲见君意"，是因为李白对自己非常亲厚，所以才屡屡地来到自己的梦里。同时他又遗憾地说，李白每次告辞回去都太仓促了，"苦道来不易"，他就回想起李白在梦里苦苦地说："来一次非常不容易啊。"然后又担心说，江湖里的风波太多了，"舟楫恐失坠"，就怕船只会出事。

后半首写得非常好，杜甫想象李白的形象，出门的时候搔着白头，一副落魄不得志的样子，而他的背景却是什么呢？是"冠盖满京华"，但"斯人独憔悴"，满城繁华热闹之中突出了一个失意落魄的李白，只有他在搔首独立、形容憔悴。这虽然写的是杜甫梦中的李白形象，但实际上也是他对于后半生李白命运的高度概括。于是杜甫最后就非常愤慨地叹息道：谁说天网恢恢啊？李白明明是被冤枉的，而在将要老的时候反而遭受牵累。虽然自己相信李白一定会名垂万古，得到"千秋万岁名"，但是身后又是何等地寂寞呢。我们说最后这两句写得特别好，就在于它不仅仅是对于李白个人遭遇不公的感叹，也是杜甫的夫子自道，是千古之叹，杜甫本人的际遇不也是如此吗？

再看《天末怀李白》，这个时期杜甫写的怀念李白的好诗很多，这一首跟上面两首诗一样，也是担心李白在江湖风波当中惨遭不测的，他说：

> 凉风起天末，君子意如何？鸿雁几时到？江湖秋水多。文章憎命达，魑魅喜人过。应共冤魂语，投诗赠汨罗。

杜甫说凉风又起来了，节气的变化让他再次挂念李白，所以他就直接隔空问询说："最近你究竟怎么样了？什么时候才能有鸿雁捎来书信呢？"他是担心江湖的风波太险恶了。而后面四句就想象李白流放在南方的险恶处境，感叹文人的命运多数都很坎坷。"文章憎命达"，好文章往往出自穷困之人，就好像文章专门憎恨那些命好的人。"魑魅喜人过"，夜郎是那么边远、人烟稀少的地方，是个鬼魅之地，鬼魅以吃人为乐，当然很喜欢有人来。最后两句就想象李白在前往夜郎的路上应该会经过汨罗江，李白可能会写诗投到汨罗江里去吊唁屈原吧。

唐诗中写到的那些经过汨罗江去祭吊屈原的文人，其实都是因为和屈原的命运相同，被朝廷贬到南方，所以"投诗赠汨罗"凭吊屈原，也就是表示自己和屈原同病相怜，哀叹自己的命运。这也是中国古典诗歌的悠久传统。汉文帝时的贾谊本来是个很有为的文人，时常向汉文帝进谏谋略，但是由于汉文帝当时被一群老臣包围，不能任用贾谊，就让他到长沙去当长沙王的师傅，所以他郁郁不欢，最后病死了。而贾谊到了长沙以后，他觉得自己的命运和屈原一样，曾经写过一篇《吊屈原赋》来凭吊屈原，后来《史记》也是把屈原和贾谊放在同一篇传记里。那么这里杜甫想象李白经过汨罗江的时候，他应当会写诗投到江里去祭奠屈原，和屈原的冤魂谈话。这两句其实还有更深一层的担忧，因为杜甫不知道李白的生死，前面又说"魑魅喜人过"，所以他觉得恐怕李白这时也已经成为屈原那样的冤魂了。从这首诗里我们可以看出，杜甫把当时自己因为怀念李白而坐立不安、向空遥望、喃喃祝祷的情景写得淋漓尽致。

这个时期杜甫还有一首非常长的五言排律，《寄李十二白二十韵》，这首长诗可以说是杜甫对李白一生经历、才华、性格的全面总结。排律难写也难读，因为它会用很多典故，但杜甫很擅长排律，这首诗我只截取其中一些部分来讲，我们先看开头八句：

> 昔年有狂客，号尔谪仙人。笔落惊风雨，诗成泣鬼神。声名从此大，汩没一朝伸。文彩承殊渥，流传必绝伦。

前六句我们前面引过，杜甫非常传神地描写出李白那种惊天动地的诗才和被称为"谪仙人"的传奇色彩。"笔落惊风雨，诗成泣鬼神"这两句写得非常好，对于李白那种狂放奇特的风格和超越天人的艺术效果是一个非常精彩的概括。他赞美李白说，李白因为诗名大震，而一朝从沉沦当中得以伸展、扬眉吐气了，他的文采也受到了皇帝的特殊赏识，流传出去的篇章都是精彩绝伦的。后面的八句，则是写李白宫廷时期的无比荣耀和最后他被赐金放还的过程：

> 龙舟移棹晚，兽锦夺袍新。白日来深殿，青云满后尘。乞归优诏许，遇我宿心亲。未负幽栖志，兼全宠辱身。

前面四句先是说唐明皇对于李白的优待，就是前面讲过的唐明皇在白莲池泛舟召李白作序的事情。"兽锦夺袍新"用了一个典故，初唐时候武则天也很喜欢文学，她就招文士来写诗，许诺谁写得好就赐给谁一件绣着兽花纹的织锦袍子。东方虬先写完了，于是这件袍子就归他了，结果宋之问虽然写完得晚了一点，但是他写得很好，武则天就把袍子从东方虬手里夺过来，又给了宋之问。这里杜甫借这个故事来形容李白的诗才非常高，诗写得又快又好，经常得到皇帝的恩赐。之后杜甫说李白当时在宫殿里辉煌的样子是"白日来深殿"，像是太阳照射到深宫当中一样，而"青云满后尘"，后面跟着他的那些文士就好像是聚集的云彩一样。但是杜甫说，不久之后李白就向皇帝提出归山的要求，而且得到了允许，这实际上就是前面说过的被放归山的过程，这里把李白被放归山说成是主动的，是一种委婉的说法。他接着说，这样的话李白就既没有辜负自己想要隐居的志向，同时也能够保全自己、全身而退，这个"宠辱身"就是宠辱不惊。

  剧谈怜野逸，嗜酒见天真。醉舞梁园夜，行歌泗水春。才高心不展，道屈善无邻。

前面两句我们说过了，杜甫又回忆他和李白一起在梁园一带每天行歌醉舞、颓放嗜酒的"天真"日子。"醉舞梁园夜，行歌泗水春"，是回忆他们在梁宋和东蒙的游览。"才高心不展，道屈苦无邻"，则写出李白在狂放外表之下深藏的抑郁，同时写出没有人能够理解他的志向和大道的苦闷。杜甫这里特别提到的就是这个"道"，这个"道"不是求仙访道的"道"，而是李白那种志在拯世济民的正道。而"屈伸"，现在有一个成语叫"能屈能伸"，"屈伸"这个词在唐人诗里也是经常提到的，说一个人被压抑或者被任用，就是"屈"和"伸"，也带着他的用世之道能不能得到施展的意思。"道屈"就是说他所奉行的道不能够在世上实行，可见"才高心不展，道屈善无邻"这两句其实是真正懂得李白的。后半篇杜甫就想象李白受到永王璘事件的牵连在被贬途中遭受的磨难，他说：

五岭炎蒸地，三危放逐臣。几年遭鵩鸟，独泣向麒麟。苏武先还汉，黄公岂事秦。楚筵辞醴日，梁狱上书辰。已用当时法，谁将此义陈。老吟秋月下，病起暮江滨。莫怪恩波隔，乘槎与问津。

　　他想象李白被流放到南方，"五岭"指的就是从广东到广西的五座山岭，即大庾岭、骑田岭、都庞岭、萌渚岭、越城岭，这都是非常炎热的地方。三危山在敦煌县的东南，上面有三座峰，离夜郎很远。这里说"五岭"和"三危"，是借遥远的地方来形容李白被放逐之地的偏远。"几年遭鵩鸟"，用的也是贾谊的典故。贾谊被贬到长沙的时候，心情非常不好，他曾写过一篇《鵩鸟赋》，说鵩鸟来到了自己家里，他觉得是个不祥的鸟，预示着自己可能要不行了。杜甫用贾谊这个故事比喻李白像贾谊一样地冤屈，被流放到那么远的地方。"独泣向麒麟"用的是孔子的典故，孔子在鲁哀公十四年的时候，看到有人捕获了麒麟，便感伤周道将要衰亡了，于是孔子写《春秋》就到这一年为止，所以称为"绝笔"。而李白在他的《古风五十九首》这组诗的第一首中，也说过"绝笔于获麟"，可见李白本来也是以孔夫子自比的，他是很希望自己能够总结一代文化的，杜甫这里用"独泣向麒麟"的故事，指的则是李白恐怕将要绝笔了。

　　最后杜甫想象衰暮之年的李白在秋月之下吟诗，在暮色笼罩的大江边，像是大病初愈的样子，这个时候他大概知道李白已经回到浔阳了，所以他就感叹道："莫怪恩波隔。""恩波"就是皇帝对他的恩遇、优待，杜甫感叹像李白这样的大才却得不到皇帝的恩遇，所以他想"乘槎与问津"，想乘着木筏子到天上去问一个究竟，为什么李白会有这样的遭遇呢？"乘槎"这个词也有典故，西晋张华《博物志》里有一个故事，传说天河和海是通的，有一个人住在海边，年年八月看到有一个浮槎来来去去，于是他就在这个浮槎上建了一个飞阁，乘槎浮海一直到了天河，遇到了织女星和牵牛星，这个人就问："这是什么地方啊？"对方回答说："你回到蜀郡去问严君平，你就知道了。"后来这个人就到了蜀，严君平就跟他说："某年某月某日，有客星犯牵牛宿。"正好就是这个人到天河遇到织女星、牵牛星的时候。

最后两句说"莫怪恩波隔，乘槎与问津"，劝他"莫怪"，其实这是一个很无奈的说法，他内心实际是在为李白抱不平，毕竟李白被放逐的冤屈和悲愤，杜甫自己也感同身受，他这个意思跟前面讲的《望岳》最后一句"高寻白帝问真源"是一样的。这首诗很长，用了很多典故，读起来非常沉痛，可见杜甫对李白的感情始终非常地深厚、诚挚。

如果说天宝三载李白和杜甫刚结交的时候，杜甫还不十分理解李白，那么到了安史之乱，当两个人都经历了这样一场背景相同的政治磨难以后，杜甫对李白的认识就大大加深了，他也真正懂得了李白才高不得施展、道屈无人理解的孤独和痛苦。从杜甫在秦州怀念李白的这些诗，我们就可以看出在李白那个时代，没有人比杜甫更深切地理解李白的内心世界。可惜李白到了晚年，含冤负屈，老病缠身，跟杜甫也不通音讯，我们也无从得知杜甫这片心意是不是真的能够传达给李白。但是千年以来，李白和杜甫不朽的诗篇感动了全世界，他们忧国忧民的伟大精神也教育了一代代中华民族的后人，我想这一点是可以告慰两位伟大诗人的。

# 元白"盛唐记忆"之异同

杜晓勤

唐朝是我国古代最为强盛的朝代之一,开元、天宝年间(713—756)又是唐朝的鼎盛时期。这个时期经济文化之繁荣,国家人民之富足,边境内地之安定,均非唐初"贞观之治"所可比拟,所以后人多以"盛唐"称誉之。

但正所谓盛极而衰,安史之乱的爆发,成为唐朝由盛转衰的重大历史转折点,更有一些史学家认为,安史之乱不仅仅是唐朝由盛转衰的转折点,也是我国古代封建社会的社会结构、文化特质发生变化的一个重大分野。

安史之乱是由于唐玄宗后期政治腐败、藩镇权限大增、节度使野心膨胀所引起的。天宝十四载(755)十一月九日,当时身兼范阳、平卢、河东三节度使的安禄山,乘朝廷政治紊乱,内地兵力空虚,发动属下的唐兵、同罗兵(突厥九姓之一,当时铁勒人的一个部落),以及奚、契丹、室韦,共十五万人,号称二十万人,以"忧国之危"、奉密诏讨杨国忠为借口,在范阳起兵。同年十二月十二日,叛军攻入洛阳。翌年正月元旦,安禄山在洛阳自立为大燕皇帝,建元圣武。天宝十五载六月九日,叛军攻陷潼关。十三日,玄宗依杨国忠之计奔蜀,率杨贵妃姊妹,皇子、公主、皇孙,宰相杨国忠、韦见素及亲近宦官、宫人,自长安西行。六月十四日，行至马嵬驿（今陕西省兴平县西二十五里），羽林军士痛恨杨氏兄妹败坏国事，发生哗变，杀死杨国忠及韩国、秦国夫人，逼迫唐玄宗"割恩正法"，缢死了杨贵妃。同年七月，太子李亨在灵武（今宁夏回族自治区灵武县，时为朔方节度使驻节之所）即位，改年号为"至德"，是为肃宗，并遥尊玄宗为太上皇。至德二载（757），安禄山被他的儿子安庆绪所杀。安庆绪任命史思明为范阳节度使，史思明拥强兵，渐不服安庆绪调度。上元二年（761），史思明又被其子史朝义所杀，叛军内部分崩离析。自至德二载（757）至唐代宗宝应元年（762），唐将郭子仪、李光弼等人在回纥兵的帮助下，先后收复了长安、洛阳两京。宝应二年（763）正月，史朝义逃回范阳，为唐军追击，自缢身亡，叛军馀党皆降。至此，历时七年零两个月的安史之乱才终于结束。

而唐人对开元、天宝年间盛世的缅怀与追忆，也正是从安史之乱刚一发生就开始了。其中又要数元稹与白居易的相关作品数量最多，思考最全面。

一

安史之乱给唐王朝尤其是当时黄河中下游的社会经济造成了极大的破坏，百姓备受战乱之苦，诗人杜甫深陷其中，有切肤之痛，开始缅怀刚刚过去的开元盛世。

天宝十五载（756）六月，安史叛军攻占了长安之后，杜甫先是寓居白水（今陕西省白水县）避乱，后来随着大批的百姓往北逃亡。到鄜州（今陕西省富县）时，杜甫得知七月间肃宗已于灵武即位，遂只身北上延州（今陕西省延安市），拟出芦子关，再往西去投奔肃宗行在。但是，杜甫走到半途，即被叛军截获，送回长安。杜甫到长安之后，幸好地位不高，名声不大，自己又注意隐避，所以并未成为胡人管控的对象，可以在城中自由活动。①

至德二载的春天，杜甫独自一人来到昔日皇家贵族的游览胜地——曲江闲逛。只见此时的水畔宫殿，千门紧锁，不再繁华热闹；但岸边的细柳新蒲，依然绿意盎然。杜甫见此情景，不禁感慨丛生，悲从心起。诗人想起当年唐玄宗与杨贵妃来游曲江时，是何等的热闹，何等的富丽，何等的排场！就在四年前的天宝十二载（753）春，杜甫也确曾在此写过一篇曲江之游的作品——《丽人行》，只不过是讥刺杨氏兄妹的骄横奢靡：

> 三月三日天气新，长安水边多丽人。态浓意远淑且真，肌理细腻骨肉匀。绣罗衣裳照暮春，蹙金孔雀银麒麟。头上何所有？翠微㔩叶垂鬓唇。背后何所见？珠压腰衱稳称身。就中云幕椒房亲，赐名大国虢与秦。紫驼之峰出翠釜，水精之盘行素鳞。犀箸厌饫久未下，鸾刀缕切空纷纶。黄门飞鞚不动尘，御厨络绎送八珍。箫鼓哀吟感鬼神，宾从杂遝实要津。后来鞍马何逡巡，当轩下马入锦茵。杨花雪落覆白蘋，青鸟飞去衔红巾。炙手可热势绝伦，慎莫近前丞相嗔！②

作此诗时，杜甫正"旅食京华"，困守长安，每天过着"朝扣富儿门，暮随肥马尘"的落拓生活，为自己"到处潜悲辛"而感叹、愤慨。当年三月三日上巳节那天，杜甫也随着满城的士女来到曲江游玩。一到

---

① 参陈贻焮《杜甫评传》上卷，第八章《惊变与陷贼》，北京：北京大学出版社，2003年，第270—303页。
② 〔唐〕杜甫著，〔清〕仇兆鳌注：《杜诗详注》卷二，北京：中华书局，1979年，第156—160页。

曲江边，他就看到了杨氏三姐妹在曲江边趾高气扬、豪奢淫靡的游宴，然后气就不打一处来，开始了对杨氏兄妹的冷嘲热讽。"态浓意远淑且真，肌理细腻骨肉匀"，是说杨氏姐妹的丽艳容貌。"绣罗衣裳照暮春，蹙金孔雀银麒麟"，是说她们的华美服饰。"头上何所有，翠微蓋叶垂鬓唇"，是她们的名贵头饰。"背后何所见，珠压腰衱稳称身"，这是她们腰间的硕大宝珠。"就中云幕椒房亲，赐名大国虢与秦"，则点明这些妇人的高贵身份——杨贵妃的姐妹。"紫驼之峰出翠釜，水精之盘行素鳞"，是指她们享用的珍馐美馔。"犀箸厌饫久未下，鸾刀缕切空纷纶"，是说面对这么珍稀、美味的菜肴，可她们竟然都没有食欲。大家想一想，此时的杜甫看到这种情景会是一种什么样的感觉？可以想见，杜甫可能已多日没有吃过一顿饱饭了，此时也许正饥肠辘辘。而对面不远处的宴席之上，正摆满了美味佳肴，而这些食客们竟然都不愿动筷。这是何等强烈的反差！所以，诗人的讽刺和愤懑不言自明。接下来，美妙的歌舞开始为杨氏姐妹佐欢助兴："箫鼓哀吟感鬼神"。而席上宾，也都是京城中的达官贵人："宾从杂遝实要津"。当然，其中最为高贵显赫的还是最后入席的神秘嘉宾："后来鞍马何逡巡，当轩下马入锦茵"。那么，最后才到的这位骑着高头大马，带着一队随从，趾高气扬直入宴席的是谁呢？自然是炙手可热的当朝宰相杨国忠了。接下来两句："杨花雪落覆白蘋，青鸟飞去衔红巾"，则巧用历史典故，隐晦地点出杨国忠与三姐妹之间的暧昧关系。写到这里，诗人不仅批判了杨氏兄妹的奢靡享乐，还讽刺了他们的龌龊丑态。最后两句："炙手可热势绝伦，慎莫近前丞相嗔。"更是讥嘲了杨国忠不可一世的骄横之态。这首诗，是杜甫在天宝十二载（753）"旅食京华春""到处潜悲辛"的时候写下的，"讽刺了杨家兄妹骄纵荒淫的生活，曲折地反映了时君的昏庸和时政的腐败"。①

而在安史之乱发生后的至德二载（757）的春天，杜甫再次来到这个地方，他不由得想起当年满城士女潮涌至曲江、江边游客如云的繁华热闹的场面。但此时映入诗人眼帘的却是一片寂寥与荒凉：长安城正处于安史叛军铁蹄的蹂躏之下，曲江宫殿空旷，江边游人稀少。杜甫悲从中来，写了这首《哀江头》：

> 少陵野老吞声哭，春日潜行曲江曲。江头宫殿锁千门，细柳新蒲为谁绿。忆昔霓旌下南苑，苑中万物生颜色。昭阳殿里第一人，同辇随君侍君侧。辇前才人带弓箭，白马嚼啮黄金勒。翻身向天仰射云，一笑正坠双飞翼。明眸皓齿今何在，血污游魂归不得。清渭东流剑阁深，去住彼此无消息。人生有情泪沾臆，江草江花岂终极。黄昏胡骑尘满城，欲往城南望城北。②

春天依旧，春花照开，但是物是人非，繁华不再。诗人不禁想起他在天宝十二载写的一首诗《丽人行》，想起曾经随侍唐玄宗一起游春的杨贵妃。这首诗通篇押入声韵，"哭""曲"和后面的韵脚字都是入声，充分表现了诗人的压抑、感慨和伤痛。"昭阳殿里第一人"，说的正是当年"三千宠爱在一身"的杨贵妃。"辇前才人带弓箭，白马嚼啮黄金勒。翻身向天仰射云，一笑正坠双飞翼"，是回忆杨贵妃与唐玄宗一同来曲江池打猎、娱乐的场景。但是，这个"昭阳殿里第一人"现今又在何处呢："明眸皓齿今何在，血污游魂归不得。"这位昔日得宠的大唐第一美人——杨贵妃，去年六月已被缢杀在马嵬坡了，就连魂魄也未能回还。所以，诗人感叹她不可能再回到京城来赏春、

---

① 陈贻焮《杜甫评传》上卷，第七章《续旅食京华》，第233页。
② 〔唐〕杜甫著，〔清〕仇兆鳌注：《杜诗详注》卷四，第329—331页。

游春了。"清渭东流剑阁深,去住彼此无消息",是说唐玄宗与杨贵妃二人现在的命运。"清渭东流"与"去",是说已死在"马嵬坡下泥土中"的杨贵妃;"剑阁深"与"住",是说此时奔逃在成都避乱的唐玄宗。这一对昔日整天欢爱享乐的帝与妃,如今死生异路,真是"一别音容两渺茫"了。所以,杜甫的这首《哀江头》,"在整篇诗歌中流露出来的思想感情中,虽有讽喻之意,而更多的却是抒发忆旧伤今的悲痛,对帝妃的态度主要是同情的"。① 表现了杜甫在安史之乱爆发后对开、天时期盛世繁华的一种追忆、一种眷恋、一种惋惜、一种深哀。昔日杜甫所批判、讥刺的唐玄宗与杨贵妃在曲江的逸乐游宴,此时已经转化成了天宝承平时世的一种象征,是杜甫缅怀盛唐的一种历史记忆。

至德二载(757)夏四月,杜甫自长安外郭城西面的金光门逃出,抵达凤翔,肃宗感其忠诚,授予左拾遗(从八品上)。八月,杜甫回鄜州羌村探亲,作长篇叙事抒怀诗《北征》。其中也涉及对马嵬兵变、贵妃之死的评论,但已与《哀江头》中的感情评判有所不同了:

> 忆昨狼狈初,事与古先别。奸臣竟菹醢,同恶随荡析。不闻夏殷衰,中自诛褒妲。周汉获再兴,宣光果明哲。桓桓陈将军,仗钺奋忠烈。微尔人尽非,于今国犹活。②

诗人认为唐玄宗当时在国家危亡之际,能够在忠烈将军陈玄礼的帮助下,诛杀掉似妹喜、妲己一样祸国的宠妃——杨玉环,自除祸根,终于转危为安,这才有了今天承载着大唐"再兴"希望的肃宗。所以,诗人在这篇作品中对发动马嵬兵变的陈玄礼等人进行了歌颂,斥杨贵

---

① 陈贻焮《杜甫评传》上卷,第八章《惊变与陷贼》,第301页。
② 〔唐〕杜甫著,〔清〕仇兆鳌注:《杜诗详注》卷五,第404页。

妃为妹、姐一类的祸水，是有特定的现实因素和政治背景的。《北征》与《哀江头》二诗对杨贵妃评价迥异，是此一时彼一时也，完全可以理解。

在安史之乱甫一结束的唐代宗广德二年（764），杜甫又写了两首缅怀盛唐的诗作——《忆昔》二首，其二的前半部分还被中学历史课本引述过：

> 忆昔开元全盛日，小邑犹藏万家室。稻米流脂粟米白，公私仓廪俱丰实。九州道路无豺虎，远行不劳吉日出。齐纨鲁缟车班班，男耕女桑不相失。宫中圣人奏云门，天下朋友皆胶漆。百余年间未灾变，叔孙礼乐萧何律。①

杜甫在安史之乱后看到国家凋敝、田野荒芜、民不聊生，而此时朝廷的许多政策却不能为民着想，未与民休养生息，反而加重了对百姓的剥削。所以杜甫在诗的前半部分追忆他青壮年时所处的开元到天宝中前期的繁盛富强：那时的大唐是多么富庶，多么安宁，多么和平；皇帝是多么圣明仁政，大臣们多么忠直尽职。"忆昔开元全盛日，小邑犹藏万家室"，是说开元盛世人丁兴旺；"稻米流脂粟米白，公私仓廪俱丰实"，是说国家很富足，百姓也很殷实；"九州道路无豺虎，远行不劳吉日出"，是说交通很发达，路途很畅通，而且比较安全，不用担心车匪路霸；"齐纨鲁缟车班班，男耕女桑不相失"，是说当时平民百姓都过着男耕女织、丰衣足食的生活。

不难看出，杜甫在这首诗中有对盛唐的美化，但是杜甫这么说，是在与现实进行对比后的强烈感受。此时的现实是怎样的呢？就是此诗后半部分描述的情况：

---

① 〔唐〕杜甫著，〔清〕仇兆鳌注：《杜诗详注》卷十三，第1163-1164页。

> 岂闻一绢直万钱,有田种谷今流血。洛阳宫殿烧焚尽,宗庙新除狐兔穴。伤心不忍问耆旧,复恐初从乱离说。小臣鲁钝无所能,朝廷记识蒙禄秩。周宣中兴望我皇,洒泪江汉身衰疾。①

"岂闻一绢直万钱,有田种谷今流血",是说现在物价飞涨,原因是战乱连绵,百姓流血至今,意同汉末曹操所云"白骨露于野,千里无鸡鸣"(《蒿里行》)。而且在安史之乱后,诗人的故乡中原一带被战争破坏得尤为严重:"洛阳宫殿烧焚尽,宗庙新除狐兔穴。"昔日繁华东都的壮丽巍峨的宫殿,已被兵火摧毁,化为一片荒芜的废墟。所以,他"伤心不忍问耆旧,复恐初从乱离说",都不敢再和年纪稍大的老者讨论这些问题,因为一说起来就更加伤痛,都觉得开元、天宝那个时候多好,后来怎么就变成了这样呢?最后,诗人直言其志:"小臣鲁钝无所能,朝廷记识蒙禄秩。周宣中兴望我皇,洒泪江汉身衰疾。"他寄希望于代宗,希望大唐能够中兴。可见安史之乱结束之后,杜甫依然沉浸在对盛唐的缅怀和思念之中,而这种缅怀其实也是借歌颂已经逝去的盛唐,来规讽、劝诫今上,希望当今的皇上代宗向开元时期的玄宗学习,励精图治,以民为本,安国兴邦,重现往日的辉煌。

当然,不只是杜甫在诗中表达对开天盛世的回忆,到大历年间,朝野出现了更多的对唐朝由盛而衰的惋惜和反思。

唐代宗大历元年(766),当朝著名的政治家、书法家、文学家颜真卿在《论百官论事疏》中就评述了"安史之乱"的祸乱之由:

> 天宝已后,李林甫威权日盛,群臣不先咨宰相辄奏事者,仍托以他故中伤,犹不敢明约百司,令先白宰相。又阉官袁思艺日宣诏至中书,玄宗动静,必告林甫,先意奏请,玄宗惊喜若神。

---

① [唐]杜甫著,[清]仇兆鳌注:《杜诗详注》卷十三,第1164-1165页。

> 以此权柄恩宠日甚，道路以目。上意不下宣，下情不上达，所以渐致潼关之祸，皆权臣误主，不遵太宗之法故也。①

他认为安史之乱之所以发生，主要是因为天宝中李林甫等"权臣误主，不遵太宗之法故也"。具体是不遵太宗的什么法呢？他在奏疏中阐述了很多，其中主要的就是皇帝要以民为本、虚怀纳谏，丞相要直言进谏、励精图治。

此外，玄宗朝的著名宦官高力士后来在肃宗朝被贬巫州（今湖南省怀化市）期间，曾经向郭湜口述了一生的经历。大历年间，郭湜据此撰写了一篇传记《高力士外传》。在这篇传记中，高力士对"安史之乱"的起因也有过反思。他说：

> 自陛下威权假于宰相，法令不行，灾眚备于岁时，阴阳失度，纵为轸虑，难以获安，臣不敢言，良有以矣。②

这个"陛下"，就是高力士侍奉过的皇帝唐玄宗，高力士为自己当时没能够直言进谏感到悔恨，而他总结的教训主要是"威权假于宰相"，玄宗自己在天宝中不再主理朝政了，完全倚重李林甫、杨国忠这样的奸相；"法令不行"，而地方官僚又不执行中央朝廷的各项法令；再加上"灾眚备于岁时，阴阳失度"等天灾人祸。其中的"阴阳失度"是比较委婉的一个说法，指杨贵妃进宫之后，"从此君王不早朝"，唐玄宗荒淫误国。可见，高力士在反思天宝中后期祸乱之源时也没有把杨贵妃当作红颜祸水。

到建中年间，德宗皇帝曾经问大臣崔祐甫开元、天宝治乱之殊，

---

① 《旧唐书》卷一百二十八《颜真卿传》。
② 〔唐〕郭湜《高力士外传》，此据〔五代〕王仁裕等撰，丁如明辑校《开元天宝遗事十种》本，上海：上海古籍出版社，1985年，第117页。

祐甫"谋猷启沃，多所弘益"①，惜史书未载其详。现存当时比较全面分析唐玄宗前治后乱之变及原因的是陆贽的《奉天论前所答奏未施行状》：

> 玄宗躬定大难，手振弘纲，开怀纳忠，克己从谏，尊用旧老，采拔群才。大臣不敢壅下情，私昵不敢干公议。朝清道泰，垂三十年。②

陆贽认为，玄宗之所以能够达至开元之治，主要是前期能够重用姚崇、宋璟等能臣，以及张说、张九龄这二位贤相，而且玄宗初即位时也能虚怀纳谏，从善如流。朝野上下，风清气正，天下清泰将近三十年。但是，这种大好的局面到天宝年间就渐渐消失了：

> 至尊收视于穆清，上宰养威于廊庙，议曹以颂美为奉职，法吏以识旨为当官，司府以厚敛为公忠，权门以多赂为问望。外宠持窃国之势，内宠擅回天之谣。祸机炽然，焰焰滋甚，举天下如居积薪之上，人人惧焚。而朝廷相蒙，曾莫之省，日务游宴，方谓有无疆之休。大盗一兴，至今为梗。

陆贽指出，安史之乱的发生原因众多，首先是玄宗为政懈怠，嗜欲渐萌，其次是佞臣趋媚，直臣遭斥，朝野腐败，祸机炽然。陆贽之论唐玄宗之历史功过，探安史之乱之内外因，切中肯綮，较为深刻。

可见，从安史之乱初起之时，直至代宗大历年间，有识之士如杜甫、颜真卿、陆贽等人已陆续对刚刚逝去的开天盛世进行缅怀、追忆，同

---

① 《旧唐书》卷一百一十九《崔祐甫传》。
② 〔唐〕陆贽撰，王素点校：《陆贽集》卷十二《奉天论前所答奏未施行状》，北京：中华书局，2006年，第380页。

时也对大唐治乱之变的根源作了初步的反思。

二

不过，唐人对开天盛世进行缅怀、对安史之乱进行反思的高潮，出现在德宗贞元（785-804）至宪宗元和（806-820）年间。安史之乱的发生，尤其是唐玄宗之死，即大唐盛世的结束，距唐宪宗元和初年，正好过去四五十年了。文化历史学者认为，四十年会对一个朝代或一个时期或一个人的心理文化产生很大的影响。德国的历史学者扬·阿斯曼就指出过：

> 那些曾经亲历人类历史上最惨绝人寰的罪行和灾难的一代人，仍然健在的越来越少了。对于集体记忆而言，四十年意味着一个时代的门槛，换句话说，活生生的记忆面临消失的危险，原有的文化记忆形式受到了挑战。①

正因为到德宗、宪宗朝，亲历过开天盛世和安史之乱的健在的人越来越少了，时人能够亲耳听到玄宗朝遗老说故事的机会就更少了。为了抢救历史的记忆，加上当时改革的需要，人们就越来越怀念盛唐。唐宪宗是一位有中兴之志的君主，史载"宪宗嗣位之初，读列圣实录，见贞观、开元故事，竦慕不能释卷"②，且向大臣们请教治乱之理，所以朝野之中叙述开天故事、反思安史之乱的作家作品就越来越多了。

与安史之乱期间相比，中唐贞元、元和年间虽然比较安定，但是

---

① ［德］扬·阿斯曼著，金寿福、黄晓晨译：《文化记忆：早期高级文化中的文字、回忆和政治身份》，北京：北京大学出版社，2015年，第11页。
② 《旧唐书》卷十五《宪宗本纪下》。

各种矛盾开始集中爆发。此时安史之乱早已平定，但是藩镇割据、宦官专权、朋党之争以及日益尖锐的阶级矛盾，使社会陷入了严重的无法摆脱的危机。严峻、冷酷的现实使中唐文人不得不倾向冷静地观察与思考，同时普遍缅怀开天盛世，希望大唐中兴。

从唐德宗贞元中期开始，诗歌作品中就开始出现对盛唐的文化记忆和历史反思，其中有两位作家作品最多，思考得最深刻，也最全面，一个是元稹，另一个则是元稹的好朋友、诗友兼诗敌——白居易。

元稹（779—831）字微之，洛阳人，与白居易情逾手足，往还唱和，世称"元白"。早年刚肠疾恶，举奸不避权贵，与白居易一起向宦官权贵作斗争，一再遭贬；中年后与宦官关系亲密，为人诟病，一度官至宰相；晚年尚思振作，于贬所亦有政绩。其述及开天盛世的作品有十余篇。

白居易（772—846），字乐天，原籍太原，后迁居下邽（今陕西省渭南市），晚年居洛阳香山，故称白香山。白居易是杜甫之后杰出的写实性诗人，新乐府诗派的领袖。他继承并发展了《诗经》和汉乐府的写实传统，沿着杜甫所开辟的道路，进一步从文学理论上和创作上掀起了一个波澜壮阔的写实性诗歌创作的高潮。其描写盛唐的作品更多达20多首。

相较而言，元稹创作与盛唐记忆相关的作品要更早一些。元稹早慧，"九岁解赋诗"。贞元九年（793），元稹十五岁，即以明两经登科及第，可见其少年才气。但明经擢第后，并不能直接授官，必须参加吏部铨选，才能入仕。于是，他此时或在长安靖安坊的老宅中，或去附近的开元观埋头读书，学习陈子昂、杜甫反映时政的诗篇，"适有人以陈子昂《感遇诗》相示，吟玩激烈，即日为《寄思玄子》诗二十首"，"由是勇于为文","又久之,得杜甫诗数百首,爱其浩荡津涯,处处臻到"。[1]贞元十年(794),元稹十六岁,学习模仿杜甫《丽人行》《哀江头》《北征》《忆昔》等作品,创作了一篇长达百韵的五言排律——《代曲江老人百韵》,追忆开天盛世,反思治乱之变:

何事花前泣?曾逢旧日春。先皇初在镐,贱子正游秦。拨乱干戈后,经文礼乐辰。徽章悬象魏,貔虎画骐驎。光武休言战,唐尧念睦姻。琳琅铺柱础,葛藟茂河漘。尚齿惇耆艾,搜材拔积薪。裴王持藻镜,姚宋斡陶钧。内史称张敞,苍生借寇恂。名卿唯讲德,命士耻忧贫。杞梓无遗用,刍荛不忘询。悬金收逸骥,鼓瑟荐嘉宾。羽翼皆随凤,珪璋肯杂珉。班行容济济,文质道彬彬。百度依皇极,千门辟紫宸。措刑非苟简,稽古蹈因循。书谬偏求伏,诗亡远听申。雄推三虎贾,秀擢八龙荀。海外恩方洽,寰中教不泯。儒林精阃奥,流品重清淳。天净三光丽,时和四序均。卑官休力役,蠲赋免艰辛。蛮貊同车轨,乡原尽里仁。帝途高荡荡,风俗厚闻闻。暇日耕耘足,丰年雨露频。戍烟生不见,村竖老犹纯。耒耜勤千亩,牲牢奉六禋。南郊礼天地,东野辟原畇。校猎求初吉,先农卜上寅。万方来合杂,五色瑞轮囷。池籞呈朱雁,坛场得白麟。酎金光照耀,奠璧彩璘玢。掉荡云门发,蹁跹鹭羽振。集灵撞玉磬,和鼓奏金錞。建虡崇牙盛,衔钟兽目嗔。总干形屹崒,戛敌背嶙峋。文物千官会,夷音九部陈。鱼龙华外戏,歌舞洛中嫔。佳节修酺礼,非时宴侍臣。梨园明月夜,花萼艳阳晨。李杜诗篇敌,苏张笔力匀。乐章轻鲍照,碑板笑颜竣。泰岳陪封禅,汾阴颂鬼神。星移逐西顾,风暖助东巡。浴德留汤谷,蒐畋过渭滨。沸天雷殷殷,匝地毂辚辚。沃土心逾炽,豪家礼渐湮。

---

[1] 〔唐〕元稹撰,冀勤点校:《元稹集》卷第三十,《叙诗寄乐天书》,北京:中华书局,2010年,第406页。

老农羞荷锸，贪贾学垂绅。曲艺争工巧，雕机变组䌷。青凫连不解，红粟朽相因。山泽长孳货，梯航竞献珍。翠毛开越巂，龙眼弊瓯闽。玉馔薪然蜡，椒房烛用银。铜山供横赐，金屋贮宜颦。班女恩移赵，思王赋感甄。辉光随顾步，生死属摇唇。世族功勋久，王姬宠爱亲。街衢连甲第，冠盖拥朱轮。大道垂珠箔，当炉踏锦茵。轩车临南陌，钟磬满西邻。出入张公子，骄奢石季伦。鸡场潜介羽，马埒并扬尘。韬袖夸狐腋，弓弦尚鹿脤。紫绦牵白犬，绣鞯被花骃。箭倒南山虎，鹰擒东郭䴏。翻身迎过雁，劈肘取回鹑。竟蓄朱公产，争藏邴氏缗。桥桃矜马𩦲，猗顿数牛犉。齑斗冬中韭，羹怜远处莼。万钱才下箸，五酘未称醇。曲水闲销日，倡楼醉度旬。探丸依郭解，投辖伴陈遵。共谓长之泰，那知遽构屯。奸心兴桀黠，凶丑比顽嚚。斗柄侵妖彗，天泉化逆鳞。背恩欺乃祖，连祸及吾民。猰貐当前路，鲸鲵得要津。王师才业业，暴卒已訚訚。杂虏同谋夏，宗周暂去豳。陵园深暮景，霜露下秋旻。凤阙悲巢鹏，鹓行乱野麏。华林荒茂草，寒竹碎贞筠。村落空垣圹，城隍旧井堙。破船沉古渡，战鬼聚阴燐。振臂谁相应，攒眉独不伸。毁容怀赤绂，混迹戴黄巾。木梗随波荡，桃源敩隐沦。弟兄书信断，鸥鹭往来驯。忽遇山光澈，遥瞻海气真。秘图推废王，后圣合经纶。野杏浑休植，幽兰不复纫。但惊心愤愤，谁恋水粼粼？尽室离深洞，轻桡荡小轮。殷勤题白石，怅望出青蘋。梦寐平生在，经过处所新。阮郎迷里巷，辽鹤记城闉。虚过休明代，旋为朽病身。劳生常矻矻，语旧苦谆谆。晚岁多衰柳，先秋愧大椿。眼前年少客，无复昔时人。①

全诗以第一人称代言体的形式，追忆开天全盛时的繁华景象，充满赞

---

① 〔唐〕元稹撰，冀勤点校：《元稹集》卷第十，《代曲江老人百韵》，第125-127页。

美之情，写法上以赋法为诗，将权豪富贵之家奢侈淫逸的生活场景，铺陈排比得淋漓尽致，有少年逞辞使气之嫌，应系备考练笔之作。当然，诗中的盛衰之感，不及其后来的名作《连昌宫词》等哀怨动人，盖其时元稹尚年少，涉世远未深，是"为赋新词强说愁"，对老人身世之慨并不能感同身受。在此诗中，诗人既未批评唐玄宗之失政，更未将安史之乱归因于杨贵妃，而是用"盛极而衰"的天道轮回观来解释，直接原因则是安史叛军的"奸心"与"背恩"，所以此诗的政治批判深度和力度较为有限。

元和元年（806），离安史之乱爆发已经五十年，距玄宗驾崩也四十四年了。元稹、白居易为应制科，"闭门累月，揣摩当代之事"。[①]（白居易《策林序》）白居易写成《策林》七十五篇，其中多有论及"开元之治"，"辨兴亡之由"者。

同年十二月，白居易从校书郎任上到盩厔（今陕西省周至县）当县尉，为政之暇，他和当地的文士王质夫、陈鸿，去同游当地名胜仙游寺，一路上这些青年才士开始说起历史上以及本朝的一些故事，其中就说到了唐玄宗和杨贵妃的爱情故事。大家都认为白居易"深于诗，多于情"[②]，建议他以此故事为素材进行创作。白居易不久后就创作了《长恨歌》，而陈鸿又据《长恨歌》敷衍出一篇传奇——《长恨歌传》。这两篇作品相伴而行，都涉及对唐代由盛转衰的反思。

元和四年（809），白居易的另一位好友李绅作《新题乐府》二十首，随后元稹选了其中的十二首进行唱和。白居易在元稹和诗十二首的基础上又写了《新乐府》五十首，这样就总共是八十二首。李诗已佚，元、

---

① 〔唐〕白居易撰，谢思炜校注：《白居易文集校注》卷二十五，《策林序》，北京：中华书局，2011年，第1352页。
② 〔唐〕白居易撰，谢思炜校注：《白居易诗集校注》卷十二，陈鸿《长恨歌传》，第933页。

白之作今存，其中述及玄宗朝时事的有六题十二首①。

元和十二、十三年间（817、818），元稹效白居易《长恨歌》，作《连昌宫词》，亦纪明皇时事，卒章不忘箴讽。

从这些作品中，我们不仅可以看出元、白等中唐文人对盛唐的追忆和评价，还可以看出他们各自的思考侧重点和艺术表现的异同。

三

下面我们先来分析元白创作的这些新乐府诗。其中《上阳白发人》和《新丰折臂翁》两首，都是借曾经在盛唐生活过的老者诉说亲身经历，以历史叙事的方式，回忆开元、天宝之盛，感慨安史乱后之衰，评说盛唐君臣，探讨治乱之由。

《上阳白发人》系李绅原唱、元白赓和之作。"上阳"即上阳宫，在唐代东都洛阳皇宫内苑的东面，"白发人"是指白发苍苍的老年宫女。李绅原唱不存，元、白二诗题下都有小序点明作品主旨："愍怨旷也。"白居易诗题下注引李绅诗传亦云："天宝五载已后，杨贵妃专宠，后宫人无复进幸矣。""愍"就是同情、哀悯，"怨"就是"怨妇"，即没有丈夫的女子，"旷"就是"旷夫"，即没有妻子的男子。但是，此处的"愍怨旷"是偏义复指"怨"，主要"愍"的是上阳宫的白发老宫女，反映了当时许多宫女常年居于冷宫、最后忧郁而死的社会问题。

元稹的诗是这样写的：

> 天宝年中花鸟使，撩花狎鸟含春思。满怀墨诏求嫔御，走上

---

① 陈寅恪在《元白诗笺证稿》第五章"新乐府"中说只有《华原磬》《上阳白发人》《胡旋女》《新丰折臂翁》这四题8首"皆玄宗时事"，其实《法曲》《蛮子朝》二题也写到了盛唐时期。上海：上海古籍出版社，1978年。

高楼半酣醉。醉酣直入卿士家,闺闱不得偷回避。良人顾妾心死别,小女呼爷血垂泪。十中有一得更衣,永醉深宫作宫婢。御马南奔胡马蹙,宫女三千合宫弃。宫门一闭不复开,上阳花草青苔地。月夜闲闻洛水声,秋池暗度风荷气。日日长看提象门,终身不见门前事。近年又送数人来,自言兴庆南宫至。我悲此曲将彻骨,更想深冤复酸鼻。此辈贱嫔何足言,帝子天孙古称贵。诸王在阁四十年,十宅六宫门户閟。隋炀枝条袭封邑,肃宗血胤无官位。王无妃媵主无婿,阳亢阴淫结灾累。何如决雍顺众流,女遣从夫男作吏。①

这首诗反映了上阳宫中常年得不到皇帝宠幸的宫女一生的悲惨命运。她们天宝年间选入宫中。元稹写她们被选进宫、离开本家的过程,是"良人顾妾心死别,小女呼爷血垂泪",有的是良家妇女,还有的是小女孩子,但是"十中有一得更衣,永醉(应作配)深宫作宫婢",十个人里有一个人得幸就不错了,其他人只能充当在后宫劳作的宫女。"宫门一闭不复开,上阳花草青苔地",她们只能独自幽闭深宫,无缘得幸,也无缘得见外人,寂寞孤苦。"月夜闲闻洛水声,秋池暗度风荷气",这是写她们在宫中的无聊寂寞。"日日长看提象门,终身不见门前事。近年又送数人来,自言兴庆南宫至。"最近这几年又从外面送进来几个年轻女子当宫女。接下来诗人就感慨,说皇帝你为什么需要这么多的嫔妃呢?白白浪费了这么多女子的青春和美丽,诗人感到十分哀悯。

有元稹此诗在前,后写的白居易就一定要后出转精,一定要想尽办法写得更有新意,更为高妙。前面提到,李、元、白三人是诗友兼诗敌,白居易曾经有诗嘲戏李、元二人:"每被老元偷格律,苦教短

---

① 〔唐〕元稹撰,冀勤点校:《元稹集》卷二十四,《和李校书新题乐府十二首·上阳白发人》,第320页。

李伏歌行。"①说我的诗格律多么好,但经常被"老元"(元稹)偷去;李绅个子长得矮,白居易就嘲笑他是"短李","苦教短李伏歌行",是说我的这些歌行(指《新乐府》)写得太好了,原作者李绅读后也不能不佩服。这虽然是朋友间的玩笑,但从现存作品看,白居易的《上阳白发人》确实更胜元诗一筹。因为白居易的写法与元稹完全不一样。元诗是齐言,而且一韵到底,用的都是去声字。而白诗则全然是一种不同的风格:

> 上阳人,红颜暗老白发新。绿衣监使守宫门,一闭上阳多少春。玄宗末岁初选入,入时十六今六十。同时采择百余人,零落年深残此身。忆昔吞悲别亲族,扶入车中不教哭。皆云入内便承恩,脸似芙蓉胸似玉。未容君王得见面,已被杨妃遥侧目。妒令潜配上阳宫,一生遂向空房宿。秋夜长,夜长无寐天不明。耿耿残灯背壁影,萧萧暗雨打窗声。春日迟,日迟独坐天难暮。宫莺百啭愁厌闻,梁燕双栖老休妒。莺归燕去长悄然,春往秋来不记年。唯向深宫望明月,东西四五百回圆。今日宫中年最老,大家遥赐尚书号。小头鞋履窄衣裳,青黛点眉眉细长。外人不见见应笑,天宝末年时世妆。上阳人,苦最多。少亦苦,老亦苦,少苦老苦两如何。君不见昔时吕向《美人赋》,又不见今日上阳白发歌。②

大家感觉谁的作品读起来更朗朗上口,更为好听呢?应该是白居易的这篇作品。因为白诗长短参差,平仄换韵,而且写得更具体、更生动,细节描写更传神、更感人。一开始"上阳人"三字,就"首章标其目",

---

① 〔唐〕白居易撰,谢思炜校注:《白居易诗集校注》卷十六,《编集拙诗成一十五卷因题卷末戏赠元九李二十》,第1334页。
② 同上书,卷三,《上阳白发人》,第298页。

点题就点得很好，这是白居易和元稹较量比试的独得之秘。白居易在创作《新乐府》的时候，自有一套办法来打败元稹。元稹创作《新题乐府》时，并未形成固定的格式。但是，白居易就有套路，有一套固定的体式和写法。白居易的套路之一，就是"首章标其目"，第一句就把题目点出来，开宗明义；其二就是"卒章显其志"，在篇末再总结一下诗歌主旨，巩固一下自己的观点，让读者印象更深；此外，就是句式长短不拘，随情转韵，韵律多变；而且，白诗更加注重叙事艺术和场景描写，少发议论。就此诗而论，白居易还巧妙地运用了数字。元稹诗中云"天宝年中花鸟使"，只是笼统地说此宫女是天宝年中选来的。但白居易说"入时十六今六十"，一句中"十六"和"六十"两个数字颠倒用之，入宫时尚为十六妙龄"少女"，而今已是白发苍苍之六十老妪[①]。"同时采择百余人，零落年深残此身。"同时选进宫的有一百多人，现在只剩下她一人还活着。对比都很鲜明。

　　元稹写这个少女离别家人入宫的时候是这么写的："良人顾妾心死别，小女呼爷血垂泪。"小女孩十五六岁，被自己的父母视为掌上明珠、心肝宝贝，但一入宫门深似海，从此不可能再回到父母身边来了，所以她当然会大喊、大哭："小女呼爷血垂泪"。元稹这样写感不感人呢？当然也是很感人的。但白居易则自出机杼，与元稹写法有别而更高妙。元稹诗写的是那个女孩子在哭，而白居易写的是别人不让她哭："忆昔吞悲别亲族，扶入车中不教哭。"扶她入车之人跟她说："傻孩子，你哭什么啊！高兴还来不及呢。入宫多好啊，能到皇帝身边，如果你以后像贵妃一样受到皇上的宠幸，那是多么荣耀和幸福的事呀！""皆云入内便承恩"，说的就是这样的话，所以"不教哭"。

---

① 陈寅恪《元白诗笺证稿》云："假定上阳宫人选入之时为天宝十五载（西历七五六年），其年为十六。则至贞元十六年（西历八〇〇年）其年六十。"第164页。

哪种写法更好呢？当然"不教哭"更好，以喜写悲，更有悲意。

再来看元稹怎么写宫女独守空宫、孤枕难眠的情景："月夜闲闻洛水声，秋池暗度风荷气。"刚入宫的小宫女在深夜听到外面洛水哗啦啦的声音，闻到了外面荷花的气息，这能表现出内心的愁怨吗？当然也能，但是比较隐晦，不太明显。再看白居易是怎么写的："秋夜长，夜长无寐天不明。耿耿残灯背壁影，萧萧暗雨打窗声。"所谓"耿耿残灯背壁影"，只有孤灯相伴，彻夜难眠；"萧萧暗雨打窗声"，听了一夜的雨，声声滴到明。这写得多好！这个场景的描写，与《长恨歌》中"耿耿星河欲曙天""鸳鸯瓦冷霜华重"有异曲同工之妙。

然后，白居易还抓住了一个细节，以小见大，写这个宫女在宫中待的时间长了，还保留着天宝末年的装扮，外人见了恍如隔世，有一种今昔之慨，这是白诗的又一个构思奇巧之处。"今日宫中年最老"，"小头鞋履窄衣裳"。这个老宫女还是天宝末年入宫时的穿衣打扮。但，此时已是贞元、元和之际了，宫外妇女流行的装扮已经发生了很大的变化。天宝年间的人好胡服胡帽，衫袖窄小，鞋履尖头，画眉细长；但贞元末年则好宽衣广袖，画眉尚短。时过境迁，好尚不同，所以"外人不见见应笑，天宝末年时世妆"。白居易通过这些细节，说明这个老宫女的衣着打扮，还停留在安史之乱前，完全是古旧时代的人物，类似我们现在看见一个从旧社会过来的有着三寸金莲的小脚老太的感觉。可见，白居易的《上阳白发人》表现手法和描写重点，与元稹很不一样，更为细致生动，也更令人唏嘘感叹。

另外，白居易的《新丰折臂翁》构思也与上述两首作品相近，是借从盛唐过来的老者之口讲开元天宝故事，评说古今，感慨兴衰：

> 新丰老翁八十八，头鬓眉须皆似雪。玄孙扶向店前行，左臂凭肩右臂折。问翁臂折来几年，兼问致折何因缘。翁云贯属新丰

县，生逢圣代无征战。惯听梨园歌管声，不识旗枪与弓箭。无何天宝大征兵，户有三丁点一丁。点得驱将何处去，五月万里云南行。闻道云南有泸水，椒花落时瘴烟起。大军徒涉水如汤，未过十人二三死。村南村北哭声哀，儿别爷娘夫别妻。皆云前后征蛮者，千万人行无一回。是时翁年二十四，兵部牒中有名字。夜深不敢使人知，偷将大石捶折臂。张弓簸旗俱不堪，从兹始免征云南。骨碎筋伤非不苦，且图拣退归乡土。此臂折来六十年，一肢虽废一身全。至今风雨阴寒夜，直到天明痛不眠。痛不眠，终不悔，且喜老身今独在。不然当时泸水头，身死魂孤骨不收。应作云南望乡鬼，万人冢上哭呦呦。老人言，君听取。君不闻开元宰相宋开府，不赏边功防黩武。又不闻天宝宰相杨国忠，欲求恩幸立边功。边功未立生人怨，请问新丰折臂翁。①

此诗首句云"新丰老翁八十八"，若白居易此诗作于元和五年（810），这位新丰折臂翁时年88岁的话，那他应该生于开元十年（722）。开元二十六年（738），唐玄宗封南诏王皮逻阁为云南王。开元三十六年，死，其子阁罗凤立。天宝九载（750），云南太守张虔陀因侮辱阁逻凤，挑起战争。剑南节度使鲜于仲通率兵攻打南诏，大败。杨国忠当政，派剑南留后李宓继续用兵，又遭全军覆没。李唐王朝前后死伤士兵二十余万，国力大伤。不久，安禄山乘机起兵，发动叛乱，曾经繁荣鼎盛的唐帝国一下子走向衰退了。而这位新丰老翁被强征入伍的就是朝廷攻打南诏的军队，时在天宝九载，老翁当时正值壮年，28岁。他为了躲避战争，在深夜自断其臂，从此身体虽然残疾了，且要长期忍受伤痛，但能免征云南，所以还是值得的："且喜

---

① 〔唐〕白居易撰，谢思炜校注：《白居易诗集校注》卷三，《新丰折臂翁》，第309页。

老身今独在"。诗人用这么一个凄惨的故事,来说明战争的残酷性,谴责玄宗朝对南诏发动的不义战争,所以这是一首反战的作品。白居易此诗实际上也是借古讽今,是在告诫当今的皇上,不要好兵黩武,要"戒边功。"此诗篇末"卒章显其志"云:"君不闻开元宰相宋开府(宋璟),不赏边功防黩武。又不闻天宝宰相杨国忠,欲求恩幸立边功"。全诗将开元时期的歌舞升平,与天宝年间的穷兵黩武进行对比,表达了诗人对开元盛世的缅怀,含蓄地揭示了安史之乱发生的诱因以及唐朝由盛转衰的根源,具有深远的历史意义和现实鉴戒作用。

与此同时,白居易还创作了《骊宫高》,也体现类似的创作意图:

> 高高骊山上有宫,朱楼紫殿三四重。迟迟兮春日,玉甃暖兮温泉溢。袅袅兮秋风,山蝉鸣兮宫树红。翠华不来岁月久,墙有衣兮瓦有松。吾君在位已五载,何不一幸乎其中。西去都门几多地,吾君不游有深意。一人出兮不容易,六宫从兮百司备。八十一车千万骑,朝有宴饫暮有赐。中人之产数百家,未足充君一日费。吾君修己人不知,不自逸兮不自嬉。吾君爱人人不识,不伤财兮不伤力。骊宫高兮高入云,君之来兮为一身,君之不来兮为万人。①

"骊宫"就是骊山的宫殿,即华清宫,是玄宗朝举全国之财力大事修葺营造的穷侈极丽之温泉宫。但此宫在安史之乱后一直荒废,肃、代、德几朝皇帝均未游幸。白居易此诗美刺并举,先是在诗中批判了天宝年间唐玄宗在骊山大修宫殿,每年都要去华清宫泡温泉的劳民伤财之举,然后又赞美了今上宪宗皇帝能够体恤百姓、重惜财力,不修骊宫、不去游幸的德政。对比鲜明,好恶自现。但此篇主旨是"美天子之重

---

① 〔唐〕白居易撰,谢思炜校注:《白居易诗集校注》卷四,《骊宫高》,第357页。

惜人之财力也",是对时君宪宗的颂美,同时也"寓有以期克终之意"①。

以上这三题四首作品,都反映了元白等人对唐玄宗不体恤百姓,大事营造宫殿,轻起边衅,劳民伤财之举的批判,期望宪宗能够以史为鉴,重惜民力,励精图治,使大唐能够再次中兴。

四

接下来,我们再来看元白二人同题共作的反映盛唐乐舞的四组作品——《华原磬》《西凉伎》《法曲歌》和《胡旋女》。这些作品基本上都是受到儒家"乐与政通"观念的影响,以乐咏史讽今,尤其是认为天宝以来胡音、胡风对中原华夏雅正乐舞的浸染,使得政风、民风甚至军风都不再中正和平,且将其与安史之乱的发生和大唐的由盛转衰联系在一起,做深刻的历史反思。

元稹《华原磬》诗云:

> 泗滨浮石裁为磬,古乐疏音少人听。工师小贱牙旷稀,不辨邪声嫌雅正。正声不屈古调高,钟律参差管弦病。铿金戛瑟徒相杂,投玉敲冰杳然震。华原软石易追琢,高下随人无《雅》《郑》。弃旧美新由乐胥,自此黄钟不能竞。玄宗爱乐爱新乐,梨园弟子承恩横。《霓裳》才彻胡骑来,《云门》未得蒙亲定。我藏古磬藏在心,有时激作《南风》咏。伯夔曾抚野兽驯,仲尼暂和春雷盛。何时得向笋虡悬,为君一吼君心醒。愿君每听念封疆,不遣豺狼剿人命。②

---

① 陈寅恪《元白诗笺证稿》,第219页。
② 〔唐〕元稹撰,冀勤点校:《元稹集》卷二十四,《和李校书新题乐府十二首·华原磬》,第321-322页。

白居易此诗题下小序云："刺乐工非其人也。"且引李绅诗传曰："天宝中，始废泗滨磬，用华原石代之。询诸磬人，则曰：故老云：泗滨磬下调之不能和，得华原石考之乃和。由是不改。"①"磬"是一种以石头做成的敲击乐器。唐代早期，原本磬用的是泗滨石，即泗水之滨的石头，其音高而雅，然"下调不能和"，后来天宝年间选用华山之阴的石头即"华原石"来做磬就比较协律了。元稹和白居易实际上是借磬石之变而讽朝廷用边将不当，导致安史之乱的爆发。这是因为儒家思想一贯认为"乐与政通"，钟磬之音各自代表不同的寓意，而用泗滨石与用华原石，也有古今、正邪、清浊之别。《礼记·乐记》中有云：

> 钟声铿，铿以立号，号以立横，横以立武。君子听钟声，则思武臣。石声磬，磬以立辨，辨以致死。君子听磬声，则思死封疆之臣。②

元白二人是将磬石之今古与边将之忠逆联系在一起，说明安史之乱的发生，与边将武臣之人心不古有直接的关系。但是，二人所写各有侧重，所发议论亦有区别。

元稹的《华原磬》也是一韵到底的齐言诗，着重写唐玄宗喜爱新乐新声，不辨雅郑，警诫今上要以史为鉴，选边将要得人。而白居易的《华原磬》又用他的老办法——杂言、换韵、顶针等：

> 华原磬，华原磬，古人不听今人听。泗滨石，泗滨石，今人不击古人击。今人古人何不同，用之舍之由乐工。乐工虽在耳如壁，不分清浊即为聋。梨园弟子调律吕，知有新声不知古。古称

---

① 〔唐〕白居易撰，谢思炜校注：《白居易诗集校注》卷三，《华原磬》，第294页。
② 〔唐〕孙希旦撰，沈啸寰、王星贤点校：《礼记集解》卷三十八《乐记第十九之二》，北京：中华书局，1989年，第1018-1019页。

浮磬出泗滨，立辨致死声感人。宫悬一听华原石，君心遂忘封疆臣。果然胡寇从燕起，武臣少肯封疆死。始知乐与时政通，岂听铿锵而已矣。磬襄入海去不归，长安市儿为乐师。华原磬与泗滨石，清浊两声谁得知？①

白诗前面几句都是用顶针的手法，回环往复地表现，这就使得诗歌产生了一种韵律美。"乐工虽在耳如壁，不分清浊即为聋"，此时选的华原石，跟以前的泗滨石发出来的乐音完全不一样，乐工你的耳朵难道是墙壁，分辨不出清浊吗？"古称浮磬出泗滨，立辨致死声感人"，大家注意，从这两句开始，白居易已经转移话题了，开始联系儒家"乐与政通"的音乐理论进行发挥。"宫悬一听华原石，君心遂忘封疆臣"，如果磬的石头选错了，那么武将、封疆大臣们就会只为自己的私利，而不再考虑保家卫国，不再忠于君上了。"果然胡寇从燕起，武臣少肯封疆死。"安禄山的反叛即与此相关。白居易在此将安史之乱的发生，归结于朝廷乐器选用石材发生了变化，这种联系今人看来是有些牵强，但在中唐人看来却顺理成章，反映了当时元稹、白居易等人的一种观念。随后，白居易继续阐明其中的道理："始知乐与时政通，岂听铿锵而已矣。"而且，导致乐音改变的主要原因是乐师非人："磬襄入海去不归，长安市儿为乐师。"古时真正辨声的坚守雅正之音的乐师磬襄早已不在了，现在的宫廷乐师多为媚俗的长安市井小儿，这些人演奏的音乐还能让人心变得雅正吗？实际上，白居易已经将批评的矛头指向了用人不当者——朝廷和皇帝，但是作者又未明言，只是在结尾问了一句："华原磬与泗滨石，清浊两声谁得知？"意在言外，耐人寻味。

再来看《西凉伎》诗。我认为这首诗元白两人写得各有千秋，不

---

① 〔唐〕白居易撰，谢思炜校注：《白居易诗集校注》卷三，《华原磬》，第294-295页。

相伯仲。"西凉",即西凉州;"西凉伎",即产生于西凉州的带有西域色彩的边地歌舞。《隋书》卷十五《音乐志下》云:

> 西凉者,起苻氏之末,吕光、沮渠蒙逊等,据有凉州,变龟兹声为之,号为秦汉伎。魏太武既平河西得之,谓之西凉乐。至魏、周之际,遂谓之国伎。今曲项琵琶、竖头箜篌之徒,并出自西域,非华夏旧器。杨泽新声、神白马之类,生于胡戎。胡戎歌非汉魏遗曲,故其乐器声调,悉与书史不同。其歌曲有永世乐,解曲有万世丰,舞曲有于阗佛曲。其乐器有钟、磬、弹筝、搊筝、卧箜篌、竖箜篌、琵琶、五弦、笙、箫、大筚篥、长笛、小筚篥、横笛、腰鼓、齐鼓、担鼓、铜拔、贝等十九种,为一部。工二十七人。[①]

《全唐诗》中此白诗题下小序云:"刺封疆之臣也。"元白二人也都是借乐论史,写安史之乱后凉州落入吐蕃之手,迄今未与朝廷相通的沉痛现实。陈寅恪《元白诗笺证稿》即云:

> 自安史乱后,吐蕃盗据河湟以来,迄于宪宗元和之世,长安君臣虽有收复失地之计图,而边镇将领终无经略旧疆之志意。此诗人之所以同深愤慨,而元白二公此篇所共具之历史背景也。[②]

这首诗的体制,二人反过来了,元稹的诗句式长短不齐,白居易的反倒比较整齐了。

我认为元稹这首诗写得很好:

> 吾闻昔日西凉州,人烟扑地桑柘稠。蒲萄酒熟恣行乐,红艳青旗朱粉楼。楼下当垆称卓女,楼头伴客名莫愁。乡人不识离别

---

① 《隋书》卷十五志第十《音乐下》,北京,中华书局,1973年,第378页。
② 陈寅恪《元白诗笺证稿》,第326页。

苦，更卒多为沉滞游。哥舒开府设高宴，八珍九醞当前头。前头百戏竞撩乱，丸剑跳踯霜雪浮。师子摇光毛彩竖，胡姬醉舞筋骨柔。大宛来献赤汗马，赞普亦奉翠茸裘。一朝燕贼乱中国，河湟忽尽空遗丘。开远门前万里堠，今来蹙到行原州。去京五百而近何其逼，天子县内半没为荒陬，西凉之道尔阻修。连城边将但高会，每说此曲能不羞？①

他先写西凉州来的歌儿舞女在畅饮着葡萄美酒的宴会上跳舞、唱歌，为戍边的将士们歌舞助兴，为流浪边地的商客们解闷佐欢。元诗描写的当时西凉州的歌舞比较丰富多样、热闹非凡，舞剑的舞剑，抛丸的抛丸，还有耍狮子舞的、跳胡腾舞的。诗人如此敷陈铺叙到底要表达什么意图呢？诗人实际上是想说，胡风东渐，胡音东来，已经改变了中原雅乐的中正和平之风。中唐人都有很强烈的夷夏之辨，觉得胡风、胡音、胡伎、胡乐、胡舞都不好，扰乱了儒家原来的雅正思想，使得君臣之间的关系，以及朝廷与地方的关系都发生了变化。下面"一朝燕贼乱中国"一句，指的就是胡人安禄山发动的安史之乱；而"河湟忽尽空遗丘"，则是说安史之乱后，河湟之地完全落入吐蕃之手，西凉州已与内地不通了，边境竟然收缩到原州一带。最后元稹讽刺那些戍守边地的将领们，你们只知道欣赏这些西凉州传来的胡乐，天天醉生梦死，难道就没想过要去收复西凉州、打通河西走廊吗？陈寅恪云：

> 微之少居西北边镇之凤翔，殆亲见或闻知边将之宴乐嬉游，而坐视河湟之长期沦没。故追忆感慨，赋成此篇。颇疑其诗中所咏，乃为刘昌辈而发。既系确有所指，而非泛泛之言，此所以特为沉

---

① 〔唐〕元稹撰，冀勤点校：《元稹集》卷二十四，《和李校书新题乐府十二首·西凉伎》，第281页。

痛也。①

元稹这一首诗从立意到写法，我认为都是很高妙的。

白居易的同题之作，写得比元稹更具体，铺陈更多，篇幅也更长，当然写法也不同：

> 西凉伎，假面胡人假师子。刻木为头丝作尾，金镀眼睛银帖齿。奋迅毛衣摆双耳，如从流沙来万里。紫髯深目两胡儿，鼓舞跳梁前致辞。应似凉州未陷日，安西都护进来时。须臾云得新消息，安西路绝归不得。泣向师子涕双垂，凉州陷没知不知？师子回头向西望，哀吼一声观者悲。贞元边将爱此曲，醉坐笑看看不足。享宾犒士宴三军，师子胡儿长在目。有一征夫年七十，见弄凉州低面泣。泣罢敛手白将军：主忧臣辱昔所闻。自从天宝兵戈起，犬戎日夜吞西鄙。凉州陷来四十年，河陇侵将七千里。平时安西万里疆，今日边防在凤翔。缘边空屯十万卒，饱食温衣闲过日。遗民肠断在凉州，将卒相看无意收。天子每思常痛惜，将军欲说合惭羞。奈何仍看西凉伎，取笑资欢无所愧。纵无智力未能收，忍取西凉弄为戏？②

与元诗相比，白诗写法多变，叙事性更强。白居易先是以从天宝到贞元年间一直流寓在长安的西凉伎为视点，写其乐舞之妙、流寓之苦、思乡之悲。白居易对"西凉伎"即西凉州来的歌舞表演的描写更为生动，说"假面胡人假狮子"，这个艺人戴着假面跳狮子舞，后面几句也是描写他的舞蹈动作和场景。更重要的是，白居易还让这位昔日从西凉州来到长安的艺人自叙身世，慨叹今昔之变。"须臾云得新消息，

---

① 陈寅恪《元白诗笺证稿》，第326页。
② 〔唐〕白居易撰，谢思炜校注：《白居易诗集校注》卷三，《西凉伎》，第367-372页。

安西路绝归不得",他来自西凉州,现在却没法回去了,因为河湟被阻断了。然后白居易又以一位曾经戍守过边关的老征夫对国境日蹙的哭诉,写征夫向边将进言:你们不能如此不思进取,你们一定要振起,一定要有为,一定要收复河西走廊这块失地才行。"主忧臣辱昔所闻",皇上整天担心忧愁,作为臣子就应该觉得是耻辱,应该收复河湟之地。以此反衬边将不思收复河湟、徒思逸乐的可耻,对比鲜明,感人至深。最后白居易说:"纵无智力未能收,忍取西凉弄为戏。"难道你没有羞耻之心吗?即使你们没有能力收复失地,也不应该在这儿醉生梦死,陶醉于欣赏西凉州来的这些歌舞之中。白诗让两位主人公站出来亲身诉说,较元诗更显得真实,也更令人同情。

另外还有一题《法曲歌》,也是李绅原唱,元白赓和的与盛唐乐舞相关的作品。"法曲",原为含有外来音乐成分的西域音乐,后与汉族的清商乐结合,因用于佛教法会而得名。其乐器有铙、钹、钟、磬、幢箫、琵琶。至唐朝又掺杂道曲而发展至极盛,成为隋唐宫廷燕乐的一种重要形式。元稹诗云:

> 吾闻黄帝鼓清角,弭伏熊罴舞玄鹤。舜持干羽苗革心,尧用咸池凤巢阁。《大夏》《濩》《武》皆象功,功多已讶玄功薄。汉祖过沛亦有歌,秦王破阵非无作。作之宗庙见艰难,作之军旅传糟粕。明皇度曲多新态,宛转侵淫易沉著。《赤白桃李》取花名,《霓裳羽衣》号天落。雅弄虽云已变乱,夷音未得相参错。自从胡骑起烟尘,毛毳腥膻满咸洛。女为胡妇学胡妆,伎进胡音务胡乐。火凤声沉多咽绝,春莺啭罢长萧索。胡音胡骑与胡妆,五十年来竞纷泊。①

---

① 〔唐〕元稹撰,冀勤点校:《元稹集》卷二十四,《和李校书新题乐府十二首·法曲》,第282页。

其中"明皇度曲多新态,宛转侵淫易沉著。《赤白桃李》取花名,《霓裳羽衣》号天落"这几句,是说法曲的几个著名曲子中,《赤白桃李花》《霓裳羽衣曲》等就是唐玄宗所作的,即"明皇度曲多新态"。元稹意在批评唐明皇等人沉浸在对大型歌舞的欣赏之中,不理朝政,荒废国事,导致了安史之乱的发生。"自从胡骑起烟尘,毛毳腥膻满咸洛。女为胡妇学胡妆,伎进胡音务胡乐。火凤声沉多咽绝,春莺啭罢长萧索。胡音胡骑与胡妆,五十年来竞纷泊。"元稹也好,白居易也好,中唐其他人也好,当时感触最深的就是近四五十年来的各种流行时尚,无一不和胡人有关,而我们华夏、内地原有的那种雅正淳朴的古风,渐渐地被胡音、胡风浸染了甚至取代了,诗人们感觉到华夏传统正在失坠之中,不由得忧心忡忡,所以元稹说"胡音胡骑与胡妆,五十年来竞纷泊"。

白居易的《法曲歌》则写道:

> 法曲法曲歌大定,积德重熙有馀庆,永徽之人舞而咏。法曲法曲舞霓裳,政和世理音洋洋,开元之人乐且康。法曲法曲歌堂堂,堂堂之庆垂无疆。中宗肃宗复鸿业,唐祚中兴万万叶。法曲法曲合夷歌,夷声邪乱华声和。以乱干和天宝末,明年胡尘犯宫阙。乃知法曲本华风,苟能审音与政通。一从胡曲相参错,不辨兴衰与哀乐。愿求牙旷正华音,不令夷夏相交侵。①

白居易的写法和元稹不太一样,他主要称颂这些法曲的创作者——包括唐高宗(即"永徽")、唐玄宗(即"开元")以及后来的"中宗肃宗"——都是英明的皇帝,他是在"美列圣,正华声也",称赞列朝列代的皇帝都很圣明,要用法曲来取代胡音胡乐,所以说"乃知法

---

① 〔唐〕白居易撰,谢思炜校注:《白居易诗集校注》卷三,《法曲歌》,第283-284页。

曲本华风"。但是后来法曲中就渐渐掺入了外国的音乐，尤其是西域的风尚，于是"一从胡曲相参错，不辨兴衰与哀乐"。元稹、白居易等人是有强烈的夷夏之辨的，他们对盛唐的歌舞抱有复杂的感情，既觉得那样华丽的歌舞表现了盛世的辉煌，但又认为天宝末年的法曲中胡音胡乐的色彩太过浓烈，令人不由得不与安史之乱、胡骑寇乱产生联想，因而中唐人对盛唐歌舞的评说，往往与对兴亡之由的探讨联系在一起。二人相较，元稹以叙述为主，态度较为隐晦含蓄，白居易则在叙述之后直接发表议论，且对今上提出明确的希望："愿求牙旷正华音，不令夷夏相交侵。"白诗主题更集中，观点也更为鲜明。

元白的《胡旋女》诗也同样是发挥儒家"乐与政通"的思想，通过乐舞来讽朝政。"胡旋女"，即跳胡旋舞的西域女子。唐代的胡旋舞有单人舞、双人舞、小组舞甚至群舞。元稹诗云：

> 天宝欲末胡欲乱，胡人献女能胡旋。旋得明王不觉迷，妖胡奄到长生殿。胡旋之义世莫知，胡旋之容我能传。蓬断霜根羊角疾，竿戴朱盘火轮炫。骊珠迸珥逐龙星，虹晕轻巾掣流电。潜鲸暗吸笕海波，回风乱舞当空霰。万过其谁辨终始，四座安能分背面。才人观者相为言，承奉君恩在圆变。是非好恶随君口，南北东西逐君盼。柔软依身著珮带，裴回绕指同环钏。佞臣闻此心计回，荧惑君心君眼眩。君言似曲屈为钩，君言好直舒为箭。巧随清影触处行，妙学春莺百般啭。倾天侧地用君力，抑塞周遮恐君见。翠华南幸万里桥，玄宗始悟坤维转。寄言旋目与旋心，有国有家当共谴。①

---

① 〔唐〕元稹撰，冀勤点校：《元稹集》卷二十四，《和李校书新题乐府十二首·胡旋女》，第330-331页。

元诗将"胡旋之义"(胡乐乱华)与"胡旋之容"(胡舞惑君)交叉叙述,反复陈说。"妖胡"指的就是后来叛乱的安禄山,因为安禄山也是盛唐的胡旋舞高手之一。元稹直言安禄山就是以胡舞惑君媚主,使玄宗不辨忠奸曲直,终致乱生。中间一段对胡旋女精妙舞技的渲染,对胡旋舞炫目舞容的敷陈,实际上也是在强调其危害之大——荧惑君心,倾天侧地。而对安史之乱这一事件本身,作者只用"翠华南幸万里桥,玄宗始悟坤维转"两句轻轻带过,为玄宗讳。最后对当时仍很流行的胡旋舞,大胆批判,警醒世人:"寄言旋目与旋心,有国有家当共遣。"劝诫当今皇上和平民百姓,都不要再沉迷于这样的歌舞之中,而应该对国家、对现实有清醒的认识。诗人义愤填膺,发人深省。

那么,白居易的《胡旋女》又是怎么写的呢?

> 胡旋女,胡旋女,心应弦,手应鼓。弦鼓一声双袖举,回雪飘飖转蓬舞。左旋右转不知疲,千匝万周无已时。人间物类无可比,奔车轮缓旋风迟。曲终再拜谢天子,天子为之微启齿。胡旋女,出康居,徒劳东来万里余。中原自有胡旋者,斗妙争能尔不如。天宝季年时欲变,臣妾人人学圜转。中有太真外禄山,二人最道能胡旋。梨花园中册作妃,金鸡障下养为儿。禄山胡旋迷君眼,兵过黄河疑未反。贵妃胡旋惑君心,死弃马嵬念更深。从兹地轴天维转,五十年来制不禁。胡旋女,莫空舞,数唱此歌悟明主。①

白诗开头写这个西域进贡的胡旋女跳起舞来应着节拍旋转如飞,甚得皇帝欣赏。接着介绍胡旋女的身世:"胡旋女,出康居,徒劳东来万里余。"可下面的"中原自有胡旋者,斗妙争能尔不如"两句,则开始说反话了:你胡旋女为什么不辞辛苦、千里迢迢跑到我们中原来呢?

---

① 〔唐〕白居易撰,谢思炜校注:《白居易诗集校注》卷三,《胡旋女》,第305-306页。

我们中原人也有会胡旋舞的，而且跳得比你还好。诗人这是说的谁呢？就是下文的安禄山和杨贵妃了："中有太真外禄山，二人最道能胡旋。"宫中当然是杨贵妃，她跳胡旋舞是女中第一、内廷第一；而外廷的男性胡旋高手，则是安禄山。这两位可比你西域来的胡旋女跳得还妙、还美呢，皇帝当然更喜欢他们了："梨花园中册作妃，金鸡障下养为儿。禄山胡旋迷君眼，兵过黄河疑未反。"你看，他们的胡旋舞跳得多好，把皇上都旋得迷糊、旋得晕头了，甚至安禄山带领叛军都已经打过黄河，唐玄宗还不相信他会反呢。而杨贵妃呢，更能迷惑君心："贵妃胡旋惑君心，死弃马嵬念更深。"杨贵妃善舞胡旋，魅惑玄宗，荒淫误国，最后导致了安史之乱，即便杨贵妃被缢杀于马嵬坡后，玄宗还一直深情地怀念她，至死都不能自拔。可见，当年玄宗皇帝被胡旋舞迷惑的程度有多深。白居易继续发挥议论："从兹地轴天维转，五十年来制不禁。"这岂止是跳舞啊，胡旋舞跳得天旋地转，把国家都跳得乾坤转移了，再跳的话，大唐的社稷就要倾覆了。所以诗人最后旗帜鲜明地表明态度："胡旋女，莫空舞，数唱此歌悟明主。"白居易是在借题发挥，警诫今上，应以史为鉴，语重心长。

以上这几首新乐府诗，都从不同的侧面缅怀盛唐，尤其是多次用从开元、天宝年间过来人之口亲自说故事、讲身世，追忆四五十年前曾经有过的太平盛世、曾经出现的繁荣富强，慨叹天宝年间朝廷皇帝的用人不当、穷兵黩武、劳民伤财、沉湎胡乐，导致安史之乱的发生，国势由盛转衰，迄今尚未振起，希望当世君主，以史为鉴，再次中兴大唐。所以，元白的这些追忆盛唐的作品，既是咏史，又是讽今，在当时具有深刻的社会现实意义。

五

白居易所写的与盛唐相关的最重要、最有名的作品要数《长恨歌》：

汉皇重色思倾国，御宇多年求不得。杨家有女初长成，养在深闺人未识。天生丽质难自弃，一朝选在君王侧。回眸一笑百媚生，六宫粉黛无颜色。春寒赐浴华清池，温泉水滑洗凝脂。侍儿扶起娇无力，始是新承恩泽时。云鬓花颜金步摇，芙蓉帐暖度春宵。春宵苦短日高起，从此君王不早朝。承欢侍宴无闲暇，春从春游夜专夜。后宫佳丽三千人，三千宠爱在一身。金屋妆成娇侍夜，玉楼宴罢醉和春。姊妹弟兄皆列土，可怜光彩生门户。遂令天下父母心，不重生男重生女。骊宫高处入青云，仙乐风飘处处闻。缓歌慢舞凝丝竹，尽日君王看不足。渔阳鼙鼓动地来，惊破霓裳羽衣曲。九重城阙烟尘生，千乘万骑西南行。翠华摇摇行复止，西出都门百余里。六军不发无奈何，宛转蛾眉马前死。花钿委地无人收，翠翘金雀玉搔头。君王掩面救不得，回看血泪相和流。黄埃散漫风萧索，云栈萦纡登剑阁。峨嵋山下少人行，旌旗无光日色薄。蜀江水碧蜀山青，圣主朝朝暮暮情。行宫见月伤心色，夜雨闻铃肠断声。天旋地转回龙驭，到此踌躇不能去。马嵬坡下泥土中，不见玉颜空死处。君臣相顾尽沾衣，东望都门信马归。归来池苑皆依旧，太液芙蓉未央柳。芙蓉如面柳如眉，对此如何不泪垂？春风桃李花开夜，秋雨梧桐叶落时。西宫南苑多秋草，落叶满阶红不扫。梨园子弟白发新，椒房阿监青娥老。夕殿萤飞思悄然，孤灯挑尽未成眠。迟迟钟鼓初长夜，耿耿星河欲曙天。鸳鸯瓦冷霜华重，翡翠衾寒谁与共？悠悠生死别经年，魂魄不曾来入梦。临邛道士鸿都客，能以精诚致魂魄。为感君王辗转思，遂教方士殷勤觅。排空驭气奔如电，升天入地求之遍。上穷碧落下黄泉，两处茫茫皆不见。忽闻海上有仙山，山在虚无缥缈间。楼阁玲珑五云起，其中绰约多仙子。中有一人字太真，雪肤花貌参差是。金阙西厢叩玉扃，转教小玉报双成。闻道汉家天子使，九华帐里梦魂惊。揽衣推枕起徘徊，珠箔银屏迤逦开。云鬓半偏新睡觉，花冠不整下堂来。风吹仙袂飘飘举，犹似霓裳羽衣舞。玉容寂寞泪阑干，梨花一枝春带雨。含情凝睇谢君王，一别音容两渺茫。昭阳殿里恩爱绝，蓬莱宫中日月长。回头下望人寰处，不见长安见尘雾。唯将旧物表深情，钿合金钗寄将去。钗留一股合一扇，钗擘黄金合分钿。但教心似金钿坚，天上人间会相见。临别殷勤重寄词，词中有誓两心知。七月七日长生殿，夜半无人私语时。在天愿作比翼鸟，在地愿为连理枝。天长地久有时尽，此恨绵绵无绝期。①

前文已述，这篇作品是元和元年（806）白居易在盩厔县尉任上，与当地文士王质夫、陈鸿一起游玩仙游寺时创作的。其创作宗旨，据陈鸿《长恨歌传》云："意者不但感其事，亦欲惩尤物，窒乱阶，垂于将来也。"白居易他们既为唐玄宗、杨贵妃的爱情所感动，又认为杨贵妃是祸国的尤物，使唐玄宗荒于朝政，导致安史之乱的发生，应以史为鉴。

对于唐玄宗与杨贵妃的爱情故事，在白居易创作《长恨歌》前，已有多人述及、评说。像我们前面讲过的杜甫《哀江头》诗，曾对杨贵妃之死深表同情。杜甫在至德二载所写的《北征》诗中则将杨贵妃视为妹妲一类人物。白居易刚开始写这首诗的时候，也是对唐玄宗持

---

① 〔唐〕白居易撰，谢思炜校注：《白居易诗集校注》卷十二，《长恨歌》，第943-944页。

批判讽刺态度的,所以开篇即云"汉皇重色思倾国"。作者是以汉喻唐,用汉武帝宠幸李夫人的历史故事来指代唐明皇迷恋杨贵妃,讽意甚显。为全诗定下了一个情感基调。男主人公"汉皇"(即唐玄宗)身为一国之君,不是重贤思治国,而是"重色思倾国",作者的褒贬态度不言而喻。而杨贵妃自然就是那"色"和"倾国",而且"倾国"一词本来就义含双关,一是指美色使全国的人都为之倾倒,用的是汉武帝时宫廷乐师李延年所唱"北方有佳人,遗世而独立。一顾倾人城,再顾倾人国。宁不知倾城与倾国,佳人难再得"歌之典故;同时又暗含美色使国家倾覆的意思。而且,诗歌的前半部分,正是写唐玄宗怎样由"思倾国",宠"倾国",一步步真的就"倾国"(倾覆国家)了的过程和结局。其中,诗人对唐玄宗的描写都是围绕"重色"二字来写的,写李、杨之间的欢爱,与写一般男女之间正常的爱恋之情所用的角度和词汇,皆有明显的不同,笔触所及之处无不透露出作者对李、杨荒淫生活的暴露和批评之意。

从"渔阳鼙鼓动地来"开始,作品就写到"长恨"本身了。唐玄宗整日与杨贵妃淫乐,不理朝政,自然就乐极生悲,乐极生恨了,终于导致了安史乱生、国家倾覆的政治悲剧,同时也造成了他们天人永隔的爱情悲剧。但诗中并没有抒写唐玄宗对社稷危在旦夕、国家庶几倾覆的深刻悔恨,而是大量铺陈、刻意渲染唐玄宗和杨贵妃天人永隔后的悠悠思情、绵绵"长恨"。

尤其是白居易写到两京收复,唐玄宗回京途中又路过马嵬坡,不禁悲从中来,十分思念杨玉环:"马嵬坡下泥土中,不见玉颜空死处。君臣相顾尽沾衣,东望都门信马归。"玄宗回到宫中之后,更是睹物思人,无时无刻不沉浸在对杨贵妃的思念之中。看到宫中的花草树木"太液芙蓉未央柳",就勾起了心中的忆念:"芙蓉如面柳如眉,对此如何不泪垂。"春风秋雨，花开花落，亦复如斯："春风桃李花开日，秋雨梧桐叶落时。西宫南苑多秋草，落叶满阶红不扫。"老年的唐玄宗茕茕一身，每日与青灯相伴，无日不在思念已经香消玉殒的杨贵妃，白居易写唐玄宗的思念之苦特别感人："夕殿萤飞思悄然，孤灯挑尽未成眠。迟迟钟鼓初长夜，耿耿星河欲曙天。"其中"迟迟钟鼓初长夜，耿耿星河欲曙天"两句，与他后来写的《上阳白发人》中老宫女的孤寂凄苦的诗句"秋夜长，夜长无寐天不明。耿耿残灯背壁影，萧萧暗雨打窗声"，语句相近，情思相同。只不过前者写的是年迈孤苦的唐玄宗，后者写的是独宿空房的老宫女。下面的两句"鸳鸯瓦冷霜华重，翡翠衾寒谁与共"，则又把一个老皇帝思念死去了的爱妃的孤凄心理写出来了。在白居易以前，似乎还没有哪位诗人这么深情地写过男子对爱人的思念之苦，以前的闺怨诗写的是闺中的思妇，宫怨诗写的也是幽闭冷宫的宫女。白居易此诗写的是什么人呢？写的是一个退位了的老皇帝的落寞和孤独。白居易怎么能把一个男人为情所苦、为爱所伤的心理写得这么好呢？更令人觉得奇怪的是，作者对李杨的态度由开头的批判、讽刺，中间渐转同情、感伤，到篇末竟然变成深情的歌颂了。这又是怎么回事呢？其实，这一切都是有原因的，都和白居易此时的感情生活、心理状态有着直接的关系。因为元和元年（806）白居易在创作《长恨歌》的时候，正沉浸在与一个名叫湘灵的女子真心相爱长达十六年却不能结合的苦恋与长恨之中。

贞元六年（790），白居易十九岁，他在父亲做官的符离复习功课准备参加科举考试。其间他爱上了东邻少女湘灵，写了一首诗《邻女》[①]：

娉婷十五胜天仙，白日姮娥旱地莲。何处闲教鹦鹉语？碧纱

[①] 下文对白居易与湘灵恋爱所作诸诗的系年和诗意解读，主要依据蹇长春《白居易评传》（南京：南京大学出版社，2002年）。

窗下绣床前。①

十九岁的青年才俊白居易对十五岁的少女湘灵一见钟情，他们就开始了初恋。又过了几年，贞元十四年（798），白居易二十七岁了，要外出求仕，去江南的叔父家，第一次和湘灵离别。他一路上思念不已，写了两首诗，一首《寄湘灵》：

> 泪眼凌寒冻不流，每经高处即回头。遥知别后西楼上，应凭栏干独自愁。②

他先写自己一路上思念湘灵泪滴成冰，再遥想湘灵在家亦独自凭栏远眺思念自己，两相映照，一种相思。接下来的这首《寒闺夜》，全是从湘灵一方的角度写的：

> 夜半衾裯冷，孤眠懒未能。笼香销尽火，巾泪滴成冰。为惜影相伴，通宵不灭灯。③

他想象湘灵一个人独守空闺，唯有灯影相伴，因为害怕孤独，所以通宵点灯，不肯吹熄，如此才能有影子伴着自己。大家看看，这几句的写法是不是跟《长恨歌》里的"夕殿萤飞思悄然，孤灯挑尽未成眠"比较相近呢？

差不多同时，白居易在路上或者在江南，又写了一首《长相思》，感情和写法与八年后的《长恨歌》中的唐玄宗杨贵妃的相思有点接近了：

> 九月西风兴，月冷霜华凝。思君秋夜长，一夜魂九升。二月

---

① ［唐］白居易撰，谢思炜校注：《白居易诗集校注》卷十九，《邻女》，第1572页。
② 同上书，卷十三，《寄湘灵》，第1057页。
③ 同上书，卷十三，《寒闺夜》，第1056页。

东风来,草坼花心开。思君春日迟,一日肠九回。妾住洛桥北,君住洛桥南。十五即相识,今年二十三。有如女萝草,生在松之侧。蔓短枝苦高,萦回上不得。人言人有愿,愿至天必成。愿作远方兽,步步比肩行。愿作深山木,枝枝连理生。①

此诗写湘灵在秋夜的孤寂是"月冷霜华凝",《长恨歌》写唐玄宗在秋夜的冷凄是"鸳鸯瓦冷霜华重",遣词造句相近,诗境完全相同。此诗写二人的爱情誓言是"愿作远方兽,步步比肩行。愿作深山木,枝枝连理生"。与后来《长恨歌》中李杨二人的密誓"在天愿作比翼鸟,在地愿为连理枝"何其相似乃尔!既然白居易自己都说当年唐玄宗与杨贵妃月下的爱情盟誓是"夜半无人"时的"私语",无人得知,则《长恨歌》中所写完全有可能是白居易自己与湘灵的爱情誓言的发挥与升华。白居易在《长恨歌》的后半段已经融入了他和湘灵的刻骨相思和绵绵长恨。

贞元十六年(800),白居易二十九岁,考中进士后回符离住了将近十个月。他恳切地向母亲请求与湘灵结婚,但白母坚决不同意。白居易只好怀着痛苦的心情与湘灵离别,遂作《生离别》:

食蘖不易食梅难,蘖能苦兮梅能酸。未如生别之为难,苦在心兮酸在肝。晨鸡再鸣残月没,征马连嘶行人出。回看骨肉哭一声,梅酸蘖苦甘如蜜。黄河水白黄云秋,行人河边相对愁。天寒野旷何处宿?棠梨叶战风飕飕。生离别,生离别,忧从中来无断绝。忧极心劳血气衰,未年三十生白发。②

此诗写离别之苦忧云"忧从中来无断绝",也与《长恨歌》最后一句"此

---

① 〔唐〕白居易撰,谢思炜校注:《白居易诗集校注》卷十二,《长相思》,第918-919页。
② 同上书,卷十二,《生离别》,第900页。

恨绵绵无绝期"有相近之处。

贞元二十年（804）秋，白居易三十三岁，已经在长安作了校书郎，需将家迁至长安，回家再次苦求母亲准许他与湘灵结婚，可白母不仅拒绝了白居易的要求，而且还派人看着白居易，不让他在走之前与湘灵见面。于是，白居易只能趁人不注意在夜里偷偷与湘灵离别，作《潜别离》：

> 不得哭，潜别离；不得语，暗相思，两心之外无人知。深笼夜锁独栖鸟，利剑春断连理枝。河水虽浊有清日，乌头虽黑有白时。唯有潜离与暗别，彼此甘心无后期。①

在此诗中，白居易写他和湘灵私自别离的叮咛语是"不得语，暗相思，两心之外无人知"，令人不由得想起他两年后所写《长恨歌》中李杨二人的月下盟誓也是"夜半无人私语时"，句意有近似之处；其次，他把自己和湘灵都比喻成"独栖鸟"，与《长恨歌》中李杨二人的爱情誓言"比翼鸟"虽然恰成反语，但其意其情相同。

就在创作《长恨歌》前不久的秋天，白居易还写了一首《寄远》，思念远在符离的湘灵：

> 欲忘忘未得，欲去去无由。两腋不生翅，二毛空满头。坐看新叶落，行上最高楼。暝色无边际，茫茫尽眼愁！②

可见，在创作《长恨歌》的前后，白居易正为情所苦，本身陷于对湘灵的痛苦相思（无断绝之"忧"）和爱情的"茫茫"之"愁"中，所以诗人才将唐玄宗和杨贵妃天人相隔之后的两地相思写成了"此恨

---

① 〔唐〕白居易撰，谢思炜校注：《白居易诗集校注》卷十二，《潜别离》，第959页。
② 同上书，卷十九，《寄远》，第1535页。

绵绵无绝期"，才在不知不觉中渐从诗篇开头对李杨二人的讽喻批判变为最终对李杨忠贞不渝的爱情的同情与歌颂。这也使得白居易对李杨的态度与前人和时人都不尽相同了；白居易对这个故事的叙述充满了感情，也使得《长恨歌》形成了多重主题，蕴含了更丰富的意趣，自然也就更真切感人，更耐人寻味。

白居易写了《长恨歌》后，当时天下人都称白居易为"长恨歌主"，他在诗坛的影响更大了。白居易的诗友和诗敌元稹后来也写了一首长篇歌行叙事诗《连昌宫词》，有与白居易《长恨歌》争胜的意味：

连昌宫中满宫竹，岁久无人森似束。又有墙头千叶桃，风动落花红蔌蔌。宫边老翁为予泣："小年进食曾因入。上皇正在望仙楼，太真同凭栏干立。楼上楼前尽珠翠，炫转荧煌照天地。归来如梦复如痴，何暇备言宫里事？初过寒食一百六，店舍无烟宫树绿。夜半月高弦索鸣，贺老琵琶定场屋。力士传呼觅念奴，念奴潜伴诸郎宿。须臾觅得又连催，特敕街中许燃烛。春娇满眼睡红绡，掠削云鬟旋装束。飞上九天歌一声，二十五郎吹管逐。逡巡大遍《凉州》彻，色色《龟兹》轰录续。李谟擫笛傍宫墙，偷得新翻数般曲。平明大驾发行宫，万人歌舞途路中。百官队仗避岐薛，杨氏诸姨车斗风。明年十月东都破，御路犹存禄山过。驱令供顿不敢藏，万姓无声泪潜堕。两京定后六七年，却寻家舍行宫前。庄园烧尽有枯井，行宫门闭树宛然。尔后相传六皇帝，不到离宫门久闭。往来年少说长安，玄武楼成花萼废。去年敕使因斫竹，偶值门开暂相逐。荆榛栉比塞池塘，狐兔骄痴缘树木。舞榭欹倾基尚在，文窗窈窕纱犹绿。尘埋粉壁旧花钿，乌啄风筝碎珠玉。上皇偏爱临砌花，依然御榻临阶斜。蛇出燕巢盘斗栱，菌生香案正当衙。寝殿相连端正楼，太真梳洗楼上头。晨光未出帘影黑,至今反挂珊瑚钩。指似傍人因恸哭,却出宫门泪相续。自从此后还闭门,夜夜狐狸上门屋。"我闻此语心骨悲,太平谁致乱者谁?翁言:"野父何分别?耳闻眼见为君说。姚崇宋璟作相公,劝谏上皇言语切。燮理阴阳禾黍丰,调和中外无兵戎。长官清平太守好,拣选皆言由相公。开元之末姚宋死,朝廷渐渐由妃子。禄山宫里养作儿,虢国门前闹如市。弄权宰相不记名,依稀忆得杨与李。庙谟颠倒四海摇,五十年来作疮痏。今皇神圣丞相明,诏书才下吴蜀平。官军又取淮西贼,此贼亦除天下宁。年年耕种宫前道,今年不遣子孙耕。"老翁此意深望幸,努力庙谋休用兵。[1]

连昌宫,故址在河南寿安(今河南省宜阳县)西九里,是唐高宗所建的一个行宫。陈寅恪即谓元稹此诗"实深受白乐天、陈鸿《长恨歌》及《传》之影响,合并融化唐代小说之史才诗笔议论为一体而成","取乐天《长恨歌》之题材依香山新乐府之体裁改进创造而成之新作品也"。[2] 元稹这篇作品也写到唐玄宗和杨贵妃的故事,但写法不同,仍用其早年所作《代曲江老人百韵》《上阳白发人》中第三人称代言体的叙事法,通过家住连昌宫旁的一位老者之口叙述连昌宫的兴废史,反映唐玄宗到唐宪宗时期这个宫殿由兴盛到荒芜的过程,寄托了兴亡盛衰之慨。由于诗人在作品中主要是对这段历史进行评析,表达了他许多政治见解,我们读后就不会像读《长恨歌》那样感动,所以他这首诗的影响就不如白居易的《长恨歌》了。

---

[1] 〔唐〕元稹撰,冀勤点校:《元稹集》卷二十四,《连昌宫词》,第311-313页。
[2] 陈寅恪《元白诗笺证稿》,第61页。

六

综上可见,在安史之乱爆发后,尤其是贞元、元和年间,社会上掀起了一个追忆开元盛世、反思安史之乱的文化思潮和创作高潮,其中以元稹、白居易作品为最多,思考得也最深入。但是,元白两人对"盛唐记忆"的侧重点、所寄寓的感情以及相关作品对后世的影响,都是不完全一样的。

二人相较的话,元稹创作此类题材更早,但是白居易表现得更为全面,但他们又都能针对现实问题,反思唐之由盛转衰,探讨治乱之理,分析兴亡之由。就新乐府而言,白居易的《新乐府》讽喻性比元稹更强,且形式上采取了更为灵活多变的句式及篇中换韵的杂言体,经常运用第一人称的代言体的形式,"首章标其目,卒章显其志",题下有序,且经常在诗中加题下小注、句中小注,所以表达得更为集中、更为鲜明。如果把白居易《长恨歌》和元稹《连昌宫词》进行对比的话,由于白居易在创作《长恨歌》时正陷于苦恋,故而讽刺之后融入了自己的同情,并渐渐变为对爱情的歌颂,所以《长恨歌》意蕴丰富,主题复杂,容易对读者产生极强的感染力,使人产生情感上的共鸣。而元稹创作《连昌宫词》时,心境与白居易不一样,元稹此时想要回朝做官,政治热情高涨,所以他意在借咏史来抨击时政,希望引起朝廷的重视,而且他此时已处于个人感情婚姻的平稳期(对第一任妻子韦丛思念之苦早已过去,且与裴氏结婚,婚姻生活比较幸福,还生了两个可爱的女儿),所以对李杨的爱情没有多少感觉了,诗中自然就以鉴戒规讽为主了。宋人洪迈曾经比较《长恨歌》与《连昌宫词》:

> 元微之、白乐天,在唐元和长庆间齐名。其赋咏天宝时事,《连昌宫词》、《长恨歌》皆脍炙人口,使读之者情性荡摇,如身生其时,

亲见其事，殆未易以优劣论也。然《长恨歌》不过述明皇追怆贵妃始末，无它激扬，不若《连昌词》有监戒规讽之意。如云："姚崇、宋璟作相公，劝谏上皇言语切。长官清平太守好，拣选皆言由相公。开元之末姚、宋死，朝廷渐渐由妃子。禄山宫里养作儿，虢国门前闹如市。弄权宰相不记名，依俙忆得杨与李。庙谟颠倒四海摇，五十年来作疮痏。"其末章及官军讨淮西，乞"庙谟休用兵"之语，盖元和十一二年间所作，殊得风人之旨，非《长恨》比云。①

指出两篇作品不同的表现重点，还是很有见地的。

不过，就元白二人作品的影响而论，白似远胜元。白居易的这一系列描写盛世图景、叙述李杨爱情故事、反思盛衰之变的作品，深深地影响了后人对开元盛世、对安史之乱的认识。《长恨歌》中对唐明皇、杨贵妃爱情的同情与歌颂，也使得杨贵妃并没有像妲己、褒姒那样被人死死钉在"红颜祸水"的耻辱柱上，反而得到了古今中外的赞美和歌颂。无论是宋元明清时期的中国人，还是平安朝以来的日本人，对杨贵妃不仅同情，甚至心生喜爱。

通过对元白二人涉及盛唐作品的综合考察，我们还可以归纳出几点：一、中晚唐人大多认为开元之治是因君明臣贤，君能勤政，虚怀纳谏，从善如流，臣能奉公，直言进谏；而天宝之渐，则是由于君不能克己，任用非人，权奸误国。二、白居易更认为，唐之由盛转衰，安史乱起，并非杨贵妃等女色之祸，主要责任是在皇帝，第一责任人是唐玄宗，所谓"汉皇重色思倾国"，安史之乱是君主荒淫误国所致。

（据2019年4月19日在国家图书馆文会堂同题讲座录音整理，文字内容有较大改动）

---

① 〔宋〕洪迈撰，孔凡礼点校：《容斋随笔》卷十五，《连昌宫词》，北京：中华书局，2005年，第200-201页。

 # "指出向上一路"的东坡词

张 鸣

一、引言

大家好。今天我讲的题目是《"指出向上一路"的东坡词》,主要是想谈谈苏轼在唐宋词发展史上做出了怎样的贡献,应该怎样看待苏轼词的文学史地位。

"指出向上一路"这句话出自南宋王灼《碧鸡漫志》。他说东坡先生"偶尔作歌,指出向上一路,新天下耳目,弄笔者始知自振"。"偶尔作歌"的"歌"指的就是词,在宋代,词是用来唱的。王灼是说苏轼偶尔写作歌词,就指出了向上一路,让天下人耳目一新,写词的人也开始知道振作向上了。这段话可以说是宋人对苏轼词的最高评价。

南宋初胡寅在《向芗林酒边集后序》里有另外一个说法:"眉山苏氏一洗绮罗香泽之态,摆脱绸缪宛转之度,使人登高望远,举首高歌,而逸怀浩气,超然乎尘垢之外。于是《花间》为皂隶,而柳氏为舆台矣。"这段话准确概括了苏轼词的特点,并从文学史的角度高度评价了苏轼词的贡献,同样强调了苏轼作词"使人登高望远"。

这两条材料都为今天要讲的内容提供了依据和出发点。为了说明苏轼词如何"新天下耳目",如何"举首高歌"为词坛"指出向上一路",首先需要简单回顾一下词的发展历史,然后才能看清楚苏轼究竟有哪些创新和贡献。

从中晚唐五代以来,词的写作基本上都是为了歌唱的需要,在歌席酒宴上应歌填写,给歌妓演唱,用来遣兴娱宾、侑觞佐舞。五代词人欧阳炯为《花间集》作序说:"名高白雪,声声而自合鸾歌;响遏行云,字字而偏谐凤律。……则有绮筵公子,绣幌佳人。递叶叶之花笺,文抽丽锦;举纤纤之玉指,拍按香檀。不无清绝之辞,用助娇娆之态……"这段话里,"白雪"是古代歌曲名,以高雅著称,这里形容《花间集》里的词都像阳春白雪一般高雅。"响遏行云"是形容歌唱得好。"声声而自合鸾歌"和"字字而偏谐凤律"两句,是说歌词写作和演唱都符合音乐的要求,水平很高。"绮筵公子"指的是参加酒宴的文人。"绣幌佳人"是为酒宴上的客人助兴、劝酒的歌妓乐工。在酒宴旁边用幌子或者幕布隔出一个小区域,乐工歌妓们就在里面演唱歌曲、演奏乐器。"递叶叶之花笺,文抽丽锦",形容在笺纸上写的那些作品像锦缎一样优美。参加酒宴的文人,写了"丽锦"那样优美的作品之后,便可递给"绣幌"后面的"佳人"演唱。"举纤纤之玉指,拍按香檀"这两句就是形容歌妓手拿拍板,一边打节奏,一边把歌词唱出来。"不无清绝之辞,用助娇娆之态",这两句是说,词的文辞清绝优美,让歌妓的演唱更显得"娇娆"。歌词的"清绝"和歌妓演唱的"娇娆",共同起到遣兴娱宾的作用。

这篇序清楚地说明了"花间词"的文体功用和审美风格,这是典型的娱乐文学的写作和演唱场景。为娱乐而填的词,由于女性歌唱的需要,无论是相思离愁、伤春悲秋还是儿女私情等主题,往往以女性描写为中心,或者是以女性的口吻和立场代言,都不是词人的主观抒情,用南宋刘辰翁的话说,是"群儿雌声学语"(《辛稼轩词序》)。唐宋词的"绮罗香泽之态,绸缪宛转之度"(胡寅《酒边词序》)和所谓"词为艳科"的特点,与词的这种写作传统密切相关。

"花间词"之后,从南唐的冯延巳、李煜到北宋前期的晏殊、欧阳修,逐渐开始抒写个人感慨,有少数词作表现了士大夫的胸襟学养。张先词有部分作品是为文人交游唱和而作,范仲淹也有悲凉慷慨风格的作品。但这些词人,都没有改变词的"应歌而作"的写作模式,流连光景,男欢女爱,歌酒娱乐,还是词的主要表现内容。在这些词人的观念中,词仍然还是侑觞佐舞的娱乐文学。词因此被他们看作游戏笔墨,馀技小道。北宋仁宗朝的陈世修在嘉祐三年(1058)《阳春集序》中说:"公(冯延巳)以金陵盛时,内外无事,朋僚亲旧,或当燕集,多远藻思,为乐府新词,俾歌者倚丝竹而歌之,所以娱宾而遣兴也。"这里虽然说的是五代南唐的情况,但实际上到了北宋仁宗朝,词人的观念仍然没有太大的变化,这时的词仍然是写出来给歌妓"倚丝竹而歌之",用来遣兴娱宾的一种娱乐文学。

在苏轼之前,最具有创新性贡献的词人是柳永。柳永开始大量地使用新词调,这就意味使用新音乐,他的音乐形式、曲调和音乐的风格,和晚唐五代以来以小令为主的旧乐曲不一样。并且,柳永使用新兴的"慢曲"填词,大量写作慢词。慢词是词的一种新体裁,它的篇幅比小令大,表现的内容要更丰富。慢词体裁的成立,是宋代词史的大事。更重要的是,柳永不仅大量写作慢词,还在艺术上奠定了慢词以铺叙为主的写作模式,大大推动了词的艺术发展。

另外,柳永将自我抒情带到了词中。《花间集》以来的大量作品都不是词人的自我抒情,但是柳永有很多作品写的是他自己的生活感受。比如《八声甘州》:"争知我,倚阑干处,正恁凝愁。"这个"我"

不是别人,就是他自己。柳永抒写个人爱情生活和羁旅行役之愁的作品,已经具有很强的主观抒情特点,这也是柳永的重大贡献。词也就是在这个时候,慢慢转向了写个人,转向了主观精神世界的呈现。

但是,柳永写词,仍然主要是给歌妓演唱,同样没有从根本上改变词的"应歌而作"的传统。叶梦得《避暑录话》卷下说:"耆卿(柳永)为举子时,多游狭邪,善为歌辞,教坊乐工每得新腔,必求永为辞,始行于世,于是声传一时。"从柳永词广受歌妓乐工欢迎并主要由歌妓乐工演唱传播这一点来看,柳永词还是为了酒宴上演唱,用于遣兴娱宾,从文体属性看,仍然是一种娱乐性文学。不过柳永的出现,确实为苏轼词的突破提供了一个契机、一个参照和启发。表面上看柳永和苏轼好像完全不相容,两人风格完全不一样,但是我要说的是,没有柳永就没有苏轼。

以上简单回顾了词的发展历史,下面正式来讲"指出向上一路"这个问题。

二、从柳永到苏轼

关于苏轼和柳永的比较,历史上很多记载一般都特别着眼于苏轼和柳永风格的不同。如宋人俞文豹《吹剑续录》这一则就很著名:

> 苏轼问幕下善歌者:"我词比柳(永)词何如?"答曰:"柳郎中词,只好十七八女孩儿,执红牙拍板唱'杨柳外(岸),晓风残月'。学士词须关西大汉执铁板唱'大江东去'。"(《说郛》卷二十四引)

这个故事很生动,也很能说明苏轼词和柳永词的差别,但是苏轼幕下这个善歌者的回答其实对苏轼的歌词是有微词的。因为当时崇尚的是女性唱词,红牙拍板才是唱词打节奏用的乐器,关西大汉打着铁板唱,是有点怪异的。表面上看苏轼和柳永确实相差太远,完全不是一路,但是实际上从苏轼问这个问题的动机就能看出来,他不和别人比,而特别要和柳永比,这已经包含了他对柳永的微妙态度。

苏轼的态度在另一篇文章《与鲜于子骏书》中也有体现。他的朋友鲜于子骏请他写诗,苏轼回答说:

> 所索拙诗,岂敢措手,然不可不作,特未暇耳。近却颇作小词,虽无柳七郎风味,亦自是一家。呵呵。数日前,猎于郊外,所获颇多。作得一阕,令东州壮士抵掌顿足而歌之,吹笛击鼓以为节,颇壮观也。

文中说的"作得一阕"大概指的是《江城子·密州出猎》,苏轼对鲜于子骏说,这首词"虽无柳七郎风味",但也可算自成一家。你看,苏轼比较的对象还是柳永,而不是别人。原文的意思,"自是一家"其实是退一步的说法,是在承认柳永的经典地位即所谓"柳七郎风味"的前提下表示"自是一家"的。这才是苏轼对柳永的真正态度,他其实是在承认柳永经典地位的前提下,有意识地追求创新,要和柳永不同,要走出自己的路,自成一家。

苏轼对前人的这种态度非常重要,承认前人的影响、成就和典范地位,但是自己的写作则要走另外的路,这才是文学创新的正路。实际上,苏轼初入词坛,不可能不受到在社会上广为传唱的柳永词的影响。下面来对比两首作品,看一看苏轼是怎样从"柳七郎风味"里走出来的。

首先看柳永的《八声甘州》:

> 对潇潇暮雨洒江天,一番洗清秋。渐霜风凄紧,关河冷落,

残照当楼。是处红衰翠减，苒苒物华休。惟有长江水，无语东流。

不忍登高临远，望故乡渺邈，归思难收。叹年来踪迹，何事苦淹留？想佳人、妆楼颙望，误几回、天际识归舟。争知我、倚阑干处，正恁凝愁。

这是柳永抒写羁旅行役之愁的慢词名篇，也是唐宋词羁旅行役题材的典范性作品。上片写登高望远之所见，景象雄浑高远，关河残照，苍茫辽阔，衬托出羁旅之人的冷落凄凉。下片写乡愁，写归思，愁肠百转，最后以设想闺中人思念自己而转向正在登楼眺望故乡的自身，与开篇呼应，落到"愁"字上结束全篇。最后"凝愁"二字，真有千斤之重。

这首词在艺术上，最突出的是铺叙手法和"领格"句式的应用。"对潇潇暮雨洒江天，一番洗清秋"的"对"字，突出地强调了抒情主人公和景物的关系；"渐霜风凄紧，关河冷落，残照当楼"的"渐"字贯穿三句，使三个分离的空间描写浑然一体，使静态的景物铺叙变成一个渐进的、动态的过程，空间的场景因此具有了时间上进展的长度。这里的领格字使得这几句的铺叙变成一个生动的展开过程，就好像是一个活动的长卷，而不是一个场景加一个场景描写的叠加。可见领格字在柳永词里作用非常重要。铺叙手法是柳永的创造，但如果没有特殊的"领格"句式的配合，铺叙手法也不会有这么好的艺术效果。总的说来，铺叙的手法与"领格"句式的结合，是柳永对宋词艺术发展的重要贡献，柳永慢词因此有了全新的风格面貌，并为后来的慢词写作提供了艺术的示范。

对柳永这首《八声甘州》，苏轼曾经有过评论，见于北宋赵令畤《侯鲭录》卷七："东坡云：'世言柳耆卿曲俗，非也。如《八声甘州》云："渐霜风凄紧，关河冷落，残照当楼。"此语于诗句不减唐人高处。'"苏轼认为柳永《八声甘州》的这三句，并不比唐人的最高水平差。不过吴曾《能改斋漫录》卷十六说，这句话是苏轼的学生晁补之说的。但是我相信它是苏轼说的，因为赵令畤是苏轼的门生，是北宋人，而《能改斋漫录》的作者吴曾是南宋人，比苏轼晚了很多，苏轼门生赵令畤记录苏轼的话应该更可信。

事实上，如果我们把苏轼早期的《沁园春》（孤馆灯青）一首和柳永这首《八声甘州》对读，可以发现，苏轼高度评价《八声甘州》，并不是偶然的兴之所至。宋神宗熙宁七年（1074），苏轼从杭州通判改任密州（今山东诸城）知州，赴任途中写了《沁园春·赴密州早行马上寄子由》，词是这样写的：

> 孤馆灯青，野店鸡号，旅枕梦残。渐月华收练，晨霜耿耿，云山摛锦，朝露漙漙。世路无穷，劳生有限，似此区区长鲜欢。微吟罢，凭征鞍无语，往事千端。　　当时共客长安。似二陆、初来俱少年。有笔头千字，胸中万卷，致君尧舜，此事何难。用舍由时，行藏在我，袖手何妨闲处看。身长健，但优游卒岁，且斗尊前。

从艺术上讲，苏轼这首词并没有柳永的《八声甘州》好，我之所以要讲它，是因为这首词很重要。苏轼在熙宁四年（1071）因为和王安石政见不合，被朝廷派到杭州做通判，离开了政治中心汴京，也就是说政治上他处在失意的处境中。杭州通判三年任满之后，他又被调到密州去做知州，看上去是升官了，但密州是偏远的小地方，而杭州是天下的大都会，从杭州调往偏僻的地方做知州，他在政治上的失意感仍然很重。在赴密州途中早上出发的时候，他内心有很多感触，但没法跟别人说，只能给弟弟苏辙说，于是就在马上写了这首词，寄给弟弟。"赴密州早行马上寄子由"这个题目，不仅说明了词的写作地点、时间和目的，同时也表明这是他和弟弟讲心里话的一首词，并不是在酒宴上给人劝酒娱乐用的，也就意味着这首词的写作目的已经不再是娱乐了。

"孤馆灯青，野店鸡号，旅枕梦残"，是说住在旅馆中，天还没亮，鸡刚开始叫的时候，就要起身上路了，这是写羁旅。接下来写路上看到的风景："渐月华收练，晨霜耿耿，云山摛锦，朝露漙漙。"渐渐地月光收起来了，月亮落下去了；"耿耿"是明亮的样子，这时可以看到晨霜了；"摛"是展开、铺开的意思，"锦"就是锦缎，朝霞铺展在山上，就好像是慢慢地展开了一段锦缎；"漙漙"是露水聚集的样子。这是四句铺叙的描写，都是早晨上路所看到的风景的变化。总之是天渐渐明亮了，景物越来越看得清楚了。这里的景物变化都有时间渐进的过程，四句前面的"渐"字很重要。显然，苏轼在学柳永"渐霜风凄紧，关河冷落，残照当楼"这几句的铺叙手法和领格句式，只是具体场景不同，风格不同，但时间展开的过程和铺叙的艺术效果都完全一样。

场景铺叙完了，就转向自身，写内心感想："世路无穷，劳生有限，似此区区长鲜欢。"成天在路途上奔波，人很难高兴得起来。写路途奔波之辛苦，就带出政治失意、满腹牢骚的意思了。接下去"微吟罢，凭征鞍无语，往事千端"，由于现今的失落，不免想到了过去意气风发的时候，"当时共客长安，似二陆、初来俱少年"，这是回忆他们兄弟二人在嘉祐初年进京赶考时的情况。

嘉祐二年（1057），兄弟二人同时考中了进士，而且在京城获得了很高的名声，受到文坛前辈和朝中大臣的夸奖，兄弟二人自觉前途远大，意气昂扬。到嘉祐六年（1061）兄弟二人又参加制科考试，又同样考中。宋代制科考试考中很难，参加考试者必须要经过大臣推荐，再由皇帝来主持考试。据史书记载，苏轼的成绩是"优入三等"，苏辙大概是四等。兄弟二人同时考中进士，又同时考中制科，在宋代历史上只有他们两人。

宋代制科考试是朝廷为选拔高级人才而设，制科考试中举者后来大多都成了宰相、参知政事等高官重臣。可以想见，苏轼兄弟同时考中制科之后，一定也是觉得政治前途远大，期待为朝廷效力的，所以他说："有笔头千字，胸中万卷，致君尧舜，此事何难。"可见当时他们意气昂扬的样子。

但是等他们正式进入仕途十来年之后，赶上了王安石变法，不由自主地卷入了新旧党争，政治上的挫折也随之而来。他们的政治主张和王安石不合，于是离开了朝廷，到地方任职。既离开了政治中心，将来前途如何无法预知，"致君尧舜"的理想也越来越渺茫，因此便产生了强烈的政治上的失意感。所以下面两句说："用舍由时，行藏在我。"这两句出自《论语·述而》："子谓颜渊曰：'用之则行，舍之则藏，惟我与尔有是夫。'"孔子对颜渊说，如果有人用我，那我就去；假如不用我，那我就隐居起来。《论语》是这样说的，但是苏轼说的是"用舍由时，行藏在我"，用不用在于"时"，"时"指的是时代、朝廷，就是说用不用我由朝廷来决定，但出不出来或者说隐不隐居，却由我来决定。可见，苏轼的说法比《论语》的原话更加强调了"我"的决断作用，即便你要用我，如果我觉得不合适的话，还不见得去呢，苏轼就是这个意思。

现在既然朝廷不用我，那我"袖手何妨闲处看"，这里"看"字因为押韵要念平声。这句话是在表示一个政治上失意的士大夫内心对政治的态度，也是很明显的政治牢骚。不过这个话他只能给弟弟说。既然不认同当今的政局，决定"袖手"，那如何度过今后的日子呢？苏轼告诉弟弟，要好好地保养身体，"但优游卒岁，且斗尊前"，就在酒边尊前优游度日，度过这一生吧。当然，这是给弟弟开玩笑的话，又带有一点自我解嘲的意思了。

"袖手何妨闲处看",政治上不合作的意思很清楚,完全符合苏轼在当时情境下的心态,如果这样的话被人看见,恐怕难保不会出问题。金代元好问在《东坡乐府集选引》中记载,有人根据这首词编了一个故事:"神宗闻此词,不能平,乃贬坡黄州,且言:'教苏某闲处袖手,看朕与王安石治天下。'"(《遗山文集》卷三十六)当然这不过是小说家言,并不足信,实际上后来发生的"乌台诗案",这首明显表示政治牢骚不满的词并没有被当做罪证,不过编故事的人显然也看出了这首词的政治寓意。

需要说明的是,苏轼虽然表示"袖手何妨闲处看",但只是发泄对新法的不满和政治失意的牢骚而已,事实上他并没有真的"袖手"。士大夫的社会责任担当,苏轼一直没有含糊过,这从他后来在密州、徐州以至于贬谪黄州之后的所作所为可以看出来。

如果和柳永词相比,苏词写的是早晨初登旅途,征鞍马上;柳词则是行旅途中,黄昏登楼。两首词都是典型的行旅场景,都写到羁旅行役的感受。苏词上片明显有仿效柳词的痕迹。"渐月华收练,晨霜耿耿,云山摛锦,朝露溥溥"这几句,就铺叙描写和领格句式的表现效果而言,与柳词非常相似。如上面所说,苏轼对柳永这几句词有很高的评价,在词中仿效,并不奇怪。

苏词如果只有上片的内容,那精神内容就和柳词差不多了,艺术上甚至不如柳词。好在苏词下片的内容和柳词拉开了距离。柳词下片写羁旅之思,写乡愁,写对佳人的思念之情,都是个人的主观情感抒发。苏词下片则是以过去的豪情对照现在的失意,回忆他们兄弟初到汴京时的情况,少年锐气,自负才学,意气风发,真有不可一世之慨,而回忆中又隐含着仕途坎坷的愤懑,似乎在倾吐满腹的块垒不平,写的是人生道路的反思和选择,是抒情,更是言志。以士大夫对功名、人生、社会的思考入词,就不同于一般的歌词内容,而词中的议论语言也较为健拔有力。这样的内容,显然不是为歌女的演唱而作,更不是为了在酒宴上遣兴娱宾。

两首词中的"我"也是很好的对照。柳词之"我",带来的是词人主观抒情的视野,展现主观精神世界,但仅此而已;苏词的"行藏在我",不仅展现主观精神世界,不仅抒情,更是言志,是士大夫力图把握"自我"生命历程的宣言。

两首词最明显的差别在于苏词的内容明显倾向于写人生,写对出处问题的思考,虽然是士大夫特有的问题,但毕竟涉及人生道路选择的反思。苏词的这个特点不可小看,尽管这首词艺术上并不臻于上乘,但意义重要,这是最早体现苏词创作观念转变的作品之一,也体现了从柳词抒情模式向苏词言志抒情模式的过渡。因此在考察宋词创作观念转折变化的历史过程时,这首词的地位就不能忽视。

从娱乐文学转向为人生的文学,这是词的写作目的的重大转变,而这个转变,是由苏轼在前人偶尔尝试的基础上努力突破传统局限并最终完成的。

三、"指出向上一条路":以苏轼黄州时期歌词为中心

苏轼贬谪黄州的几年,是宋词发展历史上的高光时刻。苏轼这一时期的歌词作品,数量多,内容丰富,精神内涵和艺术风貌都焕然一新。今天不能全面讨论苏轼黄州时期的歌词,只是围绕苏轼如何"指出向上一路",如何体现"词为人生而作"的观念转变这个中心,选择苏轼在黄州的几首作品来讲述。

贬谪黄州，是苏轼一生中最重要的事件之一，即使从词的写作这个角度看，也是这样。元丰二年（1079），政敌告发苏轼作诗讽刺新法和朝廷，苏轼被捕下狱，这就是著名的"乌台诗案"。审讯自元丰二年八月二十日开始，涉案诗篇达一百多首，要苏轼供认讽刺的动机。至十一月底审结申奏，结论是苏轼"讪毁国政，出于诬欺"，"诐辞险说，情实相孚"。（见《宋大诏令集·尚书吏部员外郎直史馆苏轼责授黄州团练副使本州安置制》）元丰二年十二月二十八日，神宗降旨，苏轼责授检校尚书水部员外郎、黄州团练副使、本州安置，不得签书公事。

元丰三年（1080）二月一日，苏轼到达黄州贬所。黄州在当时属于远离中原政治中心和江南繁华之地的偏远地区，苏轼在诗中称之为"陋邦"。

在黄州的几年中，苏轼写了大量作品，包括诗、词、文、赋、笔记、尺牍等，形式多样，内容丰富，思想复杂深邃，从政治挫折中解脱出来实现精神上的超越的过程也可以看得很清楚。这里举出几首歌词，看看这些作品是如何体现"为人生的文学"也就是"词为人生而作"的观念转变的。

第一篇，《卜算子·黄州定慧院寓居作》。这首词作于元丰三年苏轼刚到黄州的时候，现在一般推断作于二月到五月之间，我感觉应该是二月苏轼刚到黄州不久，不会到四、五月，否则"拣尽寒枝不肯栖"这一句就与时令不合了。

> 缺月挂疏桐，漏断人初静。时见幽人独往来，缥缈孤鸿影。
> 惊起却回头，有恨无人省。拣尽寒枝不肯栖，寂寞沙洲冷。

"缺月挂疏桐"一句非常精彩，这是写一种仰视的透视感，月亮本来是在天上，但是透过疏疏落落的桐树树枝远远地看过去，就好像是挂在桐树上。"疏桐",说明叶子掉光了,只剩下"寒枝",天气寒冷,气氛凄凉,月是"缺月",桐是"疏桐",都是不完美的东西。"漏断人初静",是说夜已经很深,漏声已经停了,于是词中的"幽人"出来了。所谓"幽人"指的是幽居之人或者是隐士,《易经·履卦》说:"履道坦坦,幽人贞吉。"《易经》的"幽人"是指"幽隐之人"(见孔颖达疏),即幽居之人,苏轼这里是用"幽人"自比。这首词和前面那首《沁园春》不一样,这里他不直接讲自己了,而是把自己客体化、对象化,用"幽人"来代指"我"。"谁见幽人独往来,缥缈孤鸿影",只有还没有安栖的"孤鸿"才能够看到"幽人"独往独来的样子。

接下来转而写"孤鸿":"惊起却回头,有恨无人省,拣尽寒枝不肯栖,寂寞沙洲冷。"孤鸿被惊动了,显得惶恐不安,而它内心的幽怨又没有人懂得,本来它可以到树枝上去栖息的,但是挑来挑去它就是不去,宁愿停留在寂寞清冷的沙洲上。下片四句都在写"孤鸿",写"孤鸿"的内心,"惊起""有恨""寂寞",沙洲的"冷",这些本来都是人的感觉,因此这四句虽然正面写"孤鸿",但其实写的是人,每一笔都是双关。这首词的结构非常奇妙,由上片的"谁见幽人独往来"把抒情的主人公带进词中,后面又不讲了,接着讲"孤鸿"去了,但是读完之后,会发现这里的每句话都在写人。

这首词是苏轼初到黄州时心情的写照。苏轼刚到黄州时,还笼罩在"乌台诗案"的阴影中,心情非常复杂,悲观、愤慨、失落、屈辱、压抑,种种情绪,需要找到宣泄解脱的方式。另一方面,他仍然保持着自身的独立人格和尊严,对政敌抱蔑视和嘲讽的态度,但又不能明确地表现出来。这些因素构成了这首词的复杂性。凄凉、孤独、寂寞、不屈,还未从政治打击中解脱出来,但特别强调了人格的尊严和不屈的精神。

在分析这首词的时候,要注意两组重要的意象:第一组是"缺月""漏断""幽人""孤鸿""影""寒枝""沙洲",第二组是"静""独""惊""恨""省""寒""寂寞""冷"。第一组意象是具体有所指的实物意象,但里面也有人的判断和感觉,第二组则全是形容人的感觉、心理和感情状态。这些意象特点使这首词具有浓重的抒情意味。

这首词视角也很特别,从词人自身行为写起,深夜月下出游,看见孤鸿,通过孤鸿"见幽人独往来",又把观照者即词人自己带入到画面当中,于是自身就成为客观的观照对象即词中的幽人。"孤鸿"与"幽人"的关系,既是赋,也是比兴。本来的咏物写作就自然转换成了书写自身的经历和内心体验,写自己的主观心情。下片专写孤鸿,但句句双关。可见"幽人"一句是全篇结构的关键。

这首词风格凄清,意境空灵高远,无一点尘俗气,宋词中并不多见。黄庭坚《跋东坡乐府》说:"东坡道人在黄州时作,语意高妙,似非吃烟火食人语,非胸中有万卷书,笔下无一点尘俗气,孰能至此?"清陈廷焯《云韶集》卷二也说:"《卜算子》(缺月挂疏桐)寓意深远,笔力高绝。此种地步,不惟秦、柳不能道,即求诸唐宋名家,亦不能到。"其中"秦"是秦观,"柳"是柳永,陈廷焯这段话是称赞苏轼这首词的意境和精神已经超越了一般的歌词。这首词实际上是写自己在受到政治挫折之后内心的复杂状态,写的是人生主题。当时别的词人作品很少这么写,即使写,他们也没有这么复杂的遭遇,没有这么复杂的情绪。苏轼这首词的独特,就体现在这种复杂性上。

苏轼在黄州,俸禄很少,生活比较艰难,于是他的朋友马梦得(字正卿)就向黄州当地官府给苏轼请了一块地去耕种,地在黄州的东坡。那个地方本来是一片营地,不是成熟的农田,要靠自己一点一点地开垦出来。元丰四年，苏轼就开始在东坡开荒，自耕自种。这种生活使得他体验了农田劳作的艰辛，精神上有了比较大的变化，开始领悟到了陶渊明的意义。他每天在田里劳作，就把陶渊明的名篇《归去来兮辞》用《哨遍》的词调改写，教给当地的农民来唱，"释耒而和之，扣牛角而为之节，不亦乐乎"（《哨遍·为米折腰》）。在这样的乡村环境里，他觉得自己的生活越来越像陶渊明了。

元丰五年春天，苏轼写了一首《江城子》，表现他对陶渊明的理解和认同。这首《江城子》可称得上是一篇穿越文学。先看看它的小序：

> 陶渊明以正月五日游斜川，临流班坐，顾瞻南阜，爱曾城之独秀，乃作《斜川诗》，至今使人想见其处。元丰壬戌之春，余躬耕于东坡，筑雪堂居之。南挹四望亭之后丘，西控北山之微泉，慨然而叹，此亦斜川之游也。乃作长短句，以《江城子》歌之。

斜川是古地名，在今江西都昌县和星子县之间的鄱阳湖畔。陶渊明游斜川一事是在东晋安帝隆安五年（401），时年五十岁，他游斜川后写了一首《斜川诗》。苏轼读了这首诗，非常向往。他说陶渊明游斜川的时候是"临流班坐"，朋友一起排列着坐在水边，"顾瞻南阜"，"南阜"指庐山。"曾城"本指传说中昆仑山的最高层，也泛指仙乡。陶渊明远望庐山最高峰，"爱曾城之独秀"，因作《斜川诗》。而苏轼现在看了陶渊明的《斜川诗》，还会想见他当时"临流班坐，顾瞻南阜"、写《斜川诗》的情景。"元丰壬戌之春"就是元丰五年的春天，"余躬耕于东坡，筑雪堂居之"，是说在东坡这个地方劳动，在旁边盖了一所草房，取名叫"雪堂"。"南挹四望亭之后丘"，"挹"通"抑"，从高处抑制的意思，这里是形容雪堂比南边"四望亭之后丘"高。于是苏轼就"慨然而叹，此亦斜川之游也"，他把自己劳动的黄州东坡和居住的雪堂周围的风景想象为陶渊明的斜川，虽然空间上不是陶渊明的"斜川"，但是从时间上好像已经穿越过去，感觉已经到了"斜川"，仿佛陶渊明就在身边了。这是小序的内容，下面再来看这首词：

> 梦中了了醉中醒，只渊明，是前生。走遍人间、依旧却躬耕。昨夜东坡春雨足，乌鹊喜，报新晴。　　雪堂西畔暗泉鸣。北山倾，小溪横。南望亭丘、孤秀耸曾城。都是斜川当日景，吾老矣，寄馀龄。

"了了"就是很清楚、很清醒的样子，"梦中了了醉中醒"是说在梦中醉中我都很清醒，能做到"梦中了了醉中醒"的人还有谁呢？苏轼说："只渊明，是前生。"只有陶渊明和我一样，陶渊明是我的前生。苏轼这就跨越了几百年和陶渊明达成了心灵上的沟通、精神上的共鸣。而能够和古人发生共鸣，也意味着在苏轼看来，只有自己和陶渊明一样是"梦中了了醉中醒"的人。因为"了了"和清醒，才能看穿纷繁尘世而把握人生道路的自主选择，这是苏轼认同陶渊明的关键。"走遍人间、依旧却躬耕"，指的是陶渊明，同时也是指自己，但有区别，因为陶渊明是主动地归隐，而苏轼是被贬官到黄州的，不过主动、被动并没有关系，"我"现在已经和陶渊明达成了心灵的共鸣了。"昨夜东坡春雨足，乌鹊喜，报新晴"，春天来了，春雨也来了，乌鹊也高兴了，天也放晴了，这几句写得很欢快，写春天到来的喜悦，传达的是找到精神共鸣的古人之后内心的高兴。

下片说到"孤秀耸曾城"，我在东坡这地方看，居然看到了陶渊明当时看到的"孤秀曾城"，那个曾城山峰，陶渊明当时看到了，而我现在也看到了，虽然我现在在黄州，但是我心目中好像已经和陶渊明生活处境差不多了，所以说"都是斜川当日景"。最后说："吾老矣，寄馀龄。"表示自己心甘情愿在这个地方寄托后半生的日子。

这一年，苏轼四十六岁，正值中年，接近陶渊明游斜川的年龄。这首词的穿越的写法，说明苏轼与陶渊明思想上的共鸣超越了时空。苏轼虽然身处东坡，却满眼都是"斜川当日景"，渊明的所作所为、所见所闻、所思所想，越过近七百年的时光，又一次再现。"只渊明，是前生。"这是在亘古的时空中找到同路人的欣慰，也是自己的人生宣言。似乎"归隐"就是苏轼安置人生的最终方式。就艺术思维而言，这是从当下看远方，在历史的时间长河中寻找知音和榜样。不过终其一生，苏轼并没有真正归隐田园。归隐，对苏轼而言，既是生活道路的选择，更是精神层面对俗世的超越。他是以陶渊明的"归隐"作为一种精神的榜样，以超越尘世的精神做入世的事情。如苏轼门生黄庭坚所说，苏轼和陶渊明"出处虽不同，风味乃相似。"（《跋子瞻和陶诗》）就是说，他们精神上是一样的。苏轼要表现的就是"我"终于找到了精神上能够和"我"发生共鸣的真正的心灵朋友。人的一生中，能够找到心灵的朋友非常难，而苏轼找到了。

对陶渊明的认同，是苏轼思想和文学精神发生转折的重要契机。陶渊明实际上成了苏轼超越现实人生羁绊的精神榜样。在文学史上，陶渊明的意义被后人发掘出来，是宋人的贡献。我们现在所认识的陶渊明形象，实际上也是宋代士大夫塑造出来的。在宋代，陶渊明成了一种人生的榜样。学习陶渊明的"归隐"，与其说是生活道路的选择，不如说是精神层面对于俗世的超越。这首词可以说是苏轼第一首表现与陶渊明精神共鸣的作品，完全是士人的人生认知和人生感怀的表现，其思想价值和精神内涵与诗歌没有两样，与酒宴歌唱遣兴娱宾的娱乐文学的写作完全不在同一个频道上了。

从这首《江城子》词开始，苏轼经常在各种场合和作品中提到陶渊明，不仅高度评价陶渊明的文学，更推崇陶渊明的"归隐"，一直到贬官海南,把陶渊明的全部诗歌追和一遍。他以陶渊明的"归隐"作为一种精神的榜样,以超越尘世的精神来处理应对俗世间的各种事情,个人的悲欢荣辱,仕途挫折,都不再成为人生羁绊和负担。他关怀思考的重点已经转向宇宙、历史、社会、人生,对于个人的得失荣辱不再挂怀,刻薄的讽刺、尖锐的笔锋、激愤的情绪都已成为过去,代之而起的是光辉、温暖、亲切、宽容的幽默感和博大深邃的仁者情怀。生活中充满着爱和美,其智慧在思想的变化过程中自然地流泻出来,带来了他后半生文学的辉煌。苏轼文学中"从当下看远方,从远方看当下"的人生观照模式,也开始在这首词中体现出来了。

到了元丰五年三月初七,苏轼写了一首非常有名的《定风波》。这首词也有小序:

> 三月七日,沙湖道中遇雨。雨具先去,同行皆狼狈,余独不觉。已而遂晴,故作此词。

"沙湖"在黄州旁边,苏轼本来是想在那里买一块田,打算以后隐居终老。在沙湖看田的途中,天突然下起雨来,而拿雨具的人却先走了,同行的人被雨淋了都很狼狈,但是苏轼却并不为风雨所动。过不多久,天果然晴了,于是就写了这首词。小序将词因何而来说得很清楚。词是这样讲的:

> 莫听穿林打叶声,何妨吟啸且徐行。竹杖芒鞋轻胜马,谁怕,一蓑烟雨任平生。　料峭春风吹酒醒,微冷,山头斜照却相迎。回首向来萧瑟处,归去,也无风雨也无晴。

一开篇就将自己在途中遇雨的感受直接呈现出来,而在这个感受背后,他要说的是一种觉悟。表面的层次就是说,不要在乎"穿林打叶"的雨声，你不要管它，它下它的雨，你走你的路，该走路就继续走你的路，不但要走，还要高调、洒脱地走，"不妨吟啸且徐行"，"吟啸"是高声吟咏的意思，就是一边走一边高声地吟诗，唱歌。关于"吟啸"，可以参考古人的一些说法，比如东晋葛洪《抱朴子·畅玄》："吟啸苍崖之间，而万物化为尘氛。"还有南朝刘义庆《世说新语·文学》："桓玄尝登江陵城南楼云：'我今欲为王孝伯作诔。'因吟啸良久，随而下笔，一坐之间，诔以之成。"另外"吟啸"也叫作"啸咏""啸歌"，比如《世说新语·任诞》："王子猷尝暂寄人空宅，住便令种竹。或问：'暂住，何烦尔？'王啸咏良久，直指竹曰：'何可一日无此君。'"又《世说新语·简傲》："晋文王功德盛大，坐席严敬，拟于王者。唯阮籍在坐，箕踞啸歌，酣放自若。"这种高声吟啸，本身就带有一种文人自在、洒脱、浪漫、豪迈的意味，甚至有旁若无人、自得其乐的意思。

接下来"竹杖芒鞋轻胜马"一句写雨中行走中的轻快感觉，这正是这首词最关键的地方。"竹杖芒鞋"是平民的打扮，穿着一双草鞋，拿着一根竹杖，而骑马的都是官人、士人、有钱人、贵族，总之是身份地位比较高的人。所以"竹杖芒鞋轻胜马"在写行走感觉的背后就带有一种价值判断，就是对"竹杖芒鞋"身份的认同。后来很多画家在画苏轼画像的时候，往往都是画一个拿着竹杖、穿着草鞋的形象，竹杖、草鞋这两个符号总是固定的。这一句下面接着说："谁怕！"就是说，只要你抱有这样一种人生态度，那么人生道路上的那些风风雨雨有什么好怕的呢？政治上的挫折打击有什么好怕的呢？于是接下去警句就出来了："一蓑烟雨任平生。"有了前面的"竹杖芒鞋轻胜马"，这句"一蓑烟雨任平生"也就具有了力量，平生再有多少风雨，只要一件蓑衣，就可以轻松应对了。这个地方要注意，小序里提到"雨具先去"，就是说这次遇雨的路上并没有雨具，因此这一句的意义并不仅是说眼前，而是从眼前转向表现对人生的总体认识了。

　　下片说果然天晴了，斜照相迎，是写眼前，同时又象征着人生风雨过去之后的一种安宁。"回首向来萧瑟处"，"萧瑟"就是风雨声的意思，回过头来看，刚才遇见风雨的地方既无风雨，也无晴天。这个地方其实是有点矛盾的，前面说"山头斜照却相迎"，不是已经放晴了吗？怎么又说"也无风雨也无晴"呢？其实，这个"风雨"和"晴"并不仅仅指具体实在的风雨和天晴，还是象征性的意象，"风雨"和"晴"，分别象征了人生的顺境和逆境，无论"风雨"也好，"晴"也好，最终一切都将归于虚无。

　　这首词的灵感来自于苏轼生活中特定情境的触发，理解这首词，要特别注意小序。小序写得很有意思，它记录了这首词之所以发生实际是因为一件非常偶然的事情。从看田途中遇雨，而雨具先去，一直到斜阳出来，都是偶然发生的。如果苏轼不是恰好在这一天去沙湖看田，这首词就没有了；去沙湖看田如果没有遇雨，这首词也没有了；路上遇雨但如果拿雨具的没有先走，那么这首词也没有了；如果雨一直下而没有后来的"斜照相迎"，这首词也就没有了。总之，一切条件都是偶然集合在一起的，但苏轼在这个偶然情境中发生的感悟却不是偶然的灵感，而是自觉的，有必然性，为什么说是"自觉必然"？因为词中的警句其实都是苏轼在黄州三年来反思人生定位和人生道路的结果。苏轼在黄州三年来的人生思考，这首词做了总结性的表现。比如"莫听穿林打叶声，何妨吟啸且徐行"，是表现面对困境时一种坦然的心态。不仅坦然，还要高调洒脱，自乐自在，这是宣示一种人生态度。"竹杖芒鞋轻胜马"，这是贬谪黄州后的平民打扮，也隐喻了今后生活道路的价值判断。"一蓑烟雨任平生"，既是眼前的实录，又不是实录。"一蓑"实际上带有象征性，是一种穿越时空的象征，象征着苏轼贯穿一生的道路选择和人生态度。最后的"也无风雨也无晴",同样既是实境,又是虚像,苏轼是用一种虚像来暗示对人生真相的领悟。对人生的真相来说,逆境也好,顺境也好,这些都不重要。所以,这首词写生活的情景,富于理趣,在具体的生活情景描写中见出人生的哲理,可见它也是一首很典型的表现人生认知和觉悟的作品。

总结上面的解读,可以看出,这首词的文本内涵有多个层面。第一层是叙述性的,内容是记录一次具体的行旅经历和过程。第二层是呈现性的,通过事件的记录呈现自身行为的选择和宠辱不惊的坦然心态。第三层是象征性的,以对待一个偶然遭遇的具体生活事件的态度,象征必然的生活道路选择和人生价值观。当然,苏轼在写这首词的时候,未必想到我这首词要写人生,他只是将自己的特殊感受写下来而已,但是他这样的写法,就与词的传统写法完全不同了,词与人生就分不开了。我甚至觉得,这首词的出现,在宋代词史上是值得大书特书的事件之一。

苏轼去沙湖的时候,还写了一首《浣溪沙》,也是书写人生感悟的作品。这首词小序说:"游蕲水清泉寺,寺临兰溪,溪水西流。"苏轼看到溪水不像一般的河水流向东边,反而向西流,于是有所感触,就写下了这首词:

> 山下兰芽短浸溪。松间沙路净无泥。萧萧暮雨子规啼。　谁道人生无再少,门前流水尚能西。休将白发唱黄鸡。

苏轼《东坡志林》卷九记载了这首词的具体写作情境和动机:"黄州东南三十里,为沙湖,亦曰螺师店。予买田其间,因往相田。得疾,闻麻桥人庞安常善医而聋,遂往求疗。安常虽聋,而颖悟过人,以指画字,不尽数字,辄深了人意。予戏之曰:'予以手为口,君以眼为耳。

皆一时异人也。'疾愈，与之同游清泉寺。寺在蕲水郭门外二里许。有王逸少洗笔泉，水极甘，下临兰溪，溪水西流。予作歌云（词略）。是日，剧饮而归。"从这段记载可见，这首词和一般最常见的"应歌而作""应社而作"这两种情形都不同，而是日常生活中触景而生和临机感发的结果。

  词的上片三句是普通的写景，写雨后的景致，清新优美。下片根据"溪水西流"这种自然现象，突然领悟到了一个道理："谁道人生无再少，门前流水尚能西。"最后一句"休将白发唱黄鸡"用白居易诗《醉歌》的典故："谁道使君不解歌，听唱黄鸡与白日。黄鸡催晓丑时鸣，白日催年酉前没。腰间红绶系未稳，镜里朱颜看已失。"白居易这首诗的意思是说，黄鸡一天一天地报晓，一天一天地催人老去。而苏轼反过来说："休将白发唱黄鸡。"就是说不要为头发变白、年华老去而悲伤。下片三句的意思是说，既然门前流水尚且能够向西流，那么谁说人生不可以重回年少时光？因此不必为年老头白而悲伤。就是说人生可以重来，虽然头发已白，但人生还可以重新启程。如果了解苏轼从元丰三年以来在黄州的心路历程，以及苏辙在《亡兄子瞻端明墓志铭》中说的苏轼在黄州"深悟实相"的觉悟，就可以看出，"谁道人生无再少，门前流水尚能西"这两句的象征意义。

  事实上，元丰五年之后的苏轼和元丰五年以前的苏轼确实大不一样，元丰五年之后的苏轼是一位新的"苏轼"，是带着新的精神面貌重新上路的苏轼。那个后世熟悉的幽默、潇洒、超脱、旷达、温暖、真诚、深情的苏轼，实现了精神超越的苏轼，正是在元丰三年到五年之间逐步蜕变而成的，过去他叫苏轼，而元丰四年、五年之后，他叫苏东坡。所以，这首词虽然简单，却非常重要，可以看作是苏轼开启新的人生道路的宣言。另外这首词看上去好像是在开玩笑，轻松愉快，但是在玩笑当中就透露出了他的心声。文学为人生，歌词也为人生，此前唐宋词历史上像这样富于具体的人生哲理境界的作品并不多见。

从《定风波》和这首《浣溪沙》，可以看到苏轼在精神上获得解脱和超越之后的新境界。这种新境界我们还可以通过差不多同时写的《西江月》（照野弥弥浅浪）这首词看出来。这首词的小序写得很精彩，可以当一篇优美的小品文章来读：

> 春夜行蕲水中，过酒家饮。酒醉，乘月至一溪桥上，解鞍曲肱，醉卧少休。及觉已晓，乱山葱茏，流水锵然，不谓人世也。书此于词桥柱上。

"蕲水"是流经湖北蕲春的一条小河。小序说，春夜月色下行走在山水之间，路过酒家，便进去喝酒，喝醉了，乘着月光走到溪桥上，把马鞍解开，枕着胳膊躺下来休息一会儿，没有想到竟然睡过去了，等到醒来的时候已经到了清晨，环顾四周，"乱山葱茏，流水锵然"。"锵然"，是形容流水发出哗哗的声音像金属声那样优美动听。这两句，"葱茏"和"锵然"，有声有色，分别从视觉和听觉写清晨山水风景的优美，词人因而恍惚觉得已经不是在人间了，于是写了这首词，并题写在桥柱上。词是这么写的：

> 照野弥弥浅浪，横空隐隐层霄。障泥未解玉骢骄，我欲醉眠芳草。　可惜一溪明月，莫教踏破琼瑶。解鞍欹枕绿杨桥，杜宇一声春晓。

"照野弥弥浅浪"一句写河水，间接写月光明亮，"弥弥"是水满的样子。月光照在水上，水的反光映照着岸边的田野，说明月光很亮。"横空隐隐层霄"，是说天上隐约有些云气。"层霄"是指集聚的云气。

这一句另一版本作"横空暧暧微霄",用了陶渊明《时运》诗"山涤余霭,宇暧微霄"的句意。"暧暧"形容云气氤氲的样子。两个版本的用字不同,但意思相近,都是说天空有依稀隐约的云气。下面"障泥未解玉骢骄"一句,"玉骢"是马的美称,"骄"是矫健的意思,"障泥"是垫在马鞍下垂于马腹两侧遮挡尘土的垫子。"障泥未解",这是用的《世说新语·术解》的典故,"王武子善解马性,尝乘一马,著连钱障泥,前有水,终日不肯渡,王云'此必是惜障泥',使人解去,便径渡。"苏轼用这个典故其实就是说没有让马过河,自己想在小河的芳草岸边休息一下。

下片开头,"可惜一溪明月,莫教踏破琼瑶"两句,回应上片"障泥未解玉骢骄",解释不让马渡河的原因,是因为爱惜月光下的水面有如琼瑶一样美丽的景致,如果让马下水的话,"琼瑶"就被破坏了。通过这两句的解释,既写了月下溪水的幽美清澈,写了环境的静谧安宁,也传达了自己对美好景致的爱惜。水之清、月之明、夜之静,完全是词人精神世界的外化。词人于是在这样的美景中睡过去了,本打算稍微休息一下,谁知等他在杜鹃的鸣声中醒过来,已经是第二天清晨。昨夜在"解鞍欹枕绿杨桥"是醉中,而"杜宇一声春晓",则以听觉强调了春天清晨的觉悟。

这首词作于元丰五年春天,是苏轼对自然美景的感受,写出了心境的淡泊、自由、愉悦、洒脱,表现出物我两忘、超然物外的襟怀。词中描写的风景之所以美,关键在于人。有高洁超越之人,才有如此高洁超越之境。正所谓有斯人方有斯景。不论是醉是醒,无论月夜还是春晨,都能随笔而成佳趣,真所谓"无入而不自得"。处于大自然美景之中,世俗的荣辱得失,纷纷扰扰,与己何干?

词的最后,"杜宇一声春晓",有如空谷传声,余音不绝。与小序的描写对应，此处应该对应"乱山葱茏，流水锵然"的景致，但这里妙在不写景致，只以杜鹃的一声鸣叫提示春晨的景色，画龙点睛，曲终奏雅，戛然而止。仔细分析，是写耳边听到一声杜宇，随之视线转向周围，春晨之清新明丽，突然进入视野，随之内心有所觉悟，这一声杜宇宛如禅宗的当头棒喝，这是一种顿悟的境界。而能获得这个顿悟的体验，则在于心境的自由与超脱。风景的描写就带出了人生觉悟的哲理启示。

以上《江城子》《定风波》《浣溪沙》和《西江月》四首，都是元丰五年春天的作品，精神上的超越和觉悟，带来了艺术创造力的集中爆发。到了秋天，词坛又迎来了苏轼的另一篇重要作品——《念奴娇·赤壁怀古》：

> 大江东去，浪淘尽、千古风流人物。故垒西边，人道是、三国周郎赤壁。乱石穿空，惊涛拍岸，卷起千堆雪。江山如画，一时多少豪杰。　　遥想公瑾当年，小乔初嫁了，雄姿英发。羽扇纶巾，谈笑间、樯橹灰飞烟灭。故国神游，多情应笑我，早生华发。人生如梦，一尊还酹江月。

这首词的写作时间，一般认为是元丰五年七月。这里的赤壁，不是三国"赤壁之战"的赤壁，而是黄州的赤鼻矶，苏轼游赤鼻矶写"赤壁怀古"，实际上是借题发挥。

开篇极为宏伟："大江东去，浪淘尽、千古风流人物。"大江从西边奔腾而来，向东边奔腾而去，是一个非常辽阔的空间场景，视线所不能及，只能通过想象去把握。千古的历史，是一个非常长远的时间意象，也只能凭想象和文化修养去把握。一个是辽阔的空间，一个是长远的时间，在这样的辽阔空间和长远时间当中活动的是千古风流人物，然而这些风流人物没有例外都被大浪淘走了。这个开篇，不仅有气势，还包含了他对人生、自然、历史的总体判断，把人和自然、时空放在一个对照的模式当中，来看待人的行为和功业。

在开篇的总体概括之后，接下去要把它具体落实：从空间的角度，具体落实为"故垒西边"，也就是赤壁这个地方；从时间的角度，"千古"落实为"三国"；风流人物，则落实到"周郎"。这里特别强调了"三国周郎赤壁"，也就是说在这首词中，赤壁一定是和周郎联系在一起的。空间、时间、人物都落实之后，接下来就进入慢词的铺写过程，写赤壁的雄伟风景："乱石穿空，惊涛拍岸，卷起千堆雪。"这几句非常壮阔，有气势，只有这样壮阔的气势才能够在画面上和开篇的宏伟场景匹配。接着以"江山如画"一句，将前面的风景描写收结在一起，再展开一句"一时多少豪杰"。"江山如画"总结了上片，"一时多少豪杰"又开出了下片。历史上多少英雄豪杰，都在这如画的江山舞台上演出属于他们自己的戏剧，而具体到赤壁这个地方就是"周郎"，于是就转入了下片。

下片开头说："遥想公瑾当年，小乔初嫁了，雄姿英发。"周瑜二十四岁时担任将领，人称"周郎"。到赤壁之战的时候，周瑜三十四岁，诸葛亮二十八岁，曹操五十四岁。"赤壁之战"是五十多岁的曹操被三十来岁的年轻人打败，而且败得很惨。词中说"小乔初嫁了"，从历史事实看，周瑜和小乔结婚的时候是二十四五岁，过了十年之后才打的赤壁之战，"小乔初嫁了"并不是史实。不过这毕竟是词，是文学，如果纠缠史实，那就是所谓"死于句下"了。苏轼之所以说"小乔初嫁了"，是为了突出周瑜的年轻英俊、大有作为，突出他"雄姿英发"的形象。后面的"羽扇纶巾，谈笑间、樯橹灰飞烟灭"，也是要凸显出周瑜指挥一场大战，轻轻松松，谈笑之间就打败了不可一世的曹操几十万大军。这就是《前赤壁赋》所说的"孟德之困于周郎者"。在《前赤壁赋》中，曹操是"固一世之雄"，而到了《念奴娇》里，这样的"一世之雄"却被周瑜轻松打败。这是突出称赞周瑜年纪轻轻就建立了这样的丰功伟业，言外不无羡慕向往之意。接下去继续写周瑜，并转向自己："故国神游，多情应笑我，早生华发。"这个地方的理解有一点分歧，"故国神游"，是谁在"神游"？有两种说法，有人说是苏轼，有人说是周瑜。我们分析这个地方的主语到底是谁的时候，首先要看这首词的主角是谁。前面已经说过，苏轼特别强调了"三国周郎赤壁"，因此主角是"周郎"，赤壁是属于周瑜的。其次，所谓"故国"，指的是赤壁这个地方，"故国"的一个义项是指"已经灭亡的国家或者前代王朝"，另一个义项是指"故乡"，就是家乡。我在"如何阅读欣赏唐宋词"那一讲已经解释过，如果"故国"解释为已经灭亡的祖国，那么赤壁所在的三国东吴是谁的故国呢？当然是周瑜。而如果"故国"解释为故乡，那么赤壁所在的这个地方是谁的故乡呢？当然还是周瑜。也就是说这两个含义，不管苏轼用的哪一个，"神游故国"的主语都是周瑜。苏轼是贬官在黄州，在诗中还把黄州叫做"陋邦"，所以他不可能说黄州是他的故国。另外还有一点，"故国神游"，而苏轼此时身在赤壁，是"身游"，并不是"神游"，去"神游"的只能是周瑜的神魂。因此，"故国神游"是苏轼的假设，想象周瑜的神魂回到故国。"多情应笑我"是"应笑我多情"的意思。和周瑜相比，苏轼已经四十多岁，华发早生，不仅仍然一事无成，而且作为朝廷的罪人被贬谪到黄州这个地方，徒自多情地怀念周瑜，因此年纪轻轻就建立了丰功伟业的周瑜见到自己的话，应该会嘲笑自己了。这样，就从称赞周瑜的功业，转向了感慨自身的一事无成。但是，说周瑜"应笑我多情"，这并不表示苏轼对周瑜的功业持一种完全肯定的态度。

这首词在开篇已经讲了:"大江东去,浪淘尽、千古风流人物。"被大江淘走的千古风流人物,当然包括周瑜在内。无论有多少丰功伟业,在永恒的江山之前,在时间长河当中,同样还是微不足道、非常渺小的。对于他们的丰功伟业,苏轼的态度,一方面是称赞,向往,但另一方面,则是强调丰功伟业并不永恒。词中怀想周瑜的功业,动机在反观自身。《前赤壁赋》里讲周瑜打败了曹操,曹操"故一世之雄也,而今安在哉",而在这首词中,周瑜也是一样,当时纵有丰功伟业,现在照样也被大江淘尽。同样是"而今安在哉"!因此就人生的过程而言,要追求功业,周瑜因此值得羡慕,但人生功业又并不具有永恒的价值。永恒的只有江山风月,投身大自然中才能获得人生的永恒。因此结句自然唱出了"人生如梦,一尊还酹江月"的深沉感慨。

"人生如梦"这样的话在苏轼的诗文中反复出现,它一定是苏轼对人生最根本的一个判断。不过"人生如梦",在苏轼的观念中又并不是一个消极的概念,苏轼认为领悟了"人生如梦"的状态,才算明白了人生的真相。在觉悟到人生真相的前提下,更加珍惜人生的每一个时刻、每一个片段、每一件事情、每一个细节,珍惜自然万物,珍惜生活中碰到的每一个人,并承担为社会、为民众的责任。做到了这些,"如梦"的人生才不虚度,苏轼实际上是这样的意思。也就是说,领悟人生真相,很重要,而在人生历程中采取的应对态度和方式更重要。最后"一尊还酹江月"这一句,"酹"是浇酒祭奠的意思,把酒浇在江中,祭奠江中的月亮。为什么"酹江月"?因为与短暂的人生相比,大江和月亮是宇宙间的永恒存在,眼前江水滔滔不绝,千年奔流,江月则是见证过周瑜建立功业的同一个月亮。江水和江月,既是永恒宇宙的代表,也是人类历史的见证,它们见证了周瑜和"千古风流人物"如何活动,又如何被历史的大浪淘走。所以最后这一句寄托了非常深长的感慨。

不难看出,《念奴娇》词中,历史和现实,古人和自身,人生和自然,构成了几组对立比照的关系。历史和现实的关系,是说明在时间的长河中,作为历史的延续的今天,同样会成为历史的过去;怀想古人丰功伟业是为了反观自身;人生和自然的关系,是要说明,在天地之间,构成古往今来的历史的人生,其实非常短暂和渺小。结尾的"人生如梦,一尊还酹江月"两句,和开篇三句相呼应,点明了自然永恒而宏伟、人生短暂而渺小的主题。

尤其需要强调的是,这首词体现出来的思维方式,一是从当下看远方,从历史看现在;二是把人生历史放在大自然的背景中来认识。在长远永恒的时间和宏阔的大自然背景中,人生就显得短暂而渺小。既然如此,人生的得失荣辱也好,功名富贵也好,其实都不重要,都不值得在意。我们看苏轼之所以具有广阔的眼界和心胸,之所以能够抱着一种超脱的、豁达的人生态度走完诗意的一生,重要的原因就在于这种思维方式。

当然,这首词有个别地方与词律不合,这被看作是东坡词的一个毛病,受到坚守传统的词学家的批评。不过我觉得,评价一首词的文学文本,首先要看艺术上的创造性、想象力,其次要看为人生的文学价值,第三还要看在词史上的开创性意义。至于可歌不可歌,并不是首要的标准,何况苏轼这首《念奴娇》,曾经作为所谓"宋金十大曲"之一在宋金元时代歌坛上广泛传唱,并不是不"可歌"的。

总之一句话,这首词作为苏轼"为人生的文学"在歌词领域的代表作,其价值如何评价都不为过。苏轼为词坛"指出向上一路",到元丰五年《念奴娇·赤壁怀古》为代表的这一系列作品出来之后,可以说任务已经完成。

四、苏轼"指出向上一路"的文学史意义

最后简单总结一下苏轼"指出向上一路"的文学史意义。苏轼在元丰五年写的这一系列词作,改变了词的发展方向。从"指出向上一路"来看苏轼词作的文学史意义,可总结为以下三条:

第一,从写作观念上看,苏轼改变了词的写作目的,从供娱乐转向写人生。书写士大夫的人生体悟、人生感怀和人生认知,成为词的写作目的。苏轼词体现的哲理性内容、士大夫情怀和对自然、社会、历史、人生的认知,非常丰富,这是苏轼向词坛"指出向上一路"的贡献,也是苏词获得高度评价的原因。尤其一些具有理性色彩的作品,寄托了生活中临机触发的灵感,包括具体的士大夫人生感悟和对历史对自然的哲理感悟,比如前面讲到的《定风波》(莫听穿林打叶声)、《浣溪沙》(山下兰芽短浸溪)、《沁园春》(孤馆灯青),还有《水调歌头》(明月几时有)、《永遇乐》(明月如霜)、《洞仙歌》(冰肌玉骨)、《行香子》(一叶舟轻)等作品,都具有鲜明的哲理内涵。这些寄托或表现人生哲理感悟的词,把词从"艳科"的藩篱中解放出来,改变了词的"娱人"的馀技小道的性质,提升了词的精神境界,于是词这种文体就不只用来抒情了,它还可以言志,可以写景,可以叙事,也可以说理,艺术功能就比较全面了,词的文体地位也随之得到提升。

第二,苏轼"指出向上一路",还在词的取材、写法、精神境界方面,突破了诗与词的绝对界限。在词的发展历史上,或者说在苏轼之前,词和诗在文体特性上有明确的界限。词很少表现诗歌所表现的内容,诗歌能写的,词不一定能写,而词能写的,诗也不一定写,比如男女之情,宋人就很少入诗,这是词的专长,而词则很少表现人生哲理和社会政治主题。可见诗有诗的领域,词有词的"本色"。但是

到了苏轼之后，诗词的界限在很大程度上被打破了，可以入诗的题材和思想也可以用词来表现了，因此陈师道《后山诗话》说苏轼是"以诗为词"。他以开阔博大的心胸去接纳并感受社会人生，词在他的手中，既可以表现政治抱负和人生理想，也可以表现日常生活小事，喜怒哀乐、嬉笑怒骂在所不避；既可以描写山川风物，也可以探讨人生哲理，登临怀古可以用词，士大夫的交游应酬也可以用词；既可以用词描写农村生活和农村风光，也可以表现男女之情。词在他的手中可以说是全方位运用，做到了"无意不可入，无事不可言"（刘熙载《艺概》）。《沁园春·赴密州早行马上寄子由》是以词言志。《江城子·密州出猎》的主要内容，与他同样描写打猎的《祭常山回小猎》诗中的"圣明若用西凉簿，白羽犹能效一挥"一样，都是慷慨报国志向的表现，这是诗中常见而此前词中少见的内容。虽然苏轼词的题材内容在其广度上还不能与其诗歌相比，但表现范围已经得到很大的拓展。本来古人非常重视文体之辨，不同文体，各有各的功能和写作规范，"得体"与否，是评价文学作品的一条重要原则。可是任何问题都有两面，严格坚守词的文体规范，固然"得体"，但过于保守，词的表现功能单一，表现范围狭窄的问题，就会成为限制其发展的藩篱。因此，从发展创新的立场看，苏轼在观念和艺术思维上向诗歌靠拢，借鉴诗歌的文体经验，为词的艺术发展注入了新的生命力，促进了词体文学的发展进步。因此苏轼"以诗为词"，应该从文学发展的高度予以评价。

第三，苏轼"指出向上一路"，还体现在从思维方式上改变了词的艺术传统。词为人生而作，从更深的层面改变了词的艺术思维习惯。

首先是丰富了词的艺术时空模式。自花间词以来，词的传统艺术思维追求"狭而深"，艺术构思"狭而深"，艺术意境也"狭而深"，花前月下、酒筵歌席、枕边灯前、小庭深院、闺阁楼头，是典型的词境，而苏轼词则基于词人的生活阅历和文化修养，以超越的想象，宏阔的空间范围，长远的时间维度，打破了这种传统词境的构造模式。苏轼许多作品，思维方式是在宇宙自然的宏大背景下体悟人生哲理，在历史长河中看待人生意义，或在当下看远方，从远方看当下，如《江城子》（梦中了了醉中醒）、《永遇乐》（明月如霜）；或从历史看当下，从永恒看瞬间，如《念奴娇》（大江东去）、《行香子》（一叶舟轻）。在宏阔高远的时空背景中发现并深刻表现，这是苏轼文学共同的艺术精神，词也不例外。

其次是改变了从"花间词"以来的女性化书写为主的传统，从意象、视角、话语方式、书写角度和文化趣味等方面，转向士大夫的主观观照和书写，为词的艺术审美注入了阳刚之气，改变了"群儿雌声学语"的局面，从精神上丰富了词的感性力量。当然，这种改变不是从苏轼开始的，比如李后主、晏殊、范仲淹、欧阳修等前辈词人，都有一些改变，但是真正彻底地扭转这种状态，还是苏轼的功劳。

再次是创造了新的词风，在艺术风格上改变了以绮丽婉媚为主的比较单一的状况。词自晚唐五代以来，由于应歌的关系，又由于歌唱中崇尚女声，从而形成了脂粉气浓厚的婉媚风格，这也成为词的传统风格特征，至柳永仍是如此。苏轼则改变了这种传统，为词的风格发展注入了新的风格因素。他以高旷的胸襟、清雅的文人意趣、高远超逸的意境、清新雄健的笔力改变了词的风格形态。一般用"豪放"概括苏轼的新词风，与"婉约"相对，两者成为宋词的两大典型风格，这种概括从一个侧面指出了苏词的风格特点及其意义和影响，有一定的合理性。不过苏词有大量作品风格都不"豪放"。实际上，苏轼为词带来的阳刚之美，有的豪放，有的刚健，有的超旷洒脱，有的清新优美，笼统只用"豪放"来概括苏轼的词风，并不全面，也不够准确。

实际上，苏轼这样一个生活经历这么丰富复杂，思想感受这么丰富多彩，艺术才能这么卓越的人，也不可能是"豪放"这个简单的标签可以定义和概括的。

结　语

南宋末年的刘辰翁说："词至东坡，倾荡磊落，如诗，如文，如天地奇观。"（《辛稼轩词序》）在宋人的文学观念中，诗和文的文体地位是高于词的，因此刘辰翁的这个评价，并不是说苏轼把词写成了诗或文，而是高度评价苏轼为词带来了新的艺术价值，提升了词的精神境界，使得词获得了像诗文一样崇高的地位。的确，苏轼将诗歌的表现功能和精神气质移植到词中，使词可以像诗一样表现作者的性情和人格个性，使词摆脱了仅仅作为乐曲的歌词而存在的状态，成了可以独立发展的新诗体。词在苏轼手里可以抒情、写景，也可以叙事、说理。自苏轼之后，"词为人生而作"，不再是馀技小道。由于苏轼的贡献，词的世界，因此改观。

今天就讲到这里，谢谢大家！

唐宋古文运动的三重维度

张 剑

唐宋古文运动是中国文学史上的重要内容，从哪些方面认识它，学界有不同的看法。我今天主要想从文学、思想、政治三个维度来做一下分析考察。

一、文学维度的考察

"唐宋古文运动"，"唐宋"是朝代的划分标准。"古文"，与之相对的是"今文"。唐宋时期的今文是从六朝延续下来的，以对偶句为主的，讲究对仗、声律的骈文。比六朝更古的是先秦、两汉，古文主要是指先秦、两汉时期以散行单句为主的，不拘声律的文章。不论骈文还是古文，相对于今天的白话文而言，都属于文言文。"运动"，这个词含义比较复杂，它可以作名词讲，指社会层面一些有组织、有目的、规模很大的群体性活动；也可以作动词讲，指变化、移动、活动、施展、奔走等。唐宋古文运动的运动，是名词，指一种群体性活动。

为什么要从文学、思想、政治这三个层面讲古文运动呢？先来看宋神宗和刘彝的一段对话：

熙宁二年（1069）召对，上问："从学何人？"对曰："臣少从学于安定先生胡瑗。"上曰："其人文章与王安石孰优？"（刘）彝曰："胡瑗以道德仁义教东南诸生，时王安石方在场屋修进士业。臣闻圣人之道，有体，有用，有文。君臣父子、仁义礼乐，历世不可变者，其体也。《诗》《书》史传子集，垂法后世者，其文也。举而措之天下，能润泽其民，归于皇极者，其用也。国家累朝取士不以体用为本，而尚其声律浮华之词，是以风俗偷薄。臣师瑗，当宝元、明道之间，尤病其失，遂明体用之学以授诸生……"（朱熹《五朝名臣言行录》卷十）

刘彝是北宋一位非常擅长水利工程的官员，他的老师胡瑗是宋代著名的教育家和理学先驱，是"宋初三先生"之一。胡瑗在苏州、湖州教学时，发明了"分斋教学"的制度，即在书院里设立"经义"和"治事"两斋。经义主要学习儒家六经；治事又分为治民、讲武、水利、历算等不同专业科目：目的是使学生既能领悟圣人经典的义理，又能胜任行政、军事、水利等专业性工作。刘彝自身就是一个水利专家，他任江西赣州知州的时候，不仅规划了赣州城区的建设，还根据街道的布局和地形特点，修了两条排水干道。这两条排水系统，直到今天还在有效运转。据专家分析，赣州旧城刘彝所修的这两个排水系统，就是再增大三到四倍的雨量，也不会发生内涝。用今天的话来讲，刘彝是一个非常厉害的实干型、技术型干部。

刘彝说："臣闻圣人之道，有体、有用、有文。"所谓"体"，是指儒家君臣父子的思想观念；"文"比今天的文学范围要大一些，用刘彝的话是指"《诗》《书》、史、传、子、集"这些，包含了经、史、子、集四部。刘彝认为其中蕴含了圣人想要传达的思想观念，以这些思想观念来治理天下，润泽百姓，就是"用"。所以我们不妨从这三个方面——文学上的"有文",思想上的"有体",政治上的"有用"——来考察唐宋古文运动。因为在唐宋时期的文人看来,文章必须"兼体用",才有意义,有价值。

先看文学的维度。"古文运动"这个词是中国现代文学史叙述的一个建构,在"五四"之前是没有的。最早公开见于1923年4月《小说月报》,胡适致顾颉刚函:

> 大运动是有意的,如穆修、尹洙、石介、欧阳修的古文运动,是对于杨亿派的一种有意的革命;大倾向是无意的,是自然的,当从民间文学白话文学里去观察。(《小说月报》第14卷第4号)

胡适在信中指出,研读文学史要见出其"大运动"和"大倾向",欧阳修等人的古文运动是面对"杨亿派"的革命。杨亿派指的是宋代以杨亿为代表的、擅长四六骈体文和西昆体诗歌的文学派别。胡适认为古文运动是对骈文的革命。由于书信篇幅所限,胡适的观点没有展开。在1927年出版的《国语文学史》中,胡适就有了更系统的表述。他说:

> "古文"乃是散文白话化以前的一个必不可少的过渡时期。……比起那禅宗的白话来,韩、柳的古文自然不能不算是保守的文派。但是比起那骈俪对偶的"选体"文来,韩、柳的古文运动,真是"起八代之衰"的一种革命了。(《国语文学史》第二编第三章)

八代就是东汉、魏、晋、宋、齐、梁、陈、隋。这段话,就明确指出韩柳的古文运动是对八代骈文的革命;接着胡适对古文和骈文你死我活的斗争进行了更详细的分析。他说:

> 古文风行以后,那些骈偶文人自然不高兴了。因此,晚唐的

文章有"三十六体"的骈文运动……

北宋初年的文学颇偏向晚唐温、李诸人传下来的骈偶文与古典诗。这一派大人物是杨亿，他是庙堂文学的大主笔，是贵族文学的首领……

这一派文学的兴盛，引起了一种大反动：产生了北宋的古文运动。古文自韩、柳之后，中间经过晚唐的骈偶文复辟，势力又衰落了。宋朝提倡古文最早的，有一个柳开……柳开之后，有穆修、尹洙、石介诸人，都是这个古文运动的健将。古文运动是反对骈文的，是要革骈文命的……到第十一世纪中叶，欧阳修的古文成为一代的宗师，他的同乡曾巩、王安石都是古文的好手，西南方面又出现了苏轼、苏洵、苏辙父子三个文豪。古文的八大家之中，六大家都出在这一个时代。古文运动从此成功，虽不曾完全推翻骈文，但古文根基从此更稳固了，势力也从此更扩大了。（《国语文学史》第二编第四章、第三编第一章）

这段话，简直就是《小说月报》那封信的注释版。它反映出胡适"文学革命"的两个基本观念：

第一，文言是死文学，白话是活文学，白话比文言进步；距白话较近的古文文言，又比距离白话较远的骈文进步。

第二，"古文运动"被胡适视为中国文学白话化的一个阶段，比起白话文，古文是应该被淘汰的过去式；但与骈文相比，古文又是代之而起的新生力量。在革命的过程中，它自然会引起被革命的骈文的激烈抵抗，因此古文运动是一部与骈文不断斗争直至最终获胜的曲折历史。这是胡适理解的文学史的发展。

当然，古文与骈文互相斗争的对立观念，并不是胡适发明的，在他之前的古人就有这样的说法。比如曾国藩在《覆许仙屏》一文中就谈道:"古文者,韩退之氏厌弃魏晋六朝骈俪之文,而反之于六经两汉,从而名焉者也。"可见这个观念在曾国藩那个时代就有。但胡适在中国现代学术史上、文化史上的地位很高,他开创了很多第一,比如第一部新诗集《尝试集》,第一部具有现代学术风格的文学史专著《白话文学史》,第一部用西方学术观念写成的哲学史《中国哲学史大纲》等。但胡适有个特点,他"但开风气不为师",很多著作就写个上部,没下部,所以他的朋友就戏称他是著作监——著作的太监。《国语文学史》可说是教育部的教材。1921年,胡适在教育部主办的国语讲习所讲授国语文学史课程,为了讲这门课,他编撰了《国语文学史》讲义。这个讲义来回修订,经过五六年的打磨,中间有油印本、石印本,到1927年正式排印出版。由于胡适巨大的影响力,再加上"部颁"教材的推动,"古文运动"的说法从此慢慢被学术界接受,而胡适骈文、古文对立斗争的思路也逐渐推广开来。

郑振铎先生1932年《插图本中国文学史》第二十八章直接用了"古文运动"作为章节标题。龚书炽先生将这个说法用到书名里面,写了《韩愈及其古文运动》,由商务印书馆1945年出版,这是第一部专门研究古文运动的专著。1962年,中华书局出版了钱冬父(钱伯城)先生的《唐宋古文运动》,他的观点承袭胡适,且第一次直接用"唐宋古文运动"作为书名。我们看他其中的一段话,基本上是胡适观点的翻版。他说:

> 古文运动是发生在八世纪至十一世纪唐宋时代的一次文学运动,这次运动用简单的话来说,就是提倡散文,反对当时骈文的一次斗争运动。因为参加这个斗争的人数很多,有共同一致的要求与目标,形成了相当规模的浪潮,经过长期的起伏奋斗,终于取得了胜利,所以大家把它称作文学史上发生的一次"运动"。

钱先生用了两封古人的信来说明骈文和散文的区别，第一封：

> 某启：奉教垂贲乌骝马一匹。柳谷未开，翻逢紫燕；陵源犹远，忽见桃花。流电争光，浮云连影。张敞画眉之暇，直走章台；王济饮酒之欢，长驱金埒。谨启。

这是庾信的《谢滕王赉马启》。滕王送了庾信一匹好马，庾信写了感谢的书信。这封信不太容易看懂，因为典故连篇。比如"柳谷"用的是干宝《搜神记》里的典故，是说汉献帝建安到魏明帝太和年间，甘肃张掖柳谷这个地方突然出现裂开的石块，上面有五匹马的图案，所以柳谷就是代指马。后面的紫燕、桃花、流电、浮云，都指骏马，各有典故。庾信用典比较巧妙，虽然是用典，但意象选择很自然，像"柳谷""紫燕"，即使不知道它是骏马的典故，也可以体会到彼此相关的意象美感。另外"桃花"和"武陵源"也是既用了陶渊明《桃花源记》的典故，又组成彼此相关的自然意象，是双关手法的很好运用。"张敞画眉"，这是大家非常熟悉的典故，形容夫妻恩爱。张敞做京兆尹时，显示出了很强的治理才能，而且不摆官架子。高官出行通常要肃清道路，汉代长安城也是如此，京兆尹出行两旁行人是要回避的。张敞特别讨厌这样的官场习气，他每次从章台街经过，就催着为自己驾马的御者，又用扇子拍着马，快点走过了事。所以"直走章台"也是形容马匹的速度很快。"王济"用的是《世说新语》的典故。晋朝王济特别爱马，他用金钱垒成了马圈，来了个"金屋"藏马。这短短几十字的书信用了十几个典故，中心意思就是一句话：您赠我的骏马特棒，我会好好对它。钱冬父先生认为，这就是骈文废话连篇的代表。

也有专家不同意这个看法，比如废名先生《谈用典故》一文中，就专门举出这封书信为例，认为"其妙处全在典故"。"所用的全是马的典故，而作者的想象随着奔流出来了。柳谷句，张掖之柳谷，有石自开，其文有马；紫燕是马名，桃花是马名。接着两句，'流电''浮云'俱是马名，'争光'与'连影'则是想象，写马跑得快。争光犹可及，连影则非真有境界不可，仿佛马在太阳地下跑，自己的影子一个连着一个了，跟着跑了。那么争光亦不可及，作者的笔下实有马的光彩了。"

不过无论如何，这封书信确实比较难懂，尤其和另一封韩愈的书信对比来看的话。这是韩愈进呈给皇帝的一份书状。当时韩愈奉命给去世的官员王用撰写碑文，王用的儿子王沼赠送了他一匹马作为酬谢。因为是公务写作，韩愈不便私下收受礼物，所以皇帝特别下旨允许他接受，于是韩愈上书表示感谢。书状的标题是《谢许受王用男人事物状》。题目应该断为：谢/许受/王用男/人事物/状。王用男就是王用之男，即王用的儿子，人事物在唐朝就是礼物的意思，全句的意思就是谢谢您允许我接受王用儿子馈赠的礼物。全文如下：

> 某官某乙右今日品官唐国珍到臣宅，奉宣进止，缘臣与王用撰神道碑文，令臣领受用男沼所与臣马一匹，并鞍衔及白玉腰带一条者。臣才识浅薄，词艺荒芜，所撰碑文，不能备尽事迹。圣恩弘奖，特令中使宣谕，并令臣受领人事物等。承命震悚，再欣再跃，无任荣抃之至，谨附伏陈谢以闻。谨奏。

大意是说皇上许臣领受王用儿子王沼所赠的一匹马、一条白玉腰带，以及鞍衔等物品。臣才识浅薄，词艺荒芜，所撰写的碑文不能详尽王用的事迹，却受到皇上的特别对待，所以我感到非常惭愧，非常荣幸，非常感谢云云。全文确实浅显易懂。

钱冬父之后，各种教材、文学史著作基本上都遵循胡适的观点，无非是补充一些细节，把它更加详细化了。在这些著作中，唐宋古文运动一般分成五个阶段。第一阶段是唐玄宗天宝年间至中唐前期,代表人物是萧颖士、李华、元结、独孤及、梁肃、柳冕等古文运动前驱。第二阶段是以韩愈、柳宗元为领袖和中心的中唐古文运动。第三阶段是晚唐至北宋骈文再度泛滥的阶段,以杨亿、刘筠等为代表。第四个阶段是北宋中期欧阳修为主将的时期,特别是嘉祐二年(1057)欧阳修利用知贡举的机会,扭转延续百年之久的淫靡文风。第五个阶段是北宋后期,苏轼领导古文运动取得全面胜利的时期,古文就此取代骈文,占据了文坛主流。

这样的分期有没有道理呢?从文学史的发展实际来看,唐宋时期确实存在一个以韩、柳、欧、苏为中心的古文勃兴现象。现在耳熟能详的许多作品,都产生于这个时期。另外无论是古文的创作实践还是创作理论,在这一时期都形成了较为完整的体系。唐以前的人著书立说,表达自己的政治思想、人生观念,往往归于经史子集的子部。唐代以后,这些内容就可以通过古文表达,而不一定非要在子书中体现。此外像抒情、写景、记游等,都可以用古文表达。这使唐宋古文的内容不断扩大,成为独立于诸子散文、史传散文、政论散文的新文学体裁。

唐宋古文在各类体裁上都有精品。如韩愈的《送孟东野序》《送李原归盘谷序》,是从传统序里拓展出来的赠别序,赠别序这个体裁到韩愈这里才真正发扬光大。另如柳宗元的《永州八记》,也是从传统山水记里开拓出来的杂记,重在游记里体现作者的心境。再如寓言类的柳宗元《黔之驴》,说类的韩愈《师说》《马说》,游记类的王安石《游褒禅山记》、苏轼《石钟山记》,散文赋类的欧阳修《秋声赋》、苏轼《赤壁赋》等,还出现了大量的笔记小品、书札。唐宋古文达到了众体兼备的境地,体裁的革新意味着古文的使用范围、功能和形制大大扩展。

不仅是创作实践，在古文理论建构方面，唐宋古文家也有很大贡献。比如在作家修养论方面，韩愈在《答李翊书》中将孟子的"养气说"丰富化，强调"根之茂者其实遂，膏之沃者其光晔。仁义之人，其言蔼如也"，又说："气盛则言之短长与声之高下者皆宜。"即认为作家的创作是内心情感和修养的体现，当内心充实到一定境界，就自然而然不必拘泥文章的长短，而是随着自己内在的生命力将情感和思想表现出来。这就冲破了四六骈文在句式上、辞藻上、声律上的限定，将各种限制解构掉了。

苏轼在《文与可画筼筜谷偃竹记》里面提出"画竹必先得成竹于胸中"，这是就创作艺术构思阶段而言的。要在构思阶段成竹在胸，才能将文章写得神完气足、形象丰沛。

苏轼还有一个观念叫"随物赋形"，他说：

> 吾文如万斛泉源，不择地皆可出。在平地滔滔汩汩，虽一日千里无难。及其与山石曲折，随物赋形，而不可知也。所可知者，常行于所当行，常止于不可不止。（苏轼《文说》）

"随物赋形"是对事物本身动态变化的要求。作者必须根据表达对象的特点，来设计文章的长短和表达方式，这也有利于突破骈文对文章形式的束缚。

在修辞论上，韩愈《答李翊书》里讲，要"惟陈言之务去"；《南阳樊绍述墓志铭》里讲，要"文从字顺各识职"，二者统一，言贵独创，词必己出，但又不违背"文从字顺"的语言规律和文风要求，这并非是对先秦两汉古文的简单还原，也可有效纠正骈文滥用典故造成的阅读困难。

此外还需要补充的是，唐宋古文运动，虽然经常连起来说，实际上唐代的古文和宋代的古文是有区别的。南宋罗大经《鹤林玉露》卷十五"韩柳欧苏"条就说:"韩柳犹用奇重字,欧苏惟用平常轻虚字。"清黄宗羲《南雷庚戌集自序》里也说:"古文自唐以后为一变:唐以前字华,唐以后字质;唐以前句短,唐以后句长;唐以前如高山深谷,唐以后如平原旷野,盖划然如界限矣。"查慎行《<曝书亭集>卷首题序》也认为:"唐之文奇,宋之文雅;唐文之句短,宋文之句长;唐以诡卓顿挫为工,宋以文从字顺为至。"

举几个具体例子说明唐代古文和宋代古文的区别。韩愈《蓝田县丞厅壁记》里有一句话"水㶁㶁循除鸣",意思是渠水沿着台阶分流。㶁㶁是水流的声音,但这两个字很难写,而且出自《说文》,用得比较古雅。同样是形容水声,欧阳修《醉翁亭记》用的是"渐闻水声潺潺",潺潺是魏晋时期才出现的说法,相比而言用的就浅近一些。

再看柳宗元的《小石潭记》。《小石潭记》中"近岸卷石底以出"这句话如何解释,争议非常大。争议的焦点是"卷"字的词性,究竟是动词还是名词。我上学的时候老师根据教材是这样讲的:说小石潭的底部是一整块石头,因为靠近岸边的水浅,所以石底翻卷出水,形成了不同的形状。为坻,坻就是水中的高地;为屿,屿就是小岛;为嵁,嵁就是不平的山岩;为岩,岩就是比较平整的整块岩石。但是中华书局原总编周振甫先生写了一本书叫《诗文浅说》,里面讲到这个卷字不能读卷,应该读拳。因为柳宗元爱用古雅字,这个卷是用《礼记·中庸》里"今夫山,一卷(quán)石之多"的"卷"的意思,形容山是由大量"卷"石构成的。卷读拳,同"区","区"是齐国的计量单位,相当于一斗六升的容量,卷石指相当于一斗六升容量的大石头。此句是柳宗元在描写小石潭底部周围的石头,尤其是靠近岸边露出水面的那些石头,并且主要是从石头的体积和重量两方面来准确细致描写的。这句话应该翻译为："小水潭以整块石头作为潭底，在小水潭周围靠近岸边的地方，一块块相当于容量一斗六升大小的石头露出水面，有的像坻，有的像屿，有的像嵁，有的像岩（石形千奇百怪，各具形态）。"但也有专家又考证说不对，战国时候的容量单位很小，它的一升可能只相当于今天的二百毫升左右，一斗六升换算成一个正方体，直径也就是十几厘米，所以它不是大石头，而是小石头。事实上，无论把这句话理解为小石潭池底是一块完整的石头出水，还是理解为小石潭近岸之处有不同形状的石头，都会有些费解：池底怎么能翻卷成为不同的形状呢？近岸的石头又怎么会容量大小都一致呢？可见柳宗元的用字比较难懂，解释才会产生歧义。毕竟苏轼《石钟山记》的"有大石当中流"就从来没有什么异议。从这里也可以体会到唐文和宋文之间的区别。

再举个稍长一点的文章——韩愈《进学解》：

……先生曰："吁，子来前！夫大木为杗，细木为桷，欂栌侏儒，椳闑扂楔，各得其宜，施以成室者，匠氏之工也。玉札、丹砂，赤箭、青芝，牛溲、马勃，败鼓之皮，俱收并蓄，待用无遗者，医师之良也。登明选公，杂进巧拙，纡馀为妍，卓荦为杰，校短量长，惟器是适者，宰相之方也。昔者孟轲好辩，孔道以明，辙环天下，卒老于行。荀卿守正，大论是弘，逃谗于楚，废死兰陵。是二儒者，吐辞为经，举足为法，绝类离伦，优入圣域，其遇于世何如也？……

《进学解》一篇文章中产生了几十个成语。比如：业精于勤、刮垢磨光、贪多务得、含英咀华、佶屈聱牙、同工异曲、动辄得咎、头童齿豁、俱收并蓄、投闲置散、提要钩玄、焚膏继晷、闳中肆外、啼饥号寒、校短量长。大家现在看这些成语，好像是不言而喻的，很容易懂。但当它第一次出现的时候，则完全是陌生化的，给读者带来强烈的冲击力。

一篇文章里有几十个词根本没见过,这还不够奇吗?

再看苏轼的《记承天夜游》,一共八十五个字,全文如下:

> 元丰六年十月十二日,夜,解衣欲睡,月色入户,欣然起行。念无与为乐者,遂至承天寺,寻张怀民。怀民亦未寝,相与步于中庭。庭下如积水空明,水中藻荇交横,盖竹柏影也。何夜无月?何处无竹柏?但少闲人如吾两人者耳。

元丰二年(1079),苏轼被新党控告以诗讽刺新法,酿成"乌台诗案",最后皇帝把他贬到黄州做团练副使。虽是团练副使,却属于看押对象,可享受一定待遇,但不能签书公事。元丰六年,苏轼已经在黄州生活四年了。由于俸禄微薄,他的生活非常艰难,不得不在黄州的东坡开辟了一块荒地,种点粮食和蔬菜补贴家用,东坡这个号就是从这来的。尽管在黄州的四年生活非常困顿,但苏轼的精神面貌是超凡脱俗的。

十月十二日夜晚,苏轼正解衣欲睡,这时候忽然发现明月照进房间,于是欣然起行。这种明月来相邀的写法,体现出苏轼非常喜爱自然的意趣。他陶醉于这样的美景当中,感到很快乐,想着不如再找个人一起快乐。于是他去了承天寺,找另外一个被贬谪的官员张怀民,两个人一起在庭中漫步。"庭下如积水空明,水中藻荇交横,盖竹柏影也。"这三句话写得绝妙。月光是清澈透亮的,从天空倾泻下来,铺满了整个庭院,庭院像溢满了一池清水那样透亮。月光下,竹子和柏树投影到院落里,好像水里漂浮的水草。这是一种错觉,可见月光之透明,作者借用这种错觉把月光如水的自然美和朗怀如月的精神美交融到一起,体现出一种空灵、坦荡、高妙的意境。如果只说月光如水,就没有什么意思。但苏轼拉长了句式,再加上他的情怀,就给读者带来了美的冲击。而且文章到此还没有结束,他最后笔锋一转,又连发两问,再自己回答一句。"何夜无月？何夜无竹柏？"但为什么没人发现这种美妙呢？关键是他的回答：那是因为缺少像他和张怀民这样忘却名利、随缘自适的闲人。着一"闲"字，境界全出。

苏轼在《临皋闲题》的文章里也讲过："江山风月本无常主，闲者便是主人。"心境闲适了，清风明月不用一钱买，你就是他的主人。后人对这篇文章佩服得五体投地，说"文至东坡，真是不须作文，只随事记录便是文"。还有人说这是"仙笔也，读之觉玉宇琼楼，高寒澄澈"。足见苏轼从日常生活中发现美、表现美的能力。

明代的小品文受到苏轼很大的影响。文征明就专门画了一幅《中庭步月图》，表现苏轼这篇文章的意境。文征明是书、画、文兼通的才子，他画了画之后，觉得还不够，于是又写了首诗，写完诗还嫌不足，又在诗的后面补了一篇跋：

> 跋曰：十月十三夜，与客小醉，起步中庭，月色如画，时碧桐萧疏，流影在地，人境俱寂，顾视欣然，因命僮子烹苦茗啜之，还坐风檐，不觉至丙夜。东坡云：何夕无月，何处无竹柏影，但无我辈闲适耳。

虽然他诗书画一齐上，但他表现出东坡的意境了吗？实际上他没有表现出来，否则也不会在跋的最后直接把苏轼的话搬过来了。无论是他的诗、画，还是跋，都没有苏轼的《记承天夜游》写得那么自然空灵、胸襟洒脱。至少文征明不是因为明月来相邀，而是喝醉了没事在庭散步，这就失去了苏轼的自然闲适。另外文征明的生活无忧无虑，一幅画都可以卖很多银子。同样是闲，文征明是富贵之闲，闲得没有力量，而苏轼在人生困顿中还能欣赏自然之美，还能怀有闲适的心态，这样的闲是真正具有精神力量的闲。后来有些画家模仿文征明的画，画完之后把文征明的诗去掉，旁边题上苏轼的《记承天夜游》，就更不伦不类了。

当然唐文奇，宋文平易，这是就唐宋文整体风格去讲的，并不是说韩愈和柳宗元之间没有区别，欧阳修和苏轼的风格一致。事实上，在唐宋文总体风格的差异下，每个作家有自己不同的创作个性。比如韩愈，读他的《原道》《原毁》《师说》《进学解》，会觉得语言雄辩，气势磅礴。柳宗元的《永州八记》，就非常的清峻、简洁，甚至有点幽冷。同样是宋文，欧阳修的《泷冈阡表》《秋声赋》《祭石曼卿文》，写得一波三折，摇曳多姿。苏轼的《日喻》《文与可画筼筜谷偃竹记》、前后《赤壁赋》，就写得汪洋恣肆，奔放洒脱。曾巩的《战国策目录序》《宜黄县学记》《墨池记》，就写得严实平整，细密峻洁。王安石的《伤仲永》《读孟尝君传》，则非常斩截有力，简古雅健。所以讲唐宋文风格差异，是提取了其中较为稳定的、共同的因素。除此之外，还要注意到他们统一中体现出的多样性。正是这种多样的统一，才保证了古文具有丰富的内涵和广阔的发展前景。

接下来看看胡适"古文运动"理论带来的问题。这个说法并不是无懈可击的，其中一个疑问就是骈、散之间是否真是对立的斗争关系呢？虽然唐宋古文取得了非常高的成就，但古文和骈文之间真的存在你死我活的尖锐斗争吗？可以从实际的创作来看，统计一下《全唐文》《全宋文》中的文章，就会发现古文从未一家独大，骈文所占的分量一直非常庞大，特别是在某些文体中，骈文一直是统治性地位。比如朝廷的公文，制、敕、诏、诰基本都是骈文。科举考试中的律赋、判词都是骈文。另外像墓志，韩愈之后的墓志撰写，骈文墓志也比古文墓志的数量要多得多。古文和骈文在任何时间段都是共生共存的，它们之间并不是你死我活的关系。

再从作家本身来看，很多古文家并不排斥骈文，相反他们都是骈文高手，该写骈文时创作骈文，该用古文时创作古文。即便是古文创作，也大量吸收骈文成果。如韩愈的《原道》《进学解》《论天旱人饥状》，都有很多四字句、六字句。后世有直接将《进学解》收到骈文选集里的，当然是收错了，但也足见其吸收了骈文很多特点。

此外，在胡适看来，哪个文体好懂，哪个就是进步的。因为他讨论问题的出发点是白话文，他是用语言的平易程度来判断文体的进步与落后。事实上，古文并不一定比骈文好懂，不能用语言是否平易白话来判断文学的高下，这只是一种预设的历史进步性。

复旦大学王运熙先生在《韩愈散文的风格特征和他的文学好尚》一文中指出，韩愈的古文奇崛深奥，尽管他自己强调文从字顺，实际上他的古文创作仍然是偏向奇崛深奥这一派的，读起来十分难懂。中唐的古文实际上比当时的骈文更难读，中唐之前也是如此，反而是骈文比较通俗平易。现在读到的接近口语的那种比较平易的古文，是到宋代才产生的。这里看一个隋代李谔《上隋高祖革文华书》的例子。李谔给隋高祖杨坚上书，是有感于时人文章过于骈俪，他想扭转淫靡的文风。所以他上书皇帝，写道：

> 臣闻古先哲王之化民也，必变其视听，防其嗜欲，塞其邪放之心，示以淳和之路。五教六行，为训民之本，《诗》《书》《礼》《易》，为道义之门。故能家复孝慈，人知礼让，正俗训风，莫大于此。……降及后代，风教渐落。魏之三祖，更尚文词，忽君人之大道，好雕虫之小艺。下之从上，有同影响，竞骋文华，遂成风俗。江左齐、梁，其弊弥甚，贵贱贤愚，唯务吟咏。遂复遗理存异，寻虚逐微，竞一韵之奇，争一字之巧。连篇累牍，不出月露之形；积案盈箱，唯是风云之状。世俗以此相高，朝廷据兹擢士。禄利之路既开，

爱尚之情愈笃。……故文笔日繁，其政日乱，良由弃大圣之轨模，构无用以为用也。捐本逐末，流遍华壤，递相师祖，久而愈扇。

在今天看来，这篇文章除了"五教六行"这样的典故比较难懂，其他都是比较平易的。"五教"指父义、母慈、兄友、弟恭、子孝，"六行"指孝、友、睦、姻、任、恤，是西周大司徒教民的六项行为标准。其他内容虽然是骈文，但并不难懂。像"竞一韵之奇，争一字之巧"，"连篇累牍，不出月露之行；积案盈箱，唯是风云之状"，就是讲骈文非要斟酌字句的音律，连篇累牍，无非就是描花写草，修饰些风云变幻之状，没有什么真正的内容。这篇文章本身是反对骈文的，但它却是一篇标准的骈文，可以说很有讽刺意义。

再看韩愈之子韩昶。韩昶很有意思，他自己给自己写墓志铭。唐代以前自写墓志铭的现象不是很多，到唐代就有不少人玩预先死亡的游戏，生前先给自己撰写墓志铭。韩昶在墓志铭里讲到自己的作文经过：

……及年十一二，樊宗师大奇之。宗师文学为人之师，文体与常人不同，昶读慕之。一旦为文，宗师大奇。其文中字或出于经史之外，樊读不能通。稍长，爱进士及第，见进士所为之文与樊不同，遂改体就之，欲中其汇。年至二十五，及第释褐，柳公公绰镇邠辟之，试弘文馆校书郎……（韩昶《自为墓志铭》）

樊宗师是韩愈的门生，写的古文非常奇涩深奥。韩昶喜欢他的文章，所以刻意模仿，模仿到樊宗师去看他的文章也有看不懂的地方。但是韩昶写古文没有坚持到底，后来他觉得进士们写骈文也不错，大概年轻人心性不定，就跟着学骈文去了，居然又中了进士。通过这个例子大家就可以看到，这时候古文的影响并没有我们想象中的那么大，并不是像胡适讲的，到了韩愈的时代古文一下就占了上风。韩愈连自己的儿子都管不好，还能管得了其他人吗？所以骈文和古文并不是你死我活的关系，而是共生共荣的关系。

另一个疑问就是欧阳修反对的是骈文吗？我们知道一种影响很大的说法，就是欧阳修嘉祐二年（1057）知贡举时反对骈文，这是20世纪80年代以前几乎所有文学史论著和教材的共识。大家都认为欧阳修利用自己做主考官的机会，领导了一场以古文取代西昆体、取代骈文的文学革新运动。直到曾枣庄《北宋诗文革新的曲折过程》（《文学评论》1982年第5期）一文，首先发现仁宗朝"太学体"与真宗朝西昆体分属两种不同文体，太学体是古文，欧阳修知贡举反对的主要是太学体，然后葛晓音《欧阳修排抑"太学体"新探》（《北京大学学报》1983年第5期）肯定曾文认为太学体是古文的发现，但不同意以宋祁、杜默为太学体代表人物的观点，指出庆历变法时主持太学的石介、孙复、胡瑗才是太学体生涩文风的领袖。葛老师还认为北宋诗文革新经历了反对五代体、西昆体、太学体三个阶段，这种说法现在得到了学术界的公认。那么我们现在知道的事实真相与之前的说法正好相反，欧阳修嘉祐二年知贡举时反对的是太学体，而太学体恰恰是古文，不是骈文。

欧阳修的朋友韩琦为欧阳修撰写的墓志铭，里面明确讲到欧阳修的贡献：

> 嘉祐初权知贡举。时举者务为险怪之语，号"太学体"。公一切黜去，取其平淡造理者即预奏名。初虽怨讟纷纭，而文格终以复故者，公之力也。（韩琦《故观文殿学士太子少师致仕赠太子太师欧阳公墓志铭》）

意思是说他嘉祐初年担任主考，当时的举子们作文都喜用险怪之语，号称是太学体。欧阳修阅卷时，把这种文风的卷子一概都刷掉，录取的都是那些文理平易的举子。刚开始的时候大家都很怨愤，批评他改革文风刷掉这么多人。但科考的指挥棒还是很厉害的，所以人们还是顺着他的理念，你用什么样的文风去录取，我就写成什么样的文风。

还有一个故事，宋沈括《梦溪笔谈》卷九记载：

> 嘉祐中士人刘几，累为国学第一人。骤为怪险之语，学者翕然效之，遂成风俗。欧阳公深恶之。会公主文，决意痛惩，凡为新文者，一切弃黜。时体为之一变，欧阳之功也。有一举人论曰："天地轧，万物茁，圣人发。"公曰："此必刘几也。"戏续之曰："秀才剌，试官刷。"乃以大朱笔横抹之，自首至尾，谓之"红勒帛"，判"大纰缪"字榜之。既而，果几也。复数年，公为御试考官，而几在庭，公曰："除恶务力，今必痛斥轻薄子，以除文章之害！"有一士人论曰："主上收精藏明于冕旒之下。"公曰："吾已得刘几矣！"既黜，乃吴人萧稷也。是时，试《尧舜性仁赋》，有曰："故得静而延年，独高五帝之寿；动而有勇，形为四罪之诛。"公大称赏，擢为第一人。及唱名，乃刘辉。人有识之者，曰："此刘几也，易名矣。"公愕然久之，因欲成就其名。小赋有"内积安行之德，盖禀于天"，公以谓"积"近于学，改为"蕴"，人莫不以公为知言。

这个故事说明了什么呢？说明个人的文风可以改变，用科举考试作为指挥棒改变文风，效果立竿见影。像刘几这样能写怪奇深奥文章的人，往往都很有才学，让他改为通俗的文风，难度并不大。

苏轼也是嘉祐二年中举，这里也有一段"三杀三宥"的故事，我就不讲了。我们只看苏轼中举后给欧阳修写的一封书信，里面说：

> 士大夫不深明天子之心，用意过当，求深者或至于迂，务奇

> 者怪僻而不可读，余风未殄，新弊复作。大者镂之金石，以传久远；小者转相摹写，号称古文。纷纷肆行，莫之或禁。（苏轼《谢欧阳内翰启》）

可见欧阳修当时确实是反对险怪的古文，而不是反对骈文，属于古文内部的斗争。

事实上，北宋前期是骈文和古文共同发展，文风新变的时期。杨庆存《论北宋前期散文的流派及发展》（《文学遗产》1995年第2期）一文总结得很好：

> 北宋前期是骈体散文与古体散文同步发展且文风新变的时期……历代以来对于宋文称颂古文者多，推誉骈体者少，人们似乎形成一种偏见，往往将骈文作为古文的对立面予以指责。其实，从文学角度看，骈、散是古代散文一个枝头上的两朵鲜花，未可抑此扬彼。
>
> 宋代是中国古代散文发展史上的又一个辉煌时期，不仅大手笔云集，名作如林，作家作品数量远过前代，而且艺术流派层见叠出，竞辟新境，形成了宋文的繁荣景观。

综上我们发现，从文学维度考察，唐宋古文运动是但不仅仅是一种文体的革新运动。这一点，连钱冬父的《唐宋古文运动》这本小册子也看到了，他虽然接受了胡适骈散斗争的观点，但也看到了胡适仅谈文学形式的不足。钱冬父认为："古文运动除了要求从形式上反对骈文对于文字的拘束限制外，还要求从思想内容上反对骈文的空虚无聊和浮华轻艳。所以古文除了有古代散文的含义外，还有'古代道统'（圣贤之道）的含义。因此古文运动从形式到内容都打着复古的旗帜。"因此，我们讨论古文运动，不能仅从文学维度讨论，还要再延伸到思想内容的维度。

二、思想维度的考察

《中国大百科全书》1993版讲古文运动，称其为"唐宋时期的文学革新运动，其内容主要是复兴儒学，其形式就是反对骈文，提倡古文"。2009年版的"唐宋古文运动"词条写道："其内容是在复兴儒学的旗号下，让散文反映社会实际；其形式就是反对骈文，提倡生动自由的古文。"这都提示我们要注重古文运动思想性的一面。

唐宋古文运动的基本思想是要反映"道"，这里的道主要是指儒家思想中的圣人之道。不管是古文家还是当时的理学家，对于文和道的主次关系并不存在疑义。道是根本，文为道服务，是常识性、共识性的看法。个别作家虽然有些含糊，却也不会明确否认这一点，比如苏轼提倡"文理自然"，没有讲文必须为道服务，但他也不会反过来讲道须为文服务。绝大多数的古文家都在讲文要为道服务，道第一，文第二。

比如唐代的梁肃就说"文本于道"。柳冕说："文章者本于教化，发于情性。"韩愈讲："其所著皆约六经之旨而成文。"文章表现的是六经之旨，六经之旨就是儒家之道。柳宗元更明确地说："文者以明道。"李汉讲："文者贯道之器也。"宋代的古文家和唐代保持了一致性。王禹偁讲："夫文，传道而明心也。"欧阳修讲："道胜者，文不难而自至。"无法想象他会反过来讲"文胜者，道不难而自至"。周敦颐更是讲："文所以载道也。"成语"文以载道"就是从这里来的。可见这是唐宋古文家共同的表述方式。

不过，虽然大家都认为道第一，文第二，文要为道服务，但古文家和理学家还是有所区别。古文家喜欢文,重视文。他们认为文虽然用来表现道,但并不意味着文可以被放弃,被弱化。写作古文即是提倡古道,古文也因此享有崇高的地位,文和道共同存在,并不矛盾。

比如韩愈说:"愈之志在古道,又甚好其言辞。"意思是说我不但好道,还好表达它的文辞。他又说:"学古道则欲兼通其辞,通其辞者,本志乎古道者也。"我的志向不但在古道,还在于兼通其辞。柳开更直白地说:"吾之道,孔子、孟轲、扬雄、韩愈之道;吾之文,孔子、孟轲、扬雄、韩愈之文也。"而道自在圣贤文中。苏轼的"吾所谓文,必与道俱。"则公开宣称自己的文一定表达了道,与道同在,因此文不能被舍弃。苏轼给韩愈撰碑的时候说韩愈是"文起八代之衰,而道济天下之溺",赞美韩愈兼顾了道统和文统,再次强调了文道并重观念。

古文家认为文统和道统可以兼容,实际上也隐含着道统和文统可以相互独立的危险性。而在理学家,特别是二程中的程颐看来,过度的文会对道造成妨碍,于是他开始排斥古文家,认为古文家不能继承道统。这就是后世所讲的"周程欧苏之裂"。《二程语录·伊川语录》中有一段很鲜明地表达了他的观点:学生问他:"作文害道否?"程颐回答:"害也。凡为文不专意则不工,若专意则志局于此,又安能与天地同其大也。《书》云:'玩物丧志。'为文亦玩物也。"因为作文的时候不认真、不专心,文章就不会高妙;要专心,你的兴趣就会局限到这里面,而不会把全部的精力用于悟道。所以文章也是一种物,沉迷于写文章也是玩物丧志。他不像苏轼那样认为韩愈是文道兼通,他说:"有德然后有言,退之却倒学了。"韩愈先有言后有道,所以是"倒学了"。朱熹和二程一样,也认为韩、柳、苏这些人只用力于文章,而对修身、养性、求道用力不够,是不可取的。朱熹说:

> 如韩退之、柳子厚辈亦是如此，其答李翊、韦中立之书，可见其用力处矣。然皆只是要作好文章，令人称赏而已。究竟何预己事，却用了许多岁月，费了许多精神，甚可惜也。（朱熹《沧洲精舍谕学者》）

意思是说韩愈、柳宗元这些人的文章很好，很用力，但他们的目的是要"作好文章"，令人称赏而已。这究竟和圣人之道有什么关系？白费了很多精力，太可惜了。《朱子语类》里也有一段话表明朱熹的态度：

> 问："东坡与韩公如何？"曰："平正不及韩公。东坡说得高妙处，只是说佛，其他处又皆粗。"又问："欧公如何？"曰："浅。"久之又曰："大概皆以文人自立，平时读书只把做考究古今治乱兴衰底事，要做文章，都不曾向身上做工夫，平日只是以吟诗饮酒戏谑度日。"（《朱子语类》卷一百三十）

他认为像韩愈、苏轼、欧阳修都是以文人自居，以文人自立，平时读书就是为做文章，包括表达古今治乱兴衰的事情，都是要做文章，而不是在儒家的修身上下功夫。所以他们平日里就是吟诗饮酒，戏谑度日，而不是去修身养性。我们看欧阳修、苏轼的生活，也确实有很多关于吟诗饮酒的记录。欧阳修被贬到湖北夷陵去做知县，一路上吃吃喝喝，明代王慎中就讽刺他的日记《于役志》是个"酒肉账簿"。所以朱熹讲的好像也有点道理。

虽然道学家和古文家都强调道是第一位，但道学家更强调修身求道，而无意为文，文是道充盈于内后自然溢于外的一种自然反映：

> 道者文之根本，文者道之枝叶。惟其根本乎道，所以发之于文皆道也。三代圣贤文章，皆从此心写出，文便是道。（《朱子

语类》卷一百三十九)

古文家不是这样,古文家是把文作为一种爱好,他们喜欢作文,道是写文章时才要表达的内容。所以朱熹批评苏轼:

> 今东坡之言曰:"吾所谓文,必与道俱。"则是文自文而道自道,待作文时,旋去讨个"道"来入放里面,此是它大病处。(《朱子语类》卷一百三十九)

不过道学家的这种说法也存在一个困境。假设一篇文章不知道作者是谁,也不知道创作背景,那怎么判断这篇文章是由道而发的文章,还是作文时拿个道理放进去的文章?道学家是没法判断的,能判断的只是文本本身是否传达了道,是否有益于道。所以程颐和朱熹把古文家从道统里踢出去,但后来吕祖谦编《古文关键》,真德秀编《文章正宗》时,就把古文家又请了回来。

那么对于那些既不明道也不切于用的游戏之文,那些出于娱乐需要、人性需要、放松需要、应酬需要的文章,古文家和道学家又会怎么看待呢?道学家肯定认为这是不好的,是应该批判的。古文家也绝不会公开说这些文章在价值观、思想性上有多么高明,他不敢公开推仰。古文家对游戏之文会有比较委婉的辩解,说是无益于道,但也无害于道,但绝不是理直气壮。

以韩愈《毛颖传》为例。这篇文章太长,这里把它分成五段,每一段只截取几句话,分析一下。毛颖是毛笔的别名,文章借人物传记的记述方式,将毛笔拟人,来表现它的制作、使用,以及用久了变秃,被主人废弃的过程。先看第一段:

> 毛颖者,中山人也。其先明示佐禹治东方土,养万物有功,

> 因封于卯地……

作者写毛颖是中山国人，其先如何如何。它的先祖是兔子，封在卯地。然后写了一段兔子的发家史。为什么说是中山人呢？中山是战国时候的国名，在现在河北省定州市一带，以出产毛笔闻名，所以说他是中山人也。第一段就像史传中描述人物一样，铺陈了毛颖的先世。

第二段：

> 秦始皇时，蒙将军恬攻伐楚，次中山，……遂猎，围毛氏之族，拔其豪，载颖而归，献俘于章台宫，聚其族而加束缚焉。秦皇帝使恬赐之汤沐，而封诸管城，号曰"管城子"，日见亲宠任事。

讲秦始皇的大将蒙恬在中山围猎时把毛颖俘虏了。这里用拔兔毛比喻制成笔。秦始皇给毛颖封爵赐地，封地是管城。所以毛笔的代称就是"管城子"。后来黄庭坚专门有一首诗讲："管城子无食肉相，孔方兄有绝交书。"是形容文人清苦，没有显赫的职位和待遇优厚的工作。孔方兄指钱，钱与我绝交，我还能不穷吗。

第三段：

> 颖为人强记而便敏，自结绳之代以及秦事，无不纂录。……又通于当代之务，官府簿书、市井贷钱注记，惟上所使。自秦始皇帝及太子扶苏、胡亥丞相李斯、中平府令赵高，国人，无不爱重。……累拜中书令，与上益狎，上尝呼为"中书君"……

这段写毛笔有广泛的功用，能记录所有的事，得到了皇帝的重用和人们的喜爱，被拜为中书令。"中书令"后来也成了毛笔的一个代称。

第四段：

> 上见其发秃，又所摹画不能称上意。……因不复召，归封邑，终于管城……

是说毛笔用的时间长就秃了，书写不能如意，遭到了主人的冷遇和弃用。

最后韩愈还模仿《史记》里的"太史公曰"，抒发对毛颖遭到疏远的感慨：

> 太史公曰：……秦之灭诸侯，颖以有功，赏不酬劳，以老见疏，秦真少恩哉。

这篇《毛颖传》完全是游戏之笔，没有微言大义和圣人之道。当然也有专家说它讽刺了统治者刻薄寡恩，对人才不重用。但实际里面并没有太多这个意思，连韩愈都承认这只是个游戏之文。

这篇文章写出来后，给人们创造了新的审美对象。大家觉得这篇文章写得好，又时髦，又新奇。但也有人批评他，说你写这样的文章虽然好玩，却无益于道，不值得。他的朋友张籍就来信劝他，说你写这些"驳杂无实之说"有累于你的盛德。韩愈在回信中也承认这是"吾所以为戏耳"，但他还委屈地辩解说，我虽然写的是游戏之笔，但总比花天酒地、沉溺酒色要好一点吧。他写了这封回信之后，觉得这个辩解好像还不太充分，就又写了一封信，说虽然它是个游戏之笔无益于道，但好像也无害于道，所以写这个也未尝不可。可见韩愈并不敢在思想价值上为这篇文章做更多辩护。

柳宗元比较聪明，他转换了一下思维方式，从游戏之笔中提升出伟大的意义，来回击别人的批评。比如有人说《毛颖传》是无益之文，他就说它是有益于世的。柳宗元的辩护词《读韩愈所著〈毛颖传〉后题》说："且凡古今是非，六艺百家，大细穿穴，用而不遗者，毛颖之功也。"毛笔有这么伟大的功劳，韩愈才表扬它的功德，让学者从里面得到激励，不也有益于世道人心吗？

无论怎么说，韩愈的《毛颖传》还是受到当时和后世人的追捧。南宋有个人叫林洪，号称林和靖的七世孙。他写过一部《文房职方图赞》，模仿唐代文学馆的十八学士，给十八种文具，如笔、墨、纸、砚、镇纸、笔架等，每一种都封官加爵，然后绘图，又写了赞语。比如他讲笔是毛中书，墨是燕正言，纸是楮待制，砚是石端明，水注是水中丞，文贝是光禄大夫，笔架是石架阁，镇纸是边都护等。完全模仿韩愈的《毛颖传》。

明代祝枝山非常喜欢这部书，称赞它"辞旨简雅，亦欲寓史法于协调，称名小而取类大，其所长也"。事实上，祝枝山也是把游戏之文提到经国弘道的高度。所谓的"称名小而取类大"，就是《周易·系辞》里"其称名也小，其取类也大"，意思和柳宗元的思路是一样的。

为什么要用这个思路，而不敢直接承认游戏之笔在技巧上、艺术上的高妙呢？这恰恰反映了儒家之道对文学强大的控制和影响。不表现道的文章始终是低层次的，游戏之文想要获得承认，必须要假借道德面目，才能不被苛责。

然而论道之文，往往显得千篇一律。《全宋文》里近万个作家，每个人都讲圣人之道的话，读起来就很乏味，事实上大多数作家正是这样做的。正如骈文在形式上束缚文章，所谓圣人之道也是从思想上把文章的表达禁锢在六经之内，超出六经就是离经叛道了。

不过，唐宋古文家是非常了不起的，虽然都是表达同样一个道理，但高水平的作者往往能选择一种非常高明、非常新鲜的表达方式，让读者觉得不那么千篇一律。比如韩愈就讲过："吾谓故者，古之道也；新谓己之新意，可为新法。"我说的故就是古道，新就是我自己的新意，我虽然说的仍然是古道，但加上我自己的理解转化，就可以成为新法了。

他还说:"师其意,不师其辞。"也是说我讲的道理还是古道,但语言表达方式已经变化了。到了宋代,因为宋人比唐人的学力更加深厚,所以论道的方式也更加多样化。

复旦大学朱刚教授有一部很有分量的专著《唐宋"古文运动"与士大夫文学》,里面说道:"宋代是'新儒学'成立和成熟的时期,那时候的文章家,几乎都兼为自名一说的思想家,所说虽不出儒道之范围,却也重在自出新意,并努力上升到对于真善美的普遍性的思考。"

从思想维度来看,古文运动不仅是一场文体的革新运动,还是一场以古文更好、更有效地传达儒家思想的运动。陈寅恪先生曾在《论韩愈》一文中,用"新儒学"和"新古文"这两个词概括古文运动:

> 退之发起光大唐代古文运动,卒开后来赵宋新儒学、新古文之文化运动,史证明确,则不容置疑也。

陈先生的话我认为是确论。

三、政治维度的考察

那么进一步思考,唐宋古文家为什么要在古文中高扬儒家古道?为什么要用古文这种形式表达古道?这取决于他们身份的变化,以及自身的政治立场、改革理想和社会现实的逼迫。所以,我们还要从政治和社会的维度考察古文运动,才能更加全面地看待这个问题。实际上钱冬父《唐宋古文运动》里也隐约提到了这一点。他说:

> 文学艺术上出现了某种强烈倾向的潮流和运动,它就不能不是那个时代社会的剧烈变化和斗争的反映,现在所讲的古文运动,

也不例外。

唐宋古文家的身份和前朝相比发生了哪些变化，有什么不一样呢？仔细考察就会发现，唐宋古文八大家的身份，除了苏洵，其他七个人都是科举出身，都是通过科举考试才走上政治舞台的。他们和六朝以来通过门第、门荫走入仕途的门阀士族不同，他们不再通过血统获得官职。科举考试考的主要是古典经史知识和写作能力，考察的内容是诗文、诗赋、策论等。这就是古文家的身份转变。安史之乱以后，藩镇割据的局面将门阀贵族的力量进一步摧毁，到了北宋，除了一批开国功臣，进入政治舞台的基本上都是科举士大夫，他们和门阀贵族的立身依据大不相同。门阀贵族通过家族、婚姻、地域的实力来支撑自己，科举士大夫则主要靠对经典的掌握、对诗文的表达来获得政治地位。所以以古文来表达古道，代表了新兴科举士大夫的政治立场。这些朱刚在《唐宋"古文运动"与士大夫文学》中有谈到，可以参考。他还说：

> 唐宋"古文运动"，就是这种士大夫文学因其作者阶层的性质发生了巨大的历史性变革，而随之出现的表达形式（古文）、表达内容（"新儒学"）与表达目的（指导君主独裁国家）上的改变。

由于新兴科举士大夫普遍推崇"三代之治"和致君尧舜，朱刚所说的"表达目的"又可以概括为"古政"。葛晓音老师在《论唐代的古文革新与儒道演变的关系》（《中国社会科学》1987年第1期）一文中就敏锐地指出汉魏至盛唐的儒家，仍多从礼乐兴废看治乱盛衰，视制礼作乐为移风俗、美教化的根本，因此大倡典谟之文和雅颂之音，文体机械摹古，没有生命力，而韩、柳古文成功的关键恰恰在于变革了文学的政治内涵：

> 否定乐正教化，文关兴衰的旧说，将治国平天下的关键归结于修身正心、得人进贤，并提出了不论贵贱、唯问贤愚的取士原则……肯定了穷苦怨刺之作的正统地位，儒家文学观至此才完成了政治标准的重大转变。……以推贤进材作为道的基本内容，反映了大多数寒门地主的政治利益，使人心乐其道而习其文，古文运动才因其广泛的社会基础而获得成功。

朱刚也发现，在南北朝、隋和初唐，儒家多遵从制礼作乐的周公，对周公非常崇拜。一谈及政治，必先依古制，以恢复《周礼》为基本的施政纲领。《周礼》讲尊尊、贵贵、亲亲。就是要尊重地位高的人，要亲爱与自己血缘更近的人。这是一种符合门阀贵族血统利益的政治主张。但安史之乱爆发后，这个结构被打乱了。大家就会想为什么爆发安史之乱，这说明原有的礼乐制度是无效的，是出了问题的。所以这些新兴的、通过科举登上政治舞台的士大夫，就对《周礼》产生质疑，想要用尧舜之道来超越《周礼》。我们知道，中唐啖助"《春秋》之学"是贬低《周礼》的，柳宗元则越过《周礼》，去追溯尧舜之道。比如他曾说："其道以圣人为主，以尧、舜为的。……其法以文、武为首，以周公为翼。"又曾说："跨腾商周，尧舜是师。"尧舜之道是指《礼运》讲的："大道之行，天下为公。选贤与能，讲信修睦。"选贤与能，就不能再讲究尊尊、亲亲、贵贵那些既定的血缘关系。柳宗元抨击《周礼》最厉害的一篇文章叫《六逆论》。这里截取一部分略作分析：

> 《春秋左氏》言卫州吁之事，因载六逆之说曰："贱妨贵、少陵长、远间亲、新间旧、小加大、淫破义。"六者，乱之本也。余谓"少陵长、小加大、淫破义"，是三者固诚为乱矣。然其所谓"贱妨贵、远间亲、新间旧"，虽为理之本可也，何必曰乱？

夫所谓"贱妨贵"者，盖斥言择嗣之道，子以母贵者也。若贵而愚，贱而圣且贤，以是而妨之，其为理本大矣，而可舍之以从斯言乎？此其不可固也。夫所谓"远间亲、新间旧"者，盖言任用之道也。使亲而旧者愚，远而新者圣且贤，以是而间之，其为理本亦大矣，又可舍之以从斯言乎？必从斯言而乱天下，谓之师古训可乎？此又不可者也。呜呼！是三者，择君置臣之道，天下治乱之大本也。

《春秋》鲁隐公三年，卫庄公爱妾之子州吁骄横好武，大夫石碏担心卫庄公会废除长子来立州吁为嗣，就提出"六逆之说"：贱妨贵、少陵长、远间亲、新间旧、小加大、淫破义。"贱妨贵"就是出身卑贱的妨碍出身高贵的，"少陵长"就是年龄小的凌驾年纪大的，"远间亲"就是血缘远的代替血缘近的，"新间旧"就是资历浅的取代资历深的，"小加大"就是地位低的超过地位高的，"淫破义"就是淫邪非分的损害符合礼仪的。

柳宗元认为"六逆"中有三个确实应该列到逆乱里面，但"贱妨贵、远间亲、新间旧"这三个不但不能列为逆乱，还应该高度提倡。只要有才能，地位低、关系疏、资历浅的人也都可以担任重要职位。他后面还举例说明"贵不足尚""亲不足与""旧不足恃"的道理。文章好像在讨论《左传》中一个没啥精彩可言的事情，但他的内在逻辑是针对中唐时期崇尚门第、任人唯亲、贤愚不分的社会现状，针对国家的用人方针有感而发，很有现实意义。他认为如何用人是关乎国家兴亡的根本大事。

柳宗元以尧舜的"选贤与能"，替代《周礼》的"尊尊、亲亲、贵贵"，虽然很符合科举士大夫在政治舞台上崛起的趋势，但他反对的毕竟是周公，在理论形态的宣传上还是比较被动，会遭到社会的很多抵制。所以韩愈就变通了一下，以《道统论》弥合尧舜与文武周公之分裂：

> 尧以是传之舜，舜以是传之禹，禹以是传之汤，汤以是传之文武周公，文武周公传之孔子，孔子传之孟轲。帝之与王，其号名殊，其所以为圣一也。

既然内在的道理是一致的，那就不必强分彼此高下。强调尧舜的圣贤，是为了强调道德才能化育天下，更深一步，则预示了社会由注重制礼作乐，转向讲求儒家道德性理的重大变化。新兴科举士大夫借助自己擅长的古文来表达圣贤思想、表达自己的政治主张，进而又试图改变自己所处的时代。那么反过来看一看，他们所处的时代到底是什么样子的，让他们有着这样一种紧张感呢？

首先来看唐代的政治危机。安史之乱后最大的政治危机就是藩镇割据。在唐玄宗的时候，全国只有九个节度使和一个经略使（范阳、平卢、河东、朔方、河西、安西、北庭、陇右、剑南九节度使，岭南五府经略使），安史之乱爆发之后，为了平叛叛军，军镇制度就在全国推广了，最后发展到全国有49个军镇。今天一提到藩镇，好像所有的藩镇都是割据者，这是一个误解。唐代大多数的藩镇并不割据，都是服从朝廷指挥，向朝廷交纳税赋的。真正割据的主要是河北的魏博、成德、幽州三镇。当然，别说三镇，只要有一镇不听号令，也严重影响到中央政府的威信和统治力。特别到了唐德宗时期，几个藩镇先后称帝，像淮西节度使李希烈，刚开始叛乱的时候称建兴王，后来又称楚帝。朱泚被乱兵拥护在长安称秦帝，长安大乱，唐德宗跑到奉天（今陕西省乾县），后来他调集来讨伐叛军的朔方节度使李怀光也叛乱了，逼得德宗从奉天跑到梁州（今陕西省汉中市）。皇帝东奔西跑，政权已经到了非常危险的时候。后来政局慢慢稳定下来，唐宪宗的时候还一度出现统一的局面。但到了唐朝最后的几十年，局面又控制不住了。三镇重新叛乱，此后由于中央的统治力过于衰弱，各藩镇纷纷独立，形成了真正的藩镇割据，互相攻伐，民不聊生。

韩愈生活在唐德宗、宪宗、穆宗年间，此时虽然社会矛盾尖锐，政治经济危机重重，但藩镇割据的现象还不是特别严重。尽管如此，拿还算比较兴盛的唐宪宗时期来讲，全国有藩镇48个，县1453个，其中有71个州都不申报户口，国家的税赋仰仗于东南的八道四十九州，纳税的户比天宝年间少了四分之三。由于各地不断出现叛乱，国家要大量养兵，军队达到八十三万人，比天宝年间增加了三分之一。也就是说唐宪宗时期与天宝年间相比，税源减少四分之三，养兵之费却增加了三分之一。这种情况下人民的生活只会更加痛苦。

第二个社会现实是佛教和道教盛行。安史之乱后经济衰退，寺观广占良田，规避税赋，甚至成为逃避法律、藏污纳垢之所。因为一旦出家，就可以不纳税。所以有些不愿意纳税的家庭就把自己的田地记挂在寺庙，用以逃税。另外一些歹徒犯了法，也跑到寺庙里剃度，逃避刑责。儒家人士当然视此为社会负担，不断上书建议淘汰佛老。德宗时李叔明就上《请删汰僧道疏》："佛，空寂无为者也；道，清虚寡欲者也。今迷其内而饰其外，使农夫女工堕业以避役，故农桑不劝，兵赋日屈，国用军储为斁耗。"

第三个社会现实是民生多艰。藩镇叛乱、僧道流行，已经给人民带来了很大的压力，而安史之乱后朝廷豪奢不减，设立了琼林大盈库、百宝大盈库，作为皇帝的私库，还以"月进""日进""宫市"等名目去搜刮民财。白居易《卖炭翁》里面有这样几句：

> 翩翩两骑来是谁，黄衣使者白衫儿。手把文书口称敕，回车叱牛牵向北。一车炭，千余斤，宫使驱将惜不得。半匹红绡一丈绫，系向牛头充炭直。

这里描写的就是宫市。宦官把陈旧的丝织品往牛头上一系就把一车炭拉走了,这是对人民变相的掠夺。

面对这样的社会现实,唐宋古文家,也就是这一批没有门第背景的新兴科举士大夫们,积极运用自己手中的笔作为武器,传达儒家仁政、圣贤的思想,抨击时政、针砭时弊。比如韩愈就经常通过古文,不断发挥宣扬儒家思想的政治社会功用。

韩愈的《送董邵南序》是一个名篇,全文如下:

> 燕、赵,古称多感慨悲歌之士。董生举进士,连不得志于有司,怀抱利器,郁郁适兹土。吾知其必有合也。董生勉乎哉!
>
> 夫以子之不遇时,苟慕义强仁者皆爱惜焉。矧燕、赵之士出乎其性者哉!然吾尝闻风俗与化移易,吾恶知其今不异于古所云?聊以吾子之行卜之也。董生勉乎哉!
>
> 吾因子有所感矣。为我吊望诸君之墓,而观于其市,复有昔时屠狗者乎?为我谢曰:"明天子在上,可以出而仕矣。"

韩愈自己是有做藩镇幕僚经验的。贞元十二年(796),他曾经入宣武军节度使董晋幕府;贞元十五年,又入武宁节度使张建封军幕。韩愈运气比较好,每次都是他刚刚离开,藩镇就发生兵变。虽然幸免于难,但他也深知藩镇兵变之害。故韩愈坚定地赞成削藩、渴望统一。这篇文章写于贞元十九年,当时韩愈正任四门博士,他的朋友董生屡试不第,准备去投靠河北藩镇试试运气。韩愈内心不太赞成,但又解决不了朋友的现实困境,于是就写了这篇文章。

文章分为三段,首先说董生去的那个地方,是一个豪侠慷慨悲歌、盛产英雄的地方,董生虽然一直考不上进士,但是有杰出的才能,到了那里肯定会有人赏识,要董生自己"勉之"。这一段好像是赞成他去。

到第二段，先重申虽然你怀才不遇，但天下的有识之士都会爱惜你，何况英雄相惜的燕赵之地呢。但文章从这里口气一转，说道：我听人说一地的风俗会不断变化，今天的燕赵还保留着以前那个慷慨豪侠的风气吗？所以我对你去还是有些忐忑，你自己要多加小心啊。事实上，当时的河北藩镇并不听从中央指挥，韩愈的话外音就是那里你不要去，这里的"勉之"就是你一定要好自为之的意思。到了第三段，韩愈说：我因为你这个行动有所感想，希望你到河北后去吊唁一下望诸君的墓。望诸君是战国时期燕国的名将乐毅，他从燕国跑到了赵国，被赵王封为望诸君。韩愈提到望诸君，就是想让董生去凭吊离弃自己国家的可怜人，这里已经隐含着警告之意，告诉他有前车之鉴。又说要他"观于其市"，看看燕赵之地还有没有像昔日屠狗者高渐离那样的英雄之士，如果有的话，请董生告诉他们，赶快来为朝廷效力。因为现在是圣天子在上，可以有所作为。

本来董生要去河北藩镇谋求发展，韩愈却要他把那里的才能之士劝到中央来，可见韩愈文章的主旨是反对董生去河北藩镇的，他反对藩镇割据、维护中央政权的政治态度也就不言而喻了。这篇《送董邵南序》写得一波三折，奇幻多姿。清人过珙曾经评价说："唐文惟韩奇，此又为韩中之奇。"（《古文评注》卷七）

再举一篇《论淮西事宜状》的例子。元和九年（814），淮西彰义军节度使吴元济叛乱，是讨伐还是容忍，朝廷大臣争议不绝。元和十一年，韩愈时任中书舍人，他写了一篇针对性很强的《论淮西事宜状》。文章很长，这里仅截取一小部分：

> 右臣伏以淮西三州之地，自少阳疾病，去年春夏已来，图为今日之事。有职位者，劳于计虑抚循。奉所役者，修其器械防守。金帛粮畜，耗于赏给。执兵之卒，四向侵掠。农夫织妇，携持幼

弱，饷于其后。虽时侵掠，小有所得，力尽筋疲，不偿其费。又闻畜马甚多，自半年已来，皆上槽枥。譬如有人，虽有十夫之力，自朝及夕，常自大呼跳跃，初虽可畏，其势不久，必自委顿。乘其力衰，三尺童子，可使制其死命，况以三小州残弊困剧之余，而当天下之全力！其破败可立而待之也。然所未可知者，在陛下断与不断耳。

韩愈力主讨伐叛乱，他在这篇文章中全面分析了淮西当前的局势、战争中可能存在的问题，又针对问题的解决提出具体方案。最后他说，淮西镇貌似强大，但难以持久，讨伐能否胜利，关键在皇帝的决心。文章中写："乘其力衰，三尺之童，可使制其死命，况以三小州残弊困剧之余，而当天下之全力。"吴元济是淮西彰义军节度使，管辖的范围是淮西三州，一个是蔡州（今河南省汝南县），一个是光州（今河南省潢川县），还有一个是申州（今河南省信阳县南）。三州也就三个县城大，力量并不是非常雄厚，若用天下的全力去讨伐他，成功自然可立而待也。

由于韩愈在文章里分析了取胜的各种有利因素，对可能出现的问题也提出了具体的对策，唐宪宗最后还是接受了他的建议，决定讨伐。宪宗下诏让裴度做招讨使，韩愈为行军司马，又任命李愬为西路统帅。中学课文中的《李愬雪夜入蔡州》，讲的就是平定淮西叛乱。《论淮西事宜状》一文显示韩愈有很强的政治远见，以及他通过古文达到了干预社会、干预政治的目的。

另外，在整个唐代乃至宋代，排抑佛老最坚决、最勇猛的人物也是韩愈。元和十四年正月，唐宪宗派宦官去凤翔的法门寺将据称是释迦牟尼佛的指骨迎入宫中供奉三日，当时士民百姓如痴如醉，如狂如喜，韩愈觉得大有问题。在他看来，一个并非儒家学说的宗教，居然引起这么大轰动，更有甚者，皇帝竟然带头表达对佛教的尊崇。所以他就上了《论佛骨表》去批评这件事，甚至很愤激地讲："事佛渐谨，年代尤促"，"事佛不福，乃更得福"，"乞以此骨付之有司，投诸水火，永绝根本"。这篇文章触怒了唐宪宗，韩愈差点被处死，经大臣说情，被贬到了潮州。韩愈有首诗《左迁至蓝关示侄孙湘》：

> 一封朝奏九重天，夕贬潮州路八千。欲为圣明除弊事，岂将衰朽惜残年。云横秦岭家何在，雪拥蓝关马不前。知汝远来应有意，好收吾骨瘴江边。

这首诗写给他的侄孙韩湘，就是讲他被发配到潮州的事情。韩愈还写了《原道》，从理论上抨击佛教和道教。他写道：

> 凡吾所谓道德云者，合仁与义言之也，天下之公言者也。老子之所谓道德云者，去仁与义言之也，一人之私言也。周道衰，孔子没，火于秦，黄老于汉，佛于晋、宋、齐、梁、魏、隋之间。其言道德仁义者，不入于杨，则归于墨；不入于量，则入于老；不入于老，则归于佛。……古之为民者四，今之为民者六。古之教者处其一，今之教者处其三。农之家一，而食粟之家六。工之家一，而用器之家六。贾之家一，而资焉之家六。奈之何民不穷且盗也？
>
> ……曰："不塞不流，不止不行。人其人，火其书，庐其居。明先王之道以道之，鳏寡孤独废疾者有养也。其亦庶乎其可也！"

韩愈认为道家舍仁义而空谈道德，是狭隘之言，不足取。虽然佛教、道教不足取，但自先秦以来，对社会的影响还很大，使儒家的仁义道德陷入混乱。民众不入于老就入于佛，给社会带来沉重的负担。韩愈举了个例子，说古代人民分为士、农、工、商四类，现在加上佛、道成为六类，结果就是务农的一家本来供应四类人，现在还要额外供应佛、道。务工的一家、经商的一家，也都由原来的供应四家变成供应六家，等于他们的负担都增加了三分之一。而且佛道自己没有社会经济生产能力，这样平白增加人民三分之一的负担，人民怎么能不贫困，怎么能不因为贫困而去偷盗呢？当然韩愈最后提出来的主张明显过激了，就像他的《论佛骨表》一样过激。他提出来"人其人"，就是让和尚道士都还俗；"火其书"，把佛、道的书籍全烧了；"庐其居"，把寺、观全部改成其他平民居住的地方。不过从这里能看出韩愈对佛老坚决排斥的立场。

此外韩愈还通过古文抒发对人民的同情。贞元十九年，韩愈任御史台监察御史，那年长安大旱，人民流离失所，很多人都饿死了。但是当时的京兆尹李实欺上瞒下，谎报丰收。韩愈不相信，亲自到京城附近的农村去看，所见是"弃子逐妻，以求口食；拆屋伐树，以纳税钱。寒馁道途，毙踣沟壑"。非常凄惨，但是群臣没有一个吭声的。韩愈痛心疾首，又上了一封奏疏《御史台上论天旱人饥状》，揭发这个事情。文章虽然充分体现出韩愈干预社会现实，以民为本、爱惜民生的儒家仁政思想，但也得罪了其他官僚，李实等人联手对他进行陷害，于是当年十二月，韩愈就被贬到阳山做县令去了。

别的高官被流放到地方，往往不愿意做事，因为待几年可能就会回中央去，所以大多会做一个无所事事的闲官。而韩愈被贬去做地方官，还依然坚持推行仁政主张，坚持为当地做事。比如他被贬到袁州做刺史，被贬到潮州做刺史，都在当地移风易俗，改善民生，做出很大贡献。总之韩愈是利用一切可以利用的机会，通过古文写作，宣传儒家思想学说，表达自己的政治主张，力图对社会、对世道人心产生良性作用。

韩愈的例子不是个案，他周围聚集了一大批新兴科举士大夫，这些人具有共同的理想追求。他们不是普通的书生，不是今天想象的坐而论道，他们不仅能够通过古文去影响他人、影响社会，而且身体力行，积极投身到现实政治中，努力改造社会。如韩愈的好朋友柳宗元就参与了唐顺宗时代的"永贞革新"，"二王八司马"事件，柳宗元就是八司马之一。虽然"永贞革新"最后因为唐顺宗的去世而失败，但仍能够体现出这批科举士大夫的政治诉求和政治力量。因此唐代的古文运动，除了是一种文体运动、一种思想运动，实际上也是一种政治、社会的运动。

时间关系，宋代这里只能简单讲一下。宋代的社会环境、社会现实和唐代有相同，也有不同。宋代的社会问题第一是边患突出。三百多年的宋朝历史，出现了很多周边政权：辽、金、西夏、蒙古。宋朝一直承受着来自周围政权的沉重压力。起初辽和北宋长期并存、互相争战；后来金和南宋多年对峙。由于长期存在边患，宋王朝就不得不多养兵，这就造成了冗兵现象。养兵要花很多钱，于是军费开支就急剧增加。

第二是佛老盛行。有宋一代道教非常繁荣，宋代诸位帝王对道教非常推崇。因为宋朝虚构出来一个道教的天尊叫赵玄朗，说赵玄朗就是赵氏的祖先，赵宋皇室是神仙的后裔。像宋真宗为了粉饰太平，就屡兴土木，修建了很多道观，还搞过发现天书符箓这样的闹剧。宋代道教虽然很繁盛，但佛教势力比道教还大。有宋一朝佛教徒和道教徒的比例差不多维持在20∶1。宋真宗天禧五年（1021），天下有僧尼四十多万，寺庙四万多所，可见佛教非常发达。佛道的发达当然极大地增加了社会负担和国家的财政压力。

第三是冗官冗费。唐代科举一科只录取几个人、十几个人，几十个人就不得了了。但宋代科举考试一录取就是几百人，除了正科之外又录取大量的特奏名进士。宋代给知识分子广开出路，优待文官士大夫，俸禄给得也很高。宋朝官制非常复杂，官、职、差遣不一，很难搞清楚。清代学者赵翼《廿二史札记》卷二十五专门列了一条"宋冗官冗费"，可见这是宋代一个很特殊的现象。赵翼说宋"州县不广于前，而官倍于旧"。北宋官僚队伍庞大，官员设置叠床架屋，行政效率越来越低，财政负担越来越重，社会矛盾也就越积越多。

这些严峻的社会现实，触发了新兴科举士大夫经世致用的责任与精神。如范仲淹，《宋史》记载他"每感激论天下事，奋不顾身"。假如没有为了儒家崇高理想而愿意牺牲的精神，不可能做到奋不顾身。欧阳修"政事可以及物"，石介"虽在畎亩，不忘天下之忧"，王安石"慨然有矫世变俗之志"，他们都是有理想、有抱负，想要推动社会、改善社会的人物。黄庭坚甚至讲："文章功用不经世，何异丝窠缀露珠。"就是说写文章如果不能发挥宣扬儒家圣道，对世道人心、对政治有影响，那就和蛛丝网上挂的露水一样，虽然好看，但一会儿就干了，没有用处。

由于时间关系，不再举宋代的古文了，我就挑几句古文中的句子点评一下，请大家体会一下宋人在古文创作中体现出的治世理念、施政纲领，以及他们作为士大夫的责任感。大家耳熟能详的比如范仲淹的"先天下之忧而忧，后天下之乐而乐"。这句话已经成为中华民族的精神指导了。再如欧阳修针对别人指责他是朋党，他就直接讲："故为人君者，但当退小人之伪朋，用君子之真朋，则天下治矣。"当时一些守旧官僚攻击他和范仲淹结为朋党，借此打击"庆历新政"，欧阳修就写了这篇《朋党论》，说小人有党，君子也应该有党，不是所有的朋党都坏，像君子的朋党就很好。作为帝王，应该把小人的朋党除去，用君子之党。再比如王安石《答司马谏议书》，是就司马光对变法质疑的回击。他写："士大夫多以不恤国事、同俗自媚于众为善。上乃欲变此，而某不量敌之众寡，欲出力助上以抗之。"说我要帮助皇帝来变化世道人心，才不管有多少人反对我。即便举天下都反对我，我也要坚持这样做，因为这对国家有好处。另外像曾巩的《襄州宜城县长渠记》，讲"夫宜知其山川与民之利害者，皆为州者之任"，当时宜城县的地方官修了水渠，秋天大旱，邻县旱饥灾荒，而宜城县没有受到灾害，曾巩就提出地方官应该具备这样的责任感和能力。

南宋时候，朱熹总结宋代士大夫的精神，说宋人治学作文都是"务去理会政事，思学问见于用处"。他们做学问写古文的目的是要理会政事，要有用。正是在这种思想的指导下，北宋前有"庆历革新"，后有王安石变法，这些都是经世致用的表现。所以我们说宋代的古文运动不仅仅是一种文体运动、一种思想运动，还是一种政治社会运动。

最后总结一下。唐宋古文运动应该怎样概括呢？我想是否可以如此说：它是唐代中叶及北宋时期，以提倡古文为特点的文体改革运动；因其志在倡明古道和指导时政，所以兼有思想运动和政治运动的性质。

我的讲座就到这里，谢谢大家！

 **元杂剧公案剧中的奇思巧构**

李 简

大家好。今天我想讲的题目是《元杂剧公案剧中的奇思巧构》。元曲是元代文学创作中具有代表性的一种文学体式，元杂剧是元曲的重要组成部分，而公案故事则是民众嗜好的故事类型，同时也是元杂剧写作里取得突出成就的创作题材。所谓公案剧，就是敷衍官员断案的故事剧。以《元曲选》《元曲选外编》所收录的162本杂剧来统计，公案剧有21本，几乎占到《元曲选》和《元曲选外编》收录剧作的1/8，可见元杂剧作家对于公案故事的偏爱。

"新异"是元代杂剧公案剧作者在写作中追求的重要目标，剧作者们用新奇的构思、巧妙的细节，去贴合民间的欣赏习惯，吸引大众的目光，反映民众的诉求，所以在情节设计上，元杂剧公案剧表现出和民间兴味的紧密联系。关于元杂剧公案剧的奇思巧构，具体从以下五个方面来加以讨论。

一、冥冥之中的神灵

读元杂剧公案剧的时候，常常看到它会表现出神秘色彩，比如，其中有一种模式化情节，就是主人公为了躲避百日血光之灾而离家出外，却在回家途中遇害。这样一种情节设定，体现的就是民众对于冥冥之中神灵的信仰。元杂剧公案剧里有许多这样奇妙的情节，这里举两个例子来做分析。

第一个代表性的情节，是关于蝴蝶或者苍蝇。关汉卿的《蝴蝶梦》杂剧写的是王某无缘无故被权豪势要葛彪打死，王某的三个儿子为了给父亲报仇，将葛彪痛打至死。被官府抓住后，三个儿子争相认罪抵命，都说是自己打死的葛彪。王某的妻子王氏为了保全王某前妻所生的长子、次子，就让自己亲生的幼子石和去抵命。审理案件的包公了解到这个情况后，暗中用盗马贼顶替石和，王氏一家得到团圆。

剧本里写包公在断案时偶然困倦，做了一个梦，梦见先有一只蝴蝶落在蜘蛛网里，随后被一只大蝴蝶救走；又有一只蝴蝶堕到网里，再被大蝴蝶救走；最后一只小蝴蝶掉在网里，大蝴蝶却根本不救就飞走了。这样一个梦给包公破案带来暗示，剧本里边包公说：

> 适间老夫昼寐，梦见一个蝴蝶，坠在蛛网中，一个大蝴蝶来救出，次者亦然；后来一小蝴蝶亦坠网中，大蝴蝶虽见不救，飞腾而去。老夫心存恻隐，救这小蝴蝶出离罗网。天使老夫预知先兆之事，救这小的之命。（《蝴蝶梦》第二折）

《蝴蝶梦》里边关于蝴蝶的情节，显示了泛灵论的民间信仰。人们相信世间万物皆有灵，冥冥之中这些神灵会维护世间的公平公正。

再举一个例子，仍然是关汉卿的剧本：《绯衣梦》。青年男女李庆安和王闰香二人本来指腹为婚，后来李家败落，王闰香的父亲王员外想要悔婚。有一天李庆安去放风筝，风筝正好被刮到王闰香家的梧桐树上。李庆安爬到树上取风筝，与正在花园里散心的王闰香及侍女梅香相见。两人聊到婚事，李庆安表示家里很穷，无力娶妻。王闰香让他晚上到王家花园里来，自己当赠给他金银财物，用以成就婚事。强盗裴炎因为和王闰香的父亲发生争执，当夜来到王闰香家花园，准备杀掉王员外一家。而裴炎来到花园，正好碰见给李庆安送金珠财宝的侍女梅香。他杀掉梅香，拿走了珠宝。李庆安来时，撞见梅香的尸体，于是逃回家中。王员外推断杀人者为李庆安，就追到李家，正好看到门上的血手印，遂将李庆安告到官府。李庆安屈打成招。此时钱可走马上任，他认为案件中有冤枉，重审查出真相，让裴炎为梅香抵命，李王两家重归于好，李庆安和王闰香的婚姻也得到成全。这是本剧的故事情节。

钱可是怎么发现冤屈的呢？剧里李庆安曾经让自己的父亲去救落在蜘蛛网里的苍蝇，所以当钱可审案要将李庆安判斩时，他的笔尖三次被一只苍蝇抱住。钱可把苍蝇捉了放到笔管里，苍蝇又把笔管给爆裂了。于是钱可说：

> 两次三番判斩字，苍蝇爆破紫霞毫，这小的必然冤枉。（《绯衣梦》第三折）

这是《绯衣梦》里写苍蝇的情节。李庆安先救苍蝇，而苍蝇在钱可判"斩"字时抱住笔尖，让李庆安的冤枉得以申解。这里的寓意，除了《蝴蝶梦》的"万物皆有神"之外，还包含了善有善报、莫因善小而不为的民间思想。

第二个代表性情节，是鬼魂到衙门告状。元杂剧公案剧里常常会写鬼魂到衙门告状，而且鬼魂往往会被门神拦住。这样的情节在多部杂剧作品中都有出现，比如大家很熟悉的《窦娥冤》。窦娥向父亲托梦时就提到：门神户尉不放我进去。另一本杂剧，无名氏的《生金阁》，写娄青奉命带没头鬼去见包公，没头鬼在门外有声音，一进门就没了声音,娄青因此两次被抢出去。娄青第一次被抢出去时问没头鬼,为什么在公堂里边你就没有声音呢?没头鬼就跟娄青说,他是害饥去买蒸饼吃。而第二次没头鬼的解释是被门神户尉挡住了。这是《元曲选》本的写法。在《生金阁》杂剧的另一个版本里,没头鬼第一次是去买蒸饼,第二次是渴了去吃茶,第三次是被门神户尉挡住。

再看无名氏的《盆儿鬼》。这个剧里,杨国用的骨骸被做成了一个泥盆,这个泥盆跟着张憋古去告状,却一再进不去公堂,没办法他只好用和张憋古约好的方式来声冤。可见这种情节杂剧作家们很喜欢用,使用得又各有特点。比如《盆儿鬼》里鬼魂告状的情节就写得相当有趣,表现得也非常充分。来看一个片段:冤魂盆儿鬼约好和张憋古一起到公堂之上,敲盆为号,张憋古敲盆,盆儿鬼玎玎珰珰地说。可是真到了公堂之上,却徒有盆的形,没有声音。

> 〔正末云〕老汉张憋古,没什么冤屈,这个盆儿冤屈。〔包待制云〕兀那老儿,你不冤屈,这盆儿怎生冤屈?〔正末云〕大人,俺老汉在这盆沿上敲三下,这盆儿便玎玎珰珰的说。〔包待制云〕是真个?兀那老儿,你敲,张千试听者。〔正末敲科,云〕一、二、三,盆儿也。〔包待制云〕张千,你听见他说些甚么?〔张千做侧耳听科,云〕爷爷,这老儿弄虚头,并不听得一些儿声响。〔正末云〕他可不言语了。〔包待制云〕我也道这老儿老的糊突了,那曾有盆儿会玎玎珰珰说话的道理。张千,与我抢出去。〔张千云〕理会的。〔做抢正末出科〕〔正末云〕他怎么不言语?俺试敲这盆儿咱〔做敲科,云〕一、二、三。〔魂子云〕我玎玎珰珰的说。〔正末云〕你恰才在那里去?〔魂子云〕我恰才口渴的慌,去寻一钟儿茶吃。〔正末云〕还打诨哩。你恰才不来呵,唬的俺一柄脸倒焦黄似茶色也。〔魂子云〕老的,你与我做主咱。〔正末云〕俺与你再叫冤屈去。

(《盆儿鬼》第四折)

所以张憋古第二次去到包公面前，再替盆儿鬼喊冤，再一次敲盆，可还是没声音。张憋古又被抢出来，他又问盆儿鬼。盆儿鬼说我害饥去吃个烧饼。张憋古很不满，他说：

【红绣鞋】恰才那粗棍子浑如臂大，他将俺打一下直似钩搭，你是个鬼魂儿倒捉弄俺老人家。……

这时，盆儿鬼说出实情：

〔魂子云〕老的也，不是我不过去，只被那门神户尉当住，不放过去那。〔正末云〕既如此，何不蚤说，待我再叫。(《盆儿鬼》第四折)

这是《盆儿鬼》杂剧故事里盆儿鬼去诉冤，被门神拦住的片段。

《盆儿鬼》的故事是中国戏曲舞台上非常受欢迎的公案故事，至今仍然流行，京剧里就有《乌盆记》。这个故事在古代除了元杂剧，还有其他文体形式的作品。比如南戏里有《包待制判断盆儿鬼》，明清传奇里有《瓦盆记》《断乌盆》。很可惜，这些今天已经看不到了。但也有一些作品流传到了今天，比如在说唱文学里，有明成化年间刊刻的《新编说唱包龙图公案断歪乌盆传》，这是一本词话。明代的短篇小说集《龙图公案》里有《乌盆子》，清人的小说《三侠五义》里也有相关的故事。成化词话、《龙图公案》《三侠五义》在写这个故事时，都把表现重点放在了包公审案这一段。在成化词话里，包公审案，乌盆两次都没有声音，第一次是乌盆不敢到包公跟前，因为他死的时候被人剥光了衣服，赤身露体不敢见包公。第二次是因为被门神拦住。在《龙图公案》里，盆儿鬼第一次不敢见包公是因为赤身露体，第二次盆被衣服包住,就敢去见包公了。《三侠五义》里乌盆第一次是被门神拦住,第二次是因为赤身露体。与这三个本子相对照,元杂剧的《盆儿鬼》,包括前边的《生金阁》,鬼神进不了公堂的原因包括吃蒸饼、喝茶这些跳脱剧情之外的插科打诨,而真正不能进门的原因只有一个,就是门神的阻拦。与词话、小说强调现实的、严肃的原因,紧扣剧情的写法相比,元杂剧在设计这类情节时,更关注的是剧本的娱乐性、舞台性,体现了传统戏曲的特点。同时它又特别强调民众对于神灵的信仰,强调门神户尉对鬼魂的阻挡。

无论是蝴蝶、苍蝇,还是门神,这样的情节设置,体现的是冥冥之中神灵的无处不在。这样的描写,既增加了公案剧的神秘色彩,又与当时民众的认知相契合,便于引起观众的共鸣。

二、想象中的鬼魂

元代公案剧里常常写到鬼魂的形象。剧作家在设计鬼魂形象时各出新意,出场的鬼魂得到很丰富的表现。比如刚才提到的《盆儿鬼》。

杨国用因为算卦者说他一百日之内有血光之灾,故离家千里去躲避,顺便经商。归家途中他住在瓦窑店,不但被瓦窑店的盆罐赵夫妇夺去钱财、杀死,还被做成了一个盆儿。盆罐赵杀人后,受到窑神的警告,随后家里烧的盆盆罐罐都不见了,只剩下杨国用骨灰做成的这一个盆,这个盆后来给了张憋古。于是盆儿鬼跟张憋古诉苦,张憋古就帮他把状告到了开封府。

在说唱文学成化词话《新编说唱包龙图公案断歪乌盆传》和小说《龙图公案》《三侠五义》里,也都有这样的情节,但和元杂剧对比时就会发现,元杂剧在写鬼魂时有自己的特点。元杂剧的长度一般是一本四折。在《盆儿鬼》里，第一折结束时，杨国用已经被盆罐赵杀死了。第二折是窑神的警告。第三折、第四折杨国用都化身为盆儿，以鬼魂的形象出场。

在第三折里，张憋古带盆儿（鬼）回家。这时候天色已晚，张憋古带着盆儿走在路上，觉得背后有脚步声。他说：

【天净沙】俺急煎煎向前路奔驰，〔做惊科云〕背后是什么人走响？〔做回头喝科云〕嗯！那个？〔唱〕是那个磕扑扑在背后追随？〔带云〕兀的不唬杀老汉也！〔唱〕这扯住我的不知是谁？〔云〕谁不知老汉是不怕鬼的张憋古，俺的性儿撮盐入水〔火〕。（《盆儿鬼》第三折）

这里《元曲选》本是"撮盐入水"，脉望馆本是"撮盐入火"。盐入火就爆炸，入水就融化。这里要写张憋古是一个正直的、性格很刚烈的人。他很自信，说自己不怕鬼。所以应该是撮盐入火，碰到事就容易爆发。

俺会天心法、地心法、那吒法，书符咒水，吾奉太上老君急急如律令摄。便有鬼，见了俺时，蚤唬的他七里八里躲了。〔唱〕莫不是山精鬼魅？〔正末做跌科〕〔魂子上，打正末科〕〔正末起，喝云〕打鬼，打鬼！〔做细看科，唱〕呀！却原来是棘针科抓住衣袂。（《盆儿鬼》第三折）

这是写他带着盆儿回家，隐约感到背后有脚步声。这个盆儿鬼又做哭声，吓得张憋古魂飞魄散。

〔魂子做随哭科，云〕老的也。〔正末做惊科，云〕那里这般哭？〔魂子云〕老的也！〔正末做听科，云〕元来不是哭声，有人叫老的、老的。我想起来了，敢是那放牛的牧童，清早晨间出来，赶着三五只牛儿，到晚来不见了一只，你便道老的你可见我那牛儿来么？小弟子孩儿，你不见了牛呵，干俺屁事！〔唱〕

【塞儿令】小孩儿每将俺欺，待捉弄俺这老无知，多敢是放牛的牧童没道理。〔魂子做哭科〕〔正末云〕兀的不是哭声？〔唱〕做甚么切切悲悲，哭哭啼啼？〔带云〕哦，我晓得了。〔唱〕莫不是风紧雁行疾。（《盆儿鬼》第三折）

张憋古走着路隐隐听到哭声，又听到有人在叫"老的，老的"，心里非常害怕。

〔魂子做哭科〕〔正末听科，云〕又不是雁声，是那个哭哩！〔唱〕

【幺篇】眼见的路绝人稀，不由俺不唬的魄散魂飞。〔魂子做打正末头科〕〔正末喝云〕打鬼打鬼！〔唱〕我听沉了多半晌，〔做回顾科，唱〕观瞻了四周围。〔带云〕打鬼打鬼！〔唱〕呀，呆老子也，却原来是一个土骨堆。

土骨堆就是土堆。回到家以后，杨国用的鬼魂继续戏弄张憋古。张憋古叹气，鬼魂也叹气；张憋古吹火，鬼魂就去打张憋古的嘴，以至于让火烧了张憋古的胡子。张憋古以为是邻居家的猫做的，就出门去大骂隔壁。张憋古想要铺一个羊皮睡觉，羊皮又被鬼魂拿走了，害得张憋古以为家里有贼。

〔正末云〕干你腿事！等我铺下这羊皮袄睡一觉波。〔做铺羊皮睡科〕〔魂子做偷羊皮科〕〔正末云〕好是奇怪，每日价铺着这羊皮，暖烘烘的睡觉，怎么今日冰也似这般冷的？〔做摸科云〕

原来偷了俺羊皮去,有贼也,地方拿贼那!

这是鬼魂在他家里折腾他。张㤼古要小解,他买的盆又被鬼魂给拿开了。

〔做溺尿科〕〔魂子掇过盆儿科〕〔正末云〕怎生不听见盆里响,倒在地下响?〔做摸科,云〕嗨,老汉老的糊突了,盆儿在那边,可在这边小解。〔做过那边科〕〔魂子又掇过盆儿科〕〔正末摸科,惊云〕可怎生又走过那边去了?〔魂子顶盆儿科〕〔正末摸科,云〕哎哟,可怎生起在半空里来了也!〔唱〕

【秃厮儿】本指望早起晚夕,方便俺净手更衣,吃了这汤多水多偏夜起,谁想到有今日这般样跷蹊。(《盆儿鬼》第三折)

杂剧里反复写盆儿鬼戏弄张㤼古,到最后才说出自己的冤屈,让张㤼古帮自己到包公那里告状。

将元杂剧与成化词话、小说对比,成化词话里的受害者叫杨宗富,被杀以后化成了乌盆,潘成买了此乌盆给自己的母亲做夜盆,夜里潘婆要用乌盆时,乌盆开口诉冤。而小说《龙图公案》里写王老买了骨灰做成的瓦盆,夜里起来小解时瓦盆叫冤。《三侠五义》比成化词话和《龙图公案》都丰富一些,它写张三深秋时节带着盆回家:

猛然间滴溜溜一个旋风,只觉得汗毛眼里一冷。老头子将脖子一缩,腰儿一躬,刚说一个"好冷",不防将怀中盆子掉在尘埃,在地下咕噜噜乱转,隐隐悲哀之声,说:"摔了我的腰了。"张三闻听连连唾了两口,捡起盆子往前就走。有年纪之人如何跑得动,只听后面说道:"张伯伯,等我一等。"回头又不见人。(《三侠五义》第五回)

这是《三侠五义》里盆和张三的互动。很显然,成化词话和明清小说并没有把叙事重点放在鬼魂和张三、王老的互动上。而元杂剧在写盆儿鬼的时候,就很注意这些互动,把盆儿鬼的形象写得生动、有趣、新颖,有一种神秘色彩,又有一丝惊悚气息,给整个舞台带来很活跃的气氛。元杂剧作家笔下的盆儿鬼形象虽然冤苦,却有着很活泼的一面。另外他的形状又是一个盆儿,在元杂剧众多鬼魂形象中是很有特点的一个。

再举一个《生金阁》的例子。生金阁,是用"生金"铸造成的阁子。生金是一种含有金和铜的金属,剧本里说生金阁,风一吹,就会仙音嘹亮。这个剧写的是权豪势要庞衙内无恶不作,他杀死秀才郭成,夺走了郭成家的传家宝生金阁,霸占了郭成的妻子李幼奴,又杀死了自家同情李幼奴的嬷嬷。最后包公设计从庞衙内手中取回生金阁,又诱使庞衙内承认自己的恶行,将他处死。

《生金阁》里的郭成在第二折就被铡刀切下头颅,成为鬼魂。虽然没有唱词,但郭成鬼魂形象上的特点非常突出,剧本里描写为:"纸钱向身边挂,人头向手内提,向前来紧靠着灯前跪。"这就是被铡掉了头颅以后的郭成的鬼魂形象——一个无头鬼。郭成的头颅被铡刀铡下来以后,鬼魂手提着头颅跳过墙去,表现出强横的特质,所以被庞衙内称作"强魂"。元宵节看灯的时候,无头鬼就提着头去追赶庞衙内,以及老人、里正。而在脉望馆本的《生金阁》里,这个提头鬼甚至还有这样的道白:

〔魂子云〕这厮走了也,一命归泉世,怨气冲天地。打散乔社火,活捉庞衙内。(《生金阁》第三折)

所以《生金阁》里郭成的鬼魂,是一个"手里提着头,赶着众人打"的无头鬼。这样的鬼魂形象,是一个带有恐怖色彩的强魂。

再看另一个不同的鬼魂,来自郑廷玉的《后庭花》。这部剧写的是皇帝把翠鸾母女赐给廉访使赵德方,让翠鸾母女服侍赵德方。但赵德方不知道自己夫人的态度,就让手下王庆把翠鸾母女领去见自己的夫人。夫人觉得翠鸾母女可能会影响自己的地位,就让王庆杀掉翠鸾母女。王庆和李顺的妻子张氏有染,遂吩咐李顺去杀翠鸾母女。李顺跟妻子张氏商量,张氏让李顺把翠鸾母女的衣服头面留下,放她们俩逃走。翠鸾母女逃命时被巡城卒冲散,翠鸾投宿酒店,被店小二逼迫成亲,翠鸾不同意,结果被店小二手里的斧头吓死了。店小二听说横死之人可能会作怪,就取了门上一个桃符插在翠鸾的鬓角上,然后把翠鸾装进袋子,扔到井里。于是女鬼翠鸾的形象特点就是鬓角上插了一朵娇滴滴的碧桃花。后来翠鸾跟书生刘天义在夜晚相会,刘天义对她的评价是"好一个女子",并写下《后庭花》词赞扬翠鸾的美貌。可见翠鸾的女鬼形象非常美丽。

女鬼翠鸾和书生刘天义在客店相遇,她和刘天义所作《后庭花》词,词是这样写的:

> 无心度岁华,梦魂常到家。不见天边雁,相侵井底蛙。碧桃花,鬓边斜插,伴人憔悴杀。(《后庭花》第三折)

词中的"不见天边雁,相侵井底蛙","憔悴杀"等词句,包公一读,马上就说这个女子哪还有活的道理?可见词句里流露出来的是幽幽冤魂之气。《后庭花》里的女鬼形象是美丽的,鬓上插着碧桃花,气质幽怨。她的外形、神态跃然纸上。

再看另一本无名氏的《神奴儿》杂剧。此剧里的鬼魂是被婶子害死的小孩神奴儿。他的婶子为了谋夺财产将他杀掉。剧里老院公带着神奴儿到街上去玩,神奴儿一定要买个傀儡(木偶),老院公就去帮他买，买完傀儡回来，神奴儿就不见了。后来老院公在梦里见到了神奴儿：

> 【骂玉郎】我这里连忙把手多多定〔俫儿哭科〕〔正末唱〕他那里越憋拗、放憨挣，则管里啼天哭地相刁蹬。哎！你个小丑生，世不曾有这般自由性。（《神奴儿》第二折）

老院公跟小孩子感情很好，由他带着出去的时候小孩子丢了，老院公很伤心。在梦中看到这个小孩子，说"他那里越憋拗、放憨挣"，憋拗、憨挣都是说发脾气、任性。"则管里"，一味地、一个劲儿地。"刁蹬"即无理取闹。"小丑生"就是小坏蛋。"世不曾"，从来没有，从来不像现在这样的自由任性。

> 【感皇恩】呀！他那里喑气吞声，侧立傍行。则管里哭啼啼、悲切切、不住泪盈盈。往常时似羊儿般软善，端的似耍马儿般胡伶。〔俫儿做哭科，云〕老院公你聒噪甚么！〔正末唱〕你道我闲聒噪，他那里撒滞殢，不惺惺。（《神奴儿》第二折）

"胡伶"，聪明伶俐。"聒噪"就是唠叨，"撒滞殢"就是撒娇，"不惺惺"就是不懂事。老院公梦里出现的俫儿的鬼魂形象，是个哭啼啼、任性、耍脾气的孩子，和老院公印象里那个活着时乖巧聪明伶俐的孩子是完全不同的。这个鬼魂形象用剧本里鬼魂的自述就是："一灵儿荡荡悠悠，每日家嚎咷痛哭"（第四折）。这是一个不停痛哭、充满了委屈的小孩子的鬼魂。

而到了公堂之上，鬼魂表现出了另一面。公堂审案时，神奴儿被门神户尉挡着进不去，于是在公堂门口三次怒打害死他的婶子。此时神奴儿充满了复仇的怒火，是一个非常狠的小孩子。剧本里神奴儿的妳子在公堂上坚决不认罪。但只要一出公堂大门，妳子就开始打哈欠、睡觉。在神奴儿的痛打之下，就会承认自己的罪行。说："气杀伯伯也是我来，混赖家私也是我来，勒杀侄儿也是我来。是我来，都是我来。"三次重复。最后焚烧了文书，门神户尉把神奴儿放至公堂，冤案得解。在这里我们看到的又是一个暴烈的小孩子的鬼魂形象。

通过以上几个例子，可以看到，公案剧作家花了很大精力去勾画剧中的鬼魂，用自己的想象力去写出各不相同的鬼魂，不仅是各异的个性，而且在鬼魂形象的刻画上更注意表现"异质"的一面，比如前面谈到的"玎玎珰珰"说话的盆儿鬼，比如头上戴着碧桃花的翠鸾等等。从戏曲发展史的角度而言，元杂剧作家爱写鬼魂，追求对于鬼魂异质的描写，为公案剧增添了奇异的色彩。

三、逻辑和巧合

元杂剧公案剧作者在故事情节组织上，一方面很注意逻辑推理，同时又非常喜欢运用巧合。我们可以通过具体的剧本来看一看。

首先是孟汉卿的《张鼎智勘魔合罗》。孟汉卿生平事迹已经难以查考，元钟嗣成《录鬼簿》将他列在"前辈已死名公才人，有所编传奇行于世者"这一部分。贾仲明在为孟汉卿作的吊辞里写道：

> 已斋老叟播声名，表字相同亦汉卿。《魔合罗》一段题张鼎，运□节，意脉精。有黄金商调新声，喧燕赵，响玉音，广做多行。

已斋老叟即关汉卿，吊辞将孟汉卿与关汉卿相提并论，又特别强调其作品"意脉精"。孟汉卿的杂剧作品，现在可见的就是这本《魔合罗》。

这个故事是虚构的，但主人公张鼎历史上确有其人。《元史·世祖本纪》记载他曾经做过鄂州总管府达鲁花赤、参知政事，是元代名臣。《魔合罗》（魔合罗是古时一种小孩玩的泥偶）故事写的是李德昌出外经商，回来的路上病倒在庙里，于是托人带信给妻子刘玉娘。他的堂兄李文道先得知这个消息，于是赶在刘玉娘之前来到庙里，给李德昌吃了毒药。所以李德昌刚被刘玉娘接回家就死了。李文道想要谋夺李德昌的财产，并霸占刘玉娘。刘玉娘不同意，李文道就告刘玉娘养着奸夫，药死亲夫，刘玉娘到官府后屈打成招。这是案件的发生过程。

剧本的重点情节安排在破案的过程，在写作破案过程时，作者非常注意推理和巧合的使用。从第三折起，张鼎来勘查这个案件。他发现案卷中有四个重大疑点。第一，李德昌去经商时带了十锭银子为资本，现在这十锭银子的去向，案卷里没有交代。第二，一个不知道姓名的男子来送信给刘玉娘，但送信人没有被叫到官府询问，送信人的情况案卷里没有交代。第三，李文道说刘玉娘有奸夫，但奸夫是谁，案卷里没说，奸夫也没有被勾到官府。第四，说刘玉娘用毒药药死丈夫，但毒药从哪来，由谁和来，也没有交代。张鼎看案卷时先提出这四个疑问，然后去审问刘玉娘，通过魔合罗找到送信人，再通过送信人挖出事情真相。

在剧本里，案件的昭雪固然依赖于张鼎对案情的逻辑分析，但证人、证据的获得却依靠巧合。第一个巧合发生在寻找送信人。送信人的发现缘于偶然的闲谈。张鼎审案时偶然谈到第二天是七月七，刘玉娘就想起来当时是一个卖魔合罗的人给她送信。第二个巧合是刘玉娘家有一个魔合罗。因为送信人来时，刘玉娘的孩子一定要买一个魔合罗，所以送信人就送了他一个魔合罗，也以此证明自己的信送到了。于是张鼎从刘玉娘家拿到魔合罗，上面有做魔合罗的人的名字——高山。最终，张鼎的缜密分析，加上关键之处的巧合，共同促成了这个案件的侦破。

再看另一个著名的剧本：孙仲章的《河南府张鼎勘头巾》。孙仲章所处的时代与《魔合罗》作者孟汉卿基本一致，《录鬼簿》中列在"前辈已死名公才人，有所编传奇行于世者"之内，称"大都人。或云李仲章"。贾仲明吊辞写道：

> 只闻《鬼薄》姓名香，不识前贤李仲章。《白头吟》喧满鸣珂巷，咏诗文胜汉唐，词林老笔轩昂。江湖量，锦绣肠，也有无常。

吊辞非常肯定孙仲章的才华，说他是词林老笔、锦绣肠。吊辞提到的剧本《白头吟》，即孙仲章所作杂剧《卓文君白头吟》，现今不存，今天还可以看到的孙仲章作品就是《勘头巾》。

《勘头巾》也是一个逻辑和巧合运用非常复杂的剧本。故事写刘平远的妻子和道士王知观有染，二人合谋杀害刘平远，又将刘平远的死赖到王小二身上，王小二被昏官判了死刑。张鼎重审此案件，从头巾和环子两件物证上发现疑点，步步追查。最后真相大白，王小二被释放，奸夫淫妇被处死。

剧本对情节的设计非常周全，埋设伏笔，利用巧合，细密针线。剧本第一折写平民王小二因为生活无奈，决定到财主刘平远家里讨一点东西。在刘平远家门口看见有狗，他就用砖头打狗，狗没打到，倒打碎了刘平远家的尿缸。王小二假装自己被刘家的狗咬了，与刘平远妻子争吵。后来刘平远也与王小二吵了起来，王小二放狠话道："我大街上撞见你，一无说话。僻巷里撞见你，我杀了你。"刘平远的妻子抓住话柄，让王小二立下生死文书，写明："一百日以里，但有头疼脑热，都是你。一百日以外，并不干你事。"楔子演刘平远妻子找来情人道士王知观，告诉他自己已经让王小二立了保辜文书，叫他趁刘平远出城索钱的时候,把刘平远杀掉,然后带两件东西回来,一个是芝麻罗头巾,一个是减银环子。芝麻是花纹,罗是质地。减银环子就是用银丝镶嵌手法加工的用来固定帽子或是做饰物的金属环。等王知观杀了刘平远,刘平远的妻子就指称杀人的是王小二。

第二折是破案。刘平远妻子告状,王小二屈打成招。判案官员指出芝麻罗头巾和减银环子没有下落,于是令史到牢房里来审问王小二。棍棒之下,王小二说头巾和环子被放在了"萧林城外瘌刘家菜园里井口傍边石板底下"。其实王小二根本不知道什么头巾、环子,只是受不住刑,胡乱捏造了一个藏头巾、环子的地方。府尹就派张千去取,张千真就把头巾、环子取了回来,府尹就此定案,把王小二判了斩字。王小二被押出时正好碰见张鼎,遂向张鼎叫屈。张鼎拿文卷来看,就发现了漏洞。因为张千取来的两个物证——头巾和环子,放在打水浇菜的井口旁边石板底下半年,头巾还那么干净,上面没有什么泥土,环子也完全没有生锈,张鼎认为这很值得怀疑。于是张鼎接手了这个案子,被府尹要求三天问成。

第三折写张鼎问案问出真相,第四折是宣判。整个故事就是追踪、勘察头巾、环子,最后发现真相,逻辑非常严密。同时,作者非常注重巧合的运用。真相发现的整个过程,巧合嵌套着巧合。

第二折王小二被下在牢房里,看守他的人是张千。张千先让一个庄家到牢房里来给自己打草苫,正在这时令史来牢房审案,张千十分紧张,他给庄家带上枷,伪装成一个犯人。所以庄家意外的和令史同处在牢房里,意外地听到了令史审案,这是一个巧合。令史让王小二交出证据,王小二就捏造了一个窝藏头巾和环子的地方,捏造的地址偶然被同在牢房里的庄家听到。张千把庄家放出去的时候,庄家在路上意外撞到一个道士,撞掉了道士的帽子,道士在拾帽子的时候,又从身上掉下来一个烧饼，被庄家捡到。庄家和道士的相撞，是第二个巧合。道士跟庄家相撞之后，慌慌张张赶到瘸刘家的菜园，去放头巾和环子，出来以后又和去取头巾、环子的张千撞到了一起，这是第三个巧合。第二折一折里就有三个这样的大的巧合。

到了第三折，张鼎来牢中勘问王小二，在审问时，张鼎因为一个偶然因素得到了关键信息。起因是张鼎不满意张千，说问事厅都坏成这个样子了，张千你也不修理，就算没有瓦，你怎么也不买一个草苫来苫一苫呢？就是这样一番话，让张千想到自己曾找了一个庄家来牢里编织草苫，于是他去把庄家找来，勘问庄家。庄家当时什么都想不起来了，但因为张鼎和张千偶然提到了馒头、烧饼，庄家就想起自己曾经撞到一个道士，道士身上掉出了烧饼。他又想到自己曾把在牢里边听到的话告诉道士，而张千又想到自己在取物证时凑巧碰到了道士，所以开始怀疑道士，怀疑刘平远的妻子，最终找到真相。

在整个剧本里，巧合是破案的关键因素。在结撰情节时，杂剧作家很注意去制造这样的巧合。在《勘头巾》剧中，王小二偶然争吵中的狠话被有心的刘平远妻子落实成保辜文书，刘平远死后，王小二就成了嫌疑人。而作为物证的头巾和环子的下落，又在刚才所说的一系列巧合中，从棍棒下的胡说，变成了真正的窝赃地点。一个接一个的巧合，使剧情变得愈发复杂，破案过程变得愈发有趣。

可见元代文人在创作公案剧时，既注意表现推理的逻辑性，又非常喜欢运用巧合，使剧情跌宕曲折，富有悬念。

四、物证的运用

元代人写公案剧很重视物证，物证不但是破案的关键，也起着结构剧情的作用，甚至许多公案剧中的主要物证都是作为剧名出现的。比如《勘头巾》的关键物证就是芝麻罗头巾，《后庭花》的一个关键物证就是那首《后庭花》词，《留鞋记》的重要物证是绣鞋，《魔合罗》的重要物证是魔合罗，《生金阁》的重要物证是生金阁，《金凤钗》的重要物证是金凤钗，《合同文字》的关键物证是合同文字，等等。

在公案剧中，物证的使用常常能促成剧情的转折。比如《留鞋记》，剧本里的绣鞋是寻找嫌疑人的重要依据。剧本写书生郭华和卖胭脂的王月英互相爱慕，王月英约郭华元宵节夜晚在相国寺观音殿相会，但王月英来的时候，发现郭华正喝醉了酒酣睡，怎么推都推不醒。王月英没办法，就拿罗帕包了一只绣鞋放到郭华怀里作为表记，然后离开了。郭华酒醒后非常后悔，于是吞帕而亡。郭华的书童告到官府，官府从郭华的怀里搜到绣鞋，逮捕了王月英。王月英吐露了实情，却没见到物证罗帕，所以王月英又到了相国寺，她看到郭华嘴边露着罗帕的一角，就把罗帕拽了出来。郭华复苏，郭、王二人被包公断为夫妻。剧本里的罗帕和绣鞋是郭华醉卧不醒时，王月英临时起意放下的，她也没有想到郭华看到这些东西会后悔自杀。这里的绣鞋、罗帕作为情节的伏笔和转折点起到了关键作用，整个剧情由喜转悲，又由悲转喜，就是借助这两样物证的推动。

《魔合罗》也是这样。高山送信，偶然赠给刘玉娘儿子一个魔合罗，后来成为破案的关键，案情因此豁然开朗。

更多的剧本中，物证承担起情节的组织功能，贯穿全剧，比如《勘头巾》《后庭花》《生金阁》《合同文字》等，这是元杂剧作家很愿意使用的一个办法。像《勘头巾》的楔子里提到，刘员外的妻子让自己的情夫去杀刘员外时，要求了两件信物：芝麻罗头巾和减银环子。故事一开始，两个证物就得到了强调。在案件审理过程中，令史和张鼎都紧紧围绕着这两件物证进行审讯，令史因赃证有疑而审问，但过于粗暴，所以王小二信口胡说，而胡说的内容又意外被传达给凶手，变成现实，直到最后张鼎勘问明白，剧本的情节通过这两件物证逐步展开。

《后庭花》杂剧的情节很复杂，有两条线索。其中一条线索上的重要物证就是《后庭花》词。剧本里翠鸾的鬼魂在客店与书生刘天义聚会，两人唱和《后庭花》词。唱和之词被翠鸾的母亲发现，带到开封府包公堂上，包公由此掌握了一个证据。因为翠鸾的《后庭花》词是和刘天义之作，所以刘天义也被牵连到案件里来。《后庭花》词作为物证，在情节上一面呼应着前边翠鸾的死，一面又勾连着后边翠鸾母亲对女儿的寻找。除了《后庭花》词外，这一条线索上还有一个物证也很值得关注，就是桃符，这是一个写得非常漂亮的物证。店小二要翠鸾嫁给自己，翠鸾不肯，店小二拿斧子威胁，导致翠鸾被吓死。店小二害怕横死的人作怪，就把门首上的桃符拿了一片，插在翠鸾的鬓角上，于是翠鸾鬼魂的外形特征就是鬓角上有一朵娇滴滴的碧桃花。刘天义被牵连到案件里，包公让他夜里再和女子相会时，一定要拿到一个信物，翠鸾就把自己鬓上的碧桃花作为物证交给了刘天义，刘天义又交给了包公。碧桃花到了包公手上又变回桃符，上边写着"长命富贵"，包公派人拿着这片桃符去找和它相对的"宜入新年"桃符，由此找到了凶手店小二。可见桃符在整个剧本里边不但是伏笔，还勾连着阴间和阳间，让情节线索变得清楚明朗。而桃符在阴阳两界的变化，也给整个剧本增添了神秘奇幻的色彩。

从这些例子我们可以看到，公案题材的元杂剧对物证使用非常在意，物证在剧本里常常有明确的结构意义，甚至是情节构筑的关键所在。

中国古人在做戏曲批评时，有一个很重要的批评概念，就是"关目"。

明代臧懋循在《元曲选后集序》里谈戏曲创作的不易时说：

> 而填词者必须人习其方言，事肖其本色，境无旁溢，语无外假，此则关目紧凑之难。

另一个明代人吕天成在《曲品》卷下引孙矿的话论"南戏十要"，也谈到了关目的重要性。他说：

> 我舅祖孙司马公谓予曰："凡南戏，第一要事佳，第二要关目好。"

清人李渔《闲情偶寄》之《词曲部·结构第一》"密针线"中也提到这一点。他说：

> 然传奇，一事也，其中义理，分为三项：曲也，白也，穿插联络之关目也。元人所长者，止居其一，曲是也；白与关目，皆其所短。

无论是臧懋循、吕天成，还是李渔，这些著名的曲论家在谈论戏曲时，都特别强调关目的重要性。但必须要说明，李渔以关目为元杂剧短处的批评，显然是不符合元杂剧实际的。元杂剧的大多数公案剧本对关目的运用十分出色，物证在情节的组织和穿插联络上，起到了非常重要的作用。在整个中国古代戏曲史上，通过物证来组织情节都是非常重要的创作手段，这一写作手段在中国古代戏曲发展的第一个黄金时期——元代，就已经得到了很好的运用。元代公案剧作者用物证来结撰剧本、结构情节，创造了非常精彩的作品，前面所举的例子就可以说明这一点。

五、空间与叙事

前面提到，公案剧故事常常有一个情节设定，就是受害者到千里之外躲避血光之灾，而案件就发生在人物外出的途中。剧作者在写作这样的故事时，会仔细设计情节发生的处所，借助空间推进情节、渲染气氛，表现剧本的主旨，《浮沤记》就是出色代表。

《浮沤记》写强盗白正杀了贩卖朱砂的商人王文用，不但劫走王文用的财物，还到王文用家里杀害了他的父亲，霸占了他的妻子。王文用被杀时，曾经指着东岳太尉像和大雨中屋檐下的水泡为证。（剧本以"浮沤"为题，浮沤即水泡。）最后，东岳太尉和王文用的阴魂抓住白正，为一家报仇，故事结束。

该剧在线性的时间轴上展开空间，结构情节，推进剧情，揭示主题。楔子部分写王文用躲灾离家。第一折写王文用返家途中，宿于一家客店，鸡鸣上路，在十字坡酒务喝酒休息，碰到了强盗白正，但侥幸逃脱了。第二折写王文用一路逃命，逃到了黑石头店。白正一路追赶，也追到了黑石头店。王文用发现白正追来了，于是翻墙逃跑，大雨之中躲进东岳太尉庙。白正看到王文用跑了，本来准备放弃，可雨太大，他也躲进了东岳太尉庙，与王文用相遇。白正杀掉王文用，夺走王文用的财物。第三折写白正到了王文用家，杀死王文用的父亲，强占王文用的妻子。王文用的父亲告到森罗殿，东岳太尉去捉拿白正。第四折写王文用的鬼魂回到家里，捉了白正偿命，东岳太尉也现身为王文用一家报仇。

《浮沤记》剧情循着延续的时间，将客店、十字坡酒务、黑石头店、东岳太尉庙几个空间串联起来。此剧现存两个版本，一个是《元曲选》本，一个是脉望馆本。《元曲选》本比脉望馆本多《沉醉东风》《乔牌儿》《甜水令》《折桂令》《落梅风》五支曲子。这五支曲子是让王文用的魂灵重走一遍案件发生地，回顾并强调死亡发生的过程。脉望馆本则没有做这个处理。

下面分析《浮沤记》剧本对空间的使用。案情的直接发生地是客店、十字坡酒务、黑石头店和东岳太尉庙，它们都充分参与了情节的发展。比如酒务，剧本里写王文用和白正的第一次正面相遇就是在十字坡酒务。强盗白正路上偶遇挑着货物的王文用，一路追赶不上，来到酒务休息，而此前过路的王文用正巧也在酒务饮酒，两人同处一个空间。王文用喝酒时嘴里念念叨叨说"好人相逢，恶人远避"，说话的声音吸引了白正的注意，于是两人在同一空间发生了交流。在白正的引导下，王文用泄露了自己的家庭地址和家庭情况，为日后白正杀害王文用父亲、霸占王文用妻子埋下根源。因为相处的场所是酒务，所以发现危险的王文用得以灌醉白正，趁机脱身。在这一折里，十字坡酒店的相遇直接推动了剧情的展开，也为后面的剧情埋下了伏笔，剧作家对空间的使用值得称道。

更有意思的是对黑石头店的处理。在第二折，剧本通过店小二、王文用、白正三人之口，四次强调黑石头店的地理位置和空间环境。一开始是店小二出场介绍自家客店，他说：

> 自家是个开店的。我这店唤做三家店，又唤做黑石头店。这两头的两个店，都是小本钱客商的下在里面，那大本大利的都在我这店里安下。

这里谈到店的地理位置，说他家的店是在中间，两边各有一家店。王文用出场时，也谈到这家黑石头店的位置。他说：

> 这里有三座店，我两头不去，则去那中间店里下。那厮便赶

将来，也寻不见我，就寻见我呵，我叫起来，这两头店里人也要来救我。

王文用出场这一番话，不但点明了黑石头店的地理位置，还说明自己选择这家店的原因。因为黑石头店两边还各有一家店，如果真发生什么叫喊起来，两边店里的人还可以进行援救。接着追赶王文用的白正出场。他一登场也谈到黑石头店的地理位置。他说：

罢，天色晚了也。我往那里宿去，远远的一字摆着三座店，这处唤作三家店，中间那座店，唤做黑石头店。那厮本钱小，只在这两边店里下；若是本钱多，在这黑石头店里下。未知如何，我则唤那店小二，他便知道。

白正追赶来后，也先说明黑石头店的位置，然后他就向店小二打听消息，从店小二嘴里套出王文用住的是黑石头店。他又亲眼看到王文用在自己的客房里面数朱砂，当即就想下手，可想到黑石头店的地理位置，于是说：

且慢着，白正你寻思咱，两边店客人不曾睡哩，那厮叫将起来，到害了我的性命。等睡到半夜前后，我慢慢的下手。

《浮沤记》在第二折内四次提到黑石头店的空间位置，强调黑石头店的环境特点。正是黑石头店这样特殊的环境，延宕了杀人事件的发生，决定了情节的发展走向。白正顾忌旁边客店的住客，要先睡一会儿，半夜再起来杀人劫财，而王文用被白正的鼾声吵醒，惊道：

【贺新郎】是谁人恁般酣睡喝喽喽，莫不是梦见的贼徒，撞着的禽兽？则听的声粗气喘如雷吼，唬的我战兢兢提心在口。（第

二折）

于是王文用惊慌地从后门逃走，暂时逃过一劫，这是空间特点推动情节发展的再一次展现。

《浮沤记》里另一个很值得注意的空间是东岳太尉庙。东岳太尉庙是故事中的杀人现场，又是供奉神灵的地方，故得到了神灵的见证。作者用东岳太尉庙的情节实现剧本的主旨，劝善惩恶，表现天网恢恢疏而不漏的朴素正义观。唱词写道：

> 【伴读书】检生死轮回案，是谁人敢把这天条扞，我奉着玉帝天符非轻慢，将是非曲直分明看。从头儿报应真希罕，这的是天数要循环。（《浮沤记》第三折）

《浮沤记》里十字坡酒务、黑石头店、东岳太尉庙等几次空间转换和整个故事叙事之间关联紧密。作者用这些场所串起了追杀的场面，在延续的时间轴上表现空间的转换，设计不期而遇、逃脱与死亡的场景，强化故事的紧张感。《浮沤记》是元杂剧公案剧中利用空间推动叙事的杰出代表。

除《浮沤记》外，前面谈到的《生金阁》也具有这样的特点。郭成也是为躲避血光之灾，到京城去考取功名，半路上生病，又碰到大雪，所以到酒务去休息，饮酒的时候碰到了同样来避雪的庞衙内。郭成很愚蠢，他觉得庞衙内是个大人物，所以献上自家宝物生金阁，希望换取官职，又让自己的妻子跟庞衙内相见。原本并不认识的郭成和庞衙内因为避雪而处于同一个空间，郭成在不了解庞衙内的情况下自投罗网。庞衙内随后把郭成夫妻邀请到自己家，让郭成把妻子让给他做夫人，郭成不同意，庞衙内就把郭成的头铡掉，郭成变成了无头鬼。元宵节无头鬼提着头去追赶衙内、里正、老人，里正和老人躲进酒务喝酒，此时包公也来酒务避雪，听说了无头鬼的事情。于是包公直接回到开封府，派娄青去城隍庙提无头鬼，连夜审案。

《生金阁》剧里写到的空间有酒务、庞家私宅、开封府、城隍庙，最关键的就是两个酒务。大雪之中郭成与庞衙内在酒务的偶然相识，带来的是庞家私宅内的困局和死亡。随之提头鬼大闹元宵节，包公与里正等人在酒务中的偶遇，则是让包公听闻了惊悚的提头鬼之事，于是有了最终的包公破案。在这个故事里，郭成随着空间转换走向死亡，也在空间转换里完成复仇。两次酒务里的偶遇构筑了人物命运的走向，贯串起了整个公案故事。

再看《盆儿鬼》故事。该剧写杨国用为了躲避血光之灾出外经商，回家路上住在了十里店，天明上路投宿到瓦窑店，在瓦窑店被盆罐赵夫妇杀死后又被烧成了盆。瓦窑神教训盆罐赵，杨国用骨灰做成的盆通过张憋古被带到了开封府。剧本按时间顺序安排了十里店、瓦窑店、张憋古家、开封府这几个空间，从叙事上来说最重要的是瓦窑店，这是整个剧情的转折。杨国用在瓦窑店被杀、被做成盆，杨国用由人变鬼，盆儿鬼的故事就此开始。此外瓦窑神也是在瓦窑店教训盆罐赵一家，使盆罐赵家所有的盆盆罐罐都没了，单剩下杨国用骨灰做成的盆。可见在这样一个故事的展开过程里，瓦窑店在情节发展中有关键意义。

元杂剧的长度是一本四折，篇幅比较短，要求故事的表现清晰紧凑。所以剧作家在结撰情节时，对故事发生的空间会做出刻意的选择，努力用空间推进叙事、推进情节。这是元杂剧公案剧在空间和叙事关系上非常突出的特点。

六、馀　论

　　元杂剧是盛行于勾栏瓦市和庙台之上的娱乐方式，当时各种类型的剧作家都参与到公案剧的写作当中，贡献了各种巧妙的情节，写出了很精彩的作品。同时，有的作家更关注在公案剧中表达自己对现实的批评，比如《窦娥冤》杂剧。从公案剧的角度来看，关汉卿用很大笔力去写冤案的发生，包括蔡婆的遇险，恶汉张驴儿父子的逼迫，张驴儿误杀自己父亲以后对窦娥的诬陷，窦娥在公堂之上的屈招，窦娥在临刑前发下的三桩誓愿，以及三桩誓愿的实现等。关汉卿用大量的唱词去写窦娥这个年轻寡妇所面对的残酷现实，去写那个时代弱者的命运，去写剧作家自己对社会黑暗不公的愤怒。而窦娥被杀以后的破案昭雪过程，关汉卿处理得非常简单，只写了窦娥的父亲两淮提刑肃政廉访使窦天章到了淮南，审看文卷时打盹梦见女儿，醒来以后发现窦娥的案卷三番两次被翻到上头，进而与女儿的鬼魂相见，为窦娥申冤。

　　再来看另外一个剧本——《鲁斋郎》。《鲁斋郎》是不是关汉卿的作品，在学术界是有疑义的。这个剧本用大量的篇幅表现权豪势要鲁斋郎的横行无忌，他看到银匠李四的妻子生得风流可喜，就带了银壶到银匠李四家去修理，给十两银子，先跟李四喝几杯酒，又跟李四的妻子喝几杯酒，就把李四的妻子强行带走了。清明上坟踏青时，他看到张珪的妻子漂亮，就直接让张珪把妻子第二天五更送到自己家来。张珪送妻子来时，鲁斋郎随手又把李四的妻子送给了张珪。而对于案情的处理情况，剧本只是在道白中交代了一下：包公在徐州收留了李四的孩子，在郑州收留了张珪的孩子，得知他们的母亲都是被鲁斋郎夺去了，于是包公认定鲁斋郎罪大恶极，向皇帝奏称一个叫"鱼齐（齊）即"的人苦害良民，强夺人家妻女，犯法百端。皇帝大怒，随即判了"斩"

字,命将此人押赴市曹,明正典刑。然后包公在"鱼"字底下添一个"日"字,"齊"字底下添了个"小"字(齋),"即"字上边加了一个点,把鲁斋郎给杀了。这个剧本着力刻画权豪势要的为非作歹,借此表达作者对现实的批评,抒发作者的抑郁不平之气,唱词里写道:

> 倚仗着恶党凶徒,害良民肆生淫欲。谁敢向他行挟细拿粗?逞刁顽全不想他妻我妇。这的是败坏风俗,那一个敢为敢做!(《鲁斋郎》第三折)

这样的感慨,在情绪上也和民众取得呼应。

总之,元代的公案剧作家,很关心怎样去写故事,怎样去设计情节,注意贴合民众的兴趣。他们写出各样的鬼魂、生动的情节,让元杂剧一本四折的长度,在自己手中得到充分的发挥,幻化出新异的故事,为中国古代戏曲贡献出精彩的剧本。与此同时,剧作家们也借助这些公案剧本表达自己劝善惩恶、教化世人、批判现实的精神。

今天的讲座就到这里,谢谢大家。

绵延千年的想象力：
文言志怪传奇小说的奇幻世界

李鹏飞

应该说，在一百多年以前，古典小说这种文类、这种文学形式，还只能算是一个不登大雅之堂的文体。直到1902年，梁启超先生在《论小说与群治之关系》这篇论文里第一次将小说的地位提高到"文学之最上乘"的地位。他认为，小说最便于用来开启民智，值得大力提倡。梁启超这篇文章开启了后来著名的"小说界革命"，从此中国的古典小说开始逐步进入学术研究的视野。经过胡适和鲁迅等一辈人的努力，中国的古典小说从不登大雅之堂，最后逐步登上了学术殿堂。

刘勇强教授会给大家讲《红楼梦》，《红楼梦》在古典小说里属于通俗小说，即白话小说。我今天要讲的是中国古代小说史上的另一大类，跟通俗小说相对应的，不那么通俗的小说——文言小说。通俗小说是用白话写的，它的地位在中国古代比文言小说还要低一点。文言小说占了语体的便宜，用的是文言文，它的地位相对来说比通俗小说要高一些。今天要讲的是中国古代文言小说里两个很重要的具体类型——志怪小说和传奇小说。它们是文言小说的重要部分。

在中国的小说史上，文言小说的历史比白话小说要早。白话小说出现在小说史的舞台上，是到了宋代，形式是话本小说。之前的魏晋南北朝和隋唐时代主要是文言小说的天下，后来的白话通俗小说，一个很重要的源头也是文言小说。今天要讲的文言小说里的志怪传奇小说，是中国古典小说里比较早期的类型。

讲座标题里"绵延千年的想象力"的说法，这里做一下解释。严格地说，中国的文言小说从开始出现，到晚清开始退出小说史的舞台，有大概一千七百年左右。而"想象力"这个词，简单来说，就是一个人根据已有的形象，根据生活里能够看到的、见到的、听到的各种形象，在头脑中构造出一种全新形象的能力。中国的文学从来都不乏想象力。在诗歌史上，屈原、李白，还有李贺和李商隐等，这些诗人都以具有丰富的想象力而著称。而中国的小说，我觉得更适合来谈论想象力的问题。我觉得中国文学中想象力最出色的，或者说最典型的，就是志怪传奇小说。志怪传奇小说，以及后来从它们辗转引申出来的神魔小说，最能体现中国文学的想象力，也最适合来讨论想象力的话题。

一、志怪传奇小说简史

首先简单回顾一下中国古代文言小说中志怪传奇小说的简史。这里综合了过去学者们的研究，给大家讲一下绵延近两千年的志怪小说的发展概况。

（一）唐以前——志怪、志人小说

根据南开大学李剑国教授《唐前志怪小说史》的细分，可笼统分为先秦、两汉和魏晋南北朝。先秦和两汉，是一个酝酿和初步成熟的时期。这个时期的中国古典小说（主要指文言小说），还没有完全成熟，只是一个雏形。魏晋南北朝时期是志怪小说完全成熟的时期。

先秦时期的志怪小说主要是地理博物书、卜筮书等，其代表作，这里只提一部——《山海经》。《山海经》被明代胡应麟称为"古今语怪之祖",这本书里边包含了很多神话和传说的内容,尤其是在"海经"这一部分,比如说大家都很熟悉的"刑天舞干戚""夸父逐日",还有"羲和生十日"这样的传说,"海经"里都有记载。《山海经》里的传说和神话人物都很奇怪,它里面出现的一些人物形象,往往都是人头兽身。比如说"海经"里,提到过一个叫相柳氏的人物,他长着九个人头,但身子是一条蛇,后来被大禹杀掉了。这个形象很古怪,很可怕。《山海经》里有很多这样奇怪的形象,鲁迅的《中国小说史略》,谈到中国志怪小说的源头时说:"中国之神话与传说,今尚无集录为专书者,仅散见于古籍,而《山海经》中特多。"志怪小说,如果追根溯源,可以追溯到神话和传说。

接下来是两汉——西汉和东汉,志怪小说又往前发展了一步。此时原有的地理博物体的志怪小说进一步发展成熟,出现了跟史传比较接近的写神仙异人的传记,又称为"杂史""杂传"。两汉的杂史杂传和地理博物体志怪小说,鲁迅称其"大旨不离乎言神仙",讲的都是一些求仙访道的人的故事,经常提到的就是汉武帝。汉武帝是中国历史上特别热衷于求仙问道的皇帝,所以两汉时期的小说里经常出现汉武帝这个人物,内容都是他怎么样求仙问道。这个时期流传下来的小说大概有十种左右,不过这十种,鲁迅先生认为都不是汉朝人的作品。但今天有学者考证认为,这十种小说基本上都是汉代的。这个问题本身有争论,还要进一步去研究。

再接下来就是魏晋南北朝,也就是志怪小说完全成熟的时期。志怪这个名称,也是到了魏晋南北朝,作为一种文体,才真正开始使用。魏晋南北朝时期出现了很多书,书名里就有"志怪"这两个字。所以,有学者认为,"志怪"这个词作为一种文体,就是出现在魏晋南北朝这一时期。所谓志,就是记;所谓怪,就是各种怪物、怪人、怪事。记录各种怪物、怪人和怪事的文章就称为志怪。魏晋南北朝时期的志怪题材非常广泛,也出现了很多著名的志怪小说集,据统计,今天可见的就有三十种左右。此时期志怪小说的特点,鲁迅先生言其"粗陈梗概",就是篇幅短小,一百个字,二百个字,讲一个非常简单的故事梗概。它不像今天的小说有细腻的描写、华美的语言。这个时期志怪小说的作者包括两类:第一类是道教徒和佛教徒,他们写志怪小说是为了宣传教义;第二类是当时的一些文人,文人写志怪小说,也是要来宣传鬼神的存在。像东晋著名的小说家干宝,他编纂了一本经典的志怪小说集《搜神记》,他在这本书的序言里说编《搜神记》是为了"发明神道之不诬"。也有一些人编志怪小说集,可能完全是为了好玩,无所为而为。当然还有其他各种原因,这里不展开细说了。

(二)唐人小说(包括唐传奇)——中国文言小说第一个高峰

唐人小说是中国文言小说的第一个高峰,整个唐代出现了一百多部单篇或成集的小说。唐朝一共290年,据统计现存小说有185种,其中单篇小说110种,小说集75种。比魏晋南北朝时的30种大大增加。唐朝的文言小说,最繁荣的阶段集中在公元780年到公元879年这一百年,即唐德宗建中初年到唐僖宗乾符末年。这一百年是整个唐代小说最繁荣的时期,跟唐诗的繁荣正好错开了。唐诗最繁荣是盛唐,唐小说最繁荣是中晚唐。

唐代小说与六朝小说相比,有一个很重大的变化,明代学者胡应麟评价唐人小说时说,"至唐人乃作意好奇,假小说以寄笔端"。鲁迅《中国小说史略》的"唐之传奇文"这一篇也指出,唐代小说"与六朝之粗陈梗概者较,演进之迹甚明,而尤显者乃在是时则始有意为小说"。认为六朝人不是有意地按照一种虚构的方式去写小说，到唐代人才开始这么做，这个说法我不是特别赞同。其实，六朝时期有一些文人像干宝就已经有点有意为小说的意思了。不过，唐朝人通过小说的创作，来抒发自己的思想和情感，"假小说以寄笔端"，有意为小说的自觉性确实变得十分明显了。唐朝的小说除了这种创作意识、创作动机的变化，在艺术特色上也有变化。鲁迅称其"叙述宛转，文辞华艳"，"大率篇幅曼长，记叙委曲"；而且小说里边，有时也会"托讽喻以纾牢愁，谈祸福以寓惩劝"（鲁迅《中国小说史略·唐之传奇文》），即通过小说来抒情达志、劝善惩恶，表达一种特定的主题思想。这是唐代小说的基本情况。

这里补充说明一下"传奇"和"小说"的问题。我不太同意用"传奇"来概括唐代的小说，用"唐人小说"更能够准确地概括全部的唐代小说。只说唐传奇，会遗漏唐代小说的很大一部分。"传奇"作为文体名称，早在宋代就出现了，它作为一种被广泛接受的文体名称是鲁迅确定的，但是现在有一些研究者认为，鲁迅确定的这个文体名称并不能概括全部的唐代小说，"唐传奇"只能代表唐代小说里的一部分，甚至是比较小的一部分。所以这里我还是用"唐人小说"来指称全部的唐代小说。这里稍微解释一下"传奇"这个词，传奇和志怪，是对仗对应的两个词。志怪是记录奇怪的人和事物，传奇也是传写奇怪的人和事物。"传奇"应该念传（chuán）奇，还是应该念传（zhuàn）奇，在学术界也有争论。如果读成传（zhuàn）奇，传就是给什么写传记，给奇人异事、奇人异行写一个传；如果读成传（chuán），传就是传写和传录之意，即传写或记录一些奇人奇事；两者都讲得通。平时读得比较多的还是传（chuán）奇。

（三）宋元明的低落期

小说发展的第三个阶段，就是宋金元明时期。我们不做详细介绍，这是中国文言小说的衰落期。鲁迅《中国小说史略·宋之话本》里对宋代小说评价比较低："宋一代文人之为志怪，既平实而乏文采，其传奇又多托往事而避近闻，拟古且远不逮，更无独创之可言矣。"

宋金元明的志怪小说，成就都不算很高。我的看法，宋人小说还好一点，明朝的文言小说很大程度上笼罩在唐人小说的阴影之下，明人在不遗余力地学习唐人小说的写作方法，所以明朝人的文言小说特别像唐人的作品。鲁迅对宋元明时期的文言小说评价都不高，这里也不再细说了。

（四）清代文言小说

清代的文言小说又迎来了一个高峰，主要代表作，就是蒲松龄的《聊斋志异》。它代表了中国文言小说的第二个高峰。《聊斋志异》也继承了魏晋南北朝的志怪小说和唐人小说的衣钵，所以清朝的另外一个著名小说家纪晓岚就曾经批评《聊斋志异》"一书而兼二体"，就是说它既包含志怪，也包含传奇，体例不纯，但这正好概括了《聊斋志异》文体上的一个重要特点。鲁迅《中国小说史略·清之拟晋唐小说及其支流》说它"用传奇法，而以志怪，变幻之状，如在目前；又或易调改弦，别叙畸人异行，出于幻域，顿入人间；偶述琐闻，亦多简洁，故读者耳目，为之一新"。又说"《聊斋志异》独于详尽之外，示以平常，使花妖狐魅，多具人情，和易可亲，忘为异类，而又偶见鹘突，知复非人"。清代文言小说还有一部很重要的，经常和《聊斋志异》相提并论的作品，就是纪晓岚的《阅微草堂笔记》。这部作品是刻意地去学习魏晋南北朝志怪小说的写法，风格跟《聊斋志异》很不一样，也取得了很高的成就。鲁迅《中国小说史略·清之拟晋唐小说及其支流》评价《阅微草堂笔记》说："立法甚严，举其体要，则在尚质黜华，追踪晋宋……与《聊斋》之取法传奇者途径自殊……凡测鬼神之情状，发人间之幽微，托狐鬼以抒己见者，隽思妙语，时足解颐；间杂考辨，亦有灼见。叙述复雍容淡雅，天趣盎然，故后来无人能夺其席，固非仅借位高望重以传者矣。"后来很多作家模仿《聊斋志异》，形成了"聊斋"系列；也有很多人模仿《阅微草堂笔记》，形成了"阅微草堂"系列。这就是清朝文言小说的基本情况。

二、志怪、传奇小说想象力的两个主要表现

（一）以鬼魅、神仙、精怪等特殊的"人物"形象作为主人公，大量使用变形母题，发展出一种非写实性的小说艺术形式。

志怪传奇小说都是记载奇怪的人和他们的故事，很多都不是现实生活里能看到、能经历的，大都是非现实性的人物和故事。中国的文言志怪传奇小说主人公的种类，包括了神仙、精怪，还有鬼魅。在中国古代，"神"跟"仙"的意思并不一样："仙"，是人字旁，仙是人类经过修炼，长生不老，然后才成了仙；而"神"跟仙并不完全一样，古人认为世间万物跟人类一样都有灵魂，它们的灵魂有时候就称作神。早期人类的信仰里还有一种"万物有灵论"，万物有灵论里的"灵"在一定意义上也是"神"。此外还有一类很常见的主人公，就是精怪。精怪是世间事物年深岁久之后，就变成了精，成精以后就获得了特殊的能力，能够变化形状，在很多情况下它是变成人类，也可以变成其他的物种。鬼魅的意思比较好懂，人死了魂魄就变成了鬼

魅。神仙、精怪、鬼魅，这些特殊的形象就成为了志怪传奇小说里边常见的主人公。

这种志怪传奇小说里的情节母题，最新奇也是最常见的，就是变形母题，尤其在以精怪为主角的小说里，变形母题出现得特别多。中国的志怪传奇小说，以鬼魅、神仙和精怪这些特殊的形象作为主人公，并且大量使用变形母题，编写出神奇的故事，在此基础上发展出了一种非写实性很强的小说艺术形式，体现出中国古代作家奇崛瑰伟的想象力。

在中国小说史上，写实性的小说也有很悠久的传统。其渊源和中国悠久的史传文学有关，从史传文学辗转发展而来。历朝历代的文言和白话小说里，都有写实性比较强的作品，比如宋元话本，《金瓶梅》《儒林外史》《红楼梦》等小说。写实性很强的小说种类，也需要借助想象力，作家也需要有想象力才能够写好写实性的作品。但是相对而言，非写实性的小说对作家想象力的要求更高。下面就通过具体例子，来说明为什么非写实性的作品更需要作家出色的想象力。

第一个例子是《列异传》里的一篇精怪小说。《列异传》旧说是魏文帝曹丕所编。这篇小说很短，只讲了一个故事梗概，这篇小说在《搜神记》和《太平广记》里都收录了，篇名叫《细腰》：

> （魏郡）张奋者，家巨富，后暴衰，遂卖宅与黎阳程家。程入居，死病相继，转卖与邺人何文。文日暮，乃持刀，上北堂中梁上坐。至二更竟，忽见一人，长丈余，高冠黄衣，升堂呼问："细腰，舍中何以有生人气也？"答曰："无之。"须臾，有一高冠青衣者，次之，又有高冠白衣者，问答并如前。及将曙，文乃下堂中，如向法呼之。问曰："黄衣者谁也？"曰："金也，在堂西壁下。""青衣者谁也？"曰："钱也。在堂前井边五步。""白衣者谁也？"曰：

"银也,在墙东北角柱下。""汝谁也?"曰:"我杵也,在灶下。"及晓,文按次掘之,得金银各五百斤,钱千余万,仍取杵焚之,宅遂清安。(《太平广记》卷四○一)

简单概括它的故事情节,就是掘藏。一个人在自己的住宅里边挖到了金银财宝。今天要在地里挖出金银财宝不容易,但在古代可能就有人在自己住的老宅子里,或者在墓地里挖到金银财宝。《细腰》讲的就是挖出金银财宝的故事,这个故事可以在现实生活里发生,它可以写成一个现实性很强的小说。但是《列异传》里的这个故事是按照精怪小说的思路来写掘藏的故事,体现出了一般人所不具备的想象力。故事里的魏郡,相当于今天河北临漳一带,有个富户张奋,突然衰落变穷了,就把住宅卖给了别人。别人住进去以后,家里的人都病死了,又转卖给另外的人,结果发生了很奇异的故事。这是一个凶宅型的掘藏故事。

原本可以用很现实性的笔法来写,但在志怪小说里,却用了这样一种很奇特的、极具想象力的方式来写,充满了恐怖神秘的气息。而在谜底揭穿以后,恐怖神秘的气息就消失了,但还是有一种特别的趣味,即跟现实性题材的小说相比,更具一种由奇特想象所带来的趣味。具体来说,就是精怪变形所带来的趣味:变形造成了神秘感,也制造了一个谜。谜被揭穿,神秘感消失了,但趣味仍在。

第二个例子叫《苏娥》,出自《搜神记》。小说情节也很简单,可以概括为洗雪沉冤型故事。

汉九江何敞为交趾刺史,行部到苍梧郡高安县。暮宿鹄奔亭,夜犹未半,有一女从楼下出,呼曰:"妾姓苏名娥,字始珠,本居广信县修里人。早失父母,又无兄弟,嫁与同县施氏,薄命夫死。

有杂缯帛百二十匹，及婢一人，名致富。妾孤穷羸弱，不能自振，欲之傍县卖缯，从同县男子王伯赁车牛一乘，直钱万二千，载妾并缯，令致富执辔。乃以前年四月十日到此亭外，于时日已向暮，行人断绝，不敢复进，因即留止。致富暴得腹痛，妾之亭长舍乞浆取火，亭长龚寿操戈持戟，来至车旁，问妾曰："夫人从何所来？车上所载何物？丈夫安在？何故独行？"妾应曰："何劳问之。"寿因持妾臂曰："少年爱有色，冀可乐也。"妾惧怖不从，寿即持刀刺胁下，一创立死，又刺致富，亦死。寿掘楼下合埋，妾在下，婢在上，取财物去，杀牛烧车，车釭及牛骨贮亭东空井中。妾既冤死，痛感皇天，无所告诉，故来自归于明使君。"敞曰："今欲发出汝尸，以何为验？"女曰："妾上下着白衣，青丝履，犹未朽也。愿访乡里，以骸骨归死夫。"掘之果然。敞乃驰还，遣吏捕捉，拷问具服，下广信县验问，与娥语合。寿父母兄弟悉捕系狱。敞表寿常律杀人，不至族诛。然寿为恶，隐密经年，王法自所不免。今鬼神自诉者，千载无一，请皆斩之，以明鬼神，以助阴教。上报听之。

这个故事三国时期谢承《后汉书》里也有记载，只有很简短的几十个字：

> 苍梧广信女子苏娥，行宿高安鹊巢亭，为亭长龚寿所杀，及婢致富，取其财物埋置楼下。交阯刺史周敞行部宿亭，觉寿奸罪，奏之，杀寿。

谢承《后汉书》作为史书，用的是很纪实的笔法。

两相比较，干宝《搜神记》的记载比谢承《后汉书》多了几百个字。这里面增加的，主要是鬼魂显灵，向官员倾诉冤情，请求他替自己申冤惩凶的部分，完全是非写实性的内容。作者想通过增加的部分告诉世人，一个人干了坏事，瞒不过鬼神，终究要暴露。故事里鬼魂显灵替自己报仇雪恨的情节背后所隐含的信仰，就是当时的有鬼论或者有神论。按照谢承《后汉书》的写法，只要把现实中发生的这个事件的过程讲一遍就可以了，不需要太多的想象力，也跟任何信仰无关；但《搜神记》却要从被害人鬼魂显灵的角度来写，就需要想象出一个具体生动的场景，还要想象出人物之间的对话，也要塑造出人物的性格。在这里，当然就是要塑造出被害者鬼魂不屈不挠的复仇意志。而所有这一切的核心则在于认为人死后鬼魂仍然会出来活动，为自己主持公道。这应该说是民众信仰所激发出的一种想象力，当后世这种信仰消失后，这种想象力保留下来，并成为类似想象力的源泉。

第三个故事出自南朝刘宋刘义庆的《幽明录》，篇名叫《新死鬼》或者《新鬼》：

> 有新死鬼，形疲瘦顿。忽见生时友人，死及二十年，肥健，相问讯曰："卿那尔？"曰："吾饥饿殆不自任。卿知诸方便，故当以法见教。"友鬼云："此甚易耳，但为人作怪，人必大怖，当与卿食。"新鬼往入大墟东头，有一家奉佛精进，屋西厢有磨，鬼就推此磨，如人推法。此家主语子弟曰："佛怜吾家贫，令鬼推磨。"乃辇麦与之。至夕，磨数斛，疲顿乃去，遂骂友鬼："卿那诳我？"又曰："但复去，自当得也。"复从墟西头入一家，家奉道。门旁有碓，此鬼便上碓，为人舂状。此人言："昨日鬼助某甲，今复来助吾，可辇谷与之。"又给婢簸筛。至夕，力疲甚，不与鬼食。鬼暮归，大怒曰："吾自与卿为婚姻，非他比，如何见欺？二日助人，不得一瓯饮食。"友鬼曰："卿自不偶耳，此二家奉佛事道，情自难动。今去可觅百姓家作怪，则无不得。"鬼复去，得一家，门首有竹竿，从门入。见有一群女子，窗前共食。至庭中。有一白狗，便抱令空中行，其家见之大惊，言自来未有此怪。占云：

"有客鬼索食，可杀狗，并甘果酒饭，于庭中祀之，可得无他。"

其家如师言，鬼果大得食，自此后恒作怪，友鬼之教也。

这个故事的核心意思讲的是生活的经验和教训，如果把它还原到现实生活的场景里，就是一个新手，做事情没有经验，于是向有丰富经验的老人家请教，经历了若干次失败，然后成功。但这个故事却通过一种很奇异的方式，从鬼魂的角度来讲生活的经验和教训，就让人觉得耳目一新，特别地奇诡。很多志怪小说会把鬼写得很恐怖，但是也有不少把鬼写得很可怜，不像平时所想象的鬼那样可怕。在这篇小说里，鬼就跟人差不多，人里边的新手没有经验，刚刚做了鬼的鬼也不知道怎么去做鬼，也没有经验。好像他在人世间所获得的经验到了另外一个世界，完全清零了，必须重新开始。这种想法令人觉得很意外，这里边就表现出一种想象力，有点异想天开。因为任何作者都不会有做鬼的经验，因此他必须调动想象力，从并不存在的鬼的角度去设身处地地想象鬼可能经历的一切，并让他的想象跟现实生活与民间信仰之间形成一种完美而有趣的对接，相互的印证或解释。如果作者完全按照写实性的笔法来写这种故事，也许就根本写不出这个故事了，更别说发挥其奇谲的想象力了。

接下来我要讲的是志怪传奇小说里一个很重要的类型——精怪小说，从这个小说类型来进一步探讨古代作家出色的想象力。

精怪小说里最重要的要素就是变形母题。没有变形母题，就没有精怪小说，也没有后来的神魔小说，我国古典小说的成就会大打折扣。没有变形的情节母题的话，《西游记》还会有意思吗？《西游记》里边最有意思的就是变形嘛，七十二变的孙悟空，变来变去的妖魔鬼怪。没有变形就没有《西游记》，没有唐人小说，没有《聊斋志异》，甚至也没有《阅微草堂笔记》。变形母题对中国古典小说的重要意义不言而喻,不仅仅是对中国的小说,对其他各国的小说同样很重要。变形母题是一种世界性的文学母题,在西方小说、日本小说里都有。而对于其他各国小说而言,变形母题的意义远没有像对中国小说这么重大。

变形母题大致包含两种变形的方式,一种是动植物或者其他非人事物变成人类;另外一种是反过来,由人变成其他的动植物或者其他事物。变形是双向的。中国小说里,最多的还是动植物等其他事物变成人类,人类变成其他事物相对来说要少一点。其他各国变形的故事里,人类变成其他事物的反倒要多一些,这跟中国不太一样。

那么现在就来了一个很大的问题:变形这种事,我相信生活里不会有人亲身经历,也不会亲眼看见。我们的古人应该也不可能亲眼看到一个老虎、一条蛇,变成了一个美女。既然大家都不可能亲身经历这样的变形事件,那为什么我们的古典小说里会出现如此之多的变形故事呢?我写过一篇很长的论文,专门研究这个问题,这里不能细讲,只说一下我的两个主要研究结论:

(1)之所以在人类的想象和艺术思维里,会出现变形的母题,这和原始时代的图腾崇拜有关系。图腾崇拜指人类认为自己的祖先、自己的血缘是来自于一种人类之外的动植物,从而将某种动植物视为自己的图腾、视为祖先来崇拜。崇拜某种图腾的部族,会把图腾雕刻成雕像带在身上,或者放在建筑上,有种种崇拜的形式。但是从图腾崇拜发展到后来的精怪小说,现在已不清楚中间环节,但两者之间应该是有一定渊源的。

(2)我们有很多古文献证据,说明中国古人认为世间万物年深岁久之后,都可以成精,都可以变形。东汉王充《论衡·订鬼》就说:"鬼者,老物精也。夫物之老者,其精为人,亦有未老,性能变化,象人之形。"

现在也有俗语叫"老得成了精"。晋代郭璞的《玄中记》就很具体地说明了一种动物如何变成人：

> 狐五十岁，能变化为妇人。百岁为美女，为神巫。或为丈夫与女人交接。能知千里外事。善蛊魅，使人迷惑失智。千岁即与天通，为天狐。

从《玄中记》可以看到动物变化的本领与它的岁数有关，岁数越大，变化能力越强。所以《西游记》里的妖魔鬼怪，能够变化多端，都是多年动物老成了精。东晋葛洪的《抱朴子·登涉》中也有类似的说法："万物之老者，其精悉能假托人形，以眩惑人目而常试人，唯不能于镜中易其真形耳。"葛洪是一个道士，他说道士到山里去寻仙访道，去修炼，经常会碰到精怪骚扰，这个时候带一面铜镜，如果有精怪骚扰，拿铜镜一照，它就恢复了原形。葛洪这个说法和后来的照妖镜有些类似，至少照妖镜的来历能在这里找到一个源头。关于物老成精的观念，干宝《搜神记》里也有详细的论述：

> 千岁之雉，入海为蜃；百年之雀，入江为蛤；千岁龟鼍，能与人语；千岁之狐，起为美女；千岁之蛇，断而复续；百年之鼠，而能相卜。数之至也。

之所以发生这些变化，干宝认为是"数之至也"，即时间足够长久，变化就自然发生了。也有因为气的反乱背逆而造成的反常变化，比如人生兽、兽生人、男化为女、女化为男、人化为虎等。但不管如何变化，干宝认为都有其缘由，都是可以解释的。还有很多说法，这里就不细说了。

接下来讲变形母题与精怪题材相结合，生成的一个重要的小说类型：精怪小说。其中的变形主要表现为：精怪变成人类。变形的母题，和中国古典文言小说里的精怪小说结合得最为紧密。其他讲鬼、讲神、讲仙的小说里，也有变形的母题，但是不如精怪小说用得如此普遍。应该说，凡是精怪小说里边都会有变形。

首先看一下精怪变形故事的简单形态：人遇到精怪——人与精怪共处——精怪现出原形逃跑。共处的时间大都在夜晚，不是白天；一般都是某个人迷了路，在山里边、在野外碰到了一个人或一群人，跟他们相处一个晚上，等到天亮的时候精怪现出原形，变成一个动物或其他什么，然后就逃跑了，或者是被这个人给打死了。不过要注意的是，这种简单的形态，并不是说它形态简单，故事简单，没有艺术性，而是说它的情节可以很简单地加以概括。实际上，从魏晋南北朝的志怪小说一直到《聊斋志异》，简单的故事形态也可敷衍出很多精彩的故事。比如东晋干宝《搜神记》里的一个夜遇精怪故事，很简单也很美：

> 鄱阳人张福，船行还野水边，忽见一女子，容色甚美，自乘小舟，来投福，云："日暮畏虎，不敢夜行。"福曰："汝何姓？作此轻行，无笠，雨驶，可入船就避雨。"因共相调，遂入就福船寝。以所乘小舟，系福船边。三更许，雨晴月照，福视妇人，乃是一大鼍，枕臂而卧。福惊起，欲执之。遽走入水。向小舟，是一枯槎段，长丈余。

细雨蒙蒙的天气，一个长得很美的姑娘乘着小舟，在湖里划过来，张福就请她到自己船上避雨，这个姑娘也没有拒绝，上到张福船上，两个人互相开玩笑，然后姑娘就到船里跟张福共寝。小说里没有多少细节描写，如果是后来的小说，或者今天的小说，大概会有比较详细的对话描写、表情描写、心理描写，然后两个人才能成其好事。这里没有，三言两语两个人就共寝了。文中还交代了一个细节：姑娘以所乘小舟系张福船边。三更天气，雨晴月明，张福发现睡在身边的女孩子恢复了原形——大鼍，这是南方水中一种很凶猛的动物，有点像鳄鱼。张福也没有感到很惊恐，他直接想去抓，结果大鼍动作非常敏捷，迅速跳到水里逃走了。张福再看姑娘刚才划的小舟，原来是一丈多长的一段枯木。这是一个典型的简单形态的精怪小说，一个水中的丑陋动物变成了一个美女，跟人世间的一个男子有一夕之好，到天亮姑娘恢复原形，跳到水中逃跑了。这个故事里看不出任何作者想表达的主题思想，只能说它表现了一种传说的意趣。可能当时民间有很多这种故事流传，干宝听到了就把它记下来了。它也不是像后来《聊斋志异》里边的故事，要有一种主题思想。但这种故事有一种古朴质拙的趣味。鲁迅先生就特别喜欢六朝的志怪。打个比方，今天的陶瓷器具，我们可以造得很精美，但是为什么我们仍然喜欢古董，就是因为它们古朴质拙，有种特殊的美感。

接下来再看唐代小说。唐代的精怪小说数量巨大，这里选牛僧孺《玄怪录》里的一篇《元无有》。小说的主人公叫元无有，即根本就没有的意思。主人公的名字，意味着这个故事就是虚构的。汉赋里有"子虚""乌有""亡是公"这样的名字，也是说赋是虚构的意思。元无有这个名字，就是模仿汉赋里"子虚""乌有""亡是公"这样的名称构造法。唐代小说有些就是故意通过主人公的名字来说明该小说是虚构的，这就体现出是在有意识地虚构小说了。自然，这里边的故事情节也是虚构的：

> 宝应中（762，代宗时），有元无有，尝以仲春末独行维扬郊野。值日晚，风雨大至。时兵荒后，人户逃窜，入路傍空庄。须臾霁止，斜月自出。无有憩北轩，忽闻西廊有人行声。未几至堂中，有四人，

衣冠皆异，相与谈谐，吟咏甚畅。乃云："今夕如秋，风月如此，吾党岂不为文，以纪平生之事？"其文即曰口号联句也。吟咏既朗，无有听之甚悉。其一衣冠长人曰："齐纨鲁缟如霜雪，寥亮高声为子发。"其二黑衣冠短陋人曰："嘉宾良会清夜时，辉煌灯烛我能持。"其三故弊黄衣冠人，亦短陋，诗曰："清冷之泉俟朝汲，桑绠相牵常出入。"其四黑衣冠，身亦短陋，诗曰："爨薪贮水常煎熬，充他口腹我为劳。"无有亦不以四人为异，四人亦不虞无有之在堂隍也，递相褒赏，虽阮嗣宗《咏怀》亦不能加耳。四人迟明方归旧所，无有就寻之，堂中惟有故杵、烛台、水桶、破铛，乃知四人即此物所为也。

一个风雨之夜，元无有在扬州郊外碰到了四个人，这四个人在一起吟诗唱和，他们吟诗很值得注意，每一首诗都暗示着这个人的原形，这些诗等于是谜语，谜语的谜底就是这个人的原形。等到天亮的时候，四个人突然一下就不见了，元无有在屋里到处找，发现原来是四个很破旧的物品，一个是杵，一个是烛台，一个是水桶，一个是破铛，都是家里的日常器具，不过都已经很破旧，年深月久，所以才成了精。这也是一种很简单的小说形态，不过它里面增加了更多的人类生活的内容，是按照唐代的文人形象来塑造这几个精怪，因为唐代文人在一起很喜欢吟诗唱和，所以精怪也像唐代的文人一样，见了面也在一起吟诗唱和。

接下来跳过宋金元明直接看《聊斋志异》。《聊斋志异》里，精怪小说仍然是比例很高的一种小说题材。蒲松龄的笔下，精怪小说情节同样不复杂，但写法就更进一步，表现了更高的想象力和艺术技巧。蒲松龄不仅是中国古代短篇小说的大师，即使放到世界小说史上，他也是当之无愧的大师。蒲松龄的笔下，精怪小说即使情节很简单，细

节的安排也跟唐人不一样,跟六朝志怪更不一样。我们来看看《郭秀才》这一篇:

> 东粤士人郭某,暮自友人归,入山迷路,窜榛莽中。更许,闻山头笑语,急趋之,见十余人,藉地饮。望见郭,哄然曰:"坐中正欠一客,大佳,大佳!"郭既坐,见诸客半儒巾,便请指迷,一人笑曰:"君真酸腐!舍此明月不赏,何求道路?"即飞一觥来。郭饮之,芳香射鼻,一引遂尽。又一人持壶倾注。郭故善饮,又复奔驰吻燥,一举十觞,众人大赞曰:"豪哉!真吾友也!"郭放达喜谑,能学禽语,无不酷肖,离坐起溲,窃作燕子鸣,众疑曰:"半夜何得此耶?"又效杜鹃,众益疑。郭坐,但笑不言。方纷议间,郭回首为鹦鹉鸣曰:"郭秀才醉矣,送他归也!"众惊听,寂不复闻,少顷,又作之。既而悟其为郭,始大笑。皆撮口从学,无一能者。一人曰:"可惜青娘子未至。"又一人曰:"中秋还集于此,郭先生不可不来。"郭敬诺。一人起曰:"客有绝技,我等亦献踏肩之戏,若何?"于是哗然并起。前一人挺身矗立;即有一人飞登肩上,亦矗立;累至四人,高不可登;继至者,攀肩踏臂,如缘梯状;十余人,顷刻都尽,望之可接霄汉。方惊顾间,挺然倒地,化为修道一线。郭骇立良久,遵道得归。翼日,腹大痛;溺绿色,似铜青,着物能染,亦无溺气,三日乃已。往验故处,则肴骨狼籍,四围丛莽,并无道路。至中秋,郭欲赴约,朋友谏止之。设斗胆再往一会青娘子,必更有异。惜乎其见之㧐也。

这个小说写郭秀才碰到了路精。蒲松龄之前的精怪小说,各种各样的动物、植物、物品都被写过了,都可以变成精怪,但是路精这个精怪,基本上没有人写过,一般人想不到天天踏在脚下走的路也能够成精作怪，但蒲松龄想到了！而且情节框架非常巧妙。郭秀才迷了路，他要找回家的路，结果恰恰就碰到了路精。路精怎样给他指路呢？不是告诉你从前面走一百米，再右拐，再往前走一百米，而是他们先变成人，把郭秀才叫来一起喝酒，喝着喝着给他表演叠罗汉的绝技，叠了一个很高的罗汉，倒下来变成一条路，郭秀才就找到了回家的路。这个情节设计非常巧妙，跟六朝志怪、唐人小说里精怪恢复原形的方法都不一样。蒲松龄之前的小说里，精怪恢复原形几乎千篇一律，都是精怪不能生活在阳光下，所以天一亮他们一下就恢复了原形，太简单了，没有什么技巧性，任何人都可以写，而蒲松龄能在简单的形态里，用非常规的思维写得特别复杂、巧妙，所以他真是个高手。

  接下来我再来讲一下精怪小说的复杂形态，主要讲其中一种特殊的小类，叫做谐隐精怪小说。谐隐精怪小说里除了有精怪变形的因素，还有谐隐的因素。"谐"，就是诙谐的趣味；"隐"，就是谜语，或者说隐语，就是用谜语的手法，来暗示精怪的原形。谐隐精怪小说是中国古典小说里十分特别的种类，在其他各国的文学里很少见到，它是跟中国语言文字的特征息息相关的一种小说形式，若不在汉语这种语言文字体系里，这种小说就很难写。谐隐精怪小说的萌芽，也可以追溯到六朝志怪，只是比较少，更多的是唐人小说。

  先来看六朝志怪里一个比较典型的例子，东晋的《荀氏灵鬼志》（此书已散佚）里的一个简短片段：

  （有士人姓）邹，坐斋中，忽有一人通刺诣之，题刺云：舒甄仲。既去，疑其非人，寻其刺，曰：吾知之矣，是予舍西土瓦中人耳。便往，令人将锸掘之，果于瓦器中得桐人，长尺馀。（《太平御览》卷七六七引《灵鬼志》）

有邹姓士人坐在书斋里，突然来了一个人通刺拜谒，刺就是名片，名片上有名字叫舒甄仲。请注意，这名字里边是有玄机的。两个人交谈了一阵子，客人就走了。小说没有说他们谈了什么。邹姓士人觉得客人的表现很奇怪，觉得他可能不是人，他琢磨名片上面"舒甄仲"这个名字，琢磨了半天，恍然大悟，发现把"舒甄仲"这个名字拆成六个字，就变成了一句话，叫"予舍西土瓦中人"，我是你房子西边瓦片下边的一个人。这当然不可能是人，人怎么可能住在瓦片下边？邹姓士人就带仆人拿了锄头，到房子西边瓦片下面去挖，挖出了一个用桐木雕刻的小人。原来是这个桐木小人在作怪。这个桐人可能是古代墓葬里的一种陪葬品，也有可能是一种小儿的玩具，前者的可能性比较大。桐人年深月久，就变成了人，来拜访主人，而且还拿着名片，名片上的名字就告诉我们他的身份、他的原形，以及他的来处。这里就用了字谜的手法——拆字法，破这个字谜就要拆字。这就是谐隐精怪小说早期的简单形态。

到了唐代，精怪小说发扬光大，出现了大量特别精彩的作品，技巧也变得特别复杂。这里讲一篇篇幅不长，但非常巧妙、非常有趣的谐隐精怪小说——中晚唐时期张读《宣室志》里的《杨叟》（《宣室志》这本书已经亡佚了，现在看到的是从《太平广记》中辑出来的）：

> 乾元初，会稽民有杨叟者，家以资产丰赡闻于郡中。一日，叟将死，卧而呻吟，且经数月。叟有子曰宗素，以孝行称于里人，迫其父病，罄其产以求医术。后得陈生者究其原，曰："是翁之病心也。盖以财产既多，其心为利所运，故心已离去其身。非食生人心，不可以补之，而天下生人之心，焉可致耶？舍是则非吾之所知也。"宗素闻之，以生人之心固莫可得也，独修浮屠氏法，庶可以间其疾。即召僧转经，命工绘图铸像，已而自赍食，诣郡

中佛寺饭僧。一日，因挈食去，误入一山径中，见山下有石龛，龛有胡僧，貌甚老瘦枯瘠，衣褐毛缕成袈裟，踞于磐石上。宗素以为异人，即礼而问曰："师何人也？独处穷谷，以人迹不到之地为家，又无侍者，不惧山野之兽有害于师乎？不然，是得释氏之法者耶？"僧曰："吾本是袁氏，某祖世居巴山。其后子孙，或在弋阳，散游诸山谷中，尽能绍修祖业。为林泉逸士，极善吟啸。又好为诗者，多称于人，其名于是稍闻于世。别有孙氏，亦族也，则多游豪贵之门，亦以善谈谑，故又以之游于市肆间。每一戏，能使人获其利焉。独吾好浮屠氏，脱尘俗，栖心岩谷中不动。而在此且有年矣。常慕歌利王割截身体，及萨埵投崖以饲饿虎，故吾啖橡栗，饮流泉。恨未有虎狼噬吾，吾亦甘受之。"宗素因告曰："师真至人，能舍其身而不顾，将以饲山兽，可谓神勇俱极矣。然弟子父有疾已数月，进而不瘳，某夙夜忧迫，计无所出。有医者云：是心之病也，非食生人心，则固不可得而愈矣。今师能弃身于豺虎，以救其馁，岂若舍命于人，以惠其生乎？愿师详之。"僧曰："诚如是，果吾之志也。檀越为父而求，吾心岂有不可之意。且以身委于野兽，曷若救人之生乎？然今日尚未食，愿致一饭而后死也。"宗素且喜且谢，即以所挈食致于前，僧食之立尽，而又曰："吾既食矣，当亦奉命，然俟吾礼四方之圣也。"于是整其衣，出龛而礼。礼四方已毕，忽跃而腾上一高树。宗素以为神通变化，殆不可测。俄召宗素，厉声叱曰："檀越向者所求何也？"宗素曰："愿得生人心，以疗吾父疾。"僧曰："檀越所愿者，吾已许焉。今欲先说《金刚经》之奥义，且闻乎？"宗素曰："某素尚浮屠氏，今日获遇吾师，安敢不听乎？"僧曰："《金刚经》云：过去心不可得，见在心不可得，未来心不可得，檀越若要取吾心，

亦不可得矣。"言已，忽跳跃大呼，化为一猿而去。宗素惊异，惶骇而归。（《太平广记》卷四四五引《宣室志》）

这个故事发生在浙江会稽（今绍兴），有一个姓杨的老人，家里很有钱，杨叟得了重病，奄奄一息。他的儿子杨宗素很孝顺，到处求医问药给父亲治病。有一个姓陈的医生说你父亲这个病是心病，要吃一个活人的心脏，才能治好。杨宗素听了没办法。但他是个信佛的在家居士，他就到庙里边去斋僧，做功德，希望能够治好他父亲的病。有一天他拎着一篮子好吃的，到了山里，看到山壁上有一个石龛，有个从西域来的胡僧，穿得破破烂烂的，盘坐在石龛上。杨宗素觉得这人是个高人，他就过去施礼问对方是何人，独处于深山穷谷之中，不怕有野兽吃他吗？胡僧就说自己根本就不怕什么野兽，反而恨不得有野兽来，我正好可以效仿摩诃萨埵舍身饲虎。舍身饲虎，这是一个有名的佛教故事，说印度有个叫摩诃萨埵的仁慈太子舍身饲虎，救了快要饿死的老虎的命，敦煌壁画里就有这个故事。杨宗素一听，觉得这不正好可以请他去治父亲的病吗？于是就向胡僧讲明了情况。胡僧答应捐出心脏，但先要饱餐一顿，做一个饱死鬼。杨宗素就给了胡僧一篮子好吃的，胡僧风卷残云，一气吃了个精光，然后他就说了，我要先拜一拜四方的神圣。杨宗素说好。胡僧就忽地腾上一颗高树，把杨宗素叫过来，问他刚才找自己要什么。宗素说要你的心脏去给我父亲治病。胡僧就说，我已经答应了，但是我现在要先跟你说一说《金刚经》里一段话的大义。杨宗素说好。胡僧就说，《金刚经》里边有这么一句话，叫"过去心不可得，现在心不可得，未来心不可得，檀越若要取吾心，亦不可得矣"。你要得到我的心，那是痴心妄想。说完了，忽跳跃大呼，化为一猿而去。宗素惊异，惶骇而归。

到这儿大家看出来了，这个胡僧实际上是一个猿猴变的。他说完《金刚经》里的这段话以后，就恢复了原形，跳到树上跑掉了。其实这个故事前面有一段话，已经暗示了胡僧的身份。当杨宗素问胡僧是什么人，胡僧就说了很长的一段话，这段话就是谐隐精怪小说里典型的谐隐手法。"胡僧"这个词呢，从字面看就是指西域的僧人，一个有胡人面相的高僧。但"胡僧"在南方方言里也和"猢狲"的读音差不多。"胡僧"这个词已经暗示了这个僧人的原形就是一个猢狲。再来看胡僧回答杨宗素的这段很长的话，里面有几句比较关键的，暗示了他原形是什么。他说我"本是袁氏"，猿猴里边有一个猿字，人的姓氏里也有一个袁姓。"祖世居巴山"，"巴东三峡巫峡长，猿鸣三声泪沾裳"，长江三峡两岸猿很多，"两岸猿声啼不住，轻舟已过万重山"嘛。"其后子孙或在弋阳，或游诸山谷中"，弋阳在江西，在古代也是以出产猿猴著称，这也暗示他是个猿猴。"散诸山谷中"，猿猴不就住在山谷里吗？"林泉逸士，喜吟啸"，这也暗示他是个猿猴。"孙氏亦族也"，姓孙的人家跟他们也是一族的，即指"猢狲"。"多游豪贵之门，亦以善谈谑，故又以之游于市肆间，每一戏，能使人获其利焉"，这句话其实就是说猿猴或者猢狲耍猴戏，能够替主人赚钱。所以这里都在暗示他的身份就是一个猴子。后边他又说我"啖橡栗、饮流泉"，猴子吃橡子或者板栗这些东西，喝山中的泉水，还是暗示他的原形就是一个猴子。胡僧自我介绍的这段话里，几乎每一句都在告诉我们他的身份、他的原形就是一个猴，而杨宗素没有听出来。我们如果不知道这是一篇精怪小说，或是没有看到结尾，我们也不一定能够明白他话里有话、弦外有音。这是精怪小说的一种特殊形态。只有看到最后结尾的时候，才恍然大悟前边情节里人物的对话另有文章，我们就要回过头来再仔细地揣摩一下。这种小说对阅读有特殊要求，可能需要看第二遍、第三遍，看完还能回味无穷。而且你还不一定能把每句话里隐藏的弦外之音都看出来，因为他会用很多典故，胡僧的话里用的典故还不算很深奥，有一些小说里会用很多很深奥的典故，不熟悉典故的话可能会看不明白。

这种用典较深的也可举一个例子，出自晚唐李玫的《纂异记》（这本书也已经亡佚了）：

> 进士杨祯，家于渭桥。以居处繁杂，颇妨肄业。乃诣昭应县，长借石瓮寺文殊院。居旬余，有红裳既夕而至，容色姝丽，姿华动人。祯常悦者皆所不及。徐步于帘外，歌曰："凉风暮起骊山空，长生殿锁霜叶红。朝来试入华清宫，分明忆得开元中。"祯曰："歌者谁耶，何清苦之若是？"红裳又歌曰："金殿不胜秋，月斜石楼冷。谁是相顾人，褰帷吊孤影。"祯拜迎于门。既即席。问祯之姓氏。祯具告。祯祖父母叔兄弟中外亲族，曾游石瓮寺者，无不熟识。祯异之曰："得非鬼物乎？"对曰："吾闻魂气升于天，形魄归于地，是无质矣，何鬼之有？"曰："又非狐狸乎？"对曰："狐狸者，接人矣，一中其媚，祸必能及。某世业功德，实利生民。某虽不淑，焉能苟媚而欲奉祸乎！"祯曰："可闻姓氏乎？"（曰）："某遂人氏之苗裔也。始祖有功烈于人，乃统丙丁，镇南方。复以德王神农、陶唐氏。后又王于西汉。因食采于宋，远祖无忌，以威猛暴耗，人不可亲，遂为白泽氏所执。今樵童牧竖，得以知名。汉明帝时，佛法东流。摩胜、竺法兰二罗汉，奏请某十四代祖，令显扬释教，遂封为长明公。魏武季年，灭佛法，诛道士，而长明公幽死。魏文嗣位，佛法重兴，复以长明世子袭之。至开元初，玄宗治骊山，起至华清宫，作朝元阁，立长生殿。以余材因修此寺。群像既立，遂设东幢。帝与妃子自汤殿宴罢，微行佛庙，礼陁伽竟。妃

子谓帝曰：'当于飞之秋，不当今东幢肖然无偶。'帝即日命立西幢，遂封某为西明夫人。因赐琥珀膏，润于肌骨；设珊瑚帐，固予形貌。于是选生及蛾，即不复强暴矣。"祯曰："歌舞丝竹，四者孰妙？"曰："非不能也。盖承先祖之明德，禀炎上之烈信，故奸声乱色，不入于心。某所能者，大则铄金为五兵，为鼎鼐钟镛；小则化食为百品，为炮燔烹炙；动即煨山岳而烬原野；静则烛幽暗而破昏蒙。然则抚朱弦，咀玉管，骋纤腰，矜皓齿，皆冶容之末事，是不为也。昨闻足下有幽隐之志，籍甚既久，愿一款颜。由斯而来，非敢自献。然宵清月朗，喜觌良人，桑中之讥，亦不能耻。傥运与时会，少承周旋，必无累于盛德。"拜而纳之。自是晨去而暮还，唯霾晦则不复至。常遇风雨，有婴儿送红裳诗，其词云："烟灭石楼空，悠悠永夜中。虚心怯秋雨，艳质畏飘风。向壁残花碎，侵阶坠叶红。还如失群鹤，饮恨在雕笼。"每侵星请归，祯追而止之。答曰："公违晨夕之养，就岩谷而居者，得非求静，专习文乎？奈何欲使采过之人称君违亲而就偶。一被瑕玷，其能洗涤乎？非但损公之盛名，亦当速某之生命耳。"处半年，家童归，告祯乳母。母乃潜伏于佛榻，俟明以观之。果自隙而出，入西幢，澄澄一灯矣。因扑灭，后遂绝红裳者。（《太平广记》卷三七三引《纂异记》）

这个小说写的精怪是有点出人意料的。故事里的红衣女子同样来了一段自我介绍，跟胡僧的自我介绍一样，她这段自我介绍用了很多典故，需要查工具书才可能将里边的每一句话都弄懂。这里没有时间去细讲了。这个姑娘说，我的祖先是燧人氏的苗裔，我是燧人氏的后人。"钻燧取火"，看到这个我们大概知道，红衣女子可能跟火有什么关系。后边讲的也都是跟火有关系的故事和典故，杨祯没有听出来她的身份到底是什么，红衣女子也没有揭示自己的身份到底是什么。后来是杨祯的乳母知道了之后担心杨祯被精怪迷惑，所以晚上她就躲在一边偷看，看到底是个什么样的人来找杨祯，就看到这个姑娘从庙旁边的门缝里飘然而出，进到了旁边庙里，变成了一盏灯上面的小火苗。它就是庙里长明灯上的灯火成精，变成了一个红衣女郎。这是一个特别优美的形象，这个想象特别巧妙，也特别奇谲。

后来《封神演义》里就借用了火苗成精的这个想象。《封神演义》第63、64回，出现了一个很厉害的武将，叫马善，属于殷郊阵营，姜子牙这边的邓九公上阵，把马善活捉了，姜子牙就让南宫适把他捆起来，要把他处死。南宫适拿着大刀拦腰一刀砍过去，把这个人砍成两段，可是刀一过去，这个人又完全地合为一人，没有受到丝毫损伤。连砍了几次，都是这样。后来姜子牙就用三昧真火来烧马善，结果三昧真火刚喷过去，马善就借着火势跑掉了。搞了半天，原来马善的原形也是一个火苗，是灵鹫山燃灯道人座前灯盏上面的火苗。他成精作怪，跑来帮殷郊打姜子牙。

《聊斋志异》里同样有这样的谐隐精怪小说，不过《聊斋》中的精怪小说不少篇幅都比较长，没办法引全文，这里提一个名篇——《黄英》。这是一篇讲菊花精怪的作品，黄英就是菊花黄色的花瓣，也是文中女主人公的名字，这个名字本身就暗示了她的原形。小说主人公马子才是个人，他嗜菊如命，听到什么地方有奇异的菊花品种，就一定不远千里去买来，种在自己家的花圃里。他去南京买菊花的时候，在路上碰到了一对陶姓姐弟，就是黄英跟她弟弟。陶这个姓暗示他们与陶渊明有关，同时也和陶渊明一样有喜欢菊花的癖好，归根结底就是菊花的精怪变成了人。蒲松龄在小说里通过很多情节来暗示黄英姐弟两个是菊花精怪。黄英的弟弟，有两个特长：一个是豪饮，酒量大；

另外一个是精于种菊之法，不管什么样的菊花，哪怕快要干死的菊梗，到他手中，都能养活，而且能培育成奇花异种。黄英弟弟之所以如此擅长种菊，正因为他本身就是菊花的精灵。黄英同样也很善于种菊。她弟弟有一次因为跟人喝酒喝得大醉，颓然倒地，变成了菊花，恢复了原形，马子才这才知道他就是菊花变的。后来他再次因为喝醉恢复原形，马子才很想知道他是怎么从花变成人的，就坐在旁边盯着看，他就没有办法再变成人了，就干死了。但是他姐姐黄英折下了一个干枯的菊梗，插到花盆里边，用酒浇灌，又把它养活了，只是它已经没办法再变成人。蒲松龄把谐隐精怪小说里边谐隐的技巧化入了小说的情节之中，这是他的谐隐精怪小说的一个很大发展。类似的写法在《聊斋志异》里还有很多，这里就不再多说了。

  精怪小说还有一个问题，就是它主题思想的变化：人类中心主义的逐步弱化，异类地位逐步上升，甚至超过人类；人类跟异类之间情感的变化；精怪小说成为对人类的批判手段，等等。这些也有很多例子，比如魏晋南北朝时期的《斑狐书生》(《搜神记》)、唐代的《任氏传》《计真》(《宣室志》)、《申屠澄》(《河东记》)、《孙恪》(《传奇》)，以及《聊斋志异》里的《小翠》《婴宁》等，从中可以看出小说中人类跟精怪关系的逐步变化，还有精怪地位的逐步上升。因为时间关系，这里就不再多讲了。

  接下来讲一下志怪传奇小说想象力的第二个主要表现。

（二）对人世之外时空的开拓：神境、仙境、冥府、地狱、梦境、幻境以及时空的相对性。

  志怪传奇小说想象力的第二个比较重要的表现，就是对人世之外时空的开拓。作为人类，我们生活在一个现实性的时空里边，但是志怪传奇小说开拓出了人世之外的其他时空。南朝梁的著名道士陶弘景，写过一本《真诰》，里面说："此幽显中都有三部，皆相关类也。上则仙，中则人，下则鬼。"在我们的宇宙里有三个不同的空间，这是陶弘景作为一个道士，想象中宇宙的结构，就是天上、人间和地下。但是志怪和传奇小说所开拓的时空，远不止陶弘景所说的天上、人间、地下三个时空。除了神境——神住的空间、仙人住的仙境，以及地下，即冥府，就是陶弘景说的地下的空间外，还有地狱，地狱也可以说是冥府的一个组成部分，但是地狱这个空间并不是中国文化里原有的一种空间类型，而是从佛经被翻译进入中国以后带来的有异域色彩的一个空间；另外还有梦境和幻境，这也是我们现实生活时空之外的，在志怪传奇小说里有很多精彩的表现。因时间关系，这里主要讲神仙之境。

神仙之境在后来的小说里主要是指仙境。人长生不老，进入仙山洞府。神仙之境在中国的文学里有非常悠久的历史。比较早的仙境，《庄子》里就有了，"藐姑射之山，有神人居焉"。和庄子差不多同时，或者略晚，有本《穆天子传》，写到周穆王西行到了西王母的国度——大概指今天新疆那一带，跟西王母有交往。"西王母"有人说是国家的名称，有人说是神仙的名字，不管是什么，都可以视为与仙境有关。这个故事写得也比较简单。到了两汉，两汉的神仙题材小说里，对仙境有很多描写，《神异经》《十洲记》《洞冥记》里所表现的仙境都是在遥远的地方，都是普通人无法抵达的所在。比如《十洲记》里提到我们居住的世界之外的十个洲，它们出产很多神奇的物品，可能也有仙人住在上边，普通人没办法到这个地方去。两汉的志怪小说里，神仙之境非常遥远，不可企及。但到了魏晋南北朝，志怪小说里的神仙之境突然一下就被拉近了，这时候一个凡人，一不小心就可以闯入仙境，跟神仙有交往。同时小说又通过神仙之境里生活的描写，表现出了与众不同的时空观念，即时空的相对性。

先看南朝刘义庆的《幽明录》（此书已佚），里面记载了好几个普通人闯入神仙之境的故事。此时期的小说强调进入仙境不难，关键在于有没有机遇。比如《幽明录》记载的这个故事：

> 嵩高山北有大穴，晋时有人误堕穴中，见二人围棋，下有一杯白饮，与堕者饮，气力十倍。棋者曰："汝欲停此否？"堕者曰："不愿停。"棋者曰："从此西行，有大井，其中有蛟龙，但投身入井，自当出；若饿，取井中物食之。"堕者如言，可半年，乃出蜀中。归洛下，问张华。华曰："此仙馆，夫所饮者玉浆，所食者龙穴石髓。"（鲁迅《古小说钩沉》）

这个故事里还没有出现时空的相对性，《幽明录》里另有一篇很著名的"刘阮入天台"的故事：

> 汉明帝永平五年，剡县刘晨、阮肇共入天台山取谷皮，迷不得返，经十三日，粮食乏尽，饥馁殆死。遥望山上有一桃树，大有子实，而绝岩邃涧，永无登路。攀援藤葛，乃得至上。各啖数枚，而饥止体充。复下山，持杯取水，欲盥漱，见芜菁叶从山腹流出，甚鲜新，复一杯流出，有胡麻饭糁，相谓曰："此知去人径不远。"便共没水，逆流二三里，得度山，出一大溪，溪边有二女子，姿质妙绝，见二人持杯出，便笑曰："刘、阮二郎，捉向所失流杯来。"晨、肇既不识之，缘二女便呼其姓，如似有旧，乃相见忻喜。问："来何晚邪？"因邀还家。其家铜瓦屋，南壁及东壁下各有一大床，皆施绛罗帐，帐角悬铃，金银交错。床头各有十侍婢，敕云："刘、阮二郎，经涉山岨，向虽得琼实，犹尚虚弊，可速作食。"食胡麻饭、

山羊脯、牛肉，甚甘美。食毕行酒，有一群女来，各持五三桃子，笑而言："贺汝婿来。"酒酣作乐，刘、阮忻怖交并。至暮，令各就一帐宿，女往就之，言声清婉，令人忘忧。十日后，欲求还去，女云："君已来是，宿福所牵，何复欲还邪？"遂停半年。气候草木是春时，百鸟啼鸣，更怀悲思，求归甚苦。女曰："罪牵君，当可如何？"遂呼前来女子有三四十人，集会奏乐，共送刘、阮，指示还路。既出，亲旧零落，邑屋改异，无复相识。问讯得七世孙，传闻上世入山，迷不得归。至晋太元八年，忽复去，不知何所。

（鲁迅《古小说钩沉》）

等两人回来的时候，他们所生活的地方，发生了沧桑巨变，村庄里没有一个认识的人了，这时已经过了七世，而他们在山里也就过了半年，也就是仙境半年，人间七世。"刘阮入天台"的故事就形成了一个故事原型，后来的小说里反复使用这种原型。

南北朝时期的志怪小说里，还有类似的故事。南朝梁代任昉的《述异记》里记载了一个更有名的故事，这个故事后来成为诗歌里常用的典故：

信安郡石室山，晋时王质伐木至，见童子数人棋而歌，质因听之。童子以一物与质，如枣核，质含之不觉饥。俄顷，童子谓曰："何不去？"质起视，斧柯尽烂，既归，无复时人。

信安郡在今天的浙江衢州。入仙境的故事里，总会有神仙给凡人吃个什么神仙吃的东西，这里吃的是一种像枣核的东西。吃了这个，就不觉得饿。结果"俄顷"，就是过了一小会儿，童子就跟王质说，你怎么还不走？王质恍然惊悟，站起来一看，发现斧头的斧柄都已经腐烂了。时间已经过去了很久。这个地方有一个很有意思的对比，王质本身是一个普通人，他的斧柄也是普通的木头，斧柄烂了，但王质没有变老，也没死掉。等他回到家里，已经见不到一个认识的人了，他们全都已经死了。这也是山里边俄顷之间，外界已经过了不知几世，这个故事后来成了一个很著名的典故——烂柯山，比如刘禹锡的名句"到乡翻似烂柯人"就用了这个典故。钱锺书先生在《管锥编》里边曾经专门解释过，这种"山中一日，人间千载"情节的心理上的动机。"快乐"，乐的时光就过得特别快，痛苦的时光就度日如年了。神仙世界里过得太快乐了，过一千年也只觉得过了一天，根本就不觉得久了。而人世的时间没有仙境快乐，所以过得比仙境要慢。如果到了阴曹地府十八层地狱里，上刀山下火海，一刻就是千年，所以阴曹地府里的时间比人世就过得更慢[1]。

这种时空的相对感，唐代的小说里同样有很精彩的表现。牛僧孺《玄怪录》里有一篇很有意思的小说，叫《张左》：这个故事比较长，这里只引其中很奇异的一段情节：

> 汝生前梓潼薛君曹也，好服木蕊散，多寻异书，日诵黄老一百纸，徙居鹤鸣山下，草堂三间，户外骈植花竹，泉石萦绕。八月十五日，长啸独饮，因酒酣畅，大言曰："薛君曹疏澹若此，何无异人降止？"忽觉两耳中有车马声，因颓然思寝，才至席，遂有小车，朱轮青盖，驾赤犊出耳中，各高二三寸，亦不知出耳之难。车有二童，绿帻青帔，亦长二三寸，凭轼呼御者，踏轮扶下，而谓君曹曰："吾自兜玄国来，向闻长啸月下，韵甚清激，私心奉慕，愿接清论。"君曹大骇曰："君适出吾耳，何谓兜玄国来？"二童子曰："兜玄国在吾耳中，君耳安能处我？"君曹曰："君

---

[1] 此处参考了石昌渝《中国小说源流论》第三章第二节中"志怪小说"这一小节的有关论述。生活·读书·新知三联书店，1994年，第132页。

长二三寸，岂复耳有国土！倘若有之，国人当尽焦螟耳。"二童曰："胡为其然！吾国与汝国无异，不信，盍从吾游。或能使留，则君无生死苦矣。"一童因倾耳示君曹，君曹觇之，乃别有天地，花卉繁茂，甍栋连接，清泉翠竹，萦绕香甸。因扪耳投之，已至一都会，城池楼堞，穷极瑰丽。君曹彷徨，未知所之，顾见向之二童已在侧，谓君曹曰："此国大小与君国？既至此，盍从吾谒蒙玄真伯。"……

这里边出现了奇怪的缠绕的空间，两童子从薛君曹耳中出来，又带着薛君曹去了童子自己耳中的国度——兜玄国。薛君曹在兜玄国里边大概待了几个月，后来思乡，里面的人就把他轰出来了，他就从童子耳中掉下来，发现自己还趴在那儿睡觉。他感觉就在兜玄国里面待了几个月，但是一问他的邻居们，邻居们说，我们不见你已经有七八年了。这是时间的相对性。

我们再来看看小说中空间的相对性。在志怪小说里边，空间也有特别奇异的表现，大大超出了我们的一般想象。梁朝吴均的《续齐谐记》中有一篇特别著名的作品《鹅笼书生》：

阳羡许彦于绥安山行，遇一书生，年十七八，卧路侧，云脚痛，求寄鹅笼中。彦以为戏言，书生便入笼，笼亦不更广，书生亦不更小。宛然与双鹅并坐，鹅亦不惊。彦笼而去，都不觉重。前行息树下，书生乃出笼谓彦曰："欲为君薄设。"彦曰："善。"乃口中吐出一铜奁子，奁子中具诸肴馔。……酒数行，谓彦曰："向将一妇人自随。今欲暂邀之。"彦曰："善。"又于口中吐一女子，年可十五六，衣服绮丽，容貌殊绝，共坐宴。俄而书生醉卧，此女谓彦曰："虽与书生结妻，而实怀怨，向亦窃得一男子同行，书生既眠，暂唤之，君幸勿言。"彦曰："善。"女子于口中吐出一男子，年可二十三四，亦颖悟可爱，乃与彦叙寒温。书生卧欲觉，女子口吐一锦行障遮书生，书生乃留女子共卧。男子谓彦曰："此女虽有情，心亦不尽，向复窃得一女人同行，今欲暂见之，愿君勿泄。"彦曰："善。"男子又于口中吐一妇人，年可二十许，共酌戏谈甚久，闻书生动声，男子曰："二人眠已觉。"因取所吐女人还纳口中，须臾，书生处女乃出，谓彦曰："书生欲起。"乃吞向男子，独对彦坐。然后书生起谓彦曰："暂眠遂久，君独坐，当悒悒耶？日又晚，当与君别。"遂吞其女子，诸器皿悉纳口中，留大铜盘可二尺广，与彦别曰："无以藉君，与君相忆也。"彦大元中为兰台令史，以盘饷侍中张散；散看其铭题，云是永平三年作。（《太平广经》卷二八四引《续齐谐记》）

这个故事里的空间感令人难以想象，鹅笼装了一个书生，鹅笼不变大，书生不变小；书生口中又吐出一个女子，女子口中又吐出一个男子，男子口中又吐出女子，但他们竟然都还是正常人的大小。这种空间的相对感，跟通常我们理解中的空间感很不一样。这种空间的观念在中国传统文化里是没有的，应该是来源于佛教，从翻译成汉文的佛经里边可以找到这样的故事。比如说，三国吴康僧会翻译的《旧杂譬喻经》里边就记载了一个"梵志吐壶"的故事：

……时道边有树，下有好泉水，太子上树，逢见梵志独行，来入水池，浴出饭食，作术吐出一壶，壶中有女人，与于屏处作家室，梵志遂得卧。女人则复作术，吐出一壶，壶中有年少男子，复与共卧已，便吞壶。须臾，梵志起，复内妇著壶中。吞之已，作杖而去。……（《旧杂譬喻经》卷上第十八则）

晋人荀氏的《灵鬼志》里边也记载了一个类似的故事，还能看出来自佛经的痕迹，他的时代比吴均的《续齐谐记》要早一点①。《鹅笼书生》的情节则跟它们完全一样，只不过它的背景、人物、情节、里面的器物都已经中国化。这种故事背后隐藏的观念是佛教的一种哲理，讲起来就比较复杂，只能简单说一下。后秦鸠摩罗什翻译的《维摩诘所说经》文学性很高，对中国文学的影响也特别深远。唐朝著名诗人王维，字摩诘，他的名和字都是从这个经的名字而来。《维摩诘所说经》里有一段很著名的故事，说维摩诘在他的精舍里边跟诸菩萨讲经，这些菩萨们没有座位，维摩诘就施展他高超的佛法，从须弥相世界借来了32000把椅子。椅子有多高呢？椅子的宽度和高度是84000由旬，一由旬就算10公里，84000再乘以10应该是8亿多公里，84000由旬高和宽的椅子，他借了32000把这种椅子摆在精舍里，让这些听他讲经的菩萨们坐。这个时候维摩诘的精舍也没有变大，大家也没觉得这个地方变得狭窄了，这个情节跟前面所举志怪小说的情节很类似，有一个菩萨舍利弗就说了："居士，未曾有也！如是小室，乃容受此高广之座，于毗耶离城无所妨碍，又于阎浮提聚落、城邑，及四天下、诸天、龙王、鬼、神宫殿，亦不迫迮。"为什么会这样呢？维摩诘就用了很长的一段话来加以解释：

> 唯，舍利弗！诸佛菩萨，有解脱名不可思议，若菩萨住是解脱者，以须弥之高广内芥子中无所增减，须弥山王本相如故，而四天王、忉利诸天，不觉不知己之所入，唯应度者乃见须弥入芥子中，是名不可思议解脱法门。又以四大海水入一毛孔，不娆鱼鳖鼋鼍水性之属，而彼大海本相如故，诸龙鬼神阿修罗等，不觉不知己之

---

① 此处参考了鲁迅《中国小说史略》第五篇"六朝之鬼神志怪书（上）"，人民文学出版社，1973年，第37页。

所入，于此众生亦无所娆……十方众生供养诸佛之具，菩萨于一毛孔，皆令得见。又十方国土所有日月星宿，于一毛孔，普使见之。又舍利弗！十方世界所有诸风，菩萨悉能吸著口中，而身无损，外诸树木，亦不摧折。又十方世界劫尽烧时，以一切火内于腹中，火事如故，而不为害。又于下方过恒河沙等诸佛世界，取一佛土，举著上方，过恒河沙无数世界，如持针锋举一枣叶，而无所娆。……
（《维摩诘所说经·不思议品第六》）

他就说，你达到了一个不可思议的解脱境界之后，就可以须弥纳芥子，把须弥山放在芥子中。须弥山是佛教传说里一个世界中心的巨大的高山，芥子是特别细小的一种种子。把巨大的须弥山放到芥子里边，芥子能够容纳，芥子没有变大，须弥山也没有变小，须弥山上生活的天王、菩萨也不觉得自己所在的须弥山被放到一个芥子里边了。你修为到了，就能达到这个不可思议的境界。这段话又说四大海水可以放到一个毛孔里边，海里边的鱼虾鼋鼍在里边仍然畅游无阻，海水的本相如故，等等。他阐述了这种很奇特的空间观念。那这种观念我们又如何来理解呢？

在唐宋时期的禅宗语录里，对此有过一个解释：如《宋高僧传》卷十七记载智常答李渤问：

李（渤）问曰："教中有言'须弥纳芥子，芥子纳须弥'，如何芥子纳得须弥？"（智）常曰："人言博士学览万卷书籍，还是否耶？"李曰："忝此虚名。"常曰："摩踵至顶只若干尺身，万卷书向何处着？"李俯首无言，再思称叹。

我们常说一个人读万卷书，一万卷书那么多，你把它们放在哪里呢？放在你的脑子里、你的肚子里，但你的脑袋和肚子那么小，怎么放得下一万卷书？但禅师的这个比方李渤听懂了，不知你听懂了吗？

最后，我再快速讲一下梦幻之境。六朝、隋唐，一直到蒲松龄的志怪传奇小说，梦境和幻境有时候难以区分。小说主人公到底是在幻境里，还是在梦境里，有时候分不清。志怪传奇小说里大量地写梦境和幻境，想要表达的主题思想就是人生如梦，主要也还是佛经里边反复讲的色空思想的形象化表达。志怪传奇小说里围绕这四个字做了很多精彩的文章，有特别多的名篇佳作。比如《太平广记》卷二八三引《幽明录》的"焦湖庙祝"（又称"杨林"）就是一个短小隽永的代表：

> 焦湖庙有一柏枕，或云玉枕，枕有小坼。时单父县人杨林为贾客，至庙祈求。庙巫谓曰："君欲好婚否？"林曰："幸甚。"巫即遣林近枕边，因入坼中，遂见朱楼琼室，有赵太尉在其中，即嫁女与林。生六子，皆为秘书郎。历数十年，并无思归之志。忽如梦觉，犹在枕傍，林怆然久之。

杨林在这个枕中天地里过了数十年，生儿育女，突然一下醒过来，发现只是做了很短的一个梦，所以他觉得特别惆怅，怆然久之，这就是人生如梦。

由短小的作品开始，中国文言小说里后来就出现了很多特别精彩的、特别有名的写梦境、幻境的名作，最有名的就是唐朝的《枕中记》和《南柯太守传》。这也是中国古代小说里最有名的两个梦，《枕中记》是黄粱一梦，《南柯太守传》是南柯一梦。明朝汤显祖将《枕中记》和《南柯太守传》改编成了戏曲，把简短的一个故事扩张成数十倍于小说长度的戏曲作品，故事的内核就变得更丰富、更细腻、更饱满。

《枕中记》讲一个年轻人卢生，总觉得人生不适意。对于唐朝的读书人来说，能够做到出将入相，人生才算是适意。他在家附近的客店里边碰到了一个姓吕的老翁——后来讹传变成了吕洞宾——这个吕翁也是随身带着一个枕头，说让卢生枕着枕头睡一觉。卢生枕着枕头，进到了梦里，之后一段很长的文字都是按照历史传记的写法来写的，不像"焦湖庙祝"寥寥数字打发了。卢生入梦之后的人生，简单的概括也是出将入相。他在梦里实现了他人生的最高理想，也是唐朝每一个读书人心目中的最高理想。梦里也经历了宦海风波，有惊无险，活到了80岁，终于走到人生的终点，在梦里边死了，但梦里死去的那一瞬间，现实里的他醒来了，醒来之后小说特别强调了一个细节，说他入梦的时候，客店主人正把黄粱米（小米），淘好了放到锅里去煮，卢生从梦中醒来之后，主人煮的黄粱米还没有熟。所以说黄粱一梦，在梦里历尽了起伏跌宕的人生，在现实生活里却连煮一顿饭的工夫都不到。卢生从梦里边醒来，也是跟杨林一样怆然久之，不过因为他经过了那么一个完整的特别真实的人生，他也确确实实地觉得人生真的像一场梦，所以他就特别感激吕翁，说现在我再也不觉得生活不适意了，您让我懂得了人生穷通之理、死生之命。

《南柯太守传》就不再细说了，是把梦里边人生的经历变成了南柯一个树洞中蚂蚁国度里的经历，主人公淳于棼同样经历了荣华富贵的人生，最后从梦里边醒来之后，他也把人生看透，出家为道，这个故事跟《枕中记》还有点不一样，里边有一个相对主义的思想，把很小的蚂蚁王国跟我们很大的人生一世做了比较。

像这种小说构思的模式，到了蒲松龄《聊斋志异》仍在使用。《聊斋志异》里有一篇很有名的小说《续黄粱》，是对《枕中记》的改编再创作。简单说一下梗概，可以看到相同的套路，在天才作家笔下，仍然历久弥新。《续黄粱》的主人公曾孝廉，已经考中进士，人生得意，特别狂妄自负。他和几个朋友到庙里游玩，庙里一个算命先生说他有20年太平宰相的份儿。这也是当时明清读书人的最高理想，曾孝廉听说自己将来要做20年太平宰相，更加踌躇满志、不可一世。此时突然下起了大雨，他们只好在庙里躲雨，在等雨停的时候，曾孝廉昏昏欲睡，结果就入梦了。梦里边果然皇帝就派人来下诏书让他做宰相。做了宰相后，曾孝廉就开始飞扬跋扈、滥用职权、为所欲为、穷奢极侈，干尽了各种坏事。因为皇帝宠幸，尽管很多人弹劾他，他也一直没倒，最终弹劾他的人越来越多，皇帝终于下令将他治罪，充军云南。充军云南的途中碰到了强盗，强盗就把他杀了。他死了之后来到阎王殿，阎王爷说要根据这个人在世的所作所为，首先决定在地狱里是否要受苦，再去投胎转世，变成人还是变成动物。地府里记载曾孝廉干的全都是坏事，就下油锅，上刀山，受尽了地狱里种种酷刑，最后就罚他投胎转世到一个特别穷的人家，做了一个女人，到14岁的时候嫁给了一个穷秀才做妾。强盗把秀才给杀了，秀才的大老婆就告到官府说是这个妾勾结强盗把丈夫杀了，官府就把她抓去，严刑拷打，屈打成招。这个时候曾孝廉觉得万分悲愤，觉得阴曹地府十八层地狱都不像自己经历的这么冤苦，不禁愤懑填胸，在梦里就大嚷起来。旁边避雨的朋友就把他叫醒了。曾孝廉恍然惊觉，发现自己原来是做了一个梦，醒来之后浑身都是冷汗，他要想做宰相的心立刻涣然冰释。

蒲松龄的改编跟《枕中记》《南柯太守传》不完全一样，有相似，也有不同。《枕中记》和《南柯太守传》只不过是让唐朝这些还算有正常追求的读书人不要急躁，给他们泼一盆凉水，打消这种过于躁进的心态。到了蒲松龄的《续黄粱》，就不是劝诫了，而是讽刺、批判、针砭进入了官场的这些人，在勃勃野心驱使之下做尽为非作歹之事。干尽坏事的结果如何？每个人总有一死，死了之后进入阴曹地府投胎转世六道轮回之前有审判，你在人世做的一切都是要还的。蒲松龄的《续黄粱》的基调就跟唐人不一样了,带有了一种道德极端主义色彩的批判和针砭。同样的构思,同样的情节,但内容完全不同,主题思想也不太相同。

  中国的文言小说里,相距一千多年的这些情节和母题,在不同作家的笔下被借鉴、被改编、被激活,仍然可以激发出经久不息的活力,而且今天也仍然能激活我们的想象力。之后中国古典小说系统终结,写文言小说的作家越来越少,古典小说史上志怪传奇的非写实性的这一路,基本上就中断了,很长一段时间都是提倡现实主义的写作方向。但时过境迁,今天更年轻一辈的作家又重新把目光投向古典小说里如此悠久、如此宝贵的一笔财富。所以我们网络小说里不少奇幻小说的素材,有很多就是从古代志怪传奇小说里边汲取而来的。有的可能是一种改编、翻译,有的就是很精彩的再创作。对于中国古典志怪传奇小说的再创作,日本做得特别好,日本志怪传奇小说或者说怪谈文学的传统,也有多半来自于中国的文言志怪传奇小说。这是一个更大的话题,这里不多说了。因为想讲的内容实在是太多了,时间却很有限,所以我们只能够走马观花地讲到这里。谢谢大家。

《西游记》的结构与寓意

潘建国

各位朋友，大家下午好。今天我们来讲《西游记》。清代文人张书绅对《西游记》有个点评，他说："人生斯世，各有正业，是即各有所取之经，各有一条西天之路。"意思是说人活在这个世界上，都有自己的工作和爱好，每个人的人生当中，都有自己需要去取的经，都有一条通往西天的路。这条路充满艰辛，但必须要走完。这句话虽然是针对《西游记》讲的，却包含了许多人生感慨。我们这个系列讲座从《诗经》讲到明清的文学，十二场讲座下来，也有一点文学取经的味道。

《西游记》大家都很熟悉，每到暑假电视台就会放《西游记》。我的母亲是一个农村老太太，每年暑假我都会接她到北京或者上海的家里来住一段时间，但怎么安排她的业余生活，是让我很烦恼的一件事情，因为她年纪很大了，又不太能听懂普通话，这时候电视台播放的《西游记》就成了我的救星。我只要把《西游记》的频道打开，母亲就很高兴在那里看，我就可以去读书或者写作。这是《西游记》给我和我的母亲——一个不识字的乡村老太太，带来的精神文化上的快乐。我母亲对《西游记》的了解，绝对不比中文系的同学差，因为她已经看了不止二十遍。随便放到一集，出来一个妖怪，她都能讲出这是哪一难，这个故事情节是怎么回事，可以说是百看不厌。她喜欢看的是1986版，《西游记》后来也拍过新版的，但是我母亲一看就不喜欢，觉得不如老版拍得好。一个普通老太太也是有审美的，拍得不好，她也能感受到。《西游记》是我们中国人非常喜欢的古典小说，老少皆宜。小孩子可以把它当成动画片来看，成年人也可以从中看到一些人生的道理。这是一个经典应有的特征，它蕴含的意义是多方面、多层次的。

时间关系，今天只从结构的角度来讲《西游记》。结构是一部小说谋篇布局的艺术方式，亦即如何有效组织情节人物语言使之活动起来并最终形成故事。对于小说家而言，结构问题殊为关键。清嘉庆卧闲草堂本《儒林外史》第三十三回回末总评，颇为形象地揭示了小说结构的涵义和功能：

> 凡作一部大书，如匠石之营宫室，必先具结构于胸中，孰为厅堂，孰为卧室，孰为书斋、灶厨，一一布置停当，然后可以兴工。

《西游记》有一百回，涉及人物众多，故事有"九九八十一难"，如何安排结构？结构既与写作技巧有关，也体现着作者的思想和用心。今天就着重从结构的角度来分析《西游记》

一、纵横回环：《西游记》的时空结构

《西游记》是一部神魔小说，凡是小说，人物要展开、有活动，就必然涉及时间和空间，这是讨论小说结构最基础、最重要的问题。《西游记》第一回开篇，极有气势，仿佛一个电影的长镜头，从天地深处，自古迄今，由远及近，逐渐聚焦于花果山上的一只石猴，它似乎处在宇宙之时空中心：

> 盖闻天地之数，有十二万九千六百岁为一元，将一元分为十二会，乃子、丑、寅、卯、辰、巳、午、未、申、酉、戌、亥之十二支也，每会该一万八百岁。

这里涉及中国古人对时间的推算。在古人看来，最大的时间单位叫元，一元是十二万九千六百年，一元分成十二会，一会包括三十运，一运包括十二世，一世包括三十年。这里仿佛从很遥远的十二万九千六百年、人类尚未出现之前往后推，推到石猴从石头里蹦出来的那一刻，有时间的深邃感。

> 感盘古开辟，三皇治世，五帝定伦，世界之间，遂分为四大部洲：曰东胜神洲，曰西牛贺洲，曰南赡部洲，曰北俱芦洲。这部书单表东胜神洲。海外有一国土，名曰傲来国。国近大海，海中有一座名山，唤为花果山。此山乃十洲之祖脉，三岛之来龙，自开清浊而立，鸿濛判后而成。真个好山！

在空间上，先说宇宙，然后说四大部洲。这一概念来源于佛教，将整个世界分成东、西、南、北四大部洲。北方的叫北俱芦洲，南方的是南赡部洲，西方是西牛贺洲，东方是东胜神州，中间是佛教最高神所在的须弥山。这个划分世界的概念，从印度传至中国，小说借用了这个空间的概念。东边这一洲叫东胜神洲，东胜神洲上面有个傲来国，傲来国里面有座花果山，山上有一只石猴，接下来就是这只石猴的故事。

小说开始的时空架构，始于遥远的宇宙，由古到今、由远到近，最后将文学叙述的重心落到花果山的一只石猴身上，这种故事的开场方式，与中国古人关于世界、时间、空间的观念密切相关，勾连在一起。

小说第一、第二回，时空跨度极大，且转换迅速：首先讲美猴王在花果山过得很开心，"美猴王享乐天成，何期有三五百载"；因见一猴年老体衰过世，思及自身，烦恼不已，便听从手下的劝说出门访道。先在南赡部洲，"串长城，游小县，不觉八九年余"，又在西牛贺洲，拜须菩提祖师为师，学艺二十余年。一回里面，三五百年、八九年、二十年，加在一起就几百年过去了。他学艺稍成，因为炫耀本领被逐出师门，"纵起筋斗云，那消一个时辰"，瞬间重回花果山。

猴子出去的时候走了八九年，学艺二十多年，但最后从学艺的地方一个时辰就回到花果山。这两回中使用的时空观，不是人间的时空观，而是神界的时空观，空间和时间都可以随意被拉长、压缩。阅读这两回，我们是无法用正常的生活逻辑和体验来感知和理解的。

第三回到第七回，叙猴王大闹龙宫、地府、天宫。孙悟空向龙王索要金箍棒，在阎罗地府强删生死簿，再到天上走几遭，开始"大闹"的过程。此三回故事的空间分布，大致呈纵向垂直形态：天宫（上）——花果山（中）——龙宫（下）——地府（最下）。花果山在地表，花果山旁边就是大海，孙悟空先下到海底的龙宫，再继续往下，到了地狱，然后又往上走，到了天上，在天庭里做弼马温、做齐天大圣。天庭再往上三十三天，就到了太上老君炼仙丹的地方。

第三回到第七回的故事，好像是在一个空间原点上，没有往前进，也没有往后退，而是先向下，再向上，是在一个垂直的空间通道里发生的故事，是纵向分布的。这和后面故事的空间分布很不一样。

大闹天宫的时间结构也很特殊。第三回到第七回的时间跨度是不确切的，时间被淡化了，大闹天宫究竟过了多少时间，是笔糊涂账，文本中出现的表示时间的词语有："次日""一日""不几日""不觉的半月有余""一朝""不觉七七四十九日"。将时间的明确序列淡化，只给出模糊的时间印象，这也是神魔故事常常采用的一种时间结构，因为它并不需要遵循小说读者在人间生活基础上建立起来的时间概念。在读者的时间观念里,今天后面是明天,这周以后是下周,当月以后是下月,今年以后是明年,序列非常清晰。而在神异的世界里,时间、空间的概念跟现实生活中不一样。天宫与花果山的时间,还涉及上界与下界的换算:天上一日,下界一年;故猴王在天宫任弼马温"半月有余",花果山众猴已觉过了"十数年"。

至第八回,孙悟空被压在五行山后,如来佛感叹人间多欲多争,不知佛法,希望有人来西天取经传回东土,拯救那里堕落的人民。观音菩萨一日奉如来佛旨,离开西天灵山,往东方寻访取经人。第八回的空间和时间概念很有意思,可以看一下这张图:

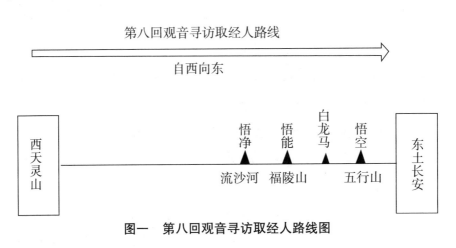

图一　第八回观音寻访取经人路线图

观音从西天灵山如来佛的大本营出发,一路向东寻找取经人,她先经过流沙河,遇见沙僧;然后过福陵山,遇见猪八戒;后来又遇见白龙马;又在五行山遇见孙悟空。每经过一个地方,就碰到一个后来成为唐僧徒弟的人。观世音菩萨让他们在原地等待自己在东边寻找到的取经人,等他路过时就跟随他去取经,以前的罪孽就可以消除了。从空间上来看,观音是从西往东去,终点是大唐国都长安,找到了玄奘也就是唐僧作为取经人。到取经的时候,空间方向就反过来了。唐僧从长安出发,观世音菩萨最先碰到的,是他最后所收的徒弟。

此回主要是观音的活动,所以时间也做模糊处理。观音在神界,她的时间和人间的时间也不一样。比如她来到五行山看到孙悟空的时候,孙悟空就埋怨说:如来佛把我压在五行山下五百余年了,都没有人来救我,今天终于把你等来了。五行山在地上,孙悟空说的五百年是人间的概念,换算成神界的时间,当是大闹天宫结束一年半以后。观音见到孙悟空,告诉他在这里再等一小段时间,有一个取经人要从这经过,他会救你出去。你保护他往西天取经,你的罪孽就会消除,最后也能取得正果。小说第一回到第八回,作者采用的是神界的时空概念,从第九回开始,才正式从神魔世界来到人间世界。

到了第九回,《西游记》才出现相对明确的时间和空间,即唐贞观十三年(639),长安。这都是历史上存在的时间和空间。第十二回,唐僧做道场,是贞观十三年(639)九月初三,接着唐僧被选为取经人。第十三回,唐三藏正式从长安出发取经,唐太宗到长安城外送行,时间为"贞观十三年九月望前三日",即九月十二日。古人将每个月的十五称为望日,望日前三天也就是十二日。这些时间都很具体。从此以后,小说情节进入一段在人间的旅程,它的地点、时间都符合我们的生活经验。

到小说一百回,唐僧师徒取经结束回到长安的时间,是贞观二十七年,从贞观十三年出发,到二十七年回到长安,取经花了十四年。有学者研究过,这个时间和真实历史里的玄奘西行,从长安出发到达印度的取经时间是不一致的。历史上的玄奘取经大概花了十六或十七年,小说里面只用了十四年,比实际时间要少。作者之所以选择十四年,是因为它比较符合佛教里所谓的"一藏之数"。一藏之数是5048,而十四年是5110天,约等于一藏之数。和历史上玄奘取回的经文卷数不同，《西游记》里最后取到的佛经数是5048卷，也要合"一藏之数"。一藏之数是佛教中表示圆满、完足的特殊概念，取经要成正果，必须符合一藏之数。

> 观世音菩萨合掌启佛祖道："弟子当年领金旨向东土寻取经之人，今已成功，共计得一十四年，乃五千零四十日，还少八日，不合藏数。望我世尊，早赐圣僧回东转西，须在八日之内，庶完藏数，准弟子缴还金旨。"（第九十八回）

最后唐僧师徒到了西天，拿到经文准备要走的时候，观音计算时间，发现只有5040天，还少8天，就要赶快再给他们制造一点麻烦，让他们掉到河里并因此耽搁8天，凑足5048天。可见合一藏之数很重要。

从第九回开始一直到第一百回，读者很难感觉到时间的存在，文本中几乎没有明确的时间标志。按照人间的概念，出发在贞观十三年，走一年以后就是十四年，再后十五年，一直到二十七年，取经人就返回长安去了。但作者并没有这样安排。具体的"年""月""日"大都被隐去，代之以套语化的四季景观变化，来表现时间的流淌："光阴迅速，历夏经秋""真个也光阴迅速，又值九秋""却又值三春景候""真个是迎霜冒雪，戴月披星，行勾多时，又值早春天气""不觉的春尽夏残，又是秋光天气"……通过这些表达，读者能隐约感觉到春天来了，秋天来了，冬天来了，又是春天来了，又是秋天来了，但并不清楚讲的是哪一年的春天或秋天，读者没有办法计算其中过了多少年头，只是觉得花开花落，四季不断轮替，春夏秋冬进行着无穷无尽的转换。

从艺术的角度来看，首先这是一部神魔小说，时间概念有自己的特点。其次，这种处理，既是为了便于八十一难的故事衔接，同时也营造出一种漫长无休止的心理感受。时间随着空间变换，如同脚下的道路那样，无限伸向远方，不知尽头。假如一开始就说明取经要十四年，那读者就会觉得时间是可以掌控和计算的，已经过去两年，还有十二年；又过去两年，还有十年；等走到第八年的时候，就有盼头了，还有六年到了；等到第十一年的时候，就离出头不远了，还有三年就可以取到经了。而如果作者不写取经要多少年，也不写现在是哪一年，只让读者感受春天来了，秋天来了，春天过了，秋天过了，这种感受就会把时间线拉长，让读者觉得取经的日子无穷无尽。

取经队伍里，唐僧本来是意志很坚定的，但刚到第三十六回，他就有点受不了了：

> 三藏道："徒弟呀，西天怎么这等难行？我记得离了长安城，在路上春尽夏来，秋残冬至，有四五个年头，怎么还不能得到？"
> 行者闻言，呵呵笑道："早哩，早哩！还不曾出大门哩！"

唐僧的这句话就表达了一种心理感受，在春夏秋冬不断轮换以后，他已经不记得具体的年份了，而是觉得长路漫漫，不知何时可以到达，这对取经人来讲是一个很大的考验。

事实上，没有具体时间对《西游记》而言没有任何影响，因是神魔小说，其故事的发生基本上不受时间和季节限制，其时间是可以被忽略的或是模糊的，春夏秋冬并没有多少区别。比如哪一年哪一回里面，孙悟空换过衣服吗？没有，他好像永远围着那条虎皮裙，连夏天也是。夏天"围着毛皮裙"不热吗？小说并不关注这个问题，淡化了这样的描写，好像一年四季他们都穿同样的衣服。

在小说中，四季变化不但不是故事发生的重要因素，有时甚至出现与现实生活经验明显不符的情节。譬如第四十回，唐僧师徒离开前一难乌鸡国时，"正值秋尽冬初时节"，"夜住晓行，将半月有余"，抵达下一难"红孩儿"所居"钻头号山",应是初冬时节,按照通常的观念,天气应该很冷了。红孩儿却"赤条条的身上无衣",吊在山中树上三日三夜,这显然不符合生活逻辑,但在神魔小说之中,却无伤大雅。可见神魔小说的作家根本没有考虑到季节问题对小说情节的制约。这样的故事如果按照正常的生活逻辑去考虑,是不可能发生的,这正是神魔小说的一个特点。换言之,在《西游记》的阅读过程中,时间被抽象化、概念化了,不会对小说人物的行为产生影响,这是很有意思的现象。

而踏上取经征程后的空间分布,与之前大闹天宫几回采取的纵向垂直分布不同,变成了横向线性分布。取经团队的活动自东向西无限延伸,所有事件都发生在这条线上,营造出一种永远"在路上"的无限感的效果:过了一山又一山,过了一难又一难,不知道终点在哪一天、哪个地方到来。这种效果会让读者产生阅读的期待:过了这一山,下一山会碰到什么呢?取经团队不知道,读者也不知道,大家永远在探索下一个未知的事件。

这种时空设计很有意思。从客观层面讲,这样的设计也符合取经故事的实际情况。从长安出发到西天灵山去取经,是一个从东向西不断行走的过程,这个过程中故事的发生地,那些山、河、城,都是作者虚构出来的,读者不可能知道它确切的地理方位,只知道离开长安一直向西就是了。

在取经路上,小说家还设置了几个非常重要的节点,这是阅读文本时候应该特别注意的。这里举三个例子。第一个节点是"两界山",出现在第十三、十四回。唐僧独自一人从长安出发,经法门寺(今陕西西安扶风)、巩州城(宋代所设行政区划,今甘肃陇西)、河州卫("大唐的山河界",明代所设行政区划,今甘肃临夏),在山里碰上老虎,面临生命危险，这时有个厉害的猎户刘伯钦出来保护他，又送他一程，这个刘伯钦是孙悟空等出现之前保护唐僧的人。但刘伯钦毕竟是凡人，是血肉之躯的猎户，能力很有限。走到两界山的时候，他就对唐僧讲："东半边属我大唐所管，西半边乃是鞑靼的地界。"现在到国境线了，我是大唐的猎户，不能超越国境，接下来我不能送你了。

十四回开始，唐僧就听到有人喊"师傅、师傅！"原来两界山又叫五行山，因为唐王征西定国，故名两界山。五行山，不就是压孙悟空的地方吗？在这个地方，人间的刘伯钦不能再走了，而神魔界的徒弟孙悟空等着跟他交接，保护唐僧继续西天取经。交接的位置就在两界山。"两界"，既是大唐与鞑靼的国界，也是人魔之分界。过了两界山，路上出现的都是妖魔，而不是狼和老虎等野兽了，所以保护唐僧的人也必须升级了。取经队伍中的神魔队员次第登场，各路妖魔纷纷露面，小说再次进入一个神魔世界。

第二个节点是"流沙河"，出现在第二十二回。唐僧收服孙悟空之后，又陆续收服了白龙马、猪八戒，最后收沙和尚。至流沙河，取经团队集结完毕，由此开始以整体面貌，继续西行取经之征程。无论碰上什么样的困难，都是这四人一马共同面对，共同解决。

第三个节点是"通天河"，出现在第四十九回。师徒由老鼋驮过八百里通天河（自东岸往西岸）。全书一百回，此四十九回为全书之半，也是取经征程之半，有一定象征性。通天河不是一般的河流，河名"通天"：长度上，暗示没有尽头；宽度上，连孙悟空都说"通看不见边岸，怎定得宽阔之数"；深度上，天蓬元帅猪八戒试探后说："深深深！去不得！" 这是一条想象中的河，一条有神秘力量、神秘色彩的河，在时空位置上都有重要意义。

通天河在《西游记》里出现了两次，第一次就是第四十九回，师徒四人没法过河，有只老鼋来驮他们，驮的过程中唐僧一行很感谢它，老鼋就托他们到了西天帮忙问一下如来佛，自己什么时候可以修成正果。唐僧答应了，说回来的时候告诉它。第二次是第九十九回，唐僧师徒取完经之后，如来佛派了八大金刚，要用一阵香风把他们从天上空运回长安。但观音算出取经八十一难，尚欠一难，就令八大金刚将师徒四人从半空扔下来，正好落在通天河西岸，重由老鼋驮渡（自西岸往东岸）。老鼋就问唐僧有没有帮忙问如来佛，唐僧这才想起他早把这个托付忘到九霄云外。老鼋一生气，就沉到水下，师徒落水，经文也浸湿了。这就构成了九九八十一难的最后一难，经过此难，取经才算成功。

我画了一张《西游记》的空间结构图，四大部洲分别在上北、下南、左西、右东。右面的花果山在东胜神洲，西面的灵山在西牛贺洲，大唐在南赡部洲。

《西游记》空间结构图

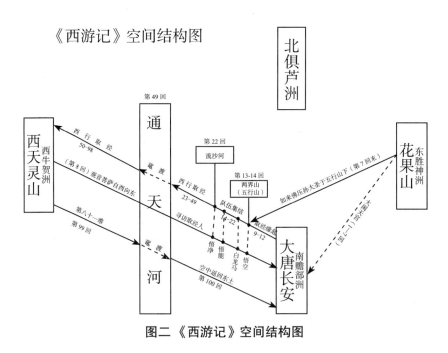

图二 《西游记》空间结构图

西游记的故事实际发生在四大部洲的三大洲里面，只有北俱芦洲没有。小说里面三次提到北俱芦洲，都是介绍性的，没有一个人、一个故事跟它有关。

再来看花果山和五行山的位置。孙悟空大闹天宫后，被如来压在五行山下，五行山在哪里？有的戏曲里说五行山就是花果山，从空间结构来看，这是不合理的。唐僧取经是从长安出发一路往西，碰到徒弟应该在长安的西面，而花果山在长安的东面，所以孙悟空不可能压在花果山附近，他必须压在长安的西面，就是两界山这个地方，这样才合理，小说的叙事才不会受到影响。这并不是作者的随意之笔，而是空间概念上的刻意安排。整个取经过程，从空间上连在一起，构成一个完美的回环，中间若干个节点，有着特别的意义。

八十一难里面路过的山、河、国，是无法在地图上找到地理信息的，因为它们并不存在于现实空间，而存在于想象出来的神魔世界。读者只能看到唐僧师徒在取经路上经过了多少难，却无法明确其地理位置。

《西游记》的时空结构和《红楼梦》《金瓶梅》，以及当代的小说比如王安忆、王蒙等人的作品都不一样。《西游记》的时空观，与中国人看待时间、看待宇宙、看待世界构成的方式是有密切关系的。整个宇宙被分为四大部洲，花果山在哪里，西天在哪里，取经团队的空间位置怎么移动，形成了怎样一个环，读者有了大概的时间和空间结构概念后，对小说的理解就会更加深入。

二、八十一难：《西游记》的叙事结构与节奏

《西游记》核心的情节是大闹天宫加九九八十一难。关于这样一个叙事结构，郑振铎在《〈西游记〉的演化》（1933）一文中，曾有

过精辟而又形象的论述：

> 《西游记》的组织实像一条蚯蚓似的，每节均可独立，即使斫去其一节一环，仍可以生存。

蚯蚓的生理特点是把尾巴切掉，还能自己长出来，有自我修复功能。《西游记》也是如此，八十一难中拿掉一难，整个《西游记》不会死掉，整个文本不会崩溃。但《红楼梦》如果将其中几回拿掉，所有线索、人物、情节就全部断裂了，没办法再往下写往下看了。可见《西游记》和《红楼梦》的结构有很大不同。

《西游记》第九十九回有"灾难簿子"，列出唐僧所遇各难，收结全书故事。九九八十一，这个数字是有讲究的。西游记故事在宋代还有一个比较简单的小说文本《大唐三藏取经诗话》，里面唐僧是经过三十六难。而现在这个百回的章回体小说《西游记》，设置的是九九八十一难。中国有数字崇拜的传统，六六三十六、七七四十九、八八六十四、九九八十一，这些数字都有特别的含义。《周易》里，"九"为阳极，九九，言事已达极致状态。佛教也有"九九归真"的说法，做一件很艰难的事情，必须要经过九九八十一次考验才算成功，才能到达圆满的状态。所以小说第九十九回，观音菩萨看过灾难簿子，急传声道："佛门中九九归真，圣僧受过八十难，还少一难，不得完成此数。"就让他们掉到河里，补上一难，符合九九八十一难的设置。

另有一种说法，"八十一难"可能来自一部古医书《黄帝八十一难经》。这本书最早见于《隋书·经籍志》，以问答的形式解释了八十一个中医问题。该书在明代很流行，有很多版本，所以也有研究者认为西游记故事在宋代只有六六三十六难，到明代百回本里就变成九九八十一难，除了跟佛教"九九归真"的概念有关外，可能也受到了中医著作《八十一难经》的影响。

八十一难并不是八十一个故事,比如唐僧师徒过火焰山,碰到牛魔王、铁扇公主,这个故事就被分成了三难。据郑振铎先生统计,九九八十一难,实际叙述了四十一个故事,有的故事分成两难,有的分成三难,加在一起刚好八十一难,每个故事都相对独立和自足,无论是增损,还是调换位置,都不会导致文本的崩溃。因为这四十一个大故事,每一个都是相对独立的。四十一个故事里的妖怪,几乎没有重复,只有一两个配角出现过两次,比如普贤菩萨的坐骑狮子精。贯穿四十一个故事的只有取经团队的四个人物和白龙马。把女儿国故事拿掉,不影响火焰山故事,因为火焰山故事里面的人物已经是别的妖怪了。但《红楼梦》《金瓶梅》这样的小说就不行,这些小说里每个人物都彼此纠缠咬合,拿掉甲就影响到乙,故事就没法继续了。

另外,为了让这四十一个故事能够连接起来,每个故事的结尾和开头部分都呈现出一种模式化写作。一般篇首多写师徒路遇高山大河,唐僧害怕忧虑,悟空劝解安慰;结尾则写妖怪降服,官员百姓感恩欢送出城,不忍相别。大"难"与大"难"之间,则用"这一去不知还有多少路程,还遇甚么妖怪,且听下回分解","毕竟此去前路如何,且听下回分解"之类的套语,加以联结。

这种首尾文字模式化、套路化的特点,使得这41个大"难"故事,仿佛是41根接口标准化的水管,任意抽去一根,或者新增一根,或者调换其中几根的先后次序,都可照常连接,而不会导致整个结构的混乱缺损乃至崩溃。

《西游记》中的大"难",一般占数回文字篇幅,譬如"平顶山莲花洞"占第三十二至三十五回,"乌鸡国"占第三十六至三十九回,"女儿国"占第五十三至五十五回,"火焰山"占第五十九至六十一回,"狮驼岭"占第七十四至七十七回。这些大"难"内部的回与回之间,情节联系紧密,章回的分割点,通常位于情节转折或递进之处,有制造悬念的功能,符合明清章回小说的惯例。以"三借芭蕉扇"这个故事为例,一共用第五十九、六十、六十一这三回来讲。回目的结尾和下一回的开头,按照我国传统章回体小说的做法,用悬念的方式紧紧联系在一起。如第五十九回末叙土地神告诉悟空"若还要借真蕉扇,须是寻求大力王",结尾云"毕竟不知大力王有甚缘故,且听下回分解";紧接着第六十回首第一句就是"土地说:'大力王即牛魔王也。'"直接上回末尾。第六十回末叙牛魔王得知孙悟空骗走了芭蕉扇,大怒,拿了兵器,直奔火焰山而来,结尾云"毕竟此去不知吉凶如何?且听下回分解";第六十一回第一句"话表牛魔王赶上孙大圣",亦直接上回情节。章回体小说就是用这种方式,前一回最后是一个悬念,下一回开头揭开这个悬念,上下两回就紧密扣在一起。这样的结构就好像中国家具或者建筑里面的榫卯结构。

而"难"与"难"之间则各自独立,情节文字也基本完整,一般不延伸到另一"难",即使延伸,也只是寥寥数语作过渡,可忽略不计。换言之,每个大"难"故事,都有自足的文本结构。比如"火焰山故事"到第六十一回结束,接下来要开始一个跟火焰山毫无关系的故事,所以结句是:"毕竟不知几年才回东土,且听下回分解。"这不是一个悬念,而是一句感叹,不承担具体的情节连接功能。

这种结构设计具有极为良好的开放性和伸缩性。它有利于小说作者将众多散见于各类文献之中的、曾经单独流传的取经故事,较为轻松的糅合拼接起来,并且以"故事"为单位移动,自如地进行增删和调整,是最符合唐僧取经故事演化特征与实际情况的一个独特艺术结构。西游故事非成于一时一人,而是经过长时间累积形成的。孙悟空故事、猪八戒故事、二郎神故事，此前都长时间在民间流传，到了明代，小说作者将之前民间传说、短篇小说、唱本、宝卷里的西游取经故事搜集起来，用自己的语言组织成一百回的章回体小说。而要将原来单独流传的故事，容纳到一个结构里去，这个结构就必须富有弹性。像《红楼梦》那种结构，虽然很严密，但缺乏弹性，像网一样织在一起，想插一个故事进去是非常难的。

从小说艺术的层面来看，《红楼梦》将人物、情节、生活通过复杂的关系完美黏合在一起，是一种更高级的艺术结构。但这种结构并不适合《西游记》，用《红楼梦》那样的手法是写不成《西游记》的。对于经典文学而言，适合的才是最好的。

当然《西游记》结构这种"线性"串接的特点，也存在明显不足。第一，作为一部长篇小说，其整体结构略显松散，缺乏如《金瓶梅》《红楼梦》小说所展现出的那种人物情节之间错综复杂又互相紧密依存的逻辑关联。

第二，这种结构也给后人改动小说文本提供了技术上的可能与便利，影响了小说文本的稳定性。因为四十一个故事彼此独立，只要自己写一个故事，嵌套进原来故事的模板，替换到《西游记》里，整部小说仍然可以正常运转，古人已经这样做过了。像现在传本里乌鸡国的故事，就有研究者认为不是原来《西游记》的样子，而是出于后人的增扩。再比如叙述唐僧身世的前四难，讲唐僧父亲考上状元，夫妻一起赴任，途中父亲被强盗所杀，母亲有孕，被强盗抢去做妻子。母亲生下唐僧，将他放在木盆里在江上漂流，流到金山寺被和尚收养，长大以后就成了玄奘。因为在江上面漂流过一段时间，所以又叫江流和尚。既然这个故事占到四难，就文本比例而言，应该有四到五回的篇幅，而现在百回本《西游记》里并没有这么多，只有一段韵文，概要地讲了一下这个故事，这是很大的疑点。相反，现在占一到七回的大闹天宫，灾难簿子里是没有的，一难都不算。所以很多研究者就提出，小说的开头部分可能被替换过。小说原本的开头应该是唐僧出生的故事，刚好对应灾难簿子的前四难，后来被调整过了，调整的人大概认为孙悟空才是本书的一号主人公，应该在开头部分有个精彩亮相，唐僧既然不是一号主人公，也就没必要用四到五回专门写他的故事。这种文本上的不确定，根本原因还是《西游记》的叙事结构。如果是《金瓶梅》《红楼梦》那种"网状"结构，后人想要在文本中抽离或插增一个故事，或者想调整若干情节的前后次序，却不造成小说文本的"伤筋动骨"或漏洞百出，是绝对不可能的。

民国时期，胡适先生觉得最后一难很滑稽，是凑数的。观音点灾难簿子发现少一难，就让师徒掉河里变成一难，胡适先生对这个设计不满意，觉得作为小说结尾，最后一难压不住。于是他自己写了个第八十一难，发表在杂志上。他写唐僧到西天取了经，晚上梦见一路上被他们打死的妖魔都来索命，醒来以后就决定向佛祖学习，通过赎罪来超度这些被他打死的妖怪。所谓赎罪，就是像佛祖"舍身饲虎""割肉啖鹰"一样把自己身上的肉割下来去喂这些恶鬼，割一块肉超度一个恶鬼。最后所有的妖魔都吃了唐僧肉被安抚好了，他自己的罪孽也消除了，小说就结束了。可以看到，如果把胡适撰写的第八十一难替换进小说，从结构上来说也是可以的，不会导致小说的崩溃。但很多人不喜欢胡适写的第八十一难，认为太血淋淋了，而且宗教色彩太浓。《西游记》虽然讲佛教，但它是一个很快乐、诙谐、滑稽的作品，充满游戏态度的，所以最后那一难虽然搞笑，但跟整个《西游记》的美学风格很统一，幽默感一以贯之。如果替换成割肉饲度恶鬼，就太沉重了，跟整个小说的风格不一致。而且割肉以后就不会掉到通天河里，老鼋也就不会再出现，和前面的伏笔也不能呼应，空间的闭环也就不如现在这样完美了。

有意思的是，这八十一难、四十一个故事的背景，主要有三种：山、河、城。《西游记》里的国，基本上就是城邦，进城门就到了这个国家，出城门就出了这个国家，不是一般认为的有农村有城市的国。相对应的，唐僧三个徒弟也是来自山、河、城三个环境，孙悟空来自花果山，是山；猪八戒来自乌斯藏高老庄，是城；沙僧来自流沙河，是河。据统计，四十一个故事基本上是山、河、城的不断转换。一个故事讲山，下一个故事就不讲山了，可能讲城，讲完城，接着又讲河，只有到快结束的时候，好像是进入城市区了，连着讲了好几个城里发生的故事，就到达西天灵山了。

整体而言，"山""城"较多，"河"相对较少；"山"中妖魔等级较高，危险系数也较大；而"城"则勾连人类，通常设置有一位昏庸的国王，植入若干历史、宗教及社会现实等文化因素。

"河"难较少，是因为小说人物设计中，孙悟空被定位成伏妖降魔的主力，所有的仗基本上都是孙悟空去打。但是孙悟空不善水战，凡是遇上水里的妖怪，孙悟空就只能在空中等着，让八戒、沙僧去把妖怪引出水面，然后再换上去打。如果河里的妖怪比较多，孙悟空的降妖主力形象就要被弱化了。所以河里的妖怪是偶尔出现的，这跟人物的功能定位有一定关系。

凡是发生在城里的故事，都会跟皇帝、大臣、道士、和尚有关系，会切入一些历史、社会、文化的相关信息。虽说《西游记》是神魔小说，但如果故事都发生在荒山野岭，就很难反映社会历史文化。所以作者也设置了一些发生在城邦里的故事，城邦有国家的建构，有官员、有皇帝、有后妃，有老百姓，作者通过这种设置就可以在小说中体现对现实社会、对历史文化的一些批评、影射、讽刺或者思考，让神魔小说具有现实意义。比如比丘国的皇帝听信妖怪所变道士的谗言，抓了一千个男孩，要用他们的心脏做药引。就有研究者认为这个故事是讽刺嘉靖皇帝的，因为他也崇信道教，招了很多旁门左道的道士炼药。

至于出现在山里的妖魔，往往法力比较高强。取经路上凶险程度最高的几难都发生在山上。火焰山、平顶山、枯松涧、狮驼岭，这几个让唐僧他们吃尽苦头的地方都是在山里。山、城、河的设置，其实是不同功能的设置。而这种设置的不断变换，也是要来达到一种艺术上的目的。作者要连续讲四十一个故事，担心读者看不下去，所以必须要做出变化，至少故事的背景是不一样的，讲故事的重点也不一样，以此来消解读者的阅读重复感和审美疲劳。

另外八十一难的危险等级、大小篇幅、精彩程度也多有不同。《西游记》基本遵循间隔叙写的节奏，叙述一两个激烈精彩的大"难"之后，就会转入相对平缓、甚至点到为止的小"难"作为过渡和调节，同时为下一个大"难"的来临做好"欲扬先抑"式的文本铺垫。比如第六十四回的荆棘岭木仙庵那一难，几个妖怪把唐僧抓去，写写诗、聊聊天就结束了，很轻松，似乎都不能算难。像这样在两个非常紧张的大难之间穿插故事情节比较简单的小难，甚至完全没有妖怪，或者妖怪既不想吃唐僧肉，也不想让他留下来生儿子的小难，就纯粹是过渡的、功能性的，让读者休息一下。这些背景的转换，大难小难的间隔，错落有致的安排，体现的就是叙事文学里面的叙事节奏。目的在于通过控制文本叙事节奏，尽可能带给小说读者新鲜的阅读感受。

其他几个古典名著，都有各自的写作困境。比如《水浒传》要写一百零八个英雄，性别是三个女的，一百零五个男的。这一百零五个男的都是江湖英雄，大类型上也是一样的。《水浒传》作者面临的挑战就是怎么设计人物形象，才能不重复，不让读者厌烦，要写出人与人"同而不同处有辨"。而《西游记》的困境是四十一个故事都是打妖怪，大类型上是一样的，作者面临的挑战就是怎么将每个除妖故事讲得不一样。所以他要想很多办法，通过巧妙地设置结构，进行背景转换，大难小难间隔，紧张平缓交错等方式，牢牢地吸引住读者的目光，让读者读下去，喜欢上这个作品。

三、深层结构：以游戏之笔，寓修心之说。

前面讲的两种结构，偏重于小说创作的技巧、技法，最后要讲的是深层结构，即"以游戏之笔，寓修心之说"。《西游记》小说的情节可以分成三个部分。第一部分交代一号主人公孙悟空的出世和大闹天宫。第二部分是八到十二回，是"取经缘起"，说明取经的原因，取经人如何确定。内含观音寻访取经三徒弟及白马、"梦斩泾河龙""唐太宗入冥""刘全（泉）进瓜"、观音长安城寻访取经人等故事。第三个部分就是从第十三回开始西天取经到最后取经回来。第十三回贞观十三年九月十二唐僧从长安出发，取经开始。后面开始收徒弟，第二十二回徒弟收齐。第四十九回到达中间部分，第九十九回到达灵山，第一百回回到长安。这三个部分并不是随意设置的，里面是寄托了某些意义的。这三个部分分别对应了中国古人修心理想的三个阶段：第一个阶段叫放心，第二阶段叫定心，第三个阶段叫修心。这也是我这里要展开讲的意义结构，或者叫深层结构。

先秦时期《孟子·告子上》里就有关于修心的论述："人有鸡犬放，则知求之。有放心，而不知求。"意思是：人丢了鸡，丢了狗，知道要到处寻找。但心丢了，却从来没想过去把它找回来。所以孟子就讲："学问之道无他，求其放心而已矣。"读书、思考、做学问，不是为了评职称、拿奖金，是为了求其放心而已，是为了把迷失的心找回来。可见中国的先人在两千多年前已经考虑心灵的问题了。宋代以后，理学家们提出所谓的"存天理，灭人欲"，一个重要的观点，就是心和理的对立。心代表欲望，欲望和天理是对立的，要存天理就要压抑情感，压抑欲望。这种说法比较绝对，所以宋代已经有人反对这种说法。陆九渊提出另外一个很著名的命题："心即是理"。认为心和理，情感、欲望和大道、道理是不矛盾的，人可以通过心灵的反省来求得大道，而不必将心灵、欲望灭绝。到了明代，以王阳明等为代表的学者，在陆九渊心学的基础上，融合佛教"明心见性"、道教"修心炼性"等思想资源，将"心学"发扬光大，深刻地影响了有明一代。按照心学的观点，刚刚来到世界上的婴儿心灵最为纯洁，如同一张白纸，称为"赤子之心"或"婴儿之心"。随后的成长过程中，人会接触到很多好的、坏的，正能量的、负能量的事物，本来洁白的心，会画上红绿白黑各种颜色，直到某一天，人突然有了一种精神自觉，想把后天接触到的各种污浊去除，回到婴儿、赤子的状态。这就是王阳明讲的"致良知"——实现最纯最高的精神和道德理想。

  阳明心学对嘉靖以降的明朝社会产生了非常大的影响，对通俗文学的影响尤其巨大。《西游记》小说百回本的成书大致就在这个时间段，自然而然会受到当时最流行思潮的影响。这种影响是今天的人牵强解读出来的，还是小说文本真实蕴含的呢？还要从文本入手分析。

  小说的一至七回写猴王出世、外出访道、大闹天宫，作者用了一个词指代孙悟空：心猿。整部小说里，提到"心猿"一词的有几十处。有一个成语"心猿意马"，通常是讲一个人心思不定。读书人心猿意马，书就读不好；做事情心猿意马，事就做不好。心猿代表的是一颗躁动的、多欲的、纵欲的心灵。小说中用了不少暗示。如猴王欲脱生死轮回，决定访师求学，最后打听到"须菩提祖师"居处，乃"灵台方寸山""斜月三星洞"。灵台、方寸都是汉语里"心"的别称，灵台方寸山就是指心。斜月是一个斜钩，三星是三点，这是心字的拆字。也就是说，师父就在自己的心里，揭示的正是宋明以来"心学"的最大要旨："心即是理"。

而孙悟空大闹天宫，可视为一只躁动的心猿在折腾。他先是向龙王索要兵器、拿到金箍棒后又要铠甲，拿到铠甲后又去地府勾销生死簿，"四海千山皆拱伏，九幽十类尽除名"，去除名字后又想到天上走走。第四回回目"官封弼马心何足，名注齐天意未宁"，玉帝将其招安，封为"弼马温"，当他听说此官乃"未入流"的小官，"心头火起"，一路打出南天门，回到花果山，竖起"齐天大圣"的旗帜；玉帝在派兵将镇压失败后，只得封他作"齐天大圣"，并在天界"蟠桃园"里造了一座齐天大圣府，"府内设个二司，一名安静司，一名宁神司，司俱有仙吏，左右扶持"，专为来安抚住他的心，让这个充满欲望、躁动的心猿消停下来。仅仅因为王母娘娘的宴会没有邀请他，伤了自尊心，孙悟空再次大闹天宫，直到如来佛亲临，将其压服于五行山下。第七回题为"八卦炉中逃大圣，五行山下定心猿"，本来期待于心猿的自我反省，可惜心猿做不到，于是只能通过外力促使他停下来。

这就是修心的第一个过程：放心。孟子说："人有放心而不知求，学问之道无他，求其放心而已矣。"先有"放心"，才有后来修心的举动。小说一至七回孙悟空出世的故事，从心学角度去看，隐喻着一颗躁动的心受到外力的强行压制，然后开始思考如何让心安定下来。

第十四回回目是"心猿归正，六贼无踪"，颇具象征意义。"心猿"即孙悟空,"归正",是指唐僧从五行山下,揭去佛祖的偈语,救出悟空,悟空也承诺保唐僧西行,踏上取经正途。然而,刚刚踏上正途的悟空,仍然心有杂念,经常一言不合拔腿就走。小说用两个情节,对此作了暗示和了结。

第一个细节:灭杀六贼。师徒两人启程不久,突然遇到六个强盗,悟空问他们的姓名,那人道:

> 你是不知,我说与你听:一个唤作眼看喜,一个唤作耳听怒,一个唤作鼻嗅爱,一个唤作舌尝思,一个唤作意见欲,一个唤作身本忧。

显然这些不是普通的姓名,这是佛教里常说的六贼。佛教讲究四大皆空,要破除一切诱惑和干扰,但给人带来诱惑干扰的正是这六贼:即佛教"六识",眼、耳、鼻、舌、身、意。代表由"色"引发的种种欲望。欲望是获得佛法的最大障碍,六贼不除,六根不净,自然无法全心全意地完成取经。孙悟空一棒把这六个强盗都打死,就是象征取经路上要先灭六贼。

第二个细节:定心真言。孙悟空打死六名强盗,唐僧很是生气,大加训斥。"原来这猴子一生受不得人气。他见三藏只管绪绪叨叨,按不住心头火发道:'你既是这等,说我做不得和尚,上不得西天,不必恁般绪咭恶我,我回去便了。'那三藏却不曾答应,他就使一个性子,将身一纵,说一声'老孙去也!'三藏急抬头,早已不见。"可见,此时悟空西行取经的决心尚不够坚定。

为此,观音送给唐僧"紧箍咒",说:"我那里还有一篇咒儿,唤作'定心真言',又名做'紧箍儿咒'。你可暗暗的念熟,牢记心头,再莫泄露一人知道","他若不服你使唤,你就默念此咒,他再不敢行凶，也再不敢去了"。紧箍咒箍住的不是孙悟空的头，而是要定住这只心猿的心。

这些细节都有很大的象征意义，一只躁动的心猿，无论通过内力外力，都要安定下来。然后他要思考，有没有失去本性，心有没有被放纵、放逐了，然后再开始"求"的阶段，就是取经。第十四回很重要，解决了取经者心理上、精神上的困惑，故云"归正""定心"。

西行取经的过程，就是一个修心的过程。小说一再暗示、明示，妖魔就是心魔，妖魔是心魔的外化。比如第十三回，唐僧刚刚踏上西天取经之路，宿于法门寺，众僧有的说水远山高，有的说路多虎豹，三藏以手指心云："心生，种种魔生；心灭，种种魔灭。" 就是说先有了心魔，才有了妖魔。小说也一再明示、暗示，西行的过程、打杀妖魔的过程，就是一个灭掉心魔的过程，没有心魔，妖魔也就没有了。

再举几个例子说明。比如唐僧碰到的第一难。第十七回，他们到了一个观音院，碰到一个方丈。这个方丈收集了八百多件袈裟，他看唐僧是从东土大唐来的，就问他有没有好的袈裟。孙悟空一时炫耀说有一件，就把观音给他们的锦襕袈裟拿了出来。锦襕袈裟是天上之物，当然不是凡间袈裟可比，老和尚当时就看呆了，心想我一辈子收藏袈裟八百多件，没有一件比这个好。他就跟唐僧说，能不能借回去看一夜，明天早上你们走的时候再还。唐僧借给他，他晚上在灯下看，边看边哭。小和尚问他为什么哭，他说这么好的袈裟，我明天就要还掉了。小和尚说那你留他住一个星期，老和尚说一个星期以后他还是要走。这时候小和尚就提出了一个恶毒计划：那只有把他们弄死，这个袈裟就是你的了。老方丈一时鬼迷心窍，就让小和尚放火去烧唐僧住的房子。当然孙悟空不可能让他们得逞，直接改变了风向，烧了老方丈的房子，把老方丈烧死了。这里其实隐喻着要除灭"眼见喜"，也就是前面说的六贼的第一贼。眼睛看到了美丽的袈裟，就想拥有它，于是产生了欲望，欲望产生以后就产生了磨难，这是一个"眼见喜"的恶果。这是故事的前半段。

故事的后半段，讲一只老熊怪，它和老和尚是朋友，看到老和尚的房子失火，本来想来救火，结果看到一件袈裟闪闪发光，火也不救了，朋友也不管了，拿起袈裟就跑。这是第二重"眼见喜"，熊怪犯的也是眼见喜的毛病。而在降服黑熊怪之时，悟空请菩萨帮忙，菩萨变作黑熊怪的朋友"凌虚仙子"，悟空笑道："妙啊！妙啊！还是妖精菩萨？还是菩萨妖精？"菩萨笑道："悟空，菩萨、妖精，总是一念；若论本来，皆属无有。"

再比如第五十六、五十七、五十八三回，讲述真假美猴王的故事，六耳猕猴变成了孙悟空的样子，这是八十一难里面最特别的一难。别的难里面妖怪总是要吃唐僧，女妖怪要把唐僧留下。唯独这一难里面的六耳猕猴立意高远，它说我也不要吃唐僧肉，我要变一个唐僧，变一个孙悟空，变一个猪八戒，变一个沙和尚，我另外组团去西天取经，你们这些人就不要去了。第五十八回回目作"二心搅乱大乾坤，一体难修真寂灭"，这次灾难的发生，是因为取经集团内部也就是师徒之间发生了矛盾，即出现了"二心"。先是悟空打死两个强盗，唐僧生气责怪，第五十六回说："孙大圣有不睦之心，八戒、沙僧亦有嫉妒之意，师徒都面是背非。"紧接着，悟空又打死数人，唐僧发怒，将其赶走，于是妖怪六耳猕猴变作悟空，乘虚而入。菩萨、玉帝等均不能辨别，真假行者往西天如来处，诗曰"人有二心生祸灾，天涯海角致疑猜"，如来佛看到两人相争而来，对诸神说："汝等俱是一心，且看二心竞斗而来也。"如来佛眼中，看到的不是真假孙悟空，而是二心竞斗。取经团队本来应该一心一意，现在出现了二心，一颗心有了裂缝,就引来了妖魔,有妖魔就有心魔。

小说回目文字中,经常可见伏魔与修心的关联,如第五十回题作"情乱性从因爱欲,神昏心动遇魔头";第五十一回题作"心猿空用千般计,水火无功难炼魔";第九十九回题作"九九数完魔灭尽,三三行满道归根"。魔灭尽了,心魔也就没了;心魔没有了,魔也就没有了。

九九八十一难中的很多妖魔,都是天上派下来的。第三十五回讲得很直白,金角大王、银角大王本来是太上老君的两个童子。孙悟空责怪太上老君"纵放家属为邪,该问个铃束不严的罪名",太上老君就说:"不干我事,不可错怪了人。此乃海上菩萨问我借了三次,送他在此托化妖魔,看你师徒可有真心往西去也。"可见这是一种人为设计的考验,考验他们心里有没有魔,有没有欲望,有没有各种各样的杂念。如果能一心一意,四大皆空,六贼都灭掉了,就可以到西天了。

所以事实上,越往后走,越接近西天,"心猿"悟空就越坚定,道行越深,甚至可以反过来劝导唐僧了。按道理唐僧是师,孙悟空是徒,孙悟空除妖比唐僧厉害,唐僧思想觉悟应该比孙悟空高。但到最后我们发现,这只心猿从一开始的不受控制,到不断地打掉妖魔接近西天,也就是不断地灭心魔。所以越到后来,心猿就显得愈发坚定。

比如第八十五回:

> 正欢喜处,忽见一座高山阻路。唐僧勒马道:"徒弟们,你看这面前山势崔巍,切须仔细!"行者笑道:"放心,放心!保你无事!"三藏道:"休言无事。我看那山峰挺立,远远的有些凶气,暴云飞出,渐觉惊惶,满身麻木,神思不安。"行者笑道:"你把乌巢禅师的《多心经》早已忘了?"三藏道:"我记得。"行者道:"你虽记得,这有四句颂子,你却忘了哩。"三藏道:"那四句?"行者道:"佛在灵山莫远求,灵山只在汝心头。人人有个灵山塔,

好向灵山塔下修。"三藏道："徒弟，我岂不知？若依此四句，千经万典，也只是修心。"行者道："不消说了。心净孤明独照，心存万境皆清。差错些儿成惰懒，千年万载不成功。但要一片志诚，雷音只在跟下。似你这般恐惧惊惶，神思不安，大道远矣，雷音亦远矣。且莫胡疑，随我去。"那长老闻言，心神顿爽，万虑皆休。

孙悟空已经能反过来劝导唐僧了，因为已经到了第八十五回，这只心猿逐渐到达了他修炼的终点，他的道行越来越高了，不但自己不再是躁动的心猿，反过来还可以安慰师傅，来做唐僧心灵的抚慰。这也是一个隐喻。

最后说一说取经的结局。到达西天，本来意味着修心理想的完成。"九九数完魔灭尽"，妖魔都打完了，心魔也就打完了。到了西天，得道成佛，从修行的角度看，已经实现了修心的理想，回到了婴儿、赤子状态。但《西游记》小说是一部滑稽游戏小说，正如对待宗教的态度一样，小说作者也以一种戏谑的方式来演绎取经成功之后的情节。西天是佛祖之地，理应去欲存真，但实际上西天灵山也是等级森严，仍存在很多欲望，比如阿难、伽叶有传经文时索要"人事"，要回扣，唐僧只好把紫金钵盂给他们；去向如来告状，如来佛却说经不可轻传，不可空取，若卖贱了，"教后代儿孙没钱使用"，说话非常的世俗。孙悟空后来被封为斗战胜佛，让唐僧"趁早儿念个松箍儿咒，脱下来，打得粉碎，切莫叫那什么菩萨再去捉弄他人"，孙悟空这时已经成佛了，怎么还会动怒呢？四大皆空还可以动怒吗？不是应该无嗔无怒吗？佛祖封猪八戒为净坛使者，猪八戒就不高兴，"他们都成佛，如何把我做个净坛使者？"觉得级别太低。佛祖告诉他"凡诸佛事，教汝净坛，乃是个有受用的品级，如何不好"，这个职位专门管吃的，祭品都是你吃，八戒才满意。可见即便到了西天，欲望依然是存在的。那修心算是修成了吗？回到赤子状态了吗？

所以故事的结局，小说家以他贯穿全文的一种游戏、谐趣态度告诉大家，人类想要真正制约自己的心灵，扫荡内心的欲望和杂念，是非常不容易的。王阳明就讲："灭山中贼易，灭心中贼难。"一个人终其一生都未必能把内心的六贼除去，即便一时除了，过一阵子也许又会复发回来。这是一个异常艰难的过程。而正是因为它艰难、不容易达成，我们才要去付出。孟子讲的"学问之道无他，求其放心而已矣"，我们通过读书，通过反省，通过思考，尽可能地接近这个理想，即便知道最终难以实现，也要努力接近。因此小说虽然结尾好像给了我们一点点失望，但是失望中毕竟蕴含着希望。

我读大学的时代，最流行的一个朦胧派诗人顾城在《一代人》这首诗里面写："黑夜给了我黑色的眼睛，我却用它寻找光明。"我想这句话就跟我们读小说读到最后的感受是一样的，一个人要回到纯洁的赤子状态，非常不容易，但面对物欲横流的时代，面对社会上道德的堕落、丑恶的现象，"修心"理想不能因为它很难实现，而不去提它；相反，在这样的现实下，它有更重要的价值。虽然我得到的是黑色的眼睛，但是我要拿它来寻找光明，而不是拿它来寻找黑暗。我希望用这样一句话，跟今天在座的各位朋友共勉。

谢谢大家。

作为小说标准的《红楼梦》

刘勇强

在中国古代文学史上,《红楼梦》是一个绕不开的作品,不仅绕不开,它还有一种坐标的意义。大部分文学史或者小说史都将《红楼梦》叙述成中国古代文学、或者古代小说发展的顶峰,是一个里程碑。按照这种思路,《红楼梦》之前的小说的发展似乎是为它做铺垫,而它之后的小说创作就好像是流波余韵。所以我今天想和大家交流的内容,就是"作为小说标准的《红楼梦》"。因为《红楼梦》不仅仅是作为一部小说在文学史上、小说史上被介绍、被阅读,同时它也被当成了中国古代文学、古代小说的典范,成为了一种小说标准。如果从中国古代小说中挑选一部作品作为代表,很多人都自然地会选择《红楼梦》,这可以有很多理由,也可以没有理由,因为《红楼梦》已经是一个被神化了的经典,它已经深入人心。无论是小说的评判阐释、小说史的叙述、小说创作对传统的继承和发扬,都离不开《红楼梦》这一标准。而这一标准的确立则是随着《红楼梦》经典化的过程逐渐清晰的。

一、"这才算是小说":《红楼梦》作为小说标准的确立及其内涵

　　从《红楼梦》问世起,它就开始了经典化即成为小说标准的过程。

在红学研究中经常被提到的"脂砚斋"的批语，实际上已经开始把《红楼梦》视为小说标准。"这才算是小说"就是脂砚斋批语中的一句话。脂批关于《红楼梦》的小说典范性意义有很多说法，从不同的角度说明了《红楼梦》早期读者对这部小说经典性和标准意义的认识。

（一）"打破历来小说窠臼"

打破历来小说的窠臼是曹雪芹在《红楼梦》第一回就确立的艺术追求。他说："历来野史，皆蹈一辙，莫如我这不借此套者，反倒新奇别致。"他认为历来的野史，即小说，都是按照一种模式来创作的，而他的写作是别开生面的。曹雪芹将自己的创作和历来的小说做对应，有一种很明显的超越意识。《红楼梦》早期抄本上的脂批，就是基于曹雪芹的这种自我创新追求，对《红楼梦》的创新表现与意义给予了充分的说明。比如脂批在第一回就指出，《红楼梦》"开卷一篇立意，真打破历来小说窠臼"。仅从结构来看，《红楼梦》的开篇就和以前的小说有很大的不同。《红楼梦》差不多用了五回的篇幅，来对全书做一种预示性的描写，它的主体情节实际上在五回以后才展开。这样一种结构在古代说书和小说里面，表现为入话、头回的形式，一些章回小说也有楔子的结构，用第一回来介绍全书的立意。但像《红楼梦》这样，用差不多五回的篇幅来对全书人物及基本思想做介绍，确实少有。

针对《红楼梦》具体的描写，类似"这才是小说"的评点，我们从脂批里头也可以看到不少，如第十六回：

> 正闹着，那秦钟魂魄忽听见"宝玉来了"四字，便忙又央求道："列位神差，略发慈悲，让我回去，和这一个好朋友说一句话就来的。"众鬼道："又是什么好朋友？"秦钟道："不瞒列位，就是荣国公的孙子，小名宝玉。"都判官听了，先就唬慌起来，

> 忙喝骂鬼使道:"我说你们放了他回去走走罢,你们断不依我的话,如今只等他请出个运旺时盛的人来才罢。"
>
> 甲戌本双行夹批:如闻其声,试问谁曾见都判来,观此则又见一都判跳出来。调侃世情固深,然游戏笔墨一至于此,真可压倒古今小说。这才算是小说。

这里描写的是第十六回秦钟临死之前,贾宝玉来看他,本来秦钟就要死了,但是因为贾宝玉来了,秦钟的鬼魂就请求勾魂使者让他还有机会和贾宝玉说一番话。这是《红楼梦》里比较少见的直接描写鬼魂的段落。这一个段落本身并没有什么特别新奇之处,甚至也许可以说是《红楼梦》里并不很高明的一段。但是脂批却说,和以前一些其他小说的类似描写相比,这种描写"真可压倒古今小说,这才算是小说"。这个说法仅就这一段描写来讲,未必得当,但是从总体上来讲,脂批说《红楼梦》"压倒古今小说,这才算是小说",应该还是符合实际的。脂批中类似这样的说法还有很多。比如说大观园建成以后,试才题对额,写到怡红院的时候,脂批又有一条,说作者的描写"集小说之大成":

> 只见这几间房内收拾的与别处不同,竟分不出间隔来的。原来四面皆是雕空玲珑木板,或"流云百蝠",或"岁寒三友",或山水人物,或翎毛花卉,或集锦,或博古……
>
> 庚辰本夹批:花样周全之极!然必用下文者,正是作者无聊,撰出新异笔墨,使观者眼目一新。所谓集小说之大成,游戏笔墨,雕虫之技,无所不备,可谓善戏者矣。(第十七回)

诸如此类的说法很多。脂批评点的具体描写究竟如何,也许见仁见智,是不是都达到了脂批所表彰的高水准另当别论,但是脂批反复强调《红楼梦》的"开生面、立新场、愧杀古今小说家",确实是后来人们不断抬高《红楼梦》小说地位的先声。概括地说，脂批主要强调了以下几个方面。

1. 小说的真实性和思想内涵

脂批认为《红楼梦》之所以经典，可作为小说标准，首先在于小说的真实性。

> 老嬷嬷听了，于是又引黛玉出来，到了东廊三间小正房内。正房炕上横设一张炕桌，桌上磊着书籍茶具，靠东壁面西设着半旧的青缎靠背引枕。王夫人却坐在西边下首，亦是半旧的青缎靠背坐褥。见黛玉来了，便往东让。黛玉心中料定这是贾政之位。因见挨炕一溜三张椅子上，也搭着半旧的弹墨椅袱，黛玉便向椅上坐了。王夫人再四携他上炕，他方挨王夫人坐了。（《红楼梦》第三回）

这是林黛玉刚进贾府的一段描写。林黛玉到了王夫人房间里以后，看到王夫人房间里头的陈设，都是半旧的青缎靠背引枕、半旧的青缎靠背坐褥、半旧的弹墨椅袱。王夫人这样一个贵夫人，她的内室用品都是"半旧的"，脂批特别提示这"三字有神"，为什么呢？因为《红楼梦》所描写的是一个世袭贵族的大家庭，贵族大家庭和商人暴发户的家庭是不一样的，比如说和《金瓶梅》里西门庆家是不一样的。商人暴发户家庭里可能都是珠光宝气、新簇簇的，而贵族大家庭里却是"半旧的"，既说明了他们家族世袭年代的久远，也说明他们日常生活中并不是那么特别讲究表面派场。脂批提醒读者：

> 凡稗官写富贵字眼者，悉皆庄农进京之一流也。盖此时彼实未身经目睹，所言皆在情理之外焉。

他还特别举了一个笑话：

> 一庄农人进京回家，众人问曰："你进京去可见些个世面否？"庄人曰："连皇帝老爷都见了。"众罕然问曰："皇帝如何景况？"庄人曰："皇帝左手拿一金元宝，右手拿一银元宝，马上稍着一口袋人参，行动人参不离口。一时要屙屎了，连擦屁股都用的是鹅黄缎子，所以京中掏茅厕的人都富贵无比。"

中国古代拿"乡巴佬"进城取乐的笑话非常多，这也属于此类。在脂批看来，作者对于大家族的生活状况非常了解，没有刻意渲染富贵气象，反倒更加真实地写出了一个贵族大家庭的特点。所以他说"半旧的"三字有神，这个评点是非常到位的。

脂批还提到了《红楼梦》里很多其他的类似描写，指出这种真实性的内涵不仅是简单地符合事理，还包含了"情、事、理"这样一个更加丰富的内涵。比如这一段描写：

> 宝玉见他生气，便知不妥，忙赶过来，早剪破了。宝玉已见过这香囊，虽尚未完，却十分精巧，费了许多工夫。今见无故剪了，却也可气。因忙把衣领解了，从里面红袄襟上将黛玉所给的那荷包解了下来，递与黛玉瞧道："你瞧瞧，这是什么！我那一回把你的东西给人了？"林黛玉见他如此珍重，带在里面……
>
> 己卯本夹批：按理论之，则是"天下本无事，庸人自扰之"。若以儿女之情论之，则事必有之，事必有之，理又系今古小说中不能写到写得，谈情者不能说出讲出，情痴之至文也！（第十七、十八回）

这里描写贾宝玉和林黛玉两个人发生口角，林黛玉看到贾宝玉身上的饰品都被人抢去了，以为贾宝玉把她做的荷包也随便就给了那些小厮，所以很不高兴，就把正在给宝玉做的一个香囊剪破了。贾宝玉解开衣襟，把林黛玉之前送给他的荷包拿出来。其他人送的东西他都可以随便送人，但林黛玉给他的东西，他格外珍惜，一直贴身带着。林黛玉看到这个情景以后，见他如此珍重，也非常感动。脂批说："若以儿女之情论之，则事必有之，事必有之，理又系今古小说中不能写到写得。"他觉得在表现宝黛恋情方面，《红楼梦》的描写入情入理、细腻感人，不仅仅是这个事情本身的真，还包含了情和理，这种情、事、理的兼而有之，是更全面、更高层次的真实。

2. 关于人物的刻画

脂批认为《红楼梦》打破小说窠臼、开新生面的另一个重要表现是人物描写。人物描写大体包括两个方面，一个是外貌，一个是内涵、精神气质。脂批对《红楼梦》关于人物外貌的很多描写给予了极高的评价，比如第二回写贾雨村的这一段：

> 那甄家丫鬟撷了花，方欲走时，猛抬头见窗内有人，敝巾旧服，虽是贫窘，然生得腰圆背厚，面阔口方，更兼剑眉星眼，直鼻权腮……
>
> 甲戌本眉批：最可笑世之小说中，凡写奸人则用"鼠耳鹰腮"等语。

贾雨村在小说里头是比较负面的人物，可是写这样一个人物，曹雪芹并不是把他写成一个脸谱化的坏人，这就是一种突破。不仅贾雨村，其他人物描写也是如此。比如第三回写迎春、探春、惜春的出场：

> 不一时，只见三个奶嬷嬷并五六个丫鬟，簇拥着三个姊妹来了。

>第一个肌肤微丰,合中身材,腮凝新荔,鼻腻鹅脂,温柔沉默,观之可亲。第二个削肩细腰,长挑身材,鸭蛋脸面,俊眼修眉,顾盼神飞,文彩精华,见之忘俗。第三个身量未足,形容尚小。
>
>甲戌本眉批:浑写一笔更妙!必个个写去则板矣。可笑近之小说中有一百个女子,皆是如花似玉一副脸面。其钗环裙袄三人皆是一样的妆饰。

这段描写也很精彩,写三个女孩子的容貌,兼顾她们不同的心理特点。从身份上来讲,她们是一样的,但是小说里头她们的性格、命运各不相同,所以在容貌描写上也可以看出有不同来。脂批说,"可笑近之小说,写一百个女子皆是如花似玉一副脸面",那是公式化的描写,而《红楼梦》在这方面是有所超越的。

小说中重要人物的描写更是如此。比如第三回描写王熙凤:

>这个人打扮与众姑娘不同,彩绣辉煌,恍若神妃仙子:头上戴着金丝八宝攒珠髻,绾着朝阳五凤挂珠钗;项上戴着赤金盘螭璎珞圈;裙边系着豆绿宫绦,双衡比目玫瑰佩;身上穿着缕金百蝶穿花大红洋缎窄裉袄,外罩五彩刻丝石青银鼠褂;下着翡翠撒花洋绉裙。一双丹凤三角眼,两弯柳叶吊梢眉,身量苗条,体格风骚,粉面含春威不露,丹唇未启笑先闻。
>
>甲戌本侧批:为阿凤写照。甲戌本眉批:试问诸公:从来小说中可有写形追像至此者?

脂批非常细致地指出《红楼梦》写王熙凤,从头、颈、腰一路写下来,为王熙凤绘制了一个肖像,以前的小说在写人物形象的时候,没有写形追像到这种真实细腻的程度。

关于人物的刻画,除了形貌外在的特点,还有内涵、精神气质。《红楼梦》这方面的描写和其他小说对比，脂批认为也有很大的发展变化。第五回有一段写贾宝玉的：

> 宝玉还欲看时，那仙姑知他天分高明，性情颖慧，恐把仙机泄漏，遂掩了卷册，笑向宝玉道："且随我去游玩奇景，何必在此打这闷葫芦！"
>
> 甲戌本眉批：通部中笔笔贬宝玉，人人嘲宝玉，语语谤宝玉，今却于警幻意中忽写出此八字来，真是意外之意。此法亦别书中所无。

贾宝玉神游太虚幻境的时候，在警幻仙姑的带领下看了金陵十二钗的册子，看了又副册以后，贾宝玉还想看，警幻仙姑知他天分高明、性情颖慧，觉得他这样看下去就泄露仙机了，所以掩了卷册对他说，别看了，带他出去玩。这里《红楼梦》用了"天分高明、性情颖慧"来形容贾宝玉，这是非常好的词。此处脂批很值得玩味，他说"通部中笔笔贬宝玉，人人嘲宝玉，语语谤宝玉"，这是他的特殊感受。《红楼梦》并不是"笔笔贬宝玉，人人嘲宝玉，语语谤宝玉"的，但是按照当时的观念，以及从曹雪芹在小说开始解释自己创作初衷说是忏悔一生来看，确实有对贾宝玉贬、嘲、谤的意思，不过，未必整部小说都是如此。脂批所提示的其实是让我们阅读《红楼梦》的时候，在小说的叙事层面，关注贾宝玉形象的变化。贾宝玉在作者心目中，究竟是一个正面的形象，还是一个缺点比较多的问题少年？作者在把握这个人物的时候，也许是游移不定的。这里说他"天分高明、性情颖慧"，当然是肯定的，但又与另外一些具体描写看上去矛盾，形成了不协调，这可能也正是《红楼梦》刻画人物的一个重要特点，或者说是独到之处。《红楼梦》写贾宝玉，包括其他人物，不是简单的、概念化的描写，而是既有真实性，也有虚构性。脂批说:"按此书中写一宝玉,其宝玉之为人是我辈于书中见而知有此人,实未目曾亲睹者。又写宝玉之发言每每令人不解,宝玉之生性件件令人可笑,不独不曾于世上亲见这样的人,即阅今古所有之小说奇传中亦未见这样的文字。"这就是前面说的,打破概念化的、公式化的描写。因此,脂批还特别提到贾宝玉这样一个形象:

> 所以谓今古未有之一人耳,听其囫囵不解之言,察其幽微感触之心,审其痴妄委婉之意,皆今古未见之人,亦是未见之文字。说不得贤,说不得愚,说不得不肖,说不得善,说不得恶,说不得正大光明,说不得混账恶赖,说不得聪明才俊,说不得庸俗平(此处应缺一字),说不得好色好淫,说不得情痴情种,恰恰只有一颦儿可对,令他人徒加评论,总未摸着他二人是何等脱胎,何等心臆,何等骨肉。

也就是说,用现实生活中习用的那些概念术语去说明这个形象都是不准确的,曹雪芹对这个人物的描写完全是从生活出发的。今人在评论宝玉形象时,也有各种标签,比如说他是封建社会的叛逆者,多余的人等,这些说法对于贾宝玉而言,也不一定是非常恰当的解释。关键是,《红楼梦》的描写都是从生活出发的,来自于一种生命的体验、感受,很难用简单化的、单一的概念来描述这样一个形象。所以脂批才会特意点出作者概述性的交代与具体描写中存在的反差之处,这也启发读者对这个人物形象有多元化的理解。

再看一个香菱的例子:

> 香菱听了,喜的拿回诗来,又苦思一回作两句诗,又舍不得杜诗,又读两首。如此茶饭无心,坐卧不定。宝钗道:"何苦自寻烦恼。都是颦儿引的你,我和他算帐去。你本来呆头呆脑的,

再添上这个,越发弄成个呆子了。"

庚辰本双行夹批:"呆头呆脑的"有趣之至!最恨野史有一百个女子皆曰"聪敏伶俐",究竟看来,他行为也只平平。今以"呆"字为香菱定评,何等妩媚之至也。(第四十八回)

香菱是《红楼梦》中一个重要的女孩子,她是甄士隐的女儿,原名叫甄英莲,元宵节丢失,后来被薛蟠买来做丫鬟,又纳为妾。按照脂批的提示,在《红楼梦》全书,包括80回以后,她可能还会发挥更重要的作用。作者对她的描写也特别用心。她身份比较卑贱,也没有什么文化,小说写香菱跟林黛玉学诗,在别人看来她学得太入迷了,被林黛玉带得整天好像呆头呆脑的。而这恰是脂批十分欣赏之处,因为在其他小说中,写可爱的女孩子一定是聪明伶俐的,香菱实际上也确实是聪明伶俐的,但是她在进入如痴如醉的学诗状态时,就好像换了一个人,"呆头呆脑""呆子"是宝钗说的,宝钗对她很友好,这个话本身也是亲密的调侃。但"呆头呆脑""呆子"这样的词,一般又不会用来形容香菱这样的女孩子,《红楼梦》不拘一格的使用,脂批认为这也是它与其他野史小说不同的地方,是高明之处。

在《红楼梦》的人物刻画当中,脂批还总结了一条重要的规律。第四十三回论及王熙凤的时候,脂批说"最恨近之野史中,恶则无往不恶,美则无一不美"。在许多中国古代小说中,人物刻画往往类型化、公式化,写一个好人,各方面都完美无缺;而一个坏人可能就是彻头彻尾的坏。脂砚斋认为《红楼梦》不是如此。《红楼梦》里"恶则无往不恶"的人倒也有,大概只有赵姨娘是这样的人,她可能完全没有一点值得称赞的地方,小说里虽然也有对她的平实之笔,但从人物整体的观感上来看,曹雪芹确实把她写得可以说是"恶则无往不恶"的,不仅她无往不恶,连她儿子贾环写得也非常不堪。除此之外,其他人物都不是这样,包括之前提到的贾雨村,还有王熙凤。《红楼梦》一开始给王熙凤做了"机关算机太聪明"的定位,最后她的结局也很悲哀,可以说是一个比较负面的形象。但《红楼梦》里写王熙凤也有很可爱的地方,尽管她那么厉害,对丫鬟经常责打,丫鬟们都很怕她,但是《红楼梦》里又写丫鬟们喜欢聚集在她身边,因为她能说会道,总能给大家带来欢笑,所以丫鬟们既怕她又愿意聚在她身边。她身上既有很多卑劣的品行,又有他人所不及的聪明干练。

《红楼梦》没有简单地脸谱化、类型化、概念化地去描写人物,这是它的一个突出的艺术成就。吴组缃先生曾经在《关于我国古代小说的发展和理论》一文中,充分肯定了《红楼梦》的这一成就,他把这一成就和中国传统史书的实录精神联系起来了,认为《红楼梦》里写的很多人物,像林黛玉、薛宝钗等,都非常真实,作者"爱而知其丑,憎而知其善",善恶必书。他也很遗憾,后来很多小说实际上没有继承这个传统。吴先生实际上也是把《红楼梦》的人物描写当成了一种小说标准来看待。

3. 叙事的不落俗套

在叙事方面,《红楼梦》的描写也打破了俗套。这一点脂批同样有高度的肯定。比如第五回写薛姨妈带着薛蟠、薛宝钗借住到贾府来:

> 第四回中既将薛家母子在荣府中寄居等事略已表明,此回则暂不能写矣。
> 甲戌本侧批:此等处实又非别部小说之熟套起法。

脂批觉得这个开头非常别致,曹雪芹先提到薛家住到贾府来,但是又没有明确交代住在贾府的原委,而是随着情节展开逐渐地写出来。吴组缃先生《贾宝玉的性格特点和他的恋爱婚姻悲剧》一文对于薛家母女住到贾府有一个非常细致的分析，也许可以给我们一个参考：按照《红楼梦》的描写，薛家在京中有很多房子，本来，完全可以住到自己家里去，俗语说，"探亲不如访友，访友不如住店"，自己家有漂亮房子，为什么非跑到贾家去住？而且简直是赖着不走！作者先把他们安排住在梨香院，待了一个时候，又把他们迁到东北角上另一个小院子去，让出梨香院给从苏州买来的十二个唱戏的女孩子住。作者写薛家住在贾家的前后情形，连搬了一次家也不漏掉，实际上是暗示薛家不肯走：你把我安排在梨香院住，我没有意见；你要我搬出梨香院让给唱戏的女孩子住，我也不生气。林黛玉起反感的东西，正是薛家迫切需要的东西。林黛玉深深感到被政治势力压得慌，而薛家则时时刻刻在争取这势力。

吴先生认为这实际上是对薛家人态度的讽刺。按照吴先生的分析，薛家住在贾府，甚至可以说是赖在贾府不走，是有算计的，这可能也和他们市侩的、对个人利益的追求有关。类似这种描写，在小说中是逐一展开的，并没有一开始就写得非常明确，很多细节描写要随着情节发展、随着读者的阅读逐渐清晰起来，不同人的理解还会发生分歧。脂批认为这是和别的小说写法很不相同的。

《红楼梦》第七回还有一个经典段落是"送宫花"。薛姨妈家里有新鲜样式的花，因为薛宝钗平时不太打扮，化妆品或饰物她都不用，薛姨妈说她是从来不爱这些花儿粉儿的，所以要把这些花送给贾府的其他女孩子，三位姑娘——迎春、探春、惜春每人一对，剩下六枝给林姑娘和凤姐。从周瑞家的接到宫花一路送下去，脂批说：

> （甲戌本眉批）：余阅送花一回，薛姨妈云"宝丫头不喜这些花儿粉儿的"，则谓是宝钗正传。又出阿凤、惜春一段，则又知是阿凤正传。今又到颦儿一段，却又将阿颦之天性，从骨中一写，

方知亦系颦儿正传。小说中一笔作两三笔者有之，一事启两事者有之，未有如此恒河沙数之笔也。

小说中的情节，关联到若干人，并不足为奇，但像《红楼梦》关联这么多重要人物，各见其性格，却是不多见的。

周瑞家的送宫花，首先看到金钏，这是一个丫鬟，金钏说起香菱，香菱笑嘻嘻地走来，金钏、香菱在小说里头都很重要，所以周瑞家的送宫花先见到金钏、香菱，带出这两个人物。接下来就到了王夫人的正房。周瑞家的送宫花实际上有两条路线。一边是贾母觉得自己身边孙女儿太多，大家都挤在一起不太方便，只把宝玉、黛玉两个人留在自己身边住，这也说明这两个人物在小说中的特别地位；一边是迎春、探春、惜春在王夫人那边。周瑞家的到了迎春、探春那里，她们正在下棋，送了宫花，丫鬟收了。接着去找惜春，惜春不在，惜春正在和一个小尼姑智能儿一起玩耍，看见周瑞家的送宫花来，她说了这样一番话——"我这里正和智能儿说，我明儿也剃了头同他作姑子去呢，可巧又送了花儿来；若剃了头，可把这花儿戴在那里呢？"按照《红楼梦》第五回"金陵十二钗"册子对惜春命运的预示，"独卧青灯古佛旁"，将来她可能会出家，所以这里就通过送宫花时的一句玩笑话，把她将来的命运点出来了。所以脂批这里说，"闲闲一笔，却将后半部线索提动"。接下来先路过李纨处，李纨是寡妇，不施粉黛，一笔带过；再到王熙凤这里，在写王熙凤的时候，提到她的女儿大姐儿，又提到小蓉大奶奶即秦可卿。转过头来另一条线路回到贾母这一边，提到了刘姥姥，最后是去林黛玉那里送花。到林黛玉这里出现了一个高潮。周瑞家的一路下来，最后到林黛玉这里是比较顺道的，结果到了林黛玉这里只剩下两朵花了。林黛玉特别敏感，她觉得最后只剩下两朵花，意味着别人都挑过了，这是挑剩下的。林黛玉在贾府寄人篱下，总是担心或觉得别人轻视她,剩下的宫花刺激了她的自尊心。她说"别人不挑剩下的也不给我",周瑞家的听了一声儿不言语,她不敢说什么,也没法解释。通过送宫花,又把林黛玉寄人篱下、非常敏感、很重尊严的性格写出来了。

接下来贾宝玉的反应很有意思。贾宝玉就问周瑞家的,"周姐姐,你作什么到那边去了。"问起宝钗怎么样,周瑞家的就说宝钗身上不大好。宝玉听了便让自己身边的丫鬟去看望一下薛宝钗,"只说我与林姑娘打发了来请姨太太姐姐安,问姐姐是什么病,现吃什么药。论理我该亲自来的,就说才从学里来,也着了些凉,异日再亲自来看罢。"这段话情商非常高。既然关心薛宝钗的身体健康,贾宝玉是应该亲自去的,但这个时候他要亲自去了,林黛玉肯定更生气。而且贾宝玉说的是"我与林姑娘",他把林黛玉和他拉在一起,说成他俩一同慰问薛宝钗,这样的表述当然也会让林黛玉感到温暖。周瑞家的就自去了。如果没有贾宝玉打圆场,后面不知道情节怎么收束。

从送宫花开始一直到最后,作者描写得非常完整,把小说中十几个重要的人物都连带介绍下来了,笔墨并不烦琐。但就像脂批所说的,小说里用一个情节连带出一两个人物或一两件事的并不少见,而像《红楼梦》这样,在短短的篇幅里,按照周瑞家的送宫花的路线,居然把这么多重要人物都连带介绍出来,确实非常精彩。实际上,这一情节处于《红楼梦》开篇不久,还具有介绍全书人脉、加强整体印象的作用。

再看"黛玉葬花",这也是《红楼梦》中一个很精彩的片段:

> 宝玉心下想道:"这不知是那房里的丫头,受了委曲,跑到这个地方来哭。"一面想,一面煞住脚步,听他哭道是:花谢花飞花满天,红消香断有谁怜……
>
> 甲戌本侧批:诗词歌赋,如此章法写于书上者乎?甲戌本眉

批：开生面、立新场,是书多多矣,惟此回处更生更新。非颦儿断无是佳吟,非石兄断无是情聆。难为了作者了,故留数字以慰之。庚辰本侧批:诗词文章,试问有如此行笔者乎?庚辰本眉批:开生面、立新场,是书不止"红楼梦"一回,惟是回更生更新,且读去非阿颦无是佳吟,非石兄断无是章法行文,愧杀古今小说家也。畸笏。(第二十七回)

贾宝玉和林黛玉闹别扭了,林黛玉一个人哭哭啼啼去葬花,贾宝玉心情也不好,也跑到这边山坡上来,开始他听到了哭泣声,不知道是哪房的丫头;后来听到吟诗,慢慢地才知道原来是林黛玉在吟《葬花吟》。耐人寻味的是,贾宝玉听到女孩子哭声的时候,一开始不知道是林黛玉。对此,我们可能会有一点疑惑,贾宝玉和林黛玉那么亲近,林黛玉又常哭,他应该能够听出这个哭声是林黛玉,但却先写他不知道是谁,这是作者有意这样写的,他必须要引出《葬花吟》来,这个是重点。这样一步步写下来的写法,更加符合当时的情境,也更加符合叙事的需要。脂批说这里"开生面、立新场,愧杀古今小说家",是有道理的。

4. 新颖独到的语言

脂批对《红楼梦》的语言也很称道。宝玉出场的时候,有两首《西江月》词作为形容:

后人有《西江月》二词,批宝玉极恰,其词曰:
无故寻愁觅恨,有时似傻如狂。纵然生得好皮囊,腹内原来草莽。　潦倒不通世务,愚顽怕读文章。行为偏僻性乖张,那管世人诽谤!

富贵不知乐业,贫穷难耐凄凉。可怜辜负好韶光,于国于家无望。　天下无能第一,古今不肖无双。寄言纨袴与膏粱:莫

效此儿形状。(第三回)

  甲戌本眉批：二词更妙。最可厌野史"貌如潘安""才如子建"等语。

脂批认为这两首词非常妙。古代小说里，像贾宝玉这种才俊出场的时候，往往会用"貌如潘安""才如子建"的陈词滥调，而《红楼梦》不是这样，而是看上去对贾宝玉极尽挖苦之能事，却表明了他与众不同的性格，还能唤起读者的好奇，并与后面的具体描写形成一种亦反亦正的对应关系。

类似这样的遣词造句的新颖独到之处，小说里非常多，包括人物的命名。脂批提到大观园里的金陵十二钗、丫鬟等，每个人的名字都经过作者精心推敲。如脂批评价李纨的名字是"一洗小说窠臼俱尽"。大观园里女孩子的名字，很少看见红香翠玉这种俗套的名字，包括丫鬟，"袭人""晴雯""麝月"，这些名字都别具一格，也都可以看出作者在语言上的用心。下面这一段是描写大观园中的稻香村：

  转过山怀中，隐隐露出一带黄泥筑就矮墙，墙头皆用稻茎掩护。有几百株杏花，如喷火蒸霞一般。里面数楹茅屋。外面却是桑、榆、槿、柘，各色树稚新条，随其曲折，编就两溜青篱。篱外山坡之下，有一土井，旁有桔槔辘轳之属。下面分畦列亩，佳蔬菜花，漫然无际。

  庚辰本双行夹批：阅至此，又笑别部小说中，一万个花园中，皆是牡丹亭、芍药圃、雕栏画栋、琼榭朱楼，略不差别。(第十七回)

一派田园风光，就像一篇优美的小品文，不仅语言很精彩，还有设计理念的别出心裁。在脂批看来，别部小说写花园无非是牡丹亭、芍药圃，都是古代小说戏曲里头常见的，而大观园里面不是这样，它是雅俗共赏的，不同的景致构成了一幅园林画卷，作者的描写也各不相同。又如第二十一回：

> 宝玉拿一本书，歪着看了半天，因要茶，抬头只见两个小丫头在地下站着。一个大些儿的生得十分水秀……

"水秀"这个词也是非常别致，很少人用，却不生涩，相反，十分生动形象。庚辰本上脂批说："二字奇绝！多少娇态包括一尽，今古野史中无有此文也。"《红楼梦》里有不少这样的细微之处，看上去是不经意的，其实却反映了曹雪芹遣词造句的用心。

下面这一段精彩描写也是经常被称引的：

> 二人正说着，只见湘云走来，笑道："二哥哥，林姐姐，你们天天一处顽，我好容易来了，也不理我一理儿。"黛玉笑道："偏是咬舌子爱说话，连个'二'哥哥也叫不出来，只是'爱'哥哥'爱'哥哥的。回来赶围棋儿，又该你闹'幺爱三四五'了。"宝玉笑道："你学惯了他，明儿连你还咬起来呢。"
>
> 庚辰本双行夹批：可笑近之野史中，满纸羞花闭月、莺啼燕语。殊不知真正美人方有一陋处，如太真之肥、飞燕之瘦、西子之病，若施于别个，不美矣。今见"咬舌"二字加之湘云，是何大法手眼敢用此二字哉？不独不见其陋，且更觉轻巧娇媚，俨然一娇憨湘云立于纸上，掩卷合目思之，其"爱""厄"娇音如入耳内。然后将满纸莺啼燕语之字样填粪窖可也。（第二十回）

《红楼梦》里人物的语言常常让人如闻其声，这一段是写史湘云。史湘云有点大舌头，也可能是口音问题，她发"二"这个音老发不清楚，发得有点像"爱"，加上她心直口快，可能发音更显得不那么清晰。林黛玉嘲笑她"二"说不清楚，"连个'二'哥哥也叫不出来，只是

'爱'哥哥'爱'哥哥的"，明天下围棋本来是一二三四五，也发成么爱三四五了。这个描写从修辞学上来讲，叫"语言飞白"，即作者在描述人物语言的时候，把人物说话语音上的错误原原本本写下来，让人如闻其声。读者可以体会史湘云说这样的话，说得口齿不清。脂批说，"可笑近之野史中，满纸羞花闭月、莺啼燕语"，写女孩子的声音都写得那么可爱，伶牙俐齿的，"殊不知真正美人方有一陋处"，真正的美女可能往往会有一点缺陷，那一点不重要的缺陷会衬托出她更加美丽。就史湘云而言，她发音的不太清楚，恰恰是她说话的特点，这个女孩子天真豪爽的性格更加栩栩如生。

（二）"深得《金瓶》壸奥"——《红楼梦》与《金瓶梅》的比较

脂批对于《红楼梦》作为新奇的小说、打破小说窠臼的特点，不但从真实性、人物描写、语言叙事等不同层面加以了肯定，还经常将其与特定的小说作品或小说类型相比，力图使《红楼梦》的独特价值在比较中得到更清晰的确认，其中《金瓶梅》应是脂批者心目中《红楼梦》之前的一个重要的小说范本。脂批反复强调了《红楼梦》对《金瓶梅》的继承，与《金瓶梅》的相似，以及《红楼梦》的"更奇"。比如秦可卿死了以后，贾珍为她办丧事的一段描写：

> 贾珍见父亲不管，亦发恣意奢华。看板时，几副杉木板皆不中用。可巧薛蟠来吊问，因见贾珍寻好板，便说道："我们木店里有一副板，叫做什么樯木，出在潢海铁网山上，作了棺材，万年不坏。这还是当年先父带来，原系义忠亲王老千岁要的，因他坏了事，就不曾拿去。现在还封在店内，也没有人出价敢买。你若要，就抬来使罢。"贾珍听了，喜之不尽，即命人抬来。大家

看时，只见帮底皆厚八寸，纹若槟榔，味若檀麝，以手扣之，玎珰如金玉。大家都奇异称赞。贾珍笑问："价值几何？"薛蟠笑道："拿一千两银子来，只怕也没处买去。什么价不价，赏他们几两工钱就是了。"贾珍听说，忙谢不尽，即命解锯糊漆。贾政因劝道："此物恐非常人可享者，殓以上等杉木也就是了。" 此时贾珍恨不能代秦氏之死，这话如何肯听。

　　甲戌本侧批：夹写贾政。甲戌本眉批：写个个皆到，全无安逸之笔，深得《金瓶》壸奥。（第十三回）

　　从身份上来讲，秦可卿并不适合用那样贵重的棺木，但贾珍却执意要用。《红楼梦》关于秦可卿的描写，按照脂批的说法，"淫丧天香楼"的相关描写被删去了。有些情节现在不太清楚，但这个不是重点，重点是这种非常细致、真实、符合现实情境的描写，脂批特别强调说是"写个个皆到，全无安逸之笔，深得《金瓶》壸奥"。通过秦可卿之死，把贾珍、贾政、薛蟠这些人围绕秦可卿棺木的态度都兼顾到了。而《金瓶梅》里写李瓶儿之死也有类似的描写，脂批认为《红楼梦》的描写是从《金瓶梅》学来的，学到了精髓。

　　《红楼梦》里还有一段，写薛蟠等人饮酒作乐，行酒令，脂批说"此段与《金瓶梅》内西门庆、应伯爵在李桂姐家饮酒一回对看，未知孰家生动活泼？（第二十八回）"这说明脂批认为《红楼梦》里的一些描写，跟《金瓶梅》有很大的相似性。他认为《红楼梦》是继承学习了《金瓶梅》的描写，却可能更加生动活泼。

　　另外还有一段描写，脂批也提到了《金瓶梅》。第六十六回柳湘莲在贾宝玉向他推荐尤三姐的时候，说了一句非常犀利的话，"你们东府里除了那两个石头狮子干净，只怕连猫儿狗儿都不干净。我不做这剩忘八"。这句话非常尖锐，贾宝玉当时脸就红了。脂批评论说："奇极之文！趣极之文！《金瓶梅》中有云'把忘八的脸打绿了'，已奇之至，此云'剩忘八'，岂不更奇！""忘（王）八"这个骂人的话很常用，但是说"绿忘八""剩忘八"，"忘八"之前还加上别的词是很少见的。《金瓶梅》第二十二回，潘金莲的丫鬟春梅跟别人争吵起来以后，骂别人是忘八，一口气骂了无数个忘八。一个丫鬟也没什么文化，骂起人来只会骂忘八，最后说"我把忘八脸打绿了"。脂砚斋应该非常熟悉《金瓶梅》，他认为曹雪芹同样也很熟悉，所以把这两部小说作了对比，揭示了《红楼梦》这种继承以前小说有过之而无不及的地方。

《红楼梦》还有一些可能与《金瓶梅》相关的描写，比如《红楼梦》与《金瓶梅》的人名多有相似者：西门庆有四个小厮，以琴棋书画命名，即琴童、棋童、书童、画童；"贾府四春"各有一名贴身侍女，也以琴棋书画命名，元春的叫抱琴，迎春的叫司棋，探春的叫侍书，惜春的叫入画。《红楼梦》第五回太虚幻境薄命司所藏"金陵十二钗"的册子和《金瓶梅》第一十九回吴神仙相面的判词在功能上也有相似之处。《红楼梦》里的凤姐设计害死尤二姐，可能借鉴了《金瓶梅》里潘金莲害死李瓶儿的情节。时间关系，就不多讲了。

（三）"《水浒》文法用的恰"——《红楼梦》和《水浒传》的比较

《红楼梦》不仅继承了《金瓶梅》，脂批还揭示《红楼梦》对《水浒传》也有所继承运用。他特别提到《红楼梦》"《水浒》文法用的恰"。这个说法很特殊，《金瓶梅》写的是家庭题材，《红楼梦》也是家庭题材，这两部书的关联很好理解。而《水浒传》写的是英雄好汉、绿林豪杰，跟《红楼梦》的儿女情长怎么会有联系？实际上《红楼梦》里也有类似描写。第二十四回"醉金刚轻财尚义侠"，写贾芸去向他舅舅借钱，没有借到，还被臭骂了一通，然后到了街上碰见一个醉汉——泼皮倪二，这种市井泼皮无赖《水浒传》里有很多，比如牛二等。《红楼梦》写倪二跟《水浒传》写泼皮牛二就很相似。脂批认为，"这一节对《水浒》杨志卖大刀遇没毛大虫一回看，觉好看多矣"。他认为比《水浒传》还好看。《水浒传》写牛二的那一段是在杨志卖刀时出现的，也是《水浒传》里非常精彩的片段，写尽了英雄失路之悲。而"倪二"这个情节在《红楼梦》里出现，表明曹雪芹不仅善于写儿女情长、大家气象，对市井生活包括像泼皮无赖这种形象，也能够刻画得细致入微。而这一点可能和他的亲身经历也有关系。在红学研究中，有一条脂批很受关注，就在《红楼梦》写醉金刚的这段，脂批提到，"读阅'醉金刚'一回，务吃刘铉丹家山楂丸一付，一笑。余卅年来得遇金刚之样人不少，不及金刚者亦不少，惜书上不便历历注上芳讳"。现在有研究者认为，脂批的作者和曹雪芹的生活有交集，可能关系还比较亲密，脂批说自己见过很多"醉金刚"这样的泼皮无赖，可能也暗示出曹雪芹写这种人物也有生活基础。

同时，这一回在情节设置上，也有独特作用，庚辰本还有一条批语说：

> 夹写"醉金刚"一回，是书中之大净场，聊醒看官倦眼耳。然亦书中必不可少之文，必不可少之人。今写在市井俗人身上，又加一"侠"字，则大有深意存焉。

在一派风光旖旎中，插入一段粗俗豪放的片断，的确有调剂作用，也有助于显示贾府存在的社会背景。

这一回中还写道："贾芸恐他母亲生气，便不说起卜世仁的事来"，庚辰本侧批曰："孝子可敬。此人后来荣府事败，必有一番作为。"

也就是说相关描写，可能还是作者设下的伏笔。通过和《水浒传》的比较，可以看出《红楼梦》的丰富性；加上贾芸这个人物在《红楼梦》的后四十回可能还会发挥更重要的作用，后四十回贾府沦落以后，相应的市井描写会更多，所以脂批在这方面的提示，或者说《红楼梦》在这方面的描写，也有更值得关注的地方，而这是所谓"《水浒传》文法"中没有的。

脂批还有一处提到了《红楼梦》中的"《水浒传》文法"：

> 细挑身材，容长脸面，穿着银红袄儿，青缎背心，白绫细折裙。——不是别个，却是袭人。
>
> 甲戌本侧批：《水浒》文法用的恰，当是芸哥眼中也。（第二十六回）

这一段描写是写贾芸眼中的袭人外貌。《红楼梦》里写人物的容貌，往往有类似的笔墨，比如宝、黛两人第一次见面，写林黛玉的容貌，并不是一种纯客观的叙述，而是从贾宝玉的眼中写出林黛玉的美貌。贾宝玉的容貌，同样也是通过林黛玉的眼睛看到的。这里通过贾芸的眼睛写袭人的容貌，脂批特别提到"《水浒》文法用的恰"。什么是《水浒》文法？金圣叹评点《水浒传》时，有一个很清晰的揭示。《水浒传》描写林冲发配沧州以后，高俅、高衙内还想害死他，派了陆谦、富安去谋害林冲。这些人到了沧州以后，先到一个小酒店里喝酒，密谋除掉林冲。他们鬼鬼祟祟的行为被店小二看到了，这个店小二曾经在东京得到过林冲帮助，他觉得恩人林冲可能会有危险，就提醒了林冲。当时阴谋诡计还没有实施，处在预谋过程中，所以作者的描写也故布疑阵，写得扑朔迷离，并不确定。店小二看到两个陌生人进了酒店，他们说话又悄声细语，听得不是非常真切。金圣叹评点说:"陆谦、富安、管营、差拨四个人,坐阁子中议事,不知所议何事,详之则不可得详,置之则不可得置。今但于小二夫妻眼中、耳中,写得'高太尉三字'句,'都在我身上'句,'一帕子物事,约莫是金银'句,'换汤进去,看见管营手里拿着一封书'句,忽断忽续,忽明忽灭。如古锦之文不甚可指,断碑之字不甚可读,而深心好古之家自能于意外求而得之,真所谓鬼于文、圣于文者也。"他几处夹批为"是李小二眼中事""李小二眼中事""李小二眼中事"。从叙事学的角度来讲,这是用人物的视角,即小说的内视点,而不是作者的客观介绍来写,非常巧妙。金圣叹形象地概括为"李小二眼中事"。脂批所称赞的"《水浒》文法用的恰",就是指用这样的叙事手法即通过贾芸来写袭人。

(四)《红楼梦》与《西游记》的比较

曹雪芹对《西游记》评价似乎偏低,这可能也受了金圣叹评点的影响。因为在中国传统观念中,"子不语怪力乱神",所以像《西游记》这样的小说,明清时期有不少评论都认为是一部荒诞不经的小说。脂批里也经常提到《西游记》,他在肯定《红楼梦》好处的时候说:"非袭《西游》中一味无稽、至不能处便用观世音可比。(第三回)"金圣叹评点《水浒传》时,也曾将《水浒传》和《西游记》作比较,认为《西游记》荒诞不经不可取,《水浒传》好。脂砚斋评论《红楼梦》的时候,无论是从评论的方式,还是具体的观点,都和金圣叹抬高《水浒传》拿《西游记》来垫背如出一辙,这也可以看到,脂批为了把《红楼梦》当作小说标准的新典范,不仅是和近之小说的宽泛比较,也是和当时流行的《金瓶梅》《水浒传》《西游记》等具体小说作比较,是从宏观和微观两个角度来确立的。

（五）《红楼梦》与才子佳人小说的比较

从题材上看，《红楼梦》有很多地方和才子佳人小说非常接近，但曹雪芹总体上来讲对才子佳人小说持批评态度。

才子佳人小说是在明末清初尤其是清代初期广为流行的一种小说题材类型。鲁迅概括说："至所叙述，则大率才子佳人之事，而以文雅风流缀其间，功名遇合为之主，始或乖违，终多如意。"其人物设置与情节结构形成套路，大约是所谓"私定终身后花园，落难才子中状元，洞房花烛大团圆"。在观念上，才子佳人虽然互相爱悦，但婚前并无暧昧关系，所谓"发乎情，止乎礼"。除外貌俊美之外，才子佳人更要有才、有德和有情。三者兼有为此类作品的共同特征，但不同作家的作品，对于才、德、情又各有偏重。在文体上，多为白话章回小说，篇幅一般在16回至20回之间。《红楼梦》第一回就对才子佳人小说做了批评。因为从题材类型上来讲，《红楼梦》和它们有很大的相似性，所以曹雪芹要跟这些作品划清界限。第五十四回曹雪芹又通过贾母对才子佳人小说进行了一个全面的批评：

> 这些书都是一个套子，左不过是些佳人才子，最没趣儿。把人家女儿说的那样坏，还说是佳人，编的连影儿也没有了。开口都是书香门第，父亲不是尚书就是宰相，生一个小姐必是爱如珍宝。这小姐必是通文知礼，无所不晓，竟是个绝代佳人。只一见了一个清俊的男人，不管是亲是友，便想起终身大事来，父母也忘了，书礼也忘了，鬼不成鬼，贼不成贼，那一点儿是佳人？便是满腹文章，做出这些事来，也算不得是佳人了。比如男人满腹文章去作贼，难道那王法就说他是才子，就不入贼情一案不成？可知那编书的是自己塞了自己的嘴。再者，既说是世宦书香大家小姐都

知礼读书，连夫人都知书识礼，便是告老还家，自然这样大家人口不少，奶母丫鬟伏侍小姐的人也不少，怎么这些书上，凡有这样的事，就只小姐和紧跟的一个丫鬟？你们白想想，那些人都是管什么的，可是前言不答后语？

从思想观念上来说，贾母是不接受才子佳人小说对佳人的描写的。而从具体作品来说，她认为才子佳人小说也不真实。才子佳人小说中，人物做了很大的简化，比如《西厢记》。作为戏曲，简化头绪是有必要性的。对小说而言，这样一种简化就可能会损害它的真实性。所以贾母认为这些小说家，"何尝他知道那世宦读书家的道理"，这些才子佳人小说家往往都是贫寒书生，他们不了解富贵人家的生活，写出来的也就不真实。贾母的这番话应该也代表了曹雪芹的看法。因此，此回的脂批说："首回楔子内云'古今小说千部共成一套'云云，犹未泄真。今借老太君一写，是劝后来胸中无机轴之诸君子不可动笔作书。"

如前所说，在第一回开篇，曹雪芹就从思想观念、真实性、公式化的描写各方面，否定了才子佳人小说。但实际上这种批评才子佳人小说失真及不良影响的观点，有的才子佳人小说中也有表现。换言之，这种批评并不新鲜。比如清初的才子佳人小说《醒风流》，第一回里作者就批评这些小说里头的佳人才女，见了俊俏书生，就动了怜香惜玉的念头，不管纲常伦理，做出风流的事来，这跟贾母批评的话如出一辙。反过来，才子佳人小说和《红楼梦》又有很多相通之处，比如《红楼梦》里有一些奇谈怪论，贾宝玉"说女儿是水作的骨肉，男人是泥作的骨肉"，他认为天地间灵淑之气只钟于女子，男儿不过是些渣滓浊沫而已。这些说法，早在宋代就有人说过。如宋庞元英《谈薮》记载："谢希孟在临安，狎倡陆氏。象山责之曰：'士君子乃朝夕与贱倡女居,独不愧于名教乎?'希孟敬谢,请后不敢。他日复为倡造鸳鸯楼。象山闻之,又以言,谢曰:'非特建楼,且有记。'象山喜其文,不觉曰:'楼记云何?'即口占首句云:'自逊、抗、机、云之死,而天地英灵之气不钟于世之男子,而钟于妇人。'象山默然。"在才子佳人小说当中,这种话也可以看到,比如《醒风流》里就有"佳人乃天地山川秀气所钟"的说法,跟贾宝玉说的话完全一样。有些评论经常抬高贾宝玉所说的话的意义,其实这种话在当时并不是特别新鲜。

此外《红楼梦》的描写也有和才子佳人小说相似的地方。《定情人》是清初流行的一部才子佳人小说,里面有一段描写,有研究者指出,和《红楼梦》里"慧紫鹃情辞试莽玉"是一样的。紫鹃为了试探贾宝玉对林黛玉是不是真心,就骗贾宝玉说林黛玉要回苏州自己家里去。贾宝玉一下子就陷入精神迷狂状态中,如痴如醉。《定情人》里也有类似的情节,一个丫鬟也有类似的话试探小说主人公,主人公也同样跟贾宝玉有相似的反应。所以从观念、从描写上,才子佳人小说和《红楼梦》是有相似性的。

综上所述,脂砚斋作为《红楼梦》的第一代读者与批评者,阐述了《红楼梦》作为小说标准的多方面意义,其核心在于强调《红楼梦》打破了以往小说的模式化倾向,从而成为了一种新的小说范本。现在还无法确认脂批在历史上究竟有没有产生过或在多大程度上产生过影响,但由于《红楼梦》的广泛传播与"红学"研究的展开,《红楼梦》"作为小说标准"的意识却不断充实和自觉,并逐渐成为中国小说史不可移易的坐标。

到了近代以后,《红楼梦》就逐步走上了登峰造极之路。近代以后对于《红楼梦》的评价,如"《红楼梦》是天地间不可无一不可有二之作""小说家第一品""第一级""小说中之最佳本""吾国之小说莫奇于《红楼梦》"等,类似说法非常多。《红楼梦》在世人的心目中,差不多已经达到了中国古代小说第一这样的高度。

随着"新红学"的产生和小说史学科的建立,《红楼梦》作为中国古代小说最杰出作品的经典地位得到了进一步的确认。按照这样的定位,加上进化论的思想,小说史的叙述大体形成了以《红楼梦》为高峰、之前为铺垫、之后为余波的脉络。而对《红楼梦》的肯定,则几乎涵盖了小说构成要素的各个方面,诸如真实性、悲剧性、人物个性化、语言运用、细节描写、心理刻画等,《红楼梦》无不被赞许有加,视若典范。

来看几个简单的例子:1918年谢无量《中国大文学史》作为中国最早的一部文学史,里面已有这种说法:"清代章回小说无不推《红楼梦》为第一。"而鲁迅《中国小说史略》"中国小说的历史的变迁"中,也对《红楼梦》的地位给予了充分的肯定,说"自有《红楼梦》出来以后,传统的思想和写法都打破了"。此外中国大百科全书第二版"《红楼梦》"条目也说:"中国清代长篇小说,作者曹雪芹。作品以其内涵的丰厚和艺术的精湛成为古代小说的巅峰之作和中华文化的优秀代表之一。"这样的说法非常多,可以说《红楼梦》的经典地位已经是颠扑不破了。

二、从小说史看《红楼梦》的缺陷

《红楼梦》作为中国古代最伟大的小说是没有问题的。我今天还想和大家一起来思考一下,从小说史的角度来看,《红楼梦》有没有缺陷?有什么不足?

质疑《红楼梦》的标准意义是不明智的。这不仅因为前有一二百年的红学已经为它建立了无所不敌的屏障，后有广大红迷作为它强有力的捍卫者，还因为确实没有哪部古代小说可以如《红楼梦》那样生发出几乎无穷尽的"话题"。不过，世界上没有十全十美的东西。对于丰富的古代小说来说，只见树木——哪怕是参天大树，不见森林，终究是一种缺憾。何况《红楼梦》确实可能存在一些有待深入认识与客观分析的缺陷。

正如脂批是在与其他古今小说作比较中确立《红楼梦》标准意义的，如果要对《红楼梦》的标准意义做出某种矫正，同样也需要比较的眼光。我们看看前辈学者的相关思考。郑振铎先生说：

> 《金瓶梅》的出现，可谓中国小说的发展的极峰。在文学的成就上说来，《金瓶梅》实较《水浒传》《西游记》《封神传》为尤伟大。《西游》《封神》，只是中世纪的遗物，结构事实，全是中世纪的，不过思想及描写较为新颖些而已。《水浒传》也不是严格的近代的作品。其中的英雄们也多半不是近代式（也简直可以说是超人式的）。只有《金瓶梅》却彻头彻尾是一部近代期的产品。不论其思想，其事实，以及描写方法，全都是近代的。在始终未尽超脱过古旧的中世传奇式的许多小说中，《金瓶梅》实是一部可诧异的伟大的写实小说。她不是一部传奇，实是一部名不愧实的最合于现代意义的小说……《红楼梦》的什么金呀，玉呀，和尚，道士呀，尚未能脱尽一切旧套。惟《金瓶梅》则是赤裸裸的绝对的人情描写；不夸张，也不过度的形容。像她这样的纯然以不动感情的客观描写，来写中等社会的男与女的日常生活（也许有点黑暗的，偏于性生活的）的，在我们的小说界中，也许仅有这一部而已。（郑振铎《插图本中国文学史》）

他明确把《金瓶梅》当成"中国小说的发展的极峰"。

　　前面说过,当我们把《红楼梦》看成是中国小说的高峰的时候,我们实际上确立了这样一种观念——《红楼梦》之前的小说,是为这个高峰做的铺垫,是逐步走向这个高峰的,而《红楼梦》之后的小说是它的流波余韵。但是,郑振铎认为《金瓶梅》才是小说的最高峰,《金瓶梅》比《水浒传》《西游记》《封神演义》这些小说都要伟大,它是一个彻底的具有近代意义的小说,它的写实性比《红楼梦》也有过之而无不及。因为《红楼梦》里还有金玉良缘这样的俗套安排,还有和尚道士以及鬼魂之类的非现实的描写,这些在《金瓶梅》里都非常少。他认为《金瓶梅》是绝对的赤裸裸的人情描写,毫不夸张也不过度。在写实性的意义上,在作为近代小说的特点上,《红楼梦》还带有古典的痕迹,而《金瓶梅》要更高明。郑振铎是一个对中国古代小说戏曲有精深研究的学者,他的看法代表了对小说史的一种冷静的判断。他力图确立以《金瓶梅》为"中国小说的发展的极峰"的新标准,可惜没有对此作充分阐释,他的观点或新标准并没有在小说史叙述中得到有效的展开。

　　前面也讲过,脂批中有《红楼梦》"深得《金瓶》壶奥"的观点,类似的说法在清代以来非常多,都指出了《红楼梦》学习《金瓶梅》的地方,包括一些具体细节。在中国古代小说中,这两个作品谁高谁下,并不能作简单比较,毕竟题材不同,人物有别,主题各异。但是,一部完整的小说史,又必须兼顾小说发展的不同脉络,对小说的地位做综合性的考察。目的不在于定高下,而在于从不同角度把握小说丰富的艺术品格。

　　著名红学家俞平伯先生晚年在向一个国际红楼梦研讨会提交的书面发言中,也有这样一番值得思考的话:

数十年来，对《红楼梦》与曹雪芹多有褒无贬，推崇备至，中外同声，且估价愈来愈高，像这般一边倒的赞美，并无助于正确的理解。我早年的《红楼梦辨》对这书的评价并不太高，甚至偏低了，原是错误的，却亦很少引起人注意。不久我也放弃前说，走到拥曹迷红的队伍里去了，应当说是有些可惜的。既已无一不佳了，就或误把缺点看作优点；明明是漏洞，却说中有微言。我自己每犯这样的毛病，比猜笨谜的，怕高不了多少。后四十回，本出于另一手，前八十回亦有残破缺处，此人所共知者。本书虽是杰作，终未完篇；若推崇过高则离大众愈远，曲为比附则真赏愈迷，良为无益。这或由于过分热情之故。如能把距离放远些，或从另一角度来看，则可避免许多烟雾，而《红楼梦》的真相亦可以稍稍澄清了。（俞平伯《一九八〇年五月二十六日上国际〈红楼梦〉研讨会书》）

他说这种一边倒的赞美无助于正确理解《红楼梦》。早在《红楼梦辨·引论》中，他就提道："我从前不但没有研究《红楼梦》底兴趣，十二三岁时候，第一次当他闲书读，且并不觉得十分好。那时我心目中的好书，是《西游》《三国》《荡寇志》之类，《红楼梦》算不得什么的。"一个小男孩对《红楼梦》不是特别感兴趣，是可以理解的。但是他在晚年说的话，完全是基于他对小说史、对《红楼梦》的深刻思考。他说自己很后悔放弃了以前对《红楼梦》评价不是那么高的观点，走到拥曹迷红的队伍里去了。因为《红楼梦》被完全经典化、神化了以后，读者可能会把缺点也看成优点，明明是漏洞，也觉得里面有微言大义。他觉得"若推崇过高则离大众愈远，曲为比附则真赏愈迷，良为无益"。这个说法很耐人寻味。我们看一样东西，也许应该保持一定的距离，用更开阔的眼光来看《红楼梦》，把《红楼梦》放在整个小说史、文学史、文化史的角度去看，也许能够看得更清晰更准确一点。遗憾的是，俞平伯也并没有对他所说的《红楼梦》的缺点、漏洞给出具体的说明，他的感想式评论并不足以改变人们对《红楼梦》业已形成的固定看法。

当代人对《金瓶梅》《红楼梦》的研究也会面临类似的问题。前两年出版的格非《雪隐鹭鸶——〈金瓶梅〉的声色与虚无》一书，是一部关于《金瓶梅》的研究著作。作者既是一个小说家，在小说研究领域也很有见地。他说，他秉持"比《红楼梦》还要好的小说，在人世间是不可能存在的"信念，深究"《金瓶梅》要比《红楼梦》好得多"的断语，并对这样的断语有了一定的认同，但基本思路还是"如果没有《金瓶梅》的奠基之功，《红楼梦》高屋华厦之建立是完全无法想象的"，依然印证着既定的小说史格局。这里面是有一点矛盾的，要证明《金瓶梅》伟大、了不起，但又无法真正从"《红楼梦》是最好的小说"这样一个判断中完全超越出来。这个可以理解，而且可能是事实。但即便是事实，同样可能也会在形成套路以后，阻碍我们看到更多的东西。

随着小说史研究全方位的深入，其他小说的研究也有了长足的进步，如果将《红楼梦》置于这样的学术背景下重新审视，应该可以得出一些新的认识。

第一，《红楼梦》在社会描写方面确实有所不足。许多对《红楼梦》的评论都将这部小说抬举到"封建社会的百科全书"的高度，这种评价最多见，其他小说都不太适合加上类似的评价。清代王希廉《红楼梦总评》就说：

> 一部书中，翰墨则诗词歌赋、制艺尺牍、爱书戏曲，以及对联匾额、酒令灯谜，说书笑话，无不精善；技艺则琴棋书画、医卜星相，及匠作构造、栽种花果、畜养禽鱼、针黹烹调，巨细无遗；

人物则方正阴邪、贞淫顽善、节烈豪侠、刚强懦弱，及前代女将、外洋诗女、仙佛鬼怪、尼僧女道、娼妓优伶、黠奴豪仆、盗贼邪魔、醉汉无赖，色色俱有；事迹则繁华筵宴、奢纵宣淫、操守贪廉、宫闱仪制、庆吊盛衰、判狱靖寇，以及讽经设坛、贸易钻营，事事皆全；甚至寿终夭折、暴病亡故、丹戕药误，及自刎被杀、投河跳井、悬梁受逼、吞金服毒、撞阶脱精等事，亦件件俱有。可谓包罗万象，囊括无遗，岂别部小说所能望其项背。（一粟编《红楼梦卷》第一册）

其实，任何一部小说都不可能面面俱到，"百科全书"之类的评价只是一种比喻性的说法，不能要求小说家以此为目标，也不可能没有聚焦之外的盲点。比如《红楼梦》对贾府背景描写的简化、虚化，是否有可能妨碍了这部小说在更宽广的层面展开社会矛盾，是我们应该认真思考的一个问题。"文革"期间，一些评红文章为了突出《红楼梦》对所谓阶级斗争的表现，不得不抓住小说第一回中"近年水旱不收，鼠盗蜂起"，"鼠窃狗偷，民不安生"几句套话一再引用，反映出从这一思路夸大《红楼梦》现实政治价值的窘迫，也从反面说明《红楼梦》的社会描写是有局限的。因为这完全不是《红楼梦》描写的重点。《水浒传》在这方面就比《红楼梦》描写充分得多，深刻得多。所以要求《红楼梦》面面俱到，是不切实际的。

实际上，曹雪芹在描写上有着相当高的自我约束，如甲戌本《凡例》就反复强调此书"只是着意于闺中""不敢干涉朝廷""原为记述当日闺友闺情，并非怨世骂时之书"，等等。尽管有的研究者倾向于相信这只是作者的遮掩之词，小说的内容实际上也不仅限于"闺友闺情"，但他确实更加突出描写的是闺友闺情等家庭日常生活，在社会生活的世情描写方面，和其他小说相比是有所不同的。这并不是说谁高谁低，而是题材侧重点不同。如果与《金瓶梅》对市井社会的描写、《儒林外史》对科举制度及士人精神状态的描写、《歧路灯》对子女教育问题的描写、《儿女英雄传》对官场弊病的描写等相比，《红楼梦》在这些方面未必都能一一胜出。

以《儿女英雄传》为例，文康创作这部小说，既效法又欲区别、超越《红楼梦》的意图极为明显。第三十四回，文康用了千余字全面批评《红楼梦》，他说：

>……只是世人略常而务怪，厌故而喜新，未免觉得与其看燕北闲人这部腐烂喷饭的《儿女英雄传》小说，何如看曹雪芹那部香艳清淡的《红楼梦》大文，那可就为曹雪芹所欺了。曹雪芹作那部书，不知合假托的那贾府有甚的牢不可解的怨毒，所以才把他家不曾留得一个完人，道着一句好话；燕北闲人作这部书，心里是空洞无物，却教他从那里讲出那些忍心害理的话来。

文康最不满的是曹雪芹的批判精神。与《红楼梦》描写贾府的没落不同，安家父慈子孝、夫贵妻荣、妻妾安宁、主仆恩义，处处体现出作者心怀"盛世"、坚持用儒家伦理道德维系世道人心的思想。作品男主角安骥，在为官清廉的父亲安学海被上司陷害时，挺身而出，千里救父，孝心可感。后来又在父兄教训、师友劝勉、闺阃规箴下，连中举人、进士，立身扬名，光宗耀祖。步入仕途，"办了些疑难大案，政声载道，位极人臣"。而他也尽享"一夫双美"之福，"金、玉姐妹各生一子，安老夫妻寿登期颐，子贵孙荣，至今书香不断"。如此人生道路，比起《红楼梦》中"于国于家无望"的贾宝玉，自然更符合当时主流的价值观。

在他的描写中，可以看到对于世道人心，对于盛世的描写非常完美。文康并没有回避社会矛盾，但他更多的是从正面来描写。小说的主人公安骥，从精神品性而言，和贾宝玉很相似，整个小说里也能看到很多很尖锐的矛盾冲突，但最后的结局包括人物的命运，都很符合当时主流的价值观，和《红楼梦》有很大不同。

文康是有意要挑战《红楼梦》，他的挑战从总体上来讲，没有人认为超越了《红楼梦》。但在小说史上，《儿女英雄传》依然是一部非常优秀的作品，这一点也是小说史的定论。《儿女英雄传》里也有一些描写比《红楼梦》可以说是有过之而无不及的。《红楼梦》写官场，写贾雨村时有一些，后40回写贾政出任江西粮道时也有一些，主要涉及官场腐败，官吏之间的微妙关系，但总体而言，《红楼梦》里这方面的描写并不占主要篇幅，也不是特别的突出。而《儿女英雄传》对官场的描写几乎可以说开了稍后谴责小说的先声。如安学海出任河工知县受诬的一段情节。由于安学海立身清廉，不谙官场潜规则，得罪了贪婪的顶头上司河台谈尔音，莫名其妙地接手前任治河官员留下的烂摊子，终因堤坝垮塌，"革职拿问，带罪赔修"。这一情节不同于以往小说中官场的忠奸斗争，也不是泛泛描写贪赃枉法、相互倾轧，而是深入到了体制运作中来揭露官员的腐败，使得治河这一在古代中国极具象征性的政府行为，具有了深刻的象征意义。虽然文康还没有自觉地点破其中的意义，但是他已比之前的明清小说更接近这一点。

第二，曹雪芹着力描写的主人公宝玉、黛玉、宝钗等，当然具有超出以往古代小说人物刻画的心理深度；但是，宝、黛、钗等人物只生活在自己的小圈子里，活动范围的局促，是否也会造成人物精神世界的狭小、单一和纤弱？或者说相关描写因此而失去了一些普遍性、真实性？

从古代小说的实际来看，即使是才子佳人小说，作者也往往力图在更宽广的社会领域展开人物的感情经历。仍以《儿女英雄传》为例，文康之所以要挑战《红楼梦》，是因为他认为古代小说写人物无非是从两个角度来写，一个是写儿女，一个是写英雄，写儿女在言情小说里比较多，写英雄在《水浒传》这样的小说里比较多，但是人物的性格并不能截然分开。他认为儿女、英雄这两种气质，可能体现在一个人身上，一个真正完美的人物，既有英雄的至性，又有儿女的心肠。儿女、英雄合二为一，在他看来才是最完美的人格。他在小说的"缘起首回"中就借天尊之口说：

> 这"儿女英雄"四个字，如今世上人大半把他看成两种人、两桩事：误把些使气角力、好勇斗狠的认作英雄，又把些调脂弄粉、断袖余桃的认作儿女……殊不知有了英雄至性，才成就得儿女心肠；有了儿女真情，才作得出英雄事业。

这虽是作者文康的自我标榜，意在与《水浒传》《红楼梦》之类的小说较量，但不能不说，他以人物类型为中心，是抓住了一个求变出新的着力点。《儿女英雄传》想超越、想挑战《红楼梦》的也是在这个地方，这种描写未必很成功，但是他的努力不能忽视。

文康笔下的主人公，就是儿女、英雄相兼的典范。"女孩儿一般百依百顺的"安骥和贾宝玉确实有很相似的地方，但是又不完全是贾宝玉。他的父亲因为官场的黑暗腐败和相互倾轧受到连累、诬陷，他要去救援他的父亲，也就是走出家庭，走向社会。这对安骥来讲是一个很大的挑战，作者说"他这一段是从至性中来的，正所谓儿女中的英雄"，特别强调儿女、英雄合二为一的这种精神气度。

而贾宝玉基本上始终是在大观园里生活。以第二十六回为例：

> 如今且说宝玉打发了贾芸去后，意思懒懒的歪在床上，似有朦胧之态。袭人便走上来，坐在床沿上推他，说道："怎么又要

睡觉？闷的很，你出去逛逛不是？"宝玉见说，便拉他的手笑道："我要去，只是舍不得你。"袭人笑道："快起来罢！"一面说，一面拉了宝玉起来。宝玉道："可往那去呢？怪腻腻烦烦的。"袭人道："你出去了就好了。只管这么葳蕤，越发心里烦腻。"

宝玉无精打采的，只得依他。晃出了房门，在回廊上调弄了一回雀儿；出至院外，顺着沁芳溪看了一回金鱼。只见那边山坡上两只小鹿箭也似的跑来，宝玉不解其意。正自纳闷，只见贾兰在后面拿着一张小弓追了下来，一见宝玉在前面，便站住了，笑道："二叔叔在家里呢，我只当出门去了。"宝玉道："你又淘气了。好好的射他作什么？"贾兰笑道："这会子不念书，闲着作什么？所以演习演习骑射。"宝玉道："把牙栽了，那时才不演呢。"

甲戌本侧批：奇文奇语，默思之方意会。为玉兄之毫无一正事，只知安富尊荣而写。

可以看出，贾宝玉基本上是没什么行动力的。过去男子常练习射箭，这是很平常的活动，但贾宝玉觉得这说不定就会摔跤把牙磕了。脂批说他毫无一正事，只知在大观园里尽享他的安富尊荣。他与文康笔下的安骥在外观品行上有些相似，但安骥听说他父亲受冤以后，还能挺身而出，去为父申冤。很难想象贾宝玉面临这种问题时能做些什么。

至于小说里头写的女性更是有所不同。《儿女英雄传》女性主角十三妹，在戏曲里也经常出现，是一个非常可爱的女孩子。对于她，文康不遗余力大加赞美之词，小说写她的精神人格非常健全。正是秉承着上述完美人格的理想，文康满怀热情地描写了这些儿女英雄可歌可泣的历练与成长。

反观《红楼梦》写宝、黛，尤其是林黛玉，一直在强调病态美。林黛玉刚出场，一个五六岁的女孩子，作者就说她"病如西子胜三分""娇袭一身之病",给她这样一个定位。一些红学论文在围绕宝、黛,尤其是黛玉的"病态美"做文章时,大多强调社会压力等外在因素,而忽略了类似人物在同样的环境下,并非都趋于"病态"的事实。林黛玉的病态有现实的原因,但更多的是作者审美观引导下有意刻画的结果。这也是小说中人物性格具有某种恒定性的原因之一。《红楼梦》过于偏向儿女情长的维度,不能不说是有一定局限性的。

《红楼梦》里有一个女孩子比较豪爽,有儿女英雄的气概,那就是探春。探春是赵姨娘所生,是庶出的身份,又有很高的心气与能力,所以她在大观园里过得特别压抑。她说:"我但凡是个男人,可以出得去,我必早走了,立一番事业,那时自有我一番道理。偏我是女孩儿家,一句多话也没有我乱说的。(第五十五回)"我们不知道她心目中的事业究竟是什么,小说没有写,因为在那个时代,女孩子不女扮男装,基本上是没有任何走出去立一番事业的可能性的,但是她有这样一种胸怀和志向,就令人刮目相看。贾宝玉作为一个男子,却不见有这样的胸怀和志向,走出去就出家了。

而在《儿女英雄传》里,十三妹却走出去了,虽然多半是出于作者的理想,但毕竟体现了一种儿女英雄的气概。第五回形容她:

> 天生的英雄气壮,儿女情深,是个脂粉队里的豪杰,侠烈场中的领袖。他自己心中又有一腔的弥天恨事,透骨酸心,因此上,虽然是个女孩儿,激成了个抑强扶弱的性情,好作些杀人挥金的事业:路见不平,便要拔刀相助;一言相契,便肯沥胆订交。见个败类,纵然势焰熏天,他看着也同泥猪瓦狗;遇见正人,任是贫寒求乞,他爱的也同威凤祥麟。分明是变化不测的神龙,好比那慈悲度人的菩萨!

这不像在写女孩子，倒像在写武松、写林冲了。小说第四回描写十三妹的英勇，二百四五十斤而且一半埋在地下的碌碡，两个大汉使用了绳杠镢头，都"风丝儿也没动"，十三妹居然轻而易举地就拿起放下。这简直就是《水浒传》里鲁智深"倒拔垂杨柳"一般的本领。

《红楼梦》里面的女孩子又是怎样一种情形呢？还看林黛玉，第二十八回写道：

> 宝玉进来，只见地下一个丫头吹熨斗，炕上两个丫头打粉线，黛玉弯着腰拿着剪子裁什么呢。宝玉走进来笑道："哦，这是作什么呢？才吃了饭，这么空着头，一会子又头疼了。"黛玉并不理，只管裁他的。……宝钗也进来问："林妹妹作什么呢？"因见林黛玉裁剪，因笑道："妹妹越发能干了，连裁剪都会了。"

黛玉如此煞有介事地做活儿，全书中都比较少见。她到底裁什么？作者没明写。第三十二回还通过袭人的口写道：

> 他可不作呢。饶这么着，老太太还怕他劳碌着了。大夫又说好生静养才好，谁还烦他做？旧年好一年的工夫，做了个香袋儿；今年半年，还没见拿针线呢。

裁剪、女红（gōng），过去女孩子的家常便饭，这就是林黛玉做的最重的活了。和十三妹相比，自然完全不可同日而语。对十三妹的描写无疑是夸张的，并不真实，但重点在于十三妹有那种英雄气度。而《红楼梦》所描写的宝、黛、钗等人，他们的生活环境非常拘束，十分狭窄，他们的精神世界是不是也因此有单一、有纤弱的地方？这是值得我们去思考的。

第三，在艺术构思上，曹雪芹兼采古代抒情、叙事两大艺术传统，既有基于写实的真实描写，又有基于思理的抽象与幻象相结合的虚拟描写。《红楼梦》"假作真时真亦假"，写实的描写、象征的描写融为一体，有极为精彩、值得称道的地方。比如对太虚幻境的描写，对大观园的描写，现实世界与太虚幻境不只在开篇的结构上确立了"假"与"真"、"无"与"有"的观念分殊，又通过小说里主要人物主要的活动场景大观园构成了一个现实与理想融合的艺术世界，堪称小说叙事的一大创造。

在现实生活中，大观园存在的可能性究竟有多大？有多少富贵人家、贵族官员真的会把一个小男孩和众多女孩子一起放在大观园里任其自由生长？这里并不是说这种描写有什么缺陷。从艺术角度来讲，大观园是理想与现实的融合，在虚实之间表现人的精神世界与现实世界的交汇，确实是别出心裁的艺术想象。但从现实角度来讲，大观园过于明显的理想化色彩，与当时人们的实际生活状态有一定距离。也就是说，一个虽不是孤悬世外，却多少对外部世界封闭的园林，作为真实世界的写照，不可避免地要对后者作某种提纯或改变。比如在怡红院中，一个公子哥儿和十余个丫鬟同住在怡红院里、乃至与众小姐同住在大观园中，这样的场景折射着"太虚幻境"，却很难想象是完全真实的现实环境。这种不真实对于主人公会不会有一种限制，也可以客观地分析。

《红楼梦》里的人物关系也比较单纯。曹雪芹努力通过对人物关系、人物心理的真实把握与表现，拉近艺术想象与现实世界的距离，却也无法使象征性与写实性完全融合。从《红楼梦》对才子佳人小说的批评来看，才子佳人小说有一个特点，常有小人拨乱其间。这个小人也许是个品行不端的纨绔子弟，也许是个不学无术的粗鄙商人，他也觊觎佳人，或者仇恨才子，所以挑拨离间，这是才子佳人小说中常见的矛盾，这种模式化描写常受诟病。但在现实生活中，小人的存在并不鲜见；从艺术角度说，引入反派角色，也可能令才子佳人单纯的爱情关系更富张力。而《红楼梦》较为特殊，虽然人物众多，但人物关系也有简化的地方，宝、黛、钗三个人的爱情关系，是木石前盟和金玉良缘的对立，基本上没有第三者，也没有恶势力，人物的选择也因此简化了。贾宝玉是在黛玉和宝钗两人中做选择，这种选择有它的象征性，是作者对于生活的高度概括和提炼。但林黛玉是没有选择的，没有别的什么宝玉可供她选择。试想如果在宝、黛、钗之间，还有恶势力的作梗，会有怎样的矛盾形成？如果还有别的可供选择的男性出场，又会有怎样的情形发生？这不是说木石前盟、金玉良缘的观念对峙不足以引发充分的矛盾，曹雪芹已经在他所设定的环境中，展示了极具深度的情感冲突。不过，当主人公如宝玉所面对的最大的外部冲击，可能只不过是第七十七回那种灯姑娘的调戏，小说家所刻意营造出来的艺术世界对他是否也缺少了一点更为真实的现实世界的复杂与冷峻呢？

以《二刻拍案惊奇》里的一篇小说《同窗友认假作真 女秀才移花接木》为例，它描写一个女孩子女扮男装和两个男孩子一起读书，这两个男孩子都钟情于她，她对这两个男孩子也都有好感，最后她要在两人当中做一个选择。这个小说写得很有喜剧意味。这是个短篇，从情节上来说没有充分展开的空间，只是以喜剧的形式作了一个让所有人都不遗憾的结尾。这里提到它，不是说它的描写多么高妙，而是说假如从现实的情境出发去考虑，若林黛玉还有别的可供选择的对象，她所生活的那个世界矛盾性会更强，她的精神世界也可能会更加丰富。对于《红楼梦》这部特定的小说而言，这样的展开可能并不可取，我想说的只是不要用高大全的眼光来看待《红楼梦》。曹雪芹有他的写作意图，他也几乎完美地实现了这种意图，但这并不意味着这种意图可以取代对现实生活的其他提炼与描写。《红楼梦》的伟大也许在于有限的全与无限的深之间的完美结合。

第四，《红楼梦》毫无疑问达到了小说艺术水准的新高度，这已经被历来的红学研究反复论证。但是，作品中存在大量疏漏甚至粗疏的描写，也是不争的事实。陈寅恪在《论〈再生缘〉》中说：

> 至于吾国小说，则其结构远不如西洋小说之精密。在欧洲小说未经翻译为中文以前，凡吾国著名之小说，如《水浒传》《石头记》与《儒林外史》等书，其结构皆甚可议。寅恪读此类书甚少，但知有《儿女英雄传》一种，殊为例外。

这是陈先生的一己之见。不过，如果说完美的《红楼梦》，在艺术上还存在不足，比如在结构方面不一定尽善尽美，也没毛病。

如从章回小说的体制上看，《红楼梦》堪称圆熟，但有时却也不免有过于雕琢的地方。作者声称披阅十载、分出章回，分回标目自是较为用力之处，总体上也可以说完美地体现了章回小说的体制特点。可是小说的分回处，仍有因袭传统而不甚变通处。

从本质上说，分回拟目反映的是小说家对社会生活提炼与审美性把握的能力。众所周知，为了吸引读者，章回小说十分重视悬念的设置。一般来说，章回小说作者往往通过暂时阻断情节的流程，设置悬念，强化冲突的紧张性，以引起读者"欲知后事如何"的审美期待。《红楼梦》不完全如此，以第六十五、六十六回为例。这两回之间，叙述的情节是连贯的，第六十五回结束处：

> 尤二姐笑道："你们大家规矩，虽然你们小孩子进的去，然遇见小姐们，原该远远藏开。"兴儿摇手道："不是，不是。那

> 正经大礼，自然远远的藏开，自不必说。就藏开了，自己不敢出气，是生怕这气大了，吹倒了姓林的；气暖了，吹化了姓薛的。"说的满屋里都笑起来了。不知端详，且听下回分解。

第六十六回开篇处：

> 话说鲍二家的打他一下子，笑道："原有些真的，叫你又编了这混话，越发没了捆儿。你倒不象跟二爷的人，这些混话倒象是宝玉那边的了。"

这两处上下都是兴儿"演说大观园"，评论宝、黛、钗等人，没有任何悬念，也不构成情节单元段落，但作者却没有像"冷子兴演说荣国府"那样，在一回中一气写来。实际上，在兴儿说完后，紧接着就有这样的叙述：

> ……大家正说话，只见隆儿又来了，说："老爷有事，是件机密大事，要遣二爷往平安州去。不过三五日就起身，来回也得半月工夫。今日不能来了。请老奶奶早和二姨定了那事，明日爷来，好作定夺。"说着，带了兴儿回去了。
>
> 这里尤二姐命掩了门早睡，盘问他妹子一夜。至次日午后，贾琏方来了。

如果作者为了追求悬念，他可以在隆儿提到"机密大事"时分回；为了情节段落的完整，也可以在"带了兴儿回去了"分回。然而，曹雪芹却没有这样做，他似乎是有点随意地做了一个切割，我们无法确定作者一定要像现在这样写的理由。但即使是兴儿的议论，第六十五回是集中在王熙凤、黛玉、宝钗等人身上，而第六十六回，就转到了宝玉及宝黛婚事上，其间之转折，正如古代词评家评词体中的"过片"时所说的"不要断了曲意，须要承上接下"，但又要"能发起别意"

作为小说标准的《红楼梦》　465

（语见张炎《词源》、沈义父《乐府指迷》），在似断非断之间，展现出如生活本身一样自然顺畅的流程。如果说这两回之间的分回还比较自然的话，那么再看第七十二、七十三回，这里的分回就比较有意思了。第七十二回：

> 赵姨娘素日深与彩霞契合，巴不得与了贾环，方有个膀臂，不承望王夫人又放了出去。每唆贾环去讨，一则贾环羞口难开，二则贾环也不大甚在意，不过是个丫头，他去了，将来自然还有，遂迁延住不说，意思便丢开。无奈赵姨娘又不舍，又见他妹子来问，是晚得空，便先求了贾政。贾政因说道："且忙什么，等他们再念一二年书再放人不迟。我已经看中了两个丫头，一个与宝玉，一个给环儿。只是年纪还小，又怕他们误了书，所以再等一二年。"赵姨娘道："宝玉已有了二年了，老爷还不知道？"贾政听了，忙问道："谁给的？"赵姨娘方欲说话，只听外面一声响，不知何物，大家吃了一惊不小。要知端的，且听下回分解。

第七十三回：

> 话说那赵姨娘和贾政说话，忽听外面一声响，不知何物。忙问时，原来是外间窗屉不曾扣好，塌了屈成了吊下来。赵姨娘骂了丫头几句，自己带领丫鬟上好，方进来打发贾政安歇。不在话下。

第七十二回末突然发生一个响动，确实给人一个悬念——究竟是什么响。结果到了下回一看，原来是外间的窗屉不曾扣好，钩子掉下来发出了响声。这根本不算什么悬念，就是为了迁就古代小说要有悬念的效果才做了这样的分回。这种故弄玄虚的分回，几近儿戏。相比之下，《儒林外史》《歧路灯》《蜃楼志》等小说的一些分回，不拘之前的章回小说多于分回处故设悬念、引逗下文的叙事惯例，它们所采用的自然过渡，更接近现代小说的结构方式。

至于回目文字方面，《红楼梦》虽过分讲究，也不无可以推敲之处，如桐花凤阁批语对《红楼梦》的回目文字就多有指摘。不但如此，桐花凤阁评《红楼梦》，对书中其他种种不足也时有疵议。如在第五十三回，指出薛家是外姻，宝钗、宝琴"万万不应随同贾氏子姓至宗祠，此段总属败笔"，"从宝琴眼中看出宗祠规模，实不合也"；针对第七十回贾政因海啸奉命赈济暂不得归，桐花凤阁又有批语称"此等叙述，多不入情。书中似此败笔，正复不少，须细心人改之。海啸似非春令所有。时方暮春，何以学政即可回京？"虽然这些批评未必句句在理，但比盲目神化《红楼梦》，应该有助于读者思考相关情节的真实性、合理性，毕竟这也是脂批所确立的《红楼梦》标准意义的一个重要指标。

所以《红楼梦》总体而言，虽然是一部非常优秀的小说，但是不是各方面都完美无缺，都达到了可以成为一切小说的标准，这是值得思考的。因为这样的强调，就像俞平伯所说的，对于《红楼梦》来讲并不一定非常合适。明清时期，即使不说《金瓶梅》《西游记》这样的奇书，一些并不那么起眼的小说，可能在某些方面也有超越《红楼梦》的地方。夏志清在《中国古典小说导论》一书中就曾对《蒋兴哥重会珍珠衫》给予过极高的评价，他甚至认为这篇话本小说是"明代最伟大的作品"，并说它在表现人性上，超过了《金瓶梅》和《红楼梦》，进而设想如果沿着它的模式发展下去，中国小说的传统一定会变得更加优秀。这个说法有点石破天惊，我们姑妄听之就可以了。但是我们要认识到，在中国小说史上，绝对不是只有一个《红楼梦》，《红楼梦》也绝对不是完美无缺的。指出《红楼梦》存在的不足或缺陷，并不是要否认它的艺术成就，只不过是要说明，任何一部小说都不可能在所有方面达到超迈其他的顶点。如果我们充分考察了古代小说的发展历史，也许就不会将"打破历来小说窠臼""自有《红楼梦》出来以后，传统的思想和写法都打破了"等说法，简单地奉为圭臬。只有更全面地来看待《红楼梦》，看待《红楼梦》在小说史上的地位，看待《红楼梦》和其他小说的关系，对《红楼梦》价值的认识可能才更准确。

三、《红楼梦》对现当代小说的引领和制约

《红楼梦》问世后，它就是小说家不能无视的存在，并成了小说家效法或争胜的一个对象，如前面提到的文康作《儿女英雄传》，就既有效法《红楼梦》，又欲与之抗衡的明显意图。而当《红楼梦》作为中国小说的巅峰地位确立以后，它对中国小说更有了路标性的意义。袁行霈主编的《中国文学史》便指出了这样的事实："五四之后以至当代，《红楼梦》仍然成为许多作家永远读不完、永远值得读的书，成为中国作家创作出高水平的作品的不可多得的借鉴品。"

《红楼梦》对现当代小说的引领是一个持续发展的现象，从题材类型上看，在言情小说、家庭小说等类型中表现得尤为突出。如张恨水的《金粉世家》在人物塑造方面与《红楼梦》有相似之处；巴金的《家》以大家庭为题材并具有一定"自叙"性，也与《红楼梦》之间有着许多相似之处；张爱玲的小说创作更自觉地从《红楼梦》中吸收营养，在谈到《金锁记》的创作时，她说《红楼梦》与《金瓶梅》"在我是一切的泉源，尤其《红楼梦》"（张爱玲《红楼梦魇·自序》）。

当代效法《红楼梦》的作家也不可胜数。如路遥称在写《平凡的世界》前，重点研读而且是第三次研读《红楼梦》（路遥《早晨从中午开始》）。

王朔说："《红楼梦》是我的根儿，我初中看了五遍《红楼梦》。"（凤凰卫视出版中心编《锵锵三人行·文化圈》）。又有学者在评论贾平凹的《废都》时指出，"我相信贾平凹是认真地决心要写一部《红楼梦》那样的小说的"（李敬泽《庄之蝶论》）。连金庸的武侠小说，研究者也多指出其与《红楼梦》一脉相承的关系（参见饶道庆《一脉相承：金庸小说与〈红楼梦〉》）。

事实上，我们在很多现当代的文学作品里都能看到《红楼梦》的影子，我称之为"类红"情节。这样的例子很多，比较琐细，这里就不细讲了。有兴趣的朋友可以参考计文君的《谁是继承人——小说艺术现当代继承问题研究》，该书明确提出了"《红楼梦》范式"的概念，并富于创见地区分了现当代作家对《红楼梦》叙事范式的整体性继承和对《红楼梦》小说艺术局部的学习和借鉴。

有一个耐人寻味的问题是，虽然《红楼梦》为现当代小说家所熟谙或效法，很多文学史家却指出，近百年并没有出现一部公认的可与《红楼梦》相媲美的洪篇巨制。杨义在《中国古典小说史论》一书中，有专章讨论"《红楼梦》与五四小说"，从"神圣施、曹，土芥归、方"的思潮，"正因写实，转成新鲜"和悲剧文学形态，个性思潮的解读和汲取，对妇女和婚姻爱情问题的妙悟与误认，描写手法的模仿、点化和转型等五大方面出发，分析了《红楼梦》对五四小说的影响，并探讨了五四时期没有产生《红楼梦》那样的鸿篇巨制的原因。实际上，不单五四时期，在后来的现当代文学创作中，这一或可称为"《红楼梦》怪圈"的问题也一直没有得到破解。即便是最好的现代小说，在广度和深度上也难以与《红楼梦》相匹敌。有学者认为，现代中国作家尽管拥有所有新的艺术技巧，但缺少曹雪芹所具有的哲学方面的抱负和关怀，未能探索到更深的心理真实，依然更多的是传统主义者。一个精通传统文学的学者，为了表示对当代中国文学的轻视，总会这样问："近五十年产生的作品，有哪一部能够同《红楼梦》相比？"（夏志清《中国古典小说导论》）

夏志清的看法是建立在认为现代中国作家缺乏哲学方面的抱负等判断基础上的。不过，他没有解释现代思想如何与艺术传统协调。由于文学创作带有一定的偶然性，我们其实很难对此现象做出确定不移的解释。但有一点是不能忽视的，那就是，现当代的小说家对《红楼梦》的学习更多的是在技法层面，而《红楼梦》的一些基本观念已经随着时代发展而被扬弃。如果我们承认《红楼梦》的技法与观念是相互吻合的，那么我们也至少应该部分承认《红楼梦》只能属于过去的时代。

不但如此，《红楼梦》作为被认定的小说标准，对中国小说的研究与创作可能也是一种限定和在观念上无法超越的屏障，也就是说，又是一种制约。

第一，过分强调《红楼梦》的价值，使中国古代小说悠久而丰富的传统逐渐窄化。其实，清末民初，人们对古代小说的提倡并不仅限于《红楼梦》，《儒林外史》《聊斋志异》等也都在不同程度上成为小说家效法的对象。

比如《儒林外史》。清末已经有"说部中之工于摹写世俗情状者，莫如《儒林外史》"，"我国小说中能写社会情景者向以《儒林外史》为最"，"纯粹之白话小说，以《儒林外史》为最"这样的说法。

钱玄同《儒林外史新叙》甚至将其和《红楼梦》做比较，认为"《儒林外史》则有那两书（《水浒传》与《红楼梦》）之长而无其短"。当时确实有很多人也在模仿《儒林外史》，一些作品也被看成非常像《儒林外史》，而同样也没有一部超过《儒林外史》的伟大作品出现。这个现象很值得玩味。当《红楼梦》被抬成小说标准时，《儒林外史》

也被抬成小说标准，同样都没有能够使现当代出现一部类似的作品。就《儒林外史》而言，有其特殊性，思想的深邃与多义性令浅阅读却步，知识的密度与广度设立了阅读的又一文化门槛，情节的淡化与深隐的叙事要求读者改变消遣性的阅读习惯，吴敬梓的尚古情怀与当下意识在时过境迁后产生了时间性隔膜，同时它可能也缺少类似"红学"的支撑，《儒林外史》的接受程度远远不能和《红楼梦》相比。

另外在当代小说创作中，《金瓶梅》之于贾平凹的《废都》，其意义应不在《红楼梦》下；《聊斋志异》之于莫言小说创作，其中可能有作家本人自觉的追求，这表明古代小说不同题材范式与作品都有可能成为小说创作的营养。

但是，随着红学的发展，《红楼梦》受到这一庞大的学术体系的支撑，从小说内部挤压了其他小说的认知空间，而《红楼梦》存在的局限又可能制约了一些小说家的视角。事实上，《红楼梦》本身也是在古代小说的传统下孕育出来的，如果置这一传统于不顾而片面突出《红楼梦》，无异于将花朵从花枝上摘下来欣赏，难以把握其来有自的精髓。

第二，《红楼梦》的经典性被不断神化，内涵的泛化，让一些小说家在高峰面前感受到不可企及、难以超越的压力，导致创作力的拘束。

其实，现当代作家对于《红楼梦》在艺术上的缺陷也有过关注。茅盾在20世纪30年代曾对《红楼梦》进行过删节，在《节本红楼梦导言》中，他说明了自己所删去的书中一些写得"最乏味"或不必要的地方，不但包括木石前盟、太虚幻境等虚幻描写，也包括王熙凤毒设相思局、宝玉挨打、群芳结诗社、猜灯谜等片断。（茅盾《节本红楼梦导言》，《红楼梦研究稀见资料汇编》）茅盾所说的这些是否恰当姑且不论，但在小说界，敢于直面《红楼梦》的不足却是日益少见的，大多数人在《红楼梦》面前表现出的是一种诚惶诚恐的臣服态度。比如老舍说："我只能以一个小小的作家身份，来谈谈这部伟大的古典著作。"（老舍《〈红楼梦〉并不是梦》）刘绍棠说："我把《红楼梦》奉为中国小说家的'圣经'。"（刘绍棠《槛隔》）

　　当代青年作家中，对《红楼梦》佩服得五体投地的也不乏其人。如毕飞宇说《红楼梦》"它的权威性不可置疑。《红楼梦》的恢弘、壮阔与深邃几乎抵达了小说的极致，就小说的容量而言，它真的没法再大了。"（毕飞宇《我们一起读——读〈促织〉》）他还说："《红楼梦》是一本已经融入了中国文化的一本大书，作为一个中国作家，你可以规避它，但是你很难摆脱它对你的间接的影响。""无论是《聊斋志异》还是《红楼梦》，都可以让我们敬仰一辈子。"（毕飞宇《一种名叫"红楼梦"的文化基因》）

　　现当代作家的红学研究甚至在红学史上自成系列，构成了一个独特的、与"学者红学"不同的"作家红学"系列，这一"红学"的目标就是用《红楼梦》指导创作，这样的著作非常的多。但由于对《红楼梦》过于谦卑，又使得《红楼梦》的思想价值被泛化，不仅仅是百科全书，有些描述甚至说成是宇宙相通的《红楼梦》、它可以占领你的一生，等等。当《红楼梦》变得无所不包的时候，对《红楼梦》的学习只能变成是一种模仿，甚至可能导致无所适从。它不利于小说家的超越，对《红楼梦》不乏精见卓语的小说家们，却不一定在创作中表现出了相应的成就。事实上也有一些研究者指出了这种问题。王兆胜就指出："过于模仿《红楼梦》势必影响作家的突破与创新。如张爱玲有刻意模仿《红楼梦》的痕迹，结果思想、人物塑造、叙述声吻和口气以及语言都太像《红楼梦》，这也限制了她的超越和发展。"（王兆胜《〈红楼梦〉与20世纪中国文学》）

第三，红学研究的理论视角与程度导致的局限，也影响了现当代小说从更深的层次借鉴这部小说。如鲁迅在指出《红楼梦》打破了传统的思想和写法时，强调此书的价值"其要点在敢于如实描写，并无讳饰，和从前的小说叙好人完全是好，坏人完全是坏的，大不相同，所以其所叙的人物，都是真的人物。"（鲁迅《中国小说史略》）但实际上《红楼梦》固然如此，《西游记》《水浒传》也未尝不是这样，至少在有些人物的描写上，也达到了这样的程度。如果只看到《红楼梦》有这种优点的话，可能会忽略对其他小说的类似特点的关注。

所以在《红楼梦》研究中，人物论被发挥到了极致，典型化与个性化则是人物论的基本理论指向。20世纪80年代初，王朝闻的《论凤姐》以洋洋五十万言对《红楼梦》中一个人物展开纵横论述，其行文由人物形象扩及小说创作的全面论述，可以说是以《红楼梦》为小说范本与标准的代表作。它确实涉及了很多理论方面的问题，在当时是很有建树的著作，不过，所有的问题都集中为典型人物论，这一理论视角可能会局限对《红楼梦》的认识。

现当代一些小说家，比如林语堂、端木蕻良，在讲到自己创作的时候，也往往特别强调人物描写是学习和继承了《红楼梦》。虽然《红楼梦》在人物塑造方面有其出色之处，但其手法在其他小说中也并不鲜见，有的可能还有《红楼梦》所不及处；而人物描写的手法本质上是与人物的性格联系在一起的，适合于《红楼梦》人物描写的手法，未必适合现当代小说的人物性格。同时，并不是所有小说都是以人物形象为中心的，特别是有的当代小说更偏重于某种情绪与心理的再现，鉴于小说创作的复杂性，拘泥于《红楼梦》人物形象的刻画，理论视角过于狭窄的话，势必会限制小说家的追求，影响其作品的时代感与创新性。

还有一点是文学环境的变化。20世纪以来，《红楼梦》不管被提到了怎样的高度，它都不可能是一个孤立的存在。大量西方小说的译介和西方小说观念的引入，无论对小说史叙述而言，还是对现当代小说创作而言，都是一个强大的文化存在。研究者和小说家必然面临着如何协调《红楼梦》代表的中国传统小说标准与西方小说标准的问题。近代以来，有很多人从不同角度指出了《红楼梦》和其他小说的差别。这种差别，也可以让我们对《红楼梦》有更全面的认识。如林纾《〈孝女耐儿传〉序》(《孝女耐儿传》即狄更斯《古董店》)：

> 中国说部，登峰造极者无若《石头记》。叙人间富贵，感人情盛衰，用笔缜密，著色繁丽，制局精严，观止矣。其间点染以清客，间杂以村妪，牵缀以小人，收束以败子，亦可谓善于体物；终竟雅多俗寡，人意不专属于是。若迭更司者，则扫荡名士美人之局，专为下等社会写照。

这可以说是最早将《红楼梦》置于世界文学的角度来审视的观点之一，与狄更斯的小说更生动全面地描写了社会下层相比，《红楼梦》在这方面也确有逊色。

《红楼梦》经常被运用西方小说理论方法加以阐释，这种阐释又往往用于为中国小说传统的辩护。因此，《红楼梦》被赋予的小说标准意义，从积极的方面说，是一个可以不断发现与丰富的过程；从消极的方面说，也造成了莫衷一是的纠结与混淆。

总之，《红楼梦》从它产生之初，就被早期的评点家抬到了无以复加的地步，从各个层面对《红楼梦》的经典意义进行了解释。到了近代以后，随着"新红学"的发展，《红楼梦》作为小说标准的意义更加被确立，让其他小说难望其项背。但是，片面的神化《红楼梦》，也存在诸多问题。我今天讲的这些内容，完全没有要贬低《红楼梦》的意思，我同样也非常喜欢《红楼梦》，也认为《红楼梦》无论从整体还是从细节方面，都有其他小说难以比拟的地方。但是《红楼梦》毕竟只是一部《红楼梦》，反思其作为小说标准的意义，对于我们深入认识《红楼梦》及其在小说史中的地位、深入认识古代小说的当代价值，都是必要的。《红楼梦》是中国小说史的一个无可替代的坐标，也依然会是阅读的经典、创作的示范，只不过它的标准意义应该得到不断精确的校准。我想这才是对待《红楼梦》的更正确的态度。

  我今天的报告就到这里，谢谢大家！

图书在版编目（CIP）数据

风雅·风骨·风趣：中国古代文学名家名篇 / 国家图书馆（国家古籍保护中心），北京大学中文系编．—北京：北京大学出版社，2019.11

ISBN 978-7-301-30882-0

Ⅰ．①风⋯　Ⅱ．①国⋯　②北⋯　Ⅲ．①中国文学—古典文学—文学欣赏　Ⅳ．① I206.2

中国版本图书馆 CIP 数据核字（2019）第 232332 号

书　　名	风雅·风骨·风趣：中国古代文学名家名篇 FENGYA · FENGGU · FENGQU: ZHONGGUO GUDAI WENXUE MINGJIA MINGPIAN
著作责任者	国家图书馆（国家古籍保护中心）　编 北京大学中文系
责任编辑	王　应
标准书号	ISBN 978-7-301-30882-0
出版发行	北京大学出版社
地　　址	北京市海淀区成府路 205 号　100871
网　　址	http://www.pup.cn　　新浪微博：@北京大学出版社
电子信箱	zpup@pup.cn
电　　话	邮购部 010-62752015　发行部 010-62750672 编辑部 010-62756694
印刷者	天津中印联印务有限公司
经销者	新华书店
	720 毫米×1020 毫米　16 开本　30.25 印张　340 千字 2019 年 11 月第 1 版　2019 年 11 月第 1 次印刷
定　　价	75.00 元

未经许可，不得以任何方式复制或抄袭本书之部分或全部内容。
版权所有，侵权必究
举报电话：010-62752024　电子信箱：fd@pup.pku.edu.cn
图书如有印装质量问题，请与出版部联系，电话：010-62756370